吞下宇宙的男孩

你的结局，是一只断气的蓝鹩莺。

A Novel

［澳］特伦特·戴顿

著

胡绯

译

Trent Dalton
Boy Swallows Universe

上海文艺出版社

果麦文化 出品

献给我的父母

献给乔尔、本、杰西

目 录

预言之子

你的结局，是一只断气的蓝鹩莺。

"你看见了吗，麻秆？"

"看见什么啦？"

"当我没说。"

"你的结局，是一只断气的蓝鹩莺。"——我肯定没有看错。

"你的。结局。"——百分之百错不了。"是。一只。断气的。蓝鹩莺。"

*

麻秆那车的挡风玻璃裂了条缝，看上去活像个简笔人物：高个子，没胳膊，正冲王公贵族鞠躬哈腰。麻秆那车的挡风玻璃裂了条缝，看上去活像麻秆本人。汽车雨刮把积灰搅成了泥浆，甩到我坐的副驾驶座侧。麻秆点拨我说，有个高着儿可以帮我铭记人生中的点滴：要么，把那些时刻或景象跟我的随身物挂上钩；要么，就跟我在日常生活中常打交道的东西挂上钩，比如鼻子耳朵啦，被子床单啦，锅碗瓢盆啦。如此一来，算是给每个细节都上了一道双保险。

正是靠着这着儿，麻秆当初才吃定了"黑彼得"，才能从号子里逃出生天。万事皆有两重解读之道：一为"当下"，也就是麻秆当年所待的牢房——博格路监狱2区D9号囚室；一为"别处"，也就是他脑中，他心中无边无际、无拘无束的天地。"当下"乏善可陈，只有四面绿色水泥墙，无尽的黑暗，孤零零又不动弹的麻秆本人，再加上一张焊在墙上的角铁钢架网格床，一把牙刷，一双布质囚鞋。不过，谁又知道，只消某个不吭声的监狱看守从囚室门洞里塞进来一杯隔夜牛奶，就能让麻秆翩然置身"别处"，到了20世纪30年代的蕨森林[1]，摇身变成布里斯班郊区瘦巴巴的农场年轻小工，动手挤起了奶。小臂上的一块疤，通向年少时骑单车的一幕；肩头的一块晒斑，通向阳光海岸的海滨胜地。只要伸手轻抚，麻秆就灵魂出窍，扑腾一声遁出了博格路监狱2区D9号囚室。虽说不是自由身，却有着一颗自由心，一刻也无需逃亡，差不多跟他被关进号子之前一样逍遥了——在那之前，麻秆虽说是货真价实的自由身，却难有一刻不在亡命天涯。

麻秆伸出拇指，轻抚指节，指节上的起伏就会把他带到"别处"，带到黄金海岸腹地的山丘，带到春溪瀑布。D9号囚室冰凉的铁床，顿时化作了久经冲刷的石灰岩；麻秆赤足下冰凉的水泥地，顿时化作了夏日碧波，暖意融融，漫过他的脚趾。麻秆舔舔干裂的嘴唇，又恍然记起艾琳完美柔润的红唇，记起那红唇覆上他的唇是何等美妙，记起佳人的勾魂一吻如何洗尽他所背负的罪

---

1. 蕨森林，又有译作费尼格罗夫，布里斯班市辖区。

孽与苦痛，恰似兜头淋下的春溪瀑布，将他冲刷得干干净净。

我却很有些心虚：麻秆当初在号子里炮制的幻想，恐怕正一步步在我心里扎根呢。尤物艾琳躺在湿漉漉、长青苔的翠色巨石上，赤身裸体，金发碧眸，玛丽莲·梦露般咯咯娇笑，轻仰起头，不羁又妩媚，世间男子无不俯首称臣。她是梦之守护女神，她是来自"别处"，却在"当下"逗留的海市蜃楼，拦住了那把被偷藏起来的尖刀，那把随时准备上阵的尖刀，让它改日下手，他日再行落下。

"我长着一副成年人的头脑嘛。"麻秆总爱这么自夸。正是靠着这着儿，他才吃定了"黑彼得"，也就是博格路监狱的地下隔离囚室。某次，昆士兰夏日热浪肆虐的时候，麻秆被关进了那间老古董牢房，关了整整两周。看守给了麻秆半条面包，打发他吃上两个星期；还给了他四杯水，也有可能，是五杯。

据麻秆夸口，要是被关进"黑彼得"，他那帮博格路监狱的狱友只怕连一星期也撑不过去。因为牢里一半犯人，或者换句话说，世上任何一个大都市的一半居民，都是些长着"小屁孩头脑"的成年人。不过呢，你若真是个成年人，又真长了成年人的头脑，那普天之下，便可任你遨游。

"黑彼得"里有一块椰棕垫，很扎人，跟门垫差不多大，跟麻秆的胫骨差不多长，他就睡在那块椰棕垫上。麻秆说，每天他都侧躺在垫子上，把一双颀长的小腿蜷到前胸，合上眼眸，然后哗啦打开通向艾琳香闺的那扇门，钻到艾琳白生生的床单下，温柔地贴住佳人，伸出右臂搂住艾琳光溜溜、白瓷般的小腹——就在那方天地里，麻秆整整待了两个星期。"蜷得像头冬眠的熊。"麻秆回忆道，"在活地狱里待得太舒坦了，根本不乐意出来哩。"

照麻秆的说法，我这副小屁孩的皮囊里，反而长着"成年人的头脑"。我只有十二岁，麻秆却觉得，血淋淋的故事吓不倒我。麻秆觉得，监狱里的破事都该让我听一听：有人鸡奸啦，有人用打了结的床单勒断自己的脖子啦，有人吞下锋利的金属片，特意割伤自己的五脏六腑，好去阳光明媚的皇家布里斯班医院度上一周的假期啦。有些时候，我觉得麻秆把细节讲得太绘声绘色了，比如遭人鸡奸的屁眼鲜血直冒。"光与影哪，孩子。"麻秆却说，"哪能逃得过光，又哪能逃得过影。"总得让我知道牢里那些病恹恹、死翘翘的破事吧，这样我才会明白，关于艾琳的记忆意义多么深重。照麻秆的说法，血淋淋的故事吓不倒我，因为与我的灵魂相比，我的一身皮囊究竟是老是幼，根本不值一提。至于我的灵魂，经麻秆进一步推测，则介于"七十出头"与"老年痴呆"之间。几个月前，就在这辆破车里，麻秆还曾经提到，他倒是很乐意跟我同住一间牢房，因为人家跟我讲话，我不仅听得进去，还能记在心里。当时，蒙麻秆亲口许我"同室狱友"这一殊荣，一滴泪不禁滚落下了我的脸颊。

"眼泪搁在里头可不太妙。"麻秆说。

我没摸透麻秆话中的"里头"一词，究竟是指牢里，还是心里。不过，我还是哭出了声，半是出于骄傲，半是出于羞愧，因为我哪里配当麻秆的狱友，假如狱友也有配不配得上一说的话。

"不好意思。"我为自己掉的眼泪道了个歉。麻秆耸了耸肩膀。

"只怕以后眼泪少不了哩。"他说。

"你的结局，是一只断气的蓝鹩莺。"

你的结局，是一只断气的蓝鹩莺。

*

我将用我左手拇指指甲上浮现的乳白色"月牙"，去铭记积灰在麻秆那辆车的挡风玻璃上溅出的泥浆。这样一来，每当望见左手拇指指甲上的乳白色"月牙"，我就会记起神通广大、神出鬼没的"博格路胡迪尼"[1]——史上最杰出的"越狱王"亚瑟·"麻秆"·哈利迪手把手教我(伊莱·贝尔,长着一副"成年人头脑"的老成少年/监狱狱友优质候选人/有泪轻弹的小子)驾驶那辆锈迹斑斑的深蓝色丰田"陆地巡洋舰"的一天。

三十二年前,1953年的2月,经布里斯班最高法院一场长达六日的庭审之后,某个名叫埃德温·詹姆斯·德劳顿·斯坦利的法官,判处了麻秆终身监禁,罪名是他兽性大发地用一把柯尔特点45自动手枪猛揍一个名叫阿索尔·麦科恩的出租车司机,致其丧命。自此,报纸报道就经常把麻秆叫作"的士司机杀手"。

对我来说,麻秆却只是我的保姆。

"离合器。"麻秆指点道。

麻秆那久经风霜、晒得黝黑、布满七百五十根寿纹的小腿踩下了离合器踏板(毕竟,麻秆自己恐怕就已经七百五十岁高龄了),一条左腿绷得笔直。麻秆那久经风霜、晒得黝黑的左手推动了变速杆。一根手卷烟颤巍巍地粘在麻秆下唇嘴角的口沫上,先燃成黄色,再燃成灰色,最后燃成了黑色。

"挂……空挡。"麻秆说。

透过汽车挡风玻璃上的裂缝,我望见我哥奥古斯特。他坐在我家棕色的砖砌围墙上,正用右手食指写下草书,书写自己的生平,于虚空中镌刻着文字。

凌空落笔之子。

我家邻居老头吉恩·克里明斯曾经夸过:奥古斯特这小子凌空草书的架势,简直跟莫扎特弹起钢琴有一拼,仿佛一字一词皆不可违,来自冥冥之中,一股脑从上苍降临于此人纷繁的思绪。那

1.哈利·胡迪尼(Harry Houdini,1874-1926),被誉为史上最伟大的魔术师、脱逃术师及特技表演者。

字词不依托笔墨，不依托打字机，却依托半空之中、缥缈之物——乃是非心诚之人不可为的奇事。要不是只言片语偶尔被卷入风中，朝你迎面拂来，你可能一辈子也不知道会有这等奇事哩。不管所思所想，还是每日题记，小奥通通都会凌空记下，嗖嗖挥舞右手的食指，把字句写入虚空，好像他不得不把它们一个不留地从脑中挥去，但又不得不让它们散入空中。于是，他随时会把手指浸入不灭的透明之井，蘸取无形的墨汁。有话搁在心里可不太妙，亮出来总好一些嘛。

与此同时，奥古斯特的左手却还紧攥着莱娅公主[1]，只怕是死也不肯放手。六个星期前，麻秆领着奥古斯特和我去亚塔拉的露天汽车影院看完了《星球大战》三部曲，一部不落。当时，就在麻秆这辆丰田"陆地巡洋舰"汽车的后座，我们深深地为那遥远的星系心醉。我们的头搁在充了气的酒袋[2]上，酒袋又搁在一只散发着死鲻鱼味的旧蟹笼上。麻秆把蟹笼收在车后，紧挨着渔具箱和一盏旧煤油灯。当天夜里，昆士兰东南有着万千繁星，当"千年隼"号向屏幕一侧翩然驶去时，有那么一刹那，我恍然认定，它也许会马不停蹄地驶向我们头顶的这片星空，以光速直达悉尼。

"你小子在听我说话吗？"麻秆凶我。

"在听啊。"

其实我没在听，我向来都不怎么用心听。毕竟，我心里总在拼命琢磨奥古斯特的事、老妈的事、莱尔的事，琢磨麻秆的"巴迪·霍利"式眼镜，琢磨麻秆额头深深的皱纹，琢磨麻秆自从1952年对着自己的腿开了一枪，走路的步态就很搞笑，琢磨麻秆还跟我

---

1. 奥德兰的莱娅·奥加纳·索罗公主，是乔治·卢卡斯导演的著名科幻电影《星球大战》主传三部曲中的主要人物。

2. 将酒用软袋纸盒进行封装的方式在澳大利亚颇为流行，这种袋盒包装一般里面是塑料袋，外面是硬纸盒。

一样有块幸运斑，琢磨当我告诉麻秆，我那块幸运斑富有魔力，它对我很重要，只要感觉紧张、胆寒或迷失，我的第一反应就是张望自己右手食指中间一节的褐斑，随后就会松口气时。麻秆竟然信了我的话。"听上去蠢到家了吧，麻秆。"当时，我对麻秆说，"听上去很离谱吧，麻秆。"谁知道，麻秆紧接着就亮出他自己的幸运斑给我瞧：它大得差不多快赶上一颗痣了，正好长在麻秆右手腕骨凸起的骨节上。麻秆说，搞不好是颗生癌的毒瘤，可惜偏偏又是他的幸运斑，舍不得弄掉。麻秆说，进了D9号囚室以后，他简直恨不得把这块斑当神物供奉起来，因为它让他想起艾琳左腿根部内侧的一块斑，就在离私处不远的地方。麻秆还向我保证：有朝一日，我也将会探知某个女子大腿根部内侧的那方宝地，我也将会体验马可·波罗初次伸手拂过丝绸时感到的曼妙滋味。

我喜欢这个故事，于是我又向麻秆交底：第一次在自己右手食指上见到这块斑的时候，我大概才四岁吧，算是我记忆的第一幕。当时我穿着一件褐色袖子的黄衬衣，坐在一张长长的棕色塑料沙发椅上。这幕记忆之中，有一台打开的电视机。四岁的我，垂眼瞧了瞧自己的食指，望见了那块斑；抬眼向右扭过头，望见了一张面孔——我觉得是莱尔，但其实应该是我父亲，尽管，我并不记得生父到底长什么样。

总之，自始至终，这块斑就等于意识，等于我个人史上开天辟地的一刻。沙发、黄褐相间的衬衣——"嘭"！于是"我"来了，"我"来到了世间。我对麻秆说，我觉得，其他的事可就不太靠得住了，那一刻之前的四年简直像没有发生过一样。当我把幸运斑的缘起告诉麻秆时，他露出了微笑。他告诉我：我右手食指指节上的那块斑，乃是故土。

点火启动。

"见了他妈的鬼，你这'苏格拉底'，刚刚我是怎么教你的？"麻秆扯着嗓子吼我。

"小心别乱下脚？"

"你小子只顾直勾勾地盯着我，看上去像是在乖乖听话，其实都当作了耳边风。你小子的眼睛滴溜溜在我脸上乱转，一会儿瞧东，一会儿瞧西，其实半个字也没有听到耳朵里去。"

都怪奥古斯特。谁让小奥不肯张嘴说话呢，像个闷葫芦一样。奥古斯特会说话，但他不想说话，反正我不记得他说过哪个字。他不跟我搭腔，不跟老妈搭腔，不跟莱尔搭腔，甚至不跟麻秆搭腔。不过，奥古斯特倒很擅长与人沟通：轻碰一下你的胳膊，哈哈笑上一声，或者轻摇一下他的脑袋，就抵得上一段又一段长篇大论。单凭拧开维吉麦酱瓶盖的派头，小奥就可以告诉你，他究竟是喜是悲；单凭给面包涂黄油的派头，小奥就可以告诉你，他究竟有多开心；单凭系鞋带的派头，小奥就可以告诉你，他究竟有多哀伤。

有些时候，我坐在小奥对面的沙发上，我们一起在雅达利游戏机上玩"打砖块"，开心得要命，在那电光朝露的一刻，我向奥古斯特望去——我敢打赌，小奥几乎马上就要开金口了。"说吧，"我劝小奥，"我知道你想开口说话，干脆说出来好啦。"奥古斯特微微一笑，把头朝左一歪，抬了抬左眉，用右手划出一道弧，好像正在轻抚一只无形的雪景球。他是在告诉我："对不起啦。总有一天，伊莱，你会明白我为什么死不开口。但眼下为时尚早，伊莱，先好好打你该死的游戏吧。"

据老妈讲，自从她逃离我的生父，奥古斯特就闭上嘴巴不再讲话了，当时他年仅六岁。据老妈讲，趁着当初她一走神，全心全意在琢磨等我再大几岁跟我交底（她要告诉我，上苍是怎样盗走了她的宝贝长子，偷换成了一个让人摸不透的怪咖全优生，结果过去八年里，我都不得不跟这个怪咖共用一张双层床）时，上苍居然盗走了她的宝贝长子想要开口说出的话。

时不时，奥古斯特班上某个倒霉蛋就会拿小奥开涮，拿小奥死不开口开涮，奥古斯特总以同一着儿回敬：他迈步走向当月嘴巴最臭的一个小霸王，对方却还蒙在鼓里，浑然不知奥古斯特胸中深埋着一腔怒火。众所周知，奥古斯特没有办法开口解释自己的行为，托这一点的福，他默默挥拳揍上小霸王白璧无瑕的下巴、鼻子和肋骨，用的必是老妈交往多年的男友莱尔教我们兄弟俩的三套"十六式组合拳"其中之一。想当初，在漫长的冬日周末，在我家后院的棚屋中，莱尔可是不辞辛劳地用一只棕色皮质旧沙袋教我们兄弟俩拳法呢。莱尔这人几乎什么也不信，但他笃信一件事：打断人家的鼻梁骨，具有扭转乾坤之力。

通常来说，老师们都会力撑小奥，毕竟，奥古斯特是个全优生，念书专心得不得了。等到儿童心理学家到我家造访，我老妈会赶紧凑出一份来自学校教师们的证词，把奥古斯特夸上天，说什么奥古斯特是每个班级不可多得的尖子生，要是能多几个跟奥古斯特一模一样、半句屁话也不讲的孩子，昆士兰的教育系统岂不受益匪浅。

据老妈讲，小奥五六岁的时候，总爱一连好几个小时紧盯着反光的东西。趁着老妈在做胡萝卜蛋糕，我在咣咣摔打玩具卡车，或者在厨房地板上玩积木，奥古斯特会痴痴地凝望老妈的圆形旧化妆镜。他还会在水洼旁一口气呆坐好几个小时，垂头审视自己在水中的倒影。依老妈的看法，那并不是自恋狂般的审视，却是一种探究，好像他在寻找些什么。有些时候，我经过卧室的门口，会无意中瞥见奥古斯特正朝挂在旧胶合板五斗橱上的镜子做鬼脸。

"你找到了吗？"九岁时，我曾经开口问过奥古斯特一回。他从镜子前转过身，脸上一点表情也没有，上唇左侧的嘴角微微上挑，我顿时悟出：原来，在我家米色的卧室墙壁之外，另有一方天地，但那里不需要我，我也去不了。不过呢，每当发现奥古斯特紧盯着自己的倒影，我还是会一遍又一遍地问："你找到了吗？"

小奥总爱紧盯月亮，从卧室的窗户追随明月越过我家屋顶。小奥深知月色万般旖旎。有些时候，到了深夜，他会从窗户溜出屋，解开水管，穿着睡衣把软管拖到房前的排水沟，一屁股坐上好几个小时，默默把街道浇得到处是水。要是角度拿捏得当，他可以浇出一个巨大的水洼，水中荡漾着一轮银辉熠熠的满月。"月塘。"一个寒冷的夜晚，我庄严宣告道。奥古斯特听完展颜而笑，用右臂勾住我的肩膀，点了点头——要是我家邻居老头吉恩·克里明斯最心爱的歌剧《唐璜》的结尾能博莫扎特颔首赞许的话，那颔首恐怕就跟当时奥古斯特的差不多吧。奥古斯特屈膝蹲下，又伸出右手的食指，龙飞凤舞地在"月塘"上空写下了几个词。

"吞下宇宙的男孩"，奥古斯特写道。

正是小奥，教会了我把握细节、察言观色、解读弦外之音，从眼前无言的点点滴滴，从"一切尽在不言中"的万事万物，挖掘出表情、对话与故事。正是小奥，教会了我不必时时竖起耳朵听；也许，我只需张开眼睛看。

*

金属巨兽丰田"陆地巡洋舰"轰隆隆地开动了起来，塑料车座上的我也跟着上下颠簸。我随身揣了已经整整七个小时的两片黄箭口香糖滑出了短裤的裤兜，掉进了车座的泡沫洞眼里。想当初，麻秆出狱以后，经常会带上他那头忠心的白色杂种老狗帕爷（现已嗝屁），从布里斯班开车驶到基尔科伊北部的吉姆纳镇。一路上，老狗帕爷动不动就会对汽车座椅大啃特啃。

老狗帕爷原来叫"帕奇"，麻秆嫌太拗口，改成了昵称。他们一人一狗常去吉姆纳偏远密林中一处无人知晓的溪流河床淘金，直到今天，麻秆依然认定，那条小溪里的金矿，丰厚得足以让所罗门王动容。每月第一个星期日，麻秆照旧带着他的二手淘金盘前往吉姆纳，但他也说，没了老狗帕爷，淘金简直变了味。热爱淘金的其实是老狗帕爷，那狗闻得出金子味。照麻秆的说法，帕爷一心贪恋黄金，活脱脱是世上第一头患上"淘金热"的狗。"流金溢彩的毒症哪，"麻秆评论道，"害得帕爷发了狂。"

麻秆推了推变速杆。

"踩离合器要小心。挂一挡，松开离合器。"麻秆吩咐道。

轻踩油门。

"踩踏板的时候，下脚要稳。"麻秆吩咐道。

笨重的丰田"陆地巡洋舰"沿着杂草丛生的路缘向前驶出了三米，麻秆猛地一刹车，汽车正好停在奥古斯特身旁，那小子还在凌空疾书。麻秆和我猛地向左扭过头，旁观着小奥这一波迸发的创意。奥古斯特写完一整句，随后食指轻点一下，好像画个句号。他有一头软塌塌的褐发，勉强算得上"披头士"发型吧；上身穿着他最心爱的绿T恤，胸前标有几个彩虹字："好戏还在后头！"；下身穿着莱尔那条蓝黄相间的帕拉玛塔鳗鱼队[1]球迷旧短裤——话说回来，在奥古斯特十三岁的人生中，至少有五年，他曾经与莱尔和我一起窝在沙发上看帕拉玛塔鳗鱼队的比赛，却还是对联盟式

1.帕拉玛塔鳗鱼队（Parramatta Eels），是澳大利亚职业橄榄球联盟俱乐部之一，位于悉尼郊区帕拉玛塔。

橄榄球提不起半点兴趣。小奥，我们亲爱的神秘小子，我们的莫扎特。小奥比我大一岁，小奥比所有人都大一岁，小奥比整个宇宙都要大一岁。

小奥写完五个整句，舔舔食指指尖，仿佛正在润笔，接着又再度臣服于那驱使无形之笔写下无形之字的魔力。麻秆把胳膊搁到汽车方向盘上，长长地抽了一口手卷烟，眼神却始终没有从奥古斯特的身上挪开。

"他现在又写些什么？"麻秆问。

麻秆和我紧盯着小奥，小奥却置若罔闻，目光紧紧追随着只属于他的那片蓝天中的字句。有可能，对奥古斯特来说，蓝天是一张张横格纸，供他在脑海中书写；也可能，他眼中所见，是碧空中划过一道道可供落笔的黑色格纹。但对我来说，奥古斯特写的是镜像字。假如我以恰当的角度面对他，假如我能够把他写下的字句逐一看清，并在脑海中把它们翻转过来，我就可以读懂。

"这次是一遍又一遍地写同一句。"我对麻秆说。

"写的究竟是什么啊？"麻秆问道。

奥古斯特肩头的一轮骄阳，仿若一尊白炽之神。我伸手一拍自己的脑门：百分之百错不了。

"你的结局，是一只断气的蓝鹀莺。"我说。

奥古斯特猛地一愣，定睛向我望过来。他长得跟我很像，但是个升级版的我：更强壮，更标致，一张脸的线条流畅细腻，正如他凝望"月塘"时望见的面孔。

再说一次吧。"你的结局，是一只断气的蓝鹀莺。"我说。

奥古斯特露出笑容，摇了摇头。瞧他看我的眼神，活像我才是脑袋秀逗的家伙，才是爱做白日梦的家伙。"*你就爱做白日梦，伊莱。*"

"错不了，我把你逮了个正着。刚才，我一直盯你盯了整整五分钟。"我对小奥说。

奥古斯特咧嘴一笑，猛地伸手抹去写下的字。麻秆也咧嘴一笑，摇了摇头。

"这小子手握答案哩。"麻秆说。

"什么答案？"我好奇道。

"问题的答案。"麻秆回答。

他挂上丰田"陆地巡洋舰"汽车的倒车挡，驶出三米，又刹住了车。

"该你啦。"麻秆下令。

麻秆说完咳了一阵，咳出一口棕不溜丢、带着烟草的痰，又从驾驶座旁边的车窗，对准被烈日炙烤、坑坑洼洼的柏油路"噗"地一口吐了出去。这条街纵贯十四座低矮杂乱的纤维板房，有的是米色，有的是碧色，有的是天蓝色，其中一座正是我家。达拉区山打根街，我那小小的郊区地盘，属于波兰裔、越南难民，以及逃离悲惨往昔的避难者，比如老妈、奥古斯特和我。过去八年里，我们一家三口流落至此，远遁避世，从那艘承载着澳大利亚下层蝼蚁的巨舰中保住了一条小命，与美国、欧洲以及简·西摩[1]远隔重洋，远隔着美得要命的大堡礁，远隔着七千公里昆士兰海岸线，远隔着一座将车流引至布里斯班的立交桥，除此之外，还远隔着附近的"昆士兰水泥石灰公司"工厂——每逢刮风的日子，工厂里的水泥粉末会吹遍整个达拉区，吹得我家房屋的蓝色纤维板墙上到处是灰，奥古斯特和我不得不趁着下雨之前，先用软管把水泥粉冲干净，免得它糊上我家那栋横七竖八的房子，在房屋正面和大窗上留下一道道硬邦邦、惨兮兮的灰痕，那扇窗毕竟是莱尔用来扔烟屁股、我用来扔苹果核的嘛（我向来都爱跟着莱尔学，

---

1. 简·西摩（Jane Seymour；1951- ），英国演员。代表作是电视剧《荒野女医情》。

也许该怪我年纪轻、见识浅，但莱尔身上总有值得效仿之处）。

达拉，它是个美梦之地，是股熏天的恶臭，是只满溢的垃圾桶，是面破碎的镜子，是天堂，是碗盛满虾肉、蟹肉棒、猪耳朵、猪脚和猪腩的越南汤面。达拉，它是个被冲下排水管道的小丫头，是个挂着鼻涕泡的小小子（那鼻涕在复活节夜晚闪闪发光）；是个横卧铁轨的妙龄少女，只待驶向中央车站或更远处的列车；是个抽苏丹大麻的南非汉子，是个注射阿富汗毒品的菲律宾男人，男人隔壁住的柬埔寨姑娘却小口喝着来自昆士兰达令山丘的牛奶。达拉，它是我无声的叹息，是我对战争的反思，是我年幼之时蠢兮兮的向往，是我的家。

"你觉得，他们什么时候会回来？"我问。

"用不了多久。"麻秆说。

"他们去看的是什么电影？"我问。

麻秆穿着一件薄薄的带古铜色系扣子的棉衬衣，衣角塞进一条深蓝色的短裤里。他常穿这款短裤，嘴里宣称自己有三条一模一样的短裤，轮换着穿，可我每天都能在他短裤屁股兜的右下角发现同一个洞。他的脚结了老茧，脏兮兮，臭烘烘，一双蓝色橡胶人字拖常年不离脚，但刚才麻秆笨拙地钻出汽车时，左脚的人字拖竟然滑了下来，钩在了离合器踏板上。胡迪尼大师已垂垂老矣，胡迪尼大师被困在了布里斯班西郊的水牢中。就连胡迪尼大师，也逃不开时间的魔爪。麻秆逃不开MTV，麻秆逃不开迈克尔·杰克逊，麻秆逃不开20世纪80年代。

"《母女情深》吧。"麻秆一边打开车门，一边答道。

我真心爱着麻秆，因为他真心爱着奥古斯特和我。麻秆年轻时有副铁石心肠，上了年纪以后，他的心肠倒是越来越软了。麻秆向来顾念我和小奥，顾念着我们过得怎么样，又会出落成什么样。我爱麻秆至深，毕竟，麻秆还千方百计想让奥古斯特和我相信，当老妈和莱尔出门好久好久还没回家（比如现在），他们俩是去看电影，而不是从越南餐馆老板的手里买海洛因。

"那片是莱尔挑的？"我问道。

五天前，在家里后院的棚屋，我发现割草机的集草箱里藏了一块重达五百克的金三角海洛因砖，于是开始疑心：老妈和莱尔恐怕当上毒贩了吧。后来，麻秆亲口告诉我，老妈和莱尔要去电影院看《母女情深》，于是我当场认定：老妈和莱尔果真当上了毒贩。

麻秆向我投来了犀利的眼神。"挪一边去，你这自作聪明的小鬼头。"他从嘴角嘟囔道。

踩离合器，挂一挡，下脚要稳。汽车猛地向前一蹿，开动了起来。"踩油门。"麻秆吩咐。于是，我踩下了没有穿鞋的右脚，伸直了腿，汽车载着我们两人穿过草坪，一头扎进了隔壁路边杜津斯基太太家的玫瑰丛。

"给我开回正经路上。"麻秆说着哈哈大笑。

我向右猛打方向盘，汽车驶下路缘，重新回到山打根街的柏油路。

"踩离合器，挂二挡。"麻秆凶巴巴地说。

这一次，我开快了些。汽车经过了弗莱迪·波拉德家，又经过了弗莱迪·波拉德的姐姐伊维——她正用一辆玩具婴儿车推着一个无头芭比娃娃，沿着街道走过来。

"要我歇一会儿吗？"我问道。

麻秆打量着后视镜，又把脑袋朝副驾驶侧的后视镜一歪。"不，去他妈的，绕这个街区开上一圈吧。"

我挂上了第三挡，汽车以每小时四十公里的速度轰隆前进。于是，我们自由了——此即越狱，属于我与胡迪尼。此即亡命天涯，两位脱身有术的高手就此远走高飞。

"我会开……车啦。"我放声高呼。

麻秆哈哈大笑，上了年纪的胸腔跟着呼哧作声。

汽车左转，驶上斯万拿维德尔街，经过二战时期的波兰移民中心——正是在这里，莱尔的父母度过了他们初抵澳大利亚的时光。汽车左转，驶上布切尔街——正是在这里，弗里曼一家养着各式珍禽：一只爱尖叫的孔雀，一只灰雁，一只麝香鸭。自由飞翔吧，鸟儿。驱车往前，再往前。汽车左转，驶上哈迪街，再左转，驶回山打根街。

"慢点开。"麻秆又下令。

我猛踩刹车，谁知在离合器踏板上一脚踩了个空，汽车顿时熄了火，正好再次停在奥古斯特身旁。小奥还在凌空疾书，一心沉浸其中。

"刚刚你看见我了吧，小奥？"我喊道，"刚刚你看见我开车了吧，小奥？"

他根本没有从文字上挪开眼神。这小子甚至没有发觉我们驾车离开。

"这会儿他又在写什么？"麻秆问。

同样两个词，写了一遍又一遍。新月般的大写字母"C"、胖乎乎的"a"、瘦巴巴的"i"；凌空向下一撇，顶部再加樱桃状的一笔。奥古斯特坐在他常坐的那方围墙上，紧挨着缺了的一块砖，跟红色熟铁信箱恰恰好隔着两块砖的距离。

奥古斯特就是缺失的那块砖。"月塘"就是我哥。奥古斯特就是"月塘"。

"两个词，"我对麻秆说，"其中一个是以'C'开头的名字。"

就在日后，我将把她的芳名与我学会开车的那一天挂上钩。因此，那块不见了踪影的围墙砖、"月塘"、麻秆的丰田"陆地巡洋舰"汽车、丰田汽车挡风玻璃上的裂缝、我的幸运斑，以及我哥奥古斯特的一切，都将让我想起她，直至永久。

“什么名字？”麻秆问。

“凯特琳（Caitlyn）。”

“凯特琳”——百分之百错不了。“凯特琳”——右手食指为笔，无尽碧空为纸，小奥写下了那个名字。

“你认识哪个叫‘凯特琳’的吗？”麻秆问。

“不认识。”

“写的第二个词是什么？”

我的目光紧随着奥古斯特的手指，划过天际。

“施皮斯。”我说。

“凯特琳·施皮斯。”麻秆说，“凯特琳·施皮斯。”他抽了一口烟，陷入了沉思。“他妈的，到底是什么意思？”

“凯特琳·施皮斯。”——我肯定没有看错。

“你的结局，是一只断气的蓝鹧鸪。”“吞下宇宙的男孩。”“凯特琳·施皮斯。”

百分之百错不了。

以上便是答案。

问题的答案。

彩虹少年

　　这间真爱之屋，这间鲜血之屋。纤维板墙是天蓝色，莱尔倒是刮了些腻子堵住了墙上的几个破洞，只可惜，刷的油漆看上去颜色不太正。屋里有张拼凑而成的双人床，叠成豆腐块的白色被单，再加上一条又旧又灰的薄毯——即使搁到当年莱尔父母逃离的死亡集中营里，这条薄毯只怕也很搭调。人人皆在逃离，尤其是脑子里的想法。

　　双人床上方，悬挂着一幅镶框耶稣像，画中是圣子与他带刺的荆棘冠。鉴于圣子的额头正淌下鲜血，他的神情显得相对平静（堪称泰山崩于前而色不变啊），可惜的是，圣子跟平常一样紧锁着眉头，谁让奥古斯特和我本来不该溜进这间屋呢——这间蔚蓝之屋，世上最为宁静之处。这间相亲相爱之屋。

　　据麻秆说，老辈英国作家和日场电影，无一不犯同一个错：在他们嘴里，真爱唾手可得。毕竟，真爱要伺候命运，伺候漫天星辰，伺候绕着太阳滴溜溜转的各式玩意嘛。真爱蛰伏多时，真爱人人有份，真爱一心静候着落入人手，只待机缘巧合，只待恋人们对上眼的一瞬间——嘭，于是天雷勾动了地火。可惜的是，据我了解，真爱却是难啃的硬骨头。真正的浪漫自带死亡，带有午夜不可抑制的颤抖，带有遍洒床单的斑斑屎迹。假如非要等待命运的安排，真爱就注定夭亡，真爱会逼着恋人们将"命中注定"等鬼话抛到脑后，日子能怎么过，就怎么过吧。

　　是奥古斯特领的路，那小子想带我开开眼界。

　　"要是发现我们两个进了莉娜的卧室，莱尔会要我们的命。"我告诉小奥。

莉娜的卧室不得入内，莉娜的卧室神圣不可侵犯，莉娜的卧室只许莱尔出入。奥古斯特耸了耸肩膀。他的右手攥着一支手电，迈步从莉娜的床边走了过去。

"这张床让我心里难受。"我告诉小奥。

奥古斯特点点头，表示会意。"这张床让我心里更难受，伊莱。一切都让我更难受。我比你更深情，伊莱，别忘了。"

莉娜的大床有一侧显得很塌，因为莉娜·奥尔利克曾经孤零零一个人在这张床上躺了八年，床的另一侧少了她的丈夫奥雷利·奥尔利克。1968年，正是在这张床上，奥雷利·奥尔利克因患前列腺癌离开了人世。

奥雷利死得悄无声息，与这间屋一般悄无声息。

"莉娜会不会正盯着我们？"我问。

奥古斯特的脸上绽开了笑容，耸了耸肩膀。莉娜信上帝，却不信爱情，至少不信所谓上天注定的爱情。莉娜不信命运，原因在于：假如她对奥雷利的爱属于上天注定，那阿道夫·希特勒的出生、阿道夫·希特勒整个罪恶又疯狂的成年时期，也必属上天注定，因为正是拜此人所赐（照莉娜的原话，那个"肮脏的恶魔"），莉娜与奥雷利才在德国一家美国人开办的难民营里邂逅了对方。那是1945年，后来两人在难民营里待了四年，其间奥雷利凑够了银子，打成了莉娜的婚戒。1949年，莱尔也出生于这座难民营，降生人世的第一夜，他睡在一只巨大的铁制洗衣桶里，身上裹了一条跟莉娜床上薄毯一模一样的灰色毯子。后来，美国将莱尔拒之门外，英国将莱尔拒之门外，澳大利亚却向莱尔敞开了怀抱，莱尔一直铭记于心。就凭这点，即使是在瞎混胡混的年少时光，只要是标有"澳大利亚制造"的东西，莱尔就从来没有放手砸过、放火烧过。

1951年，奥尔利克一家到了"东瓦科尔流离失所者家属收容营"，距我家现在住的房子骑脚踏车只需六十秒钟。四年里，奥尔利克一家与两千人共用一座有三百一十四个房间的木棚，共用公共厕所和浴室。奥雷利随后找到一份工作，为达拉和毗邻郊区——奥克斯利及科林达之间新建的铁路线铺设枕木。莉娜找到的工作在西南部，去耶伦皮利的一家木材厂干活，跟块头是她两倍、胆量是她一半的男人们一起切胶合板。

眼前这间卧室，就是奥雷利亲手建成，准确地讲，是奥雷利和修铁路的波兰好友一道，趁着周末建成了整栋房。头两年里，家里没有电，莉娜与奥雷利靠着煤油灯光自学了英文。房子越建越大，扩建了一间又一间、一截又一截，直到莉娜亲手烹饪的波兰野生菌汤、土豆、奶酪馅波兰饺子、白菜卷和烤羊肉的香味飘满了三间卧室、一间厨房、一个客厅、一间休息室、厨房旁边的一间洗衣房、一个洗手间和一个独立抽水马桶，马桶上方的墙上还挂着华沙那座白色三中殿式至圣救世主教堂的画像。

奥古斯特停下了脚步，向莉娜卧室的嵌入式衣橱转过身。衣橱是莱尔亲手打造的，靠的是旁观父亲和父亲的波兰哥们自建房屋学来的木工手艺。

"怎么啦，小奥？"我问道。

奥古斯特朝右点点头，意思是："你去把衣橱的门打开。"

想当初，奥雷利·奥尔利克一辈子过得水波不兴，也下决心死得水波不兴，死得有尊严，绝不要伴着心脏监测仪和忙个不停的医务人员闹出的动静死去。奥雷利·奥尔利克才不肯弄出什么狗血闹剧。每次莉娜带着空尿壶或干净毛巾回到这间屋，把老头子的呕吐物从他的前胸擦掉，奥雷利都会为自己添的乱子道歉。他给莉娜的临终遗言是"对不起"，但他还没有来得及说清"对不起"的缘由，就已经咽下了最后一口气。莉娜只敢说，老头子指的反正不是他们两人的爱情，因为她心里有数：奥雷利与她的这份真爱，有过忍耐，有过艰辛，有过失败，有过复苏，有过补偿，最终也有过死亡，但却偏偏没有后悔。

我打开衣橱。衣橱里伫立着一块旧熨衣板，地板上摆着莉娜的一袋旧衣服。莉娜的长裙挂成了一排；通通都是单色——橄榄色、棕色、黑色、蓝色。

莉娜·奥尔利克的死，倒是动静不小：钢铁撞毁发出的轰鸣，夹杂着弗兰基·瓦利的高音，变成了一阵刺耳的巨响。时值黄昏，莉娜刚刚参加完"图文巴花卉嘉年华"，正开车沿着沃里戈高速公路赶回家，在距布里斯班八十分钟车程的地方，她的福特"跑天下"一头撞上了一辆运菠萝的半挂车的前格栅。当时，莱尔正和他的前女友阿斯特丽德一起待在南部某家"国王十字"戒毒所里——为了告别长达十年之久的毒瘾，莱尔总共戒过三次，这是其中的第二次。结果，来自小镇加顿的警察负责处理车祸现场，跟警察会面的时候，莱尔禁不住毒瘾大发。"车祸倒没让你母亲受什么苦。"一名高级警官告诉莱尔。依莱尔看，警官是在婉转地表达："那辆肇事卡车，啧啧，真他妈大得要命。"警官把福特汽车残骸中找到的寥寥几件遗物交给了莱尔：莉娜的手袋、一串念珠、一只小圆枕（莉娜用它来当坐垫，好让目光越过方向盘看清楚些），奇迹般地，居然还有一盒被汽车音响系统弹出来的磁带——弗兰基·瓦利与"四季乐队"的《回首》专辑。

"操。"莱尔手里拿着磁带，边说边摇头。

"怎么啦？"警官问。

"没事。"莱尔心里很清楚：要是现在接过警官的话头，只怕自己眼巴巴盼望的海洛因又要稍候片刻了，可他正一心盼着去嗑药，盼着嗑药带来的白日梦打造出一座截流情感的大堤呢（曾经有一次，我听到我老妈把这种白日梦叫作"午睡"）。只不过，这座大堤将在一星期后坍塌，害得莱尔被一种铺天盖地的感受裹挟：他只觉得，世上再无一个爱他的人了。当天晚上，回到达拉以后，在莱尔儿时死党塔多兹·"泰迪"·卡拉斯家地下室的一张小沙发床上，莱尔朝自己的左臂扎了一针，心想着自己的妈妈是多么浪漫，她曾经多么深爱丈夫，弗兰基·瓦利飘入云端的高音又如何让世上每一个人都绽开笑颜，只有他母亲例外。弗兰基·瓦利会把莉娜·奥尔利克惹哭。迷迷糊糊之中，莱尔将"四季乐队"的录音带放进了泰迪家地下室的磁带录放机，摁下了播放键，因为他想听听母亲撞上那辆载满菠萝的半挂车时听到的歌。录音机响起的是《好女不哭》——就在那一瞬间，莱尔恍然记起：毋庸置疑，莉娜·奥尔利克从未出过意外事故。

所谓真爱，来之不易。

*

"怎么回事，小奥？"我问。

奥古斯特把一根食指放到唇边，示意我噤声，又默不作声地把莉娜的旧衣服挪到一旁，沿着衣橱的挂杆拨开长裙。他伸手推了推衣橱后壁：随着墙后压缩式闩扣发出的咔嗒声，一张白漆木板竟一英寸接一英寸地向前倒进了奥古斯特的怀中。

"你到底在干嘛，小奥？"我问。

奥古斯特把木板塞到了悬挂的长裙后面。

衣橱后方赫然露出一个黑洞，一道裂缝，一个不知深浅几何的墙外天地。奥古斯特顿时瞪大了眼睛，陶醉在面前黑洞所带来的希望和可能性之中。

"这是什么鬼玩意？"我问。

*

托阿斯特丽德的福，我们一家三口才认识了莱尔。当初，在布里斯班北边的努恩达，老妈在"慈善修女会"妇女庇护所中邂逅了阿斯特丽德。庇护所的餐厅里，我们一家三口（老妈、奥古斯特和我）纷纷用面包卷蘸着炖牛肉的汤汁。据老妈讲，阿斯特丽德就坐在我们那张餐桌的尽头。当时我才五岁，奥古斯特六岁，一直伸手指着阿斯特丽德左眼下方文着的一颗紫水晶，因为看上去活像她流下了水晶眼泪。阿斯特丽德来自摩洛哥，相貌美丽动人，永远年轻，总是穿戴得珠光宝气，总是很神秘，以至于我渐渐将她和她裸露的棕色小腹当作了《一千零一夜》里的角色，认定她看守着神灯、匕首、飞毯，凡此种种。在庇护所的餐桌旁，阿斯特丽德扭过头，审视着奥古斯特的双眸，小奥也回望她的双眸，久久展露出微笑。于是，阿斯特丽德朝老妈扭过了头。

"你一定感觉自己与众不同吧。"阿斯特丽德开口道。

"为什么？"老妈问。

"因'灵'选中了你照管此人。"阿斯特丽德一边回答，一边冲奥古斯特点头示意。

后来，我们才知道，"灵"之一字包罗万象，指的是芸芸众生的造物主，偶尔还会以三种面目显圣，造访阿斯特丽德：要么是神秘莫测、身着白袍的女神莎娜，要么是名叫"Om Ra"的埃及法老，要么就是爱放屁、满嘴脏话的"埃罗尔"——"埃罗尔"集世上之恶于一身，讲话的模样像个喝得烂醉的矮个爱尔兰人。算我们一家三口走运，"灵"看奥古斯特很顺眼，不久就跟阿斯特丽德进行了非凡的交流，告知她：她的开悟之路中有一步，正是安顿我们一家三口到她祖母佐拉位于布里斯班东郊曼利区的日光室里住上三个月。我才只有五岁，但也觉得瞎扯得没边了，不过话说回来，曼利是块宝地，能让小子们赤脚在摩顿湾枯潮时分的海滩上撒欢，一口气奔上好久好久，以至于小子们胆敢断定自己正一路奔向亚特兰蒂斯的尽头，在那儿，人人可以永生不死；不然的话，那小子也可以一直等到面包糠炸鳕鱼和薯条的香味召他回家——正因为这一点，我跟着奥古斯特有样学样，乖乖地闭上了嘴。

莱尔先是到佐拉家去见阿斯特丽德，没过多久，莱尔就到佐拉家跟我老妈玩起了拼字游戏。莱尔没什么学识，但他颇具街头智慧，再说，平装小说他也读了不少，算是个"单词通"，跟我老妈旗鼓相当。据莱尔声称，当初我老妈拼出"quixotic"一词且勇夺单词三倍得分的一刻，他就堕入了爱河。

可惜，老妈的情路颇多艰辛，其中有痛苦，有鲜血，有嘶吼，还有砸向纤维板墙壁的拳头，因为莱尔做过的最衰的事，是让我老妈染上了毒瘾。依我看，莱尔做过最棒的事，是让她又戒掉了毒瘾。不过，莱尔心里也知道：我知道后者永远无法弥补前者。正是在眼前这间屋里，莱尔帮老妈戒了毒，这间真爱之屋，这间鲜血之屋。

*

奥古斯特拧亮手电，对准衣橱壁板后方的黑洞扫了扫。惨白的手电灯光映照出一间小屋，大小跟我家卫生间差不多。手电灯光照在三堵棕色的砖墙上——这小屋是个凹洞，足以让一个站着的成年男子容身，活像个辐射避难所，只不过空空如也。地面是凹洞的原土，奥古斯特的手电灯光从空荡荡的凹洞扫过，直到落上小屋中仅有的几件东西：一张铺着软圆垫的木凳，木凳上摆着一台按键电话机：红色的电话机。

*

　　世上最不堪的瘾君子，是咬定自己并非世上最不堪的瘾君子的家伙。大约四年前，老妈和莱尔就一度衰到了这种地步，倒不是指他们的模样，却是指他们的做派。比如，虽然没有把我的八岁生日忘个精光，但也蒙头一觉睡了过去。比如，家里有不少动不动让人踩雷的注射器。你溜进他们两人的卧室，叫醒他们，告诉他们今天是复活节。你欢欢喜喜地蹦到他们的床上，恰似一只应景的兔子，结果一根废弃的针头刺棱扎上了你的膝盖。

　　我八岁生日当天，奥古斯特给我做了煎饼，再加上枫糖浆和一支生日蜡烛，凑在一起端给了我（其实吧，只是一支白色家用的粗蜡烛）。我们吃完煎饼，奥古斯特又做了个手势，表示因为今天是我的生日，所以我想怎么玩，我俩就怎么玩。我问他，可不可以用我的生日蜡烛来烧几样东西，首当其冲的就是那条长绿毛的面包——据我与奥古斯特观察，它已经在冰箱里足足放了四十三天。

　　当时，奥古斯特扮演了所有角色：他是老妈，是老爸，是叔叔，是奶奶，是牧师，是神父，也是大厨。他给我俩做早餐，给我俩熨校服，给我梳头，辅导我做作业。莱尔和老妈倒头大睡，奥古斯特却收拾烂摊子，把他们的毒品和勺子藏起来，兢兢业业地处理掉注射器，我就总是跟在他的屁股后面唠叨："拉倒算了，我们还是去踢球吧。"

　　但奥古斯特照料着老妈，好像她是一只仍在学步的鹿崽，在林中迷了路。因为，奥古斯特似乎知道某个秘密，明白老妈终究会熬过去；目前的困境只是老妈故事中的一个回合，我们兄弟俩必须等待。我认为，奥古斯特觉得：老妈需要这段人生，她理应借着毒品偷个懒，趁机做上一场浮生大梦，趁机把各种念头抛到脑后，躲开挥之不去的昔日，比如她曾经历过的三十年暴力、遗弃，比如摊上个差劲老爸的悉尼野丫头当初沦落到什么地步。奥古斯特在老妈睡觉时给她梳头，给她盖好毯子，用纸巾擦干净她流的口水。奥古斯特守护着老妈，但凡我有点嫌弃，有点瞧不上眼，奥古斯特就会又拽又揍收拾我一顿。因为我不明就里，因为除了奥古斯特，无人懂得老妈。

那是属于老妈的黛比·哈利版《玻璃心》岁月。据传闻，"嗑药"嗑太多，会害得你面目狰狞，害得你脱发，害得你脸上手上都是伤痕，谁让你焦虑的手指和焦虑的指甲会挠得自己鲜血淋漓、皮开肉绽呢。据传闻，毒品会害你的牙齿和骨头钙质流失，让你像一具腐尸一样瘫在沙发上——以上说法，我样样都亲眼见过。但在我看来，"嗑药"倒也衬托了老妈的美。我老妈很苗条，金发雪肤，发色虽不及黛比·哈利金光熠熠，美貌却不比黛比·哈利逊色多少。依我看，"嗑药"将我老妈衬托得好似天使。她的脸上有一种茫然的表情，于是，她人在心不在，恰似演唱《玻璃心》时的黛比·哈利，恰似梦中之人，行走于梦与醒、生与死之间，但又莫名地亮眼，仿佛她那双宝蓝眼眸的瞳仁中藏着一颗晶球，时刻滴溜溜地转动。我还记得，当时我在心里暗自嘀咕：假如真有某位天使降世，一路从天堂落到昆士兰州东南部的郊区达拉，那她看上去势必酷似我老妈——一样昏沉，一样迷惑，一样无神，扇动着双翼，端详着水池里堆起来的一个个盘碟，端详着窗帘缝隙外驶过房屋的一辆辆汽车。

一只金色圆网蜘蛛在我卧室的窗外织成了一张网，织得很精美，看上去好似一片放大了一千倍的雪花。蜘蛛就守在蛛网的正中，仿佛跳伞跳歪了，仿佛本想要不问缘由直捣黄龙，可惜一时进退不得，历经了风吹、雨淋和夏日午后刮倒电线杆的暴风雨，它却依然没有低头。那些年里，我老妈就是那只蜘蛛。她还是蛛网，是蝴蝶，是那只有着青色双翼的青斑蝶，被蜘蛛活生生吞下了肚。

*

"我们得赶紧溜，小奥。"我告诉小奥。

奥古斯特把手电递给我，让我拿好。他扭过头，屈膝跪倒，向后膝行穿过衣橱，进了衣橱后方的黑洞。他一头栽进了小屋里，先站稳脚跟，接着扭头面对我，踮起脚尖，以便再高上几厘米，又朝衣橱的推拉门点点头。我关上了衣橱门，小奥和我顿时陷入了一片黑暗，只剩下手电发出的光束。奥古斯特再次点点头，示意我也去衣橱后方的凹室，又伸手从我手中接过手电。我摇摇头。

"太扯了吧。"我说。

奥古斯特再次向我点头示意。

"你就是个混蛋。"我说。

奥古斯特微微一笑。小奥心里很有数：我跟他是一个模子塑出来的嘛。小奥心里很有数：假如有人告诉我，某扇门后有着一头饥肠辘辘、无人看管的孟加拉虎，我必定会打开那扇门，瞧瞧对方是否在瞎扯。于是，我还是溜进了凹室，一双光脚踏上了冷冰冰、湿乎乎的泥土地面。我伸手抚摸着墙壁，抚摸着粗糙的砖与泥。

"这是个什么鬼地方？"我问道。

奥古斯特直勾勾紧盯着红色的电话机。

"你在盯什么啊？"我问道。

奥古斯特依然瞪着电话，兴奋却又疏离。

"小奥，小奥……"我说。

小奥抬起了左手食指，意思是："等一下。"

正在这时，电话铃冷不丁响了起来。急促的电话铃声响彻了整间凹室。丁零，丁零，丁零，丁零。

奥古斯特向我转过身，一双靛蓝的眼眸瞪得滴溜溜圆。

"不要接，小奥。"我劝他。

奥古斯特又等电话响了三声，向听筒伸出一只手。

"小奥，不要接那该死的电话！"

他接了起来。他把听筒举到耳边。他已经露出了微笑，似乎被电话另一头的人逗得很开心。

"能听到什么动静吗？"我问。

奥古斯特面带笑意。

"是什么玩意？给我听听。"我说。

我伸手去抢电话，奥古斯特却推开我的胳膊，用左耳和左肩紧紧地夹住听筒。他咧嘴笑开了。

"有人在电话里跟你讲话吗？"我问。

奥古斯特点点头。

"小奥，你得把电话挂了。"

奥古斯特扭开头，不再搭理我，聚精会神地听着电话，听筒弯弯曲曲的红色电线耷拉在他的肩头。他背对我站着，过了整整一分钟才转过身，满脸都是茫然的神情。他伸手向我一指，意思是："对方想跟你聊聊，伊莱。"

"我不。"我说。

奥古斯特点点头，把听筒递给了我。

"我又不想听了。"我说着把听筒推开。

奥古斯特板起脸，挑高了眉毛。"别耍小孩脾气，伊莱。"紧接着，奥古斯特干脆朝我抛来了听筒。本能地，我伸手接住了它。

我深吸一口气。

"喂？"

听筒中赫然传来了男人的嗓音。

"你好。"

是一把深沉的嗓音，是个男人味十足的男人。对方可能已经上了五十岁，甚至六十出头。

"你是谁？"我问道。

"你觉得我是谁？"对方回答。

"我不知道。"我说。

"你当然知道。"

"不，我真的不知道。"

"不，你知道。你向来心里有数。"

奥古斯特微微一笑，点了点头。依我看，我明白对方的身份了。

"你是提图斯·布洛兹？"

"不，我不是提图斯·布洛兹。"

"你是莱尔的朋友？"

"没错。"

"我在割草机的集草箱里发现的那块金三角海洛因砖，就是你给莱尔的吧？"

"你怎么知道那是金三角海洛因？"

"我的朋友麻秆每天都读《信使邮报》，他读完就给我读。报纸的犯罪调查组一直在报道海洛因经由达拉传遍整个布里斯班的事。报道上说，'货'是从东南亚某主要鸦片产地来的，也就是缅甸、老挝、泰国三国接壤的地方，叫作'金三角'。"

"你挺懂行嘛，孩子。你读了很多东西？"

"我什么东西都读。麻秆说，阅读是最高级的脱逃。麻秆可是个脱逃高手。"

"麻秆是个聪明人。"

"你认识麻秆？"

"'博格路胡迪尼'的大名谁人不知呢。"

"他是我的死党。"

"你把一个杀人犯当作死党？"

"莱尔说，麻秆没杀那个出租车司机。"

"是吧？"

"是啊，没骗你。他说，麻秆是被冤枉的。因为麻秆底子不清白，所以人家把罪名栽到了麻秆的头上。你知道的嘛，条子耍的手段。"

"麻秆自己亲口跟你说过，他没有杀人吗？"

"那倒没有，但莱尔说啦，麻秆绝对他妈的没杀人。"

"你信莱尔的话吗？"

"莱尔从不说谎。"

"但凡是人就说谎，孩子。"

"莱尔就不。从生理上讲，莱尔的身体不容他作假，反正莱尔是这么跟我老妈交代的。"

"你不会真信这种鬼话吧？"

"莱尔说，他得了一种叫作'去抑制性社会参与障碍'的病，也就是说，他没办法做到掩盖真相，他根本撒不了谎。"

"依我看，这并不代表他撒不了谎。我觉得吧，这代表他做不到守口如瓶。"

"一回事嘛。"

"也许吧，孩子。"

"我真是烦透了大人搞什么'守口如瓶'，个个都非要藏着掖着，不把真相从头到尾讲全。"

"伊莱？"

"你怎么知道我叫伊莱？你究竟是谁？"

"伊莱？"

"嗯？"

"你确定你想把真相从头到尾听全吗？"

耳边传来了衣橱门吱呀打开的声音。奥古斯特深吸了一口气，我却先是察觉到莱尔的目光穿过衣橱落在我身上，然后才听见莱尔说话。

"他妈的，你们两个在那边搞什么鬼？"莱尔吼道。

奥古斯特扑通一声趴倒在地。漆黑之中，湿冷的地下土屋之中，我只能望见奥古斯特的手电在墙上疯狂地划出一道道光束，恰似一道道闪电。奥古斯特的手在拼命摸索着什么东西，最后终于找到了。

"小鬼好大的狗胆！"莱尔咬牙切齿地嘶吼。

可惜的是，奥古斯特恐怕真是狗胆包天。他竟然在右墙根找到一堵方形褐色金属活板门，跟大香蕉筐的硬纸板底座差不多大。门板被一把铜门闩锁在了地面的一块木条上。小奥松开门闩，掀起活板门，哧溜一下用肚子着地，闪电般撑着胳膊肘爬进了一条逃离这间密室的地道。

我朝莱尔转过身，惊得目瞪口呆。

"这是个什么鬼地方？"我不禁发问。

但我并没有傻等答案。我抛下了电话。

"伊莱！"莱尔发出了一声惊呼。

我也一跃趴下，像小奥那样肚子着地钻进了地道。我的身下是土，肩头紧贴着湿漉漉、硬邦邦的泥。我被一片黑暗包围，只剩下奥古斯特手中电筒摇曳的白光。在学校，我有个名叫邝德的朋友，那小子曾去越南拜访他的祖父母。到了越南，邝德一家参观了出自越共之手的地道。邝德告诉过我，爬过那些四通八达的地道是多么吓人——令人窒息的幽闭恐惧症，再加上劈头盖脸向你扑来的泥土。这不就是一回事吗，杀千刀的，活脱脱北越军队发癫搞出的玩意。邝德还说，某条地道爬到一半的时候，他再也没有办法往前一步了，被恐惧钉死在原地，两名爬在他身后的游客不得不掉头把他从地道里拖出去。可惜的是，此刻我却万万不能回头。身后的房间里守着莱尔呢，更要紧的是，莱尔恐怕正在摩拳擦掌，恨不得火力全开，冲我可怜的屁股蛋好一顿臭揍。恐惧逼得邝德在地道中止步，但此时此刻，对莱尔的恐惧却逼得我像个老练的越共炸药专家般一路匍匐前行。我朝漆黑之中爬了六米、七米、八米。地道稍稍向左拐了个弯，我爬了九米、十米、十一米。地道里好热，汗水、灰尘再加上一番辛苦，通通化成了我前额上的泥。空气闷得很。

"操蛋，奥古斯特，我在这鬼地道里喘不过气啊。"我告诉小奥。

奥古斯特停下脚步，手电照亮了另一扇褐色的金属活板门。他掀开门板，一股带有硫黄味的恶臭顿时充斥了整条地道，差点害我作呕。

"这是什么味道？是屎吗？肯定是屎吧，小奥。"

奥古斯特钻出地道口，我紧随其后，一头栽进了又一个方方正正的空间。这里比刚才那间凹室还要小，但刚好挤得下站着的奥古斯特和我。我深吸了一口气。眼前一片漆黑，地面同样还是土层，但土上又铺了一层什么东西，踩在我的脚底下。是锯末。恶臭味更浓了。

"绝对是屎，奥古斯特。见鬼，我们究竟在什么鬼地方？"

奥古斯特抬起头，我的目光追随着奥古斯特的眼神，落在我们头顶正上方一道滴溜圆的光圈上。光圈的大小，跟一只餐盘差不多。紧接着，光圈就被莱尔的面孔占据了——只见莱尔埋头打量着我们，露出他的一头红发，满脸雀斑。莱尔这家伙，活脱脱是个成人版红发捣蛋鬼金杰·麦格斯[1]，总爱穿一件杰基·豪[2]棉背心，趿着一双塑料人字拖，胳膊精瘦，但肌肉发达，文满了上不了台面、乱七八糟的文身：右肩文着一只雄鹰，鹰爪紧攥着一个婴儿；左肩文着一个手持魔杖的老巫师，长得活像我的七年级老师汉弗莱斯先生；左前臂文着舞姿蹁跹、尚未跟夏威夷打得火热的"猫王"埃尔维斯·普雷斯利。我老妈有一本披头士的彩色画册，我总爱在心里嘀咕，莱尔看上去挺像《请取悦我》时代一派天真的约翰·列侬呢。于是，在未来的时光中，我将用《扭摆与呼喊》一曲铭记莱尔，莱尔是《爱我吧》，莱尔也是《你想知道一个秘密吗？》》[3]。

"你们两个小鬼，可算滚了一身屎。"透过奥古斯特和我头顶的圆洞，莱尔喊道。

"哪有？"我顿觉一头雾水变成了满腔怒火，凶巴巴地回了嘴。

"不开玩笑，我是说，你们两个真踩了一脚屎。"莱尔回答，"谁让你们刚刚爬进茅厕了呢。"

真他妈要命。是茅厕。换句话说，是莉娜家后院深处废弃生锈的铁皮户外厕所，布满了蛛网，乃是红背蜘蛛和棕蛇的安乐窝。它们如此饥肠辘辘，甚至在你梦中也不会高抬贵手，只会张嘴猛咬你的屁股。话说回来，视角是件趣事。从地底六英尺之下往上看，世界似乎大不相同。从屎坑深处展望人生。对奥古斯特·贝尔与伊莱·贝尔而言，从屎坑深处往上爬，是唯一的出路。

莱尔搬开了一块带圆洞的厚木板——那玩意原本横跨了整间

---

1. 澳大利亚连载漫画中的著名漫画人物。

2. 该背心款式得名自澳大利亚传奇剪羊毛匠杰基·豪（Jackie Howe，1861-1920）。

3.《扭摆与呼喊》《爱我吧》《你想知道一个秘密吗？》三首歌曲均收录于上文提及的披头士专辑《请取悦我》中。

茅厕，权作马桶座圈，一度承载着莉娜、奥雷利以及奥雷利所有前来帮忙建房的同事的一瓣瓣肥臀，小奥和我却刚刚奇迹般地从一条秘密地道爬出了那栋房。

莱尔向我们藏身的空隙伸出右臂，作势要拉我们俩出去。

"来吧。"他说。

我躲开了莱尔的手。

"才不呢，你会揍我们一顿。"我说。

"唔，可惜我这人没法撒谎。"莱尔答道。

"他妈的。"

"别说脏字，伊莱。"莱尔说。

"除非你告诉我们一些真相，不然我死不出来。"我吼道。

"不要考验我的耐心，伊莱。"

"你和老妈又开始嗑药了。"我说。

正中要害。莱尔耷拉下了脑袋，又摇了摇头。这一下，莱尔摇身变得既温柔又慈悲，变得满腔悔意。

"我们没嗑药，老弟。"莱尔说，"我答应过你们两个小鬼头嘛，本人绝不违背诺言。"

"红色电话那头的人是谁？"我高声叫道。

"什么人？"莱尔问，"你到底在说什么鬼话，伊莱？"

"刚才电话响了，奥古斯特接了起来。"

"伊莱……"

"电话另一头的人，"我说，"嗓门深沉的男人。他是你的毒贩老大，对不对？我在割草机集草箱里发现的那袋海洛因，就是他给你的。"

"伊莱……"

"他就是坏透顶的毒枭大佬，躲在幕后翻云覆雨，将人玩弄于股掌之间，听上去跟高中科学老师一样又体贴又和气又没劲，实际上是个杀人不眨眼的自大狂。"

"伊莱，真要命！"莱尔尖叫出声。

我住了嘴。莱尔摇了摇头，喘了口气。

"那部电话不会响。"莱尔说，"你的想象力又让你吃瘪了，伊莱。"

我向奥古斯特扭过头。我又向莱尔扭过头。

"刚才电话明明接通了，莱尔。奥古斯特接了起来。电话那头有个男人，他知道我的名字，他知道我们一家，他知道麻秆。有那么一会儿，我还以为对方是你，然后……"

"够了，伊莱，"莱尔厉声嚷道，"是谁做主溜进莉娜的卧室的？"

奥古斯特伸出拇指对准了自己的胸口。莱尔点了点头。

"好啦，这样吧。"莱尔说，"你们两个现在乖乖上来，好好吃顿教训，等到闹完以后，我再跟你们说一下我们手头的事。"

"扯淡。"我说，"我现在就要答案。"

莱尔把茅厕的木头马桶座圈又安了回去。

"先把礼貌捡回来再来找我，伊莱。"莱尔说。

莱尔拍拍屁股走人了。

*

四年前，我曾以为莱尔会一去不回。当时，莱尔伫立在我家前门，右肩挎了个行李袋。我紧攥住他的左手，使尽全身力气往后拽，莱尔干脆把我一起拽出了门。

"不，"我求他，"不要走，莱尔。"

眼泪糊住了我的眼睛，眼泪糊住了我的嘴巴和鼻子。

"我得先把自己收拾爽利，哥们。"莱尔对我说，"奥古斯特会替我照顾你老妈的，你就得照顾好奥古斯特，好吧。"

"不要走。"我发出了嘶吼，莱尔扭过头——在那一刻，我以为自己胜算在握，因为莱尔有泪从不轻弹，但当时，他却湿了眼眶。"不要走啊。"我求莱尔。

谁知道，莱尔一边冲我高呼"放开我，伊莱！"一边将我推到了门后。我一跤跌在日光室的油毡地板上，手肘被生生蹭掉了一块皮。

"我爱你们，"莱尔说，"我会回来的。"

"你撒谎。"我高声喊道。

"我撒不了谎，伊莱。"莱尔答道。

莱尔走出房门，沿着通向宅子大门的小径朝前走，又走过了熟铁邮筒，走过了缺了块砖的褐色砖墙篱笆。我跟在莱尔屁股后面一路追到宅子门口，又闹又叫，喊得嗓子痛。"你就是个骗子，"我尖叫道，"你是个撒谎精。你是个撒谎精。你是个撒谎精。"可惜，莱尔连头也没回，只顾着一步步远去。

六个月后，莱尔竟真的回来了。当时正值一月，天气炎热，我晒得发黑，正在前院赤膊上阵，用拇指捏着花园浇水管，划出冲向骄阳的水幕，一心想要亲手打造出万道彩虹。正在这时，透过水幕，我望见莱尔迈步走了过来。他打开前门，又关好前门，我啪地扔下水管，朝他奔了过去。他穿着一条海军蓝色工作裤、一件油渍斑斑的海军蓝色牛仔工作衫，显得很健壮。他在小径上屈膝蹲下，迎候矮个子的我，我只觉他那一跪颇有亚瑟王之风——长到这么大，我还从未如此深爱过一个人。彩虹是莱尔，油渍是莱尔，亚瑟王也是莱尔。我拼尽全力向他奔去，莱尔差点被我活生生撞个跟头。我的雷霆一击堪比雷·普莱斯，凯歌高奏的帕拉玛塔鳗鱼队那铜墙铁壁般的锁球员，那有着金刚不坏之身的前锋。莱尔哈哈大笑，我攥住他的肩想把他搂紧些，他低头挨上我的脑袋，亲了亲我的头顶。我不明白自己当时为什么会说出那句话，但不管怎样，我把话说出了口。

"老爸。"我脱口说道。

莱尔的脸上露出了微笑，伸手握住我的肩头，把我扶直，直视我的眼睛。"你已经有老爸了，哥们，"莱尔说，"但你也有我。"

五天后，老妈被锁进了莉娜的卧室，挥拳猛锤着薄薄的纤维板墙壁。莱尔用木板封死了房间的两扇窗户，拖走了莉娜的旧床，取下了墙上的耶稣像，搬开了莉娜的旧花瓶，挪走了"达拉草地滚球俱乐部"一众好友和诸多远亲的镶框照。房间里空空如也，只剩下一张薄床垫，没有床单，没有毛毯，也没有枕头。莱尔把我老妈锁进了莉娜天蓝色的卧室，锁了整整七天。莱尔、奥古斯特和我伫立在上锁的房门外，聆听着她的嘶吼，聆听着她长声鬼哭神号，活像在那扇上锁的房门背后，某位宗教大法官正亲临督办万千种惨无人道的酷刑，其中牵涉到刑具和老妈摊开的四肢。只不过，我心里很清楚：除了老妈，莉娜的卧室里别无他人。午餐时分，她号啕不绝；夜半时分，她哀号连连。紧接着，隔壁邻居吉恩·克里明斯登门造访我家（吉恩是个人缘上佳的退休邮递员，肚子里藏了一千则错投信件趣闻和郊区街巷轶事），来察看动静了。

"她快熬出头了，哥们。"打开前门以后，莱尔只说了一句。吉恩也只是点了点头，好似他深知莱尔说的是什么，更深知如何管好自己的嘴。

到了第五天，老妈单单点了我的名，因为她明白：在三人之中，我耳根最软。

"伊莱，"她隔着门高声喊道，"他想要我的命。快去报警。快去打电话报警，伊莱。他想要我的命。"

于是我一溜烟奔到了电话机旁，在漫无止境的旋转式拨号盘上拨出了三个"0"，直到奥古斯特轻轻将手搁上了听筒。奥古斯特摇摇头，意思是："住手，伊莱。"

我放声大哭，奥古斯特伸出手臂，轻轻搂住我的脖子。我们兄弟俩又沿着过道走回去，站在那儿紧盯着莉娜卧室的房门。我又抽噎了一阵，接着迈步来到客厅，打开了木质胶合板墙壁的推拉式底门——老妈的黑胶唱片正收藏在那里。滚石乐队的《按钮之间》，是老妈放了又放的唱片，唱片封面上站立的乐队诸人身穿冬衣，基思·理查兹身形模糊，恰似他已经一脚踏进了某扇时空门，时空门将引领他直达未来。

"嘿，伊莱，放那首《红宝石星期二》吧。"老妈总说。

"哪首？"

"第一面，从唱片边上数过去第三道粗纹路。"老妈总说。

我拔掉唱机的插头，拖过走廊，在莉娜卧室门旁插上插头，放下了唱针——从唱片边上数过去第三道粗纹路。

那支歌吟唱一个从不肯透露来自何方的姑娘。

歌声在屋中回荡。透过门缝，老妈的啜泣与之一唱一和。歌放完了。

"再放一遍吧，伊莱。"老妈说。

*

到了第七日，黄昏时分，莱尔打开了莉娜卧室房门的门锁。两三分钟以后，莉娜卧室的房门吱呀一声开了。老妈憔悴得没了人形，慢吞吞蹒跚着迈开脚步，活像一副系了绳的骨架。她开口想要说什么，可惜她的双唇、嘴巴和咽喉都干渴得不得了，整个人病恹恹，最终一个字也说不出来。

"大……"她说。

她舔舔嘴唇，再次开了口。

"大……"她说。

她合上眼帘，看似已经不省人事。奥古斯特和我一心等待着老妈振作起来的迹象，等待着她大梦初醒的迹象——结果呢，她干脆一头栽进了莱尔的怀抱，瘫倒在地上，紧搂住了刚刚救她一命的莱尔，又挥手召唤她的两个宝贝儿子（他俩可笃信莱尔可以救她一命呢）。我们三人紧紧地围在她的身旁，仿佛她是一只折翼之鸟。

在我们围拥之中，她如黄莺启唇轻啼。

"大家一起来抱抱。"她轻声道。我们三人将她搂得如此之紧，如果时间够久，我们或许会化作磐石，凝成晶钻。

老妈随后紧搂着莱尔，跟跄着走向了他们的卧室。莱尔关上了卧室门。一片沉默。奥古斯特与我连忙轻手轻脚地溜进了莉娜的房间，好像我们刚刚轻抬脚步，就一脚踏上了邝德祖辈故乡北越丛林中的森森雷区。

莉娜的卧室里满地是纸碟、残羹剩饭、头发，屋角还有一只便盆。天蓝色的墙壁上布满了跟老妈拳头一样大小的洞眼，四周绽开一道道血痕，恰似战场上迎风招展的破烂红旗。一条长长的、风干的褐色屎迹好像一道泥路，沿着两堵墙壁蜿蜒而行。不管老妈在这间小小的卧室里打了多惨的一仗，奥古斯特和我都心下了然：她已经凯旋。

我老妈的名字，叫作弗朗西丝·贝尔。

*

奥古斯特和我一声不吭地伫立在屎坑中。整整一分钟过去了。奥古斯特恼火地在我胸前猛推了一把。

"不好意思。"我说。

四周一片静寂,又是两分钟过去了。

"多谢刚才担下了做主进莉娜房间的罪名啊。"我说。

奥古斯特耸耸肩膀。时间又过了两分钟,粪坑的恶臭与热气席卷了我的脖子、鼻子,席卷了我。

奥古斯特和我双双仰望着头顶的光圈,目光越过莉娜·奥尔利克与奥雷利·奥尔利克家中后院的木头茅厕。

"你觉得他还会回来吗?"我问道。

跟踪高手

一觉醒来。一片漆黑。透过卧室的窗户，月色在奥古斯特的脸上流淌。他正坐在我睡的那张下铺上，拭去我额头的汗珠。

"我又吵醒你啦？"我问。

奥古斯特微微一笑，点点头。"没错，不过不要紧。"

"又是同一个梦。"我说。

奥古斯特点点头。"猜到了。"

"魔车之梦。"我说。

"魔车之梦"中，我和奥古斯特坐在一辆霍顿"金斯伍德"车的茶色塑料后座上，汽车的颜色跟莉娜卧室的天蓝色墙壁差不多。我们兄弟俩在拼命把对方朝汽车的角落里挤，挤得好用力，笑得差点尿裤子。某个男子驾驶着汽车忽而猛地左转，忽而猛地右转。我摇下紧挨着自己的车窗，一阵旋风立刻把我卷过汽车座椅，又把奥古斯特死死地钉在另一侧的车门上。我用尽全力顶着从车窗刮来的狂风，把脑袋探出车外，才发觉我们正在凌空飞行，司机正驾着这辆神秘的汽车从白云间穿行。我又摇上车窗，车外变成了一片灰。无处不灰。"一朵雨云而已嘛。"奥古斯特评论道——在"魔车之梦"中，奥古斯特会开口讲话。

随后，车窗外变成了青灰色。无处不是一片青灰色，无处不是一片湿漉漉。一群鲷鱼翩然从紧挨着我的窗边游过，汽车经过了一丛飘扬的海草。我们不是在驾车穿过雨云，我们正在驾车驶向海底。司机扭过了头，赫然是我的父亲。"闭上眼。"他吩咐道。

我老爸的名字，叫作罗伯特·贝尔。

　　"我饿扁了。"我说。

　　奥古斯特点点头。我们兄弟俩找到了莱尔的密室，刚才莱尔却并没有臭揍我们一顿，我倒宁愿挨他一顿臭揍呢。沉默更让人受不了，且不提还有莱尔失望的神情。我倒宁愿屁股蛋挨上狠狠十巴掌，也好过眼下这份别扭：我只觉得自己已经不再是个小屁孩，已经长大成人到让人下不了手甩巴掌扇屁股，已经长大成人到不该神不知鬼不觉地溜进犯忌的密室，已经长大成人到不该瞎嚷嚷什么在割草机集草箱里发现了海洛因。今天下午，莱尔还是一声不吭地把我们兄弟俩拽出了屎坑。无需劳莱尔大驾吩咐我们的去向，奥古斯特和我通情达理地回了卧室。莱尔简直气得冒烟，所以世界上再没有比我们兄弟的卧室更安全的地方了：我们那逼仄的圣殿，只孤零零挂了一张早已褪色的麦当劳促销海报装点门面，海报里是为期一天的1982—1983"金边臣世界大赛杯"板球赛参赛队伍澳大利亚队、英格兰队和新西兰队的集体照。奥古斯特还特意在英国佬前排的大卫·高尔额头上用墨水涂了全套"鸡鸡与蛋蛋"，以示敬意。总之，莱尔没有给我们兄弟俩晚餐吃。莱尔连半个字也没对我们兄弟俩讲，于是，我们只好径直上床睡觉。

　　"见鬼去吧，我得找点东西吃。"几个小时后，我抱怨道。

　　我蹑手蹑脚摸黑穿过走廊，进了厨房。我拉开冰箱，一道光随之充斥了整间屋。冰箱里有一团塑料包装的熟食午餐肉，一罐ETA五星黄油。我关上冰箱门，左转走向食品储藏室，结果一头撞上了奥古斯特，他已经把四片面包摆在了料理台的一块砧板上。是午餐肉番茄酱三明治。奥古斯特带上他那一份，向客厅的前窗走去，准备抬头仰望明月。他到了窗边，却又立刻蹲下了身，慌里慌张地想要躲开某人的视线。

"怎么回事？"我问。

奥古斯特伸出右手，往下一挥。我也赶紧蹲下身，跟他在窗下碰了头。奥古斯特抬抬下巴，扬起双眉，意思是——"你自己瞧瞧吧。*动作放慢些。*"于是，我从窗户底部探出脑袋，向窗外的街道望去。已过午夜时分，莱尔却赫然待在屋外路边，坐在邮筒旁边的砖墙篱笆上，抽着一包温菲尔德红色包装香烟。"他在搞什么鬼？"我问。

奥古斯特耸耸肩膀，从我身旁探出脑袋，看来也一头雾水。莱尔身穿厚猎装，立起厚厚的羊毛领，抵御着袭向脖子的午夜寒气。他嘴里吐出烟圈，烟雾在黑暗中浮沉，恰似灰色的幽灵。

奥古斯特和我又双双缩回头，对着三明治一通大嚼。奥古斯特的番茄酱"啪嗒"滴到窗户下方的地毯上。

"注意番茄酱啊，小奥。"我说。

目前莱尔和老妈已双双成功戒毒，且双双以家为荣，他们可不肯开恩准许我们兄弟俩在地毯上吃东西。奥古斯特伸出拇指和食指，抹掉地毯上的几滴番茄酱，又把手指上的红色酱汁舔了个干净。他朝地毯上的红色污渍吐了口唾沫，使劲擦了擦——这模样恐怕逃不过老妈的法眼吧。

正在这时，一声砰然巨响传遍了我们所处的郊区。

奥古斯特和我立刻一跃而起，透过窗户朝外望。夜空之中，大约一个街区之外，一道紫色烟花呼啸着升入郊区住宅上方的沉沉夜空，一边噼啪作响，一边呈螺旋状节节攀升，攀到最高处，就绽开大约十瓣左右，点点烟花刹那间在空中幻化出一道璀璨的紫色喷泉。

莱尔遥望着绽放的烟花，又长吸了一口"温菲尔德"，将烟头朝脚边一扔，用右脚的靴子踩灭了它。他伸出双手揣进猎装的衣兜，走下街道，朝烟花的方向走去。

"快，赶紧出发。"我低声催小奥。

我把剩下的午餐肉加番茄酱三明治一股脑塞进嘴里——看上去肯定像往腮帮子里填了两颗大弹珠。奥古斯特却没有动，还在窗下吃着三明治。

"快点，小奥，赶紧跟上啊。"我低声催道。

小奥却依然闲坐当场，跟平时一副做派，跟平时一样运筹帷幄，权衡利弊。

他摇了摇头。

"来吧，你不想知道莱尔要去哪儿吗？"我问。

奥古斯特微微一笑。于是，刚刚抹掉番茄酱的右手食指凌空划过，龙飞凤舞地写下了几个无形之字。

"*早已心中有数。*"

*

若论跟踪之道，本人已经浸淫多年了。要做到不跟丢，其要点在于距离与信心。与目标保持足够的距离，以免被人察觉；保持足够的信心，让自己相信你其实不是在盯人，即使你确实是在盯人。信心，意味着神不知鬼不觉，你不过是一众陌生的透明人中又一个陌生的透明人。

屋外好冷。就让莱尔先走五十米吧。刚走过我家的邮筒，我猛然意识到自己还光着脚，穿着冬季睡衣——右屁股蛋上有个大洞的那件。莱尔一味往前走，双手揣进衣兜里，飘然闪进我家马路对面迪西街公园入口处诸多路灯后面的一片漆黑中。莱尔摇身化作了一抹鬼影，穿过黑漆漆的椭圆跑道正中的板球场，又登上一座通往儿童游乐场与公共烧烤场的山丘——去年三月，为了庆祝奥古斯特十三岁的生日，我们一家曾在那里摆过烤肠摊。我蹑手蹑脚地越过椭圆跑道的草地，堪比鬼魅，堪比凌空漫步，忍者般悄无声息，忍者般疾如闪电。"喀嚓"——一根又细又干的枯枝在我没有穿鞋的右脚下断裂了。公园另一侧的一盏路灯下，莱尔停住了脚步。他转过身，回头向公园张望，张望着将我裹挟其中的漆黑夜色。他的眼神径直落在了我身上，但却毫无察觉，谁让我有"距离"和"信心"二宝护身呢。我一心笃信自己神不知鬼不觉，于是，莱尔显然也很买账。他又转身背对公园，耷拉下脑袋，继续沿着斯特拉斯登街朝前走。我一直隐忍不发，等到莱尔右转踏上哈灵顿街，才箭一般冲出黑漆漆的公园，冲到斯特拉斯登街一览无余的路灯下。斯特拉斯登街与哈灵顿街的街角有棵歪瓜裂枣的杧果树，正好成了我的障眼法，让我得以观察莱尔的行踪，把他看个清楚。莱尔再次左转，踏进了阿卡迪亚街，上了邓达伦一家的车道。

*

在学校，邓达伦跟我同级。"达拉公立学校"总共只有十八个七年级生，我们十八人又一致认同：同级诸生之中，越南裔澳大利亚籍帅哥邓达伦成名的可能性远超其他人，其原因可能是用机关枪血洗教室，把我们十八名七年级生通通干掉。上个月，我们正埋头苦干"第一舰队"[1]项目，用百乐宝雪糕棒搭建英国舰队，达伦迈步从我的课桌旁边走过。"嘿，倍儿傻。"他压低声音对我说。

伊莱·贝尔——贝尔——倍儿——倍儿傻。

1.1788 年 1 月 26 日，英国船长亚瑟·菲利普带领由 11 艘船只组成的第一舰队到达澳大利亚新南威尔士州悉尼港建立英国在澳大利亚的第一个殖民地。

"嘿，倍儿傻。午餐时段，空瓶回收桶旁边见。"邓达伦对我下令道。

言下之意是："若要保住两只耳朵，继续在这所学校安生混你的小日子，那等到午餐时段，你小子最好乖乖在球场管理员麦金农先生工具棚后面的黄色巨型金属空瓶回收桶旁现身。"结果，我在空瓶回收桶旁边苦候整整三十分钟，正一厢情愿地指望着邓达伦也许不会前来赴约了，他却蹑手蹑脚地走到我身后，用右手食指和拇指拎住了我的后脖子。"若见忍者，死期将至。"达伦嘴里说道——此乃电影《忍者黑帮》中的一句台词[1]。两个月前，体育课上，我曾经向邓达伦交心：跟他一样，我也认定查克·诺里斯[2]那部讲述某秘密忍者黑帮的电影，是史上最为精彩的佳片。当时我还真是满嘴瞎话，史上最精彩的佳片，明明是《电子世界争霸战》[3]嘛。

"哈！"我的耳边又传来一声尖笑，肇事者是埃里克·沃伊特——邓达伦手下没长脑子但长了一身肥肉的跟班。沃伊特一家纯属"没脑子肥仔机修工"之家，"达拉砖厂"对街的"达拉汽车传动兼汽车贴膜店"就是沃伊特家开的。"倍儿傻刚刚湿裤子啰。"埃里克·沃伊特说。

"是'尿裤子'。"我纠正道，"埃里克，你应该说：'倍儿傻刚刚尿裤子啰'。"

达伦朝空瓶回收桶扭过头，将手伸向麦金农先生收集的一堆烈酒的空酒瓶。

---

1. 《忍者黑帮》（The Octagon），1980年上映的美国电影，主演包括后文提及的查克·诺里斯。

2. 卡洛斯·雷·查克·诺里斯（Carlos Ray "Chuck" Norris, 1940-）：美国武术家、演员、编剧和制片人。

3. 《电子世界争霸战》（Tron），1982年上映的美国科幻动作冒险片。

"这家伙究竟灌了多少猫尿？"他边说边拎起一只"黑道格拉斯"威士忌酒瓶，一口喝干瓶底的残酒，又喝干了一小瓶"杰克丹尼"威士忌酒，接着干掉了一份"占边"波旁威士忌。"你不来几口？"达伦说着，把一瓶尚余瓶底的"丝彤"姜酒递给了我。

"算啦。"我回答，"你叫我过来干什么？"

达伦的脸上露出了笑容，从右肩卸下一只大帆布袋。

他把手伸进袋子。

"闭上眼睛。"达伦下令。

但凡邓达伦命人"闭上眼睛"，则无一次不以血泪收尾。可惜的是，跟念书一样，只要你一开始与邓达伦狭路相逢，便再无绕道一说。

"搞什么鬼？"我问。

埃里克朝我的胸口用力推了一把："乖乖闭上眼睛就是，贝尔'倍儿傻'。"

我闭上了眼睛，本能地伸手护住了要害。

"睁开眼睛。"达伦又下令。于是我又睁开眼睛，赫然发现眼前是一只褐色的硕鼠，它的两颗门牙正紧张地乱磕，活像一台嗡嗡作响的手提钻。

"太操蛋了，达伦。"我放声嘶吼。

达伦和埃里克笑得哇哇叫。

"它可是在储藏室里找到的宝贝。"达伦说。

邓达伦的老妈名叫邓碧，人称"生人勿近嫂"，她和达伦的继父阮关经营着位于"达拉站路"尽头的"小西贡大又鲜超市"。该店堪称越式货品一站式超市：店内出售越南进口蔬菜、越南进口水果、越南进口香料、越南进口肉类，再加上越南进口的整条鲜鱼。达伦无比欢欣地发现：昆士兰东南部个头最大、饮食最佳的一家子痴肥褐鼠，就住在"小西贡大又鲜超市"店后紧挨着贮肉冷柜的一间储藏室中。

"老实抱稳它一秒钟。"达伦一边下令，一边把老鼠塞到不情不愿的我手里。

老鼠在我的掌心瑟瑟发抖，吓得一动也不敢动。

"它叫贾巴，"达伦说着，把手伸进背包，"把它的尾巴拎住。"

我用右手食指和拇指敷衍了事地拎住老鼠尾巴。

达伦从背包里抽出了一柄弯刀。

"见了大头鬼，这是什么玩意？"

"爷爷的弯刀。"达伦说。

弯刀比达伦的右臂还要长，有着茶色的木柄和宽阔的刀刃，平坦的刀身已经生锈，但刀锋上了油，闪着熠熠寒光。

"你这样行不通，把它的尾巴抓牢点，不然它就溜了。"达伦说，"要伸出五个指头攥住尾巴。"

"贝尔'倍儿傻'，你得攥紧了，半点也不能松，跟攥的是自己的宝贝小老弟一样，不然它就溜了。"埃里克补了一句。

我伸出手，紧紧攥住了老鼠尾巴。

达伦从背包里掏出一块红布，看似是块大手绢。

"来吧，把贾巴拎到化粪池上去，不过别让它溜了。"达伦说。

"要不让埃里克来管贾巴？"我说。

"你不正管着它吗！"达伦的眼中闪烁着某种癫狂的神情，某种捉摸不透的神情。

空瓶回收桶旁边是个水泥浇筑的地下化粪池，带有沉甸甸的红色金属盖。我轻轻地把贾巴放到化粪池上，用右手拎住它的尾巴。

"连根指头也不要动，倍儿傻。"达伦下令。

达伦把那块红色大手绢叠成了眼罩，裹上双眼，接着双膝跪地，恰似一个正待拔刀自尽的日本武士。

"哎哟，他妈的，达伦，不是吧。"我说。

"不许动，倍儿傻。"站在我旁边的埃里克放声呵斥。

"不要怕，这事我已经干过两回了。"达伦说。

可怜的蠢老鼠贾巴，和我一样吓破了胆。贾巴朝我扭过头，牙关咔咔乱抖，看上去一头雾水又胆战心惊。

达伦用双手握住弯刀的刀柄，不慌不忙、有条不紊地挥过头顶。在照耀着这人间地狱般一幕的骄阳下，明晃晃的屠刀利刃刹那间闪烁着寒光。

"等等，达伦，你会一刀砍下我的手的。"我结结巴巴地说。

"放屁，"埃里克骂道，"老大可是堂堂忍者血脉，你的手在他天眼之下一览无余，比人眼看得更清楚。"

埃里克伸出一只手摁住我的肩膀，以免我乱动。

"别他妈的乱动。"他说。

达伦深吸一口气。又呼出一口气。我向贾巴投去最后一眼，它正吓得打哆嗦，一动也不动，好像老鼠心里正在琢磨，假如自己毫不动弹，我们可能就会忘记面前还有一只老鼠。

达伦的弯刀"嗖"地斩下，既快又狠，油亮的刀刃划出一道寒光，刺进了化粪池的铁盖，离我握紧的拳头只差一厘米。

达伦得意地摘下眼罩，准备观赏老鼠贾巴血淋淋的尸体。可惜的是，他的眼前什么也没有。贾巴不见了踪影。

"搞什么鬼，倍儿傻？"达伦喊道。盛怒之下，他的越南腔显得越发浓重。

"他放跑了贾巴！"埃里克尖叫，"他放跑了贾巴！"

埃里克一把勾住我的脖子，胳肢窝散发出烂泥潭一般的恶臭。我瞥见贾巴正窜过学校铁丝护栏网下的一个缺口，窜进了紧挨麦金农先生工具棚的茂密的灌木丛，朝着自由狂奔而去。

"你害我颜面扫地哟，倍儿傻。"达伦低声道。

埃里克干脆用肥肚皮压住我的后背，逼得我不得不趴在化粪池上。

"血债血偿。"埃里克说。

"你也懂武士之道吧，伊莱·贝尔。"达伦正色道。

"狗屁，我真不懂什么武士之道，达伦。"我说，"再说了，依我看，你那种老掉牙的武士道，根本就是自娱自乐吧。"

"血债血偿，伊莱·贝尔。"达伦回答，"勇气之河若枯，鲜血代之横流。"他冲着埃里克点点头。"手指。"他下令道。

埃里克使劲把我的右臂朝后掰，摊在化粪池上。

"见鬼了，达伦。"我不禁哀号起来，"先动动脑子好吗，你会被学校开除的。"

埃里克恶狠狠地从我攥紧的拳头里掰出了我的右手食指。

"达伦，求你想想你到底在搞什么鬼。"我软言相求，"你会被关进号子里的。"

"本人早已认命，伊莱·贝尔。你呢？"达伦回答。

达伦再次用眼罩蒙住眼睛，双手挥动弯刀，抬过头顶。埃里克拼命扭住我的手腕，扭得都快断了，又使劲把我往下摁，把我那只被掰出来的手指牢牢"钉"在化粪池的铁盖上。大难即将临头，我痛楚万分地发出尖叫。我的手指是老鼠。我的手指是一心盼着人间蒸发的老鼠。我的右手食指，正中的指节长有我的幸运斑。我的幸运斑。我的幸运手指。我直勾勾瞪着手上那颗幸运斑，心里暗自祈求上苍垂怜。正在这时，七十岁出头的爱尔兰裔管理员、苏格兰威士忌拥趸麦金农先生适时绕过了工具棚的屋角，停下了脚步。眼前的一幕，让喝得醉醺醺的麦金农老头摸不着头脑：某个蒙着红色眼罩的越南裔小子仿佛正在献祭，居然正打算斩下某个摊手摊脚被摁在化粪池铁盖上的倒霉蛋小子的一根食指，而且即将被砍的那根食指上，还长着倒霉蛋小子的幸运斑呢。

"都在搞什么鬼!"麦金农先生吼出了声。

"快闪人哪!"埃里克发出一声尖叫。

果然,挟深爱的忍者那潜行之威,达伦一溜烟逃之夭夭了。埃里克从我的左肩挪开重如千斤的肥肚皮,虽然慢了一步,但当麦金农先生粗壮的左臂向他扫来时,他好歹躲了过去,害得麦金农先生落了空,好死不死揍上了我的栗色棉质校服短裤的屁股兜,于是正待落跑的我落跑未遂(反正逃跑也是白费劲),看上去活像凌空蹬腿的卡通角色"歪心狼"。

"你个小鬼,想朝哪里溜?"麦金农先生说,他呼出的气息闻起来活像"黑道格拉斯"威士忌。

*

此刻,我猫着腰,蹑手蹑脚地走向了邓达伦家的篱笆。邓家大宅的篱笆是高高的棕色木栅,顶端带有尖头。沿着邓达伦家长长的车道,莱尔正一步步往前走。邓家宅邸是达拉最阔气的大宅之一:半价购于达拉砖厂的三千块黄砖,砌出了一栋三层楼房,原本雄心勃勃旨在打造一幢意式豪宅,只可惜品位欠佳,活生生沦落成了蹩脚的郊区货色。屋前的草坪赶得上半个足球场,种着一排高大的棕榈树,约有五十棵吧。我往长长的水泥车道稍一现身,又闪进了屋前草坪的棕榈树丛,以便避人耳目。草坪往后是一张蹦床,四周环绕着塑料公主城堡娃娃屋,全归邓达伦的三个妹妹所有——邓凯莉、邓凯伦、邓仙蒂。我一溜烟向蹦床奔去,闪身躲到了最大的一座公主城堡后面。那是一个粉色的塑料童话王国,带有一座儿童滑梯状的棕色吊桥,城墙高得足以让我容身,而我就在墙后,透过邓家大宅客厅的玻璃推拉门,遥遥望见莱尔和达伦的老妈、继父(也就是邓碧与阮关)在一套沙发上坐下来。

邓碧之所以得名"生人勿近嫂"，全拜手段霹雳、惨绝人寰所赐。除了"小西贡"超市，她的名下还有一家大型越南馆子，再加上餐馆隔壁的一家美发沙龙，沙龙正对着达拉火车站，我就在那家店里剪头发。至于阮关，与其说是邓碧的丈夫，不如说是对她俯首帖耳的忠仆。邓碧在方圆一带声名远播，不仅因为她大公无私地赞助了达拉的各种社区活动（舞蹈啦、历史协会演出节啦、为募资举办的跳蚤市场啦），还因为她曾经用一把钢尺捅进了达拉公立学校某五年级女生谢丽尔·瓦迪的左眼，原因是谢丽尔取笑邓凯伦，说凯伦·邓每天都把蒸好的米饭带到学校当午餐吃。事发之后，谢丽尔·瓦迪不得不做手术治疗，差一点失明，我反正一直没弄懂邓碧为什么没进号子。也正是在那时，我才悟到达拉自有其"法"，自有其"规"，自有其"道"，而且，大公无私立下规矩、划下道道的始作俑者，说不定正是"生人勿近嫂"邓碧。没人说得清邓碧的第一任丈夫、达伦的生父邓卢究竟出了什么事。六年前，邓卢突然人间蒸发了。人人都说，邓碧给他下了毒，往他的明虾猪肉米卷里放了砒霜。只不过，就算邓碧是用一把钢尺将他一尺穿心的话，我也不会觉得吃惊。

邓家大宅客厅里的邓碧，身穿一件浅紫色晨衣。尽管已是深夜，五十出头的邓碧脸上却还化着妆。达拉区所有越南妈妈族，看上去都一个样：一头浓密的黑发挽成发髻，打理得十分精心，因此光泽可鉴，双颊敷着白生生的粉底，再加上一对墨色的长睫毛，结果无论什么时候，都显得活像受了惊。

邓碧正两手相扣，双肘搁上膝盖，一会儿下令，一会儿动动食指，像极了帕拉玛塔鳗鱼队传奇教练杰克·吉布森在场边冲他的场上智囊团雷·普莱斯和彼得·斯特林挥手下令。莱尔说了一段话，邓碧点头示意，随后伸手朝自己的丈夫阮关一指。她是在打发阮关去某个地方，阮关恭顺地点点头，摇摇摆摆地走出了我的视线，又端着一只长方形泡沫塑料大冰盒走回来，看上去跟邓家在"小西贡"超市用来贮藏整条鲜鱼的盒子差不多。阮关把冰盒放到了莱尔脚边。

正在这时，一柄锋利冰冷的钢刃抵上了我的脖子。

"叮铃叮铃，伊莱·贝尔。"

邓达伦的笑声在棕榈树丛中回荡。

"哎哟，倍儿傻，"他说，"要是真想神不知鬼不觉，你小子好歹把自家睡衣换下来吧。我从邮筒那边就能一眼瞧见你那白花花的澳洲佬屁股蛋。"

"高见啊，达伦。"

刀刃长而薄，紧紧地抵住我的脖子一侧。

"是把武士刀？"我开口发问。

"他妈的，谁说不是呢。"达伦骄傲地回答，"从当铺找到的宝贝，我今天花了整整六个小时磨刀。依我看，一刀就能切掉你小子的脑袋，想不想开开眼界？"

"要是没了脑袋，我又怎么开得了眼界？"

"就算被砍下来，你的脑袋也能用。想想到时候会有多酷：你的一对眼珠子从地面朝上望，我抱着你的无头尸，朝你挥挥手。他妈的，精彩爆棚啊！"

"没错，我差点把脑袋笑掉。"

达伦放声哈哈大笑。

"笑话讲得不赖，倍儿傻。"他说。紧接着，达伦骤然正经起来，搁在我脖子上的刀刃又朝前压了压。

"你为什么要监视你爸？"

"他不是我爸。"

"那他是你什么人？"

"他是我妈的男朋友。"

"他还凑合吗？"

"哪点'还凑合'？"

搁在我脖子上的刀刃松开了一些。

"对你老妈还凑合。"

"挺好，非常不错。"

达伦松开了武士刀，向蹦床走去，一屁股坐到蹦床边上，从联结钢质弹簧的黑色弹力帆布上垂下两条腿。达伦穿着一身黑衣，黑色卫衣加黑色运动裤，简直跟他蘑菇头发型的黑发一样黑。

"要来根烟吗？"

"那还用说。"

达伦把武士刀往地面一插，从蹦床边上挪出一个空位给我。他从一包白色无牌软包装香烟里抽出两支，在嘴里点着，递给我一支。我大起胆子抽了一口，结果感觉五内俱焚，拼命地咳了起来。达伦笑开了。

"这烟可是北越货，倍儿傻，"他笑着说，"劲儿大得不得了，不过让人飘飘欲仙哟。"

我由衷地点点头——刚抽第二口，我已经感觉天旋地转了。

透过客厅的推拉门，达伦与我遥望塑料冰盒旁攀谈的莱尔、邓碧和阮关。

"他们不会发现我们吗？"我问道。

"发现不了，"达伦回答，"一做起生意，他们分分钟变成睁眼瞎。真要命，一帮不上道的外行，总有一天会在这破事上吃大亏。"

"他们在那搞什么呢？"

"你心里没数？"

我摇摇头。达伦微微一笑。

"拜托，倍儿傻，你肯定心里雪亮。你小子或许是个地道的澳洲佬，但也没那么蠢。"

我露出了笑容。

"是满满一盒海洛因吧？"我说。

达伦朝夜空吐出烟圈。

"还有……"他说。

"还有，紫色烟花属于某种秘密警报系统，是你老妈在通知买家：大家可以提货了。"

达伦的脸上也露出了笑容。

"上菜咯！"达伦说。

"不同买家，就用不同颜色的烟花。"

"脑子很好使嘛，呆瓜。"达伦说，"你家那位正替他老板跑腿呢。"

"提图斯·布洛兹。"我一口点破。提图斯·布洛兹——"假肢之王"。

达伦抽了口烟，点点头。

"你小子是什么时候弄懂的？"

"刚刚弄懂。"

达伦展颜而笑。

"感觉怎么样？"

我默然不语。达伦轻笑了一声，跃下蹦床，拾起他的武士刀。

"想找点什么砍它一顿吗？"

这个奇妙的提议害我思索了片刻。

"好哇，达伦。我很想拿刀砍点什么鬼东西。"

*

目标车辆距达伦家两个街区，泊在温斯洛街一户低矮窄小、灯火全无的民宅外面。是一辆颜色跟深绿软糖差不多的霍顿"双子座"小车。

达伦从屁股兜里拽出一顶黑色套头兜帽，戴到脑袋上。

他又从裤袋里掏出一只长筒袜。

"给你，戴上。"达伦边吩咐，边猫腰向汽车走去。

"这玩意是从哪里来的？"

"我妈的脏衣服堆。"

"那还是算了吧，多谢。"

"不要担心，套你的脑袋没问题。在越南女人里，我妈算是腿粗的。"

"这是门罗神父的车啊。"我惊道。

达伦点点头，悄无声息地纵身跃上了汽车引擎盖，活生生在又旧又锈的金属车身上压出了一个坑。

"真该死，你到底在搞什么鬼？"我问道。

"嘘！"达伦一边小声呵斥，一边单臂撑住汽车挡风玻璃朝上爬，站到了车顶中央。

"拜托，别瞎搞门罗神父的车。"我劝达伦。

门罗神父，为人真挚、日渐老迈的门罗神父，讲话轻声轻气的退休牧师，辗转待过英国格拉斯哥、澳大利亚达尔温、澳大利亚汤斯维尔和昆士兰中央高地的埃默拉尔德，一向是众人调侃的对象，掌管着人间罪孽，也掌管着一杯杯冰镇香橙酸柑露——神父把用纸杯盛着的果露收在他家楼下的冰箱里，分给随时都很口渴的本地小屁孩喝，比如我和小奥。

"神父怎么招你惹你啦？"

"那倒没有。"达伦回答,"神父从来没有招惹过我,他招惹的是田鸡仔米尔斯。"

"神父是个好人,我们还是走吧。"

"好人?"达伦把我的话重复了一遍,"人家田鸡仔可不是这么说的。米尔斯说,每周日做完弥撒,门罗神父都会给他十块钱,让田鸡仔亮出自己的老二,好让神父边瞧边打飞机。"

"扯淡。"

"田鸡仔从不扯淡,他信教嘛。门罗神父告诉他,扯淡实乃罪孽;只不过,当然啦,把你的老二亮给一个七十五岁的老头看,倒不算什么罪孽。"

"反正你连车身也捅不穿。"我说。

达伦伸脚轻磕着车顶。

"这破车的车身薄得很,锈得也差不多了。这把刀可是一口气磨了足足六个小时,上等的日本利器,千里迢迢来自……"达伦说道。

"米尔街当铺老板手中。"我抢过话头。

透过套头兜帽上的洞眼,达伦合起了双眸。他用双手紧攥住刀柄,高高挥起武士刀,收敛心神,仿佛一位老武士正郑重地准备将平生挚友送上黄泉路,不然的话,就是准备了结自己心爱的澳大利亚郊区汽车。"操蛋啊。"我一边骂,一边疯狂地把邓碧没洗过的长筒袜套到自己头上。

"死期已至,睁开眼吧。"达伦下令道。

他挥刀砍下,随着一阵裂帛之声,武士刀劈进了"双子座"汽车。整整三分之一刀尖刺入了车顶,恰似亚瑟王的石中剑。

达伦简直惊掉了下巴。

"他妈的,居然刺穿了。"他喜笑颜开地说,"你看见了吧,倍儿傻!"

这时，门罗神父家亮起了灯光。

"走啦，快溜。"我吼出了声。

达伦猛拔刀柄，可惜嵌进车身的利刃一动也不肯动。他伸出双手，拼命拔了三次。"死活拔不出来啊。"达伦说着握住刀柄顶端前后猛摇，可惜武士刀依然纹丝不动。

门罗神父家的客厅"吱呀"开了一扇窗。

"嘿！嘿！你们到底在干什么？"透过半开的窗户，门罗神父大声喊道。

"快点，闪人啦。"我催达伦。

门罗神父打开房门，一溜烟向院门奔来。

"从我的车上滚下来！"他边跑边嚷。

"他妈的。"达伦说着跳下了汽车。

门罗神父奔到汽车旁边，眼睁睁望见那把武士刀铮铮然来回轻摆，神秘的刀锋莫名其妙地刺穿了车顶。

逃到安全处，达伦才转过身，从裤子里掏出老二，快活地大甩特甩。

"我的这位小兄弟，只收你十越南盾，神父！"他高声道。

*

依旧是袭人的夜气，两个在路边吞云吐雾的小子。头顶的夜空有万千繁星，离我右脚一米远的沥青路面上，有一只被车胎碾扁了的海蟾。海蟾粉嘟嘟的舌头从嘴里直喷出来，看上去活像它刚把一支树莓蛇形棒棒糖吃到一半，却突然被车轮碾扁了。

"操蛋得很，对吧？"达伦说。

"什么？"

"长到这么大，你一直觉得自己是在跟着一帮好人混，其实，你一直都在跟着一帮坏人混。"

"我才没有跟着一帮坏人混。"

达伦耸耸肩膀。"走着瞧呗。"他说,"我还记得第一次发现我老妈在道上混时的情形:当时我们住在布里斯班的伊纳拉区,一帮条子破门而入,把我家翻了个底朝天。我才七岁,简直吓得尿裤子。我是说,我真的拉了一泡在裤子里。"

警察把邓碧剥了个精光,把她狠狠地朝纤维板墙壁上推,又兴致勃勃地把各种家什砸得稀烂。达伦正在一台大电视前看《鹧鸪家庭》,结果警探们到处翻找毒品,掀翻了电视机。

"真他妈的一团糟,这件东西破了那件东西碎了,我妈冲着条子乱吼,又蹬又踢,一顿乱挠。条子把我妈一路拖出前门,只留下我孤零零一个人坐在客厅地板上,哭得一把鼻涕一把泪,裤子里还兜着一大泡屎。我惊得魂不附体,就只是坐在那儿,呆望着《鹧鸪家庭》剧中的老妈在颠倒的电视里跟她家小孩说话。"

我不禁摇摇头。

"离谱得没边了。"我说。

"道上混,就这鬼样。"达伦又耸耸肩膀,"大概两年以后吧,我妈干脆跟我摊了牌:我们家人可是重量级大佬。当时我心里的滋味,跟你现在心里的滋味差不多。"

达伦断言:此刻我的心会咯噔一下,原因在于,我已明知自己与坏蛋为伍,却又算不上坏蛋中的翘楚。

"反正,超级无敌大坏蛋会给你干活。"达伦说。

那是一帮杀人不眨眼的家伙,收钱办事,既没有幽默感,也没有人性,达伦说。曾经当过兵,曾经坐过牢,曾经还算是个人。那是些三四十岁的光棍,神出鬼没的王八蛋,比在果蔬市场拿手猛捏牛油果的家伙还诡异,会死死掐住别人的脖子,直到对方咽气。那是一伙恶棍,在这个宁静的城市的夹缝之中出没;是小偷、骗子、强奸杀害孩子的恋童癖；是刺客（好歹也算是刺客吧），可惜不是深得大家欢心的《忍者黑帮》中的刺客类型。那是一帮身穿人字拖和"斯塔碧"牌短裤的家伙，捅人的凶器不是武士刀，却是他的寡居老妈周末上门看他时，那家伙用来切烤肉的刀子。一群郊区变态，堪称达伦的导师。

"他们又不给我干活。"我说。

"好吧，他们给你老爸干活。"达伦说。

"他不是我老爸。"

"唔，没记住，不好意思。你亲爸究竟在哪？"

"在布瑞肯力治[1]。"

"是个好人？"

人人皆用"是否好人"来论断我生命中的成年人，我心中的标尺却是一个个细节、一幕幕回忆，是这些成年人曾经多少次叫过我的名字。

"一直没弄清楚。"我说，"你怎么总问'某个大男人是不是个好人'？"

"从来没遇到过算得上好人的男人呗，就这么简单，倍儿傻。"达伦说，"成年男人，是这个地球上最操蛋的生物，永远不要相信他们。"

"你亲爸又在哪儿？"我问道。

达伦从路边排水沟旁站起身，咬牙切齿地吐了一口唾沫。

"在他该待的地方。"他答道。

---

1. 布里斯班北部的市辖区。

　　我们沿着达伦家的车道往回走，又回到了蹦床旁边。莱尔和邓碧依然沉浸在那场似乎没完没了的谈话里。

　　"不要担心，老弟。"达伦说，"你刚刚中了头彩。你一头扎进的可是个增长型行业，冰盒里装的那玩意嘛，永远也不愁没有市场。"

　　达伦夸口说，他老妈最近向他透露了一个关于澳大利亚国民的秘密。邓碧说，这个秘密会让达伦富得流油。电视上播放着为澳大利亚造势的宣传片，保罗·霍根口口声声说什么会"在烧烤时候给你加只虾噢"[1]，却惹来邓碧一顿嘲笑。邓碧说，真该老老实实告诉来旅游的外国佬一声，那顿澳大利亚鲜虾烧烤吃完过后五小时会是一番什么惨状：啤酒、朗姆酒加上炎炎烈日，害得你头痛欲裂，且不提周六夜晚全澳各地千家万户关起门来有多少暴力事件。邓碧声称：事实上，澳大利亚人的童年如此诗情画意、一派欢欣，不是去海边游玩，就是在后院玩板球，以至于我们的成年时光远远无法企及我们儿时的期望。在这辽阔的岛屿天堂里，完美的幼年已经注定我们会背负着一腔怨气，因为在一身又一身颇有猫腻的古铜色肌肤下，我们从骨子里深知一件事：我们再也没办法找到比当初更快乐的时光了。邓碧声称，澳大利亚人活在全世界最美好的国度，但在内心深处，我们却无不感到悲苦，毒品却正是治愈悲与苦的良药。贩毒一行将万年长存，因为澳大利亚的悲与苦将万年长存。

　　"再过十年……再过二十年吧，四分之三的达拉区都会归我

---

1. 出自20世纪80年代制作的电视广告宣传片，广告由保罗·霍根担纲，旨在吸引旅游者到澳大利亚游玩。

所有，说不定还有一半伊纳拉区，再加上里奇兰兹区的一大块。"达伦宣布。

"那怎么搞？"我问。

"做大嘛，倍儿傻。"达伦突然瞪圆了双眸，"反正我自有主意。这一带不会永远都是本城的烂区。哥们，附近大大小小的房子，总会有值点钱的一天，但本人会趁房子一文不值的时候把它们全买下来。至于毒品，也是同样的道理。在于天时地利啊，倍儿傻。那边那些毒品，在越南根本值不了几个钱，把同样的货运上船，运到约克角，就摇身成了金子，跟变魔术差不多。要是收好等上十年，就会点石成金。天时地利嘛。"

"课堂上你怎么没这么多话？"

"课堂上就没一样合我胃口的东西。"

"贩毒就合你胃口？"

"贩毒？真他妈扯淡。风声太紧，变数太多啦；我们干的只是进口业务，我们才不'贩'什么货呢，我们不过是牵线搭桥。至于把货卖到街头之类的脏活苦活，我们都交给你们澳洲佬。"达伦说道。

"这么说，莱尔就是在替你们干脏活苦活喽？"

"才不是，"达伦回答，"他是在替提图斯·布洛兹干脏活苦活。"

提图斯·布洛兹——"假肢之王"。

"嘿，是人总得打工嘛，倍儿傻。"达伦补上一句。

达伦伸出胳膊搂住我的肩。

"听着，你没有出卖我，把贾巴的事捅出去，我还没有谢你一声呢。"达伦说。他放声大笑起来。"听听：你小子没有把我'捅'老鼠的事'捅'出去。"

实际上，学校管理员麦金农先生拎着我的衣领，把我押去了校长办公室。但麦金农先生眼神太差，不然就是醉得太厉害，根本说不清那两个想用弯刀斩断我右手食指的臭小子究竟是谁。

麦金农先生只憋出了一句话："其中一个小子是越南裔。"——可惜的是，我校搞不好有一半学生是越南裔呢。我没有供出元凶，与其说是讲义气，不如说是为了自保：即使我被罚整整一个星期在放学后留堂，往练习本上抄数学式子，但跟保住自己的耳朵比起来，这种苦头不过是小菜一碟。

"你这家伙，倒算个可造之才。"达伦又宣布，"我需要几个信得过的人。你觉得怎样？愿意当我小弟，帮忙打天下吗？"

我呆呆凝望了莱尔一会儿——他还在忙着跟凶巴巴的邓碧和她的哈巴狗丈夫谈生意。

"承蒙看得起，达伦。不过你也知道，我从来没有想过这辈子要打什么天下，建个什么海洛因帝国。"我答道。

"是吗？"达伦把手中的烟屁股弹进了妹妹的童话城堡，"看来，有人早有主意哪。那不妨跟我讲讲，倍儿傻对人生有什么宏伟蓝图呢？"

我耸耸肩。

"说吧，伊莱，你这鬼灵精的澳洲泥腿子，来跟我讲讲，你要怎么从这屎坑里爬出去？"

我抬头仰望夜空。空中是南十字座，一列闪烁的明星，状如炖锅，看上去跟每周六早上莱尔用来在炉灶上煮鸡蛋的小锅很相似。

"我要当个记者。"我答道。

"哈！"达伦笑出了声，"记者？"

"对，"我说，"我要去《信使邮报》的犯罪调查组工作，在布里斯班海口区买栋房子，终我一生替《信使邮报》写犯罪调查报道。"

"哈！一个反派，却以笔伐其他反派为生。"达伦说，"可是，你他妈的干嘛要住海口区？"

我家那台雅达利游戏机，是看分类广告刊物《交易邮报》上的广告买来的。莱尔驾车带我们去了一户人家，地点就在海口区——布里斯班CBD以西八公里处一个绿树成荫的郊区地带。那家人刚买了一台康懋达64电脑，再也用不上他家的雅达利游戏机了，于是收了三十六块钱卖给我们。我还从未在市郊见过这样一棵又一棵参天大树：高高的蓝桉树，投下的树荫掩映着在市郊死胡同里玩手球的小孩。我对死胡同情有独钟，达拉的死胡同根本不够多。

"死胡同。"我说。

"操蛋，死胡同又是什么鬼玩意？"达伦问。

"你家不就在死胡同里吗。就是一条没有出口的死路，玩手球和板球的绝佳地点，不会有车开来开去。"

"没错，我爱死'此路不通'的路了。"达伦说着，摇了摇头，"哥们，你打算在海口区弄个宅子，但要真靠吃媒体饭的话，就算再过个二十年，再过个三十年，也是做白日梦。你得先去拿个学位，再求爹爹告奶奶从某个混蛋手下讨份活干，被你老板足足使唤三十年，辛辛苦苦地把钱省下来，结果等到好不容易把钱攒够，你就发现海口区的房子早被人买光了！"

达伦伸手向客厅遥遥一指。

"你看见你老爸脚边的塑料盒了吗？"达伦问道。

"看见啦。"

"那一盒就能买下海口区一栋房子。"达伦说，"倍儿傻，我们坏蛋用不着苦等在海口区买房子的一天。照我的玩法，要是想买，明天就能买。"

他微微一笑。

"很好玩吗？"我问道

"什么？"

"你的玩法。"

"当然很好玩。"达伦答道，"会见识到一大帮有趣的人，有一大堆让你攒生意经的机会。再说，等到警方四处打探你的消息，你会觉得存在感爆棚。你在条子眼皮底下进了一大批货，做成了大买卖，赚了大钱，转身对亲朋好友说上一句，'妈的，瞧瞧大家齐心协力埋头苦干，有多吃得开啊'。"

达伦长吸了一口气。

"反正让我深受启发。"达伦说，"让我相信，在澳大利亚这种地方，一切皆有可能。"

我们默不作声地坐着。达伦摆弄着打火机，又一跃跳下了蹦床，迈步走向邓家大宅的前门台阶。

"走吧，我们过去吧。"他说。

我感觉一头雾水，只好不出声。

"你还在傻等什么啊？"达伦催道，"我妈想见你。"

"你妈为什么想见我？"

"她想见见那个嘴巴挺牢的小子。"

"我不能去。"

"为什么？"

"现在快一点钟啦，莱尔会揍得我哭爹喊娘。"

"如果我们不点头，他就不会揍得你哭爹喊娘。"

"你凭什么这么肯定？"

"因为他清楚我们是谁。"

"你们是谁？"

"我们是坏蛋。"

*

达伦和我从阳台旁的玻璃推拉门进了大宅。达伦昂首挺胸地走进客厅，根本没有搭理坐在他左侧扶手椅里的莱尔。达伦的老妈坐在长款棕色皮沙发上，双肘撑着膝盖，身边是她那倚在沙发上的丈夫。

"嘿，老妈，我抓到这家伙在院子里偷窥你们。"达伦说。

我走进客厅，身穿屁股蛋上有个破洞的睡衣。

"这就是那个嘴巴很牢的小子。"达伦补了一句。

莱尔向右扭过头，一眼望见了我，脸上顿时浮现出愠色。

"伊莱，你在这儿搞什么鬼？"他的语气柔中带刺。

"达伦约我到他家来。"我回答。

"现在是凌晨一点钟。赶——紧——回——家。"莱尔说。

我立刻转过身，迈步出了客厅的门。

沙发上的邓碧发出一声轻笑。

"这么容易就认输啦，小子？"她问道。

我停住脚步，转过身。邓碧微微一笑，脸上雪白的粉底绕着上扬的嘴唇龟裂开了。

"好歹为自己辩护几句吧，小子。"她开口说道，"跟我们讲讲，你到底为什么三更半夜穿着睡衣溜出了家门，还露着半个白生生、招人爱的小屁股？"

我向莱尔望去。莱尔向邓碧望去，我追随着他的目光。

邓碧从银色烟盒中抽出一支长长的白色薄荷烟，点着，抽了第一口，朝后一仰倚上沙发，吐出烟圈，眸中熠熠生辉，似乎正在审视一个新生的婴儿。

"怎样？"她催道。

"刚才，我看见了紫色的烟花。"我回答。邓碧会意地点点头。真该死，我还从来没有意识到邓碧有这么美艳。她可能有五十多岁，甚至六十出头，但她如此具有异国风情，活生生是条美女蛇。说不定，她在这种年纪艳光四射，正是托了蜕皮的福——一旦找到一副可以容身的新皮囊，她就会蜕去旧壳，钻出旧皮囊。她凝神向我望来，面带着微笑，直到我不得不掉开眼神，垂下头摆弄我那条松垮垮的睡裤的裤带。

"然后呢……？"她又问道。

"然后……唔……然后我就跟踪莱尔来了这里，因为……"

我只觉得喉头发涩。莱尔的手紧攥住椅子的扶手。

"因为我有一肚子问题。"我说。

邓碧在沙发上朝前探过身子，细细地审视我的脸。

"过来。"她说。

我朝她挪了两步。

"再过来一点。"她说，"到我这儿来。"

我拖着脚又朝她走近了几步，她把手里的香烟搁到一只玻璃烟灰缸的边上，握住我的一只手，将我拉到身旁，拉得很近，近到她的膝盖都挨上了我的膝盖。她闻上去有股香烟和柠檬调香水的味道，长着一双纤纤素手，红似烈焰的长指甲。她端详了我的脸二十秒，露出了笑容。

"噢，年纪轻轻的大忙人伊莱·贝尔，有一脑袋想法、一肚子问题呢。"她说，"好，那就开口问吧，小子。"

邓碧向莱尔转过身，换上一脸严肃的表情。

"莱尔，我相信你会如实回答。"她说。

她伸手扶住我的背，让我转身朝向莱尔。

"问吧，伊莱。"她说

莱尔叹了口气，摇了摇头。我耷拉着脑袋。

"碧，这……"

"拿出胆量来，小子。"邓碧截住莱尔的话头，"趁着这位阮关先生还没有动手割下你的舌头，扔进他的面汤，你最好先把舌头派上用场。"

阮关冲着想象中那一幕绽开了笑容，挑高了眉毛。

"碧，没必要吧。"莱尔说。

"让孩子说了算。"邓碧显然很自得其乐。

我确实有个问题想问。我总是有个问题想问。我总有太多问题想问。

我抬起头，直勾勾盯着他的眼睛。

"你为什么要当毒贩？"我问道。

莱尔摇摇头，掉开了眼神，一句话也没有讲。

邓碧此刻的口吻，听上去活像我们学校的校长。"莱尔，你好歹该给孩子一个答案，对吧？"她说。

莱尔深吸一口气，向我扭过头。

"是为了提图斯。"他说。

提图斯·布洛兹——"假肢之王"。莱尔所做的一切，都是为了提图斯·布洛兹。

邓碧摇摇头："说实话，莱尔。"

莱尔沉思了好一会儿，十指在椅子扶手中嵌得更深了。他站起身，从客厅地毯上拎起那只塑料冰盒。

"提图斯会与你们保持联络，商谈下一单。"他说，"我们走吧，伊莱。"

他迈步出了推拉门。我赶紧跟了上去，因为就在刚刚，他的口吻中透了关切，透出了爱意，而我愿意追随这种感受，直至天涯海角。

"等一下！"邓碧高声叫道。

莱尔停住了脚步，于是我也停住了脚步。

"回来，小子。"邓碧吩咐。

我望了望莱尔。他点点头。我小心翼翼地走回邓碧身旁，她凝望着我的眼睛。

"你为什么没有告发我儿子？"她问道。

达伦这时正坐在紧挨客厅的料理台上，一边吃燕麦坚果能量棒，一边不吱声地观望眼前的情景。

"因为他是我的朋友。"我回答。

达伦似乎对我的话吃了一惊。他的脸上露出了笑容。

邓碧细细审视着我的眼睛，点了点头。

"是谁教你要对朋友如此讲义气？"邓碧问道。

我立刻伸出拇指朝莱尔一指。

"是他。"

邓碧微微一笑，依然紧盯着我的双眸，开口说道："莱尔，请恕我唐突……"

"别客气。"莱尔说。

"改天你再带上小娃娃伊莱过来一趟吧，或许我们可以聊聊现有的商机，瞧瞧是否该考虑一下你我二人自己做做生意。"

莱尔半个字也没有回答。"我们走吧，伊莱。"他说。我们迈步出了推拉门，邓碧却还有一个问题要问。"你还想知道答案吗，伊莱？"她问道。

我停住脚步，转过了身。

"想。"

她在沙发上朝后一仰，抽了一口那支又长又白的香烟。

她颔首示意，呼出浓浓一口烟，一团灰雾随之遮断了她投来的目光。雾，蛇，龙，与坏蛋。

"都是为了你。"她说。

狱中来信

亲爱的伊莱：

    B16号囚室向你问好！一如往常，多谢你的来信。你的信真是本月这段悲惨时光里最棒的福音。最近一段日子，这鬼地方简直惨过北爱尔兰。有几个家伙干脆绝食抗议了，抗议牢里关的人太多，挤得不得了，放风日根本连狗屁活动也没有。昨天，比利·佩登的脑袋被活生生摁进了四号放风场的粪桶里，谁让比利非要跟龟哥顶嘴呢，当时龟哥正抱怨屋外冷得很。现在可好，狱方在所有粪桶上加了个边框，于是所有粪桶都变小了一圈，再也不能塞人脑袋进去了。依我说，这恐怕就是所谓的"进步"？星期天，食堂里大打了一架。老哈里·斯莫科姆把一把叉子插进了杰森·哈迪的左脸颊，因为哈迪吃了最后一份大米布丁。一切都乱了套，结果看守拿走了一号放风场的电视机。再也看不成《我们的日子》[1]了——拜托，夺走博格路监狱犯人的自由吧，夺走他的权利，夺走他的人性，夺走他的求生意志，但看在上帝的分上，万万不能夺走《我们的日子》啊！可想而知，犯人们都气疯了，开始在监狱里随地拉屎撒尿，活像一群猿猴。难道，这就是"粪怒"一词的由来？总之啦，现在牢里众小伙都恨不得能听墙外的人透露一下《我们的日子》的最新剧情，任何消息大家都将不胜感激。上次我们看到，莉

1.《我们的日子》（Days of Our Lives），由美国 NBC 电视台始播于 1965 年的一部肥皂剧，也曾在其他国家和地区播放。

斯看似因为开枪打玛丽要吃牢饭了（玛丽这蠢骚货），尽管事情纯属意外。莉斯也还没有找到那条丝绸围巾，我觉得那会害她吃大亏。本周二，我的马桶坏了，因为丹尼斯碰上了狱方拿来打发我们的一批烂扁豆，结果拉稀，用光了发给他的厕纸，不得不从我们搁在旁边的一本旧书《苏菲的选择》里撕了几页，临时顶上。当然啦，书页不好使，堵住了马桶，于是整个一区都能闻到丹尼斯的屎味儿。对啦，我上封信跟你讲过"三脚猫"的事了吗？前一段时间，弗里茨发现一只猫咪溜到了放风场里。弗里茨最近表现很不赖，所以看守给他开了绿灯，允许他在白天放风的时候照顾猫。我们大家都开始把午饭省一些下来喂猫，小家伙会趁白天放风的时候优哉游哉地在我们的牢房里溜达。谁知道，一个看守不小心关了牢门，夹住了猫，倒霉的蠢猫不得不被送到兽医那里，兽医又给弗里茨的小猫下了一道烦死人的最后通牒：要么掏上一大笔钱做个手术截掉一条腿，要么正对眉心送上一颗子弹，送它上路（倒不是兽医的原话，不过你也可想而知啦）。后来那只瘸腿猫的消息传开了，我们筹了款，把一个月的工资给了弗里茨那该死的猫做手术。笨猫做了手术，然后回了监狱，用三条腿到处溜达。我们商讨了好长一阵要给蠢猫取个什么名字，毕竟我们都有责任救它的命，最后一致决定叫它"三脚猫"。反正眼下在牢里，那只猫简直威风过披头士。另外，很高兴听到你和奥古斯特念书念得不赖。学习上切勿懈怠哦。你可万万不想沦落到这种鬼地方，因为你可不想发觉自己被别人用催眠药加料放倒，然后又隔着晾衣栏被人捅屁眼（因为，小屁孩们如果不好好念书，说不定就会倒这种大霉）。我反正已经跟麻秆打过招呼：你和奥古斯特的成绩得告诉我一声，不管是好是坏。至于你问我的问题，依我说，若要辨别某人是否准备捅你一刀，最稳妥的法子是看对方的步速。起了杀心的人，眼里会有杀气，你会见到这种人慢慢地靠近猎物，像老鹰一样从远处观望，等到靠近的时候，他们会加快步伐。小碎步，小碎步，又是小碎步。你会想从背后向猎物下手，将刀捅进猎物的体内，尽可能地靠近肾脏。挨了刀的猎物会像一袋土豆一样瘫软下来。关键在于：一方面要捅得够狠，好歹刺中对方，另一方面又要捅得够巧，以免被控谋杀——确实是个微妙的平衡啊。

拜托转告麻秆一声，眼下他的花园比以往任何时候都美。杜鹃花开得又粉又大朵，看上去活像是我们为《皇家昆士兰展》种了一丛丛棉花糖呢。

也多谢寄来哈弗蒂小姐的照片，她比你描述的模样还要美貌。再没有比戴眼镜的年轻女教师更性感的佳人了。你说得没错，她的"面庞如初升的朝阳"。我猜，假如你是个识好歹的孩子，你就不会告诉她，不过呢，D区翼楼的兄弟们向她问好。好吧，得搁笔了，老弟。开饭了，我最好趁波隆那肉酱意面还没被抢光之前先拿上一份。使劲往高处爬吧，小子，但要小心下脚。

亚历克斯

P.S. 你给你爸打过电话了吗？我算不上什么父子关系专家，但我觉得，假如你心里一直这么惦记他的话，他很有可能也在惦记着你。

*

星期六早上，我在跟麻秆一起写信。老妈和莱尔又出门看电影了，果真是铁杆影迷。他们要去看《八爪女》[1]，奥古斯特和我吵着要同去，老妈和莱尔再次拒绝了我们。有意思。两个撒谎都不上道的家伙，真见鬼。

"《八爪女》演的是什么？"麻秆嘴里问道，右手则用龙飞凤舞、异常优美的字体写着他的信。

我停下笔，开了口。

"詹姆斯·邦德大战一只奇形怪状的海妖。"我说。

我们坐在餐桌旁，桌上还备有几杯美禄和几片橙子。麻秆在厨房水池旁边搁了台收音机，正播着鹰场[2]的赛马比赛。奥古斯特嘴里含着四分之一块橙子皮，活像雷·普莱斯戴的护齿器。屋外又黏又热，谁让此时正值夏天，此地正是昆士兰呢。麻秆打着赤膊，我可以看见他那颇具"战俘风"的胸膛显得骨瘦如柴，好像烟瘾和悲伤正害麻秆在我面前慢吞吞地走向死亡。

"你最近吃东西了吗，麻秆？"

"闭嘴。"麻秆的嘴角叼着一支卷好的烟。

"你看上去跟鬼一样。"

"胆小鬼？"他问道。

"唔，反正不是索命鬼。"

"咳，你自己也离铜头铁臂差得远，你个小鬼头。信写得怎么样了？"

"差不多啦。"

1.《八爪女》（Octopussy），1983年上映，是第13部詹姆斯·邦德电影系列，又译作《铁金刚勇破爆炸党》。片名中的"pussy"可断章取义地理解为"阴道"，故有下文中的曲解。

2. 鹰场（eagle farm），也有译作老鹰农场，是布里斯班市辖区，距离布里斯班市区约6公里，毗邻东奔（Doomben）赛马场，故而成为赛马活动的代名词。

*

在博格路监狱，麻秆总共消磨了三十六年。待在D9号囚室的大部分时间里，狱方禁止麻秆通信。因此，麻秆深知一封好信对蹲号子的犯人意味着什么——意味着人脉，意味着人性，意味着觉醒。多年来，麻秆一直坚持写信给博格路监狱的犯人，信封上的落款全是假名，因为看守永远也不会把亚瑟·麻秆·哈利迪写来的信转给犯人，毕竟普天之下，再没有谁比哈利迪更懂如何从他们那栋密不透风的红砖监牢里逃之夭夭了。

到了1976年，麻秆结识了同在布里斯班一家汽车修理铺干活的莱尔。当时，麻秆六十六岁，被判终身监禁后已经蹲了二十三年号子，正参与某项"假释返工"计划，白天出狱在别人眼皮子底下干活，晚上再回博格路监狱。麻秆和莱尔搭档得很默契，在修车和荒度青春二事上都颇有共鸣。有时到了星期五下午，莱尔会把手写的长信塞进麻秆的背包，这样一来，麻秆会在周末发现信件，两人就又可以靠着莱尔的一手烂字继续聊天了。麻秆曾经告诉过我，他愿意为莱尔赴死。

"谁知道，莱尔竟然得寸进尺，求我帮个比死还麻烦的忙。"麻秆说。

"什么忙啊，麻秆？"我问道。

"他求我帮忙照看你们两个小坏蛋。"

两年前，我发现麻秆在餐桌边写信。

"写给那些收不到亲友来信的犯人。"麻秆解释道。

"他们的亲朋好友为什么不给他们写信？"我问。

"那帮家伙大多数根本没有什么亲朋好友。"

"我能写一封吗？"我问。

"当然啦，要不你写给亚历克斯？"麻秆回答。

我取来纸笔，挨着麻秆一屁股坐到餐桌旁。

"我该写点什么？"

"写写你是谁，再写写今天都干了些什么。"

亲爱的亚历克斯：

我叫伊莱·贝尔，今年十岁，在达拉公立学校念五年级。我有个哥哥，叫作奥古斯特。他从来不开口说话；不是因为他不会讲话，是因为他不想讲话。我最爱的雅达利游戏是"导弹指挥官"，最爱的橄榄球队是帕拉玛塔鳗鱼队。今天奥古斯特和我一起坐车去了伊纳拉区，发现了一座公园，有一条通到外面的下水道，粗得足够让我们爬进去。可惜的是，后来我们不得不撤退：几个土著小子非说那条下水道是他们的地盘，要是我俩不想挨顿臭揍，就得赶紧滚。土著小子中，块头最大的一个右臂上有个大疤，正是这家伙被奥古斯特好一顿痛打，那群土著小子随后就一窝蜂抱头鼠窜了。

回家途中，我们在一条小径上看到绿蚂蚁在吃一只活生生的蜻蜓。我对奥古斯特说，我们该出手把蜻蜓救出苦海，奥古斯特却想要任它自生自灭。但我还是一脚踩上去，把蜻蜓踩死了。当我一脚踩上蜻蜓的时候，我又在同时踩死了十三只绿蚂蚁。依你的看法，我本来应该放着蜻蜓自生自灭吗？

谨启，

伊莱

P.S. 很遗憾没有人给你写信。假如你愿意，我会继续给你写信。

两周后，当收到亚历克斯长达六页的回信时，我简直乐翻天了。信中有整整三页都在回顾亚历克斯的童年时光，说他当时如何被下水道里出没的小子们恐吓，后来大家又如何在下水道里干架。至于我，读完亚历克斯详细剖析人体鼻子结构以及它在一头撞来的前额面前多么不堪一击的段落后，我问麻秆，我刚结识的笔友究竟是何方神圣。

　　"是亚历山大·贝穆德斯。"麻秆回答。

　　想当初，在亚历山大·贝穆德斯位于布里斯班八里坪的家中后院棚屋里，昆士兰警方曾发现六十四支非法进口的苏联AK-74枪械，当时亚历山大正准备将这批枪发给摩托车黑帮"反叛者"的帮众，而亚历山大本人，正是"反叛者"帮派的昆士兰"护法"。在此之后，亚历山大被判入狱九年，到博格路监狱蹲号子。

*

　　"别忘啦，说具体些。"麻秆总叮嘱我，"讲讲细节，把所有细节都写进去。号子里的兄弟们没办法过家常日子，所以家常日子里那些鸡零狗碎，他们可宝贝得很。举个例子，你有个惹你想入非非的老师，那就跟他们讲讲她有一头什么样的秀发，一双什么样的美腿，午餐又吃些什么。假如辣妹老师教的是几何，那就跟他们讲讲她怎么在黑板上画出个该死的三角形。再举个例，昨天你去商店买了一袋糖果，你是骑单车去的呢，还是走路去的？路上有没有见到彩虹？买的是硬糖球、巧克力豆，还是焦糖？上周你吃了一份好吃的肉饼，那是牛排豌豆味、咖喱味，还是蘑菇牛肉味？你懂我的意思吗？要讲细节。"

　　麻秆始终在他的信纸上奋笔疾书。他抽了口烟，两颊瘪了下去，我的眼前就活生生是个骷髅头。麻秆后脑勺和脑袋两侧的头发剪得很短，再加上一个平头发型，看上去跟弗兰肯斯坦很像。这个弗兰肯斯坦倒还活着，但还能活多久呢，麻秆？

"麻秆。"我说。

"嗯，伊莱。"

"我能问你一个问题吗？"

麻秆停下了笔。奥古斯特也停下了笔。他们双双向我望来。

"是你杀了那个出租车司机吗？"

麻秆微微一笑，嘴唇轻轻颤动，摆弄起他那副厚厚的黑框眼镜。我跟麻秆已经相识太久太久，足以辨出他伤心的样子。

"不好意思。"我说着耷拉下脑袋，又把笔尖落回了信纸上，"今天的报纸有篇专题报道。"

"什么专题报道？"麻秆哇哇叫，"《信使邮报》今天不是没登任何关于我的报道吗？"

"不是《信使邮报》，是份本地小报《西南星报》，登在报纸的《昆士兰旧闻》栏目下。好长一篇呢，写的正是'博格路胡迪尼'。报道写到你怎么逃狱，写到那宗南港杀人案。报道还说，你当初或许是无辜的，或许是因为一宗根本没犯过的罪行坐了二十四年的牢……"

"那是老早以前的事情了。"麻秆打断了我的话。

"可是，难道你不想让大家明白真相？"

麻秆抽了口烟。

"我问你一个问题，孩子？

"当然啦。"

"依你说，是我杀了他吗？"

我不知道。我所知道的是，世上没有什么能致麻秆于死地。我所知道的是，麻秆从不认输。黑暗没能弄死麻秆。条子没能弄死麻秆。狱卒没能弄死麻秆。铁窗、苦牢——"黑彼得"没能弄死麻秆。依我猜，我心里一直在暗自嘀咕：假如麻秆手上真有人命，禁闭室里那些暗无天日的时光中，他的良心或许就会要了他的老命。只不过，麻秆的良心并没有弄死他。痛失的一切、错过的人生，始终没有置他于死地。麻秆几乎在牢里断送了半辈子，但当我开口问他是否杀过人，他却依然面露微笑。"胡迪尼"被关在铁窗之中整整三十六年，最终活着踏出了牢笼。那是一出漫长的戏法，是耗尽三十六年才能让兔子从帽中探出脑袋的戏法，是费时极长的人生大戏。

"依我说，你是个好人。"我说，"我觉得你没狠到能下手取人性命的地步。"

麻秆把烟从嘴里拿开，隔着桌子探过身来。他的声音既轻且邪。

"千万不要小看一个人有多狠。"他说。

他朝后一仰，又倚上椅背。

"把你说的那篇报道给我瞧瞧吧。"麻秆说。

昆士兰旧闻：
一线希望即生天——记"博格路胡迪尼"

一度被认定为英联邦最危险的囚犯，被人冠以"博格路监狱胡迪尼"的名号，亚瑟·"麻秆"·哈利迪确实精通脱身之术，但其最精彩的一着儿，却是获释出狱，重获了自由身。

十二岁时，麻秆·哈利迪父母双亡，成了一名由教会抚养的孤儿。因在前往昆士兰干剪羊毛的活途中逃火车票，麻秆被判入狱四天，自此开启了他命中注定的犯罪生涯——其实，当初若是老老实实干好那份剪羊毛的活，或许麻秆也就一直把循规蹈矩的小日子过下去了。到了1940年1月28日，时年三十的哈利迪已经成为一个经验老到的骗子兼小偷，并第一次从博格路监狱臭名昭著的二区成功脱逃。

麻秆：心归何处

"胡迪尼"哈利迪首次施法奇迹般地逃狱，靠的是爬上监狱的一段围墙——这段围墙属于监狱守卫的盲区，正好躲过周围瞭望塔上狱卒的视线。拜"胡迪尼"哈利迪成功越狱所赐，这段围墙后来还得了一个诨名，叫作"哈利迪之跃"。虽然麻秆单枪匹马成功逃狱以后，博格路监狱的防卫力度受到了大众舆论的炮轰，监狱的这段围墙却依然保持着原状。

1946年12月11日，当哈利迪翻过了监狱车间的墙角，再度成功逃狱的时候，布里斯班的公众已经见惯不惊了；而此次哈利迪的逃狱地点，距离已经成为传奇的那段"哈利迪之跃"，只有区区十五码。逃出监狱牢笼后，哈利迪脱下了囚服，露出早已偷偷带进牢里、事先穿在囚服下的便服，拦下一辆出租车前往布里斯班北郊，还打赏了司机一笔辛苦费。

经警方大范围、大力度的搜捕，哈利迪于四天后被捉拿归案。当被问及究竟为何吃了熊心豹子胆再度越狱时，哈利迪回答道："对一个人来说，自由，意味着一切。总得努把力吧。"

终身监禁犯：一生轮回

1949年获释后，哈利迪搬至悉尼，先替救世军工作，此后凭借他在博格路监狱学来的伺候金属板材的本事，干起了修屋顶的活。1950年，他改名为亚瑟·戴尔，又搬回布里斯班，并爱上了伍隆加巴地区一家快餐店店主的女儿。1951年1月2日，哈利迪迎娶了艾琳·凯瑟琳·克洛斯。1952年，夫妇二人搬到了布里斯班北部海滨雷德克利夫地区的一间公寓。但仅仅数月以后，哈利迪却再度登上了全国报纸的头条：在南港区二十三岁出租车司机阿索尔·麦科恩受害殒命一案中，哈利迪被判谋杀罪名成立，获刑终身监禁。

据负责该案的警察——昆士兰督察弗兰克·比肖夫声称，当时哈利迪逃离了麦科恩血案的谋杀现场，仓皇逃至悉尼，在试图抢劫吉尔福德某位英勇的店主时与该店主陷入了激烈的扭打之中，哈利迪的点45自动手枪在缠斗中走火，击中了哈利迪自己的腿，随后便在悉尼被警方抓获。

座无虚席的法庭上，比肖夫作证称：在帕拉玛塔医院病床上治疗枪伤时，哈利迪亲口承认杀害了麦科恩。比肖夫声称，哈利迪的供词详细描述了他是如何在1952年5月22日那个宿命的夜晚，钻进了麦科恩位于南港的出租车，并于更南边的可伦宾观景台的僻静处抢劫了那位年轻的出租车司机。比肖夫声称，当时麦科恩进行了反抗，哈利迪便用他的点45自动手枪将司机殴打致死。比肖夫还作证称，哈利迪在招供的时候朗诵了一首诗：

飞鸟能饱腹，不失自由身。飞鸟尚且不为食忙，世人为何却需劳作？

与此同时，麻秆·哈利迪却极力辩称，杀害麦科恩的罪名是比肖夫栽赃到他头上的。哈利迪称，那篇十分详尽的供词，从一个个精确的地名到比肖夫提到的诗歌，都出自比肖夫的捏造和臆想。

据《信使邮报》1952年12月10日报道：当比肖夫声称哈

利迪亲口告诉他"我杀了他"时，哈利迪先生在法庭上引发了一阵骚动。

"哈利迪一跃而起，"《信使邮报》的文章写道，"探身越过被告席的护栏，高喊着：'你撒谎。'"

哈利迪还坚称，麦科恩被杀当晚，他在大约四百公里外的新南威尔士州北部高地的格伦英尼斯。

随后，在1958年至1969年期间，弗兰克·比肖夫一直担任昆士兰警察局长，后又因遭到多项腐败指控而辞职，于1979年离世。而在被判终身监禁之前，哈利迪曾在被告席上宣布："我再说一次，我没有杀这个人。"

哈利迪的太太艾琳·克洛斯则在庭外宣布，将力挺其丈夫。

"黑彼得"：黑暗时光

1953年12月，在试图越狱再次碰壁后，哈利迪被关进了博格路臭名昭著的"黑彼得"牢房。这是一间位于地下的单人囚室，也是一处历史遗迹，可追溯至布里斯班野蛮血腥的罪犯流放地历史。正值酷热逼人的12月，哈利迪在"黑彼得"里足足熬了十四天，引发了公众对于改造囚犯的现代方式的激烈争论。

"这么说，哈利迪被单独关了禁闭。"1953年12月11日，来自给索恩的L.V.阿特金森给《信使邮报》写信道，"这个困在重重铁窗里的可怜虫，因为本能地追寻自由，就得遭受重罚，以至于使出了我们那老掉牙的监狱制度中最严酷、最惨无人道的招数？若是秉承现代法律制裁的原则，折磨人应该说不过去吧。"

至于哈利迪本人，则成了"黑彼得"中诞生的都市传奇。20世纪50年代，布里斯班的学生仔在上午茶时分吃着澳新军团饼干时，低声津津乐道的并不是奈德·凯利[1]和阿尔·卡彭[2]的故事，却是"博格路胡迪尼"的传奇。

"哈利迪对各色建筑、屋顶和工具的了解，再加上其人心狠手辣、胆大包天，使之成为博格路监狱看管最为严密的犯人，"《星期日邮报》报道称，"早在哈利迪入室行窃的年代便已与其相识的警员称，他简直可以飞檐走壁。或许，哈利迪永远也不会停下试图逃跑的脚步。熟知哈利迪的警察声称，在其终身刑期的每一分钟，警方都不会将他从自己的眼皮底下放走。假如哈利迪真能得享高寿的话，那就意味着，他在博格路监狱的红砖墙后至少还要再过四十年能把人逼疯的日子。

随后十一年牢狱生涯里，哈利迪每天都会接受三次光身搜身，唯一允许在牢房中使用的衣着是睡衣和拖鞋。无论他走到哪里，身边都紧跟着两名狱警。他的学习深造被取消，他所住的D9号囚室被多上了几道锁，连D区翼楼都加了几重保险。博格路监狱五号放风场被改造成了一处最高安全级别设施；白昼时分，哈利迪获准在钢丝网包围之中走动。只有到了周末，某个囚犯才会得到许可被放进去，跟哈利迪下一盘棋。哈利迪不被允许与其他囚犯交谈，因为狱方担心他会把他那无穷无尽的越狱妙计传授给他人。

1968年9月8日，布里斯班的《真理报》报道了已经年近六十的哈利迪，报道文章题为：

"杀人犯心灰意冷，懒理他人"

---

1. 爱德华·"奈德"·凯利（Edward "Ned" Kelly，1855-1880），澳大利亚最著名的丛林大盗，凯利帮的首领及杀人犯。

2. 阿尔方斯·加布里埃尔·卡彭（Alphonse Gabriel Capone，1899-1947），美国黑帮成员，在禁酒时期出名，成为芝加哥犯罪集团老大。

"昆士兰杀人犯、越狱王'胡迪尼'亚瑟·欧内斯特·哈利迪眼中的光芒已经熄灭。"文中写道,"多年来,麻秆·哈利迪一直处于加倍看管和本州有史以来对囚犯采取的最高级别安全防范措施之下。但哈利迪如今已达六十高龄,俨然变成了博格路监狱森森高墙内的行尸走肉。

但哈利迪"有一身硬骨头",时任监狱长告诉媒体:"严惩也没有能够让他低头,而且,从来没有人听过他抱怨自己受到的待遇,不管用在他身上的招数有多狠,有多让人不舒服。"

冗长的刑期过了一天又一天,哈利迪对越狱的执迷也淡了一分又一分。到他年近七十的时候,哈利迪已经老得爬不动博格路监狱的红砖墙了。因多年表现良好,哈利迪被任命为监狱图书管理员,从而得以与对他越来越感兴趣的囚犯们分享他对文学和诗歌的热爱。囚犯们定期在放风场里聚会,聆听"胡迪尼"哈利迪朗诵他挚爱的波斯哲学家兼诗人欧玛尔·海亚姆的诗——这位诗人的作品,是哈利迪于20世纪40年代在监狱图书馆里发现的宝贝。

哈利迪最偏爱的诗句,是海亚姆的《鲁拜集》。面对棋盘和他自己在监狱车间用金属精心打造出的棋子,哈利迪会朗诵《鲁拜集》中的诗句:

纵横日夜为棋局,枰上千秋劫正浓。转换腾挪犹未了,残棋一一入壶中。[1]

---

1. 本段为黄克孙《鲁拜集》译文节选。黄克孙(Kerson Huang, 1928-2016),美籍华裔物理学家、翻译家,曾任麻省理工学院物理学教授。他是美国物理学会会员和美国艺术与科学院院士,曾将波斯诗人欧玛尔·海亚姆的《鲁拜集》译成中文。

"狗仔掘到宝"

但说来说去,"胡迪尼"哈利迪所上演的最精彩的一出戏法,是活着走出了博格路监狱。在因谋杀阿索尔·麦科恩服刑二十四年后,他最终迈步走出了监狱的大门,完成了终极脱逃,狱中囚犯和狱警对此纷纷面露微笑,表示祝贺。

1981年4月,布里斯班《电讯报》记者彼得·汉森发现销声匿迹已久的麻秆·哈利迪在基尔科伊附近的一条小溪里淘金。为了在林业用地上合法居住以便淘金,哈利迪曾经向林业部交了五元钱。

"我从来没有招认过罪名。"谈及当初杀人案中他那颇有争议的定罪,哈利迪声称,"比肖夫在庭上说的'供词'全是编出来的瞎话。比肖夫这人心狠手辣,知道吧,他就是仗着我的案子才当上了警察局长。"

"我在那宗杀人案发生之前两天,就已经离开布里斯班了……当初判我有罪,不过是因为我叫亚瑟·哈利迪。"

哈利迪说,即使到了垂暮之年,他也不怕再回博格路监狱。"我在那里简直称王称霸,"他说,"到最后,狱方干脆把我当成了安全顾问。"

又过了两年,亚瑟·麻秆·哈利迪似乎已经人间蒸发,最后一次露面是在布里斯班北部的雷德克利夫,当时他住在自己的卡车后厢里。不过,在博格路监狱的重重红砖墙中,麻秆·哈利迪的大名却还口口相传。"胡迪尼"当初所住的牢房——D区翼楼9号囚室,依然空空如也。监狱官员声称,空着这间牢房,只是出于后勤原因。但犯人们坚信,狱方至今尚未找到有资格入住这间囚室的犯人。

"麻秆。"我说。

"怎么啦，孩子？"

"报纸上说，当初艾琳声称会'力挺她的丈夫'？"

"没错。"

"唔，但她没有，对不对？"

"她有啊，孩子。"

麻秆把那篇报道递回给我，一双黝黑的长胳膊探过了餐桌。

"要力挺别人，并不代表你必须时刻守在对方身边。"他说，"你的信写得怎么样啦？"

"差不多了吧。"

亲爱的亚历克斯：

　　你认为鲍勃·霍克[1]是个称职的总理吗？麻秆说，他的谋略和胆识都刚刚好，能给澳大利亚当个出色的领导人。麻秆说，鲍勃·霍克让他想起1960年跟自己一起在博格路监狱2区坐庄开赌的犹太裔德国老头鲁吉·雷吉尼。雷吉尼为人长袖善舞，盘剥搜刮很有一套。什么东西他都可以拿来开赌：赛马、足球、拳击赛、犯人们在放风场里打架、下棋之类。有一次，他还为1965年的复活节午餐会给博格路监狱的犯人们吃点什么开了一盘赌呢。麻秆说，"蟑螂快递系统"就是鲁吉·雷吉尼发明的高着儿。对了，你们还在用"蟑螂快递系统"吗？大多数时候，号子里的赌注输赢是用"白牛"牌手卷烟来算的，但后来犯人们开始抱

<hr />

1. 罗伯特·詹姆斯·李·"鲍勃"·霍克（Robert James Lee "Bob" Hawke，1929-2019），澳大利亚工党政治家、前总理（1983-1991）。1980 年当选为澳大利亚国会议员，后成为工党领袖兼国会反对党领袖。1983 年出任澳大利亚总理，并曾四度带领澳大利亚工党获得联邦大选的胜利，接连执政至 1991年，是迄今任期最长的工党党籍总理。

怨：晚上禁闭时间到了，他们赢到的烟草却还迟迟没有发到手上，那可是大家最巴不得抽根烟的时候。为了体现自己和其他想当庄家的对手有多不一样，鲁吉自创了"蟑螂快递系统"：他在自己床下的菠萝罐头里养了一群蟑螂，喂得又肥又饱。那群蟑螂可真厉害得不得了。鲁吉又琢磨出了如何从毯子和床单上捋下棉线，再用棉线把三根卷得细细的"白牛"烟绑到某只蟑螂背上，又把蟑螂从自己的牢房门缝下塞出去，让它把货送到"客户"那儿。只不过，鲁吉怎样才能确定蟑螂会听他的差遣，去到目的地呢？一只蟑螂有六条腿，身体两边各有三条。鲁吉在他的一帮小快递员身上做起了实验。不久，他就意识到：要是六条腿中被弄断了一条，蟑螂就会朝着某个特定的方向前进。比如，掰掉一条前腿，蟑螂会开始朝东北或西北方向前进；掰掉身体左侧中间那条腿，蟑螂会拼命地朝左歪着爬，以至于以逆时针方向绕起了圈；掰掉身体右侧中间那条腿，蟑螂会以顺时针方向转圈。把蟑螂放在墙边，它就会满心欢喜地沿着墙直线前进。假如鲁吉想给本·巴纳甘送点货（从鲁吉的囚室沿过道向左走过七间牢房，就是本·巴纳甘的囚室），鲁吉会掰断一只蟑螂身体左侧中间那条腿，然后将它送上冒险之旅，蟑螂背上最顶层的一支香烟还龙飞凤舞地标注着目标牢房名——"巴纳甘"。这只英勇的蟑螂会溜进路上的每一间囚室，但犯人们个个都颇讲道义，会兢兢业业地将它又再送上奇幻之旅。我心里一直在想，那帮杀人犯、抢劫犯和骗子，他们送走蟑螂的那只手是多么温柔。我想，他们倒是有时间极尽温柔，有得是大把时间。

亚历克斯，最近我还一直在琢磨：世界上的每个问题，每宗罪行，恐怕都可以追溯到某个老爸身上。抢劫啦，强奸啦，恐怖主义啦，该隐杀他的兄弟亚伯啦，开膛手杰克啦，根子不还是在某个老爸身上吗？我觉得，可能也有某些老妈的功劳，不过人渣老妈毕竟总得先是某个人渣老爸的女儿。你要是不愿意说，那就当我没问过；不过我很乐意听听你老爸的事，亚历克斯。他是好人吗？为人像样不？当初守在你身边没？另外，多谢你建议我打电话给我老爸。你说得很有道理；依我猜，凡事都有两面吧。

我问了老妈《我们的日子》有什么最新剧情。她让我转告你：在医院，玛丽的病情有了好转的迹象。莉斯去ICU坦白实情，但当玛丽醒过来的时候，她说起当初太昏暗，自己没有看清开枪的究竟是谁，所以莉斯又闭上了嘴，看似可以带着负罪感活下去。玛丽醒来后，说出的第一个词是"尼尔"，不过，尽管尼尔是她的真爱，她也说她永远都不可能成为他的妻子，并同意他和莉斯及他们的孩子在一起。

改日再聊
伊莱

P.S. 我随信附上了欧玛尔·海亚姆的一本《鲁拜集》。麻秆说，就是靠着这本书，他才熬过了狱中岁月。写的是人生的起伏喜悲："悲"——因为人生短暂，终有尽头；"喜"——毕竟，人生还有面包、美酒和书相伴嘛。

"麻秆。"
"怎么啦，孩子？"
"亚瑟·戴尔，你后来取的那个新名字。
"没错。"
"戴尔。"
"没错。"
"这是那个看守的名字吧，戴尔警官？"

"没错。"麻秆回答,"当时我得取个绅士的名字,在我遇到的人中间,戴尔警官应该算是最绅士的一个了。"

戴尔警官跟麻秆相识,是在20世纪40年代初,麻秆第一次被关进博格路监狱的时候。

"瞧,孩子,牢里有着形形色色的'坏'。"麻秆说,"有些家伙从好变坏;有些家伙看上去坏,但其实半点也不坏;还有些家伙坏到了骨子里,因为他们生来就是坏坯子——博格路监狱一半的看守都是这种货色。他们去牢里当看守,因为物以类聚:他们假惺惺装作在帮牢里的强奸犯、杀人犯和变态改过自新,但其实吧,他们不过是在滋养自己的坏心眼里蛰伏的恶魔罢了。"

"不过,戴尔警官不是。"

"对,戴尔警官不是。"

麻秆第一次试图越狱后,博格路监狱的看守们对他很不客气,每天都要恶狠狠地对他光身搜查好几次。被脱光衣服搜查的过程中,狱警若要下令让麻秆转过身,通常就会朝他的某侧脑袋猛扇巴掌;若要下令让他弯下腰,就会在他屁股上踹一脚;若要下令让他朝后退,就会用手肘撞他的鼻子。有一天,麻秆在自己的囚室里爆发了,从牢房的便盆里抓起一把又一把秽物往狱警身上扔,狱警们就用高压软管喷水回敬。一个狱警从监狱厨房里端来了正在沸腾的两锅滚水,另一个狱警干脆找来一根烧得通红的拨火棍,隔着监牢的栏杆去捅麻秆。

"狱警们用尽了恶毒的手段折磨我,活像我是他们正在调教的斗鸡,要准备上场呢。"麻秆说,"我有一把监狱派发的小刀,已经偷偷在枕头底下磨了好久,当时我抓起小刀,朝其中一个蠢蛋手上捅了一刀。我冲那帮看守挥舞着小刀,口沫横飞,活脱脱跟疯狗一样。什么都乱了套,但在一片混乱之中,有个看守,也就是戴尔警官,替我说了话。他冲着那群混蛋大吼,叫他们别惹我，说我已经受够了。我记得当时望着他，仿佛眼前的一切都是慢镜头，我自己在心里嘀咕：果然，绝境之中最见人心，至恶的人间地狱最见至善——话说回来，'罪恶'四处横行，'良善'纯属奢侈，这才是人间地狱里的常态呢。你明白我在说些什么吗？"

麻秆的脸上露出了微笑，向奥古斯特望去。奥古斯特朝麻秆点点头，正是那种会意的点头，好似奥古斯特认为自己曾经在麻秆隔壁的D10号牢房关过号子一样。

"知道吧，"麻秆说，"你一头扎进地狱，扎得那么深，以至于魔鬼对你抛个媚眼，就活像多丽丝·戴[1]在帮你打飞机，你明白我的意思吗？"

奥古斯特又点了点头。

"滚蛋，小奥，你连多丽丝·戴是谁都不知道。"我说。

奥古斯特耸耸肩膀。

"没什么要紧。"麻秆说，"总之，当时局面乱极了，我眼睁睁望着戴尔警官，望着他千方百计让那帮人收手，只觉得自己如在梦中。我感动得要命，恐怕眼里还涌上了一两滴眼泪哩。他妈的，谁知道，紧接着，我真的变得眼泪汪汪了：因为又一拨看守戴着面具过来，朝我的牢房里扔了催泪瓦斯。看守把我踢得屁滚尿流，又当场把我一路拽到了'黑彼得'。我身上被水管喷湿的衣服还没有干呢，再说当时正是隆冬时节，'黑彼得'里既没有毯子，也没有垫子。人人都爱喋喋不休地提起当初我是如何顶着酷暑在'黑彼得'里熬了两周，其实我倒宁愿顶着酷暑在'黑彼得'里熬个两周，也比全身湿透在'黑彼得'里熬上一整夜要强得多。当时我整夜不停地发抖，脑子里只想着一件事……"

---

1. 多丽丝·戴（Doris Day，1922-2019），原名多丽丝·玛莉·安妮·卡佩尔霍夫，美国歌手、演员。多丽丝·戴是美国历来最受欢迎的女歌手之一，也有1950年代至1960年代的电影"票房皇后"之称。

"想的是'人人心中皆有善意'？"我问道。

"才不是呢，孩子，并非人人都有善良的一面。只不过，戴尔警官确实有着善良的一面。"麻秆说，"但这事害得我在心里琢磨：假如戴尔警官跟那帮混蛋共事了多年，却还良心未泯，那等到我跟'黑彼得'一刀两断的时候，或者等到我跟号子永别的时候，我身上说不定还能有着善良的一面呢。"

"所以要改个名字，重新做人。"我说。

"反正被关禁闭的时候，觉得改名似乎是个好主意。"麻秆说。

我拿起那份《西南星报》。"昆士兰旧闻"那篇横贯两版的文章附了几张图，其中一张照的是1952年坐在南港法院后房里的麻秆。图中的他正抽着一支烟，身穿一套米色西装，内搭一件带有厚领的白衬衣，看上去理应待在古巴的哈瓦那，而不是待在监牢里——也就是随后二十四年中麻秆所待的地方。

"你是怎么办到的？"我问道。

"什么？"麻秆说。

"你怎么能撑那么久，居然没有……"

"吞个塞满刀片的橡皮球下肚？"

"唔，我本来想说破罐子破摔，不过'吞个塞满刀片的橡皮球下肚'也算在内吧。"

"说到'胡迪尼'戏法，这篇文章倒是说对了一半。"麻秆答道，"我在号子里的作为，确实跟戏法差不多。"

"你指的是？"

"我的意思是，在号子里，'时间'简直任我驱策。"麻秆说，"我跟'时间'形影不离，以至于可以操纵它，让它变得可短可长。有些时候，你一门心思想要时光飞逝，所以只能跟自己的大脑玩点花招。你让自己忙起来，好让自己相信，反正一天统共只有二十四个小时，哪能把你所希望的成就一样不落地全部搞定呢。

我说的这份'成就'，指的可不是学会拉小提琴，或者拿个经济学学士学位，我指的是号子里那些接地气的日常目标。比如，每天收集的蟑螂黑粪球够多，多得可以拼出你的名字。有些时候，把指甲啃到秃，会变成很让人期待的一种休闲活动，活像期待'猫王'连演两场。想办的事太多，可花的时间太少：铺床啦，读《白鲸记》的第三十章啦，想想艾琳啦，用口哨把《你是我的阳光》从头到尾吹一遍啦，卷支烟啦，抽支烟啦，自己跟自己下棋啦，然后因为气不过自己输了第一盘再跟自己下一盘啦，在自己脑子里去布莱比岛[1]钓鱼啦，在自己脑子里去雷德克利夫码头钓鱼啦，在自己脑子里除鱼鳞啦，除鱼内脏啦，然后还一边在萨顿海滩弄点火炭烤那条肥美的鲷鱼，一边看日落。这样一来，时间就会如箭般飞逝，等到一天过去的时候，你不禁吓了一大跳。每天你都在自己脑子里忙得屁滚尿流，结果到了晚上七点钟，只要脑袋一沾枕头，你就打起来了呵欠，还在心里生自己的气，气自己非要熬夜熬到这么晚，不顾身体劳累过度哩。但若是遇上美景良辰，放风场里阳光遍洒，你又可以让时光慢下脚步，挽住它的马缰，仿佛时光是匹训练有素的良驹。于是，缤纷花园里的一小时变成了半天时光，因为你活在五个维度之中——所闻，所尝，所听，所见，所触。你见物外之物，见物中之物，见一花一世界。拜呆呆凝望牢里的水泥墙所赐，你已经有了一双犀利的鹰眼，以至于你每次一脚踏进花园之中，就恰似《绿野仙踪》里的多萝西一脚踏进了七彩世界。"

"你学会了体察所有细节。"我说。

麻秆点点头。他向我们兄弟俩望来。

---

1. 布莱比岛（Bribie Island）：构成澳大利亚昆士兰摩顿湾北部海岸线的三个主要沙岛中最小最北的一个岛屿。

"永远不要忘记，你们两个小鬼，你们是自由的。"他说，"眼下正是你们的美好时光，如果可以体察所有细节，你们就能让美好时光永驻不走。"

我像个磕头虫一样点点头。

"搞定时间，对吧，麻秆？"我说。

他自豪地点点头。

"趁它尚未搞定你。"他补了半句。

这就是麻秆最爱的狱中箴言。

搞定时间，趁它尚未搞定你。

*

我还记得第一次听麻秆说起这话的情形。当时，我们站在布里斯班市政厅钟塔的引擎室里。钟塔是座古老壮丽的棕色砂岩大楼，坐落于市中心，耸立在乔治国王广场之上。麻秆领着我们兄弟俩从达拉搭火车过来，路上还拿话哄我们，口口声声说，高耸入云的钟塔里有一架旧升降机，可以把人径直带到塔顶——这种话我怎么会买账呢。旧升降机的操作员克兰西·马列特，是麻秆当初在农场干活时的老相识；而且，克兰西已经答应下来，说他可以免费放我们搭升降机去塔顶。谁知道，等我们来到钟塔的时候，升降机却出了故障，正在维修，麻秆不得不拿在"鹰场"赛马第五场比赛下注的小道消息去哄他的老伙计，好让克兰西答应领我们三人从只有市政厅员工才知道的秘密楼梯攀上塔顶。黑漆漆的楼梯漫无尽头，升降机操作员老头克兰西和麻秆喘了一路，我和奥古斯特却笑了一路。克兰西终于打开一扇通向引擎室的窄门，我们不禁倒吸了一口凉气：引擎室中摆放着许多钢制滑轮和齿轮（堪称本城的发条装置），转个不停，驱动着塔顶的四只巨钟——南方、北方、东方、西方。每只巨钟都有着巨型黑色钢铁指针，记录着布里斯班每一天的分分秒秒。麻秆目不转睛地凝望着那些指针，望了整整十分钟。他告诉我们，自古以来，时间就是宿敌。他说，时间会慢悠悠地要我们的命。"时间会干掉你，"他说，"所以，搞定时间吧，趁它还没有搞定你。"

升降机操作员克兰西又领着我们走上了引擎室旁边的另一段秘密台阶，它通向一处观景台。麻秆告诉我们，过去布里斯班的孩子们常常把硬币从观景点的护栏往下扔，趁着硬币直落七十五米掉到市政厅的屋顶上，孩子们会许下心愿。

"愿我拥有更多时间。"我一边说，一边将一枚两分铜币抛过了护栏。

紧接着，钟声敲响了。

"把耳朵堵上。"克兰西的脸上露出了微笑，眼神投向了位于我们头顶的一口蓝色钢铁巨钟——刚才我还没有发现它呢。洪亮的钟声响了十一下，几乎震耳欲聋，害得我改许了一个愿：为了愿望成真，我希望在那一刻，时间能够止步。

*

"你体察到所有细节了吗，伊莱？"麻秆隔着餐桌问。
"嗯？"我猛然从回忆之中醒过神。
"你捕捉到所有细节了吗？"
"是啊。"麻秆那颇带拷问意味的眼神让我一头雾水。
"边边角角的细节也一个没漏吗，孩子？"他问道。
"当然啦，从来一个不漏，麻秆。细节为重。"我答道。
"可惜呀，你漏掉了那篇报道里最有意思的一处。"
"唔？"

我又再仔仔细细揪着字眼，读了一遍报道。

"撰稿人署名，"麻秆提点道，"右下角。"

撰稿人署名。署名。右下角。我的眼神向下瞥，再向下瞥，一路向下，扫过一个个字、一幅幅图。那署名赫然在目。

"搞什么大头鬼，小奥！"我惊道。

我将把眼前这个人名，与我学会操纵时间的那一天挂上钩。

眼前这个人名，叫作凯特琳·施皮斯。

麻秆与我双双紧盯着奥古斯特。奥古斯特一声不吭。

猎牛小子

透过一扇半开的卧室门，可以望见我老妈。她身穿出门专用的红色连衣裙，伫立在衣橱门后的那面镜子前，正把一条银色项链系上玉颈。若有这般佳人陪伴身旁，世上哪个神智健全的男人会不心满意足、飘飘欲仙、感激涕零呢？

我老爸当初为什么要搞砸这等美事？我老妈实乃一个妙人儿，害我气得要命。凡近得她身一英尺内而未事先征得宙斯同意者，都他妈的见鬼去吧。

我放轻脚步，溜进老妈的卧室，紧挨着她坐在镜子旁边的床上。

"老妈？"

"怎么啦，哥们？"

"当年你为什么从老爸身边逃跑？"

"伊莱，我现在不想谈这事。"

"他虐待你，对吧？"

"伊莱，我们得等你……"

"等我长大几岁再聊这事。"我说出了老妈的常备套话。

她冲着穿衣镜微微一笑，半是致歉，半是为我关心她而感动。

"你老爸当时不太对劲。"她说

"我老爸是不是个好人？"我问。

我老妈想了想。我老妈点点头。

"是我更像老爸，还是小奥？"

我老妈想了想。我老妈没吭声。

"小奥吓到过你吗？"

"没有。"

"有些时候，他把我吓得屁滚尿流。"我说。

"别说脏字。"老妈说。

"别说脏字"？——当我们一家自导自演、海市蜃楼般的"冯·特拉普[1]家族"式价值观与私底下上不了台面的海洛因交易迎头相遇时，这种屁话才真让我恶心得"屁滚尿流"呢。

"对不起。"我说。

"小奥怎么吓到你了？"老妈问。

"我说不清。是他说的那些话，是他以指代笔凌空写下的那些字句。有些时候，那些话简直狗屁不通；有些时候，那些话在仅仅两年或者一个月以后竟然成真了，可他当初不可能知道那些话会应验啊。"

"比如说？"

"比如'凯特琳·施皮斯'。"

"凯特琳·施皮斯？凯特琳·施皮斯是谁？"

"这就是问题所在。我们一点也摸不着头脑，不过好一阵子前，麻秆和我开着那辆'陆地巡洋舰'汽车瞎逛，结果发现奥古斯特正凌空发布预言呢。我们看见他一遍又一遍地写着那个名字——凯特琳·施皮斯。凯特琳·施皮斯。凯特琳·施皮斯。谁知道，就在上周，我们在《西南星报》的《昆士兰旧闻》栏目读到了一篇重磅跨栏报道，写的全是麻秆的事，回顾了'博格路胡迪尼'的生平，反正很有意思的一篇文章。紧接着，我们就眼睁睁看见了撰写这篇文章的女记者的名字，紧巴巴地挤在报纸页面的右

---

1. 典出奥地利歌唱家玛利亚·奥古斯塔·冯·特拉普（Maria Augusta von Trapp, 1905-1987）与奥匈帝国海军少校格奥尔格·路德维希·里特尔·冯·特拉普（Georg Ludwig Ritter von Trapp, 1880-1947，又译盖尔·冯·特拉普）一家。该家族是电影《音乐之声》的原型，建有特拉普家族乐团"特拉普室内圣歌队"。

下角里。"

"凯特琳·施皮斯。"老妈说。

"你怎么知道？"我问道。

"你不是已经铺垫半天了吗，哥们？"

她走到白色五斗橱上的一只首饰盒旁。"很显然嘛，奥古斯特以前在那份本地小报上读到过她写的报道，也许他心里只是喜欢她的名字。小奥就这德行，就爱死缠着一个名字一个词之类的不放，心里念了一次又一次。他确实一个字也不说，但并不表示他不爱字词。"

老妈攥住两只翠色宝石耳环，向我俯过身，小心翼翼、轻言细语地开了口。

"小奥爱你，胜过他爱世上任何一切。"她说，"你出生的时候……"

"嗯，我知道，我知道。"

"……他把你照顾得可细心了，守着你的婴儿床，好像全世界所有人的命都捏在你手里，我连拖带拽也没办法把他从你身边弄走。他会是你这辈子最铁的死党。"

她又直起腰，转身面对镜子。

"我看上去怎样啊？"

"看上去美极了，老妈。"

实乃司掌闪电、火焰、战争、智慧兼温菲尔德烟红壳款之女神。

"老黄瓜刷绿漆。"她说。

"什么意思？"

"我不就是刷绿漆的老黄瓜吗？"

"别这么说。"我感觉很泄气。

她从穿衣镜里读出了我的心境。

"嘿，开个玩笑而已。"她边说边戴上耳环。

我痛恨老妈贬低自己。依我看，我们目前所处的境况，相当程度上正是吃了"自贬"的亏——从我们一家沦落到这条破街，一直到今天晚上我的全套衣着（一件黄色Polo衫加一条黑色休闲裤，均购于隔壁奥克斯利区的"圣文生"二手店）。

"这鬼地方配不上你，你懂吧。"我对老妈说。

"你在说些什么呀？"老妈回答。

"这所烂房子配不上你。这个破镇配不上你。莱尔配不上你。我们到底窝在这种鬼地方干什么啊？他妈的，我们就不该沦落成这副鬼样。"

"好的，多谢支着儿，哥们。我倒是觉得，你现在可以去收拾收拾准备出门了吧？"

"渣男泡到了辣妹，因为辣妹总觉得自己是刷绿漆的老黄瓜。"

"够了，伊莱。"

"知道吧，你本来应该当个律师，当个医生，不是当个什么见鬼的毒贩子。"

老妈尚未转过身，她那狠狠的巴掌已经扇上了我的肩头。

"滚出我的卧室。"她凶巴巴地叫嚷，又伸出右手在我的肩头抽了一下，接着伸出左手在另一侧肩抽了一下。

"滚出我的卧室，伊莱！"她尖叫道，牙关咬得如此之紧，呼吸又深又急，我眼睁睁望见她的上唇起了皱纹。

"我们一家究竟在糊弄谁呢？"我也高声回嘴，"'别说脏字'？'别说脏字'？见了大头鬼，我们一家可是'卖粉'的啊。他妈的，毒贩子正经就该爆粗。我真是受够了你和莱尔装腔作势的这套。'好好做作业，伊莱。''好好吃你见鬼的花椰菜，伊莱。''把厨房收拾一下，伊莱。''认真学习，伊莱。'活像我们不是一群下作的毒贩子，倒是他妈的《脱线家族》之类。拜托饶了我吧……"

紧接着，我就飞了出去。有人从我背后用双手攥住我的腋下，于是我飞了起来，越过了老妈和莱尔的床，一头撞上了他们卧室的门——肩先挨撞，脑袋随后。我从门上弹回来，"哗啦"一声落到抛光过的木地板上。我的头顶赫然出现了莱尔的身影，屁股又被莱尔的 Volley 帆布鞋狠狠地踹了几脚（莱尔出门就穿这双帆布鞋，总算比他的橡胶人字拖上点台面），结果我肚子着地沿着走廊滑出了两米，滑到了奥古斯特的一双光脚丫前面，小奥又向莱尔抛去了一个好奇的眼神，意思是说——"又来这着儿？这么快吗？"

　　"狗日的，臭毒贩子。"我晕乎乎、凶巴巴地尖叫着，挣扎着想站起身。

　　莱尔又狠狠往我屁股上踹了一脚，这次我干脆飞过了客厅的地板。

　　老妈在莱尔身后大吼。"住手，莱尔，够了。"

　　莱尔气炸了。倒霉的是，我曾经三次亲眼见到莱尔气得冒烟。一次是我离家出走，在雷德兰兹某废车场一辆空荡荡的巴士上睡了一夜。一次是我朝冰箱里塞了六只甘蔗蟾蜍，好给它们一个人道的死法，谁知道这群命大又难看的两栖动物撑过了零摄氏度以下的低温，一直撑到莱尔下班准备喝朗姆可乐的时候，结果他打开冰箱门，发现两只蟾蜍正在冰盒上眨眼睛。还有一次，我跟一个叫乔克·惠特尼的同学一起挨家挨户在社区为救世军募捐，其实我们私底下准备拿募捐到的钱买雅达利的《E.T.外星人》游戏——时至今日，我依然感觉大为不爽，那款游戏简直是一坨屎。

　　奥古斯特，心肝宝贝奥古斯特，心地纯善的奥古斯特——当莱尔凑过来准备朝我屁股上踹第三脚的时候，奥古斯特站到了莱尔前方，摇了摇头，伸手握住了莱尔的肩膀。

“没事，老弟。”莱尔说，“是时候让我跟伊莱好好聊聊了。”

莱尔与奥古斯特擦身而过，拎着我的二手商店马球衫衣领，把我拽起身，又把我推出屋子前门，一路拖着我下了前门台阶，拖过小径出了宅邸大门。他那称霸街头的铁拳一路推着我的后颈，一边还紧攥着我的衣领不放。“往前走啊，自作聪明的机灵鬼，给我往前走。”他发狠道。

他拎着我过了街，沐浴着亮过头顶明月的路灯，进了我家正对着的那座公园。我只闻见莱尔身上的“欧仕派”须后水味，只听见我们两人的脚步声和蝉儿搓腿的响声，仿佛一触即发的局势让它们颇为激动，于是它们不禁搓起了腿，活像莱尔在鳗鱼队准决赛前摩拳擦掌一样。

“见鬼啦，你的脑子究竟搭错了哪根筋，伊莱？”莱尔一边问，一边逼着我越过板球场的椭圆形草地。草地没有修剪，我的鞋动不动就踢起一团黑乎乎的雀稗草皮，踢到我自己的裤腿上。莱尔带着我走到板球场正中，然后松开我。他来来回回踱着步，系好皮带扣，吸了一口气，吁了一口气。他穿着一条米色长裤和一件蓝色棉质系扣衬衣，衬衣上横贯着一艘扬起满帆的白色巨船。

“别哭啊，伊莱。别哭，伊莱。别哭，伊莱。操蛋。你个娘炮，伊莱。”我暗自心想。

“怎么哭起来了？”莱尔问。

“我说不清。我真的半点也不想哭，可我的大脑不听使唤。”

意识到了这件事，我不禁哭得更凶了。莱尔给了我一分钟。我抹抹眼睛。

“你没事吧？”莱尔问。

“屁股有点痛。”

“不好意思。”

我耸耸肩膀。“是我自己讨打。”我说。

莱尔又给了我一分钟。

"你有没有想过，你为什么动不动就哭鼻子，伊莱？"

"因为我是个娘炮。"

"你不是个娘炮。千万不要为掉眼泪感觉丢脸。你掉眼泪，是因为你在乎。千万不要为你在乎感觉丢脸。这个世界有太多人不敢掉眼泪，因为他们不敢去在乎。"

莱尔转过身，抬头仰望着星空。他一屁股坐到板球场上，以便望得更清楚些，仰头沉浸在了漫天繁星中，沉浸在了大千世界里。

"你没有看错你妈。"莱尔开口说道，"我根本配不上她，一直都配不上她。在我看来，没有人配得上她。那所房子配不上她。这个镇配不上她。我也配不上她。"

他伸手指向星空。"她跟猎户座倒是很搭。"

我那不耐打的屁股挨着莱尔坐下了。

"你想逃离这鬼地方？"他问道。

我点点头，抬头凝望着猎户座，凝望着那无可挑剔的一束光。

"我也一样，老弟。"莱尔说，"不然在你看来，我为什么要忙里偷闲替提图斯打工？"

"你倒是挺会找说法——'忙里偷闲打份工'。我可不知道巴勃罗·埃斯科瓦尔[1]会不会用这个字眼儿。"

莱尔垂下了头。

"我知道的是，这是个赚钱的好法子，老弟。"

我们默不作声地坐了一会儿。莱尔向我扭过头。

"我跟你定个协议吧。"莱尔说。

---

1. 巴勃罗·埃斯科瓦尔（Pablo Emilio Escobar Gaviria, 1949-1993），哥伦比亚著名大毒枭。

"好吧……"

"给我六个月。"

"六个月？"

"你想搬到哪个地方？悉尼，墨尔本，伦敦，纽约，还是巴黎？"

"我想搬到海口区。"

"海口区？见鬼了，你干嘛要搬到海口区去？"

"海口区有漂亮的死胡同啊。"

莱尔放声大笑。

"死胡同。"他边说边摇头。他向我转过身，满脸极为严肃的表情。"会好起来的，老弟。会好得不得了，好得让你忘掉曾经有多糟糕。"

我抬头仰望星空。猎户座俄里翁牢牢地锁定了猎物，开弓放箭，一箭径直射穿金牛座的左眼，于是，怒火万丈的牛儿湮没了声息。

"那就说定了。"我说，"但我有个条件。"

"什么条件？"莱尔问。

"你得让我帮你干活。"

*

我们可以从自己家一路走到邓碧的越南餐厅。餐馆名叫"范妈"，以示对某位矮胖天才厨子"范妈"的纪念，谁让这位"范妈"于上世纪50年代在家乡西贡教会了邓碧烹饪呢。"范妈"餐馆的前门招牌是东方红色背景搭配闪烁的柠檬绿色霓虹，可惜霓虹灯有一块已经坏掉，不再发出光芒，因此过去三年来，若是有人从旁经过，餐馆的名字看上去倒更像是"范马"餐厅。莱尔的左手正拎着半打"XXXX"苦啤[1]，又替老妈掌着"范妈"餐馆的玻璃大门，老妈从他身边溜进餐馆门，穿着那条红色连衣裙，蹬着一双从她床底下取出来的黑色高跟鞋。随后进门的是小奥，头发漫不经心地往后梳着，粉色T恤衫的衣角塞进闪亮的银灰色长裤。他的一身行头通通购自位于达拉站路的一家二手店，该二手店跟"范妈"餐馆之间大约只隔了七八家店，途中还经过一家TAB博彩投注站。

进了"范妈"餐厅，店内大得足以与电影院媲美，摆着二十多张带有圆形转盘的圆形餐桌，有些桌可坐八人，有些可坐十人甚至十二人。美貌的越南裔妈妈们脸上画着精致的妆，留着一头雷打不动的黑发。平素默不作声的越南裔爸爸们则在啤酒、葡萄酒和茶面前放开了心胸，尽情欢笑。每张餐桌正中央都横躺着各式海鲜奇珍，浇了酱汁、淋了油、裹了面包糠、撒了盐、加了胡椒。还有来自湄公河或更远处的整条深海巨怪，说不定就是海神尼普顿呢：长着肥硕难看的下唇，黏糊糊的触须（有些是绿色，有些是苔绿色，有些是蓝绿色，有些是灰绿色，有些是棕色，有些是黑色，有些是红色）。邓碧名下坐拥不少达拉区外围土地，在比波兰移民中心更远的地方，她手下那帮满脸皱纹却又脑子灵光的老农在肥沃的土壤里种下了一丛丛越南香菜、紫苏叶、辣薄荷、罗勒、香茅和香薷。总之，这些地里的收成正被今晚店中的食客互相传来递去，仿佛他们正在玩一款名叫"手手伸桌上"的儿童派对类游戏。我们头顶闪闪发光的是一只超大型镜球，台上熠熠生辉的是一名越南驻唱歌手，双颊扑着紫色闪粉，身穿一件绿松石色亮片裙——假如一条美人鱼在湄公河岸搁了浅，她身上的鱼鳞也必会如此闪耀吧。歌手唱着卡朋特乐队的《呼叫星际飞船

---

1. "XXXX"，澳大利亚啤酒品牌，酿造于布里斯班。

乘客》，随着噼啪作响的伴奏轻摆着身子，却不知怎的恰似异乡来客，好像她正是搭乘着自己用那只旧麦克风呼叫而来的飞船一路飞到了达拉。餐馆墙上挂满红色金箔饰条，饰条下方摆着鱼缸，装有鲇鱼、鳕鱼、川纹笛鲷和脑袋上顶个肉球的肥硕鲷鱼，看上去活像被人用板球拍揍过。还有两只鱼缸专门用来装淡水龙虾和泥蟹——那些泥蟹似乎总摆出听天由命、逆来顺受的样子，时刻准备着变成今晚的招牌菜。泥蟹们趴在岩石和怪异却廉价的石制水中城堡下，一派水波不兴的悠闲模样，单单只缺一支口琴、一根可以叼在嘴里嚼一嚼的稻草。它们对自己有多宝贵一无所知，根本没有发觉：人们从大老远的阳光海岸一路驱车前来，正是为了品尝由它们的壳中美味加上盐、胡椒和辣椒酱烹饪而成的佳肴。

"范妈"餐馆右侧有一截楼梯，通往上层阳台，阳台里布置着另外十张圆桌，属于"生人勿近嫂"邓碧招待VIP客人的席位。至于今夜，邓碧的VIP客人只有一位，餐馆顶层阳台栏杆的生日主题横幅上赫然纵贯着他的大名："提图斯·布洛兹，恭贺八十寿诞！"

"莱尔·奥尔利克，奥雷利之子！"提图斯·布洛兹开口郑重说道。他伫立在阳台栏杆旁，双臂高高抬起，以示欢迎。"看上去，为了庆祝我老人家八十高龄，邓碧搞出了天大的排场嘛！"

提图斯·布洛兹让我想起骨头。他身穿一套白惨惨的西服，内搭一件白惨惨的衬衫，配着一条白惨惨的领带。脚上是锃亮的棕色皮鞋，头发跟他的西装一样雪白雪白。他简直是一副骷髅架子，长得又高又瘦，笑容也恰似一具骷髅——假如一具骷髅骨架蹦下了生物教室的钩子，像《比利·珍》那支歌中的迈克尔·杰克逊一样跳起了舞（奥古斯特和我对《比利·珍》一曲爱得要命），那必然正是提图斯这副德行。提图斯·布洛兹的颧骨长得滴溜溜圆，跟邓碧那些鲷鱼脑袋上高耸的肉球差不多，但在世间的八十余年中，他的双颊已经慢慢凹陷下来，于是，每当他的嘴唇发颤时（他的嘴唇一天到晚颤个不停），他看上去就活像一直在嘴里吮着颗开心果，不然就是一只正从人肝上吸血的吸血蝙蝠。

提图斯·布洛兹让我想起骨头，因为他正是靠着骨头发了财。提图斯·布洛兹是莱尔在"人体触感"公司的老板，该公司是一家昆士兰假肢矫形器销售中心兼制造工厂，位于离我家仅十分钟车程的木芦卡郊区，提图斯·布洛兹本人既是所有者，也是管事人。莱尔在该公司担任机修师，负责维修全州范围内为截肢者制造义肢的机器。"假肢之王"提图斯·布洛兹，他的手确实伸得好长好长，一手遮住了我和奥古斯特过去六年间的生活，时间要从莱尔靠他的死党塔多兹·"泰迪"·卡拉斯在"人体触感"公司找到那份机修活算起。至于眼下，长着一把浓密黑须的塔多兹·"泰迪"·卡拉斯正坐在VIP席位上，就在提图斯·布洛兹的右侧，跟老板隔了四张白色塑料椅。泰迪也在"人体触感"公司干机修活。除此之外，我还一直疑心，今晚早些时候莱尔提到的那些"业余打工"的肥差，泰迪恐怕一直都在干吧。坐在泰迪旁边的男子身穿一套灰色西服，系着栗色领带，一头黑发弄出个新闻播报员的发型，看上去简直跟本地议员斯蒂芬·布尔克一模一样（布尔克议员每年都给大家送磁性日历贴，老妈用这些日历把购物清单粘到冰箱上）。男宾客呷了一口白葡萄酒。没错，其实我敢打赌，眼前这位百分之百是本地议员无疑。"斯蒂芬·布尔克，您的本地领导者"——日历上白纸黑字地写着；斯蒂芬·布尔克——目前却正赫然安坐在"本地毒贩子"提图斯·布洛兹的宴席上。

提图斯·布洛兹身上最让我联想到骨头的一点，是我每次见到此人（这次是我第二次见到他），我都感觉一股寒意深入骨髓。此刻，他对我露出了笑容，对老妈露出了笑容，对奥古斯特露出了笑容，但那活像嘴里含了颗开心果的笑容？——反正我死也不会买账。我说不清是为什么，不过是骨子里的本性吧。

*

我第一次见到提图斯·布洛兹，是在两年前，我十岁的时候。当时莱尔打算带我和奥古斯特去布里斯班北边斯塔福德的一家旱冰场，但途中莱尔还得去木芦卡他上班的地方一趟，把一个出了毛病的机器控制杆修好。毕竟，这架机器造出的义肢，能为提图斯·布洛兹身上雪白雪白的西服买单。当时莱尔上班的地方还是间旧仓库，后来才改造成时下的现代化制造工厂"人体触感"公司。仓库是个铝质厂棚建筑，跟网球场一般大，配备着一架又一架巨型吊扇，以便驱赶备受烈日炙烤的金属所带来的令人窒息的高温。金属厂房中，钩子上和架子上摆满了成千上万的假肢，其间又摆放着塑出假肢形状的石膏模具，以及将螺钉拧进弯曲的人造膝盖和弯曲的人造手肘的各种机械。

"什么也别碰。"莱尔给我们两兄弟下令。他领着我们穿过一眼望不到边的假腿，站成一排的假腿看上去恰似《红磨坊》中的康康舞团，只不过全都奇迹般地少了躯干。我们又走过一排排人工手臂，这些假臂悬在从天花板垂下的钩子上；当我们三人从旁经过时，塑料假手挨上了我的脸颊，我不禁在脑海里把这些手臂跟亚瑟王骑士的尸体挂上了钩：长矛刺穿了骑士，将他们钉入土地，骑士伸出双手，意在求助，可惜奥古斯特和我帮不上他们，因为莱尔什么也不让我们碰，就算不朽的骑士兰斯洛特伸手求助，那也没戏。我仿佛看见成千上万的胳膊腿脚活了过来，伸向我，抓着我，踢着我。那间仓库，是上百部蹩脚恐怖电影的终结，是我即将遭遇的上百个噩梦的开始。

"这是弗朗西丝的儿子，奥古斯特和伊莱。"当时，莱尔把我们领到仓库后方提图斯·布洛兹的办公室，开口说道。奥古斯特个子高些，年纪大些，于是他先行一步走进办公室，从一开始就吸引了提图斯。

"过来一点，年轻人。"提图斯说。

奥古斯特抬头打量莱尔，想找个台阶下，但莱尔没给他什么可下的台阶。莱尔只是冲奥古斯特点了点头，仿佛奥古斯特理应遵守礼节，朝那位让我们一大家子每晚吃上一荤三素的人物再走近几步。

"把你的手给我。"提图斯坐在一张红褐色古董办公桌前的转椅上，对小奥说道。办公桌上方有一幅镶框画，画中有一头巨大的白鲸——是《白鲸记》中的大白鲸莫比·迪克。后来莱尔告诉我，《白鲸记》正是提图斯·布洛兹最爱的书，讲的是某个断了腿、近似强迫症的家伙追捕一头神出鬼没的鲸鱼的故事（要是楠塔基特[1]市中心也有家"人体触感"假肢矫形器销售中心兼制造工厂的话，书中那断腿的家伙恐怕就有福了）。事后没多久，我问麻秆是否读过《白鲸记》，麻秆说他读过两遍，因为《白鲸记》值得一读再读。不过，麻秆也承认，读第二遍的时候，他略过了作者碎碎念说起全世界所有不同种类鲸鱼的篇章。于是我缠着麻秆，让他从头到尾把书里的故事讲给我听，结果在我们洗他那辆"陆地巡洋舰"汽车的两小时里，麻秆给我讲了书中激动人心的历险故事，讲得好起劲，害我忍不住想拿楠塔基特鱼羹当午餐吃，拿白鲸大排当晚餐吃。当麻秆讲起亚哈船长时，船长那眼神癫狂的面孔、他的岁数、他的瘦削与苍白，都让我不禁想象着提图斯·布洛兹就在书中那艘捕鲸船上，凶巴巴地呵斥顶着狂风攀

1.《白鲸记》中，追捕大白鲸"莫比·迪克"的"裴廓德号"从美国东岸楠塔基特（或译"南塔开特"）（Nantucket）出发。

到高处寻找白鲸的手下，非要找到他的猎物不可，找到那头跟提图斯·布洛兹本人一样雪白雪白的白鲸。顷刻间，麻秆将"陆地巡洋舰"汽车变成了白鲸莫比·迪克，将浇花园的软管变成了鱼叉，他用"鱼叉"猛地捅进鲸鱼的身侧，随后我们死死地攥住软管不放，毕竟鲸鱼正把我们朝无尽深渊里拖嘛。软管喷出的水化作了万顷碧波，随时会卷着我们沉入海底，一路下沉，下沉，一直来到波塞冬面前——那司掌大洋大海与花园软管之神。

奥古斯特伸出了右手，提图斯用双手轻轻地覆住了它。

"唔。"提图斯叹道。他用食指和拇指把奥古斯特右手的每一根手指都捏了一遍，从拇指一直捏到小指。

"嗯，你有种力量，对不对？"提图斯问。

奥古斯特一声不吭。

"我刚才说，'孩子，你有种力量'，对不对？"提图斯又说。

奥古斯特一声不吭。

"唔……你能答句话吗，年轻人？"提图斯显得有些不解。

"他不说话。"莱尔说。

"你说他不说话，是什么意思？"

"从六岁起，他就一个字也没有说过了。"

"他是个傻子？"提图斯·布洛兹问。

"不，他不傻。"莱尔说，"实际上，这小子是个鬼灵精。"

"是个有自闭症的小子，对吧？社交不在行，但却可以一口说出沙漏里有多少颗沙子？"

"小奥才没有什么毛病呢。"我沮丧地接过话头。

提图斯把他的转椅向我转了过来。

"这么说来，"他一边说，一边审视着我的脸，"你才是家里的话匣子？"

"有话该讲的时候，我才讲。"我说。

"讲得好。"

他伸出一只手。

"把你的胳膊给我。"他吩咐道。

我伸出右臂，提图斯用柔软苍老的手紧紧地攥住它。他的手掌是如此光滑细嫩，仿佛裹了一层保鲜膜（那玩意被我老妈搁在厨房水池下面的第三只抽屉里）。

提图斯使劲捏着我的手臂。我望望莱尔，莱尔点头表示赞同。

"你很害怕嘛。"提图斯·布洛兹说。

"我才不害怕呢。"我答道。

"不，你很怕，我可以从你的骨髓里感觉出来。"他说

"你的意思，是说我的骨头？"

"不，你的骨髓，孩子。你的骨头欠点火候。骨头倒是很硬，但却没有长全。"

他说着朝奥古斯特点头示意。"那位'马歇·马叟'[1]的骨头就长得又饱满又硬，你的兄弟拥有一种你永远无法拥有的力量。"

奥古斯特冲我投来一抹微笑，饱含着自得和会意。"可我的手指骨很有劲啊。"我说着朝奥古斯特竖起了中指。

就在那时，我一眼望见提图斯办公桌的金属支架上摆着一只人手。

"这是真手？"我问。

看上去，那只人手既真又假。它从手腕处被齐整整地切了下来，五根手指似乎都像是蜡做的，不然就跟提图斯的手一样裹了一层保鲜膜。

"没错，是真手。"提图斯答道，"这是一位公交车司机的手，

---

1. 马歇·马叟（Marcel Marceau, 1923-2007），本名马歇·曼捷，马歇·马叟是他的艺名。法国犹太裔戏剧家，以出演默剧小丑闻名。

他叫作厄尼·霍格，六十五岁，这位好心的先生把自己的遗体捐赠给了昆士兰大学解剖专业的学生，碰巧在下最近又大力赞助了学生们的生物塑化研究。"

"'生物塑化'是什么东西？"我问。

"是用某种可固化聚合物——也就是塑料——取代人类肢体内的水分和脂肪，制造出可供触摸、可供近距离研究、可再造的人类肢体，好让捐赠者的遗体不发臭、不腐烂。"

"真恶心。"我说。

提图斯·布洛兹咯咯笑出了声。"不，"他答道，眼中流露出一种怪异且让人胆寒的惊叹之色，"那是未来。"

提图斯的办公桌上还有一尊戴着镣铐的老头陶俑。老头陶俑身穿古希腊服饰，裸露的后背上有油彩染就的血痕，他正举步欲迈，那条腿却缺了一只脚，只草草地包扎了一下。

"这又是什么？"我问。

提图斯向小陶俑扭过了头。

"是赫格斯特拉图斯，"提图斯说，"有史以来最伟大的四肢不全者之一。他是古希腊的一位占卜师，拥有解危难、成大事之能。"

"占卜师又是什么东西？"我问道。

"占卜师有多重身份。"提图斯说，"在古希腊，占卜师更像是预言家。他们凭借解读诸神赐予的征兆，可以洞察到别人无法洞察的事情。他们可以预见未来，打仗的时候很有用。"

我向莱尔转过身。"跟小奥很像啊。"我说。

莱尔摇摇头。"好啦，收声吧，老弟。"莱尔说。

"你这话是什么意思，孩子？"提图斯·布洛兹开口发问。

"小奥也有一双慧眼。"我说，"跟什么'赫格斯特拉图斯'差不多。"

提图斯投向奥古斯特的眼神变了个样，奥古斯特微微一笑，摇了摇头，后退几步站到了莱尔身边。

"他那双'慧眼'能看穿些什么？"提图斯问。

"就是些很扯的东西，不过，有时候还真会应验。"我答道，"他会在半空中写预言。比如，有一次小奥在半空中写了'公园露台街'几个字，我还在心里嘀咕，这小子究竟在瞎扯些什么啊。接着我老妈回家告诉我们，刚才她在科林达买东西，要等一串红灯，然后眼睁睁见到一个老太太直愣愣迈步走进了车流。不偏不倚，一步步走进了车流正中间，半点也不在乎，真是见了大头鬼……"

"别说脏字，伊莱。"莱尔凶我道。

"不好意思。于是我老妈搁下所有的购物袋，朝前奔出两步，攥住了闯红灯的老妇人，一把将她拉回到人行道上，正赶上一辆大公交车驶来，差点要了老太太的命。总之，我妈救了老太太的命。猜猜是在哪条街上发生的事情？"

"公园露台街？"提图斯瞪大了眼睛。

"不是。"我说，"事情发生在奥克斯利大街，不过后来我妈领着老太太回了她家，走了几个街区就到了。老太太一路上都不吭声，只是满脸茫然的表情。她们到了老太太家，大门是敞着的，一扇有点年头的平开窗在风中咣当作响。老太太说，她不能上那段前门台阶，我妈想要扶她上去，老太太却抓狂了，一直尖叫着"不，不，不，不"，还对我老妈点头，活像我妈理应走上前门台阶一样。我老妈倒是也长了一身饱满的硬骨头，于是她走上前门台阶，进了屋，结果这是一栋昆士兰风格老宅，位于科林达区，墙上的所有平开窗都在风中咣当当地响了起来。我老妈又穿过老宅，走进厨房，谁知道，厨房里的苍蝇正吃着一个火腿番茄三明治呢。整栋房子臭不可闻，弥漫着消毒水的味道，弥漫着某种更加暗无天日、更加污浊邪恶的味道，我老妈一路走过客厅，走下过道，来到老宅的主卧——主卧的房门是关着的，她开了门，差点被屋里那个已经死翘翘的老头发出的臭味熏晕。死掉的老头躺在超大双人床边的一张扶手椅上，脑袋上裹着一个塑料袋，身边还有只煤气罐。你来猜猜，这栋老宅又在什么街上？

"公园露台街。"提图斯说。

"不是。"我说，"后来，警察赶到老宅，好歹把整件事理清楚了。警方告诉我妈：老太太一个月前就发现她的丈夫死在卧室里，就那副模样，她气他气得要命，因为老头告诉她想要自杀，但老太勒令他不许自杀，结果老头竟然没有乖乖听从老太的话。老太生了一肚子气，又还没有从整件破事里回过神，所以干脆假装卧室里的死老头并不存在。她把主卧的门整整关了一个月，在宅子里到处洒上消毒水，盖住气味，然后继续照常过日子，比如做做火腿番茄三明治当午餐。到了最后，到了味道实在太重，再也没有办法无视现实的时候，老太太打开了房子里所有的窗户，走到奥克斯利大街，径直向公共汽车走去，准备命丧车轮之下。"

"那'公园露台街'又应验在哪里？"提图斯·布洛兹问道。

"唔，公园露台街跟老妈一点边也不沾。是当天莱尔开车去上班，在公园露台街吃了一张超速罚单。"

"厉害。"提图斯·布洛兹说。

提图斯端详着小奥，在转椅里前倾身子。那一刻，他的眼神看似不怀好意。他已经上了年纪，但依然让人心生畏惧：都怪他那凹陷的双颊，怪他的一头白发，怪我那一身不争气的骨头感受到的寒意。怪亚哈船长。

"唔，年轻的奥古斯特，你这初露头角的占卜师，请你告诉我，"提图斯开了口，"当你望着我的时候，你都看到了些什么？"

奥古斯特摇摇头，没有接招。

提图斯·布洛兹的脸上露出了微笑。"我想，我会留点神关注你的，奥古斯特。"他往后一仰，靠在转椅上。

我扭过头，端详着那只小陶俑。

"他怎么会缺了一只脚？"我问。

"他落到了嗜血成性的斯巴达人手里，被抓住上了镣铐。"提图斯回答，"但他砍掉了自己的一只脚，成功逃脱了。"

"我敢打赌，斯巴达人可没有料到还有这一着儿。"我说。

"说得对，小伊莱，他们没有料到。"提图斯说。他放声大笑起来。"所以，赫格斯特拉图斯教会了我们什么呢？"他问。

"要是去希腊，一定别忘了带把钢锯。"我答。

提图斯·布洛兹微微一笑。紧接着，他向莱尔转过了身。

"舍弃。"提图斯说，"假如你无法跟它说断就断，那就永远不要恋上它。"

*

"范妈"餐馆楼上的用餐区里，提图斯·布洛兹的两手分别搭上了我老妈的两肩，吻了吻她的右脸颊。

"欢迎，"提图斯说，"多谢赏光。"

提图斯将老妈和莱尔介绍给了坐在他右侧的女子。

"认识一下我的女儿汉娜吧。"他说。

汉娜从座位上站起了身。跟她的父亲一样，她身穿白衣，金发几近发白，几近没有任何颜色，仿佛其中的生气已经被通通吸了个干净。跟她的父亲一样，她也瘦得很。

她的头发又长又直，齐肩垂上一件白色系扣上衣，上衣的袖子长至手腕，但她起身的时候，双手却依然放在桌子下面。她可能有四十岁，或者五十岁；不过，后来她开口说话了：她应该三十岁左右吧，很腼腆。

莱尔跟我们说起过汉娜的事。正是托汉娜的福，莱尔才找了那份工。假如汉娜·布洛兹不是生来双臂就只到肘部，提图斯·布洛兹恐怕永远也不会起意把他的达拉汽车电子电器小仓库变成羽翼渐丰的矫正器生产车间，从而发展壮大成"人体触感"公司——对本地缺胳膊断腿的人们算是天降洪福（比如汉娜），对提图斯·布洛兹本人来说，则因为关注残疾人，赢得了几个社区奖项。

"嗨。"汉娜轻声说，露出一抹短暂却明艳的微笑。老妈伸出一只手准备跟她握手，汉娜从桌下抬起了一只手，伸了出来。那根本不是一只人手，却是一段藏在白色长袖里的假肢。但老妈连眼睛也没有眨，攥住那只肉色的塑料手，热烈地握了握。汉娜笑了，笑了很久。

提图斯·布洛兹让我想起骨头，因为我本人就瘦得一把骨头；但此时此刻，另一个吸引我注意力的人，却活像一尊石像，坚如磐石。这个石头人正紧盯着我呢。他身穿一件黑色系扣短袖棉衬衣，年纪很大，不过没有提图斯那么老。可能有五十岁，也有可能，有六十岁。他是莱尔熟识的那类硬汉，浑身肌肉，冷酷无情——你大可以把这家伙一刀劈成两半，数数他究竟长了多少年轮，好知道他究竟有几岁。至于现在，这尊凶神反正死命盯着我不放。圆形餐桌周围的人们忙得不得了，石头人却死命盯着我不放：他长着大鼻子、眯缝眼，一头泛白的长发朝后梳成了马尾，只可惜发际线已经褪到了脑勺正中，看上去活像他的一头花白长发已经被吸尘器硬生生从头盖骨上清理走了。你的一生恰似一出戏，戏中又有一出出戏——麻秆总爱提起上演"戏中戏"的那些时刻。多重维度之人生，多重视角之人生。此时此刻，不过是时间长河中的一个瞬间（也就是一群人聚到了一张圆形餐桌周围，只待稍后落座），但却也是拥有多重视角的一个瞬间。每逢这种时候，时光不仅会一味向前奔流，也有可能向一旁绕个弯荡出支流，以便容纳下无穷个视角，如海纳百川；假如你把这一个个拥有多重视角的瞬间通通算上，你或许就会逼近"永恒"，逼近在某一瞬间绕着弯走的"永恒"。也有可能，你便干脆拥有了"永恒"。

再也没有一个人，会用我这样的眼光去看待眼前这一刻。但在我的整个余生，此时此刻，都将被那个梳着马尾、长着花白银发的凶神主宰。

"伊万。"提图斯·布洛兹高喊了一声，左手搭在莱尔的肩头，伸手朝站在我身边的奥古斯特指了指，"这就是我跟你提过的小子。他闷声不说话，跟你简直像是一个模子塑出来的。"于是，被提图斯叫作"伊万"的男人把注意力从我身上掉转到了奥古斯特身上。

"我说话。"被提图斯叫作"伊万"的男人开口说道。

被提图斯叫作"伊万"的男人又把眼神转向了面前的一杯啤酒，用右手紧紧地握住啤酒，慢吞吞地举到嘴边。他一口就喝光了半杯酒。也有可能，被提图斯叫作"伊万"的男人其实已经满两百岁了，世上才没有人能把他劈成两半呢。

正在这时，邓碧迈步向餐桌走了过来，远远地就打起了招呼。她身穿一件翡翠色亮片裹身礼服裙，紧紧裹住她的身子和双腿，长得罩住了她的双脚，因此当她走过"范妈"餐馆楼上用餐区时，看上去恰似正翩然向我们所在的餐桌飞过来。邓达伦紧跟在她的身后，很显然，身上时髦的黑外套和长裤让他浑身都不自在，与其说他是衣锦而行，不如说他正拼命忍耐一身华服。

"欢迎光临，欢迎大家，欢迎。坐吧，快坐。"邓碧伸出胳膊，揽住提图斯·布洛兹，"希望诸位今晚都能胃口大开，我可准备了好多好多佳肴招待大家。"

*

观点。视角。角度。老妈身穿红色连衣裙，一边跟莱尔一起放声大笑，一边将一块块脆皮罗非鱼放进餐碟。罗非鱼上浇着蒜、辣椒和香菜制成的酱汁，它那炸酥了的多刺的背鳍上露出白生生的骨头，看上去活像魔鬼在地狱弹奏的异形琴上白生生的琴键。

提图斯·布洛兹一边伸出胳膊搭在女儿汉娜身上，一边跟本地议员斯蒂芬·布尔克聊着天。斯蒂芬·布尔克则陷入了与越南香茅牛肉冷面的苦战之中——看上去，那玩意真像许多筷子堆成了一坨。

隔着桌子，莱尔的死党泰迪眼睛一眨不眨紧盯着我老妈。

邓碧又端上了另一道菜。

"黑鱼！"她绽开了笑容。

我的左边坐着邓达伦，我的右边坐着小奥，我们三个吃着春卷。被提图斯叫作"伊万"的男人坐在我们的对面，正从一只鲜橙色的辣蟹爪里吮肉吃。

"伊万·克洛尔。"达伦开口说道，又埋头大嚼着春卷。

"哈？"我说。

"别再直勾勾瞪着人家了。"达伦的脑袋朝四处扭来扭去，但偏偏绕过了名叫"伊万"的男人所在的方向。

"他害我心里发毛。"我小声嘀咕。

这张餐桌吵得很。饭馆的各种噪音（从我们脚下楼层歌手的歌声，到我们席上宾客醉意熏熏的谈话，再到邓碧的咯咯笑），在达伦和我周围筑成了一堵无形的墙壁——谈到周围坐着的人，达伦和我想怎么聊，就怎么聊。

"人家拿钱干的就是这份活。"达伦说。

"什么活？"

"让人毛骨悚然啊。"

"你这话是什么意思？他究竟是干什么的？"

"白天嘛，他在戴波若经营一家羊驼农场。"

"羊驼农场？"

"没错，我去过那儿，农场里羊驼可多了。离谱得活见鬼的畜生，像极了驴子和骆驼搞出来的杂种。一排下牙长得又大又黄，比你见过的最烂的牙箍还要烂。它们的牙齿简直烂到家，你给它们半个苹果，它们都啃不进去，只能用舌头把苹果在嘴里绕来滚去，好像吃的是个糖球。"

"到了晚上呢……？"

"到了晚上，他会让人毛骨悚然。"

达伦转动着餐桌上的转盘，把一碟椒盐泥蟹转到了我们面前。达伦掰下一只蟹钳和三条酥脆的蟹腿，搁到他的小碗米饭里。

"这就是他的本职工作？"我问道

"对啊，真要命。"达伦回答，"整个团队里，就数他的工作最重要。"达伦摇摇头，"哎哟喂，倍儿傻，你老爸好歹也是个刚出道的毒贩嘛。"

"我跟你讲过了，莱尔不是我老爸。"

"不好意思，我忘了他是你的临时老爸。"

我取了一只椒盐蟹爪，用后槽牙猛地一咬，烤过的蟹壳仿佛受压的蛋壳一样咔嚓裂开了。假如达拉有自己的一面旗帜，可供我们居民齐刷刷挥舞，那旗帜之上某个角落，可万万不能少了酥脆椒盐泥蟹的身影。

"他到底是怎么做到让人毛骨悚然的？"我问。

"我妈说，靠混出名，靠坊间传闻。"达伦解释道，"当然啦，阿猫阿狗都能混出名，只要提脚出门，一刀捅进你第一眼在街上瞧见的倒霉蛋的脖子。"

达伦又转动了转盘，在一碟鱼饼转到面前时停了下来。

我忍不住凝神紧盯着伊万·克洛尔：他正从齐齐整整但被烟熏黄了的牙齿里往外剔蟹壳的碎渣。

"当然，伊万·克洛尔欠下过不少众人皆知的血债，一会儿这人后脑勺上挨一颗子弹啦，一会儿那人洗了个盐酸浴啦，但让人吓得屁滚尿流的，是那些暗地里无人知晓的勾当。对伊万·克洛尔这种人来说，人家吃得开，恐怕有一半要归功于关于他们的漫天传言，就是坊间传闻害得大家毛骨悚然。"

"什么传闻？"

"你居然没听说过？"

"什么传闻，达伦？"

达伦望了望伊万·克洛尔。达伦朝我挪了挪。

"骨头，"达伦悄声道，"骨头，骨头。"

"你他妈的在说什么啊？"

达伦抓起两条蟹腿，让它们像人腿一样在餐桌上跳起了舞。

"趾骨连着足骨，"达伦开口唱道，"足骨连着踝骨，踝骨连着小腿骨，来摇一摇骷髅骨架。"[1]

达伦笑出了声，又猛地伸出一只"鹰爪"紧攥住我的脖子，攥得很用力。"颈骨连着头骨，"他一边唱，一边将拳头抵上我的前额，"头骨连着'小鸡鸡骨'。"

达伦放声狂笑起来，伊万·克洛尔应声抬起了头，用他死气沉沉的棕色双眸打量着眼前的一幕。达伦立刻挺起腰，收了声。伊万又垂下了头，大嚼一碟螃蟹。

---

1. 出自一首童谣。

"傻蛋。"我压低声音说道，朝达伦凑近了些，"刚才你到底在说些什么？什么'骨头'？"

"别管了。"达伦说着伸筷子刨起了米饭。

我用手背在他肩头猛拍了一记。"别犯浑。"我说

"你怎么这么关心呢？总有一天，你会写篇稿子把它发在《信使邮报》上？"达伦问。

"我必须把其中的门道摸清楚。"我说，"我好歹算是在替莱尔跑腿。"

达伦的眼睛亮了起来。

"替他跑什么腿？"

"盯着点，免得出什么岔子。"我自豪地说。

"什么？"达伦又放声狂笑起来，往后一仰靠在椅子上，笑得嘴都合不拢，"哈！倍儿傻要帮人家'盯着点免得出什么岔子'呢。赞美耶和华，扯淡到家了！倍儿傻洞若观火耶！话说回来，你到底要盯着什么？"

"细节。"我说。

"细节？"达伦干脆边号边拍起了大腿，"什么细节？比如，今天我穿了一条绿色双丁裤，一双白袜子？"

"对。"我说，"盯着一切，盯着所有丁点小的细节。麻秆说，细节就是知识，知识就是力量。"

"莱尔就安排你全天候干这个？"达伦问道。

"每天二十四小时擦亮眼睛，不能有一刻松懈。"我答道。

"那你今天晚上都在观察些什么？"

"你告诉我'骨头'的底细，我就告诉你我都在观察些什么。"

"你告诉我你都在观察些什么，我就告诉你'骨头'的底细，倍儿傻。"

我深吸了一口气，向对桌望去。莱尔的死党泰迪还在直勾勾

地盯着我老妈；以前，我见过男人用那种眼神看我妈咪。泰迪长着一头浓密的黑色鬈发、一身橄榄色皮肤、一把黑色大胡子——麻秆说，爱面子到家、但鸡鸡也小到家的男人才爱留这种胡须。麻秆说，他反正不乐意跟泰迪住同一间囚室，但他从来没有提过原因。泰迪有部分意大利血统，说不定还有些希腊血统，是从他老妈那边继承过来的。现在泰迪已经察觉到，他直勾勾盯着我老妈已被我抓了包。泰迪笑了。以前，我也见过这样的笑容。

"你们两个小伙子怎么样啊？"隔着喧闹无比的餐桌，泰迪高声问我们。

"还行，谢谢你，泰迪。"我答道。

"你呢，小奥？"泰迪一边说，一边向奥古斯特举起啤酒杯。奥古斯特朝泰迪举起一杯柠檬水，半心半意地抬了抬左眉。

"干得好，年轻人。"泰迪露出了微笑，卖力地挤挤眼睛。

我又向达伦斜过身子。"丁点小的细节，"我说，"每一幕场景都能找出成千上万个细节：比如，你如何弓起右手的食指去握筷子，你胳肢窝的气味，你那件系扣衬衫衣角染上的水烟枪的污渍。坐在那边的女人肩上有块好像非洲的胎记；提图斯的女儿汉娜，今天晚上什么也没有吃，只吃了几口米饭；提图斯一直没有把手从他女儿的左大腿上挪开，已经有三十多分钟了；你妈塞了一个信封给我们那位亲民的本地议员，然后我们那位亲民的本地议员就去了厕所一趟，等到再度现身的时候，议员一屁股落了座，向站在饮料柜旁边的你妈举杯示意，你老妈就笑了笑，点点头，然后下楼跟坐在舞台旁的大块头越南男人搭话，而大块头男人正在看那个蹩脚歌手唱比吉斯乐团的《纽约矿难1941》；鳟鱼鱼缸旁边有个小屁孩在用一根烟花棒戳鱼玩，小屁孩有个姐姐，叫陈翠，在金达利高中念八年级，今晚她穿着一条黄色长裙，看上去真他妈的美极了，而且今天晚上到目前为止，她已经瞥了你四次，结果你简直是个榆木脑袋，竟然压根没有注意到。"

达伦低头向楼下用餐区望去，陈翠正好迎上他的眼神，于是笑了笑，伸手将一缕黑发从脸上拨开。达伦立刻扭过了头。"见鬼，倍儿傻，"他说，"你说得对。"他摇摇头："我本来还以为，不过是一群混蛋吃大餐呢。"

"把'骨头'的底细告诉我。"我说。

达伦一口气喝光柠檬水，理了理夹克和裤子。他再次向我靠过来，我们俩双双直勾勾盯着我们嚼舌的对象——对桌的伊万·克洛尔。

"三十年前，他的大哥突然人间蒸发了。"达伦说，"大哥名叫马格纳尔，人家这名字在波兰语里就代表着'铁血硬汉'之类的意思，总之算得上达拉一带最不好惹的汉子，百分之百嗜虐成性的混球。他经常找伊万的茬：用火烧伊万啦，把伊万绑在铁轨上啦，用汽车跨接线抽伊万啦。所以，某天显然马格纳尔正在猛灌波兰威士忌，五十度的烈酒，结果倒在自家棚屋里不省人事，那棚屋是他们两兄弟用来修车的地方。伊万抓住哥哥的胳膊，把他拖到一百米开外的围场后方，扔在了那儿。紧接着，镇定自若的伊万把两条电源线接到围场后方，又端起一台电圆锯，启动电锯，然后镇定地锯下……"

我们瞪大了眼紧盯伊万·克洛尔。他抬起眼神，仿佛察觉到我们在盯着他。他用搁在大腿上的餐巾擦了擦嘴。

"见了大头鬼，是真事吗？"我压低声音说。

"我老妈说，关于伊万·克洛尔的传闻，向来都不是百分之百全对。"

"我也这么觉得。"我说。

"不，哥们，"达伦说，"你没明白我的话。她的意思是，关于伊万·克洛尔的传闻，向来都有所保留，没把真相说全。因为不遮不掩的真相太操蛋了，大多数正常人只怕听完会脑子秀逗。"

"这么说，他到底对马格纳尔下了什么毒手，或者对马格纳尔的尸体下了什么毒手？"

"没有人知道。"达伦说，"马格纳尔只是噗地一下人间蒸发了，消失了踪影，再也没有人见过，余下的不过是坊间传闻而已。这正是伊万·克洛尔的过人之处，这也正是现在他成了行内顶尖高手的原因。前一天，被他盯上的目标还大摇大摆穿街过巷；第二天，目标就哪里也去不了啦。"

我的眼神一直没有从伊万·克洛尔身上挪开。

"你老妈知不知道？"我问。

"知道什么？"

"伊万对他哥哥的尸体下了什么毒手？"

"不，我妈屁也不知道。但我知道。"

"他干了什么？"

"下场跟所有落到他手里的目标一样啊。"

"什么下场？"

达伦再次转动转盘，转到面前的是一碟辣蟹。他取了一整只烧熟的沙蟹，放在盘子里。

"睁大眼睛瞧仔细了。"他说。

他抓住螃蟹的右钳，狠狠地猛撕下来，吮了吮蟹钳里的蟹肉。他又抓住螃蟹的左钳，轻飘飘地从蟹壳上撕了下来，仿佛轻飘飘地从雪人肩膀上拨下了一根棍子。

"先收拾胳膊，"达伦说，"然后收拾腿。"

他从蟹壳右侧撕下三条腿，又从蟹壳左侧撕下三条腿。

"目标人物全都人间蒸发了，一个不剩啊，倍儿傻。不管是告密的、嘴巴大的，还是死对头、道上的竞争者，以及还不起债的客户。"

紧接着，达伦撕下螃蟹用来划水的后腿，螃蟹腿上连缀的四节一个个活像扁扁的小铅坠。达伦吮干净蟹腿里的蟹肉，然后把所有蟹腿的壳原封不动地放回螃蟹身边，恰恰就在它们原本该长的地方，但又没有挨到缺了腿的螃蟹。他把蟹钳也放回原处，跟蟹腿一样，离加了辣椒酱的螃蟹只隔着一毫米。

"大卸八块，伊莱。"达伦悄声道。

达伦的眼神越过餐桌，望见我那张蠢兮兮的脸上露出了蠢兮兮的呆样。他把蟹腿和蟹钳都收了起来，搁到翻过来的蟹壳里。"尸体要是分成了六块，运起来可容易得多。"他一边说，一边把堆满蟹腿蟹钳的蟹壳扔进一个碟子，那个碟子里早已经装满了被吮干净又扔掉的螃蟹，堆成了一座小山。

"运到哪儿？"我问道。

达伦微微一笑。他冲着提图斯·布洛兹点了点头。

"去个好归宿。"达伦说。

去往"假肢之王"处。

正在这时，提图斯站起了身，用叉子轻敲一下他的酒杯。

"恕我打搅，女士们先生们，但我相信，既逢如此良宵，也是时候该说声感谢各位了。"

*

回家途中，厚厚的云层遮住了猎户座。奥古斯特和老妈走在前面，莱尔和我紧随其后。我们俩望着他们俩把迪西街公园的绿色木篱笆墙当成平衡木走着玩，这些木篱笆，每段都是用一根经防腐处理的淡绿色松木制成，长长的松木又搁在两个木桩上。它荣升我们一家的"奥运体操平衡木"，至今已经大约六年了。

老妈优雅地纵身一跃，以双脚落定的姿势稳稳地上了"平

123

衡木"。

她大胆地凌空施展了一记交换腿跳，又落到平衡木上。奥古斯特热烈地鼓起掌来。

"现在，伟大的科马内奇[1]准备下平衡木了。"老妈说着，小心翼翼地向"平衡木"边缘走去。她大张旗鼓地伸手挥了挥，向她想象中的蒙特利尔裁判团与1976年奥运会[2]的死忠拥趸致意。奥古斯特向前伸出双臂，屈膝蹲下身，我老妈纵身扑进了他张开的怀抱。

"完美的10分！"老妈说。奥古斯特搂着她转了个圈，以示庆祝。他们俩继续往前走，奥古斯特也蹦上了一块"平衡木"。

莱尔远远地望着，脸上挂着微笑。

"这么说，你考虑过了？"我问。

"考虑过什么？"莱尔回答。

"我的计划。"我说。

"再给我讲讲这个特别行动小组吧。"

"'雅努斯'特别行动小组。"我说，"你真得多读读报纸了。警方刚刚跟金三角进口的毒品开战呢。"

"瞎扯。"莱尔说。

"是真的。报纸上的报道铺天盖地，不信你问麻秆。"

"嗯，特别行动小组有可能是真事，不过缉毒就是一派瞎扯，放放烟幕弹而已。这一带半数高级警员的圣诞假期还得靠提图斯买单呢，这一带没有哪个混蛋想挡进口毒品的路，因为这一带没有哪个混蛋想挡提图斯的财路。"

1.纳迪娅·埃列娜·科马内奇（Nadia Elena Comǎneci, 1961- ），罗马尼亚体操女运动员，现居美国，赢得过五枚奥运金牌，有"体操皇后"的美誉。

2.第二十一届夏季奥林匹克运动会于1976年7月17日至8月1日在加拿大魁北克省蒙特利尔举行。

"'雅努斯'特别行动小组不是这一带的警方搞的。"我说，"是澳大利亚联邦警察局。联邦警察正在着力清理边境地区，毒品甚至还没有靠岸，在海上就已经落到警方手里了。"

"这么说来……"

"这么说来，'货'很可能会变得供不应求。达拉和伊普斯维奇一带会有上千个瘾君子到处乱窜找货，可惜手头有货的唯一一家是澳大利亚联邦警察局，而且人家不卖。"

"这么说来……"莱尔说。

"这么说来，我们现在全力买进，能买多少货就买多少。出手一次，轰轰烈烈。把货拿在手里捂个一两年，让澳大利亚联邦警察局把它活生生变成金子。"

莱尔向我转过身，从头到脚端详了我一遍。

"我想，你不许再跟邓达伦一起混了。"

"昏着儿。"我说，"邓达伦可是我们在邓碧那边的敲门砖。你要多带我去达伦家几回，然后你多跟邓碧聊几回，拿出你那副爱心满满又负责任的监护人模样，最后她就会相信你，相信到卖给你十公斤海洛因的地步。"

"你脑子秀逗了，小子。"莱尔说。

"我一直在向达伦打听'货'的行价。他说，即使以目前每克十五元的价格出手，十公斤海洛因也够我们赚十五万元。假如你拿一批货捏在手里等上一两年，我保证，你每克能卖到十八、十九、二十块。要想在海口区买栋像样的房子，只需要花七万一千块。到时候，我们就有足够的钱买两幢房子，还能剩下点零头在两栋房子里各建一个游泳池。"

"要是提图斯发现我自己搞了个小生意，派伊万·克洛尔来找我问话，又会怎么样呢？"

我答不上来。我迈开脚步朝前走。路边水沟里有一个柠檬饮料空罐，我伸出右脚踢了踢，饮料罐一路滚到了柏油路面的正中央。

"你不打算捡起来吗？"莱尔问。

"捡什么？"

"饮料罐，该死的饮料罐，伊莱。"莱尔的口吻很丧气，"瞧瞧这鬼地方：公园里大喇喇地摆着被人扔掉的手推车，薯片包装袋和用过的尿布到处都是。我小时候，街上干净得不得了，大家可是把街道卫生挂在心上的。当时，这一带跟你的心头好海口区一样美。告诉你吧，达拉区是怎么一步步烂掉的呢。刚开始，达拉的妈妈族、爸爸族往街上扔用过的尿片；接下来，有人干脆在悉尼歌剧院外烧起了轮胎。澳大利亚就这样变成了屎坑，就拜你一脚把饮料罐踢到街中央所赐。"莱尔说。

"我倒觉得，郊区大把的人吸粉，可能才会害达拉更快烂掉。"

"把罐子捡起来，你这臭屁机灵鬼。"

我捡起了饮料罐。

"入海之水滴。"我说。

"什么？"莱尔说。

"涟漪效应。"我说着举起柠檬饮料的空罐，"我该怎么办呢？"

"把罐子扔到那边的垃圾箱里去。"莱尔回答。

我把饮料罐扔进了路边的黑色垃圾箱，里面塞满了"希尔维奥氏"的比萨盒子和空啤酒瓶。莱尔和我继续朝前走去。

"'入海之水滴'是什么？"莱尔问道。

不过是关于我的人生的一种理论。莱尔和我望着老妈和奥古斯特走着"之"字路，绕过公园周边的一段段栅栏。

"'入海之水滴'，其实，老妈的老爹在她小时候离开了她。"我说，"因此，惹出了老妈生命中的每一段涟漪。她老爹跑路了，扔下外婆在悉尼西郊一个屁大的地方，照顾六个孩子。我老妈是家中的长女，所以她十四岁就辍学去找工作，帮外婆赚钱养家糊口。过了两三年，我老妈对外婆窝了一肚子火，因为老妈还怀揣着梦想。她想去干律师一行或者其他狗屁职业，帮悉尼西郊那些穷人家的孩子逃离锡尔弗沃特。她离开家，搭便车走遍了澳大利亚，一路越过了纳拉伯，来到西澳大利亚州，在'玫瑰皇冠'酒店当女招待。谁知道，一天晚上回家途中，某个混蛋用刀抵着老妈的脖子，把老妈推进了他的车里，驱车开上了一条黑漆漆的高速公路。鬼才知道他准备对我老妈下什么毒手呢，但高速公路上有一段在施工，筑路工人正在扩修路面，因此歹徒放慢了车速，结果我老妈——全世界最勇敢的女人——从那辆时速五十公里的汽车上跳了出去，在柏油路上摔断了右胳膊，划伤了腿。但她的脑子灵光得很，爬起来就一溜烟往前冲，跟她当初在学校参加短跑比赛一样，毕竟我老妈赢过她在校时参加的每一项短跑比赛。老妈朝着筑路队的灯光狂奔而去，绑架她的混蛋却沿着黑漆漆的高速公路倒车，准备逃之夭夭。我老妈奔到了一间移动茶室，三个筑路工人正在里面休息，老妈歇斯底里地嚷出了刚才的遭遇，一名工人闪电般地奔出了门，发现劫持老妈的变态开着车在高速公路上呼啸而去，于是筑路工人回到茶室，告诉我老妈，'现在你安全了，安全了'。这个修路工人就是罗伯特·贝尔，我的老爸。"

这一下，莱尔停住了脚步。

"他妈的。"莱尔说。

"老妈从来没有跟你说过'入海之水滴'的事？"

"没有，伊莱，她从来没有跟我说过。"

我们继续往前走。

"你真觉得提图斯会让伊万·克洛尔来找我们的麻烦吗？"我问道。

"公事公办嘛,小子。"莱尔回答。

"关于他的那些传闻,到底是不是真的?"我问。

"什么传闻?"

"达伦跟我讲了他是怎么处理尸体的。到底是不是真的?"

"我可万万不想知道。伊莱,假如你懂怎么明哲保身,你也不会再追问伊万·克洛尔究竟怎么处理死翘翘的歹徒的尸首。"

我们继续往前走。

"那我们明天有什么打算?"我问。

莱尔深吸了一口气,又叹了口气。

"你去上学。"他说。

"那我们周六有什么打算?"我问道,既毫不动摇,又不肯闭嘴。

"泰迪和我要去一下洛根市。"

"我们能跟着去吗?"

"不行。"莱尔回答。

"我们就乖乖坐在车里。"

"你小子到底想干什么?"

"我跟你说过啦,帮你盯着点。"

"你觉得你能看出什么端倪,伊莱?"

"跟我今天晚上发现的一样——也就是你发现不了的'端倪'。"

"比如?"

"比如,泰迪对我老妈动了心。"

灾星临头

"入海之水滴"一例：我们学校要求我老妈加入学校庆典活动组委会，该组委会在下个月的每个周六都要聚会。老妈很动心，因为她从来没有掺和过这类破事。她讨厌家长委员会的那帮贱人，但这并不表示她不愿意偶尔跟她们打成一片。紧接着，麻秆的胸腔出了些乱子，"嘘嘘"变成了铁锈色，他的医生告诉他，他得了肺炎。麻秆躲到雷德克利夫的一间小出租房里养病，远在布里斯班的另一头，老妈和莱尔再也没有能在周六照顾奥古斯特和我的帮手了。

1986年，春。我上了高中。我不再从达拉州立中学的窗户朝外张望，却每天跟奥古斯特一起搭公共汽车去上学，从伊纳拉区里奇兰兹州立高中的窗户朝外张望。我今年十三岁，跟任何自尊自重、有胆有识的昆士兰少年一样，我想要体验新事物：比如，下个月每逢周六，跟莱尔一起去打理海洛因买卖。我含蓄地点拨老妈：每当没有大人在旁监督的时候，奥古斯特和我就爱放火烧点东西。我还提到，就在前几天，我和奥古斯特在奥克斯利发现了一只淋上了汽油的地球仪，被扔在慈善机构"生命热线"设立的捐赠箱旁，结果我眼睁睁看着奥古斯特点燃了那只地球仪。当时，奥古斯特举着放大镜对准地球仪上的澳大利亚，日光汇聚成一团炽烈的光斑，化成一场大难落到布里斯班城的头上，而我在一旁高呼："一把火烧了全世界！"

"我会带两个小鬼去金达利游泳池。"莱尔说，"他们可以游上几个小时，泰迪和我先去办事，回家的时候路上再去接他们。"

老妈望着奥古斯特和我："你们的作业还剩多少没做？"

"只剩数学啦。"我回答。

奥古斯特点点头——"跟伊莱一样。"

"你们就该先做数学作业,硬骨头要先啃嘛。"老妈评论道。

"老妈,有些时候,人生可不是事事都能如意。有些时候,硬骨头就没办法先啃。"我回答。

"可不是嘛。"她说,"好吧,准你们去游泳了。不过,在我进家门之前,你们两个最好先做完作业。"

没问题。可惜的是,等我们赶到金达利游泳池,泳池却不对外开放,因为业主正在空荡荡的五十米泳池里铺设新内壁。

"见了鬼了。"莱尔凶巴巴地说。

坐汽车驾驶座的是泰迪,因为这辆1976年产橄榄绿色马自达是泰迪的车。即使在春季,这破车也是一座奔驰的火炉,热辣辣的棕色塑料乘客座椅紧贴着我的大腿,也紧贴着奥古斯特的大腿,谁让奥古斯特跟我穿着连锁百货店"凯马特"的同款灰色短裤呢。

泰迪看了看手表。

"我们得在七分钟之内,赶到詹博理高地。"他说。

"操蛋,"莱尔摇着头,"我们走吧。"

我们在詹博理高地一栋两层宅邸前停下了车。是座黄砖小楼,有一扇巨型铝制车库门和一段通往宅邸前门平台的楼梯,前门平台上又有一个光着上身的毛利小男孩,大概五岁左右,正用一根粉色塑料跳绳热火朝天地跳着绳。室外热得不得了,透过我这边的车窗向外望去,柏油路面在一团团海市蜃楼般的热气中闪耀着微光。

莱尔和泰迪先是按兵不动,扫视了四周一圈,朝汽车的左右侧后视镜和中央后视镜都望了望。泰迪哗啦打开后备厢。他们两人一起下了马自达,走到车后,又关上后备厢。

莱尔带着一只蓝色塑料冰盒回到副驾驶侧的前车门旁边,把头探进了车里。

"你们两小子就给我乖乖坐在这儿，规矩点，好吗？"他说完准备关上车门。

"你搞笑吧，莱尔？"我赶紧开了口。

"什么？"

"车里恐怕有五十摄氏度，"我说，"十分钟之内，我们就被烤得焦熟了。"

莱尔叹了口气，又深吸一口气。他环顾四周，发现人行道旁有一棵小树。

"好吧，你们去那边那棵树下等。"

"要是某个邻居露了面，问我们为什么坐在他家树下，我们该怎么说呢？"我问道，"'只是来做笔毒品生意，用不了多久。老兄，你就别管我们啦。'"

"你要惹毛我了哦，伊莱。"莱尔说着狠狠关上了车门。

紧接着，他打开奥古斯特那边的车门。

"下车吧，"莱尔说，"但一句屁话也不许讲。"

我们从跳绳的小屁孩身边经过，他凝望着我们，鼻子底下垂着黄色的鼻涕。

"嘿。"走过小孩身边时，我开口说道。

小屁孩一声不吭。莱尔用指节在铁丝网安全门的门框上敲了敲。"是你吗，莱尔？"有人从黑漆漆的客厅里高喊，"进来吧，哥们。"

我们进了屋。打头的是莱尔，随后是泰迪、小奥，最后是我。

两个毛利男人坐在棕色的扶手椅上，旁边是一张空荡荡的三人座沙发。整间客厅烟雾弥漫，摆在椅子扶手上的烟灰缸堆满了烟头。其中一个男人长得精瘦，左脸颊上遍布着毛利刺青；另一个简直是我这辈子见过最肥的人，开口说话的正是他。

"莱尔，小泰。"他打了个招呼。

"以斯拉。"莱尔回答。

以斯拉身穿一条黑色短裤，一件松垮垮的黑色T恤。他的双腿粗得不得了，腿上的肥肉一路堆到了膝盖上，因此两条腿的中段看上去活像海象的脸，只缺一对长牙。不过呢，害我念念不忘的不是他的身坯有多肥，而是他身上的黑T恤有多肥，肥到简直足以给泰迪停在屋外骄阳下的马自达汽车当遮阳罩。

瘦男人在扶手椅上朝前俯身，面前的便携式托盘上摆了一碟土豆，他正在剥土豆皮。

"妈的，莱尔。"以斯拉望着奥古斯特和我，笑道，"毒品交易还带上自家孩子，真是一流的育儿之道啊，我的朋友。"

以斯拉乐得捶腿，向他那脸上有着刺青、默不作声的瘦子朋友望去，嘴里说："快瞧瞧这位年度父亲[1]，哎哟！"

"他们不是我的小孩。"莱尔回答。

正在这时，一名女子迈步进了客厅。"好哇，要是这俩小子不是你儿子，那他们就归我啦，莱尔。"她一屁股坐到沙发上，对我和奥古斯特笑道。她光着脚，穿着一件黑色背心——是个右臂上纹着部落刺青的毛利女子，右太阳穴上还文了一列小圆点。她也端着一只便携式托盘，盛满了胡萝卜、红薯和四分之一块南瓜。

"不好意思，埃尔茜。"莱尔说，"他们是弗兰姬的小孩。"

"我就觉得这俩孩子长得太帅，不可能是你的种。"女子说。

她朝奥古斯特挤挤眼，小奥的脸上露出了笑意。

"莱尔，你照看这两个孩子有几年了？"埃尔茜问。

"我认识他们大约八九年了吧。"莱尔说。

埃尔茜向奥古斯特和我望来。

---

1. 原文为毛利语。

"八九年啦？"她把莱尔的话重复了一遍，"你们怎么想，小伙子？能说你们算是他的崽吗？"

奥古斯特点点头。埃尔茜向我扭过头，等我答话。

"算。"我说。

以斯拉和瘦削男子已经全神贯注地沉浸到了电视上的一部片里，演的是在一场宏大的古代盛宴上，某个身居首席、个子魁梧、浑身古铜色肌肤的战士。

"什么才是人生至乐？"屏幕上，一个身着成吉思汗式服饰的男人正在发问。

浑身古铜色肌肤的武士叠起双腿，看似拥有金刚不坏之身，头上发饰直逼皇冠。

"击溃敌人。"浑身古铜色肌肤的武士回答，"亲眼见其受人驱策，亲耳听其妻女哀泣。"

一时间，奥古斯特和我不禁拜倒在古铜色肌肤的武士脚下。

"这位是何方神圣？"我问。

"这位是阿诺德·施瓦辛格，老弟。"以斯拉说，"演的是《野蛮人柯南》。"

阿诺德·施瓦辛格迷死人了。

"这死小子肯定会成天王巨星。"以斯拉说。

"这片讲的是什么？"我问道。

"讲的是武士啊，老弟，还有术士、剑与魔法。但重中之重，讲的是复仇。柯南周游世界，为的是找到那个将他老爹喂狗、将他老妈斩首的混账。"以斯拉说。

我一眼望见电视机下摆着盒式录像机。

"你家居然有索尼Betamax？"我倒吸一口气。

"当然啦，老弟。"以斯拉说，"高保真音效，分辨率更高，对比度更佳，更好地去除了亮度噪点，没雪花。"

奥古斯特和我立刻跳到了地毯上，瞪大眼睛盯着那台机器。

"'亮度噪点'是什么？"我问。

"我他妈的怎么知道？"以斯拉说，"那不是产品包装盒上写的吗？"

电视机旁是一个摆满黑色Betamax录像带的书架，上面贴着标有影片名字的白色标签。录像带足有数百部，有些片名被蓝色圆珠笔划掉了，草草地在一旁改成了另一个片名。《夺宝奇兵》《E.T.外星人》《洛奇3》《诸神之战》《时光大盗》。奥古斯特伸手朝其中一盒磁带一指。

"你家居然有《神剑》？"我喊出了声。

"还用说嘛，老弟？"以斯拉露出了灿烂的笑容，"海伦·米伦，哎哟，那疯女巫惹火到没治。"

我由衷地直点头。

"梅林。"我说。

"癫狂的混蛋。"以斯拉开心地回答。

我扫视着录像带。"你家居然还有《星球大战》全套！"

"你觉得《星球大战》哪部最棒？"以斯拉考我——听语气，似乎他早已经手握答案。

"《帝国》。"我说。

"回答正确。"以斯拉说，"哪段最棒？"

"尤达大师在达戈巴星的洞穴。"我脱口而出。

"哇靠，莱尔，你家小子很有深度嘛。"以斯拉说。

莱尔耸耸肩膀，取出衣兜里的一包"白牛"手卷烟，卷了一支。

"听不懂你们他妈的在说什么。"莱尔回答。

"卢克在洞穴里遭遇了达斯·维达并杀了对方，接着面具裂开，卢克看见面具下的脸是他自己。"以斯拉神秘兮兮地说，"玄得很啊，兄弟。你家这小子叫什么名字？"

莱尔朝我一指。

"这是伊莱,"他说着又朝奥古斯特一指,"那是奥古斯特。"

"嘿,伊莱,洞穴一幕究竟是在搞什么?"以斯拉问,"是有什么深意吗,小兄弟?"

我一边打量录像带片名,一边开了口。

"洞穴即为大千世界。正如尤达所说,洞穴里唯一的东西,就是你随身带进去的东西。依我猜,当时卢克已经心知他老爸是谁了,在内心深处已经感觉到了。他怕极了面对自己的老爸,因为他怕极了自己骨子里的阴暗面。"

整间客厅沉默了片刻。奥古斯特向我投来一抹意味深长的目光,会意地点点头,扬了扬眉毛。

"厉害。"以斯拉说。

莱尔在以斯拉的椅子旁边放下了那只蓝色冰盒。

"给你们带了些啤酒。"莱尔说。

以斯拉向瘦子点点头,瘦子立刻会了意,从扶手椅上一跃而起,打开了冰盒。他把手深深地探进装满啤酒瓶和冰块的盒子,取出一块用黑色厚塑料袋裹好的长方形"砖头",立刻递给了埃尔茜。她绷起了脸。

"你也可以验货嘛,鲁阿,真操蛋。"她说。

瘦子向以斯拉望去,等他下令。以斯拉正全神贯注地看着电影,但他也忙中抽空飞快地向埃尔茜使了个眼色,然后冲厨房点点头。埃尔茜闪电般从沙发上蹦起来,麻利地从鲁阿手里夺过那块黑色"砖头"。"操蛋的蠢货,真该死。"她说。

她向我和奥古斯特露出一抹微笑。"你们两个小伙子想来挑杯饮料喝吗?"她问道。

我们望了望莱尔。莱尔点头表示同意,我们就跟着埃尔茜进了厨房。

鲁阿把啤酒递给以斯拉、莱尔和泰迪。

"除了该死的'XXXX'苦啤，你们昆士兰人什么时候能换种啤酒喝？"以斯拉问道。

"我们确实还有一种啤酒，"泰迪一边回答，一边往后一仰，靠在三人座沙发上，看起了《野蛮人柯南》，"'XXXX'生啤。"

*

我们在木芦卡"神奇里程"路段旁边一家快餐店吃薯饼时，已经快到下午一点钟了。该路段在距离詹博理高地十五分钟车程的地方，附近云集着多家汽车经销商，品质和口碑参差不齐，从"本店汽车均配备安全气囊！"到"本店汽车均配备挡风玻璃！"一应俱全，布里斯班城中民众都纷纷前来买车。

我们围坐在一张白色圆形塑料餐桌旁，撕开棕色纸袋，吃着纸袋里的面糊炸薯饼、牛肉可乐饼、海鲜棒、黄澄澄、大个头的中式点心，热腾腾的薯片——炸薯片靠的是用了一遍又一遍的油，因此薯片看上去活像歪瓜裂枣的烟屁股，吃上去嘛，也活像歪瓜裂枣的烟屁股。

"谁想要最后一块牛肉可乐饼？"泰迪问。

泰迪是刚才唯一在吃牛肉可乐饼的人；泰迪总是唯一在吃牛肉可乐饼的人。

"全归你了，泰迪。"我说。

奥古斯特和我小口喝着我们心中排名第二的饮料——紫色罐装"柯克斯"百香果味汽水[1]。都怪麻秆，害我们迷上了"柯克

---

1. 柯克斯（Kirks）是一家于1865年成立于澳大利亚昆士兰的饮料制造商，本书中提到的多种"柯克斯"饮料为该公司不同口味产品。

斯"百香果味汽水。诸多饮料之中,麻秆独宠"柯克斯"品牌,因为柯克斯公司来自昆士兰,而且麻秆声称自己认识一个老伙计,对方在原来的柯克斯公司打过工。其实那是"赫里顿活泉水公司",1880年因罐装赫里顿镇颇具滋补功效的泉水而出名。赫里顿就在图文巴附近,当地土著居民声称,正是托泉水的福,他们才拥有了力量,得以击退一切想从他们的宝贝泉水上捞便宜的牛鬼蛇神。我倒从来没有尝过赫里顿天然泉水是何等美味,但我怀疑它赶不上回春又可口、透心凉的沙士饮料。

"人家埃尔茜有沙士口味的'柯克斯'饮料呢。"我一边说,一边挑着地方下嘴,好在我的薯饼上啃出一个澳大利亚形状。奥古斯特也在啃薯饼,旨在啃出一枚忍者镖。"她有整整一架子饮料罐,她有'柯克斯'饮料全套口味:柠檬味啦、姜汁啤酒味啦、樱桃味苏打水啦,反正应有尽有。"我说。

莱尔又卷起了"白牛"烟。

"你跟在埃尔茜屁股后面进厨房的时候,还有什么别的发现吗,'细节队长'?"莱尔问。

"有啊,一大堆呢。"我回答,"她的冰箱里放了一整包没有开封的冰椰蓉饼干,摆在果蔬碟上面的一格。依我猜,他们昨天晚上必定吃了'瑞百茨'餐馆点的外卖,因为冰椰蓉饼干那格上面摆着一个银色外卖盒子,尽管外卖盒子有盖,害我看不清里面的东西,但我心里有数:肯定是'瑞百茨',因为我可以看见外卖盒的边缘洒上了瑞百茨餐馆的烧烤酱——天底下再没有哪家餐馆的烧烤酱会跟'瑞百茨'餐馆一样了。"

莱尔点燃了刚卷好的香烟。

"你有发现什么跟埃尔茜冰箱里的玩意无关的细节吗?"他一边问,一边将头往右扭,以免把烟喷上薯饼。

"有啊,一大堆呢。"我说着,把三片薯片塞进嘴里。薯片已经凉了，不再脆生生。"厨房料理台上方的墙上挂着一件毛利武器，我问埃尔茜那是什么，她说那叫'玉扁棍'。是一条叶形大棍，用一种叫作'绿石'的玉石制成，是她家世代相传的宝物。当时她站在水池旁边，小心翼翼地在厨房水池料理台上割开你那块海洛因的包装袋，又把一套厨用天平秤调平。她一边忙活，一边告诉我，她的曾曾曾曾祖父哈米奥拉曾经用这根叶形大棒立下了何等骇人的丰功伟绩。比如，曾经有个来自其他部落的酋长，名叫玛拉马，他老是欺凌恐吓哈米奥拉的部落，结果等到哈米奥拉造访对手酋长的总部……"

"我可不知道古代毛利酋长有没有什么'总部'。"泰迪插嘴道。

"窝棚行了吧，宿敌酋长的窝棚。"我改口道，"当哈米奥拉造访玛拉马的窝棚时，对手酋长居然拿哈米奥拉的'玉扁棍'开涮，嘲笑它的尺寸，又嘲笑它的外形——谁让它看上去一副人畜无害的样子，活像一根石头擀面杖，或者擀饼干用的什么玩意呢。当时哈米奥拉被敌方的一群勇士围在中间，玛拉马不仅开他的玩笑，还怂恿手下拿哈米奥拉的家传武器开涮，而哈米奥拉跟着众人一起哈哈笑了起来。紧接着，哈米奥拉以迅雷不及掩耳之势，用他那上了年头、备受众人嘲笑的家传武器照着玛拉马的脑袋拍了一记。"

我说着拿起一块中式小点心。

"哈米奥拉挥起绿石大棒，堪比维维安·理查兹挥起板球拍。更有甚者，哈米奥拉精于以胳膊运力，于是他可以击中对方的太阳穴，而在击中的一刻，他又可以将大棒来个急转弯。"

我出手一撕，掰下了中式小点心顶部的三分之一。

"哈米奥拉只使出了一着儿，就掀掉了玛拉马的整个天灵盖。敌方部落其他人被眼前的一幕吓呆了，根本没有时间拔刀拔棍，而哈米奥拉的手下，也全都是埃尔茜家的远房亲戚，这时纷纷冲出了灌木丛，向呆若木鸡的敌方部落成员攻去。"

我把天灵盖形状的中式小点心塞进了嘴里。

"刚才，埃尔茜一边跟我讲这个故事，一边小心翼翼地撕开'货'的包装，所以根本没有留意我的眼神在朝哪里瞄。我嘛，反正满嘴说着'是吗？太厉害了吧！'之类的套话，活像已经一头扎进了故事之中。但与此同时，我却把厨房扫视了一圈，寻找着细节。当时，我的右眼乖乖扮演着听故事的角色，左眼的目光却在四处逡巡，搜寻着蛛丝马迹。"

莱尔与泰迪飞快地偷望了对方一眼。莱尔摇了摇头。

"等到奥古斯特和我弯腰端详埃尔茜冰箱里的一大堆'柯克斯'饮料，她并没有意识到我还抽空盯着她在料理台上验货呢：她拿出一把快刀，从海洛因砖上切下些边角，好像从一块'库恩'牌干酪上切下薄薄的几片。紧接着，她把切下的薄片拢成一团一克重的小球，收进一个带灰色盖子的黑色塑料胶卷筒，把胶卷筒揣进牛仔裤口袋，再把海洛因砖重新裹好，带回客厅跟你们碰头。你们正一头扎进《野蛮人柯南》无法自拔，于是她说了句'货很正'，但根本没人回她半句屁话。

"然后她又回了厨房，给我讲完了曾曾曾曾祖父哈米奥拉酋长和蠢蠢蠢蠢到家的玛拉马酋长的老掉牙奇闻。而我，将所有细节尽收眼底，比如他们家电话机旁边有不少信件：市政来信啦、电信的账单啦，另外还有一张纸，上面列着一大堆人名和号码。莱尔，你的名字和电话号码就写在纸上，提图斯的名字也在，除此之外，有个'凯莉'，有个'马尔'，有个电话号码旁边写着'斯纳珀'，另一个电话号码旁边写着'达斯汀·万'……"

"达斯汀·万？"泰迪说着向莱尔转过身，莱尔点点头，抬了抬眉。

"讲得通。"莱尔说。

"达斯汀·万是什么人？"我问道。

"假如邓碧是哈米奥拉，达斯汀·万就是她的玛拉马。"莱尔回答。

"达斯汀·万，代表着好消息。"泰迪说。

"为什么？"我问道。

"良性竞争。"泰迪说，"假如周围一带不仅仅只有邓碧一个进口商，对提图斯来说，就是个好消息，因为邓碧以后只能开些更有竞争力的价格。也有可能，她就再也没有办法骑在我们头上作威作福啦。"

"不过，要是以斯拉动了心思，想绕过我们直接搭上一家供货的，对提图斯来说，可就不是什么好消息了。"莱尔说，"我必须跟提图斯聊聊。"

泰迪咯咯一笑。

"干得不赖，细节队长。"

*

世间再没有哪样宝贝，能像东南亚海洛因一样将整整一座城融为一体了。本月一个又一个辉煌的周六里，随着金达利泳池因翻修歇业，莱尔、泰迪、奥古斯特和我不停地穿梭于布里斯班各处，穿梭于我们日益壮大、炎热难耐的城市，穿梭于它那汗涔涔的胸怀中孕育出的所有文化少数群体、所有帮派、所有鲜为人知的亚文化群体之间。

南布里斯班的意大利人，巴利莫尔球场里身穿立领衫的英式橄榄球迷，毅力谷区[1]的鼓手、吉他手、街头艺人和落魄乐队。

---

1. 毅力谷区，澳大利亚昆士兰州首府布里斯班市中心的一个区。位于布里斯班中央商业区东北部，是布里斯班夜生活的中心之一，以夜总会酒吧和成人娱乐著称。

“听好了，这事对你妈半个字也不能讲。”我们把车停在一家全国性新纳粹组织“白锤”总部门外时，莱尔嘱咐我。白锤组织立足于布里斯班的高门山地区，首脑是个年仅二十五岁的男子，身材瘦削，讲话细声细气，叫作蒂莫西。蒂莫西为人爽快得很，以至于有一次大家正在和和气气地一手交钱一手交货，他却告诉莱尔，他的光头不是剃出来的，其实吧，纯属天然秃。我听完不禁暗自琢磨：在蒂莫西本人的哲思旅程中，他首先意识到的，究竟会是“白人至上”呢，还是“白男式秃顶”呢？

　　我说不清自己原本对毒品买卖有些什么期待。也许，我期待着“买货卖货”比目前的交易更浪漫，期待着一种危机感，一种悬疑感。可惜的是，我已经发觉：街头卖粉的普通郊区毒品贩子，跟普通比萨派送员没有太大分别。莱尔和泰迪打理的买卖之中，有一半我只花一半时间就能打理完毕，假如我骑上獴牌小轮车[1]、用背包兜上“货”的话。奥古斯特说不定办得更利索，因为他骑车骑得更快，而且他有一辆马尔文星牌十挡变速赛车自行车。

*

　　坐在泰迪的马自达汽车后座上，从南至北，又从北至南一次次越过“故事桥”[2]的时候，奥古斯特和我会做数学作业。“故事桥”，故事之桥，比如灭火小子的故事；比如，沉默小子和他那除了问题的答案别无所求的小弟的故事。

　　奥古斯特手握着他过生日收到的一台十位数袖珍计算器，

---

1. 小轮车（简称 BMX），是一种车轮直径为 20 英寸的自行车。

2. 故事桥（Story Bridge），一座跨越布里斯班河的桥梁，连接澳大利亚昆士兰州布里斯班北部和南部。

先键入数字，然后把计算器颠倒过来，数字就可以代表单词：7738461375 = SLEIGHBELL；5318008 = BOOBIES。小奥又键入了一串数字，自豪地向我亮出了计算器屏幕：ELIBELL[1]。

"嘿，泰迪。"我开口发问，"某次学校嘉年华期间，八十张门票中有二十张属于提前入场门票。那么，提前入场票所占的比例是多少？"

泰迪望着后视镜。"拜托，哥们，见了大头鬼了，八十除以二十等于几？"

"四。"

"所以……"

"所以二十张票就是总票数的四分之一？"

"没错。"

"一百的四分之一是……百分之二十五？"

"对啊，哥们。"泰迪摇摇头，简直惊掉了下巴，"操蛋，莱尔，千万别把你的报税表交给这俩小鬼头，好吧。"

"报税表？"莱尔装作一头雾水的模样，"是那个有什么代数原理的表格？"

毒品交易均须设在周六，因为莱尔的买家属于三级毒贩，大多数在工作日另有一份正经工作。提图斯·布洛兹是一级毒贩，莱尔是二级毒贩，莱尔的买家则是三级毒贩，而三级毒贩又卖货给街头的男男女女；不然的话，以凯夫·亨特为例，就会卖货给出海的男男女女。凯夫是个拖网渔船渔民，副业则是三级毒贩，向摩顿湾从事拖网渔船捕虾业的诸多客户供货。大多数工作日，凯夫都会出海。因此，为了遂他的意，我们赶在周六开车去了凯夫远在巴尔德山地区的住处。这生意做得就很上道，莱尔响应了客户

---

1. 即"伊莱·贝尔"，本书主人公全名。

的需求。举个例吧，肖恩·布里奇曼，一名以"三级毒贩"为副业的律师，主攻乔治街法律界。他成天忙于工作，工作日从不在家，但他无疑不希望任何毒品交易在他的办公室进行交接——毕竟他的办公室离昆士兰最高法院只隔了三座大楼。因此，我们又开车去了他在布里斯班北郊威尔斯顿的住所。肖恩在自家的日光室里买货时，他的太太在厨房里烤着蓝莓松饼，他的儿子还在后院对准一只黑色垃圾箱扮演中速投球手。

提起周六卖"货"，莱尔堪称个中高手。他是外交家，是文化大使，是他老板提图斯·布洛兹的代理人，是国君与其臣民之间的桥梁。

据莱尔透露，他对待毒品交易的方式，也正是他对待心情欠佳的老妈的方式：要保持警觉，随时待命；千万别让对方站得离菜刀太近；要随机应变，要有耐心。买家和火大的老妈永远是对的；莱尔随时随地都会收起自己的心思，呵护买家和老妈的感受。当一个华裔房地产开发商抱怨地方政府的繁文缛节时，莱尔会同情地点点头；当飙车党"强盗帮"的头目碎碎念，说他的哈雷摩托车提速无力时，莱尔又点点头——反正在我眼里，莱尔那副表情属于实打实的关切。再说到某天晚上，老妈倒起了苦水，埋怨莱尔和她还从来没有试过结交我们学校的其他家长，当时莱尔向老妈抛去的也正是同一副表情。总之，办妥交易，给你爱的姑娘一个吻，收好你的酬劳，保住小命拍屁股走人吧。

*

上个星期六，出门卖"货"的时候，莱尔把摆着红色电话机的地下室的事向奥古斯特和我交了底：地下室是莱尔亲手建的，从地底朝上挖建而成——在房子下方巴掌大的地方，在从来不许奥古斯特和我出入的地方，莱尔挖了一个很深很深的洞，再朝上挖通了我们家。一个用购自达拉砖厂的一千三百块砖头建成的秘密场所，可容老妈和莱尔在其青涩的卖"货"生涯中储存一大包又一大包大麻。

"你现在又不卖大麻，那房间还能派上什么用场？"我问。

"留着以防不时之需，说不定哪天我就得跑路躲起来。"莱尔说。

"躲谁？"

"谁都可能。"

"电话又是做什么用的？"我问。

泰迪向莱尔望去。

"它连着一条电话线，直通另一台红色电话机——正像贝尔伯里区提图斯·布洛兹家里那台一样。"莱尔说。

莱尔朝后座瞥了一眼，探询我和奥古斯特的反应。

"所以呢，那天跟我们通电话的，就是提图斯？"我说。

"不，"莱尔说，"不，伊莱。"我们两人在后视镜中对望良久，"那天，你们根本没有跟任何人通过电话。"莱尔说。

他一脚踩上油门，加速向我们的最后一单买卖奔去。

*

"今天，我有一种从来没有过的感觉。"老妈一边说，一边把意大利面用餐叉分到餐桌上我们各自的餐碟里。餐桌贴着翠绿色的"富美家"美耐板，有着金属桌腿；小时候的莱尔，也正是在这张餐桌边吃樱桃巴布卡蛋糕的。

今天，是学校的庆典日。整整八个小时，老妈头顶一轮周六的炎炎烈日，一直在里奇兰兹州立高中的椭圆形跑道上掌管三个杂耍活动摊位。她主理"鱼塘游戏":只需花上五十分,小鬼头们就可以用指定的窗帘杆和渔线去钓扁不拉几的泡沫塑料鱼,每条泡沫塑料鱼底下都贴着带颜色的贴纸,分别对应某个带颜色标记的趣味玩具奖品,奖品价格大概跟我今天在"鲍勃叔叔的农庄"动物展上踩到的马粪差不多。从某种意义上讲,所有摊位里人气最高的游戏,是我老妈自创的一款,算是借了《星球大战》那无人可挡的魅力,为里奇兰兹州立高中家委会筹集了急缺的资金吧。老妈这款"汉·索罗轰天枪战"游戏,诚邀有志于拯救银河系的玩家用一把大水枪(为仿汉·索罗那把威风八面的爆能枪,被老妈涂成了黑色)打下三个摆在台子上(这张台子已经越撤越远,远得似有猫腻)的帝国风暴兵玩偶(本属奥古斯特和我所有)。说到当靶子用的帝国风暴兵,其摆法颇为高明,老妈把前两个风暴兵摆在了唾手可得的距离内,好让她那些基本处于五岁至十二岁区间的顾客早早品尝到胜利的美妙滋味,害得人家欲罢不能。至于第三个、也就是最后一个风暴兵,却被摆到了远远的地方,恐怕只有挟"原力"之威的小屁孩,才能用水枪打出如此又长又弯的一击,取得最终的胜利。不过,我老妈还掌管着庆典里最无人问津的摊位——"冰棒棍大乱斗",也就是一个装满沙子的手推车里插了一百支冰棒棍,其中十支贴着表示得奖的星星。就算老妈夸下海口,一口咬定"所有冰棒棍的尽头都是人生之真意",恐怕她也就只能在八小时里赚到六块五。

"我感觉自己是团体的一员呢。"老妈说,"我有了归属感。"

我远远望见,莱尔对她露出了笑容。老妈只不过舀起加了培根和迷迭香的波隆那肉酱盛到我们的碟子里,莱尔却凝望着她,睁大了眼睛,满怀叹服之色,仿佛她正拨弄着一把火焰为弦的金竖琴,弹奏出滚石乐队的《涂黑》。

"好极了,宝贝。"莱尔说。

泰迪的喊声从厨房远远地传来："要啤酒吗，莱尔？"

"要啊，哥们。"莱尔说，"在冰箱门上那格。"

泰迪要留在我们家吃晚餐。泰迪总爱留在我们家吃晚餐。

"真是棒极啦，弗兰姬。"泰迪说着，从厨房走进了起居室。他伸出胳膊，揽住老妈的肩头——没必要吧。他将老妈搂入了怀中——没必要吧。"我们为你骄傲，伙计。"泰迪说。好一副"我们都是铁哥们"的派头。哎哟，拜托你啦，泰迪，真就在莉娜和奥雷利的地盘上放肆吗？

"可能是我眼花，但这双蓝眼睛里是不是又多了几颗小星星？"泰迪问我妈咪。他伸出右手拇指，轻抚过老妈的颧骨。

莱尔与我对视一眼。奥古斯特向我抛来一个眼神。真他妈的扯淡，居然还当着他最铁的死党的面。对这个操蛋的家伙，我反正从来都不买账。看上去一副体贴样，偏偏就是这体贴模样会让你栽跟斗。总之，得万分小心，伊莱。我不知道他爱谁多一些：是老妈、是莱尔，还是他自己。

我点了点头。"明白，老哥。"

"我说不好，"老妈耸耸肩膀，有点为自己开朗的性情不好意思，"成为人群的一员感觉很窝心，再说这群人还这么……"

"又没劲又土？"我接话道。

老妈露出了微笑，一边寻思，一边在半空中举着一勺波隆那肉酱。

"……这么正常。"她说。

她把那勺肉酱浇在我的意大利面上，飞快地向我抛来一抹动人的笑容。我老妈大有瞄准她的目标发射这种微笑的能耐，它将忠诚地顺着某条单向轨迹直击目标，某条无法被他人的肉眼察觉的"一生挚爱"之路，但我心知，奥古斯特就拥有上述通路，莱尔也一样。

"棒极了，老妈。"我说——长这么大，我还从来没有这么认真过，"我觉得，'正常'跟你很搭。"

我伸手拿起闻上去活像小奥呕吐物的卡夫牌帕玛干酪，把干酪碎撒上我的意大利面，把餐叉深深插进意面里，搅了两下。

正在这时，提图斯·布洛兹一脚踏进了我家的客厅。

我的头几截脊梁骨，最为熟知此人。我的头几截脊梁骨认得那满头白发，认得那身白衣，认得正勉强挤出笑容的那张嘴里的一口白牙。我身体的其他部分呆滞又困惑，但我的脊梁骨深知，提图斯·布洛兹正一步步地踏进我家客厅。因此，一股寒意蹿上了我的后背，我不由自主地颤抖，正如有时我在莱尔最心爱的酒吧、位于图旺的"雷加塔旅店"[1]里对准小便槽"嘘嘘"时一样。

望见提图斯的时候，莱尔的嘴里正塞满意大利面。他目瞪口呆地盯着提图斯优哉游哉进了我们家，不知怎的，竟然从厨房后方的后门经过厕所进了屋。

莱尔叫出了老板的名字，好像是在发问。"提图斯？"

奥古斯特和老妈坐在莱尔和我的对桌，他们两人转过身，见到提图斯迈步进了屋，身后紧跟着另一个男人，块头比提图斯更大，眼眸比提图斯更黑，神情比提图斯更加阴郁。哎，他妈的。操蛋哪，操蛋，真操蛋。他来我们家干什么？

是伊万·克洛尔。伊万身后，还跟了提图斯手下的另外两个打手。他们跟伊万·克洛尔一样，穿着橡胶人字拖，"斯塔碧"牌紧身短裤，系扣的棉质带领衬衫掖进了短裤里。其中一个是身材精瘦的秃子，另外一个面带微笑，是个有三重下巴的大块头。

"提图斯！"老妈说道，立刻切入了东道主模式。她从椅子上一跃而起。

---

1. 布里斯班一家旅馆／酒吧，其男用卫生间因富有特色而颇为闻名。

"请勿起身，弗朗西丝。"提图斯说。

伊万·克洛尔伸出一只手，轻柔地搭上了老妈的肩头。不知怎的，这个动作暗示了她：乖乖坐回去。这时我才发觉，伊万·克洛尔背着一只军绿色的背包，他又默默地把背包放在了餐桌旁边的客厅地板上。

泰迪的右手还握着一把餐叉，深蓝色衬衫的领口披着两张纸巾，沾着波隆那肉酱的嘴唇成了血盆大口，恰似口红涂歪了的小丑。"提图斯，一切都还好吗？"泰迪开口说，"你想跟我们一起吃……"

提图斯把食指举到嘴边，下令道"嘘！"连瞧也没有正眼瞧一眼泰迪。

他审视的是莱尔。沉默。也许整整沉默了一分钟，也许只是三十秒钟，但在提图斯与莱尔剑拔弩张的对视中，那三十秒犹如三十天一样漫长。视角，细节，一瞬化为无垠。

精瘦打手的左臂上有一枚刺青，是穿着纳粹制服的兔八哥。奥古斯特紧握着他的意大利面餐匙，紧张地用拇指拨弄着匙柄。从老妈的角度看去，此刻她正坐在餐桌旁，困惑不解，身穿桃红色宽松背心，在两张面孔之间不停地扭头，一心寻找着答案，结果一无所获，只除了她真正爱过的唯一的一个男人脸上的答案：惧意。

紧接着，莱尔打破了沉默——真是谢天谢地哪。

"奥古斯特。"莱尔说。

奥古斯特？奥古斯特？此时此刻跟奥古斯特扯得上什么见鬼的关系？

奥古斯特扭过头，直勾勾凝望着莱尔。

莱尔凌空写起了字。他的右手食指恰如一支鹅毛笔，翩然从空中划过，奥古斯特的眼睛紧紧追随着翻飞的字眼。只可惜，我认不出莱尔写下的字句，因为我不像奥古斯特一样面对莱尔，没有办法在脑海中把莱尔写的字再颠过来。

"他在干什么？"提图斯厉声喝道。

莱尔不停地凌空疾书，写得稳扎稳打。奥古斯特读着莱尔的留言，每读一个字，就了然地点点头。

"给我住手。"提图斯厉声喝道。

提图斯终于喊出了声。"他妈的给我住手！"他火大地向大块头打手扭过头，从牙缝里挤出一句，"拦住他，半个破字也不许他再写了。"

谁知道，莱尔却像失心疯一样，一味狂草着给奥古斯特的留言。一字接一字，一词接一词，直到三重下巴的大块头打手挥出右前臂揍上了莱尔的鼻子，莱尔被掀下了餐椅，摔到客厅的地板上，鼻子"哗"地喷出了鲜血，沿着他的下巴流了下来。

"莱尔。"我尖叫一声，冲过去抱住他的胸口，"别碰他。"

莱尔的嘴里呛出一口血。

"天哪，提图斯，搞什么……"泰迪刚结结巴巴地开口，转眼就被伊万·克洛尔挥手抵上他下巴的刀锋拦住了话头。那是一把锋利而雪亮的布伊刀，一头长有尖牙的怪兽，犹如外星来客般熠熠生辉，其中一侧切金断玉，盖过毒蛇，另一侧则带有锯齿，盖过猛兽。至于我，我只能想象那邪恶的金属利齿会割开些什么——多半是某人的脖子吧。

"给我闭上鸟嘴，泰迪，那你说不定还能活过今天晚上。"伊万说。

泰迪小心翼翼地在椅子上往后缩了缩。提图斯看着地上的莱尔。

"把他弄出去。"提图斯下令道。

精瘦打手和站在莱尔身旁的大块头打手一起拖着莱尔，在客厅地板上走出了两米，我却抱住莱尔的胸口死活不肯放。

"别碰他，"我眼泪汪汪地尖叫着，"不要碰他。"

他们把莱尔扯了起来，于是我也摔了下来，狠狠地一跤跌到地上。

"抱歉，弗兰姬，"莱尔说，"我非常爱你，弗兰姬。很抱歉，弗兰姬。"

精瘦打手猛然挥出一拳，揍上了莱尔的嘴，老妈则端着一盆意面波隆那肉酱绕过了餐桌，"啪嗒"扣在了出手偷袭的打手头上。

"放开他。"我老妈嘶喊道。她体内那被困了整整一辈子、只露面过三四次的兽性，爆发了。她伸出了胳膊，勒住了大块头打手的脖子，把满月时分狼人般的利爪深深地掐进了对方的脸颊，掐得如此之深，打手的脸皮在雷霆万丈、鲜血淋漓的抓痕中应声剥裂。老妈又放声哭号了起来，恰似当初她被锁在莉娜卧室关了好些天的时候。女妖之号，让人毛骨悚然，而且十分原始。长到这么大，我还从来没有这么害怕过，怕老妈，怕提图斯·布洛兹，还怕此刻被拖下走廊的莱尔在我脸上和手上留下的鲜血。

"让那婊子住手。"提图斯平静地下令。

伊万·克洛尔右手拿着布伊刀，风驰电掣般绕过了餐桌。奥古斯特一溜烟从餐桌另一头冲过来，正好在走廊尽头截住伊万·克洛尔。奥古斯特抬手挥拳，活像20世纪20年代的拳手。伊万·克洛尔立刻朝小奥的面孔抡起了布伊刀，小奥躲了过去，可惜伊万·克洛尔挥刀不过是声东击西：他风一般伸出左脚，使出一记扫堂腿，奥古斯特顿时被一脚掀翻，背朝下重重地摔在地上。"你们两个敢他妈的再动一下，有你们好看。"伊万·克洛尔一边冲我和奥古斯特抛下一句大吼，一边急匆匆追着老妈奔下了走廊。

"老妈，有人追来了。"我高声嘶吼。但老妈太抓狂了，根本没有听见我的声音，她只是拼命攥住莱尔的胳膊，想要把他沿着走廊拖回来。伊万·克洛尔把布伊刀换到了左手里，用刀柄狠狠地在老妈的左太阳穴上重击了两下。老妈应声倒向地板，头无力地向左肩耷拉下去，右小腿弓在右大腿后，好像一个撞击测试用的假人，可惜撞墙撞了太多次。

"弗兰姬。"这时，莱尔已经被拖出了前门，他放声叫道："弗……兰姬！"

奥古斯特和我拔腿冲向老妈，但伊万·克洛尔在走廊截住了我们，又活生生把我们拖回餐桌旁。我们那十三岁与十四岁的细弱双腿还不够有力，不足以蹬住地面，不足以抵挡嗜血杀手雷霆万丈的拖拽。他拽得好狠，我的衬衫已经盖住了我的头，我的眼前只见棉质衬衣前襟的一片橙色，以及一片漆黑。

伊万·克洛尔把我们兄弟俩推到餐桌旁边的椅子上，背对着老妈——她已经躺在走廊里不省人事，也有可能更糟糕，我说不清。

"他妈的给我坐下。"伊万·克洛尔下令。

在恐惧、暴力与困惑中，我挣扎着喘息。伊万·克洛尔从军绿色背包里掏出了一根绳。一阵疾风暴雨般的捆缚之后，他把奥古斯特绑了三圈，紧紧地捆在了餐椅上。

"你都在干些什么？"我大叫道。

我已经涕泪横流，几乎快从座位上瘫下来了。奥古斯特却只是默默地坐在他的椅子上，朝提图斯·布洛兹龇牙低吼，提图斯·布洛兹也定睛端详着奥古斯特。

我流着眼泪，大口大口地喘着气，可惜似乎总是一口气喘不过来，惹得提图斯很心烦。

"喘气啊，他妈的，喘吧。"提图斯说。

奥古斯特伸出右脚，搁到了我的左脚上。

那只脚莫名让我平静了下来。我喘过气来了。

"这就对了。"提图斯说。他猛地望了呆坐在餐桌首席的泰迪一眼。"滚。"提图斯说。

　　"这两个小孩根本屁也不知道，提图斯。"泰迪赶紧开了口。

　　提图斯一边回答泰迪，一边却转头与奥古斯特对视。

　　"话我不说两遍。"提图斯说。

　　泰迪应声一跃而起，冲出客厅，奔下过道，跨过不省人事的老妈。尽管我满心都在为走廊里的老妈和莱尔担忧（天知道莱尔被拖到哪个鬼地方去了），脑海里却依然冒出了一个念头：泰迪真是个孬种啊。

　　这时奥古斯特已经被绑到了椅子上，两条胳膊动弹不得，于是伊万·克洛尔站到我的身后，右手依然拿着布伊刀，搁在腰间。我可以感觉到背后的他，可以闻到背后的他。

　　提图斯深吸一口气，沮丧地摇摇头。

　　"好啦，年轻人，请容我把你们眼下的不幸处境说清楚些。"提图斯说，"假如在谈话过程中，你们两位年轻人觉得我话说得太快，那只是因为，大约再过十五分钟，只要我一脚踏出这栋惨兮兮的房子，两名高级警探就会从前门进屋，逮捕你们的母亲。当然啦，假如到时候她还活着的话。逮捕的原因在于：在一个以莱尔·奥尔利克为首、日渐壮大的布里斯班外西区海洛因贩毒集团中，她地位显赫，为该集团的首脑充当耳目，而该集团的首脑莱尔·奥尔利克，已经在大约两分钟前，神秘地人间蒸发了。"

　　"你把他弄到哪里去了？"我高喊了一句，"我要把一切都告诉警察。是你。"我已经站了起来，自己却毫无察觉。我已经厉声嘶喊、指指戳戳了起来。

　　"是你！幕后主使就是你本人，你才他妈的坏透顶！"我说。

　　伊万·克洛尔狠狠地抽了我一记耳光，我又跌回到椅子上。

　　提图斯转过身，优哉游哉地迈步穿过客厅。他来到一个橱柜前，拿起了莉娜的一尊旧雕像——雕像由莉娜先辈在波兰南部出力建造的某巨型盐矿中的盐制成，塑的是个波兰盐矿矿工。

"你说得对，但也不对，年轻人。"提图斯说，"不，你不会把一切都告诉警方，因为警方不会找你问话。但是呢，是的，你刚才倒一个字也没有说错我。很早以前，我自己就接受这些事实了。只不过，我还没有坏到把小孩子扯进这潭浑水的地步；那种烂事，还是让给莱尔那种人吧。"

他把盐矿雕像又放回了橱柜。

"你们两个小伙子，知道什么叫作忠诚吗？"提图斯·布洛兹问。

我们不肯回答。他微微一笑。

"你们不答话，这一点本身就是一种忠诚。"他说，"你们依然忠于一个你们并未认清的人，一个对我不忠、并因此害得你们沦落到眼下境地的人。"

他原地转个身，清了清嗓子，又想了想。

"好，我有一个问题要问你们两个小伙子。不过，在你们回答之前，或者在你们选择不回答之前，拜托稍许考虑一下，别把对莱尔的忠诚摆在第一位，把忠于你们自己摆在其后，因为，残酷的命运已经悲剧性地注定：现在，你们似乎除了自己，已经一无所有了。"

我抬眼向奥古斯特望去。奥古斯特没有抬眼望我。

提图斯朝伊万·克洛尔点了点头。紧接着，眨眼之间，伊万·克洛尔的铁拳就紧紧地钳住了我的右手。他强健有力的胳膊把我的手掌摁上了莉娜那张绿色桌面的餐桌，正好挨着刚才我在吃的那碗意大利面，在那天崩之前，在那地裂之前，在那群星从天空坠落、化作这个骇人的夜晚之前。

"你他妈的在干什么？"

我可以闻见伊万胳肢窝的味道。我可以闻见他的"欧仕派"古龙水味道，他的衣服闻上去有股烟味。他俯身向我靠过来，整个人压上了我的右前臂；他的大手有着钢筋铁骨，而他的大手正在把我的右手食指朝外掰——那是我的幸运食指，中间的幸运指节上有我的幸运斑。我的手本能地握成了拳头，可惜对方是如此强壮，内心又是如此狂暴；透过他的一双手，透过他那一身黑云压城的气势，透过他缺乏理性、除了愤怒别无其他情感的特质，我能体会到那份狂暴。他用力地紧攥住我的拳头，我的食指伸了出来，摊上了餐桌。

　　我快吐了。

　　奥古斯特的目光落在我那只平摊在餐桌的手指上。

　　"莱尔刚才说了些什么，奥古斯特？"提图斯开口问道。

　　奥古斯特回头望着提图斯。

　　"莱尔刚才写了些什么，奥古斯特？"提图斯开口问道。

　　奥古斯特装出一副迷惑的表情，看似一头雾水。

　　提图斯·布洛兹朝站在我身后的伊万·克洛尔点了点头。紧接着，布伊刀的刀锋贴上了我的食指，恰在最底部的一截指节之上。

　　翻江倒海。在我的腹中。在我的咽喉。时间放缓了脚步。

　　"他刚才在空中写了一条留言。"提图斯厉声喝道，"他到底说了些什么，奥古斯特？"

　　抵在我手指上的刀刃更紧了，刺出了鲜血，我倒吸一口气。

　　"他不会开口说话，提图斯。"我嘶吼起来，"他不说话。就算他想跟你讲，他也讲不出来。"

　　奥古斯特却一味直勾勾盯着提图斯，提图斯也一味直勾勾盯着奥古斯特。

　　"他刚才到底说了些什么，奥古斯特？"提图斯又问。

奥古斯特望着我的手指。伊万·克洛尔更加用力地将刀刃往下一摁，摁得如此用力，刀刃已经割穿了我的皮肉，刺进了我的指骨。

"我们不知道，提图斯，求你了。"我尖声嘶吼着，"我们真的不知道。"

我只觉得天旋地转。歇斯底里。冷汗直冒。提图斯定睛凝望着奥古斯特的双眸。提图斯又朝伊万·克洛尔点点头，于是，伊万·克洛尔将布伊刀往下压得更深了些。"欧仕派"古龙水味，伊万·克洛尔的呼吸，还有刀刃，那漫无尽头、深深刺入我的骨髓的刀刃。我的骨髓。我的脆弱的骨髓。我的脆弱的手指。

我痛得号叫起来，哀号得如此肆无忌惮，如此不遮不掩，末了还拖着一句长声尖呼，因为我痛得不得了，因为我无比震惊，难以置信。

"求你住手啊，"我号啕大哭，"求求你住手。"

刀锋却依然越切越深，剧痛让我放声咆哮了起来。

这时，一阵话音从某个我无法辨认的地方响起，融入了屋里的一片嘈杂。

我的左侧有人在开口说话，我无法在自己的尖叫声中分辨清楚，但此人说出的话让伊万·克洛尔松了松紧逼的刀锋。那是我懂事以来从未听过的声音。提图斯探身朝餐桌凑近了些，朝奥古斯特凑近了些。

"再说一遍？"提图斯说。

一阵沉默。奥古斯特舔了舔嘴唇，清了清嗓子。

"我有话要说。"奥古斯特说。

唯一让我认定眼前一幕不是自己在做白日梦的，是正从我的幸运食指喷涌而出的鲜血。

提图斯脸色一缓，点了点头。

奥古斯特抬眼望向了我。我熟知那种表情，熟知那嘴角轻扬的微笑，那眯起的左眼：这就是奥古斯特默不作声地在说"对不起"。这就是奥古斯特在为某件即将临头、他却无力回天的祸事在说"对不起"。

奥古斯特向提图斯·布洛兹扭过了头。

"你的结局，是一只断气的蓝鹦莺。"奥古斯特说。

提图斯露出了笑容。他向伊万·克洛尔望去，带着满脸迷惑的表情。他又轻笑了一声——是保全颜面的一声笑，为了掩饰某种我从未料到此刻会在提图斯脸上见到的神情。此时此刻，他的脸上露出了恐惧的神情。

"不好意思，奥古斯特，你能再说一遍吗？"提图斯问。

奥古斯特开口说起了话，嗓音听上去跟我很像。我从不知道，奥古斯特讲话听起来会跟我很像。

"你的结局，是一只断气的蓝鹦莺。"奥古斯特说。

提图斯挠了挠下巴，深吸了一口气，一双小眼睛仔细审视着奥古斯特。他向伊万·克洛尔点了点头，于是，布伊刀的刀刃咔嚓一声扎上了莉娜的餐桌，我的幸运食指应声从我的手上断开。

我的眼皮睁了又闭。生命，与黑暗。家，与黑暗。我那带有幸运斑的幸运手指躺在餐桌上的一汪血泊之中。合上眼睛。黑暗。睁开眼睛。提图斯垫着一块白色丝质手帕捡起我的手指，仔细地把它包了起来。合上眼睛。黑暗。睁开眼睛。

我的哥哥，奥古斯特。合上眼睛。再睁开眼睛。我的哥哥，奥古斯特。再合上眼睛。

一片黑暗。

逃之夭夭

魔车。会飞的霍顿"金斯伍德"魔车。魔车窗外神奇的天空，颜色是淡蓝与粉红。有朵云又蓬又大，样子好怪，如果奥古斯特要玩"你觉得那是什么"的游戏，它必成首选。

"是一头大象，"我说，"有两只大耳朵，左耳朵和右耳朵，中间还垂下一条象鼻子。"

"才不是。"奥古斯特回答——没错，在"魔车之梦"中，奥古斯特会开口讲话。"明明是一把斧。有斧刃，左刃和右刃，中间还垂下一个斧头柄。"

魔车在天空中转了个弯，我和奥古斯特沿着棕色塑料后座滑了过去。

"我们为什么在飞？"我问。

"我们向来都爱飞啊。"奥古斯特回答，"不过不要担心，飞不了多久。"

汽车在空中猛地下跌，又向左坠下了云层。

我向汽车的后视镜望去：镜中是罗伯特·贝尔那湛蓝的双眸。我父亲那湛蓝的双眸。

"我不想再待在这里了，小奥。"我说。坠落中的魔车害我们紧紧地贴上了座位。

"我知道，"奥古斯特回答，"可我们总会回到这里。不管我出什么着儿，结局总是一样。"

我们的下方有粼粼波光，但我从未见过这样的水：是闪闪发光的银色，跃动着银辉。

"那是什么？"我问道。

"是月亮。"奥古斯特回答。

突然间，汽车一头扎进了那片粼粼波光，波光随之裂成了水滴，魔车深深坠入了海底世界让人喘不过气的无尽碧波中。霍顿"金斯伍德"魔车顿时浸满了水，奥古斯特和我不禁面面相觑，气泡一个接一个从我们的嘴里冒出来。奥古斯特倒不在意汽车沉到水底，半点也不在意；他抬起右手，伸出食指，慢吞吞地在水里写了几个字。

"吞下宇宙的男孩。"

于是，我也抬起右手，因为我想写几个字回应。我伸出右手食指——但它已经荡然无存，指关节只剩下一个血淋淋的洞眼，把殷红的血滴进了大海。我顿时失声尖叫。紧接着，一片殷红。一片漆黑。

*

我醒了过来。模糊的视线渐渐聚焦到一间雪白的病房，我右手的一下下抽痛让一切都变得敏锐起来。我体内的一切，我的所有细胞，我的所有血液分子，全都奔涌而出，然后狠狠撞上被绷带重重包裹的食指关节化成的堤坝——那指节曾经连着我那带有幸运斑的幸运食指。不过，等一等，现在痛得没有那么扎心了。我的肚子里有种暖意。一种轻飘飘的感觉，翩翩然，悠悠然。

我左手背的正中连着一袋点滴。口渴极了。想吐极了。超现实极了。一张硬邦邦的病床，一条盖在我身上的毯子，还有消毒水的味道。一块看上去好像莉娜那张橄榄绿旧床单的帘子，从环绕病床的U形杆上垂下。天花板是用方形瓷砖砌成的，布满了上千个小洞。我右边的椅子上坐着一个男人。一个高个子男人。一个身材瘦高的男人。一个活像麻秆的男人。

"麻秆"。我说。

"你怎么样啊，孩子？"麻秆说。

"水。"我说。

"好的，伙计。"麻秆说。

他从我床边的手推车上端起一只白色塑料杯，端到了我的嘴边。

我把一杯水喝得干干净净。麻秆又给我倒了一杯，我也喝光了，接着朝后仰倒——光是喝杯水，虚弱的我已经累得脱力。我又看了看自己缺失的食指。一根右手拇指，一段缠着绷带的指节，再加我的手掌上另外三根手指，活像一截参差不齐的仙人掌。

"抱歉啊，孩子，它没保住。"麻秆说。

"它不是没保住，"我说，"提图斯·布洛兹……"

才刚刚动了一下，我的手就剧烈地抽痛起来。麻秆点了点头。

"我知道，伊莱。"他说，"乖乖躺回去吧。"

"我在哪儿？"

"皇家布里斯班医院。"

"我老妈人呢？"我问道。

"她跟警察在一起，"麻秆说。他低下了头，"你得有一段时间见不到她了，伊莱。"

"为什么？"我问，心中的泪水哗啦涌进了我的眼眶，正如我体内的血液哗啦涌向食指的残根。可惜泪水没能遇到拦住它的堤坝，于是，我的眼泪一涌而出。"出了什么事？"我问道。

麻秆把椅子挪得离病床近了些，默不作声地注视着我。

"你明知道发生了些什么事。"他回答，"另外说一句，待会马上会有一个名叫布伦南医生的女士到这里来，她也想知道发生了些什么事。你得想好该怎么跟她交代，因为她会相信你说的话。她反正不信救护人员的话，救护人员的说法又是你母亲在警察赶到之前不久跟他们交代的。"

"我妈是怎么跟救护人员讲的？"

"她告诉救护人员，刚才你和奥古斯特正拿着一把斧子胡闹。她告诉他们，你拿着你的某个星球大战玩偶，摆在一根木柴上，让奥古斯特把它劈成两半，所以，他把达斯·维达砍成了两半，一并砍下了你的手指。"

"斧头？"我说，"我倒是刚刚梦见了一把斧头。一片形似斧头的云，感觉很清晰，说不定就是一段记忆呢。"

"能够记起的梦，才是唯一值得做的梦。"麻秆说。

"奥古斯特又是怎么跟警察说的？"

"奥古斯特对任何事情不都那么说吗？"麻秆答道，"说个屁啊。"

"那些人为什么要抓走莱尔，麻秆？"我问。

麻秆叹了口气。"别问了，老弟。"

"为什么啊，麻秆？"

麻秆深吸了一口气。

"莱尔私底下在跟邓碧做自己的一摊子买卖。"

"买卖？"

"孩子，他在背着老板私自卖货。"麻秆说，"他有他自己的目标，他全都计划好了。"

"什么计划？"

"他打算金盆洗手，他把那玩意叫作'退休金'。总之慢慢在手头攒一些'货'，静等个一两年，让时间和市场把货价翻上一倍。不知怎的，提图斯听到了风声，反应也跟料想中差不多。现在，提图斯已经跟邓碧一刀两断了，以后会从达斯汀·万那儿拿货。等到邓碧发现莱尔失踪的时候，达拉道上恐怕会打响第三次世界大战哩。"

"退休金"。"第三次世界大战"。"发现莱尔失踪"。操蛋。

"操蛋。"我说。

"别说脏字。"

我流出了眼泪，用病号服的右袖在眼睛上胡乱抹了一把。

"怎么啦，伊莱？"

"都是我的错。"我说。

"什么？"

"这是我的主意，麻秆。是我告诉莱尔有关市场的事，是我跟他扯什么供需关系，还有我跟你聊过的，知道吧，'雅努斯'特别行动小组。"

麻秆从上衣口袋里掏出"白牛"烟，卷了一支。他会把这支烟放进烟盒里，只待稍后一脚踏出医院大门，就会再取出来点燃——于是，我明白麻秆心里很焦虑，因为他竟然卷了一支暂时抽不了的烟。

"你是什么时候告诉莱尔的？"麻秆问。

"几个月前吧。"我说。

"嗯，他已经干了六个月了，孩子，所以这肯定不能怪到你头上。"

"可是……那……不可能啊……他竟然撒谎骗我。"

莱尔竟然对我撒了谎。那个咬定自己没法撒谎的人，他对我撒了谎。

"为了孩子好而瞒着他一些事情，与撒谎骗某个孩子之间，差着十万八千里呢。"麻秆说。

"那帮人对他做了些什么啊，麻秆？"

麻秆摇摇头。"我不知道，老弟。"他的口吻很温柔，"我也不想知道，或许你也不该知道。"

"麻秆，撒谎和瞒着不说没什么区别。"我说，"都逊毙了。"

"讲话小心些。"麻秆警告我。

也许是那缺了食指的指节阵阵剧痛，让我怒火万丈；也有可能，是因为记忆中老妈在莉娜·奥尔利克和奥雷利·奥尔利克家的走廊上被打晕的一幕。

"那帮人都是恶魔，麻秆。他们是在郊区称王称霸的变态。我要把一切都说出去，半点也不漏。伊万·克洛尔和死在他手里的人。圣人一样的提图斯·布洛兹，还有'生人勿近嫂'邓碧和该死的达斯汀·万，他们经手的海洛因应该占了布里斯班西部货量的一半吧。我们一家正吃意大利面的时候，他们居然直接闯进来，抓走莱尔。他们就硬生生把莱尔从我们身边抓走了啊，麻秆。"

我用右手肘支起身，想朝麻秆凑近些，断指的指节却突然传来一阵剧痛。

"你得告诉我，麻秆啊，"我说，"那帮人到底把他弄到哪里去了？"

麻秆摇摇头。"我不知道，孩子，不过你现在不能琢磨这些。你得仔仔细细地考虑一下，你母亲为什么要编那个故事。她是在保护你们两兄弟，伙计。她会为你们忍气吞声，你们也得为她忍气吞声。"

我抬起左手，搁上前额。我揉揉眼睛，擦去泪水。我只觉得困惑又头晕。我想逃。我想去"雅达利"游戏机上玩《导弹指挥官》。我想盯着老妈的《女士周刊》上的简·西摩呆望整整十分钟。我想用我那见鬼的幸运食指挖我见鬼的鼻孔。

"奥古斯特在哪儿？"我问。

"警察把他带去你父亲家了。"

"什么？"

"你父亲现在是你们的监护人了。"麻秆解释道，"他会照顾你们兄弟俩。"

"我才不去他家。"

"你只有那个家可去，孩子。"

"我可以跟你住。"

"你不能跟我住，孩子。"

"为什么不能？"

眼前就是麻秆耐心耗尽的模样：他的话音不高，但字字直戳人心。

"见鬼，因为你不是我的孩子，老弟。"

不在计划内。不在期待中。没有人要。未经考验。先天不足。营养不良。发育不佳。不受欢迎。不被人爱。尚未嗝屁。假如老早以前，那个讨厌鬼没有把老妈掳进他的汽车，我一开始就不会、不该、不能降生人世。假如当初老妈没有离家出走，那就好了。假如当初她老爹没有弃她而去，那就好了。

在脑海中，我似乎望见了老妈的老爹，他看上去酷似提图斯·布洛兹。我望见了那个把老妈掳进汽车的变态，他看上去酷似提图斯·布洛兹的僵尸脸倒退到三十年前，还长着一条能取人命的巧舌。我望见了我的父亲，不过我记不清他的面孔，因此，他看上去也酷似提图斯·布洛兹。

麻秆耷拉下脑袋，吸了一口气。我仰面躺在枕头上，眼里满是泪水，定睛凝望着头顶的方形瓷砖，数起了天花板瓷砖上的小洞，从左边开始数：一、二、三、四、五、六、七……

"瞧，伊莱，现在你是很不如意，"麻秆说，"你明白我的意思。目前确实是低谷期，但形势只会越来越好，老弟。这就是你的'黑彼得'，只会越来越好，老弟。"

我直勾勾地盯着天花板。我有一个问题。

"你是个好人吗，麻秆？"我问道。

麻秆一头雾水。

"你为什么这么问？"

泪珠从我的眼眶汹涌而出，流过了我的太阳穴。

"你是个好人吗？"我问道。

"算吧。"麻秆答道。

我朝他扭过头。他正从病房的窗户朝外望。蓝天，白云。

"我是个好人，但也是个坏人，跟世上所有人一样，孩子。"麻秆说，"谁不是有'善'的一面，也有'恶'的一面呢？难就难在，学会任何时候都始终为善，任何时候都切勿为恶。我们中间有些人能办到，大多数人则没有办到。"

"莱尔是个好人吗？"我问。

"是的，伊莱，"麻秆说，"他是个好人，有些时候吧。"

"麻秆……"

"我在呢，孩子。"

"你觉得，我是个好人吗？"

麻秆点了点头。

"是的，孩子，你挺不错。"

"可是，我是个好人吗？"我问，"你觉得，我长大以后会变成一个好人吗？"

麻秆耸了耸肩膀。"嗯，你是个好孩子，"他说，"不过我想，小时候是个好孩子，长大不一定百分之百是个好人。"

"我觉得，我必须接受考验。"我说。

"什么意思？"

"我必须接受考验——人品考验。我说不清我的本性是好是坏，麻秆。"

麻秆站起身，端详着我的点滴袋上的字。

"依我说，他们给你滴的点滴有点猫腻啊，伙计。"麻秆说。

"我确实感觉很棒，"我说，"我觉得自己犹在梦中。"

"是止痛药捣的鬼，老弟。"麻秆说，"你为什么必须接受考验？你怎么就不明白你是个好孩子？你心地很善良。"

"我说不清，"我说，"我可拿不准。我冒出过一些骇人的念头，我有过一些非常邪恶的想法，好人才不会有这种邪念呢。"

"邪念和作恶是两码事。"麻秆回答。

"有些时候，我会想象两个外星人来到地球，他们长着食人鱼一样的面孔，把我掳到了他们的宇宙飞船里。我们飞越太空，谁知道宇宙飞船的后视镜里出现了地球的身影。一个外星人从驾驶座上向我扭过头，说：'是时候了，伊莱。'于是，我向地球投去了最后一瞥，我说：'动手吧。'另外一个外星人摁下了一个红色按钮，后视镜中的地球并没有像'死星'一样炸开，只是无声无息地从太空中消失了——前一秒，地球还好端端地在那里；后一秒，它就不见了踪迹，好像它是被一笔勾销了，而不是被摧毁了。"

麻秆点点头。

"有些时候，麻秆，我还疑心，难不成你是个演员吗？还有老妈，还有莱尔，还有小奥。哎哟，小奥呀，他简直是史上演技最佳嘛。总之，你们大家都在我身边演戏，我的人生就是一台大制作，供那些外星人观赏。"

"这不是什么邪念。"麻秆说，"这是疯得没治了，而且有点以自我为中心。"

"我需要一场考验，"我说，"某个让我的本色显山露水的时刻。有可能，我会根本不假思索就表现得高风亮节，只不过因为我的内心怀有善意。到那个时候，我就敢确信，我的心确实善良。"

"孩子，我们最终都会接受那场考验。"麻秆说道，眼神却落在窗外，"你可以日行一善嘛，孩子。你知道今天的善行是什么吗？"

"什么？"

"跟你母亲统一口径。"麻秆回答。

"我老妈的说法是？"

"奥古斯特用斧子砍断了你的手指。"

"小奥是个好人，"我说，"我想不起他有哪次出手害过不该害的人。"

"恐怕善恶之分用不到那个小子身上。"麻秆回答，"依我看，他走的是另外一条路。"

"什么样的路？"

"不知道，"麻秆说，"某个只有小奥才知道怎么前往的地方。"

"他开口说话了，麻秆。"我说。

"谁开口说话了？"

"小奥。"我说，"就在我晕过去之前，他开口说话了。"

"他说了什么？"

"他说……"

正在这时，一名女子沿着U形杆掀开了橄榄绿色的帘子。她上身穿着蓝色羊毛套头衫，套头衫上有只停歇在树枝上的笑翠鸟，紧挨着一片桉树叶；下身穿着深绿色长裤，颜色正和套头衫上的桉树叶一样。她有一头红发，肤色雪白，年纪大约六十岁。拉开帘子的一刹那，她就望向了我的眼睛。她手里拿着一块带纸夹的写字板，另一只手拉上帘子，以免其他人看见我们。

"我们勇敢的士兵小伙怎么样啦？"她问道。

她有爱尔兰口音。我还从来没有亲耳听过女人讲话带有爱尔兰口音。

"他状态不错。"麻秆回答。

"唔，我们来瞧瞧伤口的敷料吧。"她说。

我爱死她的爱尔兰口音了。我恨不得此刻就随这名女子一起奔赴爱尔兰，躺在悬崖边绿油油的草地上，吃着加了盐、黄油和胡椒的煮土豆，用爱尔兰口音闲聊，聊聊带爱尔兰口音的十三岁小子前途是多么远大。

"我叫卡罗琳·布伦南。"女子说，"你一定就是勇敢的伊莱，那个失去了一根很特别的手指的小伙子。"

"你怎么知道那根手指很特别？"我问。

"嗯，右手食指向来都很特别。"她说，"它是你用来指星星的手指，是你用来在全班照里指暗恋的女孩的手指，是你用来帮着读你最爱的书里某个超长单词的手指，还是你用来挖鼻孔、挠屁股的手指，对吧？"

布伦南医生告诉我，对于我缺失的手指，楼上的一帮外科医师没多少辙儿可使。她说，现代青少年断指再接手术的成功率约为百分之七十到八十，可惜的是，这些复杂的断指再接手术极大程度上依赖于一个关键因素：那根该死的、要被接回去的手指。假如超过十二小时左右未能断指再植，原本百分之七十至八十的成功率就会一落千丈，变成"抱歉啦，你这个海洛因毒贩的倒霉儿子"。布伦南医生说，还有些时候，断指再植往往得不偿失，尤其是当断指是食指或小指的时候，不过，在我听来，这些话恰似对某个抱着木板漂在海上、快要饿死的家伙说："听着，你没有随身带条火腿，或许是件好事呢，因为火腿很有可能会害你便秘。"

布伦南医生说，像我这样自手指根部截断的断指，情况就更加复杂了。即使我那根正值"豆蔻年华"却又"离家出走"的手指突然在一桶冰里现了身，其神经功能恐怕也只能恢复到让我可以在派对上拿那根手指插进滚烫的火炭、当作炫技猛料的程度。

"好，把你的中指伸出来。"布伦南医生一边说，一边摆弄着自己的中指。

我举高了中指。

"好，把它塞进你的鼻孔。"她说。

她把自己的中指塞进了鼻孔，抬了抬眉。

麻秆展颜而笑。我有样学样，也把中指塞进了鼻孔。

"瞧，"布伦南医生说，"食指能做的，中指都能做啊。你听到了吗，小伊莱？中指还能挖得更深一点呢。"

我点点头，露出了笑容。

布伦南医生小心翼翼地解开我断指指节上的绷带，残肢赤裸裸地暴露在空气中，让我打了个寒噤。我偷瞄了残肢一眼，结果立刻扭过了头：我望见指肉中露出一截光秃秃、白森森的指骨，好像我的一颗臼齿嵌在了猪肉肠里。

"伤口愈合得不错。"布伦南医生说。

"医生，他还要住院多久啊。"麻秆问。

"我想至少再让他住院两三天。"布伦南医生说，"只是看看伤口有没有感染的苗头。"

她给伤口换上新的敷料，向麻秆扭过了头。

"我可以单独和伊莱聊聊吗？"她说。

麻秆点头表示同意。他站起身，一把老骨头随之噼啪直响。他咳了两声，咳得撕心裂肺、气喘吁吁，好像他的喉头卡着一只吱嘎作响的独角仙。

"你找医生看过咳嗽吗？"布伦南医生问。

"没。"麻秆说。

"为什么不呢？"她回答道。

"因为你们这群脑子灵光的庸医里头，说不定哪个就会犯蠢干点傻事，比如拦着不让我死。"麻秆说。他从布伦南医生身边走过，朝我使了个眼色。

"伊莱有地方可去吗？"布伦南医生又问道。

"他会去他爸爸家。"麻秆回答。

布伦南医生朝我抛来了一瞥。

"你愿意吗？"她问道。

麻秆等着我的回应。

我点点头，麻秆也点了点头。

他递给我一张二十元钞票。"等到你出院的时候，"麻秆说，"自己叫辆出租车去你老爸家，好吧？"他说。他伸手朝我病床下的橱柜一指。"我给你带了鞋子和一套新衣服。"

麻秆又递给我一张纸条，迈步向病房门口走去。纸条上写的是一处地址，一个电话号码。

"是你老爸的地址，"他说，"我离你们兄弟俩也不远，过了霍尼布鲁克大桥就到了。如果用得着我，打这个电话。这是我住的公寓楼下一家当铺的号码，找吉尔就行。"

"我该怎么跟人家说呢？"我问。

"就说你是麻秆·哈利迪的铁哥们。"

紧接着，他离开了。

*

布伦南医生审视着写字板上的一张图表。她一屁股坐到病床边。

"把你的胳膊给我。"她说。她沿着我的左臂二头肌缠了一圈绒质箍带，上面还连着一个形似手榴弹的黑泵。

"这是什么东西？"

"给你查血压，"布伦南医生说，"放松。"

她捏了那只气泵好几下。

"唔，你喜欢《星球大战》，对吧？"她问。

我点点头。

"我也是，"她说，"你最喜欢哪个角色？"

"汉·索罗。或者，是波巴·费特？"

沉默了好一阵。

"不，还是汉·索罗。"

布伦南医生向我抛来犀利的一瞥。

"你确定？"

我住口不答。

"卢克，"我说，"自始至终都是卢克。你最喜欢的角色是谁？"

"唔，我对达斯·维达的爱天长地久。"她说。

我深知她马上要出什么着儿——布伦南医生真该去当条子啊。也罢，在下接着便是。

"你喜欢达斯·维达？"我说。

"当然，我一向钟爱反派。"布伦南医生说，"假如没有坏人，哪有故事可讲？没有坏得不得了的坏蛋，又哪来好得不得了的英雄，对不对？"

我微微一笑。

"再说，谁不想化身达斯·维达？"她笑着说，"你排队想买个热狗，有人却非要加塞到你前面，这时，你就可以不声不响地让对方吃上一着儿'原力锁喉'。"她伸出拇指和食指，做出锁喉状。

我哈哈大笑，也在半空中做出锁喉状。"尊驾缺乏芥末，让我心烦。"[1] 我说，于是布伦南医生和我一起放声大笑起来。

这时，我用眼角的余光瞥见病房门口伫立着一个男孩，身穿跟我一样的淡蓝色病号服。他剃了个光头，脑后却拖着一段长长的

---

1. 本句出自《星球大战》中达斯·维达的台词，原文为："尊驾缺乏信仰，让我心烦。"

褐发，跟老鼠尾巴差不多，耷拉在他的右肩上。他的左手紧攥着一个移动输液架，输液架的点滴袋接在他的手上。

"怎么了，克里斯托弗？"布伦南医生问道。

依我猜，门口的男孩大约十一岁。他的上唇有一道疤痕——假如非要在黑漆漆的小巷中偶遇一个随身带着移动输液架的十一岁男孩，世上恐怕找不出比这小鬼头更让我不愿意撞上的了。他挠挠屁股。

"果珍还是太淡了。"他凶巴巴地说。

布伦南医生叹了口气。"克里斯托弗，这次加的果珍粉是上次的两倍。"

男孩摇摇头，走掉了。

"我他妈的都快死啦，还给我喝淡出鸟的果珍？"他一边沿着病房门外的过道走远，一边说道。

布伦南医生挑高了眉毛。"真是不好意思。"她说。

"他得了什么病快死了？"我问。

"可怜孩子的脑子里长了个跟艾尔斯岩石[1]一样大的肿瘤。"她说。

"你能治好他吗？"

"有可能治得好，"布伦南医生说着，又把我的血压数据写到笔记板的一页纸上，"也有可能治不好。有些时候，疾病与药物没多大关系。"

"你是什么意思？是指……上帝？"

"噢，不，才不是上帝。我说的是'丧帝'。"

"'丧帝'是谁？"

---

1. 艾尔斯岩石（Ayers Rock），澳大利亚官方自 2002 年起定名为乌鲁鲁／艾尔斯岩石，位于澳大利亚北领地的南部，是一座大型单体砂岩岩石。

"他是上帝的小弟，脾气火暴，更没耐心。"她说，"上帝打造喜马拉雅，衰兮兮的'丧帝'却在布里斯班小伙的脑袋里放肿瘤。"

"'丧帝'造了不少孽啊。"我说。

"'丧帝'出没在我们当中。"她说，"不管怎样，刚才我们说到哪里了？"

"维达。"

"没错。这么说，达斯·维达不讨你的欢心，对吧？"她说，"你和你哥哥想用斧子把他劈成两半，对吧？"

"他杀了欧比旺，我们很生他的气。"我说。

布伦南医生定睛凝视着我的双眸，把文件夹搁到了病床上。

"你听过一句老话吗，伊莱，'扯淡大师面前，切莫扯淡'？"

"麻秆爱死这句话了。"我说。

"那还用说。"布伦南医生答道。

"在这鬼地方，我可见识过不少屎玩意儿。"拜爱尔兰口音所赐，布伦南医生仿佛正在说起黎明时分的日出，"我见过绿屎，黄屎，黑屎，带波尔卡圆点的紫色的屎，见过厚实得不得了的屎，要是你啪嗒一下把它拍到你岳母的头上，恐怕能结结实实把她砸晕。我见过屎从你想都想不到的洞眼里冒出来，我见过屎活生生挣裂男男女女的屁眼。只不过，我还真的很少见到有什么狗屎比你嘴里刚冒出的那一坨更加凶险。"

她用满带爱与同情的口吻说了一大堆"屎"，我忍不住哈哈大笑。

"不好意思。"我说。

"你还有些事情可以去做，还有些安全的地方可以容身，还有些人可以信任。"她说，"这个城市还有一些比警察更为强大的人，布里斯班的'卢克·天行者'还没有死绝，伊莱。"

"是英雄吗？"我问。

"一大帮坏人招摇过市，也总得有几个英雄作陪吧。"布伦南医生回答。

*

亲爱的亚历克斯：

　　向你致以来自皇家布里斯班医院儿童病房的问候。

　　首先，请原谅我的字写得有点烂。我刚刚失去了右手食指（说来话就长了），不过呢，把中指、拇指和右手无名指一起用上的话，我还是可以稳稳地握住圆珠笔。我的医生，布伦南医生，想让我开始活动活动手指。她说，写信或许是个既能让我练书法，又能促进我双手血液循环的办法。你、狱友们和"三脚猫"都还好吗？很不好意思，我没有办法告诉你任何关于《我们的日子》的最新剧情，儿童病房里只有一台电视机，一天到晚放的都是儿童教育节目《边玩边学》。你住过院没有？这家医院还不赖。布伦南医生真的超棒，说话带有爱尔兰口音，我觉得，定是2区狱友的心头好。医院晚餐的烤羊肉不怎么样，但早餐（玉米片）和午餐（鸡肉三明治）却正点到家了。我倒可以再在医院里多住一阵子，可我不能，因为我有事要办。亚历克斯，我一直在想英雄的事。你遇到过英雄吗？比如，搭救你的人；比如，护你周全的人。怎样才能算个英雄呢？卢克·天行者并没有打算当个英雄，他只想找到欧比旺。然后，他又只是决定走出自己的舒适区，追随自己的内心。也许，当英雄靠的就是这一点吧——追随你的内心。走出去。亚历克斯，你可能暂时会有一段时间联系不上我，因为我要离开一阵。我要去达成一项任务，小小地冒一次险。我已经定好了目标，并有达成的决心。记得麻秆总爱提起的四要素吗：时机、计划、运气、信念。我想，人生也是同样道理；我想，活着也是同样道理。一有机会，我就会写信给你，不过，如果你暂时没有收到我的消息，我想先说一声谢谢，多谢跟我通了这么多信，多谢成为我的朋友。想说的话还有好多，不过只能改天再聊啦，因为属于我的时刻即将来临，属于我的时间正在溜走——恰如漏中之沙。哈！

你的永远的朋友，
伊莱

*

谈到越狱，麻秆总爱揪着"自信"不放。他的原话差不多会是："假如你真心相信警卫能发现你，那警卫就真能发现你。不过，假如你真心相信自己是个隐身人，那警卫就会相信你是个隐身人。"我觉得，麻秆的意思是：越狱的成败，在于自信。与其说"博格路胡迪尼"有偷天换日之能，不如说他自信又鬼祟，而一个自信满满、鬼鬼祟祟的家伙，就大可偷天换日。麻秆第一次成功逃出博格路监狱，是在光天化日之下。1940年1月28日，一个酷热的周日下午，麻秆和D区翼楼的狱友们正在一起放风，绕监狱中心一圈走向四号放风场。麻秆在队伍中当了"尾巴"，而他一心笃信自己来无影去无踪，因此，他就真成了来无影去无踪的隐身人。

顺利逃狱，需具备四大要素：时机、计划、运气、信念。当初麻秆第一次逃狱，时机堪称上佳：某周日下午三点至四点之间——大多数犯人这时候都在四号放风场里做祷告，大多数狱卒也就疏于看守。另外，和麻秆所在的D区翼楼相比，四号放风场正好在监狱的另一头。麻秆的逃狱计划简洁、有效、自信：在前往四号放风场的路上，麻秆径直消失了踪影，幽灵一般溜出了排成一列的犯人，溜进了紧挨D区翼楼的一号放风场，而一号放风场，也正是离麻秆最终目的地——监狱车间最近的一个放风场。

紧接着，麻秆笃信自己可以爬上一堵高达三米的木栅栏；于是，他照办了。他爬上了一号放风活动场周围的围栏，跳到了围栏下的一条跑道上。这条光秃秃的跑道呈方形，紧贴着监狱围墙的内壁。麻秆穿过跑道，进到监狱车间里。通常来说，车间里会有巡逻的警卫，但星期日祷告期间却无人看守。汗流浃背、热得要命、一声不吭、行踪鬼祟的麻秆一溜烟奔到了车间深处，依旧来无影去无踪地躲过了看守的眼睛，爬上了外屋，又从外屋爬上了监狱车间的屋顶。

既然已经上了监狱车间的屋顶，就有可能被监狱瞭望塔上的看守发觉。麻秆取出一把偷来兼偷藏的老虎钳，飞快剪断了铺在监狱车间通风窗上的铁丝网。时机、计划、运气、信念，再加上一副麻秆般的身材。"博格路胡迪尼"将他的麻秆身材挤进了通风窗，随后掉进了监狱车间的制靴厂区。

监狱车间的每一区，都是用铁丝网隔开的。麻秆边走边剪铁丝网，从制靴厂区溜进了床垫厂区，从床垫厂区溜进了木工厂区，从木工厂区溜进了织布厂区，又从织布厂区溜进了天堂——监狱车间的刷子厂区，这里正是麻秆最近几个星期在监狱车间里工作的地方，也正是麻秆藏匿逃狱装备的地方。

至于此刻，正宜我离院逃跑。现在是下午三点钟，地点为儿童病房游乐区，一个形似半个八边形的公共活动区，有着抛光的木地板。跟我学校的窗户一样，儿童病房游乐区周围，是带有白色木框和插销的窗户。当初麻秆逃狱，也正是在下午的同一时间段。现在，儿童病房的大多数孩子刚趁着下午茶时间喝过果汁（这里的小病号大约有十八个，年龄为四岁至十四岁，所患的病症五花八门，从阑尾炎、胳膊骨折、脑震荡、刀伤，直到手指被某位假肢专家砍掉），喝得美滋滋忘乎所以，他们的舌头上还隐隐残留着一抹"蒙特卡洛"饼干奶油留下的无上余香。

小屁孩们有的在推卡车，有的在用手指画蝴蝶，有的在扯下小裤裤玩小鸡鸡。大一点的孩子有的在读书，有五个在看儿童节目《游戏屋》，暗自希望电视屏幕上温柔的海伦娜小姐可以透过她的魔镜看见他们。一名红发小子滴溜溜转着一个陀螺，那陀螺活像一只黄黑相间的大黄蜂。一个女孩看上去和我年纪差不多，冲我露出了一抹微笑，活像工人们隔着载有大黄蜂状陀螺的传送带相互微微一笑。病房游乐区的四面墙壁上，印着各种珍奇的动物。对了，还有随身携带输液架的克里斯托弗，那个脑瓜里有着跟艾尔斯岩石一样大的肿瘤的小子。

"你在看电视？"我问克里斯托弗。

他坐在公用电视机前方的一张扶手椅上，舔着掰成两半的香橙奶油味饼干上的奶油。

"不。"他气鼓鼓地说，"我才不看《游戏屋》呢。我让他们放《细路仔》，但人家觉得病房里小屁孩比大孩子人数多，所以我们只好一起看这种烂片。真他妈扯淡哪。这群小混蛋还有整整一辈子的时间看《游戏屋》，我呢，再过三个月就死翘翘了，只不过想看部《细路仔》而已，结果鬼才在乎你。"

他的舌头舔着一块香橙奶油，他的淡蓝色病号服跟我的一样皱巴巴。

"我叫伊莱。"我说。

"克里斯托弗。"他说。

"听说你的脑子生了病，很遗憾。"我说。

"我倒不觉得很遗憾。"克里斯托弗回答，"我再也不用去学校上学了。再说，只要我想吃'黄金悦时'冰激凌[1]，我妈眼睛都不眨就买。只要我开口，她立刻把车停下，冲进商店就给我买一支。"

他望见了我包扎着的右手。

"你的手指怎么啦？"

我朝他凑近了些。

"一个毒枭手下的打手用布伊刀把它砍掉啦。"我说。

"操……蛋哇。"克里斯托弗说，"他为什么要砍你手指？"

"因为我哥死活不肯把毒枭想知道的事情告诉他。"

"他想知道什么？"

"我不知道。"

"你哥为什么不告诉他？"

"因为我哥不说话。"

"他们为什么要逼一个不说话的人说话？"

"因为我哥最后还是说了。"

"他说了什么？"

"你的结局，是一只断气的蓝鹦莺。"

"什么鬼东西？"克里斯托弗问。

"别管了。"我说着，俯身朝克里斯托弗的椅子靠过去，压低声音道，"听着，看见那边那个建筑工人了吗？"

克里斯托弗的视线紧随着我的目光，落到了本楼层病房的另一头：一名建筑工人正在病房中央的行政柜台旁加装一层储物柜。克里斯托弗点了点头。

---

1. 一款覆盖巧克力的香草口味冰激凌产品，在澳大利亚人气极高。

"那人脚边有只工具箱，工具箱里有一盒'金边臣'牌特醇型香烟和一只紫色打火机。"

"意思是说？"克里斯托弗问。

"意思是说，你得过去问他一个问题，让他背对着工具箱。"我说，"你帮我声东击西，我就在后面偷偷溜过去，从工具箱里偷走他的打火机。"

克里斯托弗看上去一头雾水。"什么是'声东击西'？"

声东击西之计，由麻秆自创于1953年12月、被判终身监禁以后。在位于2区的床垫车间里，他用床垫纤维和树棉堆成了一座小山，点火引燃了它。对赶来的警卫来说，熊熊燃烧、高耸入云的床垫恰恰是一着儿声东击西：他们拿不准究竟是该去救火，还是该去追捕博格路监狱最臭名昭著的犯人，而这时麻秆已经爬上了一架临时便梯，一路爬向车间的天窗。可惜的是，麻秆的声东击西之策，也恰好是他落败的根由，因为烈焰舔上了车间的屋顶，麻秆又凑巧在屋顶上猛砸天窗的网格，结果，他吸入的浓烟太多，从五米高处一头栽到地面上。不过，教训还请诸君谨记：火灾确实会把人吓得屁滚尿流。

"就是帮我打掩护，"我告诉克里斯托弗，"瞧我的拳头。"

我高高挥起右手的拳头，抡起了圈，克里斯托弗的一双碧眸乖乖地紧随我的拳头，根本没有发觉我的左手已经伸到了他的耳朵旁，拽了拽他的耳垂。

"得手啦！"我说。

克里斯托弗露出了笑容，点了点头。

"你准备拿打火机做什么？"克里斯托弗问。

"放火烧那本摆在书柜旁边的《绿山墙的安妮》。"

"又是一着儿声东击西？"

"你小子学得很快嘛，"我说，"你小子的脑子依然灵光。确实又是一着儿声东击西，足以把行政前台的护士引到这里来，好让我从她们一直盯着的那个出口顺利逃掉。"

"你要去哪儿？"

"去往普天之下，四海之内，克里斯托弗。"我点头回答。

克里斯托弗又点点头。

"你想跟我一起走吗？"我问。

克里斯托弗斟酌了一会儿。

"算了，"他说，"这群白痴还觉得他们能救我的命，所以，我最好在医院里多待一阵。"

他说完站起身，从手上抽出了把他和他的金属点滴架连在一起的点滴袋针头。

"你在干什么？"我问道。

克里斯托弗已经拔腿朝电视机走了过去，但又猛然回了一下头。

"声东击西啊。"他说。

这是一台标准尺寸的电视，假如侧向歪过去，将高至克里斯托弗的腰部。克里斯托弗俯下身，用左手攥住电视机的后侧，用右手托住底座，猛地用力一掀，竟然用柴火杆一样细的双臂把电视机举过了头顶。正趴在彩虹色垫子上看《游戏屋》的一群小屁孩惊呆了，难以置信地瞪大了双眸，紧盯着电视机屏幕上的海伦娜小姐突然歪倒，克里斯托弗则咬牙切齿、怒火万丈地举着电视。

"我说过了，我想看《细路仔》！"克里斯托弗放声尖叫起来。

我缓缓地一步步向后退，向着行政前台后退；四名护士正从前台冲过来，慌张地围成一个半圆形，把克里斯托弗围在正中。一名年轻护士忙着把最小的病号从克里斯托弗身边拉开，年纪稍长的护士则向克里斯托弗走去，看上去好像警方谈判专家在向身穿炸弹背心的疑犯靠拢。

"克里斯托弗……把……电视机……放下……现在就放下。"
护士说。

我已经溜到了楼层的出口处，克里斯托弗举着电视，摇晃着向
后退，电视机的电源线被绷得笔直，几乎快从插座上弹回来了。
克里斯托弗开口唱起了歌。

"克里斯托弗！"年长的护士尖声呵斥道。

克里斯托弗唱的是《细路仔》的主题曲，一首关于理解、包
容与差异的歌，一首关于世人生而各有所长、各有所短的歌，一首
关于人际纽带的歌。

他后退了三步、四步、五步，恰似科学怪人造出的怪物，迈
出了一步又一步；他一扭屁股，借力一抛，电视机和电视屏幕上
温柔的海伦娜小姐就径直穿过了离他最近的白色木框窗的玻璃，
向着未知的目的地飞去。护士们倒吸一口凉气，克里斯托弗却转
过身，高举着胳膊，只不过，比的手势并不是表示声东击西的
"S"，却是表示胜利的"V"。他得意地尖叫几声，护士们一窝
蜂冲上去放倒了他。只不过，在这声东击西之计引发的一片混乱
中，不知怎的，克里斯托弗的目光依然落在了门边的我身上。他
用左眼朝我抛了个眼色，而我无以回敬，只能报以一记热血满满
的挥拳，随后一闪身，溜进了自由之门。

*

时机，计划，运气，信念。其中"计划"一环是这样：1940
年1月28日，那次胆大包天的越狱行动中，在费了天大的功夫剪
断制靴厂区、床垫厂区、木工厂区和织布厂区的铁丝网以后，麻
秆终于钻过刷子厂区的铁丝网，找到了他的逃狱装备。

即使在老早之前，在麻秆被关进"黑彼得"待了很久很久之前，他也颇有耐性。趁着监狱车间警卫的巡逻间隙，麻秆不慌不忙地摆弄他的逃狱装备，因为他手头最不缺的，就是时间。他乐于规划；在这趟偷偷摸摸、十分刺激的寻求自由之旅中，他找到了救赎。狱中世界一片死气沉沉，但不管私下制作越狱装备，还是私下秘藏越狱装备，都为麻秆平添了几分快乐和专注。在监狱车间警卫的眼皮底下，麻秆花了好几个月打磨一条逃狱用的绳索，绳索长达九米，由椰棕编织而成——在监狱的制毯厂区，犯人们正是用椰棕制成了椰棕垫，而麻秆在冷冰冰、湿乎乎、黑漆漆的"黑彼得"里铺的，也正是椰棕垫。每隔半米左右，麻秆就把绳子打上双重结，作为可容踏足的脚蹬。他的逃狱装备里还有一根长达三米的绳索，以及两根捆在一起组成十字的木头吊床杆，麻秆又把它捆到了九米长的绳索上。

当初，麻秆手持逃生装备，爬上监狱车间刷子厂区的天花板，剪开一扇气窗的铁丝网，钻了出去，再一次站上了监狱车间的屋顶。只不过，这次麻秆所站的地方，恰是狱警无法看见的盲区，是博格路监狱的"阿喀琉斯之踵"——麻秆曾经耐心地在监狱放风场里走来走去，仰面走了一小时又一小时，暗自在脑海中摆弄着瞭望塔看守、监狱车间屋顶和自由等变量，勾勒出一幅幅几何草图，由此推断出了一个完美的盲点。

凭借那根短绳，麻秆从监狱车间的屋顶溜了下来，但在攀下屋顶的过程中，绳子磨伤了他的双手。随后，麻秆再次踏上了那条紧贴监狱内壁的跑道，抬头仰望着博格路监狱令人胆寒、高达八米的砖砌围墙。他从逃狱装备中取出绑好的十字木棍——没错，他手中所持的正是一只爪钩，连着一根带有脚蹬的九米长绳。他稳住心神，将它抛了出去。

时机，计划，运气，信念。被单独囚禁的好几个星期里，麻秆已经钻研过如何用爪钩钩牢一堵高墙。博格路监狱墙壁顶部有几处墙角，是高低两段墙体的交汇处。麻秆花了好几个周，把两根火柴棍绑在一起，捆成十字，再用它接上一根绳索，然后朝按比例缩小的博格路监狱模型抛过去。至于此刻，麻秆将爪钩抛过监狱的高墙，随后把加了爪钩的绳子沿着墙顶拖来拖去，直到绳索牢牢卡进一个墙角，卡进高低两段墙体的交汇处。麻秆曾经告诉过我，当初那根紧绷的绳索被拖进高墙一角，爪钩牢牢卡紧的一刻，他的心中是什么感觉。麻秆说，感觉活像某个圣诞节早晨，他还在卡灵福德的英格兰教会老孤儿院时，舍监告诉院里一群瘦巴巴的孤儿：作为圣诞午餐的甜点，他们将吃上热腾腾的蛋奶沙司梅子布丁。据麻秆声称，热腾腾的蛋奶沙司梅子布丁，那无上美味，就是自由的滋味。麻秆攀上了九米长绳，手脚并用紧攀着打了双重结的"脚蹬"，直到他一屁股坐上墙顶，雄踞在他那无人可见的绝妙的藏身处，视线的一端从监狱之巅落到一号放风场墙外繁花盛开的花园中，另一端则落回那座漫无边际的砖砌监牢——那是他一生中唯一不曾变更的家，唯一不曾变更的地址。他深吸了一口监狱之巅的空气，将爪钩钩上监狱高墙的内侧，卡住墙角（日后，此处围墙就得名为"哈利迪之跃"），随后爬了下去，朝自由而去。

*

对我来说，直下四层楼，就可获得自由。在医院电梯里，我摁下了底楼的按钮。想当初，作为一名逃犯，麻秆急匆匆奔过监狱墙外的座座花园，来到附近的安内利路以后，首要大事就是脱掉身上的囚服。下午四点十分左右，监狱看守在全狱集合点名点到麻秆的时候，麻秆正跃过布里斯班郊区一户又一户人家的篱笆，从一根又一根晾衣绳上顺手牵羊偷了一整套新衣服。

现在，我已经摇身变成了"胡迪尼"，而我的"偷天换日"绝招是：脱掉病号服，露出里面穿着的便装，以免暴露逃院病号的身份——我在病号服下面穿着深蓝色旧马球衫，黑色牛仔裤，配上蓝灰相间的邓禄普KT-26运动鞋。我把病号服团成球。当电梯在二楼停下，病号服正拿在我的左手上。

两名手持剪贴板的男医生踏进电梯，聊得不可开交。

"我对那孩子的老爸说，要是孩子在球场上脑震荡了这么多次，你们或许应该考虑一下强度稍低的运动，比如打网球，或者高尔夫。"其中一位医生说道。我立刻挪到了电梯的左后角，揉成一团的病号服被我藏到了背后。

"对方怎么说呢？"另一位医生问。

"他说，他不能让儿子退出球队，因为球队决赛在即。然后我说：'嗯，纽科姆先生，我觉得，归根结底，在于哪一点对你更重要，是一座十五岁以下超级联赛奖杯呢，还是你儿子能保住大脑功能，足以说出"超级联赛"一词。'"

两名医生齐齐摇头。先开口的医生转身望着我。我露出一抹笑容。

"迷路啦，老弟？"医生问。

但我早有准备：昨天晚餐时分，我没有吃烤羊肉，倒是排练了几组台词。

"不是迷路，只是去儿童病房探望我哥。"我答道。

电梯停到了底楼。

"你爸妈跟你一起来的？"医生问。

"是啊，他们只是溜到屋外想去抽根烟。"我答道。

电梯门开了。两位医生迈出了电梯，准备朝右走；我迈出了电梯，准备朝医院的门厅走。门厅的水泥地板抛光过，厅内人头攒动，满是前来医院探病的访客和推着轮床的救护车工作人员。

电梯里先开口的医生一眼望见了我右手上的绷带，当场停住了脚步。"嘿，等等，孩子……"

继续朝前走，继续走。要有信心。你来无影，去无踪。你相信自己来无影去无踪，你便来无影去无踪。我继续朝前走，走过一台饮水机，走过一家人（他们围拥着一个坐在轮椅上、眼镜镜片厚过可乐瓶底的女孩），又走过了一张诺姆海报（想当初，由这位啤酒肚老爸诺姆挑梁主演的《大好人生莫辜负》电视广告片，曾经害得奥古斯特笑个半死）。

我扭头向右回望，发觉电梯里先开口的医生已经到了医院前台，正一边指着我，一边跟前台女子说些什么。我加快了步伐。快，再快一些。你才不是来无影去无踪的隐身人呢，你个呆瓜，你哪有什么特异功能。你是个分分钟将被某位大块头太平洋岛民保安拿下的十三岁小子（电梯里的医生正在嘱咐该保安），分分钟将被扭送至你并不熟识的父亲家中过日子。

快跑啊！

*

皇家布里斯班医院位于鲍恩桥路，这一带我很熟，因为每年8月，布里斯班展（也就是Ekka狂欢节）[1]都将于离鲍恩桥路不远的老展览场举行。某个下午，老妈和莱尔曾经开恩准许奥古斯特和我去玩，我们兄弟俩一边观赏五名来自塔斯马尼亚的魁伟壮汉伴着热烈的掌声用斧子猛劈两脚之间的木头，一边吃光了我们的"银

---

1. 正式名称为皇家昆士兰展（Royal Queensland Show），简称 Ekka，又曾称为布里斯班展（Brisbane Exhibition），是澳大利亚昆士兰州的年度盛事。

河"巧克力福袋奇趣包里的好货。紧接着，我们一家在鲍恩山站搭上了回达拉的火车（总之是鲍恩山站附近一带吧），谁知道，在奔驰的列车上，我哇地一口把"银河"巧克力福袋奇趣包里的好货吐了出来，吐进了一只"陆军战斗福袋奇趣包"，那只福袋里可装着一把塑料机关枪、一只塑料手榴弹、一堆子弹和一根丛林迷彩头巾呢——我本来还眼巴巴盼着戴上这条头巾在达拉穿街过巷，执行几次绝密营救任务，直到头巾淹没在了一堆呕吐物里，而呕吐物的三分之二是巧克力超浓奶昔，三分之一是玉米狗。

走出医院，白昼时分竟有一轮明月当空。汽车从鲍恩桥路呼啸而过。医院旁的人行道上有一只灰色的大配电箱，我闪身躲到配电箱后，眼见着太平洋岛民保安一溜烟冲出了医院的推拉门。他扭头左望，右望，又左望；他搜寻着蛛丝马迹，却一无所获；他向一位身穿绿色开襟羊毛衫和毛茸茸拖鞋的女士走去，女子正挨着公共汽车站座位和带烟灰缸的公共垃圾箱抽着烟。

赶紧跑。我追上了红绿灯旁边的人群，混入其中。这群人正要穿过熙熙攘攘的主街。逃亡之子，智取医院员工之子，战胜世界之子，打趴全宇宙之子。

这条街我很熟，这是我们一家去看布里斯班展的地方。当初，莱尔和老妈从墙上的一个水泥洞里找某人买了票，我们一家穿过了马厩、牛粪、一百头山羊、一个满是鸡和鸡屎的鸡舍，接着走下一个小山丘，来到杂耍活动摊位。奥古斯特和我先求莱尔带我们上了"幽灵列车"，又求莱尔带我们去了"镜之迷宫"，结果我在迷宫里转啊转，转啊转，进了一扇又一扇门，最终眼前却还是我自己。至于现在，还是沿着这条街继续往前走吧，找个人问问路，什么人都行，比如，眼前这个人。

"打搅一下。"我说。

对方身穿一件军绿色大衣，戴着一顶无檐便帽，靠在展览场边的水泥墙上，用两条腿夹着一大瓶可乐。有些时候，奥古斯特和我会收集这种可乐瓶，再送到奥克斯利的路口小店去，店主老太太会赏给我们二十分，我们再把每次赚来的二十分花在买二十一分钱的焦糖小饼干上。眼前这名男子的可乐瓶里装着一种清澈的液体；是工业酒精，我闻得出来。他抬眼望着我，嘴唇不时地抽搐，双眼努力适应着我身后的烈日。

"你能告诉我车站怎么走吗？"我问道。

"蝙蝠侠。"对方一边回答，一边摇晃着脑袋。

"你说什么？"

"蝙蝠侠。"他凶巴巴地说。

"蝙蝠侠？"

对方开口哼起了《蝙蝠侠》电视的主题曲。"啦啦啦啦啦……蝙蝠侠！"他高喊出声。

他有一身晒黑的肌肤，在身上那件绿色大衣里直冒汗。

"没错，蝙蝠侠。"我说。

对方朝自己的脖子一指：他的脖子一侧鲜血淋漓。"该死的蝙蝠咬了我一口。"他说。他的脑袋左摇右摆，晃来晃去，好像每年秋天我们都会在布里斯班展上乘坐的海盗船。这一下，我才发现他的左眼不仅淤青得厉害，还沾着血渍。

"你还好吗？"我问对方，"是不是需要帮忙？"

"我才不要人帮呢，"他咕哝着说，"本人乃是蝙蝠侠。"

成年男子，该死的成年男子。个个都脑子秀逗，绝对信不得。他妈的，变态、疯魔、冷血。面前这位仁兄是怎么沦落到布里斯班市中心的某条小巷里，摇身当上了"蝙蝠侠"？这位仁兄身上的"善""恶"各有几分？这位仁兄的老爹是何方神圣？这位仁兄的老爹造过什么孽？或者没造什么孽？其他成年男子又造了什么孽，害这位仁兄沦落至此？

"请问车站怎么走啊？"我问道。

"什……吗？"他说。

"车站怎么走？"我拔高了音量。

对方伸手给我指了路，用一条颤抖的右臂和一根无力的食指，向着左侧的十字路口一指。

"一直往前走，罗宾。"他说。

一直往前。

"多谢，蝙蝠侠。"我说。

他伸出了一只手。

"跟我……'捏'一下手吧。"他下令道。

我本能地想伸出右手去握他的手，可惜猛然记起断指还缠着绷带，于是犹豫地伸出了左手。

"很棒，很棒。"对方伸手跟我用力握了握。

"再次感谢。"我说。

谁知道，男子突然把我的手拽到了嘴边，像条疯狗一样咬了下去。

"呃……"他的口水流得我满手都是。他对着我的手又啃又咬，但他嘴里只有肉乎乎、软乎乎的牙龈。我把手抽开，他哈哈大笑着往后退，癫狂地张大了嘴。他连一颗牙也没有。

快跑。

我拔腿狂奔，仿佛化身成为绝世无双的帕拉玛塔鳗鱼队的壮汉边锋埃里克·格罗思，仿佛身侧就是边线，前方八十米处就是球门线；仿佛我命悬于此；仿佛我脚下飞轮腾云驾雾，胸中烈焰永不熄灭。我奔过了十字路口，邓禄普KT-26运动鞋将指引我前进——全心信赖减震设计款邓禄普KT-26吧，信赖凯马特连锁百货店里最便宜、最好穿的运动鞋吧。我拔腿狂奔，仿佛我是地球上最后一名温血一族，而整个世界已经落入了吸血鬼和吸血蝙蝠之手。

快跑。奔过了我右侧的一家汽车店，奔过了我左侧的一堵灌木篱墙。快跑。又奔过了我左侧的一座橘黄色砖楼，它占据了整整一个街区，砖楼上用龙飞凤舞的字母标着一个名字——《信使邮报》。

止步。

眼前就是报社的老巢，是记者们打造那份报纸的地方。麻秆曾经跟我提过这里：撰稿人纷纷汇聚到报社，撰写报道，排字工人再把稿件转成大楼后方印刷机里的铅字。麻秆说，他曾经跟一个记者聊过，记者告诉麻秆，他能闻见傍晚时分化成铅字的稿件散发出的油墨味。记者还告诉麻秆，世上再没有比次日头版独家报道散发的油墨味更美妙的味道了。至于现在，我深呼吸了一口，闻了一闻。我敢发誓，我确实能闻见一股油墨味。或许是因为报社须按时截稿，印刷机已经开动了吧，而有朝一日，不知怎的，我就会成为报社中的一分子。到了此刻，我已经心中有数：因为，不然的话，刚才那位没牙的"蝙蝠侠"为什么非要指点我来这里？为什么非要指点我来到这条街，来到《信使邮报》犯罪报道记者们汇聚一堂，发稿改变国家、改变世界的地方？没牙的"蝙蝠侠"或许只是个不起眼的龙套角色，但人家在鸿篇巨制《伊莱·贝尔：出乎意料但又不出所料的非凡一生》中表现得很亮眼。还用说吗？他非指点我来报社不可；还用说吗？

一辆警车开过了十字路口，驶过了我伫立的这条街。车里有两名警察，坐副驾驶位的警员正抬眼向我所在的方向张望。别搭理，千万别搭理。可惜的是，那是两名乘着警车的警察，我怎么按捺得住不搭理？坐副驾驶位的警员盯紧了我。警车放慢了速度，接着横穿过十字路口。快跑吧。

1940年2月9日，在首度被某平民告发之前，麻秆已经潜逃了将近两个星期。警方实施了一场涉及全国的搜捕，一直搜到了新南威尔士州的边境，通往南部的道路上一时间满是警车，因为警方推断麻秆大概率会前往南方。但实际上，麻秆却偏偏正前往北方：当天凌晨三点钟，麻秆把车开进了布里斯班北郊努恩达的一家加油站，为他从附近的克莱菲尔德偷来的一辆汽车加油。加油闹出的动静吵醒了加油站店主沃尔特·维尔德曼，店主立刻理直气壮地端起一把上了膛的双管霰弹枪，向麻秆冲去。

"不许动！"维尔德曼喝道。

"你总不会开枪打人吧，对不？"麻秆劝道。

"怎么不会，"维尔德曼回答，"我会一枪轰出你的脑浆。"

可想而知，店主的话，害得麻秆一溜烟奔向了他偷来的那辆车的驾驶座。可惜麻秆仓皇落跑，又反过来害得沃尔特·维尔德曼朝他开了两枪，确实是打算"轰出对方的脑浆"，但只成功地轰碎了汽车的后窗玻璃。麻秆急吼吼地驾车向北狂奔，驶向布鲁斯高速公路，沃尔特·维尔德曼则给警方打了个电话，举报了麻秆的车牌号。驶出布里斯班大约三十分钟后，到达卡布尔彻镇时，麻秆的车后冷不丁冒出了一辆紧追不舍的警车，两辆车上演了一场惊心动魄的追逐战，追过了一条条小路，绕过了一个个死角，碾进碾出一个个路边水沟，最后，麻秆的车一头撞上了铁丝网。麻秆徒步跑进了灌木丛，没过多久就被来自昆士兰警局的三十名警探包围，警方发现麻秆躲在一截粗大的树墩后面。警察开车把麻秆押回了博格路监狱，又关进2区麻秆原来住的那间囚室，"砰"地关上了牢房的门。麻秆一屁股坐回硬邦邦的床上，露出了一抹笑容。

"当时你为什么笑？"有一次，我问麻秆。

"我订了一个目标，然后达成了目标。"麻秆回答，"小伊莱啊，就在那一刻，你眼前这个一事无成、无父无母的人渣，终于找到了己之所长。我意识到了老天为什么把我生成个又高又瘦的麻秆：是为了翻越监狱的重重高墙嘛。"

*

铁轨。列车。鲍恩山车站。伊普斯维奇线，3站台。一列火车正徐徐进站，我适时奔下好几级水泥台阶。说不定，我正蹦下的这段台阶足有五十级呢，我一步蹦上两级，一只眼睛盯着台阶，另一只盯着火车敞开的车门。紧接着，我一脚踩了个空，我那穿着邓禄普KT-26运动鞋的右脚的右侧脚踝在最后一级台阶的边缘打了个滑，结果我以狗吃屎姿势，脸朝下摔上了3站台粗糙的柏油地面。我的右肩卸去了大部分力道，但右脸颊和耳朵依然沿着地面吱嘎擦过——如果我猛刹自己那台獴牌小轮车，它的后轮也会是这个样子。幸好，列车的车门还没有关，因此，我又从地上挣扎着爬起来，摇摇摆摆，气喘吁吁，昏昏沉沉，向着正徐徐关上的车门走去。我奋力一跃，冲进了车厢里，三位上了年纪的老太太坐在一个四人座上，齐刷刷转身面对我，吓得我抽了一口凉气。

"你还好吗？"其中一名老太太双手搂着怀里的手袋，问道。

我点点头，大口喘着气，转身走下了列车的过道。我的脸上还嵌着沥青地面的砂砾，脸颊上擦伤的伤痕被风一吹，只觉得火辣辣地痛。至于一度指挥着右手食指的指关节，更是不容我有一刻忘记。我一屁股坐下来，拼命喘着气，祈祷本趟列车将会停经达拉。

黄昏时分，荒凉的城郊。也许，今天真就是世界末日。也许，眼下只有我，吸血鬼们却还在沉睡，因为夜幕尚未降临。也许，是我脑子秀逗了，本来不应该堂而皇之地走在烈日下，毕竟医院给我上的止痛药正在渐渐地失效。可惜的是，这个梦正一点点变得越来越真实，因为我可以闻到自己胳肢窝的味道，可以尝到自己上唇的汗珠。我经过了达拉车站路的一家家商店，经过了"范妈"餐馆，经过了一个空空如也、在风中打转的"汉堡圈"零食包装袋，经过了蔬果市场，经过了美发店、二手店和TAB博彩投注站，穿过了道希街公园，我的牛仔裤裤腿和邓禄普运动鞋的白色鞋带上沾满了雀稗草籽。快到了，就快到家了。

现在得当心些。已经到山打根街了。我远远地扫视着大街，躲在一棵长得歪瓜裂枣的大树后，树枝在下午的微风中摇摆，看上去简直摇摇欲坠。我家门前没有车流，街上没有行人。我小心又迅速地从林间穿过，走"之"字路穿过了公园，向我家走去。我家上方的天空露出了橙红色、暗粉色，夜幕正在降临。我正在重回犯罪现场。我很累，但也很紧张。我说不清这次行动是不是个好主意。可惜，我总不能按兵不动吧：唯一的一条路，是从深渊里爬出来。否则，就会跌得更深，一路跌进地狱。

我匆匆穿过街道，进了院子大门，仿佛我本来就该在这里，因为这毕竟是我的家。或者说，是莱尔的家。莱尔的家。莱尔。

不能走屋子正门。走屋子后门吧。如果后门上了锁，那就试试莉娜卧室的窗户。如果莉娜卧室的窗户上了锁，那就试试挨着邻居老头吉恩·克里明斯家的厨房推拉窗。说不定，要么是老妈，要么是我自己，会忘了把金属窗帘杆别到窗轨上，防备私闯民宅的家伙。比如，像我这样私闯民宅的家伙，像我这样精心盘算、私闯民宅的家伙。

启程上路。

后门上了锁。莉娜卧室的窗户纹丝不动。我把家里的黑色带轮垃圾桶拖到了厨房的窗户旁边，又爬上垃圾桶，用力推动窗户。它沿着窗轨挪动了五厘米，我的心中燃起了希望；接着，它却咣当撞上了窗帘杆，我心中的希望活生生挨了一盆冷水。他妈的。狗急跳墙，干脆砸掉一扇窗户吧。

我从垃圾桶上跳下来。夜幕已经渐渐降临，但屋檐下的我还能看清，我家泥地上满是石头，只不过没有一块大得足以让我砸窗户用。有一样东西倒是很合用——一块砖头。一块上乘的砖头，可能来自这条街上的那家砖厂。家乡之砖，达拉之砖。我又从屋檐下溜出去，把砖头放上带轮垃圾桶，再一次朝垃圾桶上爬。正在这时，我的身后传来了一个声音。

"一切都还好吗，伊莱？"透过一扇平开窗，吉恩·克里明斯从他家客厅探出了头。吉恩家和我们家只隔着大约三米，所以他的音量并不大。不过，吉恩平时也是个轻言轻语的人，我总觉得他让人很安心。我喜欢吉恩，吉恩深知如何管好自己的嘴。

"你好，吉恩。"我一边转身对他说，一边放开了垃圾桶。

吉恩身穿白色汗衫，蓝色棉睡裤。

他细细审视着我的脸。

"见了鬼了，伙计，你出了什么事？"吉恩说。

"跑下火车站楼梯的时候摔了一跤。"

吉恩点点头。"你被锁在门外啦？"

我点点头。

"你妈在吗？"他问道。

我摇摇头。

"莱尔呢？"

我摇摇头。

他点点头。

"那天晚上，我看见一帮人把他从你家拖出来，拖上了车。"吉恩说，"依我看，估计不是带他一起去吃冰激凌。"

我摇摇头。

"他没事吧？"

"我不知道，"我说，"我倒是想弄明白，只不过得先进家门才行。"

"所以你弄了块砖头？"

我点点头。

"那我根本没有见过你，行吗？"吉恩说。

"谢谢你口风紧，吉恩。"我说。

"你的身手还跟以前在后院当板球守门员的时候一样利索吗？"吉恩问。

"是啊，我觉得。"

"那就接好了。"他说。

他抛过来一把钥匙，我合手接住。钥匙上连着一个袋鼠状开瓶器钥匙圈。

"这是莱尔让我留着应急的备用钥匙，就防个刮风下雨的日子。"吉恩说。

我点点头，表示感谢。

"下雨天哪，吉恩。"我说。

"下得稀里哗啦。"吉恩说。

*

屋里黑漆漆，静悄悄。我没有开灯。我们一家吃波隆那肉酱意大利面那晚留下的碗碟，摆在水池旁边的碗架上。有人做过打扫。依我猜，是麻秆。我伸出一只手，放到厨房的水龙头下面，喝了一大口水。我打开冰箱，发现里面有一团裹好的火腿肠，一块库恩牌干酪。我想知道，麻秆潜逃期间会去哪里找东西吃呢？也许是溪水，从鸡舍摸来的鸡蛋，趁面包师不注意偷来的小圆面包，树上摘来的橘子。我家厨房料理台上还摆着一条面包，我在黑暗中闻见了它的气味，立刻明白面包长了绿霉。我在火腿肠和干酪上各咬了几口，又在嘴里搅匀——缺了面包，味道吃上去不太一样，但好歹让我填了一下咕咕叫的肚子。我从厨房水池下方的第三只抽屉里取出红色的手电筒，径直走向莉娜的卧室。

这间真爱之屋，这间鲜血之屋。墙上挂着耶稣像。我的手电筒光落上耶稣哀伤的面孔，在黑暗中，他显得如此冷漠，如此遥不可及。

我的右手在阵阵抽痛。我的食指关节发着烫，奔流着一摊流不出来的鲜血。我得休息一阵。我得停下脚步。我得躺下。我推开莉娜的衣橱门，沿着挂杆拨开莉娜的旧衣服。我伸出左手推动衣橱的后壁，它"哗啦"打开了。莱尔的密室之门。

肯定是在这儿。不然又会是在哪儿？

手电筒的光映照出一轮网球大小的"明月"，在莱尔这间密室的泥地上蹦跳。

我滑了一跤，我的邓禄普运动鞋嵌进了泥土。我的手电从这个砖墙小屋的每一个角落扫过，接着一次次扫过屋子正中，沿着墙壁，扫过了红色电话机。肯定是在这儿。肯定是在这儿。他为什么要把它藏到别的地方，不藏在本就用来藏东西的密室里？

只不过，密室里却一无所有。

我弓着腰，胡乱摸索着密室墙上的暗门。我攥住活板门，把电筒探进了莱尔那条通往茅厕的地道。地道里没有蛇和蜘蛛；除了泥土和厚重的空气，地道里什么也没有。

他妈的。我的心咚咚狂跳。我得去尿尿。我不想执行任务；可我必须执行任务。

我面朝下趴到地上，双膝着地爬进了洞。我护着受伤的右手，用手肘蹭着泥地往前爬。我的头撞上了地道的天花板，灰尘落进了我的眼睛。吸一口气吧，保持镇定。就快出洞了。手电的光照亮了地道，我可以依稀辨认出某个东西。茅坑凹洞的地上摆着一个东西：是一只盒子。

一望见它，我立刻爬得更快了。我是一只蟹。我是一只兵蟹。一只紫色的小螃蟹，身子长得活像弹珠。在布里斯班以北一小时车程的地方，也就是莱尔最爱的一日游目的地——布莱比岛的海滩，我和奥古斯特会让数百只小兵蟹从身上爬过。莱尔会抓上两三只螃蟹在手里，它们伸出钳子夹他的手指，莱尔就漫不经心地把它们放上我们的头顶。太阳徐徐落山，海滩上再也没有一个人影，只剩下我们这些钓鱼的小子和几只海鸥，它们用贪婪的眼睛紧盯着我们的沙丁鱼。

我从地道里探出头，钻进茅坑凹洞。手电筒的光照亮了一只盒子。一只白色的盒子。邓碧所用的长方形泡沫塑料盒。还用说吗，莱尔当然是把它藏在了这儿，当然是把它藏进了粪坑。

我站起身，弯腰用手电筒照着盒子，又用左手掀开盒盖。盒子里空无一物。手电筒的光亮飞快地扫过盒子，可惜不管我找了多少遍，盒子里却依旧空空荡荡，什么也没有。提图斯·布洛兹抢了个先。提图斯·布洛兹无所不知。提图斯·布洛兹比宇宙还大上一天。

我飞起一脚踢翻了盒子。踢飞这该死的泡沫塑料盒，踢飞我这该死的生活，踢飞见鬼的莱尔，见鬼的提图斯·布洛兹，变态伊万·克洛尔；踢飞老妈、奥古斯特、卑鄙小人泰迪，和吹牛大王麻秆——要是不肯在我人生最黑暗的时刻带我回家，他一定从来没有真正把我放在心上过吧。麻秆，偏偏是麻秆，我本以为，在所有人之中，麻秆最深知被生活踩踏的滋味，最深知没有人要、被人嫌弃的滋味。

我那穿着邓禄普运动鞋的右脚狠狠地踩上了泡沫盒。泡沫塑料碎片在粪坑地面上落得到处都是，在铺着的锯末上组成了各种图形，好像世界地图上一个个没有接壤的国家。至于我眼中涌上的，又是什么鬼东西？每次都不听我的话，这该死的液体？它漫过了我的眼眶，我的面孔；眼泪波涛汹涌，我不禁挣扎着喘息起来。没错，就是这回事。我就会这么嗝屁。我会哭死。我会哭得几乎断气，然后就在这个茅厕里死于脱水。一个屎人，毙命于一个屎坑——凯特琳·施皮斯大可用我的故事给《西南星报》写篇稿子：

> 昨日，十三岁逃院少年伊莱·贝尔的尸体于某户后院的一个粪坑底部被发现，该少年之前已经失踪八个星期。显而易见，伊莱·贝尔死前曾将一个盒子砸得稀烂，而他原本指望这只盒子能救某个他唯一真爱过的男子一命。伊莱·贝尔唯一可供采访的亲属、其兄奥古斯特·贝尔，则对此事不予置评。

凯特琳·施皮斯。我精疲力竭地倒在地上。我瘦巴巴的屁股吧唧坐上了锯末，然后将后背靠上粪坑粗糙的木墙，呼出了一口气。闭上眼睛吧。呼吸吧。睡吧。睡吧。我关掉了手电筒，把它别在腰间。这鬼地方很暖和，很舒服。睡吧。睡吧。

我可以望见凯特琳·施皮斯。我可以看见她。她走在日落时分布莱比岛的海滩上，她的身前有着成千上万只紫色的兵蟹，但它们纷纷为她让道，一分为二，劈出了一条由完美的昆士兰海滨沙滩化成的小径，而她沿着小径缓步而行，挥手向辛勤的兵蟹表示谢意。她有一头深棕色的秀发，在海风中轻拂。我可以望见她的脸，尽管我从未见过她的脸。她有一双深邃的碧眸，洞察世事；她面带笑容，因为她十分了解我，正如她了解一切，洞悉一切。凯特琳·施皮斯，她脚边的一众兵蟹，空中徐徐落山的太阳，她微笑时上扬的嘴唇。凯特琳·施皮斯，我所见过最美的女子。她想告诉我一些事。"凑近一些，再凑近一些，"她说，"我会向你轻声私语。"于是，她轻启双唇，说出的话很耳熟。

"吞下宇宙的男孩。"她说。

她扭过头，将目光投向曾经的太平洋——此刻，它已经成了一片浩瀚的星河，有恒星、行星、超新星，以及数千个一齐发生的天文事件。粉色的爆炸，紫色的爆炸。燃烧的瞬间，呈亮橙色、绿色、黄色；太空那永恒的黑色背景上所有亮晶晶的星星。我们站在宇宙的边缘；宇宙暂停，又从此处、从我们二人重新开启。土星触手可及，土星环开始振动起来。嗡嗡嗡。嗡嗡嗡。土星环振动的声音，听上去恰似电话铃声。叮零零，叮零零。

"你不接吗？"凯特琳·施皮斯问。

一个电话。我睁开了眼。电话铃声。叮零零，叮零零。在秘密地道的另一头，在那个秘密的房间里。莱尔的秘密红色电话响了。

我又沿着地道爬了回去，擦伤的膝盖和手肘下都是湿漉漉的泥土。这通电话至关重要，这通电话来得正好。我是说，哪有这么巧的事情？正好赶上我钻到地底的时机，电话铃就响了？我爬到了地道的另一头，爬进了密室，电话铃声却依然在响。真是难以置信啊。伊莱·贝尔，再次亲临现场的幸运儿，出现在了正确的秘密地址、正确的未知时刻。我伸出手，从红色的秘密按键电话机座上，摘下了红色的秘密电话机。等一等：拜托，想想这个巧合是多么惊人吧。我钻到地底，却正好赶上电话铃响。要是来电人不知道我在地底，那对方也实在太会挑时间了吧。只不过，如果对方已经发现我千方百计从厨房窗户爬进了屋，那也就没什么"太会挑时间"可言。如果吉恩·克里明斯傍上了提图斯·布洛兹这棵摇钱树，邻居老头刚才一番话其实是哄我的甜言蜜语，那也就没什么"太会挑时间"可言。如果伊万·克洛尔就在屋外的某辆车里守株待兔，一边磨着布伊刀，一边听着收音机里的卡朋特乐队轻声歌唱，那也就没什么"太会挑时间"可言。

叮零零，叮零零。去他妈的。有些时候，当土星来电，你又怎能不接呢。

"喂。"我说。

"你好，伊莱，"电话另一头的声音说。

跟上次一样的声音。男人的声音。一个男子汉类型的男人。深沉而刺耳，也有可能，是倦意。

"就是你，没错吧？"我问对方，"上次我明明跟你通过电话，莱尔却说，我没有跟任何人通过电话。"

"我觉得，确实是我。"电话另一头的男子回答。

"你怎么知道我在这儿？"

"我不知道。"

"我就下来走一趟，你倒正好撞上，也太巧合了吧。"

"倒不算什么巧合。这个号码，我恐怕每天要打上四十次。"对方回答。

"你拨的是哪个号码？"

"我拨的是伊莱·贝尔的号码。"

"号码是多少？"我问。

"773 8173。"对方说。

"太扯了，"我说，"这部话机接不到电话。"

"谁告诉你的？"

"莱尔。"

"你现在不就在接电话吗？"对方说。

"没错。"

"所以，我觉得，这部话机接得到电话。"对方说，"好啦，跟我讲讲，你现在是什么状况？"

"你什么意思？"

"你的人生在哪个阶段？"

"唔，我今年十三岁……"

"没错，没错，"他急切地答道，"说得更具体些。快到圣诞节了吗？"

"哈？"

"别管了，"他说，"你现在在做些什么，原因又是什么？拜托，不要撒谎，因为撒谎会被我发现。"

"我为什么要告诉你？"我问。

"因为我必须告诉你一些关于你妈妈的重要的事情，伊莱。"他的口吻听上去很丧气，"不过，我得先让你告诉我，你和你的家人出了什么事。"

"提图斯·布洛兹的手下抓走了莱尔，"我说，"然后，伊万·克洛尔斩断了我的幸运手指，我晕了过去，醒来就到了医院。麻秆告诉我，我老妈被关进了博格路女子监狱，小奥被带去了布瑞肯力治我父亲家里，于是我从医院逃跑了，跟1940年逃狱的麻秆一样，接着我来了这儿……来找……"

"毒品。"对方接口说道，"你想找到莱尔私藏的海洛因，因为你认为，你可以把货交给提图斯·布洛兹，他说不定就会放了莱尔，可惜……"

"货不见了，"我说，"提图斯抢先了一步。货落在了他的手里，莱尔也落在了他的手里。一切都落在了他的手里。"

我打了个哈欠。我太累了。"我好累，"我对着电话说，"我累得要命。我一定是在做梦。这只是一个梦。"

精疲力竭的我闭上了双眼。

"这不是梦，伊莱。"电话另一头的男子说。

"扯得没边了。"我只觉得头昏眼花，又感觉一头雾水。我发着烧，却又打着冷战。"你是怎么找到我的？"

"你接了电话，伊莱。"

"我不明白。我累。"

"你得听我说，伊莱。"对方说。

"好，我在听你说。"我说。

"你真的在听？"电话另一头的男子问。

"对，我真的在听。"

好一阵默不作声。

"你妈妈活不过圣诞节。"他说。

"你到底在瞎扯什么啊？"

"伊莱，她在接受观察。"电话另一头的男子说。

"'观察'是什么鬼？"

"有人盯着她，伊莱。"对方说，"以防她自杀。"

"你到底是谁？"我问。

我感觉浑身难受。我必须睡上一觉。我在发烧。

"圣诞将至，伊莱。"电话另一头的男子说。

"你是在吓唬我，我得睡上一觉。"我说。

"圣诞将至，伊莱。"他说，"雪橇铃铛。"

"我得躺下。"

"雪橇铃铛，伊莱。"那人说，"雪橇铃铛！"

"我得闭上眼睛。"

"雪橇铃铛。"电话那头的男子又说了一遍。

老妈确实曾经唱过一支关于雪橇铃铛的圣诞歌，是怎么唱的呢？那支歌唱起冬季仙境，唱起雪橇铃铛、积雪和一只蓝鸟[1]。你在听吗，伊莱？

"没错，雪橇铃铛。"我对电话另一头的男子说，"你的结局，是一只断气的蓝鹡莺。"

接着，我挂了电话，蜷在莱尔秘密房间的地上，假装麻秆的心上人艾琳正在这个洞中与我同眠。我钻到她的床上，贴住佳人白瓷般的肌肤，侧躺下来，伸出手臂搂住她温暖的双峰。她转过身，吻吻我，道了晚安——她长着凯特琳·施皮斯的脸。我所见过最美的一张脸。

---

1. 此处指的是圣诞歌谣 "Winter Wonderland"（《冬季仙境》）。

邂逅佳人

　　社区小报《西南星报》的办公室，位于萨姆纳公园区的史班街。萨姆纳公园区是与达拉相邻的城郊工业园区，横跨"百年公路"——这条高速公路向北通至布里斯班中央商务区，向西则通至达令山丘。《西南星报》报社离吉尔伯特轮胎店只隔着两栋楼，莱尔以前就在吉尔伯特轮胎店里买二手轮胎。吉尔伯特轮胎店的隔壁，是一家汽车贴膜店和一家宠物用品大卖场，名叫"汪汪旺宠物店"。曾经一度，奥古斯特和我总爱骑上我们的自行车，去史班街逛军需用品店，那家店离汪汪旺宠物店又隔着两栋楼。奥古斯特和我会在店里观赏老式军用刺刀和越战水壶，想办法劝说店主"炸弹人"·勒纳把还没有拔掉安全栓的手雷拿出来，给我们兄弟俩开开眼界。这家店的手雷能取人命，店主"炸弹人"·勒纳又是个容易兴奋的家伙，左眼不太好使，是个澳大利亚爱国者，既热爱澳大利亚，又热爱保卫澳大利亚，痴迷的程度跟他热爱肯尼·罗杰斯差不多。我们兄弟俩还清楚，"炸弹人"把手雷藏在了收银台下面的保险箱里。

　　《西南星报》的办公室其实是个店面，只有一层楼，办公室正面镶嵌着镜面玻璃，还拉了一条深红色横幅，写着"西南星报"几个字，配了四颗红色的流星，正好组成南十字座。从镜面玻璃中，我望见了自己的倒影：我比昨天壮了些，利索了些，有自信了些，无论是思想、身体，还是精神。我已经吃过早餐，吃的是新康利麦片，用四勺麦片冲成一碗麦片粥，搭配厨房水龙头里的热水。我已经冲过澡，身上穿的是栗色T恤、蓝色牛仔裤、邓禄普运动鞋。我已经换过绷带，包上了我的断指和整只右手。

202

此前在老妈的急救箱里，我找到了一块没有用过的绷带，用它重新包扎上了布伦南医生敷好料的纱布。我的书包还挂在床角的柱子上，是一只做旧的蓝色牛仔背包，上面写着乐队名——"INXS"啦，"冷錾"啦，"齐柏林飞艇"啦。"性手枪"乐队的歌我连半句也没有听过，但这并不妨碍我在两年前把该乐队的名字涂上了我的背包。书包背面有个带拉链的口袋，我在上面涂了一个超肥的三臂外星怪物——本人自创的角色，取名"瑟斯顿·卡邦克尔"，会用鼻孔把小屁孩整个儿吸进肚子，钟爱阿尔弗雷德·希区柯克的电影，因此总是穿着一件无袖T恤，上面写着"惊魂记"几个字。书包上一堆乱糟糟的涂鸦中间，还藏着几条用永久性记号笔记下的校园随笔，读起来让人晕头转向，而且和我那阵阵抽痛的断指关节一样，再回首时已不堪入目。"给我一屁股坐上来，再乖乖转上一圈吧。"——其中一条随笔如是说。这条随笔下方，草草涂了一只拳头，直直地竖起了中指。至于其他几条随笔，若要保持上佳的品位，那就真应该一笔涂掉，比如："肯尼斯·楚格喜欢艾米·普雷斯顿。真爱永恒。"去年冬季，艾米·普雷斯顿得白血病死了。我盯着背包，盯了整整一分钟，回忆着往昔简简单单的日子。在天翻之前，在地覆之前，在我该死的手指被砍掉之前。去他妈的，见鬼的提图斯·布洛兹。我朝背包里塞满了穿的和吃的：几罐焗豆，一条从食品橱里找出来的燕麦能量棒，再加上麻秆借给我的一本《越狱》[1]，随后溜出了达拉区我家的后门，那屎坑一样的鬼地方。我心里暗自发誓，这一去永不回头；可惜的是，迈出前院大门才刚刚三十秒钟，我就发觉，竟然忘了先尿上

1.《越狱》（Papillon），也译作《蝴蝶》。法国人昂利·沙里叶所著的一部自传体小说，于1969年4月30日首次出版。被誉为"有史以来最好的越狱小说"，描写1930与1940年代，绰号"蝴蝶"的书中主人公因涉嫌谋杀案被捕入狱，受人诬陷被判处终身苦役。后来"蝴蝶"多次越狱，并终于获得了成功。

一泡了。毕竟，我马上还要长途跋涉步行去萨姆纳公园区呢。

我朝《西南星报》的窗户探出脑袋，想瞧瞧能不能望见室内，可惜，我只能看见凑近的自己。入口处的大门也是镜面玻璃，我拉了拉大门的把手，可惜，门把手纹丝不动。门口有一部白色椭圆形对讲机，我摁下了对讲机底部的绿色按钮。

"请问需要帮忙吗？"对讲机里传来一个声音。

我朝对讲机凑近了些。

"嗯，我是来……"

"请按下通话键再说话。"对方说。

我摁下了按钮。

"不好意思。"我说。

"请问，需要帮忙吗？"那个声音再次问道。是个女人，一个"铁娘子"类型的女子，听上去仿佛只用眼皮就可以夹碎澳大利亚坚果的壳。

"我想见凯特琳·施皮斯。"

"请按下通话键再说话。"

我摁下了通话按钮。

"再次抱歉，"我摁着按钮不放，"我想见凯特琳·施皮斯。"

"她跟你有约吗？"对方问。

好吧，正中要害。完蛋啦，第一关就"扑街"了。凯特琳·施皮斯是否跟我有约？唔，没有。玫瑰是否期待沐浴阳光雨露？老树是否期待重焕新生？大海是否期待潮涨潮落？

"唔，对……不对，"我说，"没有，她跟我没有约好。"

"你来这儿找她，有什么事呢？"对讲机里的女声问道。

"我来给她爆料。"

"什么料？"

"我还是闭嘴不说的好。"

"请按下通话键再说话。"

"不好意思。我还是闭嘴不说的好。"

"好吧,"女子说着,叹了一口气,"既然你非要遮遮掩掩,那你可否告诉我是哪方面的爆料,这样的话,我就可以告诉凯特琳是哪方面的爆料,见鬼了。"

"什么哪方面的爆料?我没懂你在说什么。"

"新闻报道?专题报道?社区报道?体育报道?市政报道?喊冤投诉?总之,是哪方面的料?"

我思索了一会儿。犯罪报道爆料。失踪人员报道爆料。家庭故事爆料。兄弟情爆料。悲情故事爆料。我摁下了绿色按钮。

"爱情故事。"我说,还咳嗽了一声,"是一则爱情故事爆料。"

"噢噢噢噢噢,"对讲机另一头的女子说,"我倒是很喜欢动听的爱情故事。"她放声大笑起来。

"你叫什么名字,罗密欧?"女子问。

"伊莱·贝尔。"

"请等一下,伊莱。"

我审视着报社大门镜面玻璃里自己的倒影。我的头发看上去好乱,好邋遢。刚才真该先用莱尔的篦子梳一通,再抹上几团莱尔的发胶。我又扭过头,扫了一眼大街。依然亡命天涯,依然没人要,依然在逃——谁也不想要我,除了条子。一辆巨型水泥车轰隆隆地驶下史班街,后面紧跟着一辆快递货车,一辆红色四轮驱动型日产汽车,一辆方型黄色"福特猎鹰",司机还从车窗里丢出来一截烟屁股。

报社大门对讲机里响起了一阵吱嘎声。

"嘿,罗密欧……"

"我在。"

"听着,她现在真的很忙,"女子说,"你想留个联系电话,再说一下你为什么来爆料吗？或许她会给你回电，这帮记者一天到晚忙得脚朝天。"

大海不再涨潮。大海不再退潮。

我又摁下了对讲机的绿色按钮。

"拜托告诉她，我知道麻秆·哈利迪的下落。"我说。

"再说一遍？"

"拜托告诉她，麻秆·哈利迪是我的死党。拜托告诉她，我有个故事要讲。"

好长一阵没有吱声。

"请稍候。"女子说。

*

我站了整整三分钟，垂头紧盯着一队黑蚂蚁。它们正结伙从一溜糕点屑里搬东西，那溜糕点屑又一直通向"汪汪旺宠物店"停车场地上一个吃了一半的香肠卷。就在日后，我将把一队队蚂蚁与凯特琳·施皮斯挂上钩，把吃了一半的香肠卷与我第一次去见凯特琳·施皮斯的那天挂上钩。蚂蚁们不时互相碰碰脑袋，我很想知道，在这短暂的交汇中，它们究竟是在发问、密谋、指路，还是仅仅表示歉意。有一次，麻秆和我曾经见到一群蚂蚁沿着我家前门的台阶爬来爬去。当时，麻秆抽着烟站在台阶上，我问他：这些蚂蚁碰头的时候，究竟跟对方说了些什么呢？蚂蚁干嘛总爱互相挨挨碰碰呢？结果麻秆说，蚂蚁的头上长着触角，它们用不着开口，就可以用脑袋上的触角交谈。恰似奥古斯特，蚂蚁找到了属于自己的交流方式；它们靠的是感觉，是头上触角末端的绒毛。麻秆说，这些绒毛还会传达气味，靠着气味，蚂蚁就知道哪里有什么东西，知道它们要去哪里觅食，知道它们正朝哪里走，又已经去过哪里。

"觅食路径信息素。"麻秆说。

《信息素又是什么？"我问他。

"一种具有意义的气味，"麻秆回答，"一种会在蚂蚁群体中引起反馈的化学反应，它的意义会传达给所有蚂蚁。"

"气味才没有什么意义呢。"我说。

"当然有。"麻秆答道。麻秆从我家前门台阶上伸出胳膊，从老妈种在花园里的一丛薰衣草上摘下一束紫花。他合掌轻揉着鲜花，又把被揉得不像样的花放到我的鼻子底下，我闻了闻。

"闻上去怎么样？"麻秆问。

"像学校的母亲节摊位。"我说。

"对嘛，这种味道，或许就意味着你妈咪。"麻秆说，"也有可能，意味着那些正爬下你家前门台阶的蚂蚁，就挨着你老妈的薰衣草丛。水果蛋糕，意味着圣诞节。肉饼，意味着雷德克利夫海豚队对战温纳姆曼利海鸥队，意味着星期天下午的橄榄球比赛。日光牌肥皂，意味着卡灵福德的一个冬天，孤儿院院长把我推进一个透心凉的洗澡间，让我洗掉膝盖上的泥巴，只不过泥巴怎么也洗不干净，因为院长刚逼着我在泥里跪了太久太久，跪着清洗孤儿院的前门台阶，跟你家这些台阶差不多的台阶。"

我点点头。

"雁过留痕哪，孩子。"麻秆说，"会留下踪迹——我们将要去往何方，我们曾经踏足何处。不过是世界与你对话的另一种方式罢了。

*

《西南星报》入口处的对讲机发出了一阵刺啦声。

"进来讲你的故事吧，罗密欧。"女子说。

报社大门解了锁，我赶紧拉开门，免得它又锁上。我迈步走进《西南星报》报社的前厅。这里有空调，铺着蓝灰色的地毯，有一台饮水机，配备着白色塑料杯。还有一张白色的签到处柜台，一名矮墩墩的女子站在签到台后面，身穿白森森的保安服，双肩佩戴着深蓝色的肩章。她微微一笑。

"请坐，她马上就出来。"签到台后的女保安一边说，一边朝一张双座沙发和饮水机旁的一把扶手椅点了点头，算是给我指路。她露出了关切的神情。

"你没事吧？"她问道。

我点点头。

"你看上去情况不太妙，一张脸红通通、汗涔涔的。"她说。

她又望着我那只包扎好的手。

"这是谁包扎的？"她问。

我低头望了望伤口。绷带松开了，有些地方皱了起来，有些地方又勒得太紧，活像我刚刚找了个喝醉的盲人帮我做了急救。

"是我妈咪。"我说。

签到台后面的女子点点头，脸上却闪过怀疑的神情。

"给自己倒杯水喝吧。"她说。

我倒满了一杯水，咕嘟咕嘟地灌下肚，塑料杯都被我的左手捏扁了。我又倒满一杯，同样飞快地喝个精光。

"你多大了？"女子问。

"再过五个月，我就满十四岁了。"我回答。

这位签到台女保安，我正时刻长大成人呢，里里外外，我一秒一个样。两条腿分钟变得更长，右胳肢窝正有二十多根腋毛冒头。

"懂啦，你十三岁。"女保安说。

我点点头。

"你父母知道你在这儿吗？"

我点点头。

"你走了很长一段路，对吧？"她问道。

我点点头。

女保安的眼神落到我脚下的背包上。

"你准备去什么地方吗？"她问。

我点点头。

"哪儿？"她问。

"唔，本来是准备来这儿。所以我就来了，接下来我可能会去别的地方，不过不好说，看情况吧。"

"看什么情况？"女保安又问。

"凯特琳·施皮斯的情况。"我答道。

女保安笑了笑，扭过了头。顺着女保安的目光，我眼前所见的场景，让我不禁站起了身。

"瞧瞧是谁来了。"女保安说。

我嗖地站起身——想当初，十三岁的阿兹特克小子，若是遥遥望见地平线上冒出了一支西班牙舰队，那他起身之快，可能就跟现在的我有得一拼。

她迈步向我走来。不是迈步走向签到台后面的女子，不是饮水机，不是报社大门，却是迈步走向了我，伊莱·贝尔。我从未见过如此美丽的一张脸；我曾见过这张脸伫立在宇宙的边缘；对我说话的那张脸，一直在对我说话的那张脸。她把一头深棕色秀发绾到了脑后，戴着一副厚厚的黑框眼镜，身穿一件白色长袖衬衣，松松地垂上一条淡蓝色做旧牛仔裤，牛仔裤的裤脚塞进一双棕色皮靴。她的右手握着一支钢笔，还拿着一个小小的黄色线圈记事本，大小和她的手掌差不多。

走到我面前时，她停下了脚步。

"你认识麻秆·哈利迪？"她直截了当地问。

我愣了两秒钟。紧接着，我的大脑指挥我张开嘴巴，指挥我开口回答，可惜的是，我连半个字也没有说出来。我又努力了一次，可惜依然一无所获。伊莱·贝尔啊。站在宇宙的边缘，他竟然哑巴了，无话可讲。就在这个瞬间，我的声音已经甩掉了我，背弃我，跟我的自信、我的冷静一个样。我向饮水机扭过头，给自己倒了一杯水。我咕咚咕咚地喝着水，绑着绷带的右手却不自觉地凌空草书起来。"他是我的死党。"我用缠着绷带的右手凌空写道——我的右手真像一根棍啊。"他是我的死党。"我写道。

"你在干什么？这是怎么啦？"凯特琳·施皮斯问。

"不好意思。"听到话从自己嘴里说了出来，我简直如释重负，"我哥哥小奥，就是这样说话的。"

"这样是指什么样？"凯特琳·施皮斯问，"你看上去很像在粉刷房子，可惜没有刷子的模样。"

我确实是这副德行。她真的好风趣，好有洞察力。

"我哥哥小奥，死活不开口说话。他把他的话写在半空。"我说。

"真可爱。"凯特琳·施皮斯简短地点评道，"不过，我有截稿期限要赶，所以，你要不要直入正题，告诉我你是怎么认识麻秆·哈利迪的呢？"

"他是我的死党。"我答道。

凯特琳·施皮斯笑了。

"你是麻秆·哈利迪的死党？麻秆·哈利迪已经三年没有露过面了，大多数人都认为他已经不在人世。你现在是告诉我，他不仅好端端地活着，还跟一个……你有多大……十二岁的小家伙成了死党？"

"我已经十三岁了。"我回答,"麻秆确实是我的死党……好吧……麻秆是我的保姆。"

凯特琳·施皮斯摇摇头。

"你父母居然让一个坐过牢的杀人犯照顾你?"她答道,"让'博格路胡迪尼'照顾你?让澳大利亚监狱史上头号越狱王照顾你?那人只怕很乐意把某个十三岁小子的肾卖掉,借此顺利脱身吧?你爸妈真是育儿有方啊。"

她的话中,有丝丝暖意。也有幽默,也有凶悍,但更多的是暖意。或许我是加了滤镜,因为凯特琳·施皮斯看上去恰似我的梦中佳人,只不过戴了一副克拉克·肯特式厚框镜权作伪装,但她说出的每一句话,都带有丝丝暖意。她微微上扬的嘴角很暖,她的双颊很暖,她那红扑扑的下唇很暖,她那深邃的碧眸很暖——恰似伊诺格拉水库漂着朵朵睡莲的碧波。我们一家从海口区那户人家买下雅达利游戏机当天(海口区所处的布里斯班市内西侧真是绿树成荫),莱尔曾经带奥古斯特和我去伊诺格拉水库游过泳。至于此刻,我恨不得纵身跃入凯特琳那双碧眸,高呼一声"杰罗尼莫!"[1],随后一头扎进凯特琳·施皮斯的世界,再也无需冒出头来换气。

"嘿,"凯特琳·施皮斯冲着我的脸挥了挥手,"嘿,回过神了吗?"

"我没走神。"我说。

"你现在是回过神了,不过刚才可走神走得厉害。"凯特琳·施皮斯说,"刚开始,你直勾勾地盯着我,接着你就魂飞天外,脸上露出呆傻的表情,活像一头长颈鹿在放闷屁。"

---

1. 高空跳伞时高喊"杰罗尼莫"(Geronimo)原本是美国伞兵的一项传统,但也广泛用在蹦极、高台跳水乃至商业跳伞时候。

我确实是这副德行。她真的好风趣啊！

我朝双人座沙发转过身，压低声音开了口。

"我们可以坐一会儿吗？"我提议道。

凯特琳看了看表。

"我要给你讲个故事，"我说，"但我爆料的时候得当心点。"

她深吸了一口气，又叹了口气，点点头，坐到了沙发上。

我在她身边坐了下来。她打开记事本，拔下了笔帽。

"你要记笔记？"我问道。

"我们还是不要把步子迈太大。"她说，"先说你的名字怎么拼？"

"你干嘛要知道我的名字怎么拼？"我问。

"因为我正在织一件开襟毛衫，上面要绣你的大名。"她回答。

我只觉得一头雾水。

"因为这样一来，我在报道里就不会拼错你的名字。"

"你准备写一篇关于我的报道？"

"假如你准备讲给我听的这个故事值得一写，那当然了。"

"我可以报个假名吗？"

"没问题，"凯特琳说，"报个假名就是。"

"西奥多……祖克曼。"

"这假名逊毙了。"她说，"你认识几个姓祖克曼的澳大利亚人？不如叫……唔，我说不好……叫伊莱·贝尔吧。"

"你怎么知道我的名字？"

她冲着女保安点了点头。

"你不是告诉过洛琳吗。"凯特琳·施皮斯说。

女保安洛琳心领神会地笑了笑。

我深吸一口气。"匿名吧。"我提议。

"好，那就匿名。"凯特琳·施皮斯说，"好家伙！必是一则重磅大料，秘密线人'深喉'[1]啊。"

她叠起双腿，朝我转过身，直视着我的双眼。"来吧。"她说。

"什么？"

"来讲故事吧。"她说。

"我非常欣赏你那篇登在《昆士兰旧闻》栏目里的关于麻秆的文章。"

"多谢。"

"我也欣赏你的说法，说他逃离博格路监狱的终极方式，是'获释出狱，重获自由身'。"我说。

她点点头。

"说得再对不过了。"我说，"归根结底，他最厉害的一着儿，就是活下来。那才是真相。大家总在嘀咕，说他的内心有多狡猾，但从来不提他的耐性、意志和决心，也从来不提他有多少次想要吞个塞满刀片的橡皮球下肚。"

"画面很诱人。"凯特琳说。

"但你确实漏掉了麻秆故事中最辛酸的一点。"

"还请指教。"

"就是他想做个好人，可惜他的阴暗面又一直碍手碍脚。"我说，"跟其他所有人一样，他有善的一面，也有恶的一面，可惜麻秆从来没有机会堂堂正正地亮出善的一面。他这一辈子，大部分时间都在牢里待着，可是当你在牢里待着的时候，当个好人差不多等于当个死人。"

"你琢磨昆士兰犯人的这些故事，是不是时候还太早了点？"凯特琳问道，"你难道不该是玩希曼玩偶的年纪吗？"

---

1. 深喉，是美国历史上"水门事件"中向《华盛顿邮报》透露幕后信息的秘密线人的代号。

"我哥哥小奥，再加上我，用放大镜把我家所有的希曼玩偶都烧了。"

"你哥哥多大啦？"她问道。

"他今年十四岁，"我说，"你多大？"

"我今年二十一岁。"她回答。

我只觉得当头挨了一棒：说不通啊。不知怎的，总之感觉不对劲。

"你比我大八岁，"我说，"等到我十八岁的时候，你就……二十六岁了？"

她扬了扬眉。

"等到我二十岁的时候，你就……"

凯特琳·施皮斯截住我的话头："你二十岁的时候我有几岁，又关你什么事？"

我再次审视着那双碧眸。

"因为我觉得，我们是命中注定……"

是什么，伊莱？我和凯特琳·施皮斯，究竟命中注定该是对方的什么人？你到底在瞎诌什么啊，伊莱？

问题的答案。你的结局，是一只断气的蓝鹤鸰。凯特琳·施皮斯。

吞下。宇宙。的男孩。

我敢打赌，奥古斯特很清楚：我和凯特琳·施皮斯，究竟命中注定该是对方的什么人。

"别管啦。"我揉了揉眼睛。

"你没事吧？"她问道，"要我替你打个电话给你父母吗？"

"不，我没事，"我回答，"只是有点累。"

"你的手怎么啦？"凯特琳问。

我定睛凝望我那缠着绷带的手。提图斯·布洛兹——伊莱，你来到报社，是冲着他来的。是提图斯·布洛兹，而不是凯特琳·施皮斯。

"听着，我要给你讲个故事，但你在处理我的爆料时必须十分小心。"我开口说道，"我要提起的那帮人极不好惹，他们会对人下毒手。"

凯特琳的神情严肃了起来。"告诉我，你的手究竟出了什么事，伊莱·贝尔？"

"你知道一个名叫提图斯·布洛兹的人吗？"我压低声音，说道。

"提图斯·布洛兹？"她陷入了沉思。

她提起笔，准备在记事本上草草记下这个名字。

"不要白纸黑字写下来。"我说，"要是记得住的话，就记在脑子里。提图斯·布洛兹。"

"提图斯·布洛兹。"凯特琳重复了一遍，"提图斯·布洛兹是谁？"

"他就是那个把我的……"

但我没有把话说完，因为一只拳头赫然砸上了报社的玻璃店面，恰好在凯特琳和我所坐的沙发上方。我本能地猫腰躲开，凯特琳·施皮斯也一样。"嘭"。"嘭嘭"。现在可好，干脆换成了两只拳头。

"哎，真要命，"女保安洛琳说，"是雷蒙德·利里。"

"打电话报警啊，洛琳。"凯特琳说。

*

雷蒙德·利里身穿驼色西服，打着领带，搭配白色的商务衬衣，约五十多岁的模样。他长着一张圆脸，啤酒肚，稻草色的头发乱过鸡窝，一双硕大的拳头怒火滔天地砸着《西南星报》的门面玻璃，砸得如此之狠，整幅玻璃面板都嘎嘎振动，室内的饮水机也跟着抖了几抖。洛琳摁下了前台的按钮，对着一只对讲机开了口。

"利里先生，请离玻璃远一些。"

雷蒙德·利里嚷嚷了起来。"放我进去，"他一边尖叫，一边把脸贴上了玻璃，"放我进去！"

凯特琳走到前台，我紧跟着她。雷蒙德·利里又砸起了玻璃。"不要靠近玻璃。"凯特琳警告我。

"他是谁？"我走到凯特琳身旁。

"为了建一条驶下伊普斯维奇高速公路的出口匝道，州政府拆了他的房子。"凯特琳回答，"雷蒙德被摆了一道，然后他的太太得了抑郁症，就在全新的高速出口匝道落成、盖住她家旧址之前，她朝伊普斯维奇高速公路上一辆水泥车纵身扑了过去。"

"那他干嘛要砸你们报社的窗户？"我问。

"因为我们不肯刊发他的遭遇。"凯特琳回答。

雷蒙德攥紧的拳头又"砰"的一声砸在窗户上。

"报警，洛琳。"凯特琳重复了一遍。

洛琳点点头，拿起前台的电话。

"你们报社干嘛不肯刊发他的遭遇？"我问。

"因为我们报纸为政府修建那条高速出口匝道造过势。我们的读者中间，有百分之八十九希望能够改善该条高速公路的路况。"

雷蒙德·利里有条不紊地从镜子前后退了五步。

"哎哟，该死。"凯特琳·施皮斯说。

雷蒙德·利里拔腿向玻璃墙奔了过来。有那么好一会儿，我都没有回过神：眼前这一刻，居然不是在做白日梦呢。因为这场景太离谱了，离谱得不得了，根本没有半点道理。只不过，它却就在眼前。雷蒙德·利里确实正拔腿朝玻璃墙一头撞过来，他那宽阔又肥厚的前额确实一头撞上了玻璃幕墙，用尽了全力，挟一百五十公斤体重之威，撞得如此猛烈，以至于凯特琳·施皮斯、女保安洛琳和我（伊莱·贝尔——单枪匹马的冒险家/医院逃亡者/落跑小子），通通猛地倒吸了一口凉气，只等着摇摇欲坠的玻璃幕墙被撞个粉碎。但它偏偏没有碎，只是吱嘎响着摇来晃去，雷蒙德·利里的脑袋倒是朝后一仰，活像刚刚撞断了脖子——这时，我赫然望见：他的眼睛在说，他很明白自己在闹事；他的眼睛在说，他抓狂了；他的眼睛在说，此刻他就是禽兽；他的眼睛在说，他就是金牛座本尊。

"对，《西南星报》办公室，地址是萨姆纳公园区史班街64号。拜托啦，请速速赶到。"洛琳对着电话说。

雷蒙德·利里摇摇晃晃地站稳了脚跟，后退了七步，喘了口气，接着又向镜面玻璃发起了猛攻。"嘭"，这一次，他的脑袋后仰得更加厉害了，两条腿有些发抖。别撞啦，雷蒙德·利里，住手吧。雷蒙德·利里的前额正中冒出了一个鼓包，其颜色与形状都活像奥古斯特和我那只黑乎乎的旧网球，曾经在山打根街正中央的无数次苦战中备受蹂躏。雷蒙德·利里又后退了一步：每后退一步，他胸中的怒火就又旺了一分，雷蒙德·利里蓄势待发，攥紧了拳头。"金牛座"今日誓要死战。

洛琳急吼吼地冲着对讲机开了口。"这是强化玻璃，利里先生，"她解释道，"你撞不破的。"

好吧，她成功地竖起了靶子。于是，身穿破旧驼色西服的雷蒙德·利里，朝一堵强化玻璃幕墙发起了让人心酸的猛攻。他又冲了过来。轰天巨响。这一次，他干脆被放倒了。他重重地跌了下去，左肩着地，嘴里冒着白沫，被自己的疯劲搞得摸不着头脑。他跟跄着站了起来，西装外套的左肩裂了一个口子，看似神志不清又头晕眼花，整个人不停地摇晃。有那么片刻，他转身背对着镜子；就在这时，我拔腿冲向了《西南星报》办公室的前门。

"伊莱，你搞什么鬼？"凯特琳·施皮斯叫道。

我打开了前门。

"伊莱，住手，不要出去！"凯特琳·施皮斯警告我，"伊莱！"

我没有听劝。我溜出了报社大门，又飞快地关上了门。

雷蒙德·利里依旧脚步跟跄，行走在半梦半醒之间。他朝旁边迈了三步，站在原地，扭头端详着我。他的前额破了一道口子，又黑又肿，还从伤口里渗出鲜血，殷红的血淌过他的脸颊，淌过撞歪的鼻子，淌过颤抖的嘴唇，淌过他那带酒窝的宽下巴，滴上了他那白森森的商务衬衣和领带。

"住手。"我说。

他紧盯着我的眼睛，试图弄懂我。我觉得，他确实弄懂了，因为他吸了一口气——这才像个人样嘛。我们呼吸，我们思考，但我们也会抓狂。我们伤心欲绝，于是我们无比抓狂。

"请住手，雷蒙德。"我说。

他又喘了口气，后退几步，显然被眼前的一幕搞糊涂了，被他眼前的小子搞糊涂了。街道对面有一家巴掌大的小吃店，售卖卤汁肉饼和薯条，店里几个身穿工作服的男子正张望着对街的闹剧。

街上很静，没有车流。这一刻凝固在时间长河中。蛮牛与少年。

我可以听见他在呼吸。他喘得厉害，他精疲力竭。他的眼中闪过了某种神情，属于人类的神情。

"那些人都不想听我的故事。"他开口说。

他向玻璃墙扭过头，望见了自己在镜中的倒影。

"我愿意听你的故事。"我说。

雷蒙德·利里伸出右手，揉了揉前额的鼓包。鲜血染红了他的手指，他的手指摸索着脸上的血。他的右手掌心摸到了鲜血，又一圈圈把血涂遍了整个额头，涂遍了整张脸孔。一片殷红。他向我转过身，仿佛大梦初醒。"我怎么到了这儿？你是谁？"他难以置信地摇摇头，然后又垂下了头。肉饼店的店员们正在匆匆过街，雷蒙德·利里看似停下了脚步。

"你没事吧，孩子？"一名店员喊道。

与此同时，雷蒙德·利里抬起了头，再次在镜中望见了自己的影子。于是，他拔腿朝镜中的自己奔去，血淋淋的一张脸迎头撞上了镜中血淋淋的一张脸——两个版本的雷蒙德·利里双双倒在地上，失去了知觉。

三个店员一溜烟过了街，在雷蒙德·利里身边围了半圈。

"这家伙到底在抽什么疯？"一个店员问。

我什么也没有说。我只是紧盯着雷蒙德·利里。他仰面平躺着，两臂伸直，两腿伸直，活像正等着给达·芬奇做科学研究一样。

凯特琳·施皮斯小心翼翼地走出了报社前门，望着仰面平躺的雷蒙德·利里。

凯特琳的刘海覆上了她的脸庞，一阵轻风拂过刘海，好像一个穿裙子的木偶在她的前额翩翩起舞。与此同时，一轮红日又把凯特琳·施皮斯变成了美人，因为阳光照亮了她的脸孔，让她行走于时间之外，行走于人生之外，恰似她正以慢动作行走于宇宙的边缘。

她迈步走向了我。是我，伊莱·贝尔。逃亡路上的小子，惹上麻烦的小子。

她将一只温柔的手搭上了我的左肩。她的手，搭在我的肩头。逃亡路上的小子，堕入爱河的小子。

"你没事吧？"她问道。

"我没事，"我说，"他怎么样……？"

"我说不清。"凯特琳·施皮斯说。她认真打量着雷蒙德·利里，接着后退几步，摇了摇头。

"你是个英勇的小子，伊莱·贝尔。"她说，"蠢，但蠢得英勇。"

于是，红日与我融为了一体。太阳就是我的心，而我这颗心的起起伏伏，扼住了全世界的命脉（中国渔民也好，墨西哥玉米地农场主也好，加德满都狗狗背上的跳蚤也好）。

这时，一辆警车停到了路旁，右前轮陷进了混凝土排水沟。两名警察钻出汽车，向躺在地上的雷蒙德·利里奔了过来。"请大家后退。"一名警员一边说，一边戴上手套，屈膝朝雷蒙德·利里蹲了下去。雷蒙德左耳旁边的水泥地上积起了一小摊血。

警察。

"再见，凯特琳·施皮斯。"我开口说。

我从围拥着雷蒙德的人群中后退了一步。

"啊？"凯特琳·施皮斯说，"你要去哪儿？"

"去看我老妈。"我说。

"那你要爆料的故事怎么办？"她问道，"你还没有告诉我你的故事呢。"

"时机欠佳。"我说。

"时机？"她问。

"应该说，时代欠佳。"我一边说，一边迈步倒退。

"你真是个精灵古怪的小子，伊莱·贝尔。"凯特琳·施皮斯说。

"你愿意等吗？"我问道。

"等什么？"她问道。

从围拥着雷蒙德·利里的人群中，女保安洛琳向凯特琳高喊出声。"凯特琳，"她说，"他们有几个问题要问。"

凯特琳扭过头，向洛琳、警察和玻璃墙前的一幕扭过了头。而我拔腿狂奔。我使出全身力气冲上了史班街，两条细腿跑得飞快——不过，或许还是快不过圣诞节。

等等宇宙吧，凯特琳·施皮斯。等等我。

醉鬼初醒

一汪月塘，盈满这个城市的北部边缘。无论天涯还是海角，夜半时分的满月都将为奥古斯特·贝尔洒下清辉；所以，到了布瑞肯力治，到了亚瑟王与圆桌骑士的地盘，夜半的满月又怎么会弃小奥而去？

兰斯洛特街5号。罗伯特·贝尔的橘色小砖楼，位于昆士兰住房委员会在此处集中修建的一批橘色砖楼之中。这批橘色的小民宅，又正位于亚瑟街、高文路、珀西瓦尔街和杰兰特街[1]的山脚下。就在这里，路边坐着奥古斯特爵士/不语者，身旁是一只黑色邮筒，绑在一根久经风霜的杆子上。一根花园软管搁在奥古斯特的右腿上，他以拿捏得当的角度把兰斯洛特街的柏油路灌成了一汪平湖，清晰地倒映出一轮满月，清晰得仿佛可以看见倒影中的男子嘴唇湿漉漉，正用口哨吹着《乐队奏起了"丛林流浪"》。

我躲在一辆蓝色日产家用面包车后面，遥遥望向奥古斯特。面包车也泊在兰斯洛特街，跟兰斯洛特街5号相隔五栋建筑之处。奥古斯特抬头仰望明月，伸手折起花园软管，于是流水静止了下来，月塘静止了下来，倒映出一轮无瑕的银月。紧接着，奥古斯特拿起身边一根锈迹斑斑的高尔夫七号铁杆，站在原地，俯身向月塘望去，凝视自己的倒影。他把球杆颠倒过来，用握把的一头轻敲着月塘中央，眼中映出只有他才能望见的一幕。

随后，他抬起头，发现了我。

---

1. 本段中地名"亚瑟街""高文路""珀西瓦尔街""杰兰特街""兰斯洛特街"均出自亚瑟王与圆桌骑士的姓名。

"依我猜，你想说话的时候，还是可以开口的？"我说。

奥古斯特耸了耸肩膀，在空中匆匆写下了几个字。"对不起，伊莱。"

"说出来。"我说。

他垂下头，考虑片刻，抬起了头。

"对不起。"他开口说。

这家伙的声音听上去轻柔，脆弱，紧张兮兮，没有什么底气。听上去跟我很像。

"为什么，小奥？"我问。

"什么？"他答。

"你他妈的干嘛不肯开口说话？"

他吁出一口气。

"因为不说更稳妥。"他说，"不会伤害任何人。"

"你在瞎扯些什么啊，小奥？"

奥古斯特低头俯视着月塘，微微一笑。

"不说，就不会伤害到你，伊莱，"他说，"不会伤害到我们大家。有些事情我想说出口，但真要说出了口，那就会吓到人，伊莱。"

"什么事情？"

"头等大事。大家不会理解的事。如果我真的说出了口，人们会对我有所误解，会对我们一家有所误解，伊莱。然后，他们就会把我带走，那谁来照顾你呢？"

"我自己就可以照顾自己。"

奥古斯特微微一笑，点了点头。

我们的头顶亮着一盏街灯。这条街上所有人家都没有亮灯，只有我们家客厅的一盏灯例外。

小奥向我点点头，示意我过去。我站到他的身边，我们一起向月塘望去。"瞧好了。"小奥无声地说道。他用高尔夫七号铁杆的握把轻敲水面，一圈圈涟漪随之在月塘中散开，我们两人的水中倒影也随之破碎了十三次，十四次。

奥古斯特又凌空写下了一串文字。"你和我和你和我和你和我和你和我和你和我……"

"我没懂。"我说。

小奥在水面上轻敲了一下，向涟漪指了指。

"我觉得我快抓狂了，小奥，"我说，"我觉得我快疯了。我得睡上一觉。我感觉自己像在梦里行走，这一幕又是梦里逼真得不得了的结尾，我随时会醒过来。"

他点点头。

"我快疯了吗，小奥？"我问。

"你没疯，伊莱。"奥古斯特说，"但你与众不同。难道你从来没有觉得自己与众不同吗？

"我才不是什么与众不同呢，"我说，"我觉得，我只是累趴了。"

我们双双凝视着月塘。

"这么说，你现在要跟人讲话啦？"

奥古斯特耸了耸肩膀。

"我还没有想好。"他回答，"或许，我可以只跟你说话？"

"凡事总有个开始。"

"你知道我一声不吭的那些年悟到了什么？"

"悟到了什么？"

"人们说出口的话，绝大多数都没有说的必要。"他说。

他再次轻敲月塘。

"我一直在想莱尔对我说过的所有的话。"奥古斯特说，"他说过好多好多话，不过我觉得，所有话语加起来，都抵不过当初他揽住我的肩头一搂。"

"莱尔隔着餐桌到底跟你说了什么？"

"他跟我说了毒品在哪儿。"

"在哪儿？"我问。

"我不会告诉你。"小奥说。

"为什么？"

"因为他还跟我说，要保护你。"小奥说。

"为什么？"

"莱尔也知道你与众不同，伊莱。"

我把我的冒险之旅告诉了小奥，把我的任务告诉了小奥。我告诉小奥，我是如何遭遇了凯特琳·施皮斯；我告诉小奥，她是多么美，身上无一处不让人心动。"我觉得跟她似曾相识，"我说，"不过，这不可能，对不对？"

奥古斯特点点头。

"那天，你是怎么知道她的名字的？"我问道，"那天，你坐在家里的篱笆上，一遍又一遍地写下她的名字，难道这就是你刚才说过的'头等大事'之一？属于你心里有数、但又不能挑明的事情，因为不挑明才不会惹祸？"

奥古斯特耸了耸肩膀。

"我只是在报纸上见过她的名字。"他回答。

我把关于凯特琳·施皮斯的一切都告诉了小奥：她的脸，她的步态，她说话的模样。

我把一切都告诉了小奥：我如何从医院落跑，我如何与"蝙蝠侠"狭路相逢，我如何回到达拉区，如何回到密室，还有电话另一头的男子如何透露了关于老妈的消息。

正在这时，兰斯洛特街5号的客厅里传来一阵低沉的嘶吼，打断了我讲的故事。

"要命，那是什么鬼玩意？"我问。

"是我们老爸。"奥古斯特说。

"他这是要咽气了吗？"

"他在唱歌。"奥古斯特回答。

"听上去倒像是在和鲸鱼对话。"

"他是在为妈咪献唱。"奥古斯特说。

"妈咪？"

"每隔一夜，他就会唱上一次。"奥古斯特说，"他先灌下四杯啤酒，边喝边骂妈咪，骂得天翻地覆；接着，他再灌下四杯啤酒，边喝边为她歌唱。"

一阵阵诡异的号叫，颤巍巍地飘出了橘黄色砖房的推拉式大前窗。没有言辞，只有哀恸，某人正抓狂地放声高歌，流着口水，含糊不清，活像一个歌剧表演者把歌声越拔越高，却偏偏含着满嘴的弹珠。

透过前窗，可以望见电视发出的蓝色和灰色的光束，映照着客厅的墙壁。

我朝房子扫视了一圈。

这条街的所有房屋都归住房委员会所有，住房委员会的房屋又都是一个模样：矮墩墩、丁点大的民宅，带有三间卧室。迈上两级台阶，就能踏上通向房屋左侧的门廊和一条通向房屋后门的水泥坡道。我父亲没有修剪兰斯洛特街5号的屋前草坪，也没有修剪兰斯洛特街5号的后院草坪。只不过，他修剪屋前草坪必定比修剪后院草坪要勤快，因为屋前草坪上的草高及我的膝盖，后院草坪上的草已经高及我的鼻子。

"这鬼地方烂到家了。"我说。

奥古斯特点点头。

"我们得去见她一面，小奥，"我说，"我们得去见老妈一面。

她只需要见我们一面，然后她就会没事的。"

我向着起居室的窗户点点头。

"他会带我们去见她的。"我说。

奥古斯特歪了歪头，满脸怀疑的神情。他一句话也没有说。

*

奥古斯特和我踏上兰斯洛特街5号的前门廊，鬼哭狼嚎的歌声变得越发震耳欲聋。"嗷嗷嗷嗷嗷哦啊哦呜呜呜呜呜呜呜呜。"歌声中隐隐透出痛楚，透出狗血剧情。

一声声诡异的颤音，毫不连贯，夹杂着一支关于黑夜、命运与死亡的歌曲。

奥古斯特领着我穿过一扇厚厚的木头大门，大门被草草地漆成了深棕色。

客厅地板也是深棕色的木头，没有抛光。入口处旁边有一个20世纪60年代的米色橱柜，里面只摆着六七个旧马克杯，一只棕色的碗，碗里摆着木头香蕉、木头苹果和木头橘子。客厅的纤维板墙壁刷成了桃红色，每堵墙上都布满大洞、小洞和凹痕，大洞、小洞和凹痕之间又点缀着一团团白——是有人刮腻子堵住了墙上破洞留下的痕迹。客厅墙上还挂着一幅镶框版画，画中人是个穿着白色连衣裙的漂亮女子，身处池塘中的一叶小舟，伸出了双臂，脸上有种绝望的神情。

我父亲并没有发觉我们兄弟俩进了屋。吞云吐雾加上20世纪60年代的迷幻摇滚乐，正让他飘飘欲仙呢。他跪在离电视机半米远的地板上，电视机的音量没有开，屏幕上全是一片雪花。我父亲的胳膊肘颤巍巍地倚上了一张白色方形咖啡桌，桌上有不少划痕，露出一层层颜色各异、年代各异的漆，活像一根掰开的超

227

大棒棒糖。他光着右脚，旁边是一只黄色塑料杯，看上去跟我念小学时用来猛灌果露的杯子差不多。塑料杯旁边是一只银色盒装酒软袋内胆，已经被拧得不堪入目。

罗伯特·贝尔刚才一阵鬼哭狼嚎，原来是想跟着大门乐队一起唱歌——电视机旁边的立体声音响正开足了音量，播着大门乐队的歌呢。

我父亲又扯开嗓子号了起来，唱到高音就破音，唱到低音就口沫横飞。他跟不上大门乐队主唱吉姆·莫里森所唱的歌词，于是干脆朝后一仰头，放声嘶吼：一群深夜之狼只怕随时会应召现身，朝他奔来吧。他有一副瘦巴巴的身材，却长着啤酒肚，留着花白的平头。若说莱尔是约翰·列侬，眼前此人就是乔治·哈里森，枯瘦而阴郁，活像一抹森森鬼影。他穿着一件白色背心，一条蓝色"斯塔碧"牌短裤；他本来该是四十上下的年纪，却活像年届五十。至于他身上的文身，看上去简直足有六十高龄，正如莱尔身上的刺青，是很早以前在某家地下作坊文的：我父亲的右前臂上文了一条缠绕十字架的蟒蛇，右小腿上文了一艘巨舰，或许是泰坦尼克号，上方写着S.O.S.几个字。

一头怪物，在客厅烟雾缭绕的角落里唱着歌，蜷着，跪着，号叫着。看上去，这头怪物原本理应困在某个地下室中，与伊戈尔[1]及其朋友为伍，比如龙虾小子和骆驼姑娘。我父亲苍老、沧桑的脸上粘着一截棕色口香糖，在口香糖下，他那布满血丝的右眼在眼窝里动了起来，发现了我。

"嗨，老爸。"我打了个招呼。

他的眼神落在我身上，一张脸不停地抽动，随后伸出右手在

---

1. 伊戈尔，即 Igor，有时也作 Ygor，是个模式化角色，诸多哥特式反派的实验室助理，常见于恐怖电影。

咖啡桌下摸索着什么东西。他找到了一把斧头柄，是一根匀称而坚硬的棕色木棒，只不过顶端缺了斧头。他紧攥着这件武器，摇晃着站了起来。"什什什什什什什什什什什什……"他嗥叫道，"什什什什什什什什什什什什……"他自己的尿浸透了他的短裤。他咬牙切齿，口吐白沫，千方百计想说点什么，千方百计想要说出几句话。他直勾勾地盯着我，身子摇来晃去，最后终于站稳了脚跟。"唔唔唔唔唔唔唔唔唔。"他唾道，舔了舔嘴唇，又说了一遍，"唔唔唔唔唔唔唔唔唔。"接着，他又试了一遍。"贱贱贱贱贱贱贱贱贱贱贱贱货。"他恶狠狠地说，上气不接下气，费尽全身力气想把话说出口。紧接着，我还没有来得及回过神，他已经一步步向我直扑过来，高举着手中的斧头柄，作势就要挥棒。

"贱贱贱贱贱贱贱贱贱贱贱贱货。"他厉声喊叫。

我却呆立原地。除了赶紧伸臂抱住脑袋，我的大脑已经拿不出更佳的防御方案。

只不过，奥古斯特爵士/不语者，也即奥古斯特爵士/勇者，已经闪身站到了我的身前。奥古斯特伸出紧握的右手拳头，以一记完美的勾拳击中了我父亲的左太阳穴，又趁着那手持斧柄的男子弯下腰，伸出双手攥住了他的汗衫后背，猛推了一把。男子原本正朝前猛冲，在这一推之下，他醉醺醺的脑袋顺势咣当撞上了我们兄弟身后桃色的墙壁。我父亲的脑袋活生生在墙上磕出了一个洞，接着耷拉下来，他已经不省人事，整个人瘫倒在没有抛光的木地板上。我们兄弟俩俯视着他。他的嘴唇紧贴地面，闭着眼睛，手里还握着斧头柄。

奥古斯特呼出一口气。

"不要担心。"小奥说，"没喝醉的时候，他其实还蛮招人爱。"

*

奥古斯特打开厨房里的老式冰箱。冰箱上满是铁锈，我一碰它，双手就染上了青铜色的印子。

"不好意思，可吃的东西很少。"奥古斯特说。

冰箱里有一瓶水，一盒黄油，一罐腌洋葱，保鲜储藏格底部还有一团霉乎乎、黑黢黢的玩意，正在默默生长：可能是一块吃剩的牛排吧，或者是矮个子地精。

"你晚餐都吃什么啊？"我问小奥。

奥古斯特拉开食品储藏间的门，伸手朝着六大包鸡肉面一指。

"几天前买的。"他说，"我还买了一袋冷冻蔬菜，拌在面里吃。要我给你弄一点吗？"

"不用啦，多谢。我只是得赶紧睡上一觉。"

我又跟在奥古斯特屁股后面往回走，路上经过父亲，他正摊手摊脚地躺在客厅里，依然昏迷不醒。我们兄弟俩穿过走廊，来到左侧的第一间卧室。

"我就在这里睡。"奥古斯特说。这间屋铺着深蓝色的地毯，左侧墙边摆着一张单人床，床的对面是一个旧衣橱，衣橱上米色的油漆已经渐渐剥落。

"你可以挨着我在地毯上挤一挤。"奥古斯特提议道。

他又指了指走廊尽头的卧室。

"老爸的卧室。"他解释道。

我望向奥古斯特卧室隔壁的一间屋。那个房间关着门。

"这间怎么样？"

"这间是书房。"奥古斯特回答。

"书房？"我说。

奥古斯特打开那间屋的门，又拍亮电灯。屋里没有床，没有衣柜，墙上也没有画。只有书。书本并非整整齐齐地摆放在书架上，因为屋里根本没有书架，只有堆成山的一本本书，大部分是平装书，从屋子四个角落一路堆了起来，在屋子正中堆到最高峰，高及我的视线。除了数以千计的书堆成火山状，房间里别无他物：惊悚小说、西部小说、爱情小说、经典著作、动作冒险小说，以及大部头的数学、生物、人体运动学教科书、诗歌、澳大利亚历史、战争、体育和宗教书籍。

"这些都是他的书？"我问。

奥古斯特点点头。

"他从哪儿弄来这么多书？"

"从二手店买的。"奥古斯特说，"依我猜，这些他都读过。"

"没门。"我说。

"我可说不好，"奥古斯特说，"反正他什么也不干，只读书，喝酒。"

小奥朝走廊尽头的卧室点点头。

"早上他很早就醒，五点钟左右，起床后把他每天要抽的烟全部卷好，可能要卷上三四十支，然后就一边看书，一边抽卷好的烟。"小奥说。

"不从屋里出来吗？"

"喝酒的时候就会出来。"小奥说，"还有他想在电视上看《世纪交易》节目[1]的时候。"

"这日子过得猪狗不如。"我说。

奥古斯特点点头。

"没错，不过他答《世纪交易》节目的难题倒是很溜。"

---

1. 此处指澳大利亚版《世纪交易》，是一款澳大利亚游戏节目，1980年7月至2001年11月在澳大利亚九号电视台播出，在澳大利亚人气很高。美国版电视游戏节目《世纪交易》则于1969年在NBC始播。

"我要尿尿。"我说。

奥古斯特又点点头，迈步向紧挨老爸卧室的洗手间走去。那扇大门刚一打开，我们俩都被陈年尿味和啤酒味呛得往后一缩。

塑料马桶盖上是几张撕成方形的《信使邮报》，奥古斯特用这些纸来擦屁股。

洗手间既不太长也不太宽，刚够容下一个陶瓷马桶和一扇敞着的门。地上积着我爸的一摊尿，足有一英寸深。屋角有一块毛茸茸的黄色洗手间垫子，颜色跟小鸡一样嫩黄，已经浸泡在尿液里，旁边倚着马桶刷。

"喝到第五杯以后，他就怎么也瞄不准了。"奥古斯特伫立在老爸的那摊尿旁，解释道，"如果嫌脏，你可以在洗手间外朝里尿。只要你火力够猛，从这儿就能尿进去。"

于是，我紧挨那一摊尿站好，拉开了裤子拉链。

*

奥古斯特从走廊的橱柜里取来一条床单和一条毛巾。到了他的卧室，他把毛巾卷成枕头，好让我枕着睡。我躺在深蓝色的地毯上，盖上床单。奥古斯特伫立在卧室门口，抬起右手，准备关掉电灯。

"你还行吗？"他问。

"唔，我没事。"我说着伸直两条腿，以便睡得舒服些。

"很高兴见到你，小奥。"我说。

"很高兴见到你，伊莱。"他说。

"很高兴跟你说话。"我说。

他露出了笑容。

"很高兴跟你说话。"他说，"好好睡吧，一切都会好起来的。"

"你真这么觉得？"我问。

他点了点头。

"不要担心，伊莱，"他说，"会好起来的。"

"什么会好起来的？"

"我们的生活。"

"你怎么知道它会好起来？"我问。

"电话另一头的男人告诉我的。"他说。

我也点点头。不，我们并没有疯。我们只是累趴了。我们只是得睡上一觉。

"晚安，小奥。"我说。

"晚安，伊莱。"他说。

灯熄了，黑暗充斥着整间屋。奥古斯特走到我身旁，准备爬上他的床。他躺下的时候，我听见床上的弹簧吱嘎沉下。一片静寂。伊莱·贝尔与奥古斯特·贝尔，又一次双双待在一间黑漆漆的卧室里。麻秆曾经说，他有时会在黑暗中睁开眼，在地下苦牢"黑彼得"无边无际的黑暗中，他会假装那片黑暗根本不是黑暗。只不过是太空哩，是外层空间，是宇宙深处，麻秆说。

"小奥？"

"我在。"

"你觉得莱尔还活着吗？"我问。

静寂。好一阵静寂。

"小奥？"

"我在。"

"噢，"我说，"我只是想看看，你是不是又不开口说话了。"

静寂。

"求你不要不跟我说话，小奥。我很喜欢跟你说话。"

"我不会不跟你说话的，伊莱。"

静寂。宇宙深处般的静寂。

"你觉得莱尔还活着吗？"我问。

"你觉得呢，伊莱？"他问。

我思索着。我经常思索这个问题。

"你还记得，以前莱尔提起帕拉玛塔鳗鱼队的时候说过什么吗？他心里明明很有数，鳗鱼队就要吃瘪，但他嘴上又死活不肯承认的时候？"

"记得。"奥古斯特说。

静寂。

"你记得他说了些什么吗？"我问。

"记得。不好意思，我刚刚在空中写出来了。"奥古斯特说。

"好啊，"我说，"反正我也不想说。"

就让那些话悬在虚空之中吧。或许，莱尔·奥尔利克也可以托身虚空之中，托身在我的脑海中。我的心中。我的怒火之中。我的复仇之中。我的怨恨之中。在那即将来临、属于我的时代之中。在我的宇宙之中。

"你还记得我们把桑葚吃光光的那天吗？"奥古斯特问。

我记得。是从我家屋后邻居多特·沃森家伸过来的一棵桑树，懒洋洋地垂过了我家位于达拉区的后院篱笆。那天是麻秆在照顾我们兄弟俩，但他没有发现我们吃了好多好多又大又紫的桑葚，直到午餐后，我活生生吐出了一条紫色河流。我奔出了紧挨洗衣房的后门，可惜已经来不及奔上草地；我跑一路吐一路，吐出了一条通向晾衣绳的紫色小河。紫色污渍溅上了混凝土，仿佛有人弄洒了一瓶上等红酒。可惜的是，麻秆毫不同情我那痛得死去活来的肚子，反倒逼着我用清洁剂和热水把污渍打扫干净。等到我收拾完烂摊子，麻秆说，他想做个桑葚派，学一学他曾经在南部一家男童收容所里吃过的桑葚派。

"还记得麻秆给我们讲的那个故事吗，吞下宇宙的男孩的故事？"奥古斯特问。

那天，我们正从树上摘桑葚，麻秆开口给我们讲起了故事，是他在博格路监狱读到的故事，一个关于某位神明或者某个奇人的故事。据麻秆声称，此人所属的宗教不是我们所知的"木十字架"那一款，不是奉耶稣为尊的宗教，而是来自印第安纳·琼斯钟爱踏足的地方。麻秆说，曾经有个与众不同的小子，一位奇人，这小子跟着一帮年纪比他大一些的孩子到处跑，在一棵巨大的果树旁玩耍。大孩子们不肯让这小子跟他们一起爬树，因为他只是个小屁孩，但他们让他去捡从树上掉下来的果子。大孩子们警告这小男孩，不许吃果子，因为果子不干净。"认真捡果子就行。"一个大孩子说。但是，小男孩捡起地上又大又多汁的紫色果子，开始一个接一个地往嘴里塞。他拼命吃着果子，仿佛中了邪，狼吞虎咽地吃，也不管捡的是果子还是泥土，总之一团团塞进他那嚼个不停的嘴里，以至于他的嘴角淌出了紫色的果汁之河。"你搞什么鬼啊？"大孩子们问，"你到底在干什么？讲清楚，回答我们，回答我们所有的问题。"只不过，小男孩一句话也没有讲。他一声不吭，嘴里塞满了沾着土的水果，说不出话来。大孩子们让他住嘴不要再吃，但男孩依然埋头大吃，于是大孩子们跑去搬救兵，找来了男孩的妈妈。"你儿子在吃泥巴！"大孩子们喊道。男孩的母亲气得要命，逼着儿子张开嘴，让她瞧瞧他有多冒失，有多贪心，有多癫狂。"张开你的嘴！"她尖声高叫。于是小男孩张开了嘴，母亲朝里一望，望见了树木葱茏、白雪皑皑的群山，望见了蓝天，望见了宇宙中的一众繁星、明月、行星与太阳。母亲紧紧地搂住了她的儿子。"你是谁？"她低声问道，"你是谁？你究竟是谁？"

"他究竟是谁？"我问麻秆。

"他就是那个手握所有答案的小子。"麻秆回答。

*

　　我对着卧室的一片黑暗开口说话。

　　"那小子心中有整整一个世界。"我说。

　　"那小子吞下了整个宇宙。"奥古斯特说。

　　黑暗之中，一阵静寂。

　　"小奥。"我说。

　　"怎么啦？"奥古斯特回答。

　　"红色电话另一头的男人是谁？"

　　"你真想知道？"

　　"是啊。"

　　"依我看，你还没有准备好。"他说。

　　"我准备好了。"

　　宇宙之中，好一阵静默。

　　"你刚刚把答案在空中写出来了，对不对？"我问。

　　"没错。"小奥回答。

　　"求你告诉我吧，小奥。红色电话另一头的男人究竟是谁？"

　　宇宙之中，好一阵静寂。

　　"是我，伊莱。"

四面楚歌

伯克贝克老师办公桌上那台电话旁，有一个在弹簧圈上蹦跳的塑料圣诞老人，我就是靠着它来牢记伯克贝克老师。12月，第二周，学校放假前最后一个星期。圣诞即将来临，雪橇铃声响起，你在听吗？

波比·伯克贝克是纳什维尔公立中学的辅导老师，有着灿烂的笑容和水泼不进的乐观劲头。尽管身处的世界随处可以见到少女堕胎，见到十六岁少年吸毒成瘾，见到布瑞肯力治郊区的恋童癖者对一群具有极强攻击性行为障碍的男孩动手动脚，这些男孩的家长却又极度无知，全然蒙在鼓里，干脆跟布瑞肯力治的郊区恋童癖者一起共进晚餐，波比·伯克贝克的乐观劲头却依然不曾动摇。

"说实话，伊莱，"伯克贝克老师开了口，"我还真拿不准，校方干嘛不干脆把你踢出校门。"

纳什维尔公立中学，跟美国田纳西州没有半点关系[1]。纳什维尔是位于布瑞肯力治与布莱顿之间的郊区，再往北可至雷德克里夫，直到纳什维尔被时间与前进的脚步抛在了身后。从我家走路去纳什维尔公立中学，只需要三十分钟，路上要穿过一条设在公路下方的隧道，这条公路会把本地居民带至阳光海岸。我入读这所学校，已经六个星期了。入校第二天，我正从社科大楼的饮水机旁经过，一个十年级男生鲍比·利内特莫名其妙朝我的左肩吐了一口唾沫，算是欢迎新生的礼仪。说起来，那还真是无比丰盛的一大口，噗地喷射出来，满是黄腻腻的痰和鼻涕。鲍比·利内

---

1. 美国田纳西州戴维森县也有一个"纳什维尔"。

特就坐在社科大楼的书包架上哈哈大笑，身边簇拥着一帮咯咯傻笑的兄弟，每个人都满脸青春痘，留着"鲻鱼头"[1]发型，恰似几头鬣狗。鲍比·利内特抬起右手，又弓起右手的食指，向周围挥了挥。"你的食指，你的食指，在哪里？在哪里？"他开口用《两只老虎》的调子唱起了歌，活脱脱像是个幼儿园老师。

我耷拉下脑袋，望了望自己那根缺失的食指。我的皮肤正在日渐夺回伤口上的地盘，慢慢地绕着骨头愈合，但我还不得不在伤口上敷一块小小的纱布——对于鲍比·利内特这类校园一霸来说，算得上是越发惹眼了。

紧接着，鲍比·利内特又"变"出了他的食指。"在这里啊，在这里。"他狂笑着说，"该死的怪胎。"

鲍比·利内特今年十五岁，有双下巴，已经长出了胸毛。我入读纳什维尔公立中学的第三周，鲍比·利内特的一帮兄弟摁住我，鲍比把学校小卖部买来的一整瓶番茄酱挤在了我的头发上，和我的衬衫后背。我没有向老师报告，因为我不希望校园霸凌这种司空见惯的破事打乱我的计划。奥古斯特替我抱不平，要用老爸的鱼刀在鲍比·利内特的肋骨上捅一刀，但我劝他收手，因为我心里有数：首先，早就不该再让奥古斯特替我出头了；其次，奥古斯特插手，也会打乱我的计划。我入读纳什维尔公立中学的第六周刚刚开始，也就是上周一，我放学回家经过地下通道的时候，鲍比·利内特从我的肩上攥下了我的帆布书包，把它点燃了。我望着书包葬身熊熊烈焰，而我眼中熊熊的火焰在内心深处告诉自己：就在此刻，鲍比·利内特刚刚打乱了我的计划。主要原因在于：我的计划就装在那只书包里。是一本印着蓝线的学校练习簿，整整一本，里面白纸黑字写满了我的点子，写满了我精心构

1.鲻鱼头，一种发型，头发在头顶和两鬓都被剪短，而在后脑勺留长。

思的妙策。练习簿里有日程安排,有图表,还有爪钩、绳索和墙壁尺寸的草图。其中的神来之笔,则是在练习簿的中缝页上,用铅笔绘制而成——乃是"博格路胡迪尼"亲授我的监狱情报,无比珍贵。一幅无可挑剔的鸟瞰蓝图,由2B铅笔绘制,图中正是博格路女子监狱的场地与建筑布局。

"你怎么干得出这……这等……暴行?"隔着办公桌,波比·伯克贝克老师质问我。

伯克贝克老师的穿着酷似我老妈痴迷的某位60年代歌手,伯克贝克老师的穿着酷似梅兰妮·萨夫卡。她叠起双臂搁在办公桌上,宽松长裙火红色的衣袖从她的手肘处垂下来,半似正在主持"熏烟仪式",半似正在阳光海岸腹地兜售树雕制品。

"我是指,校园里就不该出现这类行径。"她说。

"我懂,伯克贝克老师,"我诚意满满地说,尽力让自己的计划重回正轨,"这类行径就不该出现在校园里,出现在监狱放风场里还差不多。"

"说得对啊,伊莱。"伯克贝克老师回答。

确实很对:波比·伯克贝克老师提到的"暴行",本来就照搬自博格路监狱一号放风场,不过是将狱中暴行略施一二而已;所需的道具,只有一只枕套、某件耐打的宝贝,再加上一个不耐打的膝盖。

当天早上十点钟,我从八年级的家政课上偷了一只枕套。我们正学缝纫嘛。班上的男生大部分就缝补一下手帕,但家政课上的顶尖高手,比如温迪·多克,会缝出带有澳大利亚飞禽走兽绣花图案的枕套。在温迪·多克的笑翠鸟枕套里,我又塞进两块重达五公斤的杠铃片——那是上午十一点钟,我趁着上健康体育课的时机,从运动器材室偷来的。

中午十二点十五分,午餐铃敲响,没过多久我就发现:鲍比·利内特站在中庭手球场的一队人里，被他那帮鬣狗兄弟拥在中间，正狼吞虎咽地吃着一个澳洲春卷。

我迈步向鲍比走去，用的是我的笔友亚历克斯·贝穆德斯（也就是摩托车黑帮"反叛者"的前任昆士兰护法）所传授的招式。据亚历克斯称，若要靠近浑然蒙在鼓里的猎物，冷不丁捅他一刀子，那就该出此着儿。我熟知亚历克斯信中的词句，正如我熟知梅兰妮·萨夫卡《雨中蜡烛》一曲的歌词：

你要从背后向猎物下手，将刀捅进猎物的体内，尽可能地靠近肾脏；挨了刀的猎物会像一袋土豆一样瘫软下来。关键在于：一方面要捅得够狠，好歹也要刺中对方；另一方面又要捅得够巧，以免被控谋杀——实在是个微妙的平衡啊。

我迈开快而狠的碎步，朝鲍比走去，枕头套绷得好紧好紧，五公斤的杠铃片顿时化作了一只绣着笑翠鸟图案的棉布狼牙棒。我用尽全力朝鲍比的右肾挥动狼牙棒，对准了他那条灰色校服短裤的正上方。鲍比的澳洲春卷应声跌落，他向右弯下腰，像一摊烂泥一样倒下，又痛楚，又震惊。鲍比认出了我的脸，脸上燃起了怒色，但他还来不及回过神，我已经再次使出全力，抡圆胳膊揍上了他的右腿膝盖。这一击揍得够狠，足够让对方尝到厉害；这一击揍得也够巧，不至于害我自己被学校开除。鲍比用左脚单足蹦了两步，不顾一切地抱紧他那被揍惨了的右腿膝盖，然后仰面朝天倒在了手球场扎人的柏油地面上。我伫立一旁，俯视鲍比，在他的头顶高举起裹了杠铃片的枕套，猛然悟到了一件事：十年来，我心中的万丈怒火，是我父亲给我的唯一礼物。

"孬——种！"我低下头，冲着鲍比的脸高喊一声。我口沫横飞，那喊声太响，太原始，太癫狂，太让人毛骨悚然，鲍比的狐朋狗友吓得从我们身边后退了好几步，好像他们正急吼吼从篝火旁边往后退，篝火堆里还有一桶熊熊燃烧的汽油。

"收手吧。"我说。

鲍比已经哭出了声。他惊恐万分，一张脸涨得通红，竭力想要躲开那只裹着杠铃片的枕套，我差点以为他的脑袋会钻到手球场地下去呢。

"拜托收手吧。"我说。

*

伯克贝克老师的办公室点缀着各种彩绘的飞禽走兽，通通是铝制品：在伯克贝克老师身后，墙上有一只雄鹰展翅飞翔；在我的右侧，文件柜上方的墙上趴着一只绿色青蛙；在我的左侧，墙上是伯克贝克老师亲手所画的一棵桉树，一只考拉正抱着这棵桉树。以上种种飞禽走兽，又一起烘托出了这间办公室当之无愧的重头戏：一幅巨型镶框壁饰，上面一只企鹅正迈着小碎步在辽阔的冰原中疾奔，企鹅下方写着一句话——"**所谓受限：除非张开双翼，不然你不会知道自己能走多远。**"

伯克贝克老师的办公桌上，紧挨电话的地方，是一只为谢莉·霍夫曼筹款的投币箱。

为了谢莉着想，我倒宁愿波比·伯克贝克老师能把墙上这张写着"受限"标语的企鹅海报取下来。

筹款投币箱上印着谢莉的一张照片，相片中的她身穿纳什维尔公立中学的校服，面露笑容，笑得龇牙咧嘴——当某位猪头摄影师非要照相的小孩笑得更卖力一点，照相的正主又偏巧是个小滑头（比如谢莉），他们恐怕就会挤出这种过火的笑容。谢莉是我的同学，一起念八年级。她家住在我家转过街角的地方，托尔街上住房委员会所属的一栋民宅，奥古斯特和我步行去上学，路上就会经过她家。四个月前，谢莉的父母得知：他家四个孩子当中，排行老二的女儿将在肌肉萎缩症中度过余生。奥古斯特和我都蛮喜欢谢莉，尽管她是个成绩优异的高才生。至今为止，在布瑞肯力治，我们兄弟俩也就交上了她这么一个朋友。谢莉一天到晚让我跟她对决，在她家前廊上掰手腕；她一天到晚都在赢，毕竟她的胳膊比我长，比我有力，凭借杠杆之力就足以打趴我。掰赢我的时候，谢莉会说："唔，还没有拿出真本事呢。"她还说，等到有朝一日掰手腕输给了我，她就明白，肌肉萎缩症已经全面爆发了。因此，纳什维尔公立中学正在号召大家捐款，准备用筹到的钱把谢莉家屋里屋外都装上轮椅坡道，再在浴室、谢莉的卧室和厨房里装上扶手。用谢莉自己的话讲，差不多算把整栋房子改造得像"一个他妈的残废人之家"。校方还希望为霍夫曼一家购买一辆让轮椅通行无阻的家用面包车，好让霍夫曼一家依然可以开车送谢莉去布里斯班东侧的曼利，因为谢莉钟爱遥望曼利区的一艘艘小船、游艇和锡制划艇向摩顿湾的天际线驶去。为了谢莉家的改建，校方的筹款目标是七万块，目前已经筹到了六千两百十七块，用谢莉自己的话讲，差不多算是筹到了"半条轮椅坡道"。

伯克贝克老师清了清嗓子，隔着办公桌向我俯过身。

"我给你父亲打过四通电话，他一次也没有接。"伯克贝克老师说。

"他向来不接电话。"我答道。

"为什么？"

"因为他不喜欢跟人搭话。"

"你可以拜托他给我打个电话吗？"

"他不会打的。"

"为什么？"

"我家的座机只能接电话，它能拨出的唯一号码是三个零。"

"那你能拜托他来学校见我一面吗？事情十分紧要。"

"我可以转告，不过他才不会来呢。"

"为什么？"

"因为他不爱出门。其实吧，只有凌晨三点至六点期间，四下里没有人的时候，他才会出门。不然，就是他醉得死去活来、猫尿偏偏又喝光了的时候。"

"说话正常点。"伯克贝克老师说。

"不好意思。"

伯克贝克老师叹了口气，往后一仰，倚在椅子上。

"他有没有带你和奥古斯特去见你母亲？"伯克贝克老师问。

*

到兰斯洛特街5号的第一夜过去后，我睡过了头。一觉醒来，我发觉奥古斯特的床上空荡荡的；我自己呢，因为昨天晚上把卷好的浴巾当枕头睡，脖子僵得很。我走出奥古斯特的卧室，沿着走廊往前走，经过我父亲敞开的卧室门，准备去上洗手间。我望见老爸躺在床上，在读书。我推开洗手间的门，发现洗手间的地面已经变得干干净净，散发着消毒剂的味道。我尿了好长一泡，又进了紧挨洗手间的浴室。浴室有着四面白生生的墙壁，一个黄色的浴缸，一张长了绿霉的浴帘，一面镜子，一个洗手池，一小块孤零零、快用完的黄肥皂，一把灰绿色的塑料圆梳。我凝望着镜中自己面如菜色的影子，一时间竟然说不清，我变成这副鬼样子，到底是因为肚子饿，还是因为接下来不得不开口，向浴室门后那间卧室里正在看书的那个人问一个问题。我敲响了他的卧室门，他向我转过身，我竭尽全力掩饰自己正定睛打量他那张阴沉的面孔；谢天谢地，幸好他的卧室充斥着朦胧的蓝灰色烟雾，宛如在我们之间掩上了一帘轻纱。

"我们可不可以去探望妈咪？"我还是问出了口。

"不可以。"他回答。

紧接着，他又埋头读起了书。

*

伯克贝克老师叹了一口气。

"已经六个星期了，我求过他一百次，他反正是没有改口。"我说。

"你觉得，他为什么不愿意带你们去探望她？"伯克贝克老师问。

"因为他还爱着妈咪。"我答道。

"那不正好意味着，他想要见她？"

"不对，因为他同时也恨她。"我说。

"你有没有想过，你父亲有可能是在保护你们，好让你们远离尘嚣？或许他认为，你们不应该在那种环境下见到你母亲。"伯克贝克老师说。

不，我从来没有想过。

"你有没有跟你妈妈谈过？"伯克贝克老师问。

"没有。"

"她打电话到家里了吗？"

"没有。我也不指望她会打电话过来，她的情况不太妙。"

"你怎么知道？"

"我反正就是知道。"

伯克贝克老师的眼神落到了我的右手上。

"再跟我说说，你的手指是怎么断的？"

"奥古斯特用斧子砍掉了我的手指，不过，他不是故意的。"

"奥古斯特发现自己铸下大错的时候，一定伤心得要命吧。"

我耸了耸肩膀。"这事他倒是泰然处之，"我说，"奥古斯特这人就不会'伤心得要命'。"

"你的手指现在怎么样？"

"挺好，在愈合中。"

"还能写字吗？"

"能啊，有点烦人，但也还凑合。"

"你喜欢写东西，对不对？"

"没错。"

"你喜欢写什么呢？"

我耸了耸肩。"有些时候，我会写真实的犯罪故事。"我说。

"哪一类？"

"任何类型都有。我爱读《信使邮报》的犯罪特写报道，然后仿写自己的版本。"

"这是你的目标，对不对？"

"什么目标？"

"笔伐犯罪。"

"反正有朝一日，我会给《信使邮报》的犯罪特写版写稿。"

"你对犯罪感兴趣？"

"与其说我对犯罪感兴趣，不如说我对犯罪的人感兴趣。"

"他们身上有什么让你感兴趣？"

"我感兴趣的，是他们如何走到了这一步。我感兴趣的，是他们决定为恶而非为善的那一刻。"

伯克贝克老师后仰倚在椅子上，认认真真审视着我的脸。

"伊莱，你知不知道什么叫作'创伤'？"她问。

伯克贝克老师的嘴唇好厚，深红色口红涂得好浓；我将用波比·伯克贝克老师的红宝石珠子项链去牢记"创伤"一词。

"知道。"我回答。

我会牢记我的计划。

"你知道创伤会以多种形式向我们袭来，隐藏在各式伪装之后吗，伊莱？"伯克贝克老师问。

"知道。"我回答。

"创伤可能稍纵即逝，创伤也可能会纠缠一生，不是说断就能断的。"

"没错。"

跟着计划走。

"奥古斯特和你都遭受了巨大的创伤，对吧？"

我耸了耸肩，朝她办公桌上的募捐投币箱点了点头。

"唔，反正比谢莉差远了。"我回答。

"说得没错，不过那是另一种创伤。"伯克贝克老师说，"谢莉的不幸，并没有罪魁祸首。"

"前几天，谢莉还说，上帝是个混球。"我回答。

"别说粗口。"

"不好意思。"

伯克贝克老师探身越过办公桌，朝我又凑近了些，伸出右手合上了左手。她端坐的姿态显得颇为虔诚。

"我想说的是，伊莱，创伤和创伤造成的影响，可能会改变人们的思维方式。有些时候，它会让我们相信一些虚假的说法；有些时候，它会改变我们看待世界的方式；有些时候，它会让我们做出一些通常不会做的事情。"

诡计多端的伯克贝克老师，活生生要把我吃干抹净呢，竟然套我的话，想让我透露断指的端倪。

"没错，依我猜，创伤确实难以捉摸。"我回答。

伯克贝克老师闻言点了点头。

"我需要你的帮助，伊莱。"她说，"你瞧，我必须向学校高层解释，校方为什么应该再给你一次机会。我相信，你和你哥哥奥古斯特，会成为纳什维尔中学的有用之才。我相信，你和奥古斯特其实与众不同。但是，我需要你帮我一把，伊莱。你愿意帮我吗？

我会牢记我的计划。

"唔……好吧。"我回答。

伯克贝克老师拉开办公桌右侧的一只抽屉，取出一张用橡皮筋扎好、卷起来的牛皮纸。

"这是两天前，你哥哥在美术课上画的一幅画。"她说。

她取下纸卷上的橡皮筋，橡皮筋随之噼啪作响。她展开那张纸，把纸上的图像给我看。

整幅画总共三种颜色：蓝色、绿色和紫色，画得十分生动。奥古斯特画出了天蓝色的霍顿"金斯伍德"魔车，泊在一片海底。车身周围摇曳着茂密的翠叶，一只海马在水下腾跃而过——小奥画出了我的梦中场景。

"这是谁，伊莱？"伯克贝克老师朝画中坐在汽车驾驶座上的男子一指，问道。

我会记住我的计划。

"依我猜，是我爸。"我回答。

"这是谁？"她又朝霍顿"金斯伍德"魔车的后座一指，问道。

我会记住我的计划。

"是奥古斯特。"

"这又是谁？"她问。

我会记住我的计划。

"是我"。

"我明白了，"伯克贝克老师柔声说，"伊莱，那你能不能告诉我，你们为什么都在呼呼大睡？"

这破事真的很有可能打乱我的计划。

呼救之声

　　离圣诞节还有五天，我实在睡不着。我们这间卧室的单层推拉窗既没有窗帘，也没有百叶帘，蓝盈盈的深夜月色照耀着奥古斯特从床上垂下的右臂。我难以入眠，因为我的床垫很扎人，闻上去还有股尿味。我爸这张床垫是科尔·劳埃德给的，科尔是个澳大利亚原住民，他、他太太凯莉和他家五个孩子也住在兰斯洛特街，离我家五幢民宅的地方。科尔·劳埃德家十二岁的长子叫作泰，我睡的橙色泡沫床垫以前就归他所有。总之，尿味烦得我睡不着，但真正让我打起精神的，却是那个计划。

　　"小奥，你听见动静了吗？"我问。

　　小奥默不作声。

　　是一声呻吟。"唔唔唔唔唔唔唔唔唔唔。"

　　应该是老爸。今天晚上他滴酒未沾，因为他已经一连三天猛灌猫尿了。灌猫尿的第一夜，老爸喝得酩酊大醉，于是奥古斯特和我趁他在电视上看《西部执法者》，从客厅沙发下面的缝隙钻了过去，把我老爸那两只Volley帆布鞋的鞋带绑到一起。结果等到我老爸站起身，冲着屏幕上的联邦军败类破口大骂，痛斥其中竟有蠢货蠢到弄死了片中男主克林特·伊斯特伍德的老婆孩子，他就一头栽倒下来，哗啦瘫在咖啡桌上。他一口气跌了三次，才发觉自己脚上的鞋带被绑在了一起，于是他开口发誓（连珠炮一样号了一堆语无伦次、含糊不清的字词，其中至少骂了二十三回"贱货"），要在后院把我们两个臭小子活埋，紧挨着那棵死翘翘的澳洲坚果树。"屁呢！"——奥古斯特听后，举起食指，耸了耸肩膀，在空中写下了两个字，然后起身把电视频道调到了澳洲七号电视网正在播放的《鬼作秀》。灌猫尿的第二天，我老爸穿上牛仔裤和系扣衬衫，借着周六早晨的六杯朗姆可乐和一抹布鲁特牌古龙水，他重振雄风，出门搭上了522路公共汽车，根本没有交代究竟要去哪里。当天晚上十点钟，他才回到家，我和奥古斯特正在看澳洲九台播出的《杂牌军东征》。我老爸从后门进了屋，穿过厨房，径直奔向橱柜——他那架从来不接的电话机就摆在橱柜上。电话机下方有一个至关重要的抽屉，是我老爸存放未付账单、已付账单、我们兄弟的出生证明和镇静催眠药"奥沙西泮"的地方。他拉开抽屉，取出一条狗链，有条不紊地把它缠上右手。随后他关掉电视机，关掉家里亮着的每一盏灯，甚至没有跟沙发上的我和奥古斯特打一声招呼。他走向前窗，拉上米色的褶边旧窗帘，又偷偷从两幅窗帘的缝隙中向外张望。

"出了什么事？"我只觉得一时喘不过气，"老爸，怎么啦？"

我老爸一屁股坐上沙发，在黑暗中将手里的狗链紧紧缠上拳头。他摇晃了几下脑袋，摇得人头晕眼花，接着聚精会神地抬起左手食指，举到嘴边。"嘘嘘嘘嘘嘘嘘嘘嘘嘘嘘嘘嘘嘘。"他吩咐我们。

当天晚上，我们一夜没睡。奥古斯特和我索性胡猜一气，猜得天马行空：老爸究竟招惹了何方神圣，竟然能让他动用狗链去武装拳头？难道是在酒馆里招惹了打手？去酒馆的路上招惹了壮汉？从酒馆回家的路上招惹了杀手？是干脆招惹了酒馆里每一个人，还是招惹了忍者，招惹了日本黑帮，招惹了原世界重量级拳王乔·弗雷泽，招惹了"桑尼和雪儿"二人组，招惹了上帝与魔鬼？奥古斯特有点好奇：若是魔鬼登门造访我家，会是怎样一幅场景呢？我说，魔鬼只怕会穿一双淡蓝色的人字拖，剪个"鲻鱼头"发型，脑袋后面拖一条"马尾巴"，再戴一顶"巴尔曼"虎队无檐帽，好盖住他自己脑袋上的两只角。奥古斯特却说，魔鬼只怕会穿一身白西服，一双白鞋，一头白发、一口白牙、一身白肤。奥古斯特说，看上去只怕跟提图斯·布洛兹差不多。我说，那个名字感觉来自另一个世界，另一个时空，一个我们已经不再置身其中的时空。我们兄弟俩的归宿，只有兰斯洛特街5号。

"另一个小奥与另一个伊莱。"小奥评道，"另一个宇宙。"

次日早晨，整整一个早晨，老爸都坐在厨房的地板上，紧挨着洗衣房门口，一遍又一遍地用磁带录音机放《红宝石星期二》，倒带又重放，倒带又重放，直到录音机卡住了磁带，一卷褐色的磁带散在他手中，好像一团乱糟糟的棕色鬈发。奥古斯特和我一边在厨房餐桌旁吃着新康利麦片，一边看着老爸手忙脚乱地修磁带，可惜只是乱上添乱，彻底把它搞成了一团乱麻。结果，我老爸只好转头听起了菲尔·柯林斯——在我家这台连演三日的纵酒大戏里，也只有在那一刻，我和奥古斯特才正儿八经地想过，是否该通知儿童安全部门了。当天上午十一点钟，声情并茂、跌宕起伏的酒局被推至高潮：我老爸哇地吐在了厨房的桃色油毡地板上，吐了好大一摊，又是血，又是胆汁。随后，他就晕倒在地，正好紧挨着自己刚倾泻而出的五脏六腑，我简直可以抓住他的胳膊，掰直他的右手食指，以指作笔替他写下一则留言。等到他清醒过来的时候，势必可以一眼望见了吧。于是，我拽着老爸的食指，从那摊恶臭熏天的呕吐物中嗖嗖抹过，以大写字母写出了一句发自肺腑的心里话：

拜托向人求助吧，老爸。

*

"唔唔唔唔唔唔唔唔唔唔唔。"奥古斯特和我的卧室门缝下，一个声音钻进了屋。

随后，是一阵绝望的高呼，颤颤巍巍，却很耳熟。

"奥古斯特。"我老爸在卧室里喊道。

我推推奥古斯特的胳膊。"奥古斯特。"我说。

奥古斯特纹丝不动。

"奥古斯特。"我老爸又喊一声，不过这一次，他喊得有气无力，与其说是高呼，不如说是呻吟。

我摸黑走到老爸的卧室门口，开了灯，双眼渐渐适应着光亮。

我老爸用双手捂着胸口。他呼吸急促，说话时气喘吁吁。

"叫……叫救护车。"老爸吐出几个字。

"你怎么了，老爸？"我不禁高喊一声。

他上气不接下气，拼命吐气却喘不过来，浑身发着抖。

他在呻吟。"唔唔唔唔唔唔唔唔唔唔唔。"

我一溜烟奔下走廊，在电话机上拨出三个零。

"请问报警还是叫救护车？"电话里传来了女子的嗓音。

"救护车！"我说。

另一个声音接起了电话。

"请问您有什么紧急情况？"对方问。

我父亲分分钟就要咽气，我将再不能从他嘴里得到任何答案。

"我爸，他心脏病发作了。"我答道。

*

住在我家隔壁的，是六十五岁的出租车司机帕梅拉·沃特斯，她被一辆救护车闪烁的灯光吸引，迈步出门，走到街上。帕梅拉穿着一身栗色睡袍，一对大胸依然呼之欲出。两名救护人员从刚刚赶到的救护车后厢里抬出轮床，架到邮筒旁。

"没事吧，伊莱？"帕梅拉·沃特斯一边说，一边系上睡袍的缎带。

“不好说。”我说。

“又发病啦。”帕梅拉心领神会地答了一句。

见她的大头鬼，这话到底是什么意思？

救护车工作人员匆匆从奥古斯特和我的身旁奔过，其中一个还扛着氧气罐和面罩。我们兄弟俩只穿着白背心和睡裤，赤脚伫立着。

“他在走廊尽头的那间屋里。”我放声喊道。

“我们知道，伙计，他不会有事的。”年纪最大的救护员回答。

我们兄弟俩也进了屋，站在走廊靠近客厅的一头，听着卧室里的救护人员发出的声音。

“加油，罗伯特，呼吸啊。”年纪最大的救护员正在高叫，“加油，伙计，你现在安全了，没什么好担心的。”

拼命吸气的声音。沉重的呼吸声。

我向奥古斯特扭过头。

“救护员对我们家是熟门熟路？”我问。

奥古斯特点点头。

“好了，”年纪稍轻的救护人员说，“好多了，不是吗？”

救护人员把我老爸抬出了卧室，走下过道，我老爸的两条大腿下方各枕着人家的一条胳膊，恰似帕拉玛塔鳗鱼队前锋队员在总决赛欢庆时抬着星光四射的后卫队员。

救护人员把我老爸抬上了轮床。老爸的脸紧贴着氧气面罩，仿佛它是一位失散多年的情人。

“你没事吧，老爸？”我问道。

我真不明白自己干嘛这么在意。某种内心深处的情意，某种一直沉眠的情意，偏偏将我推向那疯疯癫癫的醉鬼。

“我没事，老弟。”他答道。

我听得懂这口吻，我记得住这口吻中的一份温柔。我没事，伊莱。我没事，伊莱。我会记住这一幕：老爸就这样躺在轮床上。我没事，伊莱，我没事。那样一种口吻。

"不好意思，让你们兄弟俩见到了这糟心的一幕。"老爸开口说，"我他妈的一团糟，我知道，老弟。当爹这事，我确实不合格。不过，我会把自己收拾爽利的，好吧。我会把自己收拾爽利的。"

我点点头。我好想哭。我不想让自己哭。不许哭。

"没事，老爸，"我答道，"不要紧。"

救护人员把他抬进了后车厢。

我老爸又猛吸几口气，掀开了面罩。

"冰箱里有一块牧羊人派，明天晚上你们两个可以当晚餐吃。"他叮嘱道。

他又吸进几口氧气，一眼望见了身穿睡袍的帕梅拉。紧接着，他猛吸几口，好不容易吸足了空气，开口说出话来。

"不如拍张照片回家慢慢瞧，帕姆！"他凶巴巴地吼了一声，使劲地喘着气。救护人员关上后厢车门时，我老爸冲着帕梅拉·沃特斯竖起了中指。

*

次日早上，一只澳洲朱鹭在我家前院漫步而行。它对左腿倍加呵护，那条腿漆黑的脚爪顶端缠满了渔线。瘸腿朱鹭。透过客厅的窗户，奥古斯特凝望着那只朱鹭，手拿卡西欧计算器，键入了几个数字，接着把计算器颠过来，上面的数字读起来就活像："朱鹭见鬼"[1]。

---

1. 原文为字母"IBISHELL"。

我也键入了一串数字——"5378804"，再把计算器颠倒过来，表示："一瘸一拐"[1]。

"我会赶回家吃晚餐。"我说。奥古斯特点点头，依然直勾勾盯着朱鹭。"留几口派给我。"我说。

沿着房屋左侧的坡道，我迈步经过黑色的带轮垃圾箱。老爸那辆生锈的自行车靠在一截支撑房屋的水泥桩上，紧挨着热水采暖系统的茶色热水罐。自行车后面，房屋的下方，堆满了我老爸收集的一大堆大型家用电器，尽是些破烂老古董——发动机老得跟澳航老引擎有得一拼的洗衣机啦，装满红背蜘蛛和棕蛇的散架冰箱啦，人家丢掉的车门、车座和车轮啦。后院的草丛眼下已经长成了一片密林，颤巍巍直逼天空，稻色草芽长得如此丰茂，我简直想象得出大象哈蒂和少年毛克利[2]一路穿过这片参天草丛，前往巴雷特街上的"大公鸡"餐厅。到了眼下的地步，恐怕只有祭出大砍刀，才对付得了这片玩意了，或许意外失火也可以搞定。要命，真是个逊毙了的鬼地方。总之，送它几个数字"008"，颠过来表示——"破"；再送个"5514"，颠过来表示——"烂"[3]。

*

这是一辆1976年产的黑色自行车，马尔文星牌，已经生了锈，产于日本。自行车座裂了条缝，动不动就夹我的屁股。车骑得挺快，不过呢，如果我老爸当初没犯傻，没把原来的车把换成一辆1968年施文牌女式车的车把，它本来会跑得更快些。自行车

---

1. "5378804"倒过来便形似字母"HOBBLES"。

2. 大象哈蒂和少年毛克利的典故出自《丛林之书》(The Jungle Book，1894年出版)。

3. 原文分别为字母"BOO"和"HISS"，表示喝倒彩。

的刹车已经失灵，所以如果想要刹车，就只能把我那穿着邓禄普运动鞋的右脚硬塞到前轮和前轮支架之间。

刚刚在下雨，天空一片灰蒙蒙，一道彩虹从兰斯洛特街的上空越过，向街上每一个人许下了一个完美七彩的起点，一个完美七彩的终点。红色，黄色，属于兰斯洛特街16号住户薇薇安·希普伍德——婴儿猝死综合征害死了薇薇安的宝宝，随后一连七日，薇薇安都持之以恒地给孩子穿上衣服，照顾孩子，冲着孩子发青的面孔摇响玩具。粉色，绿色，属于兰斯洛特街17号住户阿尔伯特·列文——六十六岁的老头阿尔伯特，本打算把车库密封起来，再搞点尾气废气之类的玩意自杀，谁知道功亏一篑，因为阿尔伯特没有车，只能仰仗一台就快散架的割草机制造废气，谁让阿尔伯特两个月前刚刚卖掉他的车，付他家拳师犬"大嘴"的兽医手术费账单呢？后来"大嘴"被安乐死，两天以后，阿尔伯特就把他家绿色的维克塔牌割草机推进了车库。紫色，橙色，黑色与蓝色：周六早晨，兰斯洛特街上所有的妈妈族，一边在厨房餐桌旁抽着温菲尔德烟红壳款，一边暗自期盼自家孩子不要发觉一件事——在她们的脸上、遮瑕膏下，有着许多淤痕，又有紫色，又有橙色，又有蓝色，又有黑色。掩盖真相之遮瑕膏。掩盖真相之人。被掩盖之真相。兰斯洛特街32号住户莱斯特·克劳，用海洛因注射器向其怀孕女友佐伊·佩妮的肚子连刺十三下，捅死了肚子里尚未出生的女儿。兰斯洛特街53号住户蒙克兄弟，把他们的老爹绑上了客厅的扶手椅，用一把战斧砍掉了老爹半只耳朵。值此炎炎夏日，在这条无穷无尽的街道，又赶上布里斯班市政刚在路面浇了沥青，好盖住万般无奈、满地开花的坑洞，沥青就会像泡泡糖一样紧粘住你的邓禄普运动鞋橡胶鞋底。街上家家户户都拉开了窗帘，根本不顾从布莱顿和尚恩克里夫红树林赶来的蚊子蜂拥而至，整条街顿时变成了一座剧院，一间间客厅变成了一台台电视机，镶着窗框，要么播放着一出日间实况肥皂剧，名叫《谢天谢地，今天是领救济的日子》；要么播放着一出低俗喜剧，名叫《把鸡味盐递过来》；要么播放着一出探案系列剧，名叫《两分钱的颜色》。家家户户前窗剧场的舞台上，有笑，有泪，有拳头。真要命，逊毙了。真见鬼，逊毙了。

"嘿，伊莱。"

是谢莉·霍夫曼在打招呼，她从卧室窗户探出身，正朝着她家屋外吞云吐雾。

我朝自行车前轮里一伸脚，在马路中间转了个U形弯，我老爸这辆摇摇晃晃的马尔文星自行车就上了谢莉家的车道。她爸的车没有停在车位上。

"嗨，谢莉。"我也打个招呼。

谢莉又抽了一口，老练地呼出一个浑圆的烟圈。

"你想来一口吗？"谢莉问

我抽了两口，吐出烟雾。

"你自己一个人在家？"我问。

谢莉点点头。

"其他人都去国王海滩了，参加布拉德利的生日派对。"她说。

"你不想去？"我问。

"想去是想去，伊莱·贝尔，不过我这身老骨头，漫步沙滩这种事可吃不消哪。"谢莉装出一副来自莽荒西部的美国老太口吻。

"他们就把你一个人留在家里了？"

"我姑姑马上就来我家照顾我。"谢莉答道，"我跟我妈说，还不如把我送去弗莱彻街的狗旅馆呢。"

"我听说，那里还供应一日三餐。"我回答。

谢莉哈哈大笑，在窗台下摁灭了烟头，又把烟屁股弹到紧挨邻居家篱笆的花园中。

"我听说，救护车昨天夜里把你老爹拖到医院去啦。"谢莉说。

我点点头。

"他出了什么事？"

"我不清楚，真的。"我说，"反正他就发起了抖，一句话也说不出来，一口气喘不过来。"

"是惊恐症。"谢莉说。

"什么鬼东西？"

"惊恐症。"谢莉漫不经心地回答，"没错，以前我妈得过这种病，几年前吧。那段时间很难熬，她什么也不想做，因为只要一出门，遇到太多人，她就会惊恐。她一觉醒来，感觉状态好得爆棚，于是她告诉我们，要带我们去图姆布尔购物城看电影，我们就一个个打扮得漂漂亮亮，结果她刚一屁股坐进车里，就会开始恐慌。"

"那她是怎么治好的？"

"后来我被诊断出肌肉萎缩症。"谢莉说，"我妈不得不好起来。"她耸了耸肩膀，"瞧，这就是所谓看待事情的角度，伊莱。蜜蜂蜇你一口，痛得钻心吧，直到有人拿板球拍赏了你一记。说到板球拍，你想玩板球桌面游戏《对抗赛》吗？我可以让你扮西印度群岛队哦。"

"算啦，玩不了，"我说，"我得去见一个人。"

"是你那惊天秘密计划中的一步？"谢莉笑了。

"你知道我的计划？"

"小奥在半空写下来给我开了开眼界。"她说。

我气炸了。我仰头向灰扑扑的天空望去。

"不要担心，我又不会透半句口风。"谢莉说，"不过依我说，你他妈的脑子秀逗了。"

我耸了耸肩膀。

"有可能，"我说，"反正伯克贝克老师认为我脑子秀逗。"

谢莉翻了个白眼："伯克贝克老师认为我们全都脑子秀逗。"

我不禁露出了笑容。

"确实疯得很，伊莱……"谢莉说。她向我望过来，带着一抹甜美的笑意，诚意满满。"但也暖心得很。"她说。

有那么片刻，我简直恨不得搁置计划，进屋一屁股坐到谢莉·霍夫曼的床边，陪她玩板球桌面游戏《对抗赛》。假如谢莉祭出她最心爱的击球手——帅气的南非球员开普勒·韦塞尔斯，击出了一个"六分打"[1]，我和她就可以顺势拥抱欢庆，恰好又正赶上谢莉家人都不在，恰好又正赶上天空灰蒙蒙，我们就可以双双往她的床上一倒，然后接吻。或许，我就可以从此将计划永远抛到脑后——将提图斯·布洛兹抛到脑后，将莱尔抛到脑后，将麻秆、老爸、老妈和小奥抛到脑后，再用尽我的余生去照顾谢莉·霍夫曼，陪她与心术不正的瞎眼老天抗争，谁让混蛋老天给了伊万·克洛尔两条强健的臂膀，让他能取人命，却给了谢莉·霍夫曼两条病恹恹的腿，让她无法在卡伦德拉国王海滩金灿灿的沙粒中悠然漫步呢。

"多谢，谢莉。"我说着，又把马尔文星自行车从谢莉家的车道推了出来。

我骑上车飞速远去，谢莉探出窗户高喊了一声："要继续当个暖心的男孩哦，伊莱·贝尔。"

*

莱尔曾经告诉我，人们修建霍尼布鲁克大桥的水泥，正是来

---

1. 板球比赛中，若击球员击出的球没有落地而直接飞到界绳外，则得六分，称作六分打。

自达拉那家"昆士兰水泥石灰公司"。莱尔说，霍尼布鲁克大桥一度是南半球最长的水上桥梁，全长超过2.5公里，从布莱顿海滨一直通到景色壮美的雷德克里夫海滨半岛，也就是"比吉斯"乐团和雷德克里夫"海豚"联盟式橄榄球俱乐部的所在。霍尼布鲁克大桥上有两个拱，一个在布莱顿一侧，另一个在雷德克里夫一侧，沿布朗波湾航行的船只可以从桥拱下穿行。

我可以闻出，风中吹来了一股气味，正是环绕布朗波湾的红树林的气味。这阵风卷着马尔文星自行车过了霍尼布鲁克大桥，驶上第一个桥拱。莱尔曾把霍尼布鲁克大桥叫作"颠簸簸桥"，因为莱尔小时候，他老爸老妈的车曾在起泡粗糙的沥青桥面上颠来颠去——今时今日，这段桥面，倒依然在我的自行车轮下吱嘎作响。

1979年，霍尼布鲁克大桥附近修建了一座更宽、更丑，但却颇为坚实的大桥，于是霍尼布鲁克大桥一度禁止通行。至于现在，出没在霍尼布鲁克大桥周边的只有寥寥几个钓鲷鱼、牙鳕、鲷鱼的家伙，再加上三个本地小屁孩，在小帽桉桥面板上打着后空翻，一跃融入一股褐中泛绿的滔天巨浪，浪头如此之高，一下下拍击着大桥的栏杆，而栏杆上的黄色油漆已经渐渐剥落。

雨点打在我的头上。没错，我早知道自己该穿件雨衣再来，可谁让我既爱雨点打在头上的感觉，又爱雨点打上沥青桥面的味道呢。

我离大桥中央愈来愈近，天色也愈来愈沉。已经到了我们两人经常碰头的位置，于是我一眼望见了坐在水泥桥边的他，两条长腿正晃悠悠地从桥上垂下。他穿着一件厚厚的绿色雨衣，头上罩着兜帽，用右手手肘和腰部夹着一根红色玻璃纤维鱼竿（还带有一个木制阿尔维牌旧渔线轮），弓着身子，正在卷烟准备抽。正因为头戴兜帽，他根本不可能发觉我在雨中刹住了自行车，但不知怎的，他却知道，来者正是我。

"见鬼，你干嘛不穿件雨衣？"麻秆吼我。

"我刚才在兰斯洛特街上看到了一道彩虹，还以为雨已经停了呢。"我说。

"我们这一路的雨是停不了了，孩子。"麻秆说。

我把自行车倚在黄色的大桥护栏上，瞄了瞄麻秆身边的一只白色塑料桶：桶里游着两条肥美的鲷鱼，只可惜进退不得。我一屁股坐到麻秆身旁，把两条腿垂到桥外。涨潮的潮水不停起伏，时起时落。

"下雨了，鱼还会咬钩吗？"我问麻秆。

"水底又没下雨。"麻秆回答，"鲬鱼就爱在这种天气出没。听着，在河里钓鱼跟海钓可不是一回事，我还见过西边的黄腹鱼在下雨的时候发疯哩。"

"你怎么知道鱼什么时候会发疯？"

"等到它们开始大谈世界末日的时候。"麻秆咯咯笑了起来。

雨势越来越急。麻秆从渔具包里抽出一张卷起的《信使邮报》，摊开递过来，让我挡雨用。

"谢谢。"

我们直勾勾望着麻秆紧绷的渔线，渔线正被布朗波湾的惊涛卷得上下翻飞。

"你还打算继续？"麻秆问。

"我不能半途而废，麻秆。"我说，"一见到我，她就会好起来，我心里有数。"

"如果你去了，却还是于事无补呢，孩子？"麻秆问道，"两年半的时间，可不算短啊。"

"你自己不也说过吗：每天一觉醒来，蹲号子就又变得容易了一些。"我说。

"我可没有在号子外面扔下两个孩子。"麻秆回答，"她坐两年半牢，感觉倒像我坐了二十年牢。男子监狱那边恐怕有上百个自认已经坏到骨子里的家伙，因为他们坐牢十五年了嘛。不过呢，反正这类讨厌鬼什么人也不爱，也没有人爱他们，所以坐牢没什么大不了。真正棘手的麻烦精，是对街那群当妈的。她们每天一觉醒来，心里都很明白：号子外面还有一群像你这样的小混球，一群迷途羔羊，在等着去爱她们呢。"

我拿开了挡在头上的报纸——这样一来，雨点就会打到我脸上，遮掩住我湿漉漉的眼睛。

"可是，电话另一头的那个男人。"我对麻秆说，"我老爸倒是口口声声说我疯了，我老爸倒是口口声声说那人是我瞎扯出来的，可我清楚我自己听到过什么，麻秆。我心里有数，电话另一头的男人说过那些话。再说圣诞将至，老妈又爱圣诞爱得不得了。你信我吗，麻秆？你信还是不信？"

这下可好，我已经哭得稀里哗啦，跟阴雨一样稀里哗啦。

"我信你，孩子。"麻秆说，"但我也相信，你爸不肯带你和奥古斯特兄弟俩去探监，倒是做得对。你们用不着去见识狱中魔窟，她也用不着在号子里见你们。有些时候，这种破事会让人更难受。"

"你和你朋友打过招呼了吗？"我问。

麻秆点点头，深吸了一口气。

"那他怎么说？"我问道。

"他答应了。"麻秆答道。

"真的吗？"

"是啊，他肯帮忙。"

"那他想要什么好处当作报酬？"我问，"我会付的，麻秆。我保证，我不会赖账。"

"悠着点，步子迈这么大干嘛，哔哔鸟。"麻秆说。

麻秆靠着直觉绕了三圈阿尔维牌旧渔线轮，收起渔线，动作很轻柔。

"有鱼咬钩啦？"

"咬了一下。"

他又绕了一圈。沉默。

"对方答应下来，不是为了要你回报。"麻秆说，"我曾经在号子里护着他弟弟，熬过了很长的刑期，是老早以前的事了。对方叫作乔治，反正，你知道他叫乔治就够了。乔治干的是水果批发，过去十二年里，他一直在给博格路男子监狱和博格路女子监狱送水果。狱警都知道乔治，也都知道乔治在装西瓜、甜瓜的板条箱下的暗格里藏了些什么宝贝。当然啦，狱警也都收了乔治不少好处，所以他们'什么也不知道'。跟号子外面所有的零售商家一样，要是想赚点外快，圣诞期间倒是颇有油水。通常来说，不管要送什么宝贝给牢里的人，乔治都能在圣诞期间偷偷带进牢里：情趣用品啦，圣诞蛋糕啦，珠宝首饰啦，毒品啦，内衣啦，一摸鼻子就会发红光的小驯鹿鲁道夫灯啦。只不过，尽管跟监狱做了十二年生意，做得顺风顺水，人家乔治也还从来没有朝牢里偷偷带过某个十三岁的小子，偏偏那小子既一心孩子气十足地盼着冒险，又一心盼着在圣诞节见见他老妈。"

我点点头。"估计确实没有。"我说。

"等到你被当场抓包的时候，伊莱——你一定会被当场抓包的——你要记住：你不认识什么乔治，也根本不知道乔治那辆送水果的卡车。你是个死不开口的哑巴，知道吧；你得跟你哥学着点，好好闭上嘴巴。平安夜加上圣诞节一早，送货的卡车总共有五辆，每辆都会私下运点见不得光的货进去。我敢打包票，监狱看守会想方设法悄咪咪地把你送出号子，正如你悄咪咪地混进去一样。他们才不愿意让人知道，有个十三岁的半大小子在博格路女子监狱的地盘上乱跑呢。假如让上头的人知道了风声，看守的下场只怕比你惨。狗仔队闻风而至，监管监狱的那帮人也闻风而至，结果牢里做不成生意了，某位看守太太一心想要的某款搅拌机泡汤了，这位看守星期天早上的煎饼也就泡汤了，以及所有本该跟着煎饼一起落到他头上的好处，你明白我的意思吗？"

"你指的是上床吗？"我问。

"没错，伊莱，我指的是上床。"

麻秆轻抖了两下鱼竿，认真审视着渔线的尽头，仿佛对它不太放心。

"又有鱼咬了一下钩？"我问。

麻秆点点头，又绕起了渔线。

他缩起脖子，点燃一支烟，又护住它免得被雨淋灭。

"好吧，那我去哪里跟对方碰头？"我问道，"乔治又怎么认得出我是谁？"

麻秆朝雨中呼出一口烟雾。他的雨衣下穿着一件法兰绒衬衣，他把左手伸进法兰绒衬衣的口袋，取出一张对折的纸。

"他会知道你是谁的。"麻秆回答。

麻秆手拿着这张纸，凝神思考。

"前一阵在医院，伊莱，你问我关于善与恶的问题。"麻秆开口说，"后来我一直在琢磨这件事，经常琢磨。我早就该跟你讲清楚，善恶，不过是一种选择，无关过往，无关老爸老妈，无关你的出身。只是一个选择，善，恶；如此而已。"

"可是，当你还是个小屁孩的时候，并不总是有选择的余地啊。"我回嘴道，"那时你就别无选择。该做的事你不得不做，接着你就走上了一条让你别无选择的路。"

"我从来都有选择的余地。"麻秆回答，"孩子，其实今天，你也有选择的余地。你可以来拿我手里这张纸条，不然的话，你也可以先深呼吸一口。你可以先退后一步，深呼吸一口，骑上自行车回家，告诉你老爸，你一心盼着跟他共度圣诞节，然后你也不再瞎操心，因为你心里有数，你又不能替你老妈坐牢——其实吧，现在你这么瞎折腾，孩子，无异于替你老妈坐牢。你其实跟她一样困在牢里呢；如果你现在不退后一步，深呼吸一口的话，接下来的两年半，你也还是会困在牢里出不来。"

"我做不到，麻秆。"我说。

麻秆点点头，伸出一只手，手中握着那张纸条。

"这是你的选择，伊莱。"麻秆说。

被雨水淋湿的纸条。不过一张纸而已。接过来吧，接过它。

"要是我接过来，你会生我的气吗？"我问。

麻秆摇摇头。"不会。"他直截了当地说。

我接过纸条，将它揣进我的短裤口袋，甚至没有瞧瞧上面写了些什么。我放眼远望大海，麻秆凝神向我望来。

"以后我们就不要再见面啦，伊莱。"麻秆开口说。

"什么？"

"你总不能一直跟我这种老混蛋厮混吧，孩子。"他说。

"你刚刚明明答应过，你不会生我的气啊。"我说。

"我不是在生你的气。"麻秆说，"要是你非见你妈一面不可，那也没什么不可以，但你跟老混蛋厮混的日子也该到头了。听到了没有，以后我们不要再见面了。"

我只觉得一头雾水，只觉得脑袋好痛，眼睛好酸。雨滴拍在我的脸上，拍在我的头上，拍进了我正流着泪的眼睛。

"可是，我就只有你这么一个交心的朋友。"我说。

"那你真得多找几个算得上朋友的朋友了。"麻秆回答。

我垂下头，伸手捂住眼睛，捂得很紧，仿佛紧紧捂住一道伤口，好止住伤口中淌出的鲜血。

"我以后的日子要怎么办，麻秆？"我问道。

"你会过你自己的人生，你会成就我做梦才敢奢望的大事，你会阅尽世界。"麻秆回答。

可惜我心中发凉，透心的冰凉。

"你真是铁石心肠，麻秆。"我噙着眼泪，说道。

此时的我心中怒火万丈，火势熊熊。

"依我看，那个出租车司机确实是你杀的吧。"我开口说，"你就是个冷血的杀人凶手，冷血得跟蛇有得一拼。依我看，你熬得过'黑彼得'，就是因为你不像我们其他人一样，长着一颗心吧。"

"或许你说得对。"麻秆回答。

"操蛋，你就是个杀人凶手。"我尖声吼道。

面对突如其来的尖叫，麻秆合上了双眸。

"少安毋躁。"麻秆一边说，一边上下打量着霍尼布鲁克大桥。我们周围一个人也没有。所有人都已离去。总有一天，所有人都会离去。所有人都急吼吼在躲雨，无人直面风吹雨打。我只觉得心中发凉。

"你以前遭的罪都是活该。"我凶巴巴地说。

"够了，伊莱。"麻秆说。

"你他妈的满嘴瞎话。"我尖声叫道。

这时，麻秆吼了一声——我还从来没有听过麻秆吼人呢。

"够了，真见鬼！"他厉声吼道。结果才吼了一声，麻秆就已经喘不过气，咳得一塌糊涂。他抬起左臂捂住嘴，对着手肘咳嗽起来，咳得简直撕心裂肺，仿佛他身上除了一把老骨头，就只剩下在"黑彼得"里积下的尘土了。他深吸一口气，口沫四溅地喘着粗气，咔地吐了一口痰，吐到了他右侧两米远的地方，紧挨着几条被人扔掉的沙丁鱼。他渐渐平静下来。

"我是造了不少孽。"麻秆说，"害了太多人。我可从来没有说过，我坐那么多年牢房不是活该，伊莱。我只是说，我没杀人。不过，我确实造了不少孽，老天也知道我造了不少孽，他想让我反思一下自己干的一些事，我也确实照办了，孩子。蹲号子里的时候，我就已经反思过这些事了，琢磨得很透彻，我可不需要你替我来琢磨。你该琢磨的是小姑娘，伊莱。你该琢磨的是如何攀上高峰，该如何从布瑞肯力治那个屎坑里爬出来。是时候闭嘴不讲别人的故事了，开始讲你自己的故事吧。"

麻秆摇摇头，放眼凝望着褐中泛绿的大海。

鱼竿的竿梢猛地朝下一沉。一回。两回。三回。

麻秆默不作声地紧盯着鱼竿。他抬手扯了扯鱼竿，结果鱼竿弯得好像我刚刚在兰斯洛特大街上见到的彩虹。

"上钩了。"麻秆说。

雨点突然劈头盖脸地落下，骤雨害得麻秆再次不由自主地咳了起来。他干脆把鱼竿递给我，打算好好咳上一阵。"是条鲫鱼，大得吓人，大概有十磅重。"他边咳边吩咐，接着又咳了三声，"你把鱼提上来，行吗？"

"不行。"我说，"我做不到……"

"见鬼，只管收竿就好。"麻秆厉声训道，双手撑在膝盖上，咳出了好些黑乎乎的痰，还有血。麻秆吐出来的口水里带着血，啪地溅上了霍尼布鲁克大桥的沥青桥面，又被雨水冲刷干净；只不过，麻秆咳个不停，吐出了一口又一口血丝。世上再没有哪种颜色，比麻秆·哈利迪殷红的鲜血更刺眼了。我拼命收线，时而望望大海，时而望望麻秆脚边的血迹。海与血。海与血。

上了钩的鲫鱼在拖着渔线挣扎，一心逃命。我更加用力地转动阿尔维牌旧渔线轮，慢慢地转着，好像我在达拉的莱尔家后院里转动生锈的希尔斯升降晾衣架的把手。

"我觉得，这条鱼恐怕大得吓死人啊，麻秆！"我不禁尖叫了一句，忽然间心花怒放，惊叹不已。

"镇定。要是你觉得鱼快脱钩了，那就把线松一松。"麻秆边咳边说。

麻秆站起了身。这时，我才刚刚留意到麻秆变得有多瘦。我的意思是，他一向骨瘦如柴，毕竟他一向都是麻秆嘛。但眼下的亚瑟·哈利迪恐怕得换个绰号了，虽然"活骷髅"·哈利迪听上去恐怕少了几分浪漫。

"你看我干什么？"麻秆弓着腰，呼哧呼哧地说道，"还不把鱼提上来！"

我有所感觉：鲕鱼正在水中左奔右突。它无比惊慌，它茫然无措。有那么几个片刻，它乖乖地紧随勾住鱼唇的鱼钩，仿佛听从了上天的旨意，顺应了它的宿命：游遍万里海底苦苦求生，终究为的正是此刻，正是沙丁鱼、鱼钩，以及今日暴雨之中布朗波湾的惊涛。但紧接着，它又开始挣扎。它拼命向远处游去，阿尔维牌旧渔线轮狠狠地撞上了我的掌根。

"操蛋。"我高喊道。

"跟它斗啊。"麻秆气喘吁吁地说。

我又是狠扯鱼竿，又是转动渔线轮。转了很久、很有节奏，转得深思熟虑、目的明确，转得冷酷无情。大鱼快累趴了，我也快累趴了。我的身后传来了麻秆的声音。

"继续斗下去啊。"麻秆轻声吩咐，接着又是一阵咳。

于是，我转动渔线轮，转啊转啊转啊转。雨点狠狠地拍在我的脸上，世界似乎离我好近，每一寸，每一分。疾风。大鱼。海洋。以及麻秆。

大鱼终于泄劲了。我拼命收线，眼见着鱼儿向海面逼近，仿佛一艘俄罗斯潜艇一样露出水面。

"麻秆，来了！鱼来了！"我兴高采烈地欢呼。这条鱼恐怕有八十厘米长呢；它肯定有十磅重，不，我打赌有十五磅。一条罕见的大鱼，肥嘟嘟，长着刺，浑身是橄榄绿色。"瞧，麻秆！"我兴高采烈地欢呼。我飞快地转着阿尔维牌渔线轮，转得如此之快，简直可以就地生火烤了这条大鱼，在霍尼布鲁克大桥雷德克利夫一侧泥泞的红树林堤岸旁，用锡箔把鱼包好烤熟，让麻秆和我一起享用。吃完烤鱼，再烤上几团棉花糖，蘸上美禄吃。鲔鱼被拽到半空，而我的鱼竿与渔线恰似一台起重机，正将无价之宝吊上摩天大楼。宝贝大鱼从黑沉沉的天空掠过，海底来客平生第一次感觉到雨滴打上后背，平生第一次望见了水面之上的世界，望见了我惊叹不已的脸，睁圆的眼睛和满脸的喜气。

"麻秆！麻秆！我抓到鱼了，麻秆！"我说。

可是，我根本没有听到麻秆的声音。海与血。海与血。

我的眼神从大鱼身上，又落回麻秆身上。麻秆正仰面平躺，头歪向一边。他的嘴唇上还沾着血迹，双目紧闭。

"麻秆！"我放声喊道。

空中的鲔鱼猛甩它那带刺又有力的身子，干脆地扯断了渔线。

我将用落下的眼泪，来记住这一刻。我将用我的面孔蹭过麻秆脸上胡碴的一幕（他没有刮脸），来记住这一刻。我将用我别扭的坐姿（因为我压根没想到要一屁股坐下，我一心只想着麻秆），来记住这一刻。我无法看出，雨中的麻秆是否还在呼吸。他嘴唇上沾着的血迹，溅上了他的下巴。"白牛"烟的味道。霍尼布鲁克大桥上的小石子磨着我的膝盖。

"麻秆啊。"我抽噎道。"麻秆啊。"我嘶吼道。我困惑地摆着头，可怜巴巴。"不，麻秆。不要，麻秆。不，麻秆。"

我那蠢兮兮、气喘吁吁、带着眼泪的嗫嚅："我很抱歉，刚才说了那些话。我很抱歉，刚才说了那些话。我很抱歉，刚才说了那些话。"

见过了水面上的宇宙，那条大鱼又一跃扎进褐中泛绿的大海，深深地没入了涨潮的巨浪。

它只想要匆匆一瞥。它不喜欢眼见的一幕。它不喜欢雨。

神鬼让道

　　我家的圣诞树是一株室内植物，名字叫作"亨利·巴斯"，是一株澳大利亚垂榕。亨利·巴斯种在我老爸为圣诞树准备的赤陶花盆里，高达五英尺。我老爸喜爱树木，我老爸也喜爱亨利·巴斯，毕竟亨利·巴斯密密麻麻的翠叶仿若小舟，灰色的枝干仿若一条冻僵的地毯蟒。我老爸总爱把家里种的花草当人看，因为，假如他不把家里种的某株植物当成某个人，他就会懒得给它浇水——我老爸动不动就会一闪念突发奇想，想象家里的花草跟人一样有需求、有希冀。总之吧，我已经渐渐发觉：我老爸的心思，恐怕跟我家客厅塑料豆袋椅的填充料一样天马行空。因此，假如那株花草又被我老爸摁灭的手卷烟烟头反复蹂躏的话，它就很有可能一命呜呼。至于我老爸给圣诞树取的名字"亨利·巴斯"，其中"亨利"来自"亨利·米勒"，"巴斯"嘛，是因为当我老爸冒出要给圣诞树取个名字的念头时，他正躺在浴缸里读《北回归线》[1]。

　　"亨利是棵垂榕没错，但它干嘛非要垂泪？"我们把圣诞树摆到客厅正中时，我问老爸。我家的熨衣板也全天候一刻无休地搁在客厅里，上了年头的熨斗已经锈迹斑斑。

　　"因为我们家亨利永远无法读懂亨利·米勒的大作。"老爸回答。

　　我们把盆栽摆好位置。

　　"我们得小心给亨利找个好位置，"我老爸吩咐，"要是搬来搬去，恐怕会吓到亨利。"

---

　　1. 英文中"巴斯"与"浴缸"同音同形。

"你是认真的？"我问。

老爸点点头。

"要是换了地方，照在亨利身上的光线会不一样，温度会不一样，说不定会有风，湿度也不一样，亨利会觉得一定是换季了，就会开始掉叶子。"

"这么说，亨利有感觉？"

"当然，他当然有感觉。"我老爸说，"亨利·巴斯可是个敏感的小混蛋，所以他才叫垂榕，才会一天到晚垂泪，跟你一天到晚眼泪汪汪一样。"

"你这话是什么意思？"

"你就是个哭包。"我老爸说。

"我才不是。"我说。

老爸耸了耸肩膀。

"你小时候就爱哭。"我老爸说。

我竟然忘了。我竟然忘了：早在我熟识老爸之前，他已经先熟识了我。

"你居然记得我小时候，吓我一跳。"我说。

"还用说吗，我当然记得。"老爸答道，"那可是我一生中最快活的一段时光。"

他退后几步，审视着亨利·巴斯刚搬的地方。

"你怎么看？"我老爸问。

我点点头。奥古斯特的手里正拿着两条圣诞金箔饰带，一条荧光红，一条荧光绿，只可惜随着时光流逝，饰带已经越来越留不住上面的金箔了，正如亨利·巴斯已经越来越留不住叶片，我老爸可能也越来越留不住他的心智。

奥古斯特小心翼翼地把两条金箔饰带挂到亨利·巴斯身上，我们三人绕着垂榕站成了一圈，为兰斯洛特街最多愁善感的圣诞树倾倒；说不定，它还是整个南半球最多愁善感的圣诞树呢。

老爸向奥古斯特和我转过身。

"今天下午，我收到了慈善机构圣云先会送来的圣诞礼包，"他说，"里面可有不少宝贝，有火腿罐头，有菠萝汁，有甘草糖。依我说，明天我们一家没准可以乐一乐，互相送送礼物。"

"不是吧，你居然给我们准备了礼物？"我半信半疑地问。

奥古斯特微微一笑，算是给老爸打气。老爸挠了挠下巴。

"唔，没准备。"老爸说，"不过，我倒是有个主意。"

奥古斯特点点头，在空中写下一句"真棒，老爸"，催他说下去。

"依我看，可以这么办：我们每个人从书房里挑一本书，然后包起来放在圣诞树下。"老爸提议。

我老爸心里有数：我和奥古斯特爱死他那间书房里的一大堆书了。

"不过呢，大家不要随随便便乱挑一本，"他说，"或许可以挑一本我们各自正在读的书，或者挑一本对我们至关重要的书，或者挑一本大家觉得其他人可能会中意的书。"

奥古斯特鼓起了掌，脸上露出笑容，向老爸竖起大拇指。我的白眼简直快要翻上天了，仿佛托慈善机构圣云先会的福，我的眼窝里装着两只滴溜溜转的薄荷糖，来自圣云先会的圣诞慈善礼包。

"知道吧，接着我们可以吃点甘草糖，读读我们挑的书，过过圣诞节。"老爸说。

"对你来说，这种安排和别的日子又有哪点不一样？"我问。

老爸点点头："说得有理。好吧，我们可以都在客厅里看书。知道吧，我们可以三个人一起读。"

奥古斯特在我的肩上捶了一拳，表示："*别犯浑。老爸在努力呢，让他努力试试吧，伊莱。*"

于是，我也点了点头。"听上去不赖。"我说。

老爸走到厨房餐桌边，把一张赌马投注单撕成了三份，又拿起他用来圈马匹名字的铅笔，在每一份上都写下一个名字。他把三张碎纸条揉成团，握在手中。

"奥古斯特，你来先抽。"老爸提议。

奥古斯特抽了其中一张，展开纸条，眼里闪烁着一抹圣诞的喜气。

小奥把纸上的名字给我们两人看了看，上面写着：老爸。

"那好。"老爸说，"奥古斯特挑的书给我。我挑的书给伊莱，伊莱挑的书给奥古斯特。"

老爸点了点头。奥古斯特点了点头。老爸向我望来。

"你不会临阵溜号吧，对不对，伊莱？"老爸问。

奥古斯特的眼神落在我身上，意思是："你个混球，混蛋透顶。"

"当然，我不会临阵溜号。"我说。

*

我还是临阵溜号了。圣诞节当天，清晨四点钟，我把一本《越狱》放到了圣诞树下，权作送给奥古斯特的圣诞礼物，用来包书的是《信使邮报》的体育版。老爸给我的书，包在《信使邮报》的分类广告版面里；奥古斯特给老爸的书，则包在《信使邮报》的头版新闻里。

我步行向附近海滨郊区桑盖特（一个以炸鱼薯条和疗养院闻名的地方）的火车站走去，算是抄了条捷径吧，路上必须穿越通向阳光海岸的高速公路。通常来说，这种走法称得上是一场吓死人的惊魂记，因为按这种走法，布瑞肯力治区的小屁孩们就必须跃过一段铁护栏，绕过四条车流飞驰的车道，再跃过一段铁护栏，然后钻过一张铁丝网上一个屁大点的小洞。与此同时，小屁孩们还必须躲过警察的火眼金睛，要不然就更惨，必须躲过忧心忡忡的家长的火眼金睛——多年来，家长们一直在向地方政府施压，呼吁政府在高速公路上建一座人行天桥。不过呢，今天早上，高速公路空荡荡的，没有什么车流。我一边不慌不忙地跨过护栏，一边用口哨吹着《天赐欢乐》。

过了高速公路就是马场路，位于迪贡赛场旁。此刻正值圣诞节清晨，太阳似乎也正睡眼惺忪，投下半明半暗的阳光。一位年轻的女骑师正骑着一匹雄赳赳的枣红纯血马在进行训练。一个戴无檐帽的老头斜倚着马场的栅栏，凝望着女骑师。老头看上去跟麻秆有一丁点像，不过绝不可能是麻秆本人，因为麻秆眼下还在医院里。胡迪尼·哈利迪正千方百计挣脱命运的魔掌；胡迪尼·哈利迪正躲在灌木丛中，猫着腰，免得身穿斗篷的骷髅死神在他的周围探头探脑。

"圣诞快乐啊。"老头对我说。

"圣诞快乐。"我回答一句，点点头，加快了脚步。

今天只有四班火车，清晨五点四十五分的一班车将开往中央车站，途中停经宾德哈车站，毗邻"黄金圈"罐头厂的铁管和工厂的露天传送带。这家罐头厂平时就臭味缭绕，今天的气味倒没那么厉害，因为工厂没有开工。昨天下午，圣云先会送给我家的圣诞慈善礼包里，就有一罐一升装黄金圈牌橙和杧果混合果汁，送慈善礼包来的是个姜黄色头发的女子，长着一张温暖的面孔，红彤彤的十指做过美甲。慈善礼包里还有一罐黄金圈牌菠萝片罐头，也同样是宾德哈车站旁黄金圈罐头厂的功劳，毕竟宝贝是该厂工人罐装运输而来的嘛。

在麻秆那张便条中提到的位置，那辆上了年头的红色卡车正在等候：教堂街与圣文森路的街角，红色卡车挂着空挡，吭哧作声。车头的线条很笨重，满是锈迹——这种老古董，恐怕正是《愤怒的葡萄》主人公汤姆·约德开着前往加利福尼亚的汽车吧。卡车后厢是四堵铁墙围成的长方形，再加上一幅蓝色帆布顶盖，大小跟我老爸的厨房有得一拼。我攥住书包的肩带，朝驾驶座一侧的车门走去。

卡车驾驶座上的男子正在抽烟，右手的手肘搁在车窗外。

"是乔治吗？"我问道。

此人可能是个希腊裔，或者意大利裔。我说不好。他的年纪跟麻秆差不多，秃头，肥嘟嘟的胳膊。他打开车门，钻出卡车，把香烟往自己脚上那双破运动鞋的鞋底一摁，掐灭了烟头——他穿一双灰色厚袜子，在脚踝处堆成一团。他长得矮矮壮壮，行动倒是很敏捷，分明是个行动派。

"谢谢你帮我。"我说。

对方一声不吭。他打开了卡车后厢，大敞着金属后车门，又将后车门闩在卡车的一侧。他向我点点头，示意我上去。我爬到车里，他紧随其后爬了上来。

"我绝不会透一句口风，我向你保证。"我说。

乔治一声不吭。

卡车里装满了成箱的水果和蔬菜：一筐南瓜，一筐甜瓜，一筐土豆。紧挨左侧车壁，摆着一架托盘搬运车，后车门附近则是一只空荡荡的方形大板条箱，摆在叉车托盘上。乔治向板条箱俯下身，从板条箱三分之二处抽出一块暗格木板。他向右点点头，点了两次。托奥古斯特的福，不作声的点头我已经见识过太多次，心知乔治的意思是"钻到板条箱里去"。于是，我把书包扔进暗格，抬腿迈进去，躺进了板条箱。

"我躲在箱子里能喘得过气吗？"

乔治伸手朝板条箱指了指：板条箱壁的每一面都钻了些透气用

的小孔。箱子里挤得不得了，我只能左边身子朝下侧躺着，两条腿紧贴肚子，头枕在书包上。

乔治紧盯着我钻进箱子，满意地举起板条箱的暗格木板，盖住了蜷得像虾米一样的我。

"等等，"我说，"你要不要指点一下：等到了目的地，我该怎么办？"

乔治摇摇头。

"多谢，"我说，"你真是办了件大好事，帮了我一把，让我能帮我老妈一把。"

乔治点点头。"我没跟你说过话，小子，因为根本就不存在你这个人，你明白吧？"他开口说道。

"我明白。"我答道。

"别出声，好好等着。"他说。

我点点头，点了三次。暗格木板盖上了我的头顶。

"圣诞快乐。"乔治说道。

紧接着，就是一片漆黑。

*

卡车引擎咔嗒咔嗒发动了起来，我的头猛地磕在了板条箱底。呼吸吧，呼吸要浅，要安静。时间紧迫，没工夫上演老爸那种惊恐症大戏了。这才是生活，才是麻秆昔日提及的危墙之下的生活——其他傻瓜都拼命躲开那堵危墙，生怕墙塌了殃及池鱼，我却反其道而行：伊莱·贝尔正扒拉着生命之墙，寻找容身之处，寻找自己的本原。

黑暗之中，有佳人艾琳藏身，她身穿真丝吊带裙，光溜溜的小腿，无瑕的肌肤，脚踝上长着一块斑。卡车在公路上奔驰，我可以感觉到乔治在换挡，我可以感觉到沿途的每一次颠簸。黑暗中的佳人，现在换成了身处海滨的凯特琳·施皮斯：她身穿艾琳的真丝吊带裙，呼唤着我；她露出灿烂的笑容，扭过头，向永恒的宇宙望去。

卡车放慢了车速，停了片刻。我听见了指示音，随后卡车又向左拐，上了一条斜坡车道。卡车一路向前行驶，然后开始倒车，我耳边传来了倒车的嘟嘟声。卡车停住了，后厢车门打开，我听见乔治从卡车里放下一截钢铁斜梯，"咣当"一声落到水泥地面上。紧接着，耳边传来机器的声音，可能是叉车吧，正被人推上斜梯。有机油味、汽油味。那台机器离板条箱越来越近，箱子晃动起来，两段金属叉插入了我身下的托盘，突然之间，箱子里的我就被抬了起来。有人搬动了我，叉车沿着金属斜梯向下行驶，又"咣当"一声落上了水泥地面，我的脑袋跟着咚咚磕上了板条箱。叉车的货叉又从托盘中拔出，叉车来回移动，挨得如此之近，我简直可以闻到叉车车轮的橡胶味。哔哔，哔哔。左拐，右拐，呼啸而行。随后，我的耳边传来叉车货叉将另一只箱子抬到半空的动静。紧接着，某种重物砸上了我头顶的板条箱暗格，响起了一阵急雨声。嘭，嘭，嘭，嘭。咣咣咣咣咣咣咣咣咣咣咣咣咣咣咣咣咣咣咣。板条箱里刚刚装进了一批重物，竟然压弯了暗格木板，我的心顿时狂跳起来。我的头顶有水果，我可以闻到气味。应该是西瓜吧。紧接着，我又被叉车托到了半空，放回了运货卡车里。我们再次上路。

*

我合上双眸，寻找着万里海滨，可惜我的眼前只有老头麻秆。他侧躺着，正如当日在霍尼布鲁克大桥上，两片嘴唇沾满了血渍。

我望见了沙滩上的脚印，于是我追随着这串脚印，找到了留下它的男子。是伊万·克洛尔，他正拖着一个男人沿沙滩前行。被伊万·克洛尔拖过沙滩的是莱尔，身上穿的是被劫走当天所穿的短裤和衬衣——正是那天晚上，他被拖出了我们位于达拉的家；正是从那晚以后，我们就再也没有见过他了。我无法望见莱尔的头，因为他被人拖着，垂下了脑袋，但我深知真相。自从莱尔人间蒸发以后，我就已经深知真相。还用说么，我当然无法望见莱尔的头。还用说么，我当然无法望见莱尔的头。

*

运货卡车猛地急刹车，向右拐了一个大弯，然后猛地左拐，驶上了一条似乎带有减速带的斜坡车道。卡车停下了。

"圣诞快乐啊，乔治·波吉。"有个男人在卡车外喊道。

乔治和对方搭上了话，可我听不清楚他们在说些什么。两人在笑，我听见零星的字眼：太太，孩子，游泳池，灌猫尿。

"把车开进来吧。"男子发话道。

一扇沉重大门打开的声音。运货卡车向前行驶，上了一个颇为平缓的斜坡，又停了下来。这一次，跟乔治搭话的变成了两名男子。

"圣诞快乐，乔治。"其中一人说道。

"不会耽搁你太长时间，伙计。"另一人说道，"蒂娜今年还做卡萨塔冰激凌吗？"

乔治答了几句，对方两人哈哈大笑起来。

卡车后厢门开了。我听到两个人钻进卡车的脚步声：他们正在检查摆在我旁边的一只板条箱。

"瞧瞧这鬼东西。"其中一名男子说道，"这些婊子可比我们有口福。鲜樱桃、葡萄、李子、甜瓜。怎么回事，竟然没有巧克力糖衣草莓？没有太妃糖苹果？"

两人碰也没碰装着我的板条箱。

他们走出了卡车，关上后厢门。

一扇卷帘门打开，发出喀哒喀哒的声音。

"乔治，进去吧。"其中一名男子高声喊道。

卡车慢悠悠地向前行驶，左右各转了几个弯，停了下来。后厢门再次打开，铁制斜梯又"咚"的一声被放上了水泥地面。

我又一次被抬到了半空——这一次，托在板条箱底的，是乔治那架托盘搬运车的货叉，所以听不见引擎声，只有生锈的金属杆嘎吱作响。板条箱下了铁制斜梯，到了水泥地面。乔治又卸下了另外六只板条箱，摆到了我身旁。我听见乔治把斜梯收进了卡车，我听见乔治关上了后厢门，我听见乔治的运动鞋吱嘎作声：他向装着我的板条箱走过来，这只装西瓜的板条箱还有一个暗格呢，活脱脱出自某部描写昆士兰郊区的间谍小说，只可惜没人会费神去写这本破小说。乔治压低声音，对着板条箱上的一个通气孔开了口。

"祝你好运，伊莱·贝尔。"乔治说。他轻敲了两下板条箱，拖着脚走开了。

运货卡车的引擎不停轰鸣，响亮地在我身处的地方回荡，卡车排出的尾气充斥着我那狭小的藏身处——这个间谍藏身所已经越来越让人感觉幽闭恐惧了。

接着，就是一片静寂。

*

靠着惧意，我操控时间加速。惧意逼我思考，我的思维又反过来操控时间。我老妈究竟在哪儿？她还好吗？她愿意见我吗？我究竟闯到牢里来做什么？究其原因，在红色电话另一头的男子身上。红色电话另一头的男子。

伯克贝克老师，不安生的迷途羔羊们的辅导员老师，曾经提过什么关于小孩和创伤的论调？竟然相信从未发生过的事情，究竟是脑子缺了哪根筋？眼前这一刻，难道真不是白日梦？难道我真的在牢里，在圣诞节当天，被困在一箱西瓜底下？从伟大到可笑，从可笑到水果箱底啊。

我傻等在这里有多久了？一个小时，两个小时？既然肚子饿得咕咕叫，想必已经到了午餐时间。一定足足有三个小时了。见鬼，简直饿扁了。奥古斯特和老爸或许正在大吃特吃罐头火腿呢，一边读着当作圣诞礼物收到的书，一边呡着黄金圈菠萝罐头。说不定，奥古斯特正在告诉老爸，粗犷的昂利·沙里叶，一个富有传奇色彩的越狱王，为什么会被人戏称作"蝴蝶"：因为昂利·沙里叶在他毛乎乎的黝黑胸膛上文了一枚蝴蝶刺青嘛。假如我能从这个鬼地方脱身，这就是我的下一步。我要去布瑞肯力治区珀西瓦尔街上的特拉维斯·曼奇尼家，让特拉维斯给我刺一枚自制黑墨文身：一只亮蓝色蝴蝶从我的胸膛正中展开双翅。等到我去桑盖特游泳池游泳，其他少男少女见到我，就会凑过来搭讪，问我为什么前胸刺有一只蓝蝴蝶，我就可以回答，是借此向越狱王"蝴蝶"致敬，借此向人类不屈不挠的精神致敬。我就可以回答，此前我把自己偷偷弄进了博格路女子监狱，好去救我老妈一命，然后我就弄了这枚蝴蝶文身；我弄了这枚蝴蝶文身，因为私自入狱当天，我是一只茧，我是一只困在西瓜蛹里的人类幼虫，但我毕竟挺了过来，从西瓜中破茧而出，重获新生。

吞下过去的男孩。吞下自身的男孩。吞下宇宙的男孩。

一扇门，开了又关。一阵脚步声。橡胶鞋底，在抛光过的水泥地面上吱嘎作响。有人站到了板条箱旁边，向西瓜伸出手，西瓜被人从板条箱里取了出来；我感觉到暗格木板承载的分量越来越轻了。真让人松口气啊。暗格木板被人拿掉了，光亮向我的双眼射过来。我的眼睛在光亮中挣扎，渐渐聚焦到一个女人的脸上：她正朝着板条箱弯下腰，俯视着我。是一个澳大利亚原住民，身材魁梧，气宇轩昂，看上去约在六十岁左右，一头黑发的发根处有些泛白。

"唷，瞧瞧你这小子。"女子热情地说。她露出了笑容——她的笑容恰似大地、阳光，以及一只拍打着双翼的蓝蝴蝶。"圣诞快乐，伊莱。"她说。

"圣诞快乐。"我嘴里答道，身子却依然像只被踩扁的"柯克斯"饮料罐一样瘫在板条箱里。

"难道你不想从板条箱里出来？"女人问。

"想。"

她伸出右手，拉我出了箱子。她有一枚色彩斑斓的文身，一条澳大利亚原住民"梦创时代"[1]彩虹蛇，盘踞在她的右臂内侧。五年级的社会研究课上，我们曾经读到过彩虹蛇：彩虹蛇拥有赋予生命之能，非凡而又庄重，万万不可亵渎。更可能是因为，或许当初多亏彩虹蛇把人吃下肚又吐出来，才有了一半澳大利亚呢。

"我叫柏妮，"女子说道，"麻秆跟我打过招呼，说你会来过圣诞节。"

"你认识麻秆？"

"博格路胡迪尼的大名，谁人不知？"柏妮回答，接着脸色一沉，"他现在怎么样？"

---

1. 即 Dreamtime（也作 the Dreaming, The Dreamings 或 Dreaming），人类学术语，指源自澳大利亚原住民信仰的一种宗教文化世界观，中文也有译作"梦时光""梦世纪""梦幻时代""黄金时代""梦创时期"等。

"不太清楚。"我说，"他还在医院里。"

柏妮点点头，审视着我的眼睛，一副热情满满的样子。"我要先给你敲一下警钟：你小子已经成了整个女监的热门话题啦。"她用一只温柔的手轻抚着我的右脸颊。"哦，伊莱，"她说，"号子里每一个女人，但凡奶子里还有几滴奶，就恨不得把你搂进怀里。"

我匆匆瞥了一眼我们所在的房间，伸了伸懒腰，扭了扭错位的脖子，毕竟它正隐隐作痛。我们在一间厨房里，屋里设有巨大的金属料理台、水池、晾碗架、工业烤箱和炉灶。厨房门关着，拉下的钢铁卷帘门下是一个十二格蒸锅。我们所站的地方算是厨房附带的储藏室，厨房的后墙上有一扇卷帘门——想必我就是从这扇门进来的。

"这是你的厨房吗？"我问柏妮。

"不，这不是我的厨房，"柏妮扮出生气状，"这明明是我的餐馆，伊莱。我给它取名叫'囚鸟馆'。嗯，有些时候，我也叫它'号子小食'，或者叫它'柏妮烧烤餐吧'，不过大多数时候，我还是叫它'囚鸟馆'。布里斯班河以南最美味的红酒炖牛肉，可就在本店哦。当然啦，本餐厅的位置有点寒碜，不过餐馆员工态度友好，而且早中晚一日三餐，本店都有大约一百五十名忠实顾客光临，从不缺席。"

我不禁扑哧一笑。柏妮哈哈大笑，又在嘴边竖起手指。"嘘，你得像老鼠一样不吱声，听见了吗？"

我点点头。

"你知道我妈咪在哪儿吗？"

柏妮点点头。

"她还好吗？"

柏妮瞪大眼睛望着我。她的左太阳穴上有一枚星形文身。

"哦，伊莱小甜心，"柏妮伸出双手托住我的下巴，"你老妈跟我们提过你们兄弟俩。她告诉我们，你哥哥和你是多么与众不同。我们都已经听说，你想来见你老妈一面，可你老爸不肯答应。"

我摇摇头。我的眼睛向厨房料理台上的一箱红苹果望去。

"你饿了吗？"柏妮问。

我点点头。

柏妮走到那箱苹果旁边，取了一只苹果在囚服裤子上擦了擦（正如丹尼斯·李利擦一只板球），又把苹果向我抛过来。

"要不要我给你弄个三明治吃？"柏妮问。

我摇摇头。

"我们这里有玉米片哦。依我猜，D区的塔尼娅·弗利还偷偷弄进来了一盒麦圈，我可以给你弄一碗麦圈吃。"

我咬了一口苹果，真是又脆又多汁。"苹果真好吃，多谢。"我说，"我可以去见我妈咪了吗？"

柏妮叹了口气，一屁股坐上厨房的钢制料理台，又理了理她的囚服上衣。

"不，伊莱，你不能大喇喇地去见她。"柏妮说，"你不能想见谁就见谁，因为嘛，我不知道你是不是已经弄懂，但这是一座该死的女子监狱，伙计，不是见鬼的夏季度假胜地，让你可以堂而皇之地漫步到B区，拜托门房传呼你老妈。直说了吧，你小子能顺利溜进厨房，全是因为麻秆拜托我帮你溜进厨房，现在你最好还是先跟我说说，我干嘛要再送你一程，让你这段想入非非的冒险之旅走到下一步。"

正在这时，厨房外响起了一阵合唱声。

"这是怎么回事？"我问。

一阵动听的合唱。宛如天使启唇，唱的是圣诞歌。

"是救世军合唱团，在隔壁的娱乐室唱得热火朝天呢。"柏妮答道。

"他们每年圣诞节都来吗？"

"假如我们这帮小淘气都乖乖听话的话。"柏妮答道。

屋外合唱的歌声越来越响，三部和声从柏妮这间"囚鸟馆"的门缝下面钻了进来。

"唱的是什么歌？"我问。

"你听不见吗？"柏妮回答。

柏妮开口唱起了歌。是一支圣诞歌，是《冬季仙境》，唱起雪橇铃铛、积雪和一只蓝鸟的歌。是那支歌……柏妮迈步向我走来，脚步摇摆，脸上露出笑容，嘴里依然唱着关于小鸟、白雪与仙境的歌。不知怎的，她的微笑让人心惊。柏妮有股疯劲，她的眼神落在我的身上，她的眼神也穿透了我。雪橇铃声响了。伊莱，你在听吗？代表幸福的蓝鸟已然远去。

正在这时，有人敲响了紧闭的厨房门。

"请进。"柏妮高声道。

一个二十出头的女子进了厨房。她的脑门处有几缕金发，后脑勺又有几缕金发，脑袋中央则剃成了平头，双臂双腿都瘦巴巴的。进屋的时候，她对我微微露出笑容。在这个越来越离奇的圣诞节，她的微笑算得上迄今为止我收到的最妙的礼物了。女子向柏妮转过身，脸上的笑容渐渐消失。

"她死活不肯出来。"新来的女子说，"见鬼，她整个人丢了魂，柏妮。她只是直勾勾地瞪着墙壁，活像觉得自己已经死翘翘了，反正她已经魂飞天外。"

新来的女子又向我望过来。"打扰啊。"她说。

"你有没有跟她说，这小子现在就站在厨房里？"柏妮问。

"没有，我没办法告诉她。"新来的女子说，"布莱恩爵爷开恩，准她一直关着牢房门，恐怕是担心她又发疯。"

柏妮闻言垂下了头，陷入了苦思。她向年轻女子抬起胳膊，却依然垂着头。"伊莱，这是黛比。"柏妮说道。

年轻女子黛比又对我微微一笑。

"圣诞快乐啊，伊莱。"黛比说。

"圣诞快乐，黛比。"我回答。

这时柏妮抬起了头，向我转过身。

"听着，孩子，你是想听赤裸裸的实话，还是想听裹了糖衣的哄人话？"柏妮问。

"赤裸裸的实话。"我说。

柏妮叹了口气。

"你老妈看上去情况不佳，伊莱。"柏妮开口说，"她什么也不肯吃，不肯出她的囚室。说到下午三点的放风时间，我都不记得她上次出来放风是什么时候了。本来她时不时跟我一起在厨房里上烹饪课，眼下她也不来上课了。她的情况很不妙，伊莱。"

"我知道老妈情况不妙。"我答道，"所以我才求麻秆把我弄进牢里。"

"但你老妈并不希望你见到坐牢的她，你明白我的意思？"柏妮说。

"我明白她不想见我，"我说，"我心里有数。可是柏妮，关键是：尽管她并不想见我，她却又很想见我。我也必须去见她一面，告诉她一切都会没事，因为只要我告诉她一切都会没事，那一切就真的都会没事——简直屡试不爽。每次我告诉她一切都会没事，最后一切就真的都会没事。"

"好吧，让我先把你的说法将一将：你要过去跟你老妈说，在这该死的号子里，她的日子会过得风生水起。还有，"柏妮说着，打了个响指，"瞧，弗兰姬·贝尔会万事顺遂？"

我点点头。

"就这样？"柏妮问。

我点点头。

"活像施展魔法？"

我点点头。

"你口袋里有魔力吗，伊莱？"柏妮问。

我摇摇头。

"拜托，小鬼，说不定你就是新一任'博格路胡迪尼'呢？"柏妮换上了一副嘲弄的口吻，"说不定，麻秆派来了新一任'博格路胡迪尼'，施展魔法把我们大家一个不落地从这鬼地方弄出去呢。你能不能办到，伊莱？说不定你可以挥一下你的魔杖，施展魔法把我送到达顿公园火车站，让我去探望我家孩子。我有五个子女，见到哪个我都开心。说不定去见见老幺，金姆。你觉得金姆现在有多大年纪，小黛？"

黛比闻言摇摇头。

"拜托啦，柏妮，这可怜的小鬼已经辛辛苦苦混进了号子，我们就带他去见他妈吧。看在上帝的分上，今天可是圣诞节。"黛比插了嘴。

柏妮向我扭过头。

"我们只要见个面就好。"我说。

"孩子，我只是在替你老妈着想。"柏妮说，"照她现在这副德行，世上哪有一个当妈的愿意让自己的孩子见到？我干嘛要带你过去，伤你老妈的心，让她比现在伤得还要厉害？知道吧，为的不过是让你的圣诞节好过一些？"

我凝神向柏妮的双眸望去，望得如此深切，如此一丝不苟；我能看见柏妮钢铁般的灵魂。"因为我不懂魔法，柏妮，"我开口说道，"因为我屁也不懂，但我懂得一件事：我老妈跟你们提起过我和我哥哥，她的话一点也没有错。"

"她的哪句话？"柏妮问。

"我们两兄弟与众不同。"

*

正值圣诞节，博格路女子监狱B区的女囚们在娱乐室一个临时搭建的舞台上演音乐剧，C区、D区、E区的犯人，再加上F区临时女监的犯人（每当其他区域的牢房住满女囚，新来的犯人就会被打发到F区临时女监），则在吃完午餐后聚在一起，欣赏一场无比欢乐、备受欢迎的圣诞音乐会。B区上演的音乐剧，纯属耶稣诞生故事与歌舞片《火爆浪子》调和而成的大杂烩：两名女囚饰演玛丽与约瑟夫，玛丽与约瑟夫却又化身成《火爆浪子》一片的主演奥莉维亚·纽顿-约翰与约翰·特拉沃尔塔，东方三贤士则摇身变成了《火爆浪子》中的一帮"粉红女郎"。耶稣宝宝是个身穿皮衣的玩偶，这位未来的救世主不再在马厩里过夜了，而是躺进一辆纸板做成的《火爆浪子》"极速闪电车"的行李箱——女囚们这出音乐剧节目，名叫《圣婴降临：为舞而生》。

整部剧的高潮，是玛丽演唱的《圣诞已至，我只想拥有你》，一曲高歌博得满堂彩，雷鸣般的欢呼声响彻了B区。三名壮汉看守身穿褐绿色制服，正围着拍案叫绝的观众站成一个三角，但就连他们三位，也发觉自己沉浸在载歌载舞、热闹非凡的气氛中，谁让扮演玛丽的女子身穿黑色裤袜呢。

"好，我们走吧。"趁着音乐剧赚尽了众人的眼球，所有人都心醉神迷的时机，柏妮悄声说道。

我钻进一只黑色的滚轮大垃圾桶，柏妮推着我，垃圾桶盖扣在我的头顶上。我的脚嘎吱踩着从监狱餐桌撤下的纸碟，都是圣诞节午餐的残羹剩菜：罐头火腿、罐头豌豆，再加上罐头玉米，齐到了我的脚踝。柏妮推着我出了监狱厨房，经过餐厅，穿过娱乐室后方的开放式区域，一溜烟从紧盯着台上玛丽的观众身边走过。柏妮推着垃圾桶猛地向右拐了个弯，我狠狠地撞上了垃圾桶又油又臭的内壁。柏妮又急匆匆往前赶了三四十步，接着摆正了垃圾桶，打开桶盖，把头探了进来。

"我叫什么名字？"柏妮考我。

"我哪知道。"我回答。

"操蛋，你小子是怎么溜进牢里的？"

"我攀在一辆运货卡车的车底进来的。"

"什么运货卡车？"

"我不清楚，"我说，"白色的一辆吧。"

柏妮点点头。

"滚吧。"她低声道。

我从垃圾桶里站起身。我们在一条牢房过道中，唯一的光亮来自过道尽头的一扇磨砂玻璃落地窗，跟我们大约隔着八间囚室。每间囚室正中都嵌着一块硬化玻璃方形窗，大小跟我老爸家的邮筒差不多。

我溜出垃圾桶，肩上还背着书包。柏妮朝过道里隔着两扇门的囚室点了点头。

"就是那间。"柏妮说。她合上垃圾箱盖，急匆匆走开了。

"这下你全靠自己啦，胡迪尼，"柏妮悄声道，"圣诞快乐。"

"谢谢你，柏妮。"我也悄声回答。

我迈步走向老妈的囚室。牢房门上的窗格位置太高了，我没有办法望见里面的情况，就算踮起脚尖也够不到。不过，厚厚的牢房门上有个凹槽，我可以伸手抓住它往上爬，再用膝盖蹬着爬得更高些。可惜的是，我的右手抓不稳门上的凹槽，毕竟我的右手只有四根手指；我又试了一回，紧攥住窗户不肯放开。我终于望见老妈了。她身穿一件白衬衣，外面罩了一件像是工作服的浅蓝色罩衫。身穿囚服的老妈看上去年纪好轻,我还从未见过如此娇小、如此弱不禁风的她,活脱脱是个小姑娘,理应在瑞士起伏的群山中挤牛奶。囚室的右侧墙壁上有张桌子,右侧屋角有铬合金马桶和洗手盆;左侧墙壁上用螺钉栓着两张床铺,我老妈就坐在下铺边上,双手合十,夹在双膝之间。她披散着头发,垂上了面孔,垂上了双耳,脚上穿着跟柏妮一模一样的蓝色橡胶凉鞋。可惜我的胳膊实在撑不住了,我从牢房门上滑了下来。我又爬上牢房门,更加用力地攥紧了门上的凹槽。这一回,我张望得更久了些,望见了一切真相:我老妈麻秆般的小腿,合页般的手肘,枯枝般的双臂——我真恨不得用枯枝撩起熊熊火势,趁着圣诞节烧光这魔窟,作为给所有妈妈女囚的献礼啊。我老妈颧骨高耸,脸颊活活变成了一层皮,婴儿肥已经不见了踪影。她的面孔看上去不像真人的脸,倒像出自某位毫无幽默感的画手笔下的铅笔漫画,看得让人后背生寒,好像只消一口口水或者一根飞快拂过的食指,就能够把这张面孔抹去。只不过,让我揪心的不是老妈的小腿、双臂或颧骨,却是她的眼眸,她正直勾勾瞪着对面的一堵墙,眼神空洞,仿佛她的大脑已经被人切除。她看上去活像《飞越疯人院》里做过额叶切除术后的杰克·尼科尔森,而且背景环境也跟片中颇为吻合。刚开始的时候,我无法看清老妈究竟干嘛盯着那堵墙,但紧接着,我终于看清楚了。是我,是我和小奥,手挽着手。囚室墙壁上贴着一张照片:相片中的我们打着赤膊,在达拉我家的后院里玩耍,奥古斯特挺着肚皮,用右手比画着看不懂的手势,扮作外星人,上演他那烦死人的"E.T.打电话回家"桥段;我嘛,就把小奥挺起的肚皮当手鼓来敲。

　　我用指关节轻轻叩响了牢房的玻璃窗;老妈没有听到。我又猛又快地叩响了玻璃窗;老妈没有听到。我从囚室门上滑了下来,但又再次一跃而上。"妈——咪——啊。"我低声说。我又敲了一下玻璃窗，敲了两下，敲了三下，最后一下敲得实在太响、太狠了。我向右扭过头，打量牢房的过道。笑声与掌声依然在B区的角落里回响；《圣婴降临：为舞而生》音乐剧的明星主演们正得意扬扬地鞠躬谢幕呢。"妈——咪——啊。"我悄声急道，更加用力地敲响窗户。"嘭、嘭"，老妈向我扭过了头，发觉我正从窗口焦急地望着她。"妈咪。"我悄声说，脸上露出了笑容。于是，老妈的脸上闪过了一抹神采，仿佛心中亮起了一盏明灯，但又飞快地熄灭了。"圣诞快乐，老妈。"我说着流出了眼泪——还用说吗，我当然会哭。直到此刻，直到我用手指攀住博格路女子监狱24号囚室的大门，我才发觉自己有多想为她哭一场。"圣诞快乐，妈咪。"

我向她展颜而笑。瞧，老妈，你瞧啊。历经了一切，历经了天翻地覆，历经了莱尔、麻秆和你相继离去的一幕，我却还是老样子。什么也没有变，妈咪；什么也改变不了我，什么也改变不了你。我对你的爱更深了几分，妈咪。老妈，你以为我对你的爱会浅上几分，但正因历经了种种苦难，我对你的爱又更深了几分。我爱你——瞧，从我脸上的表情就看得出来。

"开门啊，老妈，"我悄声说，"开门呀。"

我从门上滑了下来，只好又爬上去，可是一颗钉子狠狠地割到我的右手中指，鲜血淌下了指尖。"开门啊，老妈。"我已经再也攥不稳门上的凹槽了，我揉了揉眼睛，眼泪害得我的手不停地打滑，但我还是再次攀上了囚室门，刚好望见老妈失神地凝望着我，摇着头。"不，伊莱。"我读得懂她的意思。我读得懂，正如我花了十年读懂我哥哥一声不吭的手势。"不，伊莱。不要在这里见面，不要这样见面。不。""开门啊，妈咪。"我说道。"开门啊，妈咪。"我求道。她却摇了摇头。她也流出了眼泪。"不，伊莱。对不起，伊莱。不。不。不。"

我的手指滑下了囚室大门，我一跤跌在了监狱过道硬邦邦的抛光水泥地面。我噙着眼泪，挣扎着喘气，后背倚在囚室门上。我使劲用头撞了两下铁门，可惜铁门显然比我的头硬。

于是，我深呼吸；我深吸一口气。我的眼前仿佛出现了莱尔那间暗室里的红色电话机，出现了莉娜·奥尔利克卧室里天蓝色的墙，出现了耶稣的镶框照（他的生日恰好是今天呢），出现了莉娜·奥尔利克卧室里的老妈。紧接着，我开口唱起了歌。

因为，老妈需要她的歌。我手边没有唱机放歌给她听，因此，我开口唱起了歌。是老妈经常播放的那一支：唱片第一面，从唱片边上数过去第三道粗纹路，吟唱一个从不肯透露来自何方的女孩。

我转过身，对着囚室门缝开口唱歌，对着宽仅一厘米的门缝中透出的光亮开口唱歌。我肚子着地趴上了地板，对着牢门下方的缝隙开口唱歌。

《红宝石星期二》，带着她的痛楚，她的渴求，她的离去，以及我在圣诞节当天沙哑的嗓音。我开口唱。我开口唱。一遍又一遍。我唱。

我住了嘴。一片沉寂。我使劲地用前额撞着牢门。我才不在乎呢，我会放手让她离开，我会放手让他们一个个全都离开。莱尔，麻秆，小奥，老爸，老妈。接着，我会去找凯特琳·施皮斯，我会对她说，我也会放手让她离开。接着，我就会不再吭声，不再做梦。我会找个洞钻进去，学我老爸埋头阅读讲述梦想家的书，我会读一本又一本书，喝一瓶又一瓶酒，抽一支又一支烟，接着就死翘翘。再见吧，红宝石星期二。再见吧，翡翠石星期三。再见吧，蓝宝石星期天。再见。

囚室的门忽然开了。囚室的气味立刻向我迎面扑来，闻上去像是汗臭、湿气，再加上体臭。老妈的橡胶凉鞋吱嘎响着，来到了我的身边，她瘫倒在地，哭出了声。她把一只手搁上我的肩头，抽泣着；在囚室门口，她倒进了我的怀中。

"大家一起来抱抱。"老妈说。

我坐起身，伸出双臂搂住了老妈，搂得如此之紧，我真怕自己会勒断她那弱不禁风的肋骨。我把头靠上她的肩膀——我还不知道，自己原来如此思念那股香味，思念老妈秀发的香味，思念老妈的拥抱。

"一切都会没事的，老妈。"我说，"一切都会好起来。"

"我明白，宝贝。"老妈说，"我明白。"

"前景光明，老妈。"我说。

老妈把我搂得更紧了些。

"熬过这一阵就好，前景会很光明。"我说，"是奥古斯特告诉我的，老妈，奥古斯特跟我讲了。奥古斯特说，你得先熬过这一阵，熬过这一阵就好。"

老妈倚在我的肩头抽噎。"好，好。"她一边说，一边轻拍着我的后背，"好，好。"

"只要熬过这一阵，一切都会有起色。奥古斯特心里有数，妈咪。目前是最难熬的一阵子，情况再不会更糟啦。"

老妈哭得更厉害了。"好，好。"她说，"抱着我，宝贝，抱着我就好。"

"你相信我吗，老妈？"我问，"假如你相信我，那你就相信情况会好转，假如你相信情况会好转，它就会成真。"

老妈点点头。

"妈咪，我会努力让情况好起来，我保证。"我说，"我会给我们找个家，找个好地方，安全的地方，等你出狱就可以住到家里，我们一家会很开心，你也可以自由自在，妈咪。对手只是时间，但时间本来就可以供你驱策。"

老妈点了点头。

"妈咪，你相信我吗？"

老妈点了点头。

"说出来。"

"我相信你，伊莱。"她说。

正在这时，一个女声响彻了过道。

"搞……什么……鬼？"一个长着大肚皮的红发女子尖声叫道，她身子朝后仰，穿着囚服，手里端着一个塑料甜点碗，里面装满了颤巍巍的红色果冻，正瞪大眼紧盯着24号囚室门口的我和老妈。红发女子向娱乐区扭过了头，放声喊道："你们这帮看守在这儿开的是什么？难道是托儿所？"

她用力把甜点摔在地上，一副气呼呼的样子。"怎么今天还准弗兰姬公主见人哪？"她扯着喉咙叫道。

老妈把我搂得更紧了些。

"我得走了，妈咪。"我边说边挣脱了她的怀抱，"我得走了，妈咪。"

老妈将我搂得如此之紧，我不得不用力从她的怀中挣开。我站起身时，她垂下头，掉下了眼泪。"我们会熬过这阵苦日子，妈咪，"我说，"对手只是时间，你能打败时间，妈咪，你能打败时间。"

我转过身，一溜烟奔下了过道，正赶上一名个高肩宽的监狱看守绕过转角，朝老妈的囚室赶来——他是顺着红发女子的目光赶过来的。"搞什么鬼？……"看守一眼望见了我，顿时惊掉了下巴。我一把攥住书包带子，用尽全力冲下过道：监狱看守的一只手已经摸上插在腰带里的警棍。而我，则仿佛遥遥望见了帕拉玛塔鳗鱼队厉害透顶的中卫布雷特·肯尼，望见了奥古斯特和我在家中后院学着布雷特·肯尼令人眼花缭乱的步伐，练了一个又一个下午。

"给我站住。"看守下令。但我冲得更加拼命，在过道里左绕右绕，在四米宽的空间中施展出浑身解数，恰似布雷特·肯尼灵巧地绕过坎特伯雷牛头犬队的防线。我闪身向走廊右侧退去，笨呼呼的监狱看守拖着他笨呼呼的两条腿和啤酒肚，拦住了我的去路。当看守猛然停步、张开双臂准备捉住我时，当他布下天罗地网准备捉住我，像捉住一条滑溜溜的布朗波湾鲉鱼时，我离他的魔爪，只差区区两米远了。就在那一刻，我飞快地猛踏右脚，离弦之箭般闪到了过道的最左侧，顺势猫下腰，从看守那乱晃的右臂下哧溜钻了过去——看守的右臂看上去来势汹汹，其实毫无用处嘛。我仿佛望见：布雷特·肯尼抓住了对方防线的破绽，而悉尼板球场西侧的看台上，一大群帕拉玛塔鳗鱼队拥趸身穿蓝黄相间的服饰，激动地站起了身。我向左拐了个弯，进了B区开放式娱乐用餐区，里面挤满了四十个女囚，正围着餐桌、牌桌、棋桌和编织用的桌子或站或坐。这时，另一个狱卒从大厅的另一头遥遥望见了我（这名看守个子矮，但肌肉发达，动作敏捷），于是也拔腿追了上来。我一溜烟奔过餐厅，四处寻找着出口，女囚们又是大笑，又是高呼，又是拍手。谁知道，餐厅左侧又杀出了另一名看守，加入了追逐战的战场。"给我站住！"看守凶巴巴地高呼。我怎么可能乖乖站住，我疾奔穿过大厅中间的过道，老妈的狱友们高兴地猛拍桌子，害得一碗碗下午茶甜点（圣诞布丁、果冻、蛋奶沙司）齐刷刷在她们的拳头间颤抖。只可惜，我没有找到出口，看守们又从四面八方向我包围过来，于是我转过身，沿对角线方向奔过了大厅的一张张钢制餐桌。正在这时，刚刚被我在过道里绕过的那名看守进了餐厅，气呼呼地挤过熙熙攘攘的女囚——她们已经一溜烟从耶稣诞生故事与《火爆浪子》结合的音乐剧的看台上赶了过来，摇身从那台引人入胜的音乐剧观众变成了另一台离谱到家的狗血大戏的观众：毕竟一个半大小子正在博格路监狱的桌椅上蹦来跳去，活像《乐一通》卡通中的主角。看守们要么恼火又笨拙地跳上桌子来追我，要么冲过走廊来截我，嘴里还咆哮着吓唬我的话，但我耳边响起的是悉尼板球场里一片震耳欲聋的欢呼声，所以听不清监狱看守们在吼些什么。"肯尼！布雷特·肯尼！瞄准无人防守的空当，堪称高手啊，伊莱·贝尔，正挥师直捣球门线。伊莱·贝尔，得分在即，必能名垂青史，在联盟式橄榄球的传奇史上写下一笔。"

我在桌与桌之间跳跃，好似一个俄罗斯芭蕾舞舞者，避开了倒霉看守们挥舞的胳膊，正如埃罗尔·弗林避开《侠盗罗宾汉》中海盗的剑锋。这一下，博格路监狱的女囚们仿佛置身摇滚乐表演现场，纷纷向鳗鱼队那位脚穿邓禄普KT-26运动鞋的中卫挥拳致意，谁让那小子如踏飞轮、如有神助呢。我从一张桌子上蹦下来，蹦到餐厅入口处光亮的水泥地上，入口处的女囚竟然齐刷刷地朝后退开，顿时在人群中为我劈开一条通道，让我可以一溜烟奔过去，诸多女囚也在顷刻间变成一列夹道相送的仪仗队。除此之外，不知怎的，这些女囚竟然知道我的名字。

"快逃啊，伊莱！"女囚们高声叫道。

"快跑啊，伊莱！"女囚们高声叫道。

于是，我拔腿跑啊跑啊跑啊，直到遥遥望见厨房、牢房和餐厅的交汇处出现了一片公用区，公用区后方又出现了一扇出口大门，通向室外的草坪，通向自由。"肯尼！布雷特·肯尼直捣球门线！"冲吧，往前冲。我的屁股后面紧追着三名看守，而另一个警卫（应该是加入追逐战的第四名警卫）从我的右侧冒了出来，准备截住我奔向出口大门的路——这位警卫与"坎特伯雷牛头犬"队的后卫有得一拼，算得上监狱看守中担任后卫的人手，乃是每支球队的最后一道防线，全队技术最为过硬的防守队员，敏捷而又强壮。我老妈小时候很爱跑步，短跑很不赖，曾经在田径嘉年华上赢过短跑比赛。有一次她告诉我，有一条高着儿可以让人如虎添翼：奔跑时向地面俯下身，把自己想象成耕地的犁——百米赛程中，前五十米赛程，你要想象自己的双腿正在土中开垦，自己正在深扎地面；后五十米赛程，你要想象自己正拔地而出；闯过终点线时，你的头要朝后仰，高高地挺起胸。于是，当第四名看守奔过监狱地面的时候，我摇身变成了耕地的犁，只可惜我算不上多么强壮，从第四名看守的路线看来，他势必将在我奔到那扇自由之门前截住我。正在这时，圣诞奇迹降临了，神明竟然穿着一身囚服显了灵。是柏妮，慢吞吞地推着滚轮垃圾桶，貌似心不在焉（圣诞快乐，柏妮），正好挡住来势汹汹的第四名看守的去路。"快滚开，柏妮！"看守一边在柏妮身旁绕行，一边厉声喝道。

"什么？"柏妮说着，一脸无辜地扭过头，简直跟滑稽剧默片明星一样，又大张旗鼓、笨手笨脚地将垃圾桶朝后拖，显然是一不小心，正好挡住了看守追我的去路。看守本打算跨过斜躺的垃圾桶，谁知一只脚狠狠撞在了垃圾桶上，结果肚皮着地摔了个狗吃屎，重重跌在了光溜溜的监狱地板上。

我一溜烟冲出了B区的后门，奔上了一片精心修剪的草坪，草坪一直延伸至一个带有栅栏的网球场。我一路往前跑啊跑啊跑啊。"布雷特·肯尼，连续三周当选全场最佳球员，此刻已远远越过死球线，一脚踏进了史册。"伊莱·贝尔，神龙见首不见尾的伊莱·贝尔。叫我梅林吧，博格路女子监狱的术士，唯一成功逃离B区魔窟的小子，唯一成功逃离博格路监狱魔窟的小子。我已经可以闻见青草的芬芳。草坪上盛放着白苜蓿花，蜜蜂在苜蓿丛中嗡嗡翻飞。如果被这些蜜蜂蜇了，我的脚踝只怕会肿个大包——不过，还管它干嘛，伊莱，世上糟过蜜蜂的祸事可不少。草坪一直延伸到斜坡下的网球场，我边跑边扭头回望。四名监狱看守还在穷追不舍，嘴里不停地高喊着什么，只可惜我听不清。我一边拔腿疾奔，一边从书包背带里抽出了右臂。我拉开书包拉链，伸手攥住了包里的一根绳索。是时候了，伊莱，胜负在此一举。

*

正如当年牢房中的麻秆，我最先用的是火柴。火柴，再加上绳索；火柴的正中套上一根橡皮筋，绑成十字形，用作爪钩。时机、计划、运气、信念。我信，麻秆；我信。我花了一个小时又一个小时，在卧室里研究如何用爪钩钩住某堵橙黄色的砖砌高墙。等到一切准备妥当，我造出了自制版本的带绳爪钩：一条长达十五米的粗绳，每隔五十厘米打一个结以便抓握；又从老爸收在房屋下方的一只旧耙柄上劈下两根圆柱形的木棍，用绳子捆成了十字。周六下午，我会携带自制爪钩去布瑞肯力治童子军中心，因为童子军中心搭建了一堵简易高墙，供年轻童子军在团队建设训练中攀爬。我把自制爪钩抛了一次又一次，抛了一次又一次；我精研着技艺，竭力让自制爪钩钩牢墙壁。某天下午，一名紧张兮兮的童子军团长抓到我正在练习"越狱技巧"。

"小伙子，你究竟在搞什么鬼？"童子军团长问我。

"逃狱啊。"

"你说什么？"

"我正在扮蝙蝠侠呢。"我说。

*

在网球场，我向左急转弯，奔进了一条小路，它夹在监狱C区囚室（位于我的左侧）和缝纫厂区之间（位于我的右侧）。我喘不过气来，我好累。必须找到那堵墙，必须找到那堵墙。我奔过了F区的可拆卸临时囚室，扭过头张望——我的身后并没有看守追过来。我终于奔到了监狱的高墙边：那是一堵棕色的旧砖墙，很高，很雄伟。我不知道自己准备的那段绳索长度够不够，是不是长到足以让我攀上面前这堵墙壁，于是我沿着围墙拔腿狂奔起来，找啊，找啊，找啊，一心想要在这堵棕色的砖砌堡垒中找到高低两段墙体的交汇处——我找到了。我飞快地解开自制爪钩绳索，留出两米长的一截，以便抛掷。我又抬头望望墙角，望了望高低两段墙体的交汇处；我抡起绳索转了两圈，活像个手持套索的牛仔，老爸那只旧耙柄上劈下的两根木棍，此时摇身变做了指引方向的炮弹。我只有一次机会。帮帮我吧，麻秆。帮帮我吧，布雷特·肯尼。帮帮我吧，上帝。帮帮我吧，欧比旺，你是我唯一的希望。帮帮我吧，老妈。帮帮我吧，莱尔。帮帮我吧，奥古斯特。

纯属孤注一掷。纯属诚心、野心与信仰之举。我信，麻秆；我信。爪钩飞向了半空，飞越了高高的监狱围墙。我向右迈出了两步，扯紧绳索；这样一来，当我将绳索往下拉的时候，爪钩就只能牢牢地卡进高低两段墙体的交汇处。

"嘿！"这时一个看守放声喊道。我扭过头，一眼望见他在离我大约五十米远的地方，正沿着围墙奔向我，身后不远处紧跟着另一名看守。"住手，你个小混球。"看守高喊着。

我攥住一个绳结，双手并用攀上了墙壁。我那双可靠又有福的邓禄普KT-26运动鞋牢牢地蹬在墙上，我的后背顿时与身下的草坪平行了起来。我乃蝙蝠侠；我乃60年代蝙蝠侠电视剧中扮演蝙蝠侠的亚当·韦斯特，在哥谭市的某栋办公大厦上飞檐走壁。越狱在望，这着儿竟然真他妈的管用。

体重越轻，这着儿就越见效。当初麻秆在监狱高墙飞檐走壁的时候，就确实有着一副麻秆身材，而我乃是天选之子，飞檐走壁之子，智取狱卒之子，逃离博格路监狱之子。大师梅林，博格路女子监狱之术士。

从这个角度，只能望见天空。万里碧空，朵朵白云，以及高墙上的流光。我已经爬上了六米、七米，也有可能是八米、九米。我的脑袋都已经探入了云端，想必爬了至少十米高。

绳子绷得好紧，我的手只觉得一片火辣辣。因为缺了右手的食指，我的右手中指显然不堪重负，隐隐作痛。

两名看守一溜烟赶了过来，伫立在我的下方，抬起脑袋仰望着我。他们的训斥声听起来活像莱尔正对我大发雷霆。

"小子，你是脑子秀逗了吗？"其中一名看守高喊道，"你想去哪儿？"

"快给我滚下来。"另一个看守说。

但我继续往上爬，爬啊爬，爬啊爬，恰似英国特种空勤团的特种兵，将被劫的人质救出恐怖分子的魔爪。

"你会害死自己的，你个傻蛋。"迟来一步的看守说，"这条绳子明明不够结实，禁不起你折腾。"

还用说么，这条绳子当然够结实，我可是在童子军中心实测过十七次了。想当初，我在老爸家宅子下方找到这条旧绳的时候，它正摆在老爸生锈的独轮手推车里，上面积满了灰。于是，我继续沿着监狱高墙往上爬，往上爬。唔，高处的空气——当初你心中涌起的也是这般滋味吗，麻秆？感觉心潮澎湃？一览高墙之巅？想象着高墙之外会有什么未知的奇遇？

"快下来吧，我们不罚你就是了。"先到一步的看守说，"快下来，伙计。杀千刀的，真是见了大头鬼，今天可是圣诞节啊，你妈可不希望见到你在圣诞节当天嗝屁吧。"

当停下脚步准备喘口气的时候，我离监狱墙顶只有区区一米远了。只要再最后吸上一口气，我就可以翻过墙顶，大获全胜，攻克惊天难关，成就惊天伟业。于是，我深呼吸了三口，两腿蹬紧了监狱的高墙。我攀向高处，攀得如此之高，我竟然可以望见老爸家那只耙柄做成的爪钩正钩在墙上，绷得笔直，但也钩得很牢。高墙之巅，珠穆朗玛峰无人之境。我又扭过头，望了望脚下的狱警。

"回头见啊，伙计们。"我向狱警庄严宣告道——都怪高墙之巅稀薄的空气，忽然害我平添了几分捣蛋劲，"拜托去告诉布里斯班乔治街那些阔佬一声，澳大利亚没有哪堵高墙，拦得住博格路监狱术士……"

旧耙柄制成的一根木棍这时应声而断，我凌空向后往下坠落。碧空与白云正离我而去，我乱挥着两条胳膊，乱踢着两条腿，整整一生在我的眼前瞬间闪过：宇宙，梦中游过的鱼，口香糖，飞盘，大象。乔·科克尔的人生，乔·科克尔的大作，通心粉，战争，水上滑梯，咖喱蛋三明治，所有答案，问题的答案。再加上一个我根本没有料到的词，从吓呆的我的嘴里冒了出来。

"老爸。"

偷天换日

墓碑上写道："奥黛丽·博古特，生于1912年，卒于1983年，汤姆之爱妻，特蕾莎与大卫之母。无尽回忆，留予后人。"

奥黛丽·博古特，终年七十一岁。

旁边一块墓碑写道："肖娜·托德，生于1906年，卒于1981年，马丁·托德与玛丽·托德之女，柏妮丝与菲利普之妹。生命之酒让人倾心，于是她一饮而尽。"

肖娜·托德，终年七十五岁。

"走吧，就要开始了。"我劝奥古斯特。

我们走进阿尔巴尼克里克火葬场正中的一座砖砌小教堂。时值1987年，冬。我那宏伟的"时光流逝"实验已经施行了整整九个月。

麻秆没有骗人，只不过是时间而已：从布瑞肯力治区我老爸家开车到阿尔巴尼克里克火葬场，需时三十九分钟。系好鞋带，需时二十秒；奥古斯特把他的衬衫掖进长裤，需时三秒；老妈出狱，尚需二十一个月。本人正飞速晋身成为操控时间的大师，本人将让二十一个月感觉像是区区二十一个星期。这一着儿，来自木头棺材里那老头的亲传。

麻秆，终年七十七岁。过去六个月里，他不停在医院进出，癌症已经蔓延到他那副高大身躯的诸多角落。一有机会，我就去探望他，反正瞅准各种琐事的空隙：比如上学念书，做功课，下午看电视；比如，我日渐长大，他日渐退场，终于上演了他的最后一次大逃亡。

"犯罪时代宣告落幕。"——老爸昨天递给我一份《电讯报》，上面的文章标题如是说。"随着七十七岁的亚瑟·欧内斯特·麻秆·哈利迪在雷德克里夫医院去世，昆士兰犯罪编年史上扣人心弦的一章于本周画上了句号。"

在这间小教堂，时间停下了脚步。棺材周围的送葬者只有寥寥几个，全都默不作声，有几名男子身穿西服，但大家互相之间谁也不认识谁。

我的一只手伸进裤兜，摸索着麻秆留给我的最后几句话。是当初麻秆的留言，指点我去见神秘的乔治，和他那辆带私货的监狱水果卡车。

"搞定时间吧，趁它还没有搞定你。你永远的朋友，麻秆。"

他写道。

搞定时间吧，趁它还没有搞定你，伊莱·贝尔。

一个葬礼工作人员开口讲了几句关于人生与时间的话，可惜我半个字也没听到耳朵里，因为我正在心里嘀咕着时间和人生。紧接着，麻秆的棺材被抬走了。

收场得真快啊。快捷时代，美好时代。

奥古斯特和我走出教堂大门的时候，一名身穿黑色西服、打着领带的老头来到我们身旁。他说自己是麻秆的老友，两人一度合伙坐庄开过赌。他说，出狱后，麻秆还帮他干过活。

"你们两个小伙子又怎么会认识麻秆呢？"老者问道。他的面孔温暖而友好，一抹微笑恰似米基·鲁尼。

"他是我们的保姆。"我回答。

西服老者点点头，但似乎一头雾水。

"你又怎么会认识麻秆呢？"我反问身穿黑色西服的老者。

"他跟我和我家里人一起住过一阵。"老者回答。

直到这一刻，我才突然意识到：原来，麻秆的人生并不仅仅只有一面，他的人生尚有其他的角度，其他的朋友，其他的家人。

"多谢两位特意前来纪念他。"西服老者说。

"他是我最好的朋友。"我回答。

西服老者轻笑一声。

"也是我最好的朋友。"他说。

"真的？"我问。

"是啊，没错。"西服老者回答，"别担心。"他低声说："谁说一个人不能同时有好多个最好的朋友呢？谁说哪个好朋友非要盖过另一个？"

我们沿着草坪往前走，一排排灰色的墓碑把教堂外的墓地割裂成了一条条小路，整齐而又阴森。

"依你看，他真的杀了那个出租车司机吗？"我开口问道。

西服老者耸了耸肩。

"我从来没有问过他。"西服老者说。

"但你心里清楚，对吧？"我问道，"反正我觉得，你多多少少会心里有数，你的直觉也好，其他原因也好，总之会让你明白他到底有没有下手。"

"你说直觉，指的是什么？"西服老者问。

"曾经有一次，我遇到某个欠了无数血债的人，当时我的直觉就告诉我，无数人命曾经葬送在他的手上。"我说，"当时一阵寒意蹿过了我的后背，让我明白，他杀过很多人。"

西服老者停下了脚步。

"那件事我从来没有问过他，完全是出于对他的尊重。"西服老者说，"我尊重他。假如那个出租车司机并不是死在他的手上，那我对麻秆的尊重会更深上几分，愿他的灵魂安息吧。反正在麻秆·哈利迪身边，我的后背从来没有感觉到寒意。假如那个出租车司机真是死在他手上，那麻秆真算得上改过自新的典范啦。”

说得不赖，多谢啦，神秘的西服老者。我点头示意

老头说完将两只手插进衣兜，沿着一排墓地渐渐走远。我望着他从排排墓碑旁经过，仿佛世上再没有人的灵魂能像他这般无忧无虑。

奥古斯特干脆猫下腰，审视着一列列纪念逝者的墓志铭。

“我得去找份工。”我说。

奥古斯特扭头向我抛来一抹犀利的眼神，意思是：“为什么？”

“等到老妈出狱的时候，我们总得有个地方让她安家吧。”

奥古斯特更加认真地读起了墓碑。

“拜托，小奥！”我嘴里催道，迈步走开了，“没时间给你白白浪费啦。”

*

从博格路女子监狱的围墙上跌下来的那一天，我直挺挺地摔进了看守的怀中。值得称赞的是，与其说监狱看守们对我的调皮捣蛋怒不可遏，不如说他们更关心我的心理健康。

“你们不觉得这小鬼头脑子秀逗了吗？”年纪最轻的一名看守沉思着。他留着姜黄色的络腮胡，前臂长满了斑点。“我们该怎么处置他？”络腮胡看守开口问其他狱警。

“听默扎的。”第二名看守回答。

这两名看守架着我往前走，两人各攥住我的一条胳膊，沿着草坪把我带回了另外两名看守身旁——那两位年纪要大一些，经验丰富些，可惜没力气在监狱放风场里追着一个半大小子到处跑。

随后，监狱看守们在监狱行政大楼的办公室里开了一场决策

会。只不过，在我看来，倒像是我正亲眼目睹四个尼安德特人拼命想要弄清楚"扭扭乐"游戏到底该怎么玩。

"这小鬼头搞不好会害惨我们，小默。"年龄最大的看守说。

"我们要给监狱长打个电话吗？"姜黄色络腮胡看守问。

"不要给监狱长打电话。"被称作"默扎/小默"的看守回答道，"消息很快就会传到监狱长的耳朵里，这破事一样也会害惨他。他和露易丝正在家里享受圣诞火腿呢，用不着拿这事去烦他。"

默扎思索了片刻。他俯下身子，与我的双眼齐平。

"你非常爱你妈咪，对不对，伊莱？"他问。

我点点头。

"你是个聪明小子，对不对，伊莱？"他问。

"看上去，好像聪明得不太够。"我说。

默扎轻笑了一声。"没错，可不是嘛。"他说，"但你的脑子还不算笨吧，该明白在这种地方，如果有人给我们添堵，会有什么下场。你知道，对不对？"

我点点头。

"伊莱啊，天一黑，号子里可能会出各种各样的惨事。"他说，"惨绝人寰哪，你都不敢相信。"

我又点点头。

"那你来跟我讲讲，今年你的圣诞节是怎么过的？"

"我跟我哥、我爸三个人一起吃了慈善机构圣云先会送来的菠萝罐头。"我回答道。

默扎也点了点头。

"他妈的，圣诞快乐，伊莱·贝尔。"他说。

长着姜黄色络腮胡的看守名叫布兰登，他开自己的车把我送回了家，一辆1982年的紫色霍顿Commodore汽车。一路上，布兰登都在放重金属摇滚乐队范·海伦的专辑《1984》。我本打算向无比劲爆的《巴拿马》一曲挥拳致意，可惜我的左手被铐在了布兰登汽车后座的左侧扶手上，颇为影响我抒发心声。

遵照我的求恳，在兰斯洛特街离我家三栋宅子的地方，布兰登就解开了手铐，放开了我。"摇滚不灭，伊莱。"布兰登说。

我轻手轻脚地一溜烟奔进门，发现奥古斯特已经躺在客厅沙发上睡着了，胸口放着一本摊开的《越狱》。我还遥遥望见，走廊的尽头，缭绕的烟雾从老爸的卧室飘了出来。有史以来打扮得最不堪入目的一棵圣诞树下，摆着一件用报纸包裹着的礼物，是一本方形大书，上面用马克笔龙飞凤舞地写着：伊莱。我撕开报纸，想要把礼物取出来。那不是一本书，却是一沓纸，大约五百页A4纸吧。第一页上，写着一条短短的留言。

"是焚尽一地，还是一鸣惊天下——你说了算，伊莱。圣诞快乐。老爸。"

*

到了我十四岁的生日，老爸又送了我一沓纸，再加上一本《喧哗与骚动》。原因在于：老爸注意到，我正一天比一天更显肩宽体壮；他说，年轻人得有宽阔的肩膀，才读得了福克纳。

正是在其中一张A4纸上，我列了个清单，列出了所有我能打的工——通通都在骑自行车可到的范围内，足以让我和奥古斯特赚够钞票，付清布里斯班绿树成荫的西郊海口区某所房子的订金，好让老妈在出狱之后搬进去：

· 去巴雷特街"大公鸡"外卖餐馆炸薯条。

· 去巴雷特街食品杂货铺当理货员。

（夏季酷热难耐时，奥古斯特和我就会去该店的冷冻食品区瞎逛，聊聊钱花在哪款雪糕上才更值，是巧克力心形冰激凌呢，"泡泡比尔"冰激凌呢，还是不容置疑的王者——百乐宝香蕉味冰激凌。）

· 当报童，给坐拥巴雷特街报亭的那帮疯癫俄罗斯人送报。

· 到报亭隔壁的面包店给面包师当助理。

· 打扫比尔·奥格登设在普福德街的鸽舍（最后一着儿）。

我又琢磨了一下这份清单，用一支蓝色水笔轻点纸张。紧接着，拜我寥寥无几的技能所赐，我又飞快地添上了一份我能干的活：

· 当毒贩。

*

有人在敲我家前门——真难得啊。上次有人敲我家前门，是在三个月前，当时一名年轻警察来我家找老爸问话，说是本地好几位妈妈族声称，老爸在三年前的一次酒后驾车事故中，撞倒了登汉姆街托儿所外面的一块停车指示牌。

"您是贝尔先生？"年轻警察问。

"谁？"老爸回答。

"我想找罗伯特·贝尔先生。"警察说。

"罗伯特·贝尔？"老爸沉吟了片刻，"唔，从来没听说过。"

"请问您的姓名，先生？"年轻警察问。

"我？"老爸说，"我叫汤姆。"

警察掏出了一个记事本。

"您介意我问一下您姓什么吗，汤姆？"警察问。

"乔德。"老爸回答。

"怎么拼呢？"警察问。

"乔德，缺德的德。"老爸回答。

"好的，缺德先生。"警官说。

我老爸不禁打了个哆嗦。

总之，在这栋宅子里，前门的敲门声，向来意味着狗血戏码。

奥古斯特把《越狱》朝客厅沙发上一扔（他已经读过两遍了），一溜烟奔向前门，我则紧跟在小奥的身后。

是伯克贝克老师，我们学校的辅导老师，涂着嫣红的口红，戴着嫣红的珠子项链，手里拿着一个马尼拉纸文件夹。

"嘿，奥古斯特，"伯克贝克老师柔声说，"你父亲在家吗？"

我忍不住摇摇头。伯克贝克老师上门扮演救世主来了；伯克贝克老师上门惹麻烦来了，因为她太过真挚，太过自以为是，真是见了大头鬼。她根本就不明白：关心与管闲事之间的差别，恰是那根长达五厘米的眼中钉。

"我老爸在睡觉。"我回答。

"你能帮我叫醒他吗，伊莱？"伯克贝克老师问。

我再次摇摇头，从门口转过身，慢吞吞地沿着走廊走到了老爸的卧室。

老爸在读帕特里克·怀特的著作，身穿一件蓝色背心、一条短裤，嘴里叼着一根手卷烟。

"伯克贝克老师在大门口。"我告诉老爸。

"见鬼，伯克贝克老师是谁？"老爸凶巴巴地说。

"是我们学校的辅导老师。"我说。

老爸翻了个白眼，从床上一跃而起，把香烟掐灭。他从胸腔里咳出一口带着烟味的痰，又清了清喉咙，把痰吐到了床上的烟灰缸里。

"你喜欢她？"我老爸问。

“她也是出于好意。”我答道。

老爸穿过走廊，到了宅子的前门。

“嗨，”老爸说，“我是罗伯特·贝尔。”

他的脸上露出了笑容，笑容中竟有一丝暖意，一种我从未见过的温柔。他伸出一只手，作势要跟伯克贝克老师握手——依我说，我也从来没有见过他打算跟谁握手呢。我本来还以为，我老爸只会把奥古斯特和我当人来交流呢，尽管我们父子之间的“交流”，通常也就只是点点头、哼几声。

“我是波比·伯克贝克，贝尔先生，”伯克贝克老师开口说，“我是孩子们所在学校的辅导员。”

“没错，伊莱一直跟我提起，你对我家两个小子的教导非常出色。”我老爸回答。

满嘴瞎话的混蛋。

看上去，伯克贝克老师竟有些感动，尽管感动之色稍纵即逝。“是吗？”她一边答道，一边朝我望过来，双颊泛上了红晕，“唔，贝尔先生，我相信您家两个孩子十分与众不同。我相信，他们两人的潜力很大，而且我觉得，激励他们将潜力变成现实，是我的职责。”

我老爸点点头，微微一笑。“现实”。知道吧，午夜时分焦虑发作，具有自杀倾向的抑郁，连续三天猛灌猫尿，挨人家揍双眉撕裂，吐出的胆汁，稀糊糊的屎，黄澄澄的尿。现实。

“只重知识教育而不重心灵教育，不足以称之为教育。”我老爸说。

“没错！”伯克贝克老师吃惊道。

“亚里士多德的名言。”老爸的语气颇为恳切。

“正是如此！”伯克贝克老师回答，“我的人生格言。”

“那就继续过好你的人生吧，波比·伯克贝克，继续启发孩子们。"老爸的语气仍旧真诚。

见了大头鬼，面前这家伙究竟是何方神圣？

"我会的。"伯克贝克老师说着露出了微笑，"我保证。"紧接着，她又重归了正题。"听着，罗伯特——我能叫你罗伯特吗？"

老爸点点头。

"唔……你家两个孩子今天又没有去学校……嗯……"

"不好意思，"老爸插嘴道，"我带孩子们去赴了一个老友的葬礼。这一阵子，孩子们的日子不太好过。"

伯克贝克老师的眼神落在奥古斯特和我身上。

"这几年，这两个孩子的日子都不太好过，我明白。"她说。

我们父子三人齐刷刷地点头：老爸、我、小奥，仿佛我们正在出演一部搞笑的午间电影。

"我能跟你聊一会儿吗，罗伯特？"伯克贝克老师问道，"或许我们两人单独聊一下？"

老爸深吸了一口气，点了点头。

"你们两个回避一下，行吗？"他吩咐道。

奥古斯特和我走下宅子旁边的斜坡，经过热水器和几台生锈的旧发动机，钻到房子下方，迂回穿行于老爸囤积的废弃洗衣机和废弃冰箱之间。越朝客厅和厨房的方向走，泥土地面就越高，房子下方的空间也就越窄。我们两人爬到房子下方这片空间的左上角，膝盖上已经沾满湿乎乎、灰扑扑的尘土，接着我们一屁股坐到厨房木地板的正下方——老爸和伯克贝克老师正在厨房的八角桌边聊着奥古斯特和我呢，而通常来说，每到领单亲津贴的日子，到了午夜时分，老爸就会趴在这张厨房八角桌上昏睡过去。至于眼下，透过厨房地板的缝隙，奥古斯特和我听得清每一个词。

"说实话，奥古斯特的画真是才华横溢。"伯克贝克老师说道，"他在艺术上的掌控力、独创性和天赋，都体现出不容置疑的艺术才能，可是他……他……"

她住了嘴。

"请说下去。"老爸说。

"他让我很揪心。"伯克贝克老师说，"您家两个孩子，都让我很揪心。"

我真不该向她透半句口风；伯克贝克老师通身都流露着一种爱告密的气质。

"我能给你看点东西吗？"透过地板的裂缝，耳边传来了伯克贝克老师的声音。

奥古斯特仰面朝天躺在泥地上。他在听，但并不在乎听到的话。瞧他双手枕在脑后的模样，小奥不如干脆去密西西比河边做场白日梦好了，嘴里再叼上一根青草。

可惜的是，我在乎啊。

"这是去年奥古斯特在美术课上画的一幅画。"伯克贝克老师说。

好一阵鸦雀无声。

"还有这几幅……"奥古斯特和我的耳边传来伯克贝克老师摆弄纸张的声音，"……这几幅是今年早些时候画的，这几幅是上周才画的。"

又是好一阵鸦雀无声。

"如你所见，贝尔先生……唔……罗伯特……奥古斯特似乎对这一特定场景非常痴迷。目前，奥古斯特和他的美术老师普罗格小姐之间，出现了一些分歧。普罗格小姐倒是认定奥古斯特是她最为优秀、最为刻苦的学生之一，但除了——奥古斯特死活不肯画其他的内容。上个月，普罗格小姐让学生们画一幅静物，奥古斯特画了这个场景。在那之前的一个月，普罗格小姐让学生们画一幅超现实主义风格画，奥古斯特画了这幅。上个星期，普罗格小姐让奥古斯特画一幅澳大利亚风景画，奥古斯特画的还是同样的景象。"

奥古斯特紧盯着头顶的厨房地板，纹丝不动。

老爸一声不吭。

"通常来说，我绝不会背叛学生对我的信任。"伯克贝克老师说，"在我眼里，我的办公室是一方分享、疗愈与教化的圣地。有些时候，我把它称作'保险库'，只有我和我的学生知道'保险库'的密码，密码就是'尊重'。"

奥古斯特闻言翻了个白眼。

"但当我认为我们学校相关人员的安全可能受到威胁时，我觉得，我必须开口了。"伯克贝克老师说。

"如果你认为奥古斯特会伤害别人，那你恐怕是白操心一场了。"老爸说，"那小子绝不会伤及无辜，绝不干心血来潮的傻事。要是动手之前没有反复考虑过千百回，他就不会动手。"

"你这话真有意思。"伯克贝克老师说。

"什么话？"我老爸答道。

"反复考虑千百回。"伯克贝克老师说。

"唔，那小子，是个深思熟虑的人。"老爸回答。

又是好一阵鸦雀无声。

"罗伯特，我担心的并不是其他学生。"伯克贝克老师说，"我打心底相信，奥古斯特——再加上他那才华横溢的脑子里琢磨了一遍又一遍的念头——不会伤及任何人，除了他自己。"

一张椅子吱嘎一声划过了厨房的木地板。

"你认得出画中的场景吗？"伯克贝克老师问道。

"嗯，我清楚他画的是什么。"老爸说。

"伊莱把它叫作'月塘'。"伯克贝克老师说，"你听过他提到月塘吗？"

"没有。"老爸答道。

这时，奥古斯特的眼神落在了我身上，意思是："你到底跟她嚼了什么舌根，伊莱，你这该死的叛徒？"

我压低声音说道："我总得敷衍她一下吧，不然她会把我撵出学校。"

奥古斯特的眼神落在了我身上，意思是："你竟然跟那个脑子秀逗的巫婆提了月塘？"

"当加德纳校长跟我提起奥古斯特和伊莱最近在生活中遭受的创伤时，我就心想，事件的影响会以某种方式体现在孩子们的行为上，也是情理之中的事嘛。"地板上方又响起了伯克贝克老师的声音，"我觉得，两个孩子都患有某种创伤后遗症。"

"比如弹震症之类的毛病吗？"老爸问道，"依你看，他们是刚打过仗吗，伯克贝克老师？依你看，他们是刚从索姆河战场回家吗，伯克贝克老师？"

老爸已经开始不耐烦了。

"嗯，差不多，"伯克贝克老师说，"不是一场枪林弹雨的战争，而是一场言语、回忆与瞬间的战争，对于身处成长期的孩子心智，其伤害不亚于第一次世界大战的西方战线。"

"你是说，他们脑子出问题了？"老爸问。

"我不是这个意思。"伯克贝克老师说。

"听上去你就像是在说'这两个孩子脑子坏了'。"

"我想说的是，他们脑子里的某些想法……很不寻常。"伯克贝克老师说。

"什么想法？"

奥古斯特的眼神落在了我身上，意思是："伊莱，你觉得我干嘛只跟你一个人吐露心声，从来不在其他人面前提？"

"某些可能危害到这两个孩子的想法。"伯克贝克老师说，"我认为，我有义务报告给儿童安全部。"

"儿童安全部?"老爸把她的话重复了一遍。从他嘴里说出来,这几个字听上去酸溜溜的。

奥古斯特的眼神落在了我身上,意思是:"你小子闯大祸了,伊莱,瞧瞧你都捅了什么娄子。你就不能乖乖闭上嘴?你这个管不住嘴巴的东西。"

"依我看,那两个孩子在计划些什么。"伯克贝克老师说,"感觉像是他们正在朝某个目的地进发,也许我们都被瞒在鼓里,直到为时已晚。"

"目的地?"老爸发问道,"拜托跟我讲讲,他们两个究竟要去哪儿呢,伯克贝克老师?伦敦、巴黎,还是伯兹维尔赛马比赛?"

"我的意思是,不一定是某个特定的地点,"伯克贝克老师说,"我是说,他们正在朝某个目标进发,他们脑子里的目标,这些目标对于十几岁的男孩来说,很不安全。"

老爸放声哈哈大笑。

"这一大通结论,你是从奥古斯特的水彩画里看出来的?"老爸问。

"您家两个孩子有过自杀行为吗,罗伯特?"伯克贝克老师问。

奥古斯特摇了摇头,翻了个白眼。我以手代枪顶住了下巴,咯咯笑着,扮作轰出自己脑浆的样子。奥古斯特则轻笑一声,扮出上吊自杀的样子,伸出了舌头。

"伊莱说,奥古斯特画的是他的梦。"伯克贝克老师又开了口,"伊莱说,月塘出自他的梦。但他也说,在他看来,月塘与深深的惧意、深深的黑暗密不可分。他说,他能够回忆起那个梦,细节十分清晰,罗伯特。伊莱有没有跟你提过他一次又一次做这个梦?"

奥古斯特手里拿着一根树枝,这时他把树枝掰成了小段,对准我的脑袋扔了一截。

"他没有提过。"我老爸回答。

"他能够清晰地回忆起自己的梦境,清晰得让人惊叹。"伯克贝克老师说,"很暴力的梦,罗伯特。当他告诉我那些梦时,他描绘得出他母亲的声音,描绘得出家中木地板上血滴的样子,描绘得出各种东西闻上去的气味。但我跟他讲,梦里不会有什么气味,梦里也不会有什么声音。我拜托伊莱给这些梦正名,承认它们的本质。"

好一阵鸦雀无声。

"本质是什么?"老爸问道。

"是回忆。"伯克贝克老师回答。

奥古斯特干脆凌空写起了字:"儿童安全部害奥古斯特·贝尔遭殃。"

奥古斯特干脆凌空写起了字:"儿童安全部教伊莱·贝尔闭上鸟嘴。"

"伊莱说,正是在弗朗西丝离开你的两天前,汽车开进了月塘。"伯克贝克老师说。

"你干嘛非要翻这些狗屎的陈年旧账?"我老爸问,"孩子们挺好,正一步步往前看。但要是像你这样的老好人非要把狗屎的陈年旧账翻出来,把他们的小脑瓜搞糊涂,然后又非要把你脑袋里想出来的一套安到他们的小脑袋里,那他们才该死的没办法往前看呢。"

"伊莱说,是你开车把他们带进月塘的,罗伯特。"

伯克贝克老师这么一说,那个梦顿时变了味,变味得厉害。"是你开车把他们带进月塘的。"开车把我们带进月塘的人,确实是老爸。除他之外,不可能还有别人。当时,奥古斯特和我坐在汽车后座上,拼命把对方朝角落挤,两个人滚作一团;汽车每拐一个弯,就会把我们兄弟俩中的某一个牢牢地钉上一侧车门。

"罗伯特,我很喜欢你家两个孩子。"伯克贝克老师又开了口,

"今天我登门造访，是怀着一个希望：为了他们，我希望你能让我相信，我不该去通知儿童安全部，说奥古斯特·贝尔和伊莱·贝尔非常害怕他们唯一的监护人。"

我记得那个梦。我记得那段回忆。是个夜晚，汽车急转弯驶离了道路，接着在碎石子上一路颠簸，在高大的桉树间一路颠簸；车窗前闪过一棵又一棵桉树，宛如上帝正在翻阅人生幻灯片上的一幅幅图景。

"是恐慌发作。"我老爸解释道，"我有恐慌症，一直都有，从小时候就有。"

"我认为，伊莱相信你是故意的。"伯克贝克老师说，"我认为，他相信你那天夜里是故意驾车驶离了道路。"

"他母亲也这么想，"老爸回答，"不然你觉得她干嘛离开我？"

好一阵鸦雀无声。

"确实是恐慌症，"老爸又开口说道，"假如你不信我的话，去问桑福德镇的警察好了。"

桑福德镇。没错，正是桑福德镇。事发地确属乡村，只能是桑福德，错不了。当时有好多树，好多山峦，汽车车轮在坑坑洼洼的地面上颠簸得好厉害。当时我有足够的时间，向坐在驾驶座上的老爸望去。"闭上你的眼睛。"当时他吩咐道。

"当时我正带他们去雪松溪瀑布。"老爸说。

"你干嘛非要挑夜里赶去雪松溪瀑布？"伯克贝克老师问。

"怎么，你现在又扮警察啦？"老爸问道，"乐在其中，对吧？"

"你是什么意思？"

"逼我就范啊。"老爸说。

"我不明白。"

"因为你只要打个钩，就能把两个孩子从我的身边带走。"老爸说。

"假如能够保证我学生的安全，那就算要问一些为难人的问题，也是我的职责所在。"伯克贝克老师说。

"你恐怕认定，自己是如此高尚，如此富有同情心，正在履行职责吧？"老爸说，"你会把两个小子从我的身边夺走，硬生生地分开他们。你会夺走两兄弟身边唯一能够支撑他们活下去的宝贝——也就是彼此，你会一边喝着来自玛格丽特河葡萄酒产区的霞多丽葡萄酒，一边告诉你的朋友，你是如何从两兄弟的禽兽父亲手里把孩子们救了出来，那禽兽老爹有一次差点害死两兄弟呢。接着呢，他们两兄弟会从一个寄养家庭流落到另一个寄养家庭，直到他们终于在你家的门口重聚，随身还带着一桶汽油，然后一把火把你家烧个精光，借此感谢你上门来管我们家的闲事。"

合上双眼，我合上了双眼。我望见了那个梦，望见了那幕记忆。汽车撞上了水坝边缘（是桑福德乡下某座农场后院的水坝，位于布里斯班西部边缘富饶肥沃的山区），接着我们就飞到了空中。

"当时那两个孩子甚至失去了知觉。"伯克贝克老师说。

我听不到老爸的回答。

"居然大难不死，纯属奇迹。"伯克贝克老师说，"孩子们陷入昏迷，你竟然还把他们拖到车外？"

魔车。天蓝色的霍顿"金斯伍德"汽车。

老爸叹了一口气。透过地板的裂缝，奥古斯特和我清晰地听见叹息声。

"那天我们准备去露营。"老爸说道。每说一句，他就要歇好一阵才接下一句，以便琢磨一下，再抽两口烟。"奥古斯特就爱在星空下露营嘛，他喜欢睡觉的时候抬头仰望明月。我和他们的母亲又正好……有点矛盾。"

"她离家出走了？"

一阵静寂。

"对，差不多就是这回事。"

一阵静寂。

"依我猜，当时我想事情太过专注，"老爸说，"我根本就不应该开车。路上没办法看清楚，我的脑子乱成了一锅粥。"

好一阵鸦雀无声。

"算我走运，"老爸说，"孩子们把紧挨他们的车窗都摇了下来。奥古斯特总爱把车窗摇下来，方便他看月亮。"

奥古斯特一动不动。

在我的脑海里，月光洒上了黑漆漆的水坝。一轮满月，倒映在水坝中。水坝之塘，见鬼的月塘。

"水坝旁边那间小农舍的住户一溜烟跑了过来，"透过厨房地板，老爸的声音在我们的头顶响起，"他帮我把孩子们拖出了汽车。"

"两个孩子依然没有知觉？"

"当时我还以为，我已经失去他们了。"老爸的声音有些颤抖，"以为他们已经没命了。"

"他们两个没有呼吸吗？"

"唔，这点最让人想不通，伯克贝克老师。"老爸说。

奥古斯特露出了一丝微笑。奥古斯特喜欢这个故事。奥古斯特心领神会地点头，好像他老早就已经听过，但我心里有数，小奥才没有听过呢。我心里有数，小奥不可能听过。

"我敢发誓，当时两个小子没有呼吸。"老爸说，"我千方百计想把他们救醒，拼命摇晃他们，好让孩子醒过来。结果，一点用也没有。我像疯子一样对天长啸，紧接着，我再低头望向孩子的脸，他们竟然醒了。"

老爸打了个响指。

"就这样，他们两个又活过来了。"他说。

他抽了一口烟，呼出一口烟。

"等到救护车慢吞吞赶来时，我向工作人员打听了一下，他们说，两兄弟当时可能是休克了，还说因为他们的身体太冷、太僵，所以有可能，我就摸不出脉搏，也听不到呼吸。"

"你自己怎么想呢？"伯克贝克老师问。

"我哪有什么想法，伯克贝克老师，"老爸泄气地回答，"是恐慌症，我确实把事情搞得一团糟。自从那一夜起，我没有一刻不盼着自己能再把那辆车开回雪松溪路。"

好一阵鸦雀无声。

"依我看，奥古斯特倒还一直想着那一夜。"伯克贝克老师开了口。

"你是什么意思？"老爸问。

"我认为，那一夜给奥古斯特的心理造成了深远的影响。"伯克贝克老师说。

"奥古斯特已经看过昆士兰东南部所有心理医生啦，伯克贝克老师。"老爸说，"整整好几年，像你这样的'专家'一直对他又是分析又是测试，又是刺激又是探查，结果呢，所有人都表示，他只是个不爱讲话的正常孩子。"

"奥古斯特是个聪明孩子，罗伯特，聪明到不会把他告诉他弟弟的任何事情告诉心理医生。"

"比如？"

我向奥古斯特望去。小奥摇摇头，意思是："伊莱。伊莱啊。伊莱。"我又抬头向地板望去，上面布满了留言和随笔，全是奥古斯特和我待在这儿的时候用永久记号笔随手乱涂的：玩滑板的大脚怪啦，T先生开着《回到未来》中的那辆德罗宁DMC-12跑车啦，没穿衣服的简·西摩啦——画得很蹩脚，一对"咪咪"活像两只垃圾桶金属盖。

"奥古斯特干嘛不再开口讲话了呢？"伯克贝克老师问。

“不清楚。”老爸答道，“他还没有跟我讲。”

“他告诉伊莱，他不开口讲话，是因为担心自己会泄露秘密。”伯克贝克老师说道。

“秘密？”老爸凶巴巴地问。

“孩子们有没有跟你提过一部红色电话机？”伯克贝克老师问。

奥古斯特这时踢了我的右腿一脚，意思是：“蠢材。”

好一阵鸦雀无声。

“没有。”老爸答道。

“罗伯特，我很遗憾，但我不得不告诉你，奥古斯特已经跟伊莱讲过一些让人困扰的话了。”伯克贝克老师说，“一些会伤人的话。而我认为，这些话本身就是创伤的产物。一个聪明孩子，想象力太过不羁，或许会伤及他自己。”

“哪家的哥哥不跟自家弟弟说各种屁话啊。”老爸说。

“可是伊莱照单全收，罗伯特。伊莱相信这一套，因为奥古斯特相信。”

“相信什么？”老爸垂头丧气地问。

伯克贝克老师压低了声音，她的话成了窃窃私语，奥古斯特和我只能透过地板的裂缝听到零星的字眼。

“奥古斯特似乎开始相信……嗯……我说不好该怎么讲……唔……他相信，那一夜，他死在了月塘。”伯克贝克老师说道，“他相信，自己死过一回，又活了过来。而且我认为，奥古斯特还相信，他以前就曾经死而复生。说不定，他相信自己已经死而复生好几回了。”

厨房里好一阵鸦雀无声。老爸点烟的声音。

“奥古斯特似乎告诉伊莱……唔……他相信，现在还有其他一些奥古斯特，在其他……地方。”

“其他地方？”老爸把她的话重复了一遍。

"没错。"伯克贝克老师说道。

"什么地方？"

"唔，我们无法理解的一些地方吧。比如，兄弟俩提起的红色电话机的另一头，就是其中之一。"

"他妈的，真见鬼……不好意思……到底什么红色电话机？"老爸终于忍不住了，失声吼道。

"兄弟俩说，他们听到有人讲话，是一部红色电话机另一头的男子。"

"见了大头鬼，我根本听不懂你在说些什么。"

这一下，伯克贝克老师的口气听上去好像在训一个六岁小屁孩："兄弟俩的母亲和她男友莱尔住的宅子下方有间密室，里头有一部红色电话机。多说一句，莱尔已经莫名其妙地人间蒸发了。"

老爸长长地抽了一口烟。好一阵静寂。

"自从月塘之夜后，奥古斯特就再也不肯开口说话了，因为他担心自己一不小心说漏嘴，捅破了他那大秘密背后的真相。"伯克贝克老师解释道，"伊莱则对神奇的红色电话机坚信不疑，因为他跟电话另一头的男子通过话，对方知道一些关于伊莱的情况，外人绝不可能知道的情况。"

又是好一阵静寂。紧接着，老爸放声大笑。实际上，他简直是狂笑不止。

"哎哟，太他妈的有意思了，厉害到家。"他说。

我听见老爸啪啪地拍着大腿。

"我很高兴你还能找出其中的亮点。"伯克贝克老师说。

"你竟然相信我家小孩的这些屁话？"老爸问。

"我相信，他们兄弟俩的大脑，也许在很久以前，就已经形成了一套复杂的信念体系，用于解释受到巨大创伤的瞬间，其中既有真相，也有想象。我相信，他们两人要么在心理上受到了严重的伤害，要么……"

她住了嘴。

"说下去。"老爸催道。

"要么……从另外一个角度去解释，也无妨吧。"伯克贝克老
师说。

"你到底想说什么？"老爸问。

"他们俩与众不同，已经超出了你我可以理解的范围。"伯克
贝克老师说，"或许他们确实听到了超出自己理解范围的声音，而
他们提起的红色电话机，是他们试图理顺离奇事件的唯一途径。"

"太他妈扯了，扯得没边了。"老爸说。

"也许。"伯克贝克老师说，"不管是哪一种情况——不管上述
说法有多么离谱——我想说的是：我真的担心，孩子们的这些念
头，即使是想象的产物，终有一天，也有可能会对奥古斯特和伊
莱造成巨大的伤害。比如，奥古斯特信他所谓的'死而复生'，要
是有一天，他干脆更进一步，觉得自己刀枪不入呢？"

老爸轻笑一声。

"罗伯特，我真担心，这些想法会让你家两个孩子越发不管
不顾不要命。"

老爸沉思了一会儿。他拨弄着打火机，喷出一口烟。

"唔，你不必为我家两个孩子担心，伯克贝克老师。"老爸说。

"是吗？"

"不劳你操心啦，"老爸说，"因为我们刚才讲了半天，全是一
堆屁话。"

"为什么？"

"我是指，奥古斯特是个实在人。"

"不好意思，'实在人'？"

"奥古斯特没什么花花肠子。"老爸说，"我的意思是，听上

去，应该是伊莱在胡诌。他是拿一套天花乱坠的瞎话给你灌迷汤，好让他从自己惹的麻烦里脱身。双赢之计嘛：要是你真买账，你就会觉得他与众不同；要是你不买账，你就会觉得他脑子不正常，但你依然会认为他与众不同。听着，伊莱就爱讲故事。另外，很抱歉告诉你，伯克贝克老师，伊莱生来就拥有故事高手的两种品质：不仅能把话说圆，还极其能扯淡。"

我望了望小奥。小奥点点头，表示赞同。厨房餐椅的椅子腿从厨房的地板上吱嘎划过。伯克贝克老师叹了一口气。

奥古斯特坐起了身，像只螃蟹一样从房子底下往外爬。在房屋下方的深处，在泥土地面和宅子地板之间足以让奥古斯特站起身的地方，他在老爸的一台废旧洗衣机旁停下了脚步。那是一台上开盖式洗衣机，小奥打开盖，往里面瞧了瞧，又合上洗衣机盖，挥手招我过去。"把盖子打开，伊莱。把盖子打开。"

于是我打开了盖子，洗衣机里装着一个黑色垃圾袋。"朝袋子里瞧一瞧，伊莱。朝袋子里瞧一瞧。"

我朝袋子里瞧了瞧：里面有十块方形的海洛因，一块块都用棕色防油纸包裹着，外面又用透明塑料包裹了一层，大小跟达拉砖厂出品的砖头相仿。

奥古斯特根本没有开口解释。他合上洗衣机盖，大步走回宅子边上，上了斜坡，进了厨房。伯克贝克老师在椅子上扭过头，一眼望见了奥古斯特那张十分认真的脸。

"怎么啦，奥古斯特？"她问道。

奥古斯特舔了舔嘴唇。

"我不会自杀的。"小奥开口说道。他又伸手朝老爸一指，"还有，我们兄弟俩非常爱他，但也只赶得上他爱我们的一半。"

时间大师

　　"搞定时间吧，在它搞定你之前。"趁着时间还没有干掉哈林顿街上裴庆家种的玫瑰——玫瑰可是种在他家那座获奖的花园里；趁着时间还没有干掉陈万家那辆黄色大众面包车上的漆——跟平时一样，那辆车依然泊在斯特拉瑟登大街上。

　　当然，时间是世间万事的答案，无论是我们的祈祷，是谋杀，是失去，是盛衰浮沉，还是爱与死。

　　是贝尔兄弟俩长大成人的时候了，也是莱尔偷藏的海洛因升值的时候了。时间，让我的下巴和腋窝长出一片草丛，也慢悠悠地让我的蛋蛋长出一片草丛。时间，将奥古斯特送入了他念中学的最后一年，我则紧随其后。

　　时间，让我老爸变成了一个马马虎虎的厨师。每逢不灌啤酒的大多数晚上，他都会为我们兄弟俩下厨：排骨加冷冻蔬菜啦，香肠加冷冻蔬菜啦，不赖的波隆那肉酱意面啦，还有烤羊肉，让我们整整吃上一个星期。有些清晨，当全世界都还在呼呼大睡的时候，老爸独自赶到肖恩克利夫的海滨，一头扎进巨朱蕉溪的红树林里，给我们兄弟俩抓泥蟹——那些泥蟹的肥蟹腿，可都跟著名安提瓜板球运动员维维安·理查兹的二头肌一样有料呢。有些下午，老爸原本要步行到食品店去买杂货，却又半途折返，回家的时候两手空空。我们兄弟俩从来不问缘由，因为我们清楚他有恐慌症，因为我们清楚他的神经紧张到了什么地步：它毁了他，从他的体内活活吞噬了他；也正是在那儿，他的动脉与静脉承载着无数记忆、思绪、狗血戏码、紧张不安，以及死亡。

　　有些时候，我会跟老爸一起搭公交车，因为他拜托我在路上照应他，他得找我作伴嘛。他拜托我跟他聊天，给他讲故事听，因为听故事可以让他镇定下来。所以，我把麻秆告诉我的所有故事一股脑儿讲给了老爸听，比如博格路监狱犯人们的各种奇闻。我给老爸讲起我的笔友亚历克斯·贝穆德斯，讲起号子里的男囚们一心只等着两件事：一是嗝屁，一是肥皂剧《我们的日子》。要是神经紧张得受不了，老爸会向我点点头，我马上摁铃让司机停一下车，老爸就在公交站台拼命喘气，我就对他说，一切都会好起来，接着我们再等下一辆车回家。还是蹬上我们一家的邓禄普运动鞋，一步一步慢慢来吧。每次迈出家门，老爸都会走得更远一些：从布瑞肯力治区到了彻姆赛德区，从彻姆赛德区到了凯德伦区，从凯德伦区到了鲍恩山。

时间，让我老爸少灌了许多猫尿。这些年，中等浓度的啤酒横扫昆士兰，但我老爸再也不尿漫厕所了。恐怕人们永远也不会去算这笔账，可我心知肚明：布瑞肯力治区的中等浓度啤酒若是多上几箱，就意味着巴雷特街医疗中心的本森医生会少接诊几个眼圈被揍开花的布瑞肯力治妈妈族。

时间，让我老爸有了工作。他比平时多吞了几片镇静药"奥沙西泮"，打起精神走出家门，跳上公交车，去了"詹姆斯玻璃铝制品工厂"参加求职面试，那家工厂位于汉密尔顿区的金斯福德史密斯大道，离布里斯班CBD倒是不远。他在工厂的流水线上干了三个星期，把铝材切割成各种形状、各种尺寸，赚了一大笔，足够他花一千澳元从吉姆·"鲷鱼"·诺顿（算是我爸点头之交的酒友）手里买来一辆1979年的青铜色丰田"光冠"小车，每周要付给吉姆一百块，付上整整十个星期。某周五下午，当我老爸打开钱包，亮出三张灰蓝色纸币给我瞧的时候，他的脸上露出了笑容——我们还从来没有见识过百元大钞呢，纸币上的道格拉斯·莫森裹着防寒针织套衫，南极的严寒向这位胆大包天的奇人迎面扑去。我还从来没有见过老爸如此自豪；当天夜里，他自豪得很，灌猫尿时竟然笑声比哭声响。可惜的是，这份薪水丰厚的工作干到第四个星期，有人搞错了金属板材加工线上的数字，害得价值五千澳元的金属板材短了五厘米，我老爸的工头却不分青红皂白地把罪名安到了老爸身上，吼了他一顿。我老爸受不了被人冤枉，所以骂了工头一句"呆瓜"。年轻的工头还听不懂"呆瓜"，所以我老爸又解释给他听——"就说你是个满脸雀斑的贱人"，我老爸说。回家路上，他到金斯福德史密斯大道附近的汉密尔顿饭店歇了一会儿，灌下了八罐XXXX牌高浓度啤酒，算是为他自己在那份薪水丰厚的工作上取得的战绩干杯。谁知道，老爸驾车驶出汉密尔顿酒店的车道时，警察拦下了他，用酒后驾驶的罪名送他去见了法官，法官又干脆剥夺了老爸的驾照，还罚老爸做六个星期社区服务。当老爸告诉奥古斯特和我，因为被罚做社区服务，所以他要去纳什维尔公立中学（也就是我们兄弟俩念书的地方）给又老又病的园丁鲍勃·钱德勒帮忙，我们兄弟俩一句话也说不出来。谁知道，接下来的遭遇让我更加无言以对：当我趁着上数学课从教室的窗户朝外张望时，竟然发现老爸正骄傲地冲我展颜而笑；在面对数学与科学大楼的草坪上，在精心修剪的草坪上，我老爸把青草修葺出了两个大字——"伊莱"，而他正伫立在"伊莱"旁边。

时间，让电话铃响了起来。

"好吧，"老爸说，"好的。行，我明白了。地址是哪里？没问题，好，好吧，再见。"他放下电话。奥古斯特和我正在一边看情景喜剧《亲情纽带》，一边吃夹着火腿肠和番茄酱的三明治。

"你们老妈要提前一个月出狱呢。"老爸说。他拉开电话机下方的抽屉，朝嘴里抛进两片"奥沙西泮"，然后沿着过道走到他的卧室，嘴里还吮着镇静药，活像吮着一颗薄荷硬糖。

时间，让裴庆家那座获奖的花园里种的红玫瑰从娇柔变得冷艳，让它们亮出了本色，正如我老爸跟詹姆斯玻璃铝制品工厂昙花一现的蜜月期一过，他就又亮出了本色。

前往达拉区阿卡迪亚大街的路上，我经过了裴庆老头家。五年前，达拉州立中学的庆典活动中有一场邻里花园大赛，裴庆家的花园勇夺第一。我还记得当时他家花园的美景，恰似五颜六色的糖果店铺，里面既有观赏品种，又有本地品种——每天早晨我们步行上学的时候，裴庆就穿着蓝白相间的睡衣，给一院子花草浇水。有些早晨，裴庆老头那皱巴巴的"老二"会十分低调地从他的睡裤前襟探出头来，只不过裴庆先生永远不会注意到，因为他家的花园实在迷死人。只可惜，眼下这座花园已然枯死，成了一片枯黄色，跟迪西街公园里的椭圆草坪一样杂草丛生。

我拐进阿卡迪亚大街，接着停下了脚步。

在邓达伦家的车道尽头，两名越南裔男子坐在白色的塑料花园椅上，戴着黑色的太阳镜，身穿阿迪达斯尼龙运动服，脚踏白色运动鞋，沐浴着阳光。他们的运动服是海军蓝色，夹克和长裤两侧各有三道黄色条纹。我慢吞吞地朝前门车道走去，其中一个越南裔男子向我抬起了手，于是我停下了脚步。那两人双双从椅子上站起身，伸手去取什么东西——达伦家又大又牢的前门栅栏挡住了我的视线，我没有办法看清。

对方两人迈步向我走过来，手里拿着锋利的大砍刀。

"什么人？"其中一个越南裔男子开口问我。

"我叫伊莱·贝尔。"我说，"我是达伦在学校的老友。"

"你那个包里装的是什么？"男子用浓重的越南腔凶巴巴地发问。

我上下打量这条街，又抬头张望我们周围民宅的客厅窗户（一栋栋都是两层的楼房），暗自祈祷别被附近爱管闲事的人盯上，免得他们瞎掺和我们这宗上不了台面的交易。

　　"唔，事情不太好开口。"我压低声音说道。

　　"你他妈究竟是来干什么的？"对方不耐烦地问——此人没有表情的时候，恐怕就是满脸怒容。

　　"我有桩生意要跟达伦谈。"我说。

　　"你说的是邓先生？"对方厉声问。

　　"没错，邓先生。"我澄清道。

　　我的心一阵狂跳，十指紧攥住了黑色书包的背带。

　　"谈生意？"

　　我再次环顾四周，朝前迈近了一步。

　　"我有一些……唔……我觉得他可能会感兴趣……的货。"我说。

　　"货？"对方问，"你是BTK的人？"

　　"什么？"

　　"你要是BTK的人，我们就割了你该死的舌头。"对方一边说，一边瞪大了双眼——瞧这副架势，只怕割人舌头很讨他的欢心。

　　"不，我不是BTK的人。"我说。

　　"你是摩门教的人？"

　　我不禁笑出了声。"不，我不是摩门教的人。"我说。

　　"那你是'耶和华见证人'信徒[1]？"对方唾了一口，"不然你又是来卖该死的热水器的？"

　　"都不是。"我说。

---

1. 耶和华见证人（Jehovah's Witnesses），简称耶证，是一个不认可三位一体的另类新兴宗教派别，主张千禧年主义与复原主义。

我不禁反思了一下：我究竟是一脚踏进了哪个诡异的平行世界的达拉区？BTK？邓达伦"先生"？

"我根本听不懂你在说些什么。"我对看门的男子说道，"拜托，我只不过是来跟达伦打声招呼……"

两名越南裔男子朝我凑了过来，手在砍刀的木头刀柄上轻抚。

"把你的包给我。"男子说。

我后退了一步。对方扬起了砍刀。

"包。"他下令道。

我把书包递给他，他转手给了另一名男子，后者朝包里瞧了瞧，用越南语对递包给他的同伙说了几句话（看上去，递包给他的恐怕是他的老大）。

"这些货你是从哪儿弄到的？"老大问。

"老早以前，达伦的老妈卖了这批货给我妈的男友。"我说，"我来是想再卖回给达伦。"

对方一声不吭地盯着我。我无法看见他的双眼：毕竟，人家戴着太阳镜嘛。

他从衣兜里掏出一只黑色无线电对讲机。

"再说一遍，你叫什么？"男子问道。

"伊莱·贝尔。"

对方用越南语朝着无线电对讲机说了几句，我能够听懂的唯一的一个词是"伊莱·贝尔"。

男子把对讲机揣回衣兜，招手让我靠近些。

"过来，"他说，"抬起胳膊。"

我依言抬高了双手，两名越南裔男子对我搜了一遍身：两腿、两臂、屁股。

"哎哟，这边的安保还真严密哪。"我说。

老大的右手在我的蛋蛋周围游走。"悠着点啊。"我躲闪着说。

"跟我来。"对方下令。

我们的目的地，并不是莱尔当初向"生人勿近嫂"邓碧买货的那栋大宅。我们一行人经过了砖砌的黄色邓家大宅，沿着左侧往前走；直到此时，我才意识到，邓家大宅高高的木头栅栏上竟然安装了铁丝网。与其说这是个后院，不如说它是座要塞。我们走到主楼后面的一个套间，看上去比漆成白色的水泥砖公共厕所强不了多少，实乃毒贩（或者纳粹）密谋的绝佳场所。刚才看守前门的男子敲了敲这座"防御工事"的桃红色门，说了一句越南话。

门开了，看守前门的男子领着我走进一条过道，过道两侧挂满了邓达伦一家的镶框黑白照片：婚礼照片、各种场合的家庭聚会照、一名男子对着麦克风轻声吟唱的照片、一个老太太在一条泛黄的河流边抱着一箩大虾的照片。

过道通向一间客厅，客厅里站着十几个越南裔男子，个个都身穿海军蓝色阿迪达斯尼龙运动服，双臂和双腿两侧各有三道黄色条纹。跟刚才守门的家伙一样，他们也都戴着黑色太阳镜。在这群蓝色运动服男子围拥之下，一名身穿红色阿迪达斯尼龙运动服的男子坐在一张巨大的原木办公桌旁，正扫视着桌上的几份文件。此人并没有戴黑色太阳镜，却戴着一副金色边框镜面玻璃飞行员太阳镜，运动服的双臂和双腿两侧各有三道白色条纹。

"达伦？"我脱口说道。

红色运动服男子闻言抬起了头，我一眼望见他的左侧嘴角有一道疤。他摘下太阳镜，眼神落在我的脸上，然后眯起了眼睛。

"你他妈的是谁？"他问。

"达伦，是我呀。"我说，"伊莱。"

男子将太阳镜搁上了办公桌，向办公桌下方的一只抽屉伸出手，取出一把弹簧刀。他绕过办公桌向我走来，刀锋赫然映入了我的眼帘。他在鼻子底下揉了揉，狠狠地抽了两下鼻子，眼珠咕噜噜转动着，活像两只快要断电的灯泡。他站到我的前方，用弹簧刀的刀锋划过我的右脸颊。

"哪个伊莱？"他压低声音问道。

"伊莱·贝尔，"我说，"你的同学啊。操蛋，达伦。是我呀，哥们，以前我不就住在这条街上吗。"

对方将刀刃对准了我的眼球。

"伊莱，伊莱。"他说。

紧接着，他突然僵住，一动不动。他的脸上猛然绽放出笑容。

"啊哈哈哈哈哈哈哈哈哈哈！"他扯着喉咙高喊，"瞧瞧你那张臭脸，贱人！"他那帮身穿蓝色运动服的同伙哄堂大笑起来，笑的正是我。达伦扮出一副浓厚的澳大利亚内陆腔。"你们听到这贱人刚才说什么了吗？"他对那帮同伙说，"'是我呀，哥哥哥哥哥……们儿。是我我我我我……啊，伊伊伊伊伊伊伊伊……莱。'"

达伦乐得捶起了腿，接着伸出胳膊搂住我，右手的拳头还握着弹簧刀。"过来，倍儿傻！"达伦笑道，"你小子到底是怎么回事？电话也不打一个，信也不写一封。我还为咱俩规划了宏伟蓝图呢，倍儿傻。"

"当初一败涂地嘛。"我说。

达伦点点头，表示赞同。"没错，简直败得满嘴狗屎。"他捉住我的右手，抬高举到了眼前，用手指摸了摸我那根断指惨白的残根。

"你想念它吗？"达伦问。

"只在写字的时候才想。"我回答。

"不，我说的是达拉，你个蠢材。你想念达拉吧？"

"是啊。"我说。

达伦又迈步走回办公桌旁。

"要喝点什么吗？"他问，"房间里有满满一冰箱软饮料。"

"你这儿有没有'柯克斯'百香果口味？"

"没有，"达伦说，"不过有可乐，有柠檬汽水，有芬达，有柯克斯苏打水。"

"那算了。"

达伦朝后一仰，靠在椅子上，摇了摇头。

"伊莱·贝尔重归故里呀！"他说，"很高兴见到你，倍儿傻。"他的笑容渐渐消失。"莱尔的事还真是操蛋。"达伦说。

"是碧干的吗？"我问。

"什么？"

"是不是碧出卖了莱尔？"

"你认为是我妈干的？"达伦不解地问道。

"不，我不这么认为，"我说，"不过是她吗？"

"在她眼里，莱尔是个客户，跟提图斯·布洛兹一样。"达伦说道，"且不说告密吃力不讨好，她也没有理由把自己私底下鼓捣的买卖往外捅，因为，反正她只是做做生意而已，倍儿傻。要是莱尔蠢到背着他的老板暗地里跟我妈做生意，那是莱尔自己的事，跟我妈无关。莱尔的钱，难道要比其他人的钱少个零吗？不，老弟，到底什么人出卖了莱尔，你心里有数得很。"

不。不，我真的不知道。反正拿不准，没数得很。

达伦紧盯着我，张大了嘴，显得目瞪口呆。

"你还真是个乖宝宝，伊莱，"达伦说，"难道你不知道，最肥的硕鼠永远都是离奶酪最近的那只？"

"泰迪？"我说。

"我倒乐意帮你揪出老鼠，倍儿傻，可惜我不吃奶酪啊。"他说。达伦的一帮同伙纷纷点头。

所谓的死党。唯唯诺诺的塔多兹·泰迪·卡拉斯。该死的吃奶酪的家伙。

"你老妈呢？"我问达伦。

“她在宅子里歇着呢。”达伦说，“大约一年前，她得了‘C’字打头的那种病。”

“癌症？[1]”我说。

“不，白内障。”达伦回答，“倒霉的邓碧再也看不见了。”

这时，看守前门的男子将我的书包放上了达伦的办公桌。达伦朝书包里瞄了瞄。

“你还在替提图斯·布洛兹从国外进货吗？”我问达伦。

“不，那个婊子投靠达斯汀·万和BTK了。”达伦说，“你的宝贝老爹莱尔出了事，对我老妈和提图斯的关系可不是什么好消息。”

达伦将弹簧刀插进书包又拔出来，于是刀尖沾上了一些莱尔的高级货。

“BTK到底是什么玩意？”我问。

达伦细验着刀尖上的海洛因，恰似珠宝商细验着钻石的净度。

“是‘天生杀手帮（Born to Kill）’。”达伦解释道，“新世界已经来临，倍儿傻，是个人就得跟个帮派混——BTK啦，5T啦，运河小子帮啦。眼下越南出口商定下的狗屎条条框框可不少，一切都得要南边的卡巴玛塔[2]经手，卡巴玛塔那边的一堆头头脑脑又被逼着分成了几派，谁让西贡那边的一堆头头脑脑分成了几派呢。狗娘养的人渣达斯汀·万跟着BTK混了，我老妈跟着5T混了。”

“5T又是什么玩意？”我问达伦。

达伦朝他的同伙环视了一圈。众人纷纷露出了笑容，用越南语说了几句。达伦站起身，拉开身上红色阿迪达斯尼龙运动服的拉链，扯下一件白色背心，露出胸口的一枚文身——一个大大的数字

1.英文原文中，“癌症”与下文提及的“白内障”均为C字母打头。

2.澳大利亚新南威尔士州悉尼西南部郊区，该地有众多越南移民聚居。

"5"，再加上一个匕首状的字母"T"，匕首刺向一颗跳动的黑色心脏，上面、文着几个越南语单词：Tình, Tiên, Tù, Tôi, Thu。

这时，屋子里的5T帮众齐声念道："爱、钱、监狱、罪恶、复仇。"

达伦点头表示认同。"操，说得没错。"他赞许道。

有人敲了敲这栋楼的大门。一个大约九岁的越南裔小屁孩进了办公室，同样身穿海军蓝色阿迪达斯尼龙运动服。他看上去满头大汗，用越南语对达伦喊了几句。

"BTK？"达伦问。

刚来的半大小子点了点头。达伦朝他右侧的一名头目点点头，头目又朝另外三名成员依次点点头，三人立刻一溜烟冲出了这栋楼。

"怎么回事？"我问。

"该死的BTK那帮人在格兰特街晃悠呢。"达伦说，"他们不该在见鬼的格兰特街出现。"

达伦一副很丧气、很不耐烦的模样。他又低头瞧了瞧我的书包。

"要多少？"达伦问。

"你说什么？"我说。

"多少？"达伦又重复一次，"你要多少？"

"你是说货吗？"我确认道。

"倍儿傻，不是问货，问的是你的货要多少钱？"

"这就是你老妈四年前卖给莱尔的货。"我说。

"是吗？"达伦冷冷地说，显然话里带刺，"我还以为你在破烂布瑞肯力治自己搞起进口业务了呢。"

于是我开口夸起了自己的货。昨天，我已经在自家卧室里排练过六回，但我的卧室里并没有十四个戴着墨镜的越南裔男子，凝神紧盯着我。

"依我看，按照昆士兰警方最近对海洛因交易的打击力度，这么品质卓绝的货……"

"哈！"达伦笑出了声，"品质卓绝？这词我很中意，听上去像是你在向我推销英国管家，品质卓绝嘛。"屋里的5T帮众闻言也哄堂大笑。

我又硬着头皮说下去。

"……依我看，这么纯正的货，现在市面上可不好搞到了。所以我觉得吧，这个书包里的东西，合理的价位……"

我向达伦的眼睛望去。达伦早已经见过这种场面，对我来说，却是平生头一回。五小时前，我还在老爸淋浴间大门热气腾腾的水雾上画着简笔人像，画中的骑士手持堂堂湖中剑，可谁知道一转头，我却跟5T帮年仅十六岁的头目做起了海洛因买卖。"唔唔……"我说。真要命，别说"唔唔"啊，要有自信。"呃呃……八万？"我说。

达伦微微一笑。"我喜欢你的风格，伊莱。"

他向另一名5T帮成员转过身，用越南语吩咐了几句。那名成员拔腿冲进了另一间屋。

"他在干什么？"我问。

"他去给你取你的五万澳元去了。"达伦说。

"五万？"我把达伦的话重复了一次，"刚才我明明说的是八万啊。通货膨胀不算数吗？"

"倍儿傻，在本人眼里，现在唯一膨胀的，就是你这小鬼头。"达伦露出了微笑，"说得对，这批货或许能值个十万澳元。可惜，尽管我爱你至深，伊莱，但你就是你，我就是我，现在你的问题是：你不仅压根没有给自己救场的着儿，而且吧，要是出了你身后这扇门，你小子连该把货往哪儿卖都不知道。"

我扭过头，望了望身后的门。达伦说得有理，说得好。

达伦哈哈大笑起来。"啊哈，我想死你了，伊莱·贝尔。"他说。

三名5T帮众又奔回办公室，歇斯底里地对达伦喊了几句。

"杀千刀的烂人。"达伦怒吼道。

他用口音浓重的越南语对5T帮众吼了起来，手下们纷纷一溜烟冲进了隔壁屋，又在眨眼间带着砍刀重新现身。正在这时，另一个5T帮成员从另外一间屋里出现，手里拿着我的五万块，分成了三沓五十元纸钞，好像三块砖头。手持砍刀的5T帮众沿着过道鱼贯而出，简直跟军纪严明的军队有得一拼，边走边兴奋地用砍刀敲打着走廊的墙壁。

"妈的，怎么回事？"我问。

"狗娘养的BTK破坏了和平协定。"达伦一边说，一边拉开办公桌上一个长长的抽屉，"见了鬼了，大概还有两分钟，他们就会赶到我家。我要把这群猪头的脑袋通通砍下来。"

他取出一把闪闪发光的金色定制弯刀，刀上还饰有一枚"5T"标志。

"那我怎么办啊？"我问达伦。

"哦，没错。"达伦说。

他微微后仰朝抽屉凑去，又取出一把弯刀，扔给了我。

我笨手笨脚地摸索着找刀柄，结果弯刀脱了手，刀锋差点扎在脚掌上。我赶紧把刀拾了起来。

"不，"我说，"我的意思是，我们得把买卖做完啊。

"倍儿傻，买卖已经做完了。"

达伦的手下把书包还给我。包里的毒品已经不见了踪影，取而代之的是几捆纸钞。

"我们走吧。"

达伦说着拔腿向走廊奔去，脸上闪过武士的嗜血之欲。

"我觉得，我还是在这儿乖乖等着好了，等你们办完事。"我说。

"恐怕不行，倍儿傻，"达伦说，"我们这栋楼里放的钱，足够让越南人民吃上整整六个月的'大公鸡'外卖。我们得把这里锁起来。"

"那我翻过后院篱笆溜出去吧。"我说。

"我们这里四面都有铁丝网。除了走正门，根本没有出去的路。"达伦说，"再说，你小子到底有什么毛病？BTK这帮混蛋都已经攻上我们家门了，他们想要吞下整块达拉。你想让这帮混蛋霸占我们出生长大的地方吗？这是我们的地盘，倍儿傻，我们必须捍卫。"

*

纵观历史，各大战役的开局跟眼前这一场相差无几：双方首脑进行会谈。

"陈，我要把你的鼻子割下来，再把钥匙圈塞到你的鼻孔里。"阿卡迪亚街的死胡同中，达伦伫立在自家大宅前方高声喊道。他站在5T帮众的正中，人数现在已经暴涨至三十人。

街道的入口处站着一个男子（我猜应该就是达伦嘴里的"陈"），身后是一帮躁动不安的BTK暴徒——看上去，这群人生来唯一的使命，就像是来取其他人的性命。陈的右手拿着一把砍刀，左手握着一把锤子，率领的队伍至少比达伦一方多出十个人。

"达伦，我要把你的耳朵割下来，每天吃晚餐之前朝它们唱一首进行曲。"陈回答。

随后，一阵当啷声响起。双方帮众纷纷敲打起他们身边同伙的刀枪棍棒，富有节奏的当啷声越来越震耳欲聋。战争之召，末日之歌。

正在这时，我内心深处的某种念头——对保命的渴望也好，对和平的追求也罢，或者仅仅是骨子里就怕弯刀砍上我的脑袋——逼着我从一群5T帮众身后挤上前去。

"不好意思。"我说，"不好意思。"我迈步踏进阿卡迪亚街的正中央，也正是两个杀红眼的帮派之间的分界线。"不好意思，打扰了。"我放声喊了一句。砍刀发出的当啷声戛然而止。整条街顿时鸦雀无声，我颤抖的声音响彻了达拉。

"我明白，你们两派都没有理由听我的，我只是个顺路来见见兄弟的蠢货嘛。"我扬声说，"但我打心眼里认为，听听局外人的看法，或许可以帮诸位解决彼此之间的一些不满。"

我向两派分别扭头望了望。达伦和陈的脸上都是一头雾水。

"达拉的子孙啊，越南的子孙啊。难道当初逼着诸位的家人背井离乡的，不正是战争吗？难道当初把诸位带到这个美丽郊区的，不正是仇恨、分裂和误解吗？迈出达拉区的地盘，还有一方崭新的天地，叫作澳大利亚。那个地方，对新来的人可不怎么客气；那个地方，对外来的人也不怎么客气。只要出了达拉这块家园圣地，你们两派有得是硬仗要打。你们两派得出去并肩战斗，而不是搞窝里斗。"

我伸手朝自己的脑袋一指。

"或许，是时候让我们大家多用用这玩意了。"我说。

我又扬起手中的弯刀。"也是时候少用用这玩意了。"我说。

我缓缓放下手中的弯刀，平放到阿卡迪亚大街平静的沥青路面上，以示姿态。达伦瞧了瞧他的一帮手下。陈垂下胳膊，审视着他的一帮手下。紧接着，陈掉头望了望我。紧接着，他又扬起了武器。

"给我——冲！"他厉声喝道，BTK帮众应声挥师向前，弯刀、锤子和撬棍齐刷刷举到了布里斯班的半空。

　　"通通杀光！"达伦也厉声喝道，冷血无情的5T帮众应声一窝蜂向前猛攻，一只只橡胶鞋底奔过大街，刀枪棍棒满怀期待地发出一片当啷声。我赶紧转过身，拔腿就向街道的一侧狂奔而去，正赶上两支疯狗般的队伍打响了一场血肉横飞的遭遇战。我跃过一道齐膝高的篱笆，进了一户民宅的前院，就在离邓家大宅四栋建筑的地方。我扑通趴倒在地，一边爬过这户人家的屋前草坪，一边暗自希望别被BTK帮的那伙人抓包。我爬到房屋的一侧，躲进一片白玫瑰花丛，才向阿卡迪亚大街的弯刀大战投去最后的一瞥。刀锋呼啸着从空中划过，拳头和手肘纷纷揍上了某人的额头、某人的鼻子，膝盖撞上了某人的眼球，一脚又一脚揣上了某人的肚皮。邓达伦正纵身跃起，向一名毫无防备的对手扑去，达伦的身影在空中划出一道弧，一时间成功地从混战中脱了身。我朝书包底部伸手摸索着五万块。真是感谢战神哪，托神明的福，我才记得世上还有第六个"T"——掉头逃跑的"逃"。

真幻难辨

我已经等不及想要告诉她了，我已经等不及想要见到她了。在我的憧憬中，她会穿一条白色长裙，长长的秀发垂在肩头；她会屈膝蹲下身，一把将我搂进怀中；我把我们兄弟二人为她赚的钞票递给她，她会流出眼泪。当天夜里，我们一家会驱车奔赴海口区，把钞票哗啦堆上海口村购物中心一家银行的办公桌，她会开口告诉一位帅气的银行家，她要拿这笔钱付一幢小别墅的定金，屋前要有一片白玫瑰丛。

奥古斯特和我搭乘的公交车，停在了布里斯班北部努恩达郊区的巴克兰路。明媚的秋日骄阳烤得我的头顶、耳朵和脖子暖乎乎、热烘烘的。我们漫步走过基督圣体教堂，那是一座气势雄伟的棕色砖砌教堂，有着翠色的穹顶，恰似我在《大英百科全书》里见到的一座座伦敦著名建筑，毕竟老爸书房里东一本西一本地散落着一套《大英百科全书》，在那堆成山的书本之中。

说不定，我会想念老爸那个破破烂烂的家呢，想念那栋丁点大的房子，想念屋里墙壁上的破洞，想念堆成山的书本，想念老爸（要是他晚上不碰酒杯的话）——那时他会跟我们一起玩《世纪交易》里的答题，会被《世纪交易》节目主持人托尼·巴伯的笑话逗得哈哈大乐，还对节目里每一位返场冠军极尽挖苦之能事。我会想念"亨利·巴斯"，想念步行走到商店，给没喝酒的老爸买烟抽；我会想念没喝酒的老爸。

奥古斯特和我从巴克兰路拐上了巴吉街。我停住了脚步。

"到了，"我说，"六十一号。"

我和奥古斯特伫立在一栋巨大的昆士兰风格木屋前。房屋高耸在一根根细长的木桩上，上了年头的宅子看上去活像马上要散架，仿佛正挂着拐杖，开着爱尔兰饥荒的玩笑。

我们迈上一段长长的台阶，台阶的蓝色油漆已经渐渐剥落。台阶尽头是一扇年深日久的落地玻璃门，饱经风霜，腐朽不堪，简直一碰就裂。我伸出有五根手指的左手，敲了两下门。

"稍等。"耳边传来女子清越的嗓音。

大宅的前门洞开，我们的面前出现了一位修女。她年纪很大，身穿一条短袖白裙，头发被一套蓝白相间的修女服遮住了，露出一张温柔而欢喜的面孔，一枚银色大十字架在她的项链上轻摆。

"两位一定是奥古斯特和伊莱。"应门的修女说。

"我是伊莱，"我说，"这是奥古斯特。"奥古斯特闻言露出微笑，点了点头。

"我是帕特丽夏修女。"来人说，"这几天都是我在照看你们妈咪，好让她适应一下环境。"

修女凝望着我们的双眸。"你们两兄弟的事我可听说了不少。"她说着朝我点点头，"伊莱，又健谈又爱讲故事的小弟。"她又朝奥古斯特点点头，"奥古斯特，我们那脑子灵光又不爱吭声的大哥。哎呦，还真是冰火两重天的一家子。"

冰与火。阴与阳。桑尼与雪儿。都是好搭档。

"快进屋吧。"修女说。

我们迈步进了门，恭恭敬敬地伫立在宅邸的日光室里。走廊入口上方悬挂着一幅巨大的耶稣镶框画，跟莉娜卧室里的那幅差不了多少。年轻而又哀伤的耶稣，年轻而又英俊的耶稣，守护着我最深重的罪孽，乃是全知者、宽恕者。正是他，让我将最近冒出的邪念暂时抛诸脑后：最近一阵子，我暗地里的企盼全都见不得光，我只盼血债能够血偿，只盼那些害我母亲沦落至此的家伙被火烧死，被水淹死，让他们滚下地狱，受疾病、愤怒、瘟疫、煎熬之苦，受永世不灭的火与冰之苦。阿门。

"伊莱，你在走神？"帕特丽夏修女问。

"哎，不好意思。"我说。

"唔，你俩还等什么，难道要我牵着你们的手给你们带路？"修女问。

奥古斯特和我迈步走下了过道。

"右边第二间屋。"帕特丽夏修女高声指点。

奥古斯特领头，走在我的前面。过道铺着地毯，一个餐柜上摆放着精心装裱的祷文、盛着念珠的托盘和一瓶紫花。整栋大宅散发着薰衣草的香味；所以，我将用薰衣草来牢记妈咪，用念珠来牢记妈咪，用漆成浅绿色、竖向接缝的木墙来牢记妈咪。奥古斯特和我经过了右侧的第一间卧室，一名女子正坐在书桌前读着书。她对我们露出笑容，我们也对她笑了笑，继续沿着走廊朝前走。

在右侧第二间卧室门口，奥古斯特驻足片刻，回头望了望我。我伸出一只手，搭上他的右肩，接着我们兄弟俩默不作声地聊了聊。"我明白，老兄，我明白。"奥古斯特走进卧室，我紧随在哥哥的身后，望着老妈将他一把搂进怀中。奥古斯特还没有踏进门时，老妈早已流出了眼泪。她并未身穿白衣，却穿着一套浅蓝色夏装，不过正如我想象中的场景，她留起了长长的秀发，一张脸看上去热情、健康而又专注。

"大家一起来抱抱。"老妈低声说。

与我想象中的场景相比，奥古斯特和我的个子实际上更高一些。我竟然把时间忘在了脑后；我想象中的场景没有跟上时间的脚步，它还滞留在过去，而非展望着未来。老妈坐在一张单人床上，我又猛然记起她坐在博格路女子监狱那张床上的一幕。只不过，当初的她与现在的她简直判若两人。最不堪的老妈，在我的脑海里；最美好的老妈，正在我的眼前。

这才是老妈日后的模样呢。

*

老妈关上卧室门，我们一家三口在屋里一口气窝了整整三个小时。这几年落下的课，通通都得补齐嘛：我们兄弟俩在学校对哪个女孩动了心，我们兄弟俩玩了些什么运动，我们兄弟俩读了些什么书，我们兄弟俩惹了些什么祸。我们一家三口玩了《大富翁》，玩了"乌诺"，用老妈床边的小时钟收音机放了音乐：佛利伍麦克乐团啦、杜兰杜兰乐团啦，再加上冷錾乐队的《战争结束时》。

随后，我们三人一起去公共休息室吃晚餐，老妈又把我们兄弟俩介绍给两名女伴认识；跟老妈一样，她们也在帕特丽夏修女这间摇摇欲坠的老宅里，"在社会中试图重新立足"。其中一个女子叫珊，另一个叫琳达。照我说，这两人恐怕会很讨麻秆的欢心。两个人都身穿背心，没有穿胸衣，刺耳的笑声跟烟鬼有得一拼。当她们咯咯发笑时，一对"咪咪"就在背心里一个劲乱蹦。两名女伴谈起了号子里各种没劲的破事，谈起了号子里的悲惨往事，但她们的口吻偏偏又很快活，足以让奥古斯特和我相信，老妈在狱中的日子也并没有那么难熬。毕竟，号子里还有友情、忠诚、关切与爱。两名女伴开玩笑道，号子里的肉太硬啦，硬到能崩掉她们的牙。女囚们会整盅监狱看守，会雄心勃勃地试图越狱，比如，某俄罗斯裔女囚以前是少儿运动员，她打造了一根跳高撑杆，想要靠它跃过监狱的围墙，结果一败涂地。当然啦，若论精彩程度，没有哪一天能比得过来自布瑞肯力治的疯癫小子闯进博格路监狱探望他老妈的那个圣诞节。

听到这个故事，老妈露出了笑容，也流下了眼泪。

*

奥古斯特和我在老妈的卧室里铺了一床厚实的羽绒被，又把客厅沙发上的靠垫当作枕头。大家就寝之前，老妈说，她有话要跟我们讲。于是我们俩坐到床上，分别坐在老妈的左右两侧。我向自己的背包伸出手——包里可有五万块呢。

"我也有话要跟你讲，妈咪。"我说。我已经憋不住肚子里的话了，我已经等不及想要告诉老妈，我们的梦想终于就要成真。我们自由了，我们一家终于自由了。

"你想说什么？"老妈问。

"妈咪你先说吧。"

她从我的脸上拂开刘海儿，微微一笑。

她垂下了头，沉思片刻。

"说吧，妈咪，你先说吧。"我催她。

"我不知道该怎么开口。"她说。

我轻轻在老妈的肩上一推。"有话就说嘛。"我笑出了声。

老妈深吸一口气，露出了笑容，笑得如此灿烂，于是我们兄弟俩也跟着露出了笑容。

"我要搬去跟泰迪一起住。"老妈说。

时间到了。时间天崩地裂。时间覆水难收。

勇斗蜘蛛

　　最近一阵子，布瑞肯力治区的红背蜘蛛简直成了灾。天气又湿又热，害得兰斯洛特街的红背蜘蛛纷纷爬到了塑料马桶盖底下。我念十一年级的最后一天，隔壁邻居帕梅拉·沃特斯在上大号的时候被红背蜘蛛咬了屁股。帕梅拉上大号的动静大得声震四邻，有些时候，我们隔着围栏都能听见她上大号时又是放屁又是使劲的声响。我和奥古斯特简直不知道该同情哪边才好：是同情沃特斯太太呢，还是同情那只毫无戒心的红背蜘蛛，虽然它在帕梅拉的屁股上咬了一口肥肉当作晚餐。

　　我在老爸的书房里找到了一本讲蜘蛛的书，然后读完了其中有关红背蜘蛛的内容。书里说，雌性红背蜘蛛会"性食同类"。也就是说，雌性红背蜘蛛会在交配过程中吃掉雄性伴侣（倒是跟我们学校某些女孩的癖好差不多嘛）。"恋爱杀手"蜘蛛又生下一群惹人喜爱的子女，这群嗜食同类的兄弟姐妹会在它们老妈结的网上待整整一星期，随后散入风中。

　　整整一星期——老妈就希望奥古斯特和我趁着暑假去泰迪家待上整整一个星期，跟告密的叛徒泰迪一起待上整整一个星期。我还不如留在布瑞肯力治，跟老爸和把配偶当作腹中餐的红背蜘蛛待在一起呢。

*

　　"哪颗行星的卫星最多？"我家那台清晰度不佳的电视机上出现的是《世纪交易》节目淡粉与蓝绿相间的拍摄现场，节目主持人托尼·巴伯正向三名参与节目的选手发问。

我老爸已经喝下了三十六罐啤酒、三杯盒装软袋果味酒，但他还是比三个选手都答得快。

"木星！"老爸高声喊道。

"罗马尼亚的首都是哪个城市？"托尼·巴伯问。

"'Knot'用作集合名词时，指称的是一群什么两栖动物？"托尼·巴伯问。

"他妈的，弗兰姬·贝尔的脑子又没有秀逗，怎么会被怂蛋泰迪·卡拉斯灌了迷汤？"托尼·巴伯问。我顿时惊得坐起了身，终于对老爸最心爱的电视节目提起了兴趣。

"至于今天的'猜名人'环节，请回答：'我'是谁？"托尼·巴伯又开口问道。托尼·巴伯是在直接冲着电视机外发问，托尼·巴伯是在直接冲着我发问。"'我'的父母是从来就算不上一对的一对，'我'是家里两个儿子中的小弟。'我'的哥哥六岁时，被父亲开车带着撞上了一座水坝，从此就再也不肯开口讲话了。'我'十三岁那年，某个被'我'当作父亲看待的男子被一个郊区毒枭的手下劫走，此后就人间蒸发了。至于幕后黑手郊区毒枭，此人用来做幌子的身份，是一家小型义肢生产厂商的老板。后来，就在'我'认定情况正日渐好转的时候，'我'的母亲却找了个同居男友；而'我'相信，当初被'我'当作父亲看待的男子惨遭毒手，罪魁祸首正是'我'母亲的这位新男友。总之，真是一团混乱、绝望、随风而舞的乱麻。最后，请问：'我'究竟是哪个'伊莱'，'我'姓什么？"

*

奥古斯特正在我们两人的卧室里画着画，画的是布面油画。

奥古斯特说，他或许会当个画家。

"跟你老爸真是一个模子塑出来的。"——每当提到这个话题，我老爸就会插上这么一句。反正，我老爸总爱把奥古斯特那些经常令人惊艳、偶尔让人心惊的油画作品跟他自己的第一份工作混为一谈，谁让老爸当初的第一份工作，是在乌龙戈巴的"彩虹彼端"油漆公司当学徒呢。

我们兄弟的卧室里到处是油画画布，要么在墙上挂着，要么在奥古斯特那张塌了的床的底下摆着。奥古斯特是个高产画家，最近一直在创作某个系列：他从布瑞肯力治的街巷中取材，绘出毫不起眼的郊区场景，与画面中无比宏大的外太空背景形成对比。在其中一幅画里，奥古斯特绘出了布瑞肯力治本地的大公鸡餐馆，背景则是距地球二百五十万光年的螺旋星系仙女座星系。在另外一幅画中，奥古斯特绘出了两个麦基灵街小屁孩在后院玩板球的一幕，画中的孩子用滚轮垃圾桶充当门柱，背景则是一个红色的星暴星系，看上去活像霰弹枪一枪轰得人五脏开花。另外还有一幅，画中有一台食品店超市的购物车，飘到了十万光年外的银河系尽头。奥古斯特还以老爸为题材画过一幅，画中的老爸身穿一件蓝色的背心，侧躺在沙发上，一边抽着手卷烟，一边在赌马投注单上圈着马匹的名字，背景则是无边无际、五颜六色的气体云，位于某个宇宙的尽头——据小奥说，反正在那儿，所有宇宙物质闻上去都跟老爸放的屁差不多。

"这幅画的又是谁？"我从卧室门边问道。

"是你。"小奥回答。

奥古斯特伸出画笔在一个"黑金"巧克力屑冰激凌的盖子上轻轻蘸了一下——这玩意被小奥用来做调色盘了。画布上的人物确实是我，取材于我念纳什维尔中学时拍摄的学生照。我真的该剪头发了，因为我看上去活像《鹪鹩家族》里的贝司手。一脸青春痘，一对蠢兮兮的大耳朵，一个油腻腻的鼻子，总之一副十多岁男孩的青春期衰样。我坐在一张棕色的课桌前，向教室的窗外望去，满脸都是担忧的神情；而教室的窗外，是外太空。

"这又是什么鬼东西？"我问。

是某种星际现象，群星之间升起了一团绿光。

"当你趁着数学课往教室窗外张望的时候，你见到的会是一束花了120亿光年才到达你身边的光。"奥古斯特回答。

"这话是什么意思？"我问。

"我怎么知道？"小奥说，"反正就是你看到了一束光呗。"

"那你要给这幅画起什么名字？"

"*数学课上的伊莱望见光明。*"

我眼睁睁看着奥古斯特又在画中我的喉结上添了一层阴影。

"我才不乐意去泰迪家呢。"我说。

小奥又是涂又是蘸。又是涂又是蘸。

"我也不乐意。"小奥说。

小奥又是涂又是蘸。又是涂又是蘸。

"但我们躲都躲不过，是吧？"我说。

小奥又是涂又是蘸。又是涂又是蘸。

小奥点了点头，意思是："*没错，伊莱，我们不得不去。*"

*

跟我上次见到泰迪时比起来，眼前的他眼窝深陷，挺着个大肚皮。他站在一栋两层楼昆士兰风格建筑的门口。这栋民宅位于达拉西南方的郊区瓦科尔，是泰迪的父母传下来给他的，目前老两口住在伊普斯维奇的一家养老院里，就在沿布里斯班路车程二十分钟的地方。

奥古斯特和我站在一截楼梯的尽头，楼梯带有老旧的铁栏杆，摇摇晃晃的，看起来弱不禁风——印第安纳·琼斯和他的忠实助手恐怕就是走过了跟这段楼梯相似的一道索桥，才越过了桥下的鳄鱼潭吧。

"好久不见哪，小伙子们。"泰迪嘴里说道，一条肥嘟嘟的胳膊还搂着老妈，仿佛她是一桶啤酒。

谁说好久不见，我可几乎每天都在脑子里跟你见面呢，泰迪。

"好久不见。"我答道。

奥古斯特站在我的身后，一只手探过楼梯的铁栏杆，作势要摘下紧挨房子前门台阶的一棵树上的果子，看上去像是野生的黄杏。

"很高兴见到你，小奥。"泰迪说。

奥古斯特望望泰迪，脸上露出一丝苦笑，从树上拽下一个果子。

"这是我老妈的枇杷树，在这儿已经有五十多年啦。"泰迪说。

奥古斯特嗅了嗅手里的果子。

"尝一尝好啦，吃上去既有梨味，又有菠萝味。"泰迪说。

奥古斯特咬了一大口枇杷，微微一笑。

"你想不想来一个，伊莱？"泰迪问。

我才不会要你的任何东西，泰迪·卡拉斯，除了你那被钉上尖矛的首级。

"不用了，多谢，泰迪。"我答道。

"你们两个想开开眼界吗？"泰迪问。

奥古斯特和我都不作声。

老妈狠狠地瞪了我一眼。

"伊莱。"老妈开了口——她根本无需多说。

"好哇，泰迪。"我答道。

是一辆卡车，一辆巨大的1980年产橙色肯沃斯牌K100款，泊在泰迪家那宽敞的院子一侧，卡车上方是一棵巨大的杧果树，被狐蝠啃过的绿色果实落上了卡车的引擎盖。

泰迪说，现在他开这辆卡车给沃尔沃斯超市干活，在澳大利亚东海岸运送水果。我们兄弟俩跟泰迪一道钻进车里，泰迪拧动车钥匙点了火，运货的怪兽就咔嗒咔嗒发动了起来。

"你想来摁喇叭玩吗，伊莱？"泰迪问。

我早已经不是八岁小屁孩啦，泰迪。

"算啦，泰迪。"我说。

泰迪自己摁响了汽车喇叭，激动地咯咯发笑；要是童话故事中某个脑子不好使的巨人看见贼头贼脑的农家小子踩着弹跳杆好一顿蹦跳，只怕也会这样咯咯发笑。

泰迪拿起自己的民用波段无线电台，摆弄着频段旋钮，搜寻他的一帮好哥们。泰迪的这群卡车司机好哥们一个接一个地报了到，个个都是满嘴粗话，有人叫"马龙"，有人叫"菲茨"，还有个蠢货绰号叫作"炮管"，据说是澳大利亚卡车界的传奇人物，因他巨炮般的老二而得名。

刚刚认识泰迪·卡拉斯的时候，我真心喜欢这家伙。泰迪和莱尔相处，确实很有一对死党的架势，这点很惹人爱。而且吧，对莱尔身上的亮点，泰迪的看法跟我差不多。当时我觉得，泰迪看上去有点像《大兵的烦恼》时代的猫王，无论是泰迪把头发涂上发胶往后梳的样子，还是泰迪那两片丰满的嘴唇。不过呢，眼下泰迪身上简直没一处不丰满，看上去活像跟拉斯维加斯打得火热的猫王，活像吃多了油炸花生酱三明治的猫王。正是此人，出卖了莱尔；正是此人，向提图斯·布洛兹告密，说莱尔私下搞了一摊毒品买卖；正是此人，害得莱尔被人活生生从家中劫走，被大卸八块，因为泰迪觉得这样就能把自己喜欢的妞搞到手，就能讨得提图斯·布洛兹的欢心。谁知道提图斯转头就撺走了泰迪，因为提图斯心里很有数：告密的叛徒怎么可以信任？告密的叛徒，就只能老老实实地去找一份工打，开着沃尔沃斯超市的卡车在澳大利亚东海岸运送食品。泰迪开始去探老妈的监，依我猜，老妈想要相信告密的叛徒不是泰迪；依我猜，老妈只是希望有人前去探监。我没有去博格路女子监狱探监，奥古斯特没有去博格路女子监狱探监——没有老爸在场，我们兄弟俩没有办法去博格路女子监狱探监。可是，老妈总得跟号子外面的某个人聊聊吧，哪怕只是为了提醒自己号子外面另有一片天地。于是，老妈跟告密的叛徒聊了起来。老妈说，泰迪每周四早上都会去监狱探望；老妈说，泰迪为人风趣；老妈说，泰迪心地善良；老妈说，那段时间是泰迪陪在她的身旁。

"我爱死开卡车了。"泰迪说，"一开上高速公路，我就能立刻进入亢奋状态，我也说不清原因。"

那就别说好啦，泰迪。

"你们知道，有时候我会在路上做什么吗？"泰迪问。

你、马龙、菲茨和炮管，一起在民用电台里扎堆打飞机？

"做什么？"我问——可惜，我还是接了泰迪的话。

"我会跟莱尔聊天。"泰迪说。

泰迪摇摇头。我们兄弟俩一声不吭。

"你们知道我对他说些什么吗？"泰迪问。

难道是说对不起？说求求你原谅我？说求求你，让我不再受内疚、背叛和贪婪的折磨，求求你让我不再受一天二十四个小时、一周七天、无法解脱、无处可逃的煎熬？

"我会跟他聊送奶车的事。"泰迪揭晓了答案。

泰迪声称，他和莱尔小时候曾经偷过一辆送奶的卡车。泰迪声称，偷车的地点就在达拉，趁着送奶工人在莱尔家门口跟莱尔老妈莉娜聊天的时机，他和莱尔两个人把送奶车偷偷开走。他们欢天喜地兜风，根本没管会惹出什么祸来，或许那正是他们两个人生命中最快活的六分钟吧。随后，莱尔在街角商店旁放下了泰迪，然后把送奶车还了回去，自己一个人挨了罚。因为莱尔·奥尔利克自小就是个好心肠的正派人，只是长大后碰巧当了个郊区海洛因毒贩。

"我好想他。"泰迪说。

这时，两条德国牧羊犬在卡车驾驶座一侧的车门旁放声狂吠，打断了泰迪的思绪。

"嘿，乖狗狗！"泰迪朝车窗外露出灿烂的笑容，"快来瞧瞧我养的狗。"他催我们兄弟俩。

泰迪从卡车里钻出来，在他家后院里跟他的狗玩起了角力。

"这只叫宝儿，"泰迪一边说，一边用力揉着其中一只狗的脑袋，又伸出左手去挠另一只狗的肚皮，"这只叫阿罗。"

泰迪深情地凝望着狗的眼睛。

"这两条狗是我现在仅剩的家人啦。"泰迪说。

奥古斯特和我无声地交谈："见了鬼，真他妈的是个废柴。"

"来瞧瞧他们住的地方。"泰迪忘乎所以地说。

宝儿和阿罗住的狗窝设在房屋的下方。与其说是狗窝，不如说是在水泥板上搭建的双层豪宅。硬木围篱、成型胶合板质地的门窗，恰似林间迷路的韩塞尔与葛雷特无意中发现的村舍。整间狗舍都建在木桩上，宝儿和阿罗还有一架带有凹痕的斜梯，方便两条狗出入它们那铺着毯子和垫子的梦幻之家。

"狗舍我自己造的哟。"泰迪说道。

奥古斯特和我无声地交谈："见了大头鬼，真他妈的是个天大的废柴。"

*

奥古斯特和我住进泰迪家的前三天，一切都完美无瑕，完美得无可挑剔。泰迪会对老妈微笑示爱，会给奥古斯特和我买百乐宝冰激凌讨我们的欢心，给我们讲卡车司机圈子里流传的笑话，几乎每一个都带有强烈的种族颜色，纷纷以某澳大利亚原住民/华裔/爱尔兰裔/女人在一辆十八轮大卡车的前杠里现身而收尾。谁能想到，在奥古斯特和我住进泰迪家的第四天，达斯汀·霍夫曼害得一切砸了锅。

当时我们刚刚在因杜鲁皮利的埃尔多拉多影院看完电影《雨人》，正开着车回家，达斯汀·霍夫曼在片中饰演的角色让泰迪想起了小奥。

"你办得到吧，小奥？"泰迪望着后视镜，朝坐在汽车后座上的奥古斯特发问。

奥古斯特默不作声。

"嗯？"泰迪又问，"你能一眼就数出一堆牙签有几根吗？你有那种超能力吧？"

奥古斯特不禁翻了个白眼。

"小奥又没得自闭症，泰迪。"我插嘴道，"小奥只是不爱讲话，操蛋。"

"伊莱！"妈妈凶巴巴地吼我。

车里沉默了整整五分钟，没有人吭一声。我凝望着路灯洒下黄色的灯光。光亮点燃了我心中的怒火，一个问题又从怒火中脱胎而出。于是，我不动声色地问出了口，不带一丝感情。

"泰迪，当初你为什么出卖你的死党？"我问道。

泰迪一个字也没有回答。他只是从后视镜中直勾勾地瞪着我，看上去再也不像猫王了，再也不像任何时代、任何地点、任何场合的猫王，因为猫王从未沦落到地狱，因为猫王从未开启过魔鬼时代。

*

泰迪一声不吭，就这样过了整整两天。早上他起得很晚，迈着沉重的步伐经过正在早餐桌旁吃玉米片的老妈、我和奥古斯特三个人，老妈跟他打招呼——"早上好"，他却连头也没有抬，沉默着出了屋。

有些时候，要是老爸又猛灌了好几天猫尿，害得我们三个在客厅里大吵一架，他也会这样跟奥古斯特和我冷战。每次挑头吵架的人都是老爸，趁着小奥和我看《龙虎少年队》狂扇我们后脑勺的人是老爸，总把小奥惹毛的人是老爸，被小奥一拳搉在眼睛上以求片刻喘息的人是老爸，结果不得不面对一张冷脸的，却是我和小奥。大多数时候，老爸第二天早上一觉醒来，仔细瞧瞧他脸上的伤，就会向我们兄弟俩道个歉。不过，有些时候，他也会跟奥古斯特和我冷战，好像我们才是混球，好像我们才是搅屎棍，惹出一堆乱子。操蛋的成年人嘛。

至于眼下的泰迪，看他那架势，仿佛他家里根本没有我们这几个人，仿佛拿我们当作了空气，仿佛我们都是幽灵，在他家客厅里玩猜词游戏，他自己却窝在卧室，扮演含冤受屈、一声不吭的苦主。

我感觉心里很不好受，因为老妈感觉心里很不好受。等到老妈让小奥和我给她打下手做羊腿当晚餐时，奥古斯特向我抛来了一个眼色，意思是："你去帮老妈做羊腿，因为老妈很看重这些，因为你会感觉很受用。而且，如果你不乖乖听话，我会捶爆你的脑袋。"

我们做了慢炖羊腿，炖了整整一天，正是泰迪宝宝爱吃的口味。

正午时分，泰迪大步流星地穿过厨房，准备出门。

"你要去哪儿？"老妈问。

泰迪一声也不吭。

"六点钟你能回来吃晚餐吗？"老妈问。

泰迪一声也不吭。

"我们在给你做羊腿。"老妈说。

他妈的，你倒是开口说两句啊，泰迪。

"加了红酒汁，做的是你喜欢的口味。"老妈说。老妈露出了笑容。给我睁大眼睛好好瞧瞧这个微笑，泰迪；给我睁大眼睛好好瞧瞧她心中的一抹阳光。泰迪？泰迪？

泰迪依然一声也不吭。他迈步走出厨房，下了后门台阶。向下，向下，向下，魔鬼正在一路向下，魔鬼的阳光女孩却竭尽全力想要一笑置之。

我们把羊腿放在泰迪祖母传下来的一只铁锅里慢炖，这只铁锅大得可以供人洗个泡泡浴。老妈和我先把羊腿炖上大半天，然后加上红酒汁、大蒜、百里香、四片月桂叶、切碎的洋葱、胡萝卜和芹菜杆做成的酱汁，每隔一小时翻搅一下。等到尝味道的时候，羊腿已经酥得快要掉渣了，活像吉百利巧克力广告中那位优雅白衣女子手中的雪花脆片巧克力——奥古斯特迷那位白衣女子迷得不得了呢。

*

泰迪并没有赶在傍晚六点之前回家。傍晚六点已经过去两个小时，我们母子三人终于在饭桌上吃起晚餐，泰迪才轻手轻脚地进了屋。

"你的一份在烤箱里。"老妈说。

泰迪睁大眼睛紧盯着我们，审视着我们。泰迪在餐桌旁坐下的一刹那，奥古斯特和我就闻出了他身上的酒味，再加上另一种味道。或许是安非他命吧——若要长途跋涉前往昆士兰州北部的凯恩斯市，安非他命可是卡车司机们的得力小帮手。泰迪眼神涣散，呼哧呼哧地大声呼吸，嘴巴不停地张大又闭上，活像嗓子正在冒烟，嘴角冒出一团团浓稠的白色口水沫。老妈去厨房给他端菜，他却直勾勾地紧盯着对桌的小奥。

"你今天过得怎么样啊，泰迪？"我问。

泰迪不吱声，只是一味盯着小奥，小奥却一味埋头大吃，摆弄着红酒汁和土豆泥里的羊肉。

"你说什么？"泰迪瞪着奥古斯特说道，"不好意思，我没听见。"

"小奥什么也没说，泰迪。"我插了一句。

泰迪俯身向奥古斯特凑过去，他的肥肚皮在餐桌上支出去好远的一截，他的温菲尔德红壳款香烟"啪嗒"一声掉出了蓝色牛仔工作服的衣兜。

"你能不能再说一次？这次说得大声点行吗？"泰迪问。

泰迪夸张地朝奥古斯特扭过了左耳。

"不，不，我明白，老弟。"泰迪耸了耸肩膀，"要是我老爹那么对我，我也会说不出话来的。"

这时，我的哥哥抬起了头，望着告密的叛徒，脸上露出了笑容。泰迪又落了座，老妈把他的晚餐摆到了他面前。

"你总算赶上晚餐了，我们很开心。"老妈说。

泰迪像个小孩一样用餐叉搅着土豆泥，又像一头嗜血鲨鱼一样咬着羊腿。他的眼神再次落在对桌的奥古斯特身上。

"你清楚他有什么毛病，对吧？"泰迪问。

"嘿，我们好好吃饭，行吗，泰迪。"老妈说。

"他这死不开口的操蛋毛病，也是你惯的。"泰迪说，"你把这俩小子弄得跟他们的废柴老爹一样秀逗。"

"行啦，泰迪，够了。"老妈说。

奥古斯特又抬起头，向告密的叛徒望去，脸上的微笑已经失去了踪影。小奥在凝神审视着对方。

"我得承认，年轻人，"泰迪说，"你们还真有胆，敢跟那个想开车把你们朝大坝上撞的家伙睡在同一个屋檐下。"

"够了，泰迪，见了大头鬼啦！"老妈尖叫一声。

泰迪也放声吼了起来。"哎哟喂，我说对了。"他哈哈大笑，"真他妈见了大坝鬼，对吧年轻人？操蛋哪。"

紧接着，泰迪扯着嗓子高喊，喊得比老妈还响。"不，不行，"他咆哮道，"这可是我老爹的餐桌。我老爹造出了这张该死的餐桌，现在这该死的餐桌归我了。我老爹是个好男人，对我教养有方，我他妈的想在我自己的餐桌上说什么，我他妈的就要在我自己的餐桌上说什么。"泰迪又啃了一口羊腿，仿佛刚活生生在我的左前臂上啃下了一块肉。

"不，不行，"泰迪吼道，"你们都给我滚吧。"

他站起了身。"你们这帮人不配坐在这张餐桌旁边，赶紧离我的桌子远点。你们不配坐这张餐桌，你们这群该死的疯子。"

老妈也站了起来。"孩子们，我们可以去厨房里把晚餐吃完。"她一边说，一边端起餐碟。谁知道，泰迪的一只手狠狠地将餐碟摁回了餐桌上，餐碟哗啦碎成三块，恰似碎成三块的和平标志。"把见鬼的碟子留下。"泰迪咆哮着。

奥古斯特和我也已经站起了身，从椅子旁边迈开脚步，向老妈走去。

"不，不行，只有家里人才配在这张餐桌上吃东西。"泰迪继续说道。

泰迪吹了一声响亮的口哨，他的两条宝贝德国牧羊犬就应声奔上了后门台阶，穿过厨房，进了餐室。泰迪在我的座位前拍拍手，又在奥古斯特的座位前拍拍手。"来吧，乖孩子。"他说着，宝儿就听话地蹦上了我的座位，阿罗则乖顺地跳上了奥古斯特的椅子。泰迪点了点头。"吃吧，孩子们。"他吩咐道，"这些羊腿可好吃得很。"

狗儿们把头埋进我们的餐碟吃了起来，欢喜地摇着尾巴。

我朝老妈望去。

"我们走吧，老妈。"我对她说。

老妈却伫立在那儿，直勾勾瞪着嘴里呜呜叫唤的两条狗，它们把她一整天的心血吃得精光。她转过身，像个机器人一般默默地朝厨房走去。厨房墙边摆着一个淡黄色的旧橱柜，紧挨着烤炉，刚才用来炖羊腿的锅就放在烤炉上，锅里还装着四条羊腿，本打算留到明天中午吃的。

老妈一声不吭地站在厨房里，陷入了沉思，整整一分钟。沉思。

"老妈，我们走吧，"我又说，"利索地走人吧。"

紧接着，老妈转身面对着那只橱柜，向八只排成一列的老式乡村风格餐盘挥出右拳。这套餐盘是泰迪祖母的遗物，一只接一只地立在橱柜深处。老妈向这些餐盘重拳出击，仿佛她是个按程序运行的机器人，而她的程序就是向它们重拳出击，仿佛体内的机械正在操控她的胳膊。她甚至没有意识到，碎瓷片将她的指节割出了多少伤口，殷红的鲜血滴上了白色柔性带后面尚未被砸碎的餐盘。奥古斯特吓了一大跳，我却呆若木鸡，连半个字也说不出，被老妈的举动惊得一头雾水、动弹不得。鲜血与拳头，一拳又一拳。老妈的拳头砸碎了橱柜杯子区前方的玻璃推拉门，她伸手到柜子里攥住一只FM104电台马克杯、一只1988世博会马克杯、一只粉红色的"奇先生之完美先生"[1]马克杯；她又走回餐室，对准泰迪的脑袋用力扔出这三只马克杯，结果"完美先生"完美地命中了泰迪的右太阳穴。

挟安非他命之威，泰迪带着莫名的狂怒，向我老妈扑了过去。奥古斯特和我本能地挡在了老妈身前，还双双低下了头免得挨揍，但泰迪依然用他肥嘟嘟的膝盖磕中了奥古斯特和我不太经打的小脑瓜（他肥嘟嘟的膝盖简直跟板球头盔有得一拼）。一身蛮力的泰迪气呼呼地往前闯，从脑后一把揪住老妈的头发，拖着她出了厨房，拖过了铺着油布的厨房地板，拖得如此用力，老妈的头发竟然被扯下了好几绺。泰迪拖着她，一步步走下后门的木头台阶——魔鬼将她拖入了深渊，越来越深，越来越深。老妈在他的身后，泰迪攥住了她的头，好像他正拖拽着一张沉甸甸的地毯，或者拖拽着一截被砍断的枝杈，老妈的后背和脚踝在后门台阶上不停地颠簸。在这一刹那，在这无比令人心惊的一刹那，在魔鬼一步接一步将我老妈拖入深渊之时，我的脑海中冒出了一个清晰的念头，我很想知道：老妈为什么不放声呼救呢？老妈为什么不哭呢？在如此的一刻，她默不作声，我却猛然悟到（在这一刻，时间又是延展又是弯曲，直至无穷无尽）：老妈没有喊出声，是为了她的两个儿子，她不想让我们知道她有多么惊恐。一个磕了药的变态正怒气冲冲地拽着她的头发，把她拖下木头台阶，她却一心只想着我和小奥。我望着老妈的脸，老妈也望着我。细节，尽在不言中的细节。"不要怕，伊莱。"魔鬼拽起她的头，她的面孔却向我说道，"不要怕，伊莱，一切尽在我的掌握之中。比这更加骇人的场面我也经历过，伙计，这只是小菜一碟。所以不要哭，伊莱。瞧瞧我，我不就没哭吗？"

---

1. "奇先生"（Mr. Men）系列为童书系列，是英国儿童文学作家罗杰·哈格里夫斯的作品，于1971年开始出版，书中每一位角色名称都暗示自己的性格，"完美先生"是其中一个角色。

到了台阶的尽头，泰迪又把老妈朝宝儿和阿罗的狗舍斜梯拖过去。他用力攥住老妈的后颈，把她的脸摁进了宝儿和阿罗的碗里。老妈的脸陷进了一团糊状的棕色剩肉和胶状物中，她发出了干呕声。

"你这该死的畜生。"我尖叫着，用尽全身的力气将我的右肩撞向泰迪的肋骨，只可惜丝毫没有撼动他那又肥又壮的身躯。

"我也给你弄了吃的哟，弗兰姬。"泰迪高声道，瞪圆了双眼，兴奋得不得了，"是狗粮，喂狗的玩意。喂狗的玩意。是喂狗的玩意啊。"

我从下朝上挥拳，对准泰迪的脸又推又捶，可惜屁用也没有。此刻，泰迪感觉不到我的拳头，泰迪简直是难以撼动的山岳。正在这时，一个银色的巨物箭一般从我的眼前闪过，我眼睁睁看着它撞上了泰迪的脑袋。一股暖呼呼的液体跟着溅上了我的后背，感觉像是血和肉。只不过，闻上去不太像血，倒很像是羊肉。是刚才我们用来慢炖羊腿的那口锅。泰迪应声跪倒在地，惊得目瞪口呆，奥古斯特又一次挥起炖锅，这回径直对准了泰迪的面孔。这一击放倒了泰迪，他晕了过去，倒在这栋可怜巴巴的房子下、可怜巴巴的水泥地上。

"赶紧去街上。"老妈镇定地吩咐我们。她用衬衫擦了擦脸。忽然之间，她似乎不再是个受害人，却摇身变成了一名战士，一名古时的生还者，正擦拭着从脸颊、鼻子和下巴上滴落的鲜血。她一溜烟上了台阶，进了屋；五分钟后，她又带着我们的包和她自己的背包在街上跟我们碰了头。

*

一小时以后，我们母子三人搭上了火车，从瓦科尔前往努恩达。晚上十点钟，我们敲响了巴吉街帕特丽夏修女家的大门。修女立刻让我们进了屋，并没有问我们赶来的缘由。

我们母子三人在帕特丽夏修女家日光室的备用床垫上睡下了。

次日早上六点，我们一觉醒来，跟帕特丽夏修女和四名正在转型期的出狱女子一起在餐厅吃了早餐。我们吃着涂了维吉麦酱的吐司，啜着"黄金圈罐头工厂"生产的苹果汁。我们坐在一张棕色长餐桌的尽头，餐桌大得足以坐下十八或者二十个人。老妈始终一声不吭，奥古斯特照例一言不发。

"嗯唔唔唔唔唔。"我低声开了口。

老妈呷了一口清咖。

"说什么呢，老弟？"老妈柔声道。

"现在该怎么办？"我问老妈，"既然你已经离开了泰迪，现在你打算怎么办？"

老妈咬了一口吐司，用餐巾纸擦去嘴角的面包屑。我的脑子里塞满了各种未来蓝图：未来，我们一家的未来，我们的家。

"依我看，今天晚上，老妈你就来跟我们一起过夜好了。"我说。我的嘴简直跟我的脑子一样快。"依我看，你可以跟我们一起杀到老爸家去。老爸见到你肯定会吓一大跳，但我知道他不会亏待你的。妈咪，他有副好心肠，他不会让你吃闭门羹，他干不出这等事。"

"伊莱，我不觉得……"老妈说。

"你想搬到哪儿？"我又问。

"什么？"

"假如你可以随便选一个地方住，钱也不成问题的话，你想去哪里住？"我问道。

"冥王星。"老妈答道。

"呃，地点必须在昆士兰东南部挑。"我说，"老妈，只要你说个地方，小奥和我马上为你圆梦。"

"你们两个又有什么鬼主意来给我圆梦？"老妈问。

奥古斯特适时从他的早餐餐碟中抬起眼神，意思是："不，伊莱。"

我思考片刻，权衡着利弊。

"假如我告诉你，我能给我们大家在……我说不好……在海口区安个家呢？"我说。

"海口区？"老妈一头雾水地答道，"干嘛要去海口区？"

"海口区好棒，有好多死胡同。还记得莱尔带我们去买游戏机的那次吗？"

"伊莱……"老妈说。

"妈咪，你会爱死海口区的。"我激动地说，"海口区好美，处处青翠欲滴，郊区尽头又正好有个密林环绕的大水库，里面的水清澈见底……"

老妈嘭地拍响桌子。

"伊莱！"她凶巴巴厉声喝道。

她垂下头，哭出了声。

"伊莱，"她说，"我从来没有说过要离开泰迪。"

绞索渐紧

罗马尼亚的首都，是布加勒斯特。"knot"用作集合名词，指称的是一群蟾蜍。至于一群"伊莱·贝尔"，对应的集合名词应该是"绝境"，是"魔窟"，是"囚笼"，是"监牢"。

周六夜晚，七点十五分，我老爸就在马桶旁呼呼大睡。刚才朝马桶里吐了一通之后，他干脆失去了知觉，现在躺在卷纸架下面，睡得正香呢。每次呼吸，从他的鼻孔呼出的空气就会吹起三截单层卫生纸，恰似一面白旗在风中飘扬。

我也想举旗投降。我也想混成老爹那副德行。

可惜的是，铁石心肠的奥古斯特爵士今夜并没有兴致跟我一道胡闹——因为我恨不得用莱尔拿命换来的毒品钱去吃吃喝喝，吃死喝死为止。

一开始，我的计划是花上整整五百块，到巴雷特街的店铺狂点外卖。不如就从大公鸡餐馆点起：点上一整只鸡，两份大薯条，两杯可乐，两根玉米棒。随后沿着街上的店铺前往炸鱼薯条店、中餐店，再加上售卖超大中式点心和巧克力冰激凌的小吃摊。接下来，奥古斯特和我还可以溜到布瑞肯力治小酒馆里去，去大众酒吧问问老爸的老酒友冈瑟，瞧瞧他愿不愿意替我们买一瓶班达伯格朗姆酒。

"你个白痴。"奥古斯特无声地评道。于是，今夜我只身独饮。我拎上一瓶朗姆酒，骑上单车奔到肖恩克利夫码头，牛仔裤口袋里满当当地揣着整整四百块现金。在闪烁不定的灯光下，我把两条腿晃悠悠地垂下码头，身旁是一个被人切下的乌鱼脑袋。我一边喝着朗姆酒，一边思念麻秆，猛然意识到：朗姆酒下肚以后，我只觉得暖意融融；至于明年，要是我把余下的四万九千五百块毒资花在朗姆酒和鸡味玉米脆上，日子好像也并非多么难熬嘛。我喝啊喝啊喝啊喝，一直喝到晕倒在码头边上，不省人事。

*

阳光唤醒了我，我的头隐隐作痛，瞪大眼睛紧盯着已经枯干的乌鱼的鱼唇。我从绿色的公共饮水器里一口气喝了两分钟，又把身上的衣服脱到只剩内裤，跳进码头旁边满是寄生虫的水里游了个泳。我骑着单车回了家，发觉奥古斯特坐在客厅的沙发上，正是昨晚我出门时他坐的位置。小奥的脸上笑意盈盈。

"搞什么鬼？"我问。

"没什么。"小奥回答。

于是，我们一起看起了电视：是澳大利亚对阵巴基斯坦的板球对抗赛，目前是午餐时间。

"澳大利亚队战绩如何？"

奥古斯特凌空写了几笔："恰似1982年的迪恩·琼斯。"

我好累，浑身上下都好僵。我把头朝后一仰，在沙发上合起了双眸。

奥古斯特却打了个响指。我再次睁开双眼，一眼望见小奥伸手指了指电视屏幕——是澳洲九台的本地新闻午间简报。

"对布里斯班北郊布瑞肯力治区一个非常特殊的家庭而言，圣诞节已经早早来临了。"电视上的新闻播报员正在解说。这位主播是个毛发浓密的女子，看上去喷了整整一罐发胶。紧接着，镜头对准了谢莉·霍夫曼，她坐着轮椅，跟她的父母一起在托尔街她家屋外出了镜。

"是谢莉！"我说。

奥古斯特露出灿烂的笑容，点了点头，拍了拍手。

电视屏幕上播放出谢莉和她父母哭着拥抱在一起的画面，我们的耳边传来了新闻播报员的声音：

> 过去三年里，四个孩子的父母——苔丝·霍夫曼与克雷格·霍夫曼一直在努力筹集七万澳元，以便把他们的家改造得适用于残障人士，好让他们十七岁的女儿谢莉居住。因为谢莉患有肌肉萎缩症。截至昨日，霍夫曼一家通过学校和社区的筹款活动总共筹集了三万四千五百四十澳元。随后，今天早晨，苔丝·霍夫曼推开了她家的前门。

新闻简报节目上，谢莉的老妈苔丝·霍夫曼抹着眼泪，在她家的前院跟一位记者交谈着，手里拿着一个用圣诞包装纸包好的盒子。

"当时，我正准备去面包店买司康饼，因为谢莉的奶奶要过来。"苔丝·霍夫曼说，"谁知道我推开前门，发现门垫上摆着这只盒子，还裹着好看的包装纸。"

盒子的包装纸，是互相交织的一串拐杖糖和圣诞树。"我就拆开了盒子，往里面瞧了瞧，发现盒子里有一大沓现金，"苔丝抽泣着说，"这真是个奇迹。"

镜头又切换到一位站在谢莉家前院的警察身上。

"大家现在看到的，是四万九千五百澳元现金。"面无表情的警官说，"警方仍在对这笔钱的来源进行调查，但从初步的评估看来，应该是某位乐善好施的好心人捐赠的善款。"

我向奥古斯特扭过头。小奥乐得一边拍腿，一边露出灿烂的笑容。

我们耳边再次传来外景记者的声音，他在镜头外问了谢莉一个问题。

"谢莉，请问你想对那位把钱放在你家门口的好心人说点什么吗？"

谢莉眯起眼睛，向骄阳望去。

"我只想说……我只想说……不管你是谁……我爱你。"谢莉说。

奥古斯特站起身以示欢庆，得意地点点头。

我也站起了身，一口气迈出两大步，猛地撞向了小奥的盆骨，把他撞到了前廊的推拉窗上。窗户差点被奥古斯特的后脑勺撞个粉碎。我又疾风骤雨般朝奥古斯特的肚子和下巴各挥出一记上勾拳。

"操蛋的傻瓜！"我放声尖叫。紧接着，奥古斯特一把揽在我的腰间，把我抬起来，猛地抛向电视机。屏幕上的新闻播报员从老爸的棕色电视柜上倒了下来，电视机上摆放的桃红色陶瓷灯在木地板上摔成了八块。老爸大踏步走出他的卧室。"见鬼了，这是怎么回事？"他吼道。

我却再次扑向奥古斯特，小奥的左拳揍上了我的脸，小奥的右拳也揍上了我的脸。我毫无章法地瞎打一气，老爸则看准时机插到了我们兄弟俩中间。

"伊莱，"老爸咆哮道，"消停点行吗。"

老爸把我朝后一推，我深吸了一口气。

"你究竟干了些什么？"我扯着喉咙高喊，"你疯了，小奥。你他妈的疯得没治了。"

奥古斯特龙飞凤舞地凌空写起了字。"对不起，伊莱，我别无选择。"

"你才不是什么与众不同呢，小奥，"我说，"你就是个该死的疯子。你才不是什么死而复生的奇人。世上根本没有什么别的宇宙，明明只有这个宇宙，他妈的还是个该死的烂坑。世上根本没有什么别的奥古斯特，明明只有这个奥古斯特，他妈的还是个见鬼的疯子。"

奥古斯特微微露出笑容，又在空中狂草起来。

"那笔钱在你手上会被抓包的，伊莱。"奥古斯特写道。

"你倒是开口说话啊，混蛋，"我高声嘶喊，"我真是受够你这套凌空疾书的花招了。"

一时间，我们双双屏住了呼吸。老爸家电视柜的后方，新闻播报员还在面朝上躺倒的电视机里侃侃而谈："好吧，假如连这个故事都暖不了你的心，那就恕我词穷了。"

奥古斯特和我怒目圆睁，瞪着对方。可惜，在静音模式下，奥古斯特可比我能说得多。"伊莱，我别无选择。"小奥表示。

这时，电话铃响了。

"伊莱，那么一大笔钱在我们手里可不是什么好事，绝对不是什么好事。谢莉比我们更需要它。"小奥表示。

"伯克贝克老师说得对，小奥。"我说，"依我看，你非要编出'有人在电话另一头'那套鬼话，是因为你遭受了心理创伤。你被现实搞得一团糟，所以掉头一溜烟躲进了幻想里。"

"你明明听到对方的声音了，伊莱。你明明也听到电话另一头有人。"小奥表示。

"我是在配合你演戏，小奥。"我说，"你的那套屁话我通通买账，因为你疯得厉害，我为你感到心酸。"

对不起，小奥。实在对不起。

"唔，小奥，现实是这样。"我说着伸手向老爸一指，"他纯属脑子秀逗，所以当初他想要开车带着我们朝水坝上撞。你呢，就跟他一样疯，说不定我也跟你一样疯。"

我又向老爸扭过头。我说不清自己为什么会说出这些话，但我反正把话说出了口。我一心只想说这些话，我一心只想知道这件事。

"那一次，你是故意的吗？"我问。

"什么？"老爸轻声问。

他连一个字也说不出来。他活生生成了哑巴。

"所有人都哑了吗？"我放声高喊，"整个世界都哑了吗？那我换种说法好了，因为这个问题可能太难理解，我也明白这个问题很难理解，因为我反正是死活理解不了你当初干嘛要故意那么干——不过，话先说回来吧，当初你究竟是不是故意开车带着我们朝水坝上撞？"

电话铃响了起来。一时间，老爸被我这个问题惊得呆若木鸡。

"泰迪说，当时你是打算要我们的命，"我还在嘶吼，"泰迪说，什么恐慌症发作都是瞎扯。泰迪说，你明明就是个疯子。"

电话铃响了起来。老爸摇着头，一副怒火中烧的模样。

"真他妈操蛋，伊莱，你就不能接一下电话吗？"老爸问我。

"你干嘛不接？"我答道。

"是你妈打来的。"老爸说。

"老妈？"

"今天早上她就打过一通。"老爸说。

"你跟老妈讲话了？"我问。

他跟她搭上话了；我老爸居然跟我老妈搭上话了——这种情形可不常见。

"是啊，我跟她谈过了。这个家里，好歹还有人知道如何跟人用语言交流。"老爸答道。

电话铃丁零零响个不停。

"老妈打电话来干嘛？"

"她没说。"

电话铃丁零零响个不停。我接了起来。

"老妈。"

"嘿,宝贝。"

"嘿。"

好一阵静寂。

"你怎么样?"老妈问。

我糟透啦,糟得不能更糟。我心如铁石,脑子里一团乱麻。昨夜灌下肚的朗姆酒害我今天一早宿醉未醒。现在可好,我不仅依然宿醉未醒,兜里还少了四万九千五百澳元。

"还好。"我一边喘气,一边撒了个谎。

"你听上去似乎不太对劲?"老妈问。

"我没事,你好吗?"

"还好,"老妈说,"要是你和奥古斯特能尽快来看看我,那就更好啦。"

好一阵静寂。

"你觉得怎么样?"

"什么我觉得怎么样?"

"再来看看我啊,你觉得怎么样?"

"如果他在的话,不行,老妈。"

"他想见见你们兄弟俩,伊莱。"老妈说,"他想亲口为自己的所作所为道个歉。"

又来了——我老妈就爱相信昆士兰郊区的某个男人会改变本性。

"老妈,那个该死的疯子、胆小鬼、家暴男,是狗改不了吃屎的。"

好一阵静寂。

"可他真的很抱歉。"她说。

"他向你道歉啦?"我问。

"是啊。"

"他怎么说？"

"我就不说得太细了，可是……"

"拜托啦……好吗？"

"拜托什么？"

"拜托，你能说细一点吗？我真是烦透了各种支离破碎的片段。所有人讲话都不把话讲全，我从来拿不到任何细节。你总是说，等我长大之后就会告诉我，但我已经长大了好多岁，你的故事却变得越发扑朔迷离。什么都对不上，都是些圆都圆不上的瞎话。你讲的不是故事，你讲的要么是开头，要么是中段，要么是结尾，但你始终不讲故事。你和老爸，从来没有给我讲过一个完完整整的故事。"

好一阵沉默。好一阵沉默与眼泪。

"对不起。"老妈说。

"伊万·克洛尔到底对莱尔下了什么毒手？"我问。

眼泪。

"别逼我，伊莱。"

"他把莱尔大卸八块了，不是吗？达伦跟我讲过伊万·克洛尔的底细。要是正好碰上伊万·克洛尔大发善心，他会先砍掉人的脑袋……"

"住嘴，伊莱。"

"可是，要是碰上伊万·克洛尔想下狠手，比如碰上他还没吃午餐的时候，或者碰上他一觉醒来大发起床气的时候，他就会先下手割人脚踝。他把对方的嘴堵上，也不会一下子要他们的命，而是接着剁掉手腕，再剁一条腿，接下来可能再剁一条胳膊。来来回回地砍啊割啊……"

"伊莱，我好担心你。"

"不如我担心你那么担心吧。"

好一阵沉默。

"我打电话给你,是想跟你说件事。"老妈说。

"说你剁掉了泰迪的狗头?"

好一阵沉默。住口,伊莱。你脑子秀逗了。快打住,伊莱,别再抓狂了。

"你说够了没有?"老妈问。

"够了。"我说。

"我一直在学东西。"老妈说。

很棒。

"很棒。"我说。

"谢谢。你是在挖苦我吗?"

"不,真的很棒,老妈。你在学什么?"

"社会工作。我在监狱就开始读一些社会工作方面的书,政府给我付了些学费,我只需要拼命读书。我觉得,我读过的社会工作方面的教科书,恐怕比我的某些导师还多。"

"太棒了,老妈。"

"你为我自豪吗?"

"我从来都为你感到自豪。"

"为什么?"

"因为你一直在。"

"在哪儿?"

"只要在就好。"

"好吧。"老妈回答,"听着,我打电话过来,是因为某个跟我一起上沟通课的女士说,她的侄子是《信使邮报》的一名年轻记者。我告诉她,我儿子伊莱的梦想就是去《信使邮报》工作。我告诉她,有朝一日,我儿子会成为一名优秀的记者,踩警察线的记者……"

"跑警察条线的记者。"我纠正老妈。

"没错，一名主跑警察条线的优秀记者。后来这位女士就说，让我告诉我儿子一声，《信使邮报》总爱雇年轻人当实习生。不过呢，你得去敲敲人家的门，问问自己能不能申请。"

"我认为事情没那么简单，老妈。"

"偏偏就那么简单。我查了一下报纸主编的名字，他叫作布莱恩·罗伯逊。你尽管去报社找他吧，请他从办公室出来一会儿，跟你见个两分钟的面——就两分钟——因为只要花上两分钟，他就能看出来。"

"看出什么？"

"你身上的灵气。"我老妈说，"他一定会慧眼识珠，他会发现你有多么与众不同。"

"我哪有什么与众不同，老妈。"

"你明明就是，就是，"老妈说，"你只是自己还不相信。"

"不好意思，老妈，我得收线啦。我感觉不太舒服。"

"你是不是病了？出了什么事？"

"没事，只是没有办法聊太久。你想不想跟奥古斯特聊一会儿？"

"好哇。"老妈说，"伊莱，你记得去找那位主编申请实习生的位置。一定要去哦，两分钟而已，只要花上两分钟，你就能搞定。"

"我爱你，老妈。"

"我爱你，伊莱。"

我把电话递给了奥古斯特。

"你能去房间外面待一会儿吗？"我问。

奥古斯特点点头。奥古斯特从来没有在电话里跟老妈说过话，他只是一味倾听。我也从来不知道老妈对奥古斯特说些什么；依我猜，就只是说话吧。

*

我关上了卧室门，把一小沓A4纸带上床。白纸——焚尽一地也好，一鸣惊天下也好，不都要靠纸张吗？对，再加我身上的"灵气"。我的床头，有一支被啃过的蓝色圆珠笔；我提笔疾书，可是圆珠笔根本不下水。我拼命用双掌搓笔，把它捂热，圆珠笔终于写出字来。于是，我写下一篇文章，又在标题下加了一根下划线。

伊莱·贝尔的绞索

万一本人某日死于布瑞肯力治郊区这个人间地狱；万一本人某日在铁轨上涂满了凡士林，然后被凌晨四点三十分开往中央车站的一趟列车撞得血肉横飞，横尸于桑盖特火车站一号月台，正如两年前的本·耶茨（当时香农·丹尼斯告诉本·耶茨，就算天塌也好，就算地陷也好，就算本·耶茨正在学的肉贩学徒已经学成出师了也好，她反正是不会要他的种），那么，先行梳理一下莱尔·奥尔利克失踪一事的脉络，就确实万分必要。首要的一点：是泰迪·卡拉斯害死了莱尔·奥尔利克，因为泰迪爱上了我老妈。我老妈不爱泰迪·卡拉斯，但她一度深爱着莱尔·奥尔利克，而莱尔·奥尔利克是个好心肠的正派人，只不过碰巧干的是毒贩一行。莱尔命苦——我花了好久好久，才总算接受了这一事实：莱尔·奥尔利克很有可能被人大卸八块了，一块接着一块。刽子手伊万·克洛尔，是提图斯·布洛兹的变态手下，至于幕后主使提图斯·布洛兹，又在布里斯班南部的木芦卡开了一家假肢工厂，给他手下那贯通昆士兰东南部的巨型海洛因走私帝国打掩护。

万一本人某日血溅桑盖特火车站，那么，我的死因以及给我收尸花掉的费用，敬请诸位向布里斯班西南部瓦科尔的泰迪·卡拉斯一并追索。

另外，郑重声明：本人并非"与众不同"，也从没有过"与众不同"的时候。曾经一度，我认定奥古斯特和我两兄弟确属"与众不同"的人中龙凤；曾经一度，我认定自己真的听到了莱尔那台神秘的红色电话机里传来别人的话音。只不过，现在我已经回过了神：我们才不是什么"与众不同"。伯克贝克老师没有说错——以生存之名，人类的头脑会让我们自己相信任何奇谈怪论。创伤，会戴上形形色色的假面，而我，就戴上了自己的那一副。仅此而已。泰迪·卡拉斯没有说错——我哥哥和我，从来都不是什么"与众不同"；我哥哥和我，只是脑筋不太正常。

这时，有人用指节叩响了我的卧室门。

"滚蛋，奥古斯特，"我说，"我正下笔如有神呢。"

我只等着奥古斯特把我的话当成耳边风，自顾自推开卧室门。但门并没有开，取而代之的是一份今天的《信使邮报》，从门缝下被塞进了屋。

报纸摊开着，露出的是位于报纸中间专题报道版面《特别调查》栏的一篇文章，题为：郊区之争——布里斯班街头爆发亚洲海洛因黑帮大战。

这是一则深度报道，针对的是达拉区5T帮与BTK帮之间的暴力事件及昆士兰州东南部的金三角海洛因大规模交易。该报道调查详尽、文笔飞扬，虽然没有指名道姓，但提及了几个疑为布里斯班毒枭的人物，几个疑为越南裔毒贩的家族，上述人物表面上是低调、勤劳的餐馆老板，私底下却从墨尔本和悉尼向北打造出价值百万的贩毒网络。撰写报道的记者援引了一名原缉毒警察的说法，抱怨腐败的政客与警方高层对布里斯班西郊肆虐的海洛因交易"已经睁一只眼闭一只眼太久太久了"。该警员还爆料称，警方普遍怀疑几个享有盛誉的布里斯班生意人，其发家之道正是"私底下抱住了亚洲非法毒品市场这棵摇钱树"。

"他们就在我们之中，"爆料警员声称，"所谓布里斯班的'正人君子'，欠下人命债，却依旧逍遥法外。"

我翻看着本文记者的署名，然后朝自己的床上一躺，用中指凌空写下了这位记者的芳名。我的中指，紧挨着我那长了一块幸运斑的幸运食指。我的幸运食指，已被某位布里斯班城中的"正人君子"生生夺走，但这个欠下了人命债的刽子手，目前却正逍遥法外。虚空之中，记者的芳名看上去很美。

凯特琳·施皮斯。

拼命小子

第一眼见到黄色福特野马双门汽车中的男子时，我正坐在桑盖特火车站外，啃着一个蘸酱香肠卷当午餐吃。男子把车泊在停车场为巴士预留的车位上，透过车窗紧盯着我。此人约在四十五岁上下，远看是个大块头，高壮的身躯窝在紧巴巴的汽车座椅中。他一头黑发，一抹黑色的八字胡，一双黑色的眼眸审视着我。对视片刻后，我尴尬地掉开了眼神——我怕对方会朝我点头打个招呼嘛。男人将福特野马开出巴士停车位，泊进了火车站的停车场，随后从车上跳下来。正在这时，我那趟前往中央车站的火车到了，我把最后一口香肠卷扔进垃圾箱，一溜烟奔到了火车站月台的最前端。

我在鲍恩山下了车，沿着一条小街走到那座红砖大楼前，楼前的墙上依然挂着龙飞凤舞的"信使邮报"标牌。我花了整整三个月，才够胆来了这方宝地——这正是打造《信使邮报》的地方，这也正是凯特琳·施皮斯目前供职的报社。没错，凯特琳·施皮斯成功跳槽了，从《西南星报》跻身到了跟她最配的名报，一跃成为《信使邮报》犯罪报道记者团队的一分子，或许正是该团队最光彩熠熠的明星呢。

"我想求见主编布莱恩·罗伯逊先生。"我带着一种自信的口吻，对报社前台的女子说。前台女子个子不高，留着黑色的短发，戴着亮橙色的环状耳环。

"请问主编跟你有约吗？"前台女子问。

我理了理领带，它快把我勒得喘不过气了。老爸把领带系得好紧，毕竟这是老爸的领带，花了他五十分从慈善商店买来的，领带上印满了字母，其中字母W、O、R、D、S格外用亮黄色标明。老爸声称，戴上这条领带，可以向主编布莱恩·罗伯逊展示我对文字的热爱。

"没错。"我点点头，回答道，"只不过，话要这么说：主编先生理应预见到，布里斯班最有前途的新人记者会走进这栋大楼，期待与他会面。"

"换句话说，主编并没有跟你约好见面喽？"

"对。"

"那你找主编有何贵干？"前台女子问。

"我想要申请他那份卓越而有影响力的报纸的实习生职位。"

"不好意思，"戴着橙色环状耳环的前台女子一边说，一边把眼神掉回一本写满姓名、日期和签名的日志上，"实习生申请已经在两个月前截止了。明年11月之前，本报不再招收任何初级职位。"

"可是，可是……"可是什么啊，伊莱？

"可是什么啊？"前台女子问。

"可是，本人与众不同。"

"你说什么？"前台女子放声大笑，"拜托再说一遍？"

你个白痴，伊莱·贝尔。深呼吸，换个措辞。

"唔，我认为，我可以为这份报纸添光增彩。"我说。

"因为你与众不同？"

不，我才不是什么与众不同呢。我只是脑子不好使，真操蛋。

"唔，我并没有什么与众不同之处，"我说，"但有一腔热血，算是不太寻常吧，不太寻常。"

"真讨人喜欢哪。"前台女子用挖苦的口吻说道，又向报社大楼门厅与内部编辑部门之间的一扇玻璃安全门望去。从位于报社大楼深处的编辑部，我几乎可以闻见助理编辑们拇指上的墨香，闻见奋笔疾书的撰稿人的烟灰缸里的烟味，闻见政治条线记者酒杯里的苏格兰威士忌味。我也几乎可以听见男男女女在键盘上敲打出历史的声音——不过，这群男女玩不转盲打，因为他们触觉不灵，他们分明只有嗅觉，一种吸吸鼻子就能闻出猛料的嗅觉。

"可惜啊，'不寻常'怕是无法帮你穿过那扇安全门啦。"前台女子补了一句。

"那什么才能让我穿过那扇安全门？"

"耐心，再加上时间。"前台女子答道。

"可我明明已经熬出头啦。"

"是吗？"前台女子笑出了声，"你有多大年纪，十六岁，还是十七岁？"

"我就快满十七了。"

"确实是老前辈了。"前台女子说，"还在学校里念书？"

"是啊，但我的灵魂好几年前就已经毕业了。"

我俯身向她身前的长柜台凑过去。

"其实吧，我有料想要爆给主编。"我说，"只要他听到我爆的这则大料，他就会明白，我和其他申请人不一样，他会给我一次机会的。"

戴橙色耳环的前台女子翻了个白眼，微笑着将笔搁上了日志。

"你叫什么名字，小伙子？"她问。

"伊莱·贝尔。"

"听着，伊莱·贝尔，今天你是进不了那扇门的。"她说。她抬头向通往门厅的玻璃门张望，俯身探过柜台，低声对我耳语了一句话。"不过呢，我可没办法拦住你，不许你今天晚上八点左右坐在报社门口的树篱旁边。"她说。

"晚上八点会有什么事？"我问。

"天哪，老弟，你果然与众不同。"前台女子边说边摇头，

"晚上八点，是老板回家的时间，你个呆瓜。"

"太棒了！"我压低声音说道，"万分感谢。再多问一句，老板到底长什么样？"

前台女子的目光并没有从我的身上挪开。

"看到我左肩后面墙壁上那三张镶框照了吗？照片里是三个凶巴巴、脸很丑的男人。"

"看到了。"

"正中那个就是主编。"

*

晚上九点十六分，布莱恩·罗伯逊踏出了报社大楼。跟门厅柜台上方的照片相比，主编本人显得年轻几岁，鬓边的头发已经开始泛白，头顶是稀疏的灰白色鬈发，老花眼镜用一根绳系在脖子上，身穿白色商务衬衣，外面套着海军蓝色羊毛背心。他的右手拿着一只棕色皮革公文包，左臂下夹着三份大开本报纸，脸上有种不屈又坚毅的神情，酷似20世纪初的老派橄榄球球员（我在老爸的几本澳大利亚联盟式橄榄球的旧书里见过）——想当初，那个年代的男人们还忙着兼顾球场和第一次世界大战的西线战场呢。主编从报社大楼入口处迈下三级小小的台阶，我也从树篱里冒出了头。就在刚才，我一直像个跟踪狂一样在树篱周围蹲守了六个小时。

"罗伯逊先生？"我问道。

对方应声停下了脚步。

"不好意思打扰您，请容我做个自我介绍吧。"

主编上下审视着我。

"你在外面蹲守多长时间了？"他嘟囔着说。

"六个小时，先生。"

"真犯傻。"

主编转过身，向报社大楼的停车场走去。

我赶紧两步并作一步追上了他。

"我从八岁起就开始拜读贵报了。"我说。

"也就是从去年开始？"主编的双眼望着前方，回答道。

"哈！"我不禁笑出了声，绕到一旁好捕捉他的视线，"真搞笑。唔，其实我是想打听一下，您是否……"

"这条领带你是从哪儿买的？"主编依旧眼望前方。

刚才，主编的眼神落在我身上才区区半秒钟，就已经捕捉到了我这条领带的细节——此人擅于观察细节，媒体人擅于观察细节。

"我老爸从慈善商店买的。"

主编点了点头。

"你听说过纳雷拉街大屠杀吗？"主编问我。

我摇摇头。他一边拔腿疾走，一边讲起了故事。

"1957年，在布里斯班东部的加农山，有个名叫马里安·马伊卡的波兰移民，年纪大约三十多吧，用一把刀、一把锤子杀了自己的太太和五岁的女儿，烧了自己家，随后走到对面的人家，杀了那里的三口人——当妈的，再加上这家的两个女儿。后来，他开始一具接一具把所有的尸体堆起来，因为他准备把死尸一把火全烧光。正在这时，一个住在附近的十岁小姑娘敲响了房门。小姑娘名叫丽奈特·卡尔格，每隔一天就来这户人家找她的朋友去上学，结果马伊卡把小姑娘也杀了，把她的尸体一并扔进了尸堆，放火点燃，随后再开枪自杀——警察赶到现场，看见的就是这样瘆人的一幕，小丽奈特手里还紧攥着她打算去学校买午餐的钱。"

"天哪。"我不禁倒吸了一口凉气。

"当天早晨，我赶到事发现场进行报道。"主编说，"近距离目睹了血案现场的惨状。"

"是吗？"

"是啊，"主编一边说，一边迈开大步向前走，"只不过，即便如此，还是不如你系的领带这么吓人。"

主编步履不停。

"我的领带上印着一堆字母表里的字母呢。"我说，"我本来还盼着它能呼应你对文字的热爱。"

"对文字的热爱？"主编把我的话重复了一次，猛地停住了脚步，"你为什么会认为我热爱文字？我痛恨文字，我鄙视文字，我满眼见到的全是文字。即使在梦里，文字也不肯放过我。我去洗个热水澡，文字会潜入我的思绪，钻进我的体内。我去参加孙女的受洗仪式，文字依然缠着我阴魂不散——我本来应该一心想着宝贝孙女的小脸蛋，但我满脑子想的都是次日头版头条的文字，真见鬼。"

主编说着握紧了拳头，直到走进停车场才回过神。我干脆摊了牌。

"不知您能否考虑一下，让我做贵报的实习生？"

"没门。"主编高声说道，打断我的话，"近期的实习生我们已经挑好了。"

"我知道，但我觉得，我能给贵报带来一些别人没有的亮点。"

"噢，是吗？比如？"

"一则头版大料。"我说。

主编停住了脚步。

"头版大料？"他笑了，"好，说出来听听。"

"唔，情况很复杂。"我说。

主编立刻迈步走开了。

"太遗憾了。"他嘴里说道。

我又拔腿追了上去。

"唔，要是您忙着朝您的车走，那我很难把一切说个清楚。"

"胡说八道。"主编说，"库克船长发现了澳大利亚，希特勒入侵了波兰，奥斯瓦尔德刺杀了肯尼迪，人类征服了月球——以上故事，都很复杂。你已经浪费了太多你心爱的文字来拍我马屁，所以吧，我再给你三个字的机会。只许用三个字，把你的故事讲给我听。"

快动脑子，伊莱。三个字。快动脑子。可惜的是，我的脑子里空无一物。我的眼前只有主编的一张臭脸，我的脑子里一片空白。只许用三个字讲出我的故事，区区三个字。

空无一物。空无一物。空无一物。

"抱歉。"我说。

"两个字了。"主编回答。

"可……"

"三个字。"主编说，"不好意思，小伙子，欢迎明年再来申请。"

他说完迈步走远，沿着车道进了一间停满豪车的车棚。

*

我将用今夜的月色，来铭记眼下阴郁的心境：当空一弯明晃晃的月牙，橙色，好像一块甜瓜。我将用鲍恩山火车站四号站台对面水泥墙上的涂鸦，来铭记这一连串碰壁、挫折与无望。有人在水泥墙上喷涂了一个蠢蠢欲动的老二，龟头是一个旋转的地球，简直让人难以忘怀，老二上方还有一则文字：犯浑者皆操蛋！在长长的栗色候车座上，我解开勒得人喘不过气的领带，审视着领带上的字母，想要找出三个字来讲我的故事。失良机。全搞砸。

超犯浑。我已经迷失在这条丑死人的领带的一个个字母中。

这时，候车座的另一头传来了谁的声音。

"伊莱·贝尔。"

紧随话音，我一眼望见了她。整个站台只有我们两个人，整个地球只有我们两个人。

"凯特琳·施皮斯。"我说。

她笑出了声。

"是你。"我说。

一时之间，我只觉得喘不过气，蠢兮兮地张大了嘴，真是惊掉了下巴：我有种太过强烈、太过神奇的感觉。

"是啊，"凯特琳说，"是我没错。"

她身穿一件长长的黑色大衣，一头棕色的长发披在肩头，脚踩一双马丁靴。凉凉的夜气似乎使她雪白的面孔显得容光焕发。凯特琳·施皮斯熠熠生辉。或许，这正是她收拢了一大帮线人，写出一大堆精彩报道的诀窍所在；或许，这正是她让线人敞开心扉，让线人畅所欲言的诀窍所在。凯特琳·施皮斯让众人拜倒在她的光彩、她的锋芒之下。

"你还记得我？"我问道。

凯特琳点了点头。

"记得，"她露出笑容，"我说不清楚是为什么，平时我可总记不住别人的脸。"

一列轰鸣的火车隆隆地驶到了我们身前的四号站台。

"我倒是每天都见到你的脸。"我说。

火车发出的响声实在太吵，凯特琳没有听清。

"不好意思，你刚才说什么？"

"没什么。"

凯特琳站起身，紧攥着右肩上一只棕色皮包的带子。

"你要上这趟车吗？"她问。

"这趟车去哪儿？"

"卡布尔彻。"

"我……唔……没错，我等的就是它。"

凯特琳微微一笑，审视着我的面孔。她攥紧火车中间一节车厢门的银色把手，迈步进了车厢。车上空空荡荡，整节车厢只有我们两个人，整个宇宙只有我们两个人。

她坐进一个四人座里，两个空荡荡的座位正对着另外两个空荡荡的座位。

"我可以坐你旁边吗？"我问。

"准了。"凯特琳换上一副威严的口吻，笑道。

列车驶出了鲍恩山火车站。

"你来这里干嘛？"凯特琳问。

"来见你的老板布莱恩·罗伯逊，想申请一个实习生的位置。"我回答。

"不开玩笑？"凯特琳问。

"不开玩笑。"

"你刚跟布莱恩见过面？"

"唔，不能算是见过面吧，"我答道，"我躲在树篱后面蹲守了六个小时，等到晚上九点十六分他离开报社大楼的时候，我就杀了过去。"

凯特琳笑得前仰后合。

"结果怎么样？"她问。

"惨。"

她同情地点点头。

"我记得，刚见到布莱恩的时候，我还在心里嘀咕：他说不定是个刀子嘴豆腐心的人呢。"凯特琳说，"可惜，我错了。布莱恩长着一副货真价实的铁石心肠，但他也确实算得上本国最优秀的报纸编辑。"

我点点头，眼神落在了车窗外：火车刚刚经过老阿尔比恩面粉厂。

"你想当记者吗？"凯特琳问。

"我想干你现在干的这一行，笔伐犯罪，揭示罪犯的动机。

"没错，"凯特琳说，"你结识了麻秆·哈利迪嘛。"

我点点头。

"你给我爆料了一个人名，"凯特琳说，"我查过他，那个卖假肢的家伙。"

"提图斯·布洛兹。"

"提图斯·布洛兹，对。"凯特琳回答，"我记得当天你正给我讲一个关于他的故事，紧接着你就一溜烟跑掉了。那天你干嘛闪得飞快？"

"我得赶紧去找我老妈。"

"你老妈还好吧？"

"不太好。"我说，"不过我跟她见面之后，她就没事了。多谢你的好意。"

"什么？"

"刚才你不是问起我老妈的情况吗，你人真好。依我猜，可能记者这一行干一阵子，就会学到这着儿。"

"学到什么着儿？"

"在开口询问重大事项的间隙，插问一些温暖人心的小事。依我猜，这会让谈话对象感觉舒心一些。"

"可能吧。"凯特琳说，"话说回来，后来我仔细查了假肢大王的底细，提图斯·布洛兹。"

"查到什么啦？"

"我给一些人打了电话。所有人都表示，此人是布里斯班西南郊的大善人，无人能出其右。所有人都表示，此人无比坦荡，无比慷慨，又致力于慈善，又关爱残疾人。我也打了电话给当初在木芦卡结识的几名警员，他们异口同声，说此人是社区的栋梁。"

"警察当然是这种口径，"我说，"从这位大善人那里沾光最多的，可就是警察了。"

我抬头仰望一弯橙色的新月。

"提图斯·布洛兹是个恶人，犯下了滔天的罪孽，"我说，"假肢生意不过是个幌子，用来给昆士兰州东南部最大的海洛因进口集团之一打掩护。"

"你有证据吗，伊莱·贝尔？"

"我的遭遇，就是我的证据。"

再加上一根不见了踪影的该死的幸运手指，假如我还能找到它的话。

"你有没有跟其他人讲过你的遭遇？"

"没有。本来打算讲给你的老板听，但他非要我用三个字把故事讲完。"

凯特琳哈哈大笑起来。

"他就爱用这着儿。"凯特琳说，"我应聘报社工作的时候，他就将了我一军，非要我概括在此之前的人生和我所信仰的一切，概括成一个三字标题。"

琳即美。琳即真。琳在此。

"那你当时怎么回答？"我问。

"答了句蠢话，是当时我脑子里冒出的第一个蠢念头。"

"是什么？"

凯特琳打了个寒噤。

"拼命郎。"她说。

于是，卡布尔彻线随后的八站路上，凯特琳跟我讲起为什么会用"拼命郎"总括她的人生：她告诉我，来到人世时，她差点没了小命，因为她一生下来就比"柯克斯"百香果味饮料罐大不了多少。她母亲在生她的时候撒手人寰，凯特琳总觉得母亲达成了某种神圣的交易——一命换一命，结果这个念头从幼时就折磨着凯特琳。她时刻不敢偷懒，时刻不敢松懈，永远不能退缩，即使是在她十多岁的青春时光，即使当她扮起了哥特风，即使当她恨死了她的人生，当她恨不得让整个地球去死，正如每天晚上她搭地铁回家的路上在鲍恩山火车站看到的那幅老二地球涂鸦。因为，凯特琳的母亲因她的女儿而死，她的女儿又怎么能够吊儿郎当呢？于是，凯特琳特别拼命，一直很拼命。拼命郎凯特琳——每当用电话轰炸采访对象以便撰写报道的时候，她就会提醒自己。"拼命郎"成了她的励志口头禅。拼命郎。拼命郎。她碎碎念过太多次，这三个字已经成了她的幸与不幸。她太过拼命地想要慧眼识人，遍寻他人的短处，而非他人的长处。大学时期，以及其他任何时期，凯特琳都没有找到一个跟她登对的男友，她也并不认为自己将来会找到所谓的真命天子，因为，毕竟她是"拼命郎凯特琳"嘛。

"唔，该死，你瞧，"凯特琳说，"现在我不就用力过猛吗？"

"不要紧，"我说，"依你说，你穷追不舍的目标是什么呢？"

凯特琳思考了片刻，摆弄着大衣的袖口。

"你问了一个不错的问题来暖场，伊莱，"凯特琳笑了，"我说不好。或许我只是在追问'为什么'。为什么我还活在世上，而她已经远去。为什么我每天报道一大堆强奸犯、杀人犯、小偷、骗子，这帮人个个活蹦乱跳，她却已经远去。"

凯特琳摇摇头，换了个思路。

"来吧，"她说，"用三个字来跟我说说伊莱·贝尔的人生故事？"

见未来。见佳人。拼命郎。

"我实在没着儿。"我说。

凯特琳眯起眼睛，寻找着蛛丝马迹。"为什么我觉得你没说实话，伊莱·贝尔？"她说，"假如你最大的问题其实是一时之间冒出太多念头，我倒半点也不会觉得吃惊。"

列车渐渐减速。凯特琳向车窗外望去。窗外一个人也没有。地球上一个人也没有。只有夜色。

"下一站我就到了。"凯特琳说。

我点点头。她审视着我的面孔。

"其实你要搭的不是这班车，对吧？"凯特琳问。

我摇摇头。"不，其实我要搭的不是这班车。"我说。

"那你为什么上了这趟车？"凯特琳问。

"我想跟你接着聊。"

"好吧，我希望这次聊天能值回你绕个大弯再回家的票价。"

"很值。"我说，"你想不想听听真相？"

"什么时候不想呢？"

"为了听你讲三十分钟，我连去珀斯的火车也敢搭。"

凯特琳微微一笑，垂下了头，又摇了摇头。

"你是个浮夸派，伊莱·贝尔。"她说。

"唔？浮夸派？怎么讲？"

"演技过火。"

"那为什么会跟'派'扯上关系？"

"不好说。"凯特琳答道，"不过别担心，你好歹是块暖心的派。"

"一块热腾腾的派？"

"没错，"凯特琳答道，"就是一块热腾腾的派。"

她凝神审视着我的双眸。我已在她的光辉中迷失。

"你是从哪里冒出来的,伊莱·贝尔?"她高深莫测地沉吟。

"布瑞肯力治。"

"嗯……"她依然深陷在沉思中。

列车渐渐减速。

"你要不要跟我一起下车?"

我摇摇头。这个座位感觉很不赖。整个世界感觉很不赖。

"算了,我就在这儿坐一会儿吧。"

凯特琳点点头,脸上露出了笑容。

"听着,"她说,"我会再查一下提图斯·布洛兹。"

"拼命郎。"我说。

她扬起眉毛,叹了口气:"没错,拼命郎凯特琳。"

列车停了下来,她走到车厢门口。

"顺便说一句,伊莱,要是你真想为报纸撰稿,那就动手开始写报道好了。"她说,"给布莱恩写篇精彩的文章,精彩得不得了,精彩到不发表只可能是主编脑子秀逗。"

我点点头。

"多谢。"

我将用此刻我喉头的千言万语来牢记"倾情",我将用一块甜瓜来牢记"挚爱"。喉头的千言万语恰似一台引擎,推着我迈开了脚步。凯特琳下了车,我的心紧跟着怦怦狂跳:一挡,二挡,三挡,四挡。冲啊——于是我奔向了列车的门边,扬声呼唤凯特琳。

"我想到我的三个字啦。"我说。

凯特琳停下脚步,转过身。

"哦?"

我点点头,高声说出三个字。

"琳与莱。"

车门合上，列车驶离了车站，我却依然能够透过车窗望见她的面孔。她在摇头，在微笑。她的笑容渐渐消失了踪影，只是一味遥望着我，深深地凝视着我。

拼命郎。

飞天之子

那只朱鹭断了左腿。

它用右脚站着，黑漆漆的左腿只剩下一截残肢，从关节处截断——或许，当初正是靠着这关节，朱鹭才能弓起脚爪、展翅飞翔吧。渔线活生生割断了朱鹭的腿，它必定已经痛了好几个月，毕竟渔线切断了它的血液循环。只不过，到了眼下，朱鹭终于自由了。瘸了腿，但它终于自由了，它干脆舍弃一条腿，干脆直面苦痛，从此释怀。此刻，我正透过客厅窗户遥望着断腿的朱鹭，它在我家的前院里蹦跳。朱鹭向空中纵身一跃，拍打着双翅，飞出一小段路，落到四米之外一个薯片包装袋上。这个空荡荡的包装袋，被风吹到了我家邮筒旁。朱鹭把它黑色的长喙伸进薯片包装袋里，可惜什么也没有找到。真让人心酸哪，于是，我掰下手里的牛腿肉泡菜三明治，扔了一大块给朱鹭。

"不要喂东西给鸟吃，伊莱。"老爸一边训我，一边抽着烟，把脚搁在咖啡桌上看球赛：一支年轻又颇有前景的布里斯班联盟式橄榄球队——布里斯班野马队，正在对战马尔·梅宁加麾下几无败绩的堪培拉奇袭队。最近一阵，老爸陪我和奥古斯特一起在客厅里看电视的时候变多了，喝酒的时候少了，但我说不清是为什么。或许，他是受够了黑眼圈，或者受够了清理一摊又一摊呕吐物和尿液。依我猜，小奥和我跟着老爸住，对他来说是颗定心丸；有些时候，我还在心里嘀咕，当初小奥和我没跟着老爸住，也许正好成了一个转折点，让老爸的人生急转直下。有些时候，老爸随口开玩笑，我们三人都哈哈大笑，这让我心中涌起一股暖意：或许，只有美国情景喜剧里的某些家庭，才会上演类似的情节，比如深得我心的《亲情纽带》里的基顿一家、考斯比一家，以及《成长的烦恼》里古古怪怪、大笑大哭的西弗一家。上述剧集中的各位老爹，都花了大把的工夫在客厅里跟子女闲聊。史蒂文·基顿（我梦想中的老爸）似乎无所事事，整天窝在沙发上和餐桌旁，跟子女闲聊他们的各种青春期烂摊子。对自己的子女，史蒂文·基顿真能倾听个没完，边听还边倒上几杯橙汁，递给孩子们，接着倾听。他向子女表达爱意的方式，是直接开口告诉子女：他爱他们。

我老爸也会对我表达爱意：每逢我老爸要放屁，他就用食指和拇指比出一把手枪，合着屁声对准我开上一枪——他第一次这么干的时候，我差点哭出声。我老爸对奥古斯特和我表达爱意的方式，是向我们兄弟俩亮出他下唇内侧的文身（刺了个脏字），奥古斯特和我还从来不知道他有这么一枚秘密文身呢。有些时候，当老爸灌下黄汤，他会变得哭哭啼啼，会把我叫过去，让我给他一个拥抱。我呢，我只觉得紧紧抱着老爸感觉奇怪，但也很美妙，老爸的胡须像砂纸一样刮着我柔嫩的脸庞，令我感到一阵心酸，既诡异又哀伤，因为我心里有数：老爸已经十五年没跟任何人有过身体接触了。

"抱歉啊，"拥抱时，我老爸会淌着口水说，"抱歉。"

依我猜，老爸的意思是："多年前那个疯得没治、两眼擦黑的夜晚，是我开车带着你们兄弟俩撞上了水坝，因为我是个该死的混球，脑子里一团糟，实在对不起。但我正在努力，伊莱，我在努力，真的，真的很努力。"于是，我把老爸搂得更紧些，因为我这个人喜欢原谅。我恨死了自己的这个毛病，它意味着：要是有人用一把钝刀去割我的心，我也有可能会原谅对方，如果对方声称他正赶上人生中某个一言难尽的阶段，如果对方声称他比我更需要这颗心的话。总之，我和老爸拥抱了一次又一次，出乎我意料的是，拥抱老爸似乎是件好事，而我又希望能当个好人，所以对此毫无怨言。

跟小奥一样的好人。

至于奥古斯特，他正在客厅的咖啡桌旁数钱呢。几天前，那则午间新闻简报上，谢莉·霍夫曼露出一脸惊讶与感激；谁知道，身为一个多愁善感的"哑巴"，我哥哥奥古斯特牢牢记住了她的这抹微笑。电视上的一幕，唤醒了小奥内心的某种力量。小奥开始醒悟：给予，也许正是奥古斯特·贝尔与伊莱·贝尔两兄弟生命中所缺少的要素。"给予，也许才是本人死而复生的缘由。"——就在刚才，小奥还无声地点评。

"你根本不算复活，奥古斯特，"我说，"因为你这家伙当时根本没死。"

小奥却听不进去，他一心沉浸在所蒙受的启示中。小奥意识到：给予，是大多数澳大利亚郊区家庭生活中所缺少的要素。此类家庭，多多少少，都爱犯点小罪。依小奥看，犯罪的本质是谋求一己之私利：抢劫啦、诈骗啦、偷窃啦、贩毒啦、光索取不给予啦。因此，过去三个星期，奥古斯特都端着捐助桶，以"昆士兰州东南部肌肉萎缩症协会"的名义，走遍了布瑞肯力治及其毗邻郊区布莱顿、桑盖特、邦多尔的大街小巷，一户接一户地上门募捐。他沉迷于此，态度认真，还为挨家挨户敲门募捐制定了路线图和时间表，先在布瑞肯力治图书馆里埋头研究，用人口统计信息来定位布里斯班的富人区，以便一户户登门造访；接着，本周他搭上火车，朝目标区域进发：从阿斯科特到克雷菲尔德，那里可有不少世代富豪的新农场，再加上对岸静谧的布林巴——麻秆曾说过，在布林巴，寡居的老太太们会朝便盆里塞进一摞摞厚厚的现金，因为老太太们心里明白：哪个自尊自爱的窃贼（往更坏里想，手脚不干净的家庭成员），会仔细端详一个老太太的尿壶呢。我本来以为，小奥出门募捐却死不开口，恐怕会妨碍他的募捐大业，事实却证明，闭嘴不吱声，倒成了小奥的秘密武器。他反正就把捐助桶一举（上面带有"昆士兰州东南部肌肉萎缩症协会"的贴纸），随后比画手势，表明自己无法说话，不知怎的，大多数心地善良的人（当你敲开的大门足够多时，你会明白，就人类的心地而言，大多数还是善良的）就会认定小奥的手势表明他是个聋哑人，因为小奥自己（也就是人们面前这位举着捐助桶的面善小伙）也患有肌肉萎缩症。所以，假如我们大家全都闭上嘴巴，或许交流起来会畅通得多。

*

"为什么我不可以喂东西给鸟吃？"我问。

"自私之举。"老爸答。

"我明明是把自己的三明治喂给鸟吃，怎么就成了自私之举！"

老爸迈步走到窗边，站在我身旁，遥望着院子里的瘸腿朱鹭。

"因为，朱鹭的食物不是牛腿肉泡菜三明治。"老爸说，"你一大块又一大块地喂它吃牛腿肉泡菜三明治，不过是因为你想取悦你自己，是出于自私。你每天都从这扇窗户喂那只朱鹭，它就会每天下午都来我们家转悠，仿佛这里是见鬼的大公鸡连锁餐馆。它还会带上一帮朋友来，害得这群鸟都不再辛辛苦苦地觅食，也就会失去觅食给它们带来的力量和磨炼，所以你大大改变了鸟儿的新陈代谢，更别提你还在布瑞肯力治区的朱鹭群体中燃起了内战的战火，谁让每只朱鹭都会为你扔的牛腿肉泡菜三明治抢破头呢。再说了，你突然把好大一群鸟儿召集到一处，会影响整个布瑞肯力治区的生态平衡。我明白，我自己就过得一团糟，不过基本的道理还是懂的，人生的主旨，在于走正道，而不是挑容易的小路走。就因为你想取悦自己，突然间，朱鹭待在湿地树上的时间少了，待在地面停车场上的时间多了，跟鸽子挨挨擦擦，紧接着就招来了物种间的接触，招来了鸟儿的免疫力降低，招来了应激激素水平升高，还招来了劲爆的沙门氏菌。"

老爸一边说，一边朝我家隔壁邻居帕梅拉·沃特斯点头致意。她正带着一套园艺用具，双手双膝着地，从一排橙色的非洲菊中挑杂草来拔。

"紧接着，我们的邻居帕梅拉去巴雷特街熟食店买回三块火腿，谁知道店里的马克斯大敞着熟食店的橱窗没有关，整整两个小时过去，好吃的火腿全都被沙门氏菌污染，帕梅拉也在两个星期后死翘翘。医生们根本找不出罪魁祸首，谁能想到，罪魁祸首正是火腿沙拉卷，它在日光室里跟法棍面包一起下的毒手。"

"总之一句话，我的牛腿肉泡菜三明治，说不定某天就会害死沃特斯太太。"我说。

"没错。所以我转念一想，你还是去喂那些该死的鸟吧。"老爸说。

我们笑得前仰后合，望了朱鹭好一会儿。

"老爸。"我说。

"怎么啦？"

"我可不可以问你件事？"

"好哇。"老爸说。

"你是个好人吗？"我问。

老爸向窗外的断腿朱鹭望去，努力把一大块白面包嚼嚼咽下肚。

"不，应该算不上。"老爸说。

我们父子默不作声地盯着窗外。

"所以老妈才离家出走？"我问。

老爸耸耸肩，又点点头。或许"是"，或许"不是"。

"我给了她很多离家出走的理由。"老爸说。

我们又继续审视朱鹭，它正四处蹦跳，打量我们家的院子。

"依我看，你不是坏人。"我说。

"谢谢你，伊莱，"老爸答道，"你这份诚意满满的肯定，我下次求职一定不会忘了写进简历。"

"麻秆倒有一段时间是个坏人，"我说，"后来改邪归正了。"

老爸哈哈大笑。"你把我跟你的杀人犯朋友作比，我还真是感激不尽哪。"

正在这时，那辆黄色福特野马赫然驶过我家屋外。驾车的男子跟上次是同一个人：大块头，一头黑发，一抹黑色的八字胡，一双黑色的眼眸，从屋前驶过时还一个劲紧盯着我们。老爸也瞪眼紧盯着对方。大块头男子开车驶下了街道。

"这家伙究竟有什么毛病？"老爸说。

"上周我见过这家伙，"我说，"当时我坐在桑盖特火车站外面的座位上，他就坐在车里盯着我看。"

"依你看，他是什么人？"老爸问。

"鬼知道。"

"别动不动就不耐烦，好吗？"老爸说。

*

到了下午，电话铃响了起来。是老妈打来的，她正在桑盖特火车站的电话亭里，声音显得很惊恐，还在抽泣。她不能去帕特丽夏修女家，因为泰迪会找到她——他知道帕特丽夏修女家的地址。

我要手刃泰迪，我要用小刀在他的肾上捅一刀。

我挂了电话。

老爸正在沙发上看马尔科姆·道格拉斯的冒险纪录片。我一屁股坐下来，跟老爸隔了一个沙发垫子。

"她需要我们，老爸。"我开口说。

"什么？"老爸问。

"她需要你。"我说。

老爸深知我心里的小算盘。

"她无家可归了。"我说。

"不行，伊莱。"老爸一口回绝。

电视屏幕上，澳大利亚内陆探险家马尔科姆·道格拉斯正把右手伸进一个红树林泥坑。

"我会把装书的那间屋清理干净。老妈可以帮忙做家务，就待几个月。"

"不行，伊莱。"老爸不改口。

"我有没有开口求你办过任何一件事？

"别逼我，"老爸说，"我办不到。"

"我有没有开口求你办过任何一件事？"

电视屏幕上，马尔科姆·道格拉斯从泥坑里拽出一只气势汹汹的远北昆士兰泥蟹。

我站起身，走到前窗旁边。老爸明明心里有数：此乃正道。只有一条腿的朱鹭不停地蹦跳着，展翅飞过了兰斯洛特街上的一栋栋宅邸。朱鹭心里有数：此乃正道。

"一个好人曾经对我说过一句话，老爸。"我说。

"什么？"

"人生的主旨，在于走正道，而不是挑容易的小路走。"

*

老妈的夏装磨破了，松垮得不像样。她光着两只脚，伫立在火车站的电话亭旁。奥古斯特和我只等她露出笑容，因为老妈的微笑是艳阳，是碧空，定会暖融融地让我们沐浴其中。我们兄弟俩向电话亭奔去，脸上洋溢着笑意。老妈什么随身物品也没有带，没有行李，没有鞋，没有钱包。只不过，老妈还有她的微笑啊，那昙花一现的史诗级奇景，当老妈从右到左轻启嘴唇，上唇微微翕张的时候，她会用一抹微笑告诉我们兄弟俩：我们没有疯，我们没有看错任何一件事，错的乃是这个世界。可惜的是，老妈一眼望见了我们，露出了笑容，结果证明：世界没有错，毛病竟然出在妈咪的微笑上，因为我老妈缺了两颗门牙。

从火车站驾车回家的途中，没有一个人吱声。老爸开车，老妈坐在副驾驶座，我坐在老妈的身后，奥古斯特坐在我的邻座，不时伸出左手轻抚老妈的右肩，哄她安心。从汽车后视镜中，我可以望见妈咪的面孔：她的上唇已经无法微微翕张，因为上唇肿得厉害。她的左眼成了熊猫眼，眼白渗着血丝。我要捅爆泰迪的狗眼，我要活生生挖出泰迪的狗眼。

直到老爸把车开上了家里的车道，才终于有人开口说了一句——是我亲眼见到老妈对老爸开口说出的第一句话。

"多谢，罗伯特。"老妈说。

*

奥古斯特和我开始动手把老爸书房里堆积如山的书朝外搬，可惜，我们家的箱子不够，没办法把书全装起来。老爸书房里定有上万本平装书吧，以此类推，必定又有五万多只蠹虫在书页中畅游。

奥古斯特凌空写起了字："干脆卖了。"

"你真是个天才，小奥。"我答道。

我们兄弟俩先动手拖出老爸收在房屋下方的一张旧桌子，又把书摊摆到人行道上，紧挨着我家的邮筒。我们用老爸的XXXX牌啤酒纸箱做了个标语牌，在褐色硬纸板内侧的空白处写上几个龙飞凤舞的字：

　　布瑞肯力治书籍大甩卖——单本售价一律五十分。

　　如果能卖一万本，我们就能赚五千，足够让老妈付押金租个地方住，让老妈买上几双鞋。

　　奥古斯特和我辛辛苦苦在老爸书房和屋外的书摊之间搬运一摞摞平装书，老爸和老妈倒喝起了红茶，聊起了旧日时光（我猜）。这一对还有他们自己才懂的简称呢——紧接着，我回过了神：他们毕竟曾经是一对恋人。

　　“可你甚至根本不爱吃牛排嘛。”老爸说。

　　“没错，”老妈说，“狱方给我们吃的玩意硬得不得了，简直可以用来给摇晃的桌子当垫脚。不过，几个姑娘教了我一着儿：不管给我们的是什么来历不明的烂肉，只要挨着骨头挖出一坨肉，看上去都很像肋眼牛排。”

　　在互相憎恨之前，老爸和老妈毕竟曾经互相倾心。老爸的眼中亮起了某种我从未见过的光辉，他对妈咪是如此体贴——当不得不取悦别人时，我老爸常会摆出一副假惺惺的模样，眼下根本是两码事。妈咪说话，他就开怀大笑；妈咪的话也确实风趣，因为她用黑色喜剧风聊起了狱中的“美食”，聊起了过去十五年间她那跌宕起伏的人生。

　　至于我，我却望见了某些场景：我望见了过去，望见了未来。我似乎望见老爸老妈“造人”造出了我，害得我有点想吐，但也有点想笑，因为最开始的时候，他们两人毕竟对我们这个“家”

寄予了厚望，在苦日子降临之前，在他们被这个世界吞噬之前。

电话铃响了起来。

我一溜烟向电话奔去。

"伊莱，等等。"老妈发话了，于是我停下了脚步。

"说不定是他打来的。"老妈说。

"我倒希望是他打来的。"我说。

我把电话听筒举到右耳旁。

"喂。"

一片静寂。

"喂。"

电话里传来一个声音，泰迪的声音。

"让你妈听电话。"泰迪说。

"你这个人渣。"我冲着电话骂人。

老爸摇了摇头。

"跟他说，我们已经报警了。"老爸压低声音吩咐我。

"妈咪已经报警了，泰迪，"我说，"条子马上就会去抓你，泰迪。"

"你妈咪才不会报警。"泰迪说，"我还不了解弗兰姬么，她才不会报警。跟你妈咪说一声，我立刻动身来接她。"

"你他妈的最好离她远点，不然……"

"不然怎样，小伊莱？"泰迪在电话另一头狂吠道。

"不然我就活生生挖出你的狗眼，泰迪，就这么回事。"

"是吗？"

我向老爸望去：我亟需援兵给我撑腰。

"没错，泰迪。我老爸会把你这胆小鬼的臭脸揍开花，跟他赤手空拳砸开椰子一样。"我说。

老爸简直满脸讶异。"见鬼，把电话挂了，伊莱。"老爸下令道。

"跟你妈打声招呼，就说我来接她了。"泰迪吼道。

"我们就在这儿恭候大驾，你个没胆的混球。"我说。是愤怒活生生把我逼到这一步，让我变成另一个人。我感觉到胸中的怒火正在燃烧，燃遍了我的全身。我扯着喉咙高喊："我们就在这儿等着你，泰迪。"

电话里没了动静。我搁下听筒，向老爸老妈望去。奥古斯特坐在沙发上，摇着头。他们三人齐刷刷审视着我，好像我已经疯了——我确实很可能已经疯了。

"干嘛？"我问。

老爸摇摇头，站起身，拉开食品储藏室的门，拧开一瓶摩根船长朗姆酒的瓶盖，一口气喝下半杯不值钱的朗姆酒。

"奥古斯特，去取一下斧柄，行吗？"老爸说道。

*

麻秆曾经告诉我：时间最大的骗局，在于它无影无形。

时间没有实体（跟泰迪的脖子不一样），因此我没有办法伸手把它掐住。时间无形无影，无法被操控，无法施以谋略。宇宙并未定下日历上的年月，定下时钟上的数字。这些都是我们自己定的。假如时间果真存在，我还可以伸出双手把它掐住，那我真会照办。我会用力捉住它，使出一记"锁头"把它固定在腋下，让它动弹不得。这样一来，时间会在我的胳肢窝里暂停八年，让我能追平凯特琳·施皮斯的年纪，而面对一个跟她同龄的成年男子，凯特琳也许会考虑赏他一吻呢。到那个时候，我必定已经留起了胡须，因为到那个时候，我必定已经不再是个嘴上无毛的臭小子。我会有深沉的嗓音，跟凯特琳·施皮斯聊政治，聊家居用品，聊我们该养条什么样的狗，才跟我们位于海口区的院子最搭。假如时钟上不设数字，凯特琳·施皮斯就不会老，我就可以跟她在一起了。至今为止，我总踩不准时间点，我总跟时间不合拍，不过今天除外，此刻除外。此时此刻，布瑞肯力治区兰斯洛特街5号，屋前客厅的窗边，恰是"正午"时分[1]——滚来滚去的风滚草和拉上小镇酒馆百叶帘的老太太又在哪儿？

老爸用右手握着斧头柄，忐忑不安地站着。奥古斯特手里是一根细长金属棒，我们经常用它闩住厨房的窗户。我则手握格雷尼科尔斯牌板球拍（它堪称板球拍中的石中剑，害我花了十五元，从桑盖特的当铺老板手里买下）。现在大战将至，我方战士却要么手无缚鸡之力，要么鼓着大肚皮，身穿背心、短裤与夹脚拖。为了女王，我们恐怕要全军覆灭。女王已经被好端端锁进了走廊尽头的书房，奥古斯特和我还没有搬空那间屋里的书呢。依我猜，就连老爸也将为妈咪而死。或许，老爸可以借此向老妈证明他的爱；或许，这正是老爸的救赎之路——老爸向家中前院迈出好几步，挥出斧柄猛击泰迪的太阳穴，老妈随之感激地投入老爸的怀抱，奔向他那两条瘦巴巴的胳膊，结果，老爸右肩文身中的澳大利亚丛林大盗奈德·凯利，还由衷地对真爱竖起了大拇指。

"真见鬼，刚才你小子干嘛要瞎诌，说我会把他的脸打开花？"老爸问。

"我以为这话能把他吓跑嘛。"我回答。

"你清楚我打架很不行，对吧？"老爸说。

"我还以为，你只有喝醉的时候打架才不行呢。"

"我喝醉的时候，还比平时更能打一点。"老爸说。

我们一家怕是完蛋了，如此人生哪。

---

1. 典出《正午》（High Noon），一部 1952 年的美国黑白西部片，讲述四位江湖恶人出狱后放话某日中午 12 时将返回小镇寻仇，小镇民众皆不予理会，剩警长一人单刀赴会，杀死了四个恶人。

*

　　黄色的福特野马又一次驶上了兰斯洛特街（我只觉得喉头发涩，双腿发软），驶上了我家的车道。

　　"是他。"我一时喘不过气来。

　　一头黑发，一双黑眸。

　　"就是那个泰迪？"老爸问。

　　"不，是我在火车站外见到的那个人。"

　　黄色福特野马里的男子熄了引擎，纵身跃下汽车。他穿着一件灰色外套、一条休闲裤，外套罩着一件黑色衬衣——对于一个造访布瑞肯力治区的人来说，他穿得也太衣冠楚楚了吧。他的左手端着一个小小的盒状物，裹着红色玻璃纸，看上去像是份礼物。

　　黑发男子迈步穿过我家前院，向客厅的窗户走来，而我们一家三口——"贝家男儿"——正一起站在窗边，用汗涔涔的手紧攥住我们傻乎乎的武器。

　　"如果你跟泰迪是一伙的，你最好马上给我站住别动，伙计。"老爸发话道。

　　对方停下了脚步。

　　"谁？"他回答。

　　紧接着，另一辆车泊到了我家邮筒旁的路缘上，一辆蓝色的日产大面包车。泰迪从副驾驶座钻了出来，紧随其后的是面包车司机，车里的第三个人则拉开后车门，又"砰"的一声合上车门。三个人全是笨拙的壮汉，看上去活像来自塔斯马尼亚的伐木工（那帮伐木工倒总在皇家昆士兰展狂欢节夺得冠军），全都有着昆士兰长途卡车司机那种勾腰驼背、屁股奇大的步态，明眼人一下就能看透。也许是泰迪用民用电台搬来的救兵吧，仿佛他是个七岁的小子，热衷于他那套"警与匪"的游戏。真是人间毒瘤。

说不定，搬来的救兵中间就有一个是"炮管"，那个有着大老二的大混球；我真恨不得朝他的蛋蛋上踹一脚。要不是这些跳梁小丑个个手持铝制球棒，我真想对他们冷笑几声。

泰迪迈步走到我家前院的正中央，透过窗户喊了几句话，根本没有注意到屋外身穿灰色外套的男子。灰衣男子左手拿着那个包好的礼物，站在我们的下方。

"赶紧滚出来，弗兰姬！"泰迪高声发话。

看上去，泰迪今天又嗑嗨了，被长途货运司机常备的安非他命害得发癫。

灰衣男子悠然又平静地迈步走到一旁，端详着泰迪，脸上带着不解的神色。真像一头豹子在给一头驴让路——我猛然顿悟。

这时，老妈突然在窗边现了身，就在我的身后。

"回屋去，弗兰。"老爸轻声说。

"弗兰？"泰迪扯着嗓子喊了起来，"弗兰？这家伙以前就是这么叫你的，弗兰姬？你是不是又要跟这蠢货重温旧情啦？"

灰衣陌生人已经迈上台阶，这两级台阶通向我家前门小小的水泥门廊。陌生人一屁股坐下来，审视着眼前的一幕，若有所思地伸出食指，在嘴唇上轻抚。

老妈挤到了我和奥古斯特中间，探身到窗外。

"我们一拍两散了，泰迪，就此分手。"老妈说，"我不会再跟你回去，休想。泰迪，我们之间没戏了。"

"不不不，"泰迪说，"除非我发话说分手，不然我们之间完不了。"

我更加用力地紧攥住格雷尼科尔斯板球拍。"妈咪说了，让你滚，泰迪熊你聋了吗？"

泰迪咧嘴笑了。"伊莱·贝尔，要当个男子汉护着妈咪呢。"泰迪说，"可我知道，你的膝盖在发抖，你个小王八蛋。我知道，要是再在窗户旁边多站一会儿，你这小鬼会吓得尿裤子。"

不得不承认，人家泰迪看得很准。我还从未如此想尿上一泡，我还从未如此想裹上一张暖融融的毯子，一边呼哧呼哧喝着妈咪做的鸡汤，一边看《亲情纽带》。

"你敢靠近她一步试试，我非活生生挖出你的眼珠子不可。"我咬紧牙关，撂下狠话。

泰迪望了望他的马仔，两个马仔朝他点点头。

"好吧，弗兰姬。"泰迪说，"既然你不愿意出屋，我觉得，我们最好还是进屋来找你。"随后，泰迪和他的流氓弟兄大踏步向前门廊的台阶走去。

这时，灰衣男子站起了身。此刻我才发觉：灰衣男子的肩膀是如此之宽，被灰色外套裹着的双臂又是如此强健，随身带来的礼物还被他摆在了通往门廊的第一级台阶上。

"那位女士说，你们之间没戏了。"灰衣男子开了口，"而且那个小伙也说了，让你滚。"

"你他妈的又算老几？"泰迪厉声呵斥。

灰衣男子耸了耸肩膀。

"如果你不知道我是谁，那知道以后，恐怕会后悔。"灰衣男子说。

我对灰衣男子真是好感爆棚，正如我对《苍白骑士》中的克林特·伊斯特伍德的好感爆棚一样。

两人瞪眼怒视着对方。

"回家吧，老弟。"灰衣男子劝道，"女士说，你们一拍两散了。"

泰迪哈哈笑了几声，摇了摇头，向他的两个马仔转过身；马仔们正握着球棒，蠢蠢欲动，安非他命使他们无比渴求水和鲜血。泰迪再次转身时，忽然以风雷之势挥起球棒，向灰衣陌生人的脑袋发起了偷袭，站在我家门廊台阶上的灰衣陌生人却闪身躲过了一击，活像个拳击手，眼神一直没有从对手泰迪的身上挪开。灰衣男子握紧左手的拳头，狠狠地揍上了泰迪肥嘟嘟的右肋，又靠着位于泰迪身下的双脚拱起身子，借势用小腿、大腿和骨盆一起发力，通通化作了怒火万丈的右拳，挥出一记上勾拳，正中泰迪的下巴。泰迪被揍得晕了头，摇晃了几步，但他倒是很快回过了神，刚好发现灰衣陌生人的额头已经撞上了他的鼻尖，只听见泰迪的鼻梁骨发出咔嚓一声，鲜血随之飞溅而出。这一下，我猛然顿悟了灰衣男子的身份：他是吃过牢饭的猛兽，是获释的狱中猛兽，是黑豹，是雄狮。当眼睁睁望见泰迪满脸开花地躺在地上，整个人昏迷不醒时，一个人名涌到了我干涸的唇边，我不禁流下了狂喜的眼泪。

"亚历克斯。"我低声说。

泰迪的两个马仔不情不愿地往前凑，但灰衣人嗖地从后腰抽出一把黑色手枪，立刻拦住了他们的去路。

"给我滚。"灰衣人说着，用枪对准了凑得最近的那个跟班。

"你，"灰衣人又说，"是个司机。我有你的车牌号，所以你想跑也跑不了，听懂了吗？"

货车司机拼命点头，吓得一句话也说不出。

"这头肥猪是从哪个猪圈爬出来的，你就把他拖回哪个猪圈去。"灰衣人下令道，"等他醒了，你给我乖乖地告诉他：亚历山大·贝穆德斯，再加上'反叛者帮'昆士兰分会的两百三十五个好汉发话了，他跟弗兰姬·贝尔之间没戏唱。听懂了没有？"

货车司机赶紧点头。"对不起，贝穆德斯先生，"他结结巴巴地说，"实在很对不起。"

亚历克斯又向我妈咪望去，她正从窗口观望这超现实的一景。

"他家里还有什么你需要的东西吗？"亚历克斯问老妈。

老妈点点头，亚历克斯也会意地点点头，眼神再次落在货车司机身上，同时把手枪别回了腰间。"司机小子，明天日落之前，你要把这位女士的物品摆到前门的门廊上，明白了吗？"

"好的，遵命，一定照办。"货车司机一边说，一边迫不及待地拖着泰迪越过了前院的草坪。两个跟班把泰迪扛到了蓝色面包车里，沿着兰斯洛特街开溜了。司机最后一次恭敬地向亚历克斯点头，亚历克斯也向他致意。随后，他向窗边的我们一家转过身，开口说："我总跟我妈讲，这个国家最不可救药的就是这一点，到处是爱欺负人的霸王。"亚历克斯摇头叹道。

*

亚历克斯在厨房餐桌边喝起了茶。

"贝尔先生，好茶啊。"亚历克斯说。

"叫我小罗就好。"老爸说。

亚历克斯又朝妈咪露出笑容。"贝尔太太，你真是养了两个好儿子。"

"叫我弗兰姬就好。"老妈回答，"唔，嗯，这两孩子还算过得去吧，亚历克斯。"

亚历克斯向我转过身。

"当初在牢里的时候，有一阵，我的日子不太好过。"他说，"所有人都觉得，我手下有个帮派啊，号子外面死党的来信肯定能把我活生生埋起来。但实际上，事实恰恰相反。根本没有哪个混蛋写信给你，因为每个混蛋都认定，其他的混蛋个个都在写信给你。只不过，'没有谁是一座孤岛'，知道吧，澳大利亚总理不是孤岛，迈克尔·杰克逊不是孤岛，摩托车黑帮'反叛者'的昆士兰护法也不是孤岛。"

亚历克斯的眼神又落回妈咪身上。

"小伊莱的信，就是我狱中时光最大的期望了，这小子让我很开心。他还教了我一些做人的道理，知道吧，他从不对别人指手画脚。他根本就不认识我，但他却很在乎我。"亚历克斯说。

亚历克斯凝望着老爸和老妈。

"我看，是你们两位教养有方吧？"亚历克斯问。

老爸老妈尴尬地耸耸肩，我插嘴打破了屋里的沉默。

"不好意思，后来突然收笔不再写信了。"我说，"当时我自己的处境也有点不妙。"

"我知道，"亚历克斯回答，"麻秆的事，我很遗憾。你跟他道别了吗？"

"算是吧。"

亚历克斯把随身带来的礼物推过了餐桌。

"是给你的。"亚历克斯解释道，"不好意思，包得有点拿不出手，毕竟我们飞车党包礼物不太在行。"

我扯开盒子两侧用胶带胡乱粘好的红色玻璃纸，取出盒子——礼物是一台黑色录音机。

"当个好记者。"亚历克斯说。

我哭出了声。在摩托车黑帮这位蹲过号子、手眼通天的头目面前，十七岁的我哭得像个小宝宝。

"怎么啦，伙计？"亚历克斯问。

我说不清。纯属下意识反应，我管不住自己的眼泪。

"没事，这礼物没得挑。亚历克斯，谢谢你。"我说。

我从包装盒里取出录音机。

"你还打算当个记者，对吧？"亚历克斯又问。

我耸了耸肩。

"可能吧。"我说。

"怎么回事，那不是你的梦想吗？"亚历克斯问。

"是呀，是的。"我忽然间沮丧了起来。都怪亚历克斯对我如此有信心。

我倒宁愿大家都对我没信心，那样岂不轻松？没有期望，就不会有人辜负期望。

"哪里不对吗，猛料能手？"亚历克斯爽朗问道。

录音机的包装盒里装着电池。我把电池塞进机子，试了试它的按钮。

"闯入新闻业，并没有我想象的那么容易。"我说。

亚历克斯点点头。

"要我帮忙吗？"亚历克斯问，"我对'爆出猛料'这种事略知一二。"

老爸发出一阵紧张兮兮的干笑。

"究竟难在什么地方？"亚历克斯又问。

"我说不好，"我说，"必须找到法子，从众人之中脱颖而出吧。"

"好哇，那又怎么样才能从众人之中脱颖而出？"

我沉思片刻。

"得靠一篇头版文章。"

亚历克斯放声大笑起来。他俯身越过厨房的餐桌，摁下了那台全新录音机上的红色录音键。"好哇，"他说，"独家专访摩托车黑帮'反叛者'的昆士兰护法，怎么样？也算有点料吧？"

如此人生哪。

闹海之子

你能望见我们吗，麻秆？望见奥古斯特脸上的微笑，望见妈咪脸上的微笑，望见来到地球第十九年的我，正施术放慢时间的脚步。请让时光暂停，多谢你啦，麻秆。就让我一直留在今年吧，一直留在此刻，留在老爸的沙发旁，就在我们一家围拥着小奥，小奥闪亮的双眸又璀璨无比之时——他正读着一封昆士兰州长办公室寄来的铅字信件。

我明白，麻秆。我明白，我还没有就"月塘"的事跟老爸对质。我明白，眼前的幸福，取决于我、奥古斯特和老妈将不堪的过往通通抛到脑后。我明白，我们三个人对自己撒了谎，只不过，一旦谈到宽恕他人，不都必然涉及一丁点善意的谎言吗？

也许那一夜，老爸并非故意开车带我们兄弟俩撞上水坝。也许那一夜，老爸确实是故意开车带我们兄弟俩撞上水坝。也许，当初你并没有杀那个出租车司机。也许，当初确实是你下的手。

你为此服满了你的刑期；你不仅服满了你的刑期，还受苦更久，麻秆。也许，老爸也是如此。

也许，老妈需要见到老爸服满他的"刑期"，然后才可以重回他的身边。也许，老妈会再给老爸一次机会。她跟老爸很合适，麻秆，她把老爸变得有了人味。他们倒还没有做回恋人，但他们成了朋友——绝对是件好事，因为老爸猛灌黄汤，日子过得一塌糊涂的时候，已经逼走了身边所有其他的朋友。

也许，所有人都时"好"时"坏"，只是个时机问题。至于奥古斯特，你看得很准，这家伙确实手握所有的答案。他总在对我碎碎念："我不是早就告诉过你了吗？"他总说，他早就算准会上演哪个情节，因为他早就已经见识过。他总说，他是个死而复生的人。我和他都是——小奥指的是月塘；我和小奥，都是从月塘死而复生的人。

这家伙还总爱在空中写下狂草。"早就告诉过你啦，伊莱。我早就告诉过你啦，伊莱。"

"局势已经好转，局势大好。"小奥评道。

尊敬的奥古斯特·贝尔先生：

6月6日，昆士兰州民众即将团结一致，欢庆昆士兰日，借此史无前例的盛会，纪念昆士兰州于1859年6月6日正式脱离新南威尔士州。作为庆祝活动中的一步，本州将挑选五百名通过卓越努力为本州做出贡献的"昆士兰杰出人士"，予以表彰。在此，州长办公室欣喜地邀请您参加将于1991年6月7日在布里斯班市政厅举办的首届"昆士兰杰出人士"颁奖典礼。为表彰您坚持不懈地为"昆士兰州东南部肌肉萎缩症协会"募捐资金，您将在典礼上获颁"社区杰出人士"称号。

*

亚历克斯·贝穆德斯在我家厨房里待了整整四个小时，给我讲他的人生经历。

等到终于讲完的时候，他向奥古斯特扭过了头。

"你呢，小奥？"亚历克斯问。

"什么？"奥古斯特在空中草草写下一个词。

"小奥问你：'什么？'"我翻译给亚历克斯听。

"有什么我能帮上忙的吗？"亚历克斯问小奥。

沙发上的奥古斯特挠起了下巴，电视上播着剧集《左邻右舍》——正是在这一刻，奥古斯特的脑子里忽然冒出了创办"罪犯企业"的念头，而"罪犯企业"即将成为澳大利亚第一家由昆士兰州东南部一群黑道头目掏腰包资助的地下慈善组织。小奥先是拜托亚历克斯为肌肉萎缩症捐款，于是亚历克斯扔了两百块到小奥的捐助桶里，谁知道，奥古斯特还有后着儿。一方面，我辛辛苦苦地把小奥凌空写下的草书翻译给亚历克斯听，另一方面，奥古斯特卖力地向亚历克斯鼓吹他的一条慈善妙计："反叛者"的帮众也好，亚历克斯弟兄们圈子里其他腰包鼓鼓的罪犯也好，只要有心回馈社区（也正是这帮人动不动就打砸抢的社区），通通都可以当出资方。奥古斯特辩称，昆士兰州数量庞大的黑社会，无异于一宗未经开发的慈善资源，正眼巴巴地等人挖掘。即使在糜烂腐败、不见天日的黑社会，即使黑社会里充斥着杀人不眨眼的暴徒，充斥着在夏季时分为了一个嵌入式游泳池都能捅自己奶奶一刀的混球，却依然不乏心地善良之辈，他们愿意回馈那些不如自己幸运的人。奥古斯特觉得，假如本地黑道人士善意资助，一系列特殊需求与教育服务都有可能从中受益。例如，黑道大佬们可以资助烂区出身的年轻男女，让其攻读大学医科课程；例如，如果有些罪犯已经金盆洗手或者穷困潦倒，家里的子女却有特殊需求，黑道大佬们也许愿意掏腰包设一项奖学金呢，岂不是颇有侠盗罗宾汉之风？黑道人士或许瘪了钱包，却丰富了灵魂啊；等到有朝一日叩响天国大门时，这些善事好歹会让他们添点斤两，好跟云霄之上那位无上的审判官挥挥手嘛。

　　我听懂了奥古斯特的用意，于是对他的观点自行做出了存在主义解读。

　　"我觉得，小奥想说的是：难道你从来没有想过人生的意义何在吗，亚历克斯？想象一下，当终于有一天，你收起手枪，收起指套，马上就要金盆洗手的时候，回首黑道往事，却发现你只剩手里的一沓沓现金、身后的一块块墓碑。"

亚历克斯露出了笑容。"容我考虑一下。"他说。

一周后，一辆澳大利亚邮政快递车将一只邮包送到我家，收件人是奥古斯特。包裹里是整整一万块，装得满满当当，钞票有些是二十元面值，也有十元、五元、两元和一元，包裹寄件人的落款为：西区，蒙塔古路24号，罗宾汉。

*

你能望见我们吗，麻秆？望见老妈把奥古斯特的头发揉得一团糟。

"我真为你自豪啊，奥古斯特。"老妈说。

奥古斯特露出了笑容，老妈掉下了眼泪。

"怎么回事，老妈？"我问她。

妈咪抹了抹眼睛。

"我的儿子是昆士兰杰出人士呢，"她抽噎着回答，"人家会把我儿子请上市政厅的舞台，表彰他……表彰他……表彰他做了他自己。"

老妈喘了口气，接着给我们下了严令。

"我们一家都要出席，都必须出席。"她说。

我点点头，老爸扭了一下身子。

"我们一家都要盛装出席，"老妈下令道，"我要先去买条漂亮裙子，把头发做做。"她一边说，一边点头。"我们不会给你丢脸的，小奥。"

奥古斯特也点点头，满脸喜气。老爸扭了扭身子。

"弗兰，我……啊……我可能用不着去吧。"老爸咕哝着说。

“胡说，罗伯特，你也一起去。”老妈下令道。

*

你能望见我的办公桌吗，麻秆？你能望见我的手指敲打着办公桌上的打字机吗，麻秆？我正在撰写一篇关于都本赛马场第八场比赛的报道，而且你眼前的我，可是《信使邮报》赛马报道的后备后备再后备写手哟。就在上周，《信使邮报》赛马报道的首席后备写手吉姆·切斯维克还夸奖我上星期写的那篇稿子，文章的主题是麦卡锡一家三代（祖父、父亲、儿子，一家三代都是轻驾车赛马的骑师），三人在阿尔比恩赛场进行同场竞逐，最后祖父以领先两个马身的优势获胜。

其实吧，布莱恩·罗伯逊比大家印象中要心软一些。他给了我一个职位，还准我完成学业后再开工。从本质上讲，我在报社干的是份没人管、跑龙套的杂活，但我恨不得用两只手（九根手指）紧攥住这份活不放。假如州议会或联邦议会有重大事件发生，我还会被派到各家购物中心，随便找几个人问问题，虽然问题都是由我们那位头发泛白的员工主管劳埃德·斯托克斯给我拟好的。

“请问昆士兰州是一天不如一天吗？”

“请问鲍勃·霍克是否在意昆士兰州一天不如一天？”

“请问昆士兰州如何才能一天强过一天呢？”

我会撰写本地社区比赛的周末赛况，我会撰写潮汐时间，而且，每周五的早上，我都会给一个名叫西蒙·金的老渔夫打电话，以便撰写每周专栏《西蒙说》，并在《西蒙说》栏目中向读者揭晓西蒙·金的预判——究竟昆士兰州海岸线上的哪些地方，即将成为钓鱼的热门去处。你一定会喜欢西蒙，麻秆，因为西蒙深知：

钓鱼之乐不在于猎取，却在于守候，在于梦想。

　　除此之外，我还为房地产版面撰写住宅信息，写的是三百字短文（地产版面编辑里根·史塔克称之为"软文"），介绍一些天价的豪宅，毕竟豪宅背后的房地产公司掏了大笔广告费，买了我们报纸的好多版面嘛。据里根点评，我的文字里"热情太过高涨"。里根声称，区区三百字的房地产软文，哪里还用得上什么比喻写法。她总教我如何砍掉某些字眼：举个例子，我的原句是"房屋的东侧与北侧被连绵悠长的户外娱乐区拥在其中，仿佛一只母袋鼠紧紧抱住一只新生的幼崽"，结果被里根改成："本栋房屋拥有L形游廊。"但是，里根也补了一句，说我应该继续保持"热情高涨"，因为除了杰彼斯杜松子酒之外，热情，是记者们最有力的利器，甚至比纸笔还重要。但我也只是在学你而已，麻秆。我只是不让自己闲下来，我只是在熬自己该熬的年限。每熬一天，就离凯特琳·施皮斯又近一步。凯特琳跟我在同一间办公室里办公，麻秆，只不过，这间办公室也是报社大楼的主编辑室，长达一百五十米，凯特琳坐在办公室前方的犯罪调查报道部，紧挨着主编布莱恩·罗伯逊的办公室；我却坐在办公室的最后方，紧挨着一台吵得不得了的复印机和阿莫斯·韦伯斯特——阿莫斯是编写填字游戏的七十八岁老头，每天我都要戳他的肩膀好几回，以确保他还没有嗝屁。我爱死这家报社了，麻秆，爱死了报社的气味，爱死了大家写作时，印刷机的声响从我们脚下的砖砌大楼里传来，爱死了楼里的烟味，爱死了报社的老男人痛骂他们在上世纪60年代结识的、比他们年老的政客，痛骂他们在上世纪70年代睡过的、比他们年轻的女孩。

　　是你帮我赢得了这个职位，麻秆，是你改变了我的人生。我想对你说声谢谢，麻秆，假如你能望见我，多谢你啦，麻秆。是你，教我写信给亚历克斯；是亚历克斯，把他的故事交给了我；而又正是亚历克斯的故事，让我的文章登上了《信使邮报》的头版。《反叛不息》——我那篇两千五百字独家专访的标题如是说，该报道聚焦的正是刚刚出狱的摩托车黑帮"反叛者"头目亚历克斯·贝穆德斯的人生。这则重磅大料上没有我的署名，但我不介意，毕竟我的原稿被主编布莱恩·罗伯逊改得一塌糊涂，究其原因嘛，反正布莱恩说了，我的稿子里满篇都是"花里胡哨的屁话"。

"你小子究竟使了什么着儿，竟然弄到了亚历克斯·贝穆德斯的专访？"当时，布莱恩坐在办公桌前，一边问我，一边读着我打印出的草稿（在把稿件寄给布莱恩的时候，我附上了一封求职信，信中再次表达了我是何等期盼加入《信使邮报》享有盛誉的犯罪调查报道撰稿队伍）。

"因为他在牢里的时候，我一直给他写信，算是在他情绪低落的时候给了他一笔亮色吧。"我回答布莱恩。

"你给他写了多长时间的信？"

"从我十岁写到十三岁。"

"最开始，你怎么会想到给亚历克斯·贝穆德斯写信？"

"我的男保姆告诉我，对亚历克斯这样的人而言，有人写信过去可能意义重大，因为他找不到任何家人或朋友给他写信。"

"他找不到任何家人或朋友给他写信，因为他是个极具危险性的罪犯，说不定是反社会人格。"布莱恩说，"另外，依我猜，你的男保姆不是个神仙保姆玛丽·包萍[1]吧？"

"不，他确实不是。"我回答道。

"我怎么知道这篇稿子不是个满嘴瞎话的小屁孩为了来我手

---

1. 典出《欢乐满人间》（Mary Poppins），一部 1964 年的美国歌舞奇幻电影，改编自作家 P.L. 卓华斯的小说系列《玛丽·包萍》。主角玛丽·包萍是一位仙女保姆，她来到人间帮助小朋友或其父母重拾欢乐，教导他们如何克服生活中的困难，并且拥有正向思考。

底下干活，编了个满嘴瞎话的白日梦呢？"布莱恩问。

亚历克斯早已料到布莱恩会这么讲。于是，我把亚历克斯的电话号码递给了布莱恩。

我隔着办公桌凝望主编，望着他与亚历克斯·贝穆德斯通电话，确认采访稿里的细节和引述。

"我明白，"布莱恩说道，"我明白……好，依我看，本报可以登载这篇报道。"

布莱恩点点头，眼神落在我的身上，整张脸都没有表情。"唔，不，贝穆德斯先生，恐怕不会一字不改地全文刊登，因为这小伙子写的文章，真见鬼，活像他一心要当列夫·托尔斯泰，把料一直捂到第十九段才亮出来给人看。再说了，我手底下的报纸，誓死也不会让头版报道引用该死的诗歌开篇！"

此前，亚历克斯给我支过着儿，建议引用欧玛尔·海亚姆《鲁拜集》中的诗句开篇，诗集是当初我寄给狱中的亚历克斯的：

> 来，随老伽叶远离空谈
> 要知道，生命逝如羽箭
> 余者都是谎言
> 花开绚烂一时，花败却成永远[1]

亚历克斯声称，诗句他已经背熟了，正是靠着诗，他才熬过了狱中时光；亚历克斯声称，诗句给他带来了智慧与安慰，领他踏出了号子，恰似它引领麻秆踏出了号子，比亚历克斯早了整整四十年。因此，文中引用的诗句，可谓是贯穿我那篇报道的感情

---

1. 本段为郭沫若据爱德华·菲茨杰拉德1859年《鲁拜集》英文译本翻译的中文译文。

线，因为它点明了亚历克斯对自己犯下的罪孽是多么后悔，而亚历克斯对他人犯下的罪孽，又穿插在他幼时如何对待自己的篇章里。

"我的文章您喜欢吗？"我问布莱恩。

"不，"布莱恩干巴巴地说，"这是一篇煽情的马屁文章，其内容还是一个见鬼的罪犯在哀号他那一等一的人渣的一生。"

布莱恩的眼神又落回我的稿件上。

"只不过，也算不乏亮点吧。你要多少？"布莱恩问我。

"您是什么意思？"

"报酬。"布莱恩回答，"你想要什么价格，每字多少钱？"

"我一分钱也不想要。"我回答。

布莱恩把稿件放回办公桌，叹了口气。

"我想给你手下的犯罪调查报道团队撰稿。"我说。

布莱恩垂下了头，揉了揉眼睛。

"你不是当犯罪调查记者的料，孩子。"布莱恩说。

"但我刚刚给你写出了一篇昆士兰最恶名远播的罪犯的独家专访啊，长达两千五百字。"

"说得对，但其中足足有五百字，在写亚历克斯的双眸是什么颜色，他的凝望是何等专注，他该死的穿着打扮是什么样子，还有他在号子里做的关于船的梦。"

"'船梦'只是个暗喻，暗示亚历克斯的内心正在渐渐沉沦，内心渴望自由。"我回答。

"唔，倒是害得我渴望好好哭上一场，伙计。我跟你直说了吧，免得你又在这等破事上浪费时间。其实，犯罪调查报道记者是天生的，不是练成的，而你生来并不具备犯罪调查报道记者的天赋。你永远也当不了犯罪调查报道记者，而且因为同样的原因，你也很有可能永远当不了新闻记者，因为你那个不算大的脑袋瓜里有太多的想法。出色的新闻记者，脑子里只有一件事。"

"赤裸裸的真相？"我问道。

"唔，倒也没错……不过，在那之前，出色的新闻记者琢磨的是另外一件事。"

"正义与责任？"我问道。

"倒也没错……不过……"

"在信息产业中扮演民众的客观公仆？"

"不，伙计，出色的新闻记者，满脑子想的都是该死的独家猛料。"布莱恩说。

还用说吗？我心中暗想，独家猛料，果然还是要至尊的独家猛料。布莱恩·罗伯逊摇了摇头，松了松脖子上的领带。

"孩子，恐怕你生来就不是个犯罪调查报道记者的料。但是，你倒生来就是个笔下姹紫嫣红的家伙。"

"笔下姹紫嫣红？"

"没错，写的文章色彩斑斓，真见鬼。"布莱恩说，"天空是碧色，鲜血是红色。亚历克斯·贝穆德斯从家里骑出来的自行车？黄色。你很喜欢一个个丁点小的细节。你的笔下不是新闻，你描绘出了悦目的画面。"

我耷拉下脑袋。或许，布莱恩没错，我写的文章一直是这种路数。还记得吗，麻秆？视角啦，将一瞬化为无限啦，细节啦，麻秆。

从主编办公桌对面的座椅上，我站起了身。我明白，自己永远也当不了犯罪调查报道记者。

"谢谢您抽时间跟我聊。"我只觉得很受挫，很丧气。

我惨兮兮地迈开步子，走向主编的办公室大门。随后，主编的声音拦住了我的脚步。"话说回来，你什么时候可以开工？"他问。

"啊？"我被主编问得一头雾水。

"我手底下还可以添个赛马报道的后备后备再后备写手。"

布莱恩几乎露出了一抹笑容，"赛马场上倒有不少漂亮场景要人描绘一下。"

*

细节，麻秆。她微微一笑的时候，右侧嘴角会起两条皱纹。周一、周三和周五，她会把切好的胡萝卜当午餐吃；周二和周四，她吃的是芹菜梗。

两天前，她穿了一件"换牌"乐队的T恤来报社，午餐时分，我就搭了火车进城，买了一盒"换牌"乐队的磁带，叫作《很高兴遇见我》。

我一晚上听了整整十六遍，第二天早上，我走到她的办公桌旁，告诉她：这盒磁带第二面最后一支歌《迫不及待》，完美地融合了乐队主唱保罗·韦斯特伯格早年生猛的车库朋克摇滚风和他的新宠——欢快的流行音乐风情歌（更类似于B.J.托马斯的一曲《魂牵梦萦》）。我没有告诉凯特琳，其实吧，这支歌也完美地融合了我的心与脑：我的心脏没有一刻不在为她跳动，我的大脑没有一刻不在想她。这支歌，将我对她呼之欲出的爱意化成了乐声，活脱脱体现出：为了她，我已经变得有多不耐烦；为了她，我又是如何盼着时间加速，时间过得快一些吧，再快一些吧，好让凯特琳·施皮斯赶紧迈步进门，眨眨眼睛，好让凯特琳·施皮斯在她的隔间里跟其他犯罪调查报道记者一起哄堂大笑，好让凯特琳·施皮斯向这边望过来，向我望过来，眼神越过大约一百五十米的距离，落在身为无名小卒的我身上（再加上填字游戏工位上的死鬼老头）。

"是吗？"凯特琳对我说，"我恨死那首歌了。"

随后，她拉开了办公桌下方的抽屉，递给我一盒磁带。

是"换牌"乐队的第三张专辑——《随它去》。"第九首，《盖瑞勃起啦》。"凯特琳评点道。她轻启双唇说出了"勃起"一词，仿佛刚刚说出的是"薰衣草"一样。她就是这副做派，麻秆；她真是妙不可言，麻秆。她轻启双唇吐出的每一个字，仿佛全是"薰衣草"、是"柔光"、是"热望"，以及……以及……还有一个念作"ài"的，是哪个词，麻秆？人们一直津津乐道的那个词，你知道吧，麻秆？

*

布莱恩·罗伯逊火爆的高喊声在编辑室里回荡。

"该死的盆都他妈的上哪去了？"布莱恩咆哮道。

我赶紧从座位上起身，想弄清楚编辑室另一头的"重镇地带"干嘛乱成了一锅粥：本报主编正握紧拳头站着，手中紧攥住一份我们的周日版姊妹报纸——《星期日邮报》。主编周身散发出核弹般的气势，马上要炸得一干人等血肉横飞。

我那上了年纪的工位近邻、纵横字谜之王阿莫斯·韦伯斯特，已经一溜烟奔回他的办公桌边坐下，差一点就要拿一大堆字典辞典把自己埋起来。

"假如换作我是你，我会老老实实坐下来，头儿正在大发雷霆呢。"阿莫斯指点道。

"出了什么事？"我还是没有坐下，只是遥望着凯特琳·施皮斯：凯特琳一边朝着她的文字处理机点头，一边听布莱恩·罗伯逊训话，主编正连珠炮一样又是下令又是评论，教导着赤裸裸的新闻业真相——报道必争第一，是报纸生死存亡的关键。

紧接着，布莱恩·罗伯逊再次爆发，战火从他的唇边飞溅开来，老练的记者们立刻四散逃命。

"哪个人能告诉我，该死的盆究竟上哪里去啦？"布莱恩扯着喉咙高喊。

我压低声音对阿莫斯耳语。

"随便谁塞一个见鬼的盆给主编，不就行了吗？"我问。

"主编不是在找'盆'，你个呆瓜。"阿莫斯说，"他找的是'佩恩'一家子，他想知道佩恩一家究竟出了什么事，也就是在奥克斯利失踪的那一家子。"

"奥克斯利？"我问。

奥克斯利，正是毗邻达拉的郊区，也正是奥克斯利酒吧、奥克斯利自助洗衣店、奥克斯利天桥所在的地方。

"我掌管的报纸屈居第二，他妈的怎么上得了台面！"布莱恩在新闻编辑室的另一头高声呵斥，随后迈步向他的办公室走去，"砰"的一声关上了办公室门，关得如此之狠，办公室门颤巍巍地摇晃着，活像电视屏幕上，被澳大利亚艺人罗尔夫·哈里斯拗来拗去的棕色木板一样。

"维罗妮卡·霍尔特又抢先我们报纸爆料啦。"阿莫斯悄声说。

维罗妮卡·霍尔特，《星期日邮报》的首席犯罪调查报道记者，今年三十岁，只喝加冰苏格兰威士忌。她只需凝神瞪视，就可仅靠目力化水为冰，冻出她那杯苏格兰威士忌所用的冰块。维罗妮卡·霍尔特，身穿西服裙套装，或者是炭黑色，或者是墨黑色，或者是烟黑色，或者是黑漆漆的黑色。她的新闻嗅觉恰似她脚上那双墨黑高跟鞋的鞋尖一样犀利。有一次，警察局长要求维罗妮卡·霍尔特"公开撤回"她撰写的一篇文章，该报道披露了昆士兰警察经常光顾布里斯班郊区的妓院。次日早晨，在电台访谈节目中，维罗妮卡·霍尔特竟然直接喊话警察局长："等到你的手下把他们的'长枪短炮'从布里斯班的非法色情场所撤回的那一天，局长先生，我才会撤回我的文章。"

我箭一般奔到一排报纸前——摆放报纸的架子放在饮水机和

新闻编辑室文具柜附近，收罗的报纸来自澳大利亚各地，供员工参考。架子上摆着一沓昨天的《星期日邮报》，用白绳捆着。我用文具柜里的一把剪刀剪断了绳子，读起《星期日邮报》昨天的头版新闻。

"布里斯班一户人家近日人间增发，正值……"《星期日邮报》的头版报道写道，而这前半句引出的赫然是通栏大标题——"**毒品大战爆发**"。

这是维罗妮卡·霍尔特的重磅头版文章，内容是奥克斯利一个三口之家（佩恩一家）蹊跷地人间蒸发了，事件背景则是昆士兰警方口中"贯穿昆士兰州与澳大利亚东海岸的秘密非法毒品网络敌对派系之间不断升级的摩擦"。

通过匿名线人的消息（极有可能正是维罗妮卡·霍尔特的叔叔戴夫·霍尔特，一位退休的昆士兰高级警官），维罗妮卡·霍尔特织就了一则犯罪调查重磅新闻：报道并未点破佩恩一家早已经跟布里斯班的黑社会有染，随后才莫名其妙地人间蒸发，但维罗妮卡·霍尔特给她的忠实读者（通常也是一群急巴巴的读者）呈上了不少带有影射意义的背景故事，暗示佩恩一家不走正道，就跟我老爸在领到单亲津贴当日那泡死活也瞄不准的尿一样。

格伦·佩恩——佩恩一家中的父亲，最近刚刚从布里斯班北部的伍德福德监狱获释，此前他因贩卖少量海洛因服刑两年。佩恩一家中的母亲——雷吉娜·佩恩，则是一位阳光海岸冲浪女郎，曾在马鲁奇多一间恶名远播的酒店里当过女招待，这间店不时有血光之灾，因黑道大佬（比如，亚历克斯·贝穆德斯，该报道还提到了亚历克斯的名字）与黑道小混混（比如格伦·佩恩，他们志在将来混成黑道大佬）都经常光顾而出名。格伦·佩恩与雷吉娜·佩恩八岁的儿子贝文·佩恩，正是《星期日邮报》头版登载的全家福中的男孩，一张小脸被打上了马赛克。相片中的贝文·佩恩穿着一件黑色忍者神龟T恤,是个可怜又无辜的八岁小子,清清白白,纯属被爹妈的蠢念头带累。维罗妮卡·霍尔特的重磅报道,还引述了一位名叫葛莱蒂丝·赖尔登的寡居老太太的话,她是佩恩一家在奥克斯利的邻居。"大约两个星期前,夜半的时候,我听见他们家传出了尖叫声。不过嘛,那家人老爱在深夜鬼哭狼嚎。后来就什么声响也没有了,整整两个星期,没有一点动静,我还以为他们家说不定是走掉了。紧接着,警察找上了我,说他们一家成了失踪人口。"

总之,佩恩一家一去不复返,人间蒸发,消失得无影无踪。

有那么片刻,我在心里暗自嘀咕:不知道贝文·佩恩是否有个死活不吭声的哥哥,但没有拍进全家福呢;也许,佩恩一家有个园丁,颇有名气,碰巧是昆士兰最厉害的越狱高手之一;也许,佩恩一家根本没有人间蒸发,只是躲在了格伦·佩恩修建的密室中,它位于奥克斯利郊区佩恩家那栋单层房屋的地底,正是在那间密室里,八岁小子听取红色电话机另一头的无名氏给他支着儿,而那位无名氏,又是个成年男子。

轮回啊,麻秆。世事循环往复,麻秆。变数越多,下场越发惨淡。

我明白,布莱恩·罗伯逊给我下过令,不许我在犯罪调查报道部转悠,可惜,我根本忍不住。犯罪调查报道部在呼唤我,在吸引我。每当迈步走向凯特琳·施皮斯,我就会把时间忘个精光。也就是说,我已经到了凯特琳的办公桌前,却根本不明白自己是怎么到了这里;也就是说,我本能地察觉到自己走过了体育部,走过了我左侧的分类广告编辑室,走过了放啤酒的冰箱和冰箱旁边的汽车报道记者卡尔·科比,走过了镶框的昆士兰起源州赛事[1]球衣

1.起源州系列赛,是澳大利亚全国橄榄球联赛(NRL)一年一度的全明星赛事,球员从联赛的16个职业俱乐部中挑选,出生在昆士兰州的球员入选昆士兰栗队(Queensland Maroons)。

（球衣上有英勇的沃利·刘易斯的签名），但我根本不记得自己是如何走过这些人与物，因为我的目光是一条通向凯特琳·施皮斯的隧道，而我被牢牢地锁在其中。在穿越这条隧道的路上，我频频阵亡。凯特琳·施皮斯，则是隧道尽头的续命之光。

此刻，凯特琳正在通话，用的是办公桌上那台老式的黑色旋转拨号盘电话机。

"闪远点，贝尔。"

下令的是戴夫·库伦，本报炙手可热的记者，专跑警察条线。戴夫才华爆棚，自负爆棚，比我大十岁，且有胡须作为明证。戴夫·库伦，他会在业余时间参加铁人三项，练举重，从熊熊燃烧的房屋中救出儿童。戴夫·库伦熠熠生辉。

"她必须集中注意力。"戴夫一边说，一边埋头对付文字处理机，手指拼了命地敲字。

"佩恩一家的事，警方到底跟你们怎么说的？"我问。

"跟你小子有什么关系啊，喇叭裤？"戴夫问。

"喇叭裤"是戴夫·库伦给我起的绰号。喇叭裤不是个犯罪调查报道记者，喇叭裤笔下是姹紫殷红各种颜色。

"警方在佩恩家的房子里找到任何线索了吗？"我问。

"线索？"戴夫笑出了声，"有哇，喇叭裤，警方在温室里发现了一个烛台。"

"我就是在那种家庭里长大的。"我向戴夫解释，"出事的街道我也很熟，洛根大道嘛，一直通到奥克斯利溪，经常遭水淹。"

"哟哟，妈的，多谢啦，伊莱，这事我会在导语里提到。"戴夫回答。

戴夫一边回话，一边依然拼命敲着文字处理机："奥克斯利的佩恩一家失踪案又有令人瞠目的进展：据某位与佩恩一家毫无瓜葛的线人称，每逢大雨，佩恩一家所住的街道就经常被淹。"

戴夫·库伦骄傲地在椅子上往后一仰。"妈的，伙计，定会引起轰动，多谢支着儿啦。"

但是，常练举重、自负聪明的铁人三项爱好者戴夫·库伦，该被嘲笑的是你才对。因为，戴夫上演这出假惺惺的大戏使劲挖苦我的时候，我的眼神已经扫过了他的办公桌，寻找着细节：一只蝙蝠侠咖啡杯，杯上绘着这位黑暗骑士的铁拳锤在小丑脸上，炸飞了"当啷！"一词；一只腐烂的大橘子；昆士兰游泳冠军丽莎·库里的一张小像，钉在办公桌的隔板上；一个伯兹维尔酒店的啤酒保温套，里面装着六支蓝色圆珠笔；办公桌上的电话机旁边，翻开着一个印有横格线的线圈记事本，上面用速记法龙飞凤舞地写着几行字，我可以从中辨认出几个关键词：

格伦·佩恩、雷吉娜、贝文、海洛因、金三角、卡巴玛塔、霸主、报复。

只不过，其中有三个字，比其他任何词语都更加让我心惊。戴夫·库伦在这三个字旁边画了个问号，还用下划线标注了出来。是三个让我不寒而栗的字。单独看来，这个三字词语很离谱，似乎狗屁不通，但假如你在达拉西部远郊度过了光怪陆离的童年时光，被毒贩抚养长大，那么，这三个字就讲得通了。

羊驼毛？

那个人名从我的嘴里脱口而出，拦也拦不住，那个滚烫的人名。

"伊万·克洛尔。"

我说得太大声，凯特琳·施皮斯立刻在座位上转过身。她认出了这个名字，毕竟是"拼命郎"凯特琳嘛，有冲劲，有准头。

戴夫·库伦显然一头雾水。

"什么？"戴夫问。

布莱恩·罗伯逊的办公室大门洞开，戴夫·库伦赶紧端正了坐姿。

"贝尔！"主编凶巴巴地斥道。

响雷般的呵斥吓了我一大跳，我转身面对着那位伫立在他办公室门口的魔王。

"对你在该死的犯罪调查报道部探头探脑这破事，我是怎么跟你说的？"布莱恩训我。

"您说，'不许再在该死的犯罪调查报道部探头探脑了'。"我发挥出记者们对事实的神奇还原能力，回答主编。

"给我滚进办公室来！"布莱恩一边迈步向他的办公桌走去，一边高喊。

我向凯特琳·施皮斯投去最后的一瞥。她还在通电话，但凝望着我，微微一笑给我打气，又会意地点点头，露出一抹笑容——想当初，对即将要被传说中的恶龙活生生吞下肚的骑士，窈窕淑女们露出的必然也是此等笑容。

我进了布莱恩的办公室。

"对不起，布莱恩，我只是想给戴夫……"

主编打断了我的话。

"坐下，贝尔。"主编说，"我有一宗报道要你马上着手。"

我一屁股坐上一张空转椅，正对着主编的棕色皮革办公椅——主编那张椅子，可从来不为任何人旋转。

"你听说过昆士兰杰出人士奖项吗？"主编问。

"昆士兰杰出人士？"我不禁喘了一口气。

"是政府为'昆士兰日'组织的破烂奖项，粉饰太平之举。"主编说。

"我知道，"我说，"我哥哥小奥还被提名了社区杰出人士奖，本周五晚上，我和爸妈还要去市政厅见证小奥领奖呢。"

"他为什么会获奖？"

"他端了个捐助桶，绕着布里斯班的大街小巷走来走去，拜托大家捐钱帮助昆士兰州抗击肌肉萎缩症。"

"应尽的本分。"布莱恩说着，拿起一本小册子，扔在我这一侧的办公桌上。是一份清单，列了人名和电话号码。"我们报纸也是当晚的赞助机构，所以，我们要给十个即将获奖的昆士兰人做一些报道。"

主编朝我面前的几页纸点点头。

"政府给我们提供了不少名字和联系电话。"主编说，"你去采访一下吧，每个采访对象写二十厘米长的稿子，星期五下午四点前要交给编辑审校。等到颁奖晚会结束以后，我们周六登载。你行吗？"

我自己的采访项目，我为杰出的布莱恩·罗伯逊所干的第一份正经活。

"我行。"我说。

"嗯，这篇稿子，我觉得你不妨运笔花哨些，祝你写个满堂彩吧。"

"满堂彩，我懂了。"

辞藻华丽之子，笔下姹紫殷红。

我飞快地瞥了一眼纸上的名单。不出所料，"昆士兰杰出人士"个个人气颇旺，来自体育界、艺术界、政治圈，接着再来一轮体育界。

一位曾在奥运夺金的自行车手，一位闻名遐迩的高尔夫球手，一个为澳大利亚原住民权利发声的知名人士，又是一个奥运夺金的游泳运动员，一个为女性权利发声的知名人士，一位魅力四射、曾在奥运会上夺得铜牌的赛艇手。一位惹人爱但脾气坏的电视节目主厨，其厨艺秀《肚子咕咕叫》是昆士兰州日间电视雷打不动的节目。一位名叫约翰内斯·沃尔夫的视力缺陷人士，他登上了珠穆朗玛峰顶，把他的玻璃眼珠埋在了山巅的积雪下。一个有着六名子女的妈妈族，她在1988年绕着艾尔斯岩跑了1788圈，借此庆祝澳大利亚成立两百周年，并为昆士兰女童军筹集资金。

"昆士兰杰出人士"名单上的最后一个名字，让我花了好一阵子去消化。此人获得的是"资深杰出人士"奖项，他的名字下附了一段简介，长约九厘米；换句话说，假如我的右手还有食指的话，他的简介大约跟我的右手食指一样长。

据奖项所附的简介声称，此人堪称"昆士兰州慈善事业的无名英雄"：

以波兰难民的身份开启了他的昆士兰生涯，当时他与他的八口之家住在东瓦科尔流离失所者家属收容营里。他改变了成千上万昆士兰残疾人的生活，无疑配得上"资深杰出人士"的头衔。

假肢之王，亚哈船长，害莱尔人间蒸发的男子，害一干人等人间蒸发的男子。我把这个名字读了三次，以便确定自己不是在做白日梦。

提图斯·布洛兹。提图斯·布洛兹。提图斯·布洛兹。

"贝尔？"布莱恩问。

我没有回答。

"贝尔？"布莱恩问。

我没有回答。

"伊莱，"布莱恩凶道，"小子，你做白日梦呢？"

直到这时，我才猛然发觉：我的右手已经捏皱了主编刚刚交给我的几页纸，纸上还写满了人名。

"你没事吧？"主编问我。

"没事。"我说着，又伸手抚平纸张。

"刚才你的脸上连一丝血色也没有。"

"是吗？"

"没错，你的脸唰地一下变得雪白，好像刚见过鬼一样。"

确实见过鬼，见过那个鬼。白生生的男子，一头白发，一身白衣，他的眼白，他的白骨。

"真是活见鬼了。"布莱恩说。他俯身越过了办公桌，审视着我的手。我把右手揣进了衣兜。

"你居然缺了一根手指？"布莱恩问。

我点点头。

"你在报社工作多久了？"

"四个月。"

"我竟然从来没有注意到你缺了右手的食指。"

我耸耸肩膀。

"你必定擅于瞒过其他人。"主编说。

其实，我连自己也瞒。

"依我猜，是的。"我回答。

"你怎么会缺了一根手指？"布莱恩问。

因为一个幽灵曾经踏进我家，夺走了它。那时，我还只是个半大小子。

摘月之子

　　我一觉醒来。我床上的弹簧断了，床垫又薄，一根翘起的弹簧竟然扎穿了床垫，刺着我的尾骨。我要闪人，我必须开溜；这张床太小，这个家太小，这个世界又太大。

　　不管报社实习生的薪水低成什么鬼样，总不能一直跟我哥挤一个房间吧。

　　午夜已过，月色透过敞开的窗户洒进屋子。奥古斯特在床上呼呼大睡，我家其余地方则是一片漆黑。老妈的卧室门开着——老爸原来的书房现在连一本书也没有了，因此这间屋目前归老妈睡。当初，靠着"布瑞肯力治书籍大拍卖"，奥古斯特把老爸的书一股脑卖了个精光。一连六个周六，奥古斯特都在操持"布瑞肯力治书籍大拍卖"，可惜总共只赚到五百五十元，很让人失落。在布瑞肯力治，小奥向昆士兰住房委员会所属的区域总共脱手了大约一万本书，但在售书局面让人失望之际，小奥也算是攀上了哲学高地吧——因为很明显，大部分书都是免费送了人。"布瑞肯力治书籍大拍卖"对老妈尽快重振旗鼓没能帮上什么忙，但好歹可以让布瑞肯力治的青少年们多点机会接触到赫尔曼·黑塞、约翰·勒卡雷和《蠹虫的三个繁殖阶段》。拜我哥小奥所赐，现在可好，每逢星期六下午，"布瑞肯力治酒馆"里就有不少酒客喝着啤酒，一边在比赛的罚牌数上下注，一边聊着约瑟夫·康拉德的《黑暗之心》如何引起了他们的心理共鸣。

　　我沿着走廊往前走，身上还穿着平脚短裤和我睡觉时爱穿的阿迪达斯黑色旧T恤。T恤又舒服又薄，上面布满了破洞——一定是蠹虫干的好事吧，它们靠着啃阿迪达斯T恤和约瑟夫·康拉德的著作就能活。

　　我拉开褪色的米色窗帘，露出家里宽阔的客厅前窗，敞开窗户，探身到窗外，深吸了一口夜气，抬头仰望空中的一轮满月，又低头俯视空旷的街巷。我仿佛望见了身在达拉的莱尔：他身穿猎装，伫立在郊区的夜色中，抽着温菲尔德红壳款香烟。我好想他。我对他放了手，因为我胆怯，因为我没种，因为我生莱尔的气。让莱尔滚蛋好了，谁让他跟提图斯·布洛兹狼狈为奸呢，怪要怪到莱尔自己头上，不能怪到我头上。把莱尔和"假肢之王"一起抛到脑后吧，抛到九霄云外，正如那只被渔线缠住了脚的朱鹭，毅然断肢求生，因为渔线会活生生要它的命。

　　都怪月色，害得我迈步朝屋外走去。我迈开双腿，脑子却比双腿慢了一步；我伸出双手去取房前水龙头上盘着的绿色花园软管，脑子却比双手也慢了一步。我开了水龙头，又用右手扭住花园软管，免得水从橘色的喷嘴里哗啦啦全喷出来。我把水管拖到邮筒附近的路沿上，一屁股坐下，抬头仰望明月。满月，我，以及月亮与我之间的几何学。我松开手中的水管，让水一股脑喷上沥青铺成的街道，没多久就在街上汇聚成了一汪平湖。水哗啦啦地流着，一轮银色的圆月在越聚越高的水洼中轻摆。

　　"睡不着吗？"有个声音说。

　　我竟然忘了小奥的声音听上去跟我有多像，活像是我的翻版，而"我"就站在自己的身后。我回过头，望见了奥古斯特，月色照亮了他的面孔，他正揉着眼睛。

　　"确实睡不着。"我回答。

　　我们一起望向月塘。

　　"我好像继承了老爸的焦虑基因。"我说。

　　"你才没有继承老爸的焦虑基因。"小奥回嘴。

　　"以后我就不得不过避世隐居的日子啦，"我说，"死也没办法出门一步。我会租上一栋住房委员会的房子，跟我们住的这栋一模一样，再把其中两间屋堆满'黑金'牌罐装意大利面，然后我就又吃意大利面又看书，直到某天在睡梦中被我自己肚脐眼里积起的绒毛团子噎死。"

"命里该有，迟早要来。"奥古斯特说。

我朝小奥笑了笑。

"知道吗，虽然你从来不吱声，但我觉得，你说不定能当个男中音呢。"我说。

小奥哈哈大笑。

"你有空应该试试唱歌。"我说。

"依我看，目前说话就已经够了。"小奥回答。

"我喜欢跟你聊天，小奥。"

"我喜欢跟你聊天，伊莱。"

奥古斯特一屁股坐上路沿，紧挨着我，审视着流水向月塘涌去。

"你到底在担心什么啊？"小奥问。

"一切。"我回答，"已经发生的一切，即将发生的一切。"

"不要担心，"小奥说，"一切都会……"

"是哇，一切都会好起来，小奥，我明白，多谢提醒。"我打断他的话。

月塘之中，我们兄弟俩的倒影歪歪扭扭，像两只怪兽。

"为什么我有种感觉：明天即将成为我生命中最重要的一天？"我沉思道。

"你的感觉没有错。"奥古斯特说，"明天即将成为你生命中最重要的一天。你生命中的每一天，都是在为明天铺路。当然啦，你生命中的每一天，也都是在为今天铺路。"

我凝神向月塘望去，俯身靠上我那毛乎乎、瘦巴巴的双腿。

"我担心我做不了主。"我说，"不管我出什么着儿，都无法改变现状，无法改变未来。在梦里，我坐着那辆车，汽车正闯过树林撞向水坝，我却束手无策，根本无力改变我们的命运。我既没有办法从车里出来，也没有办法把车停下，只能眼睁睁看着它冲出去，一头栽进水中，紧接着，水就从四面八方涌了进来。"

奥古斯特朝月塘点点头。

"你从月塘里看到的就是这些吗？"奥古斯特问。

我摇了摇头。

"我连个鬼影子也没有看见。"

奥古斯特也凝神向越聚越大的月塘望去。

"你又从中看到了什么？"我问。

小奥身穿睡衣伫立着，是一件来自伍尔沃斯超市的棉质夏季款，白底红条纹，活像理发店四重唱成员所穿的睡衣。

"我可以看到明天。"奥古斯特回答。

"你可以看到关于明天的哪一点？"我问小奥。

"一切。"小奥回答。

"你能说细一点吗？"我问。

小奥不解地望着我。

"我的意思是，你小子大而化之地评点两句，再扯上你那套多重维度多重自我的屁话，借以保持你那种蠢兮兮的神秘感，也真是太方便了吧。"我说，"就说红色电话机那头的你自己吧，怎么从来没有跟你交代过什么有用的信息？比如，明年墨尔本杯的得主是谁？下个星期的乐透中奖号码是多少？不然的话，我说不好，唔，该死的提图斯·布洛兹明天会不会认出我？"

"你跟警察聊过了吗？"

"我给警方打过电话。"我说，"我拜托一名警员帮我转接主管该案的警官，但接电话的警员非要我先报自己的名字。"

"你没有把名字告诉警员吧？"

"没有。"我说，"我告诉接电话的警员，警方应该去调查一个名叫伊万·克洛尔的男子，瞧瞧他跟失踪的佩恩一家有什么瓜葛。我让警员记下伊万·克洛尔的名字——当时我说，你是在记名字吗？警员说不行，因为他得先弄清楚我的身份，先弄清楚我为什么不愿意透露自己是谁。我回答他，我不愿意披露身份，因为伊万·克洛尔是个危险人物，伊万·克洛尔的老板也是个危险人物。警员又问伊万·克洛尔的老板是谁，我说，伊万·克洛尔的老板是提图斯·布洛兹。然后，警察说，什么，那个搞慈善的家伙？我说，是啊，那个该死的搞慈善的家伙。于是，警员就说我疯了。我说，我才他妈的没有疯，他妈的昆士兰州才疯了呢。我告诉你吧，鉴定部门在佩恩家发现的羊驼毛是伊万·克洛尔留下的，伊万·克洛尔在戴波若郊区经营一家羊驼农场，已经整整二十年啦，你要是听不进去我这番话，那你才他妈的疯了呢。"

　　"于是，警员就打听你是怎么知道羊驼毛的事？"小奥说。

　　我点了点头。

　　"所以我就挂了电话。"

　　"反正警方又不会少块肉。"奥古斯特评道。

　　"什么？"

　　"假如昆士兰州的犯罪分子正在慢性自相残杀，警方为什么要管？"

　　"我倒认为，当失踪人士中有一个是八岁小孩的时候，警方恐怕不管也不行。"

　　奥古斯特耸了耸肩膀，凝神向月塘望去。

　　"说到贝文·佩恩，警方在每张照片里都把他的脸打了马赛克。但我发誓，小奥，他就是我们，他就是我和你。"我说。

　　"你这话是什么意思？"

　　"我的意思是，我们本来也可能落到他那种下场。我是说，他爸妈看上去简直活像我八岁时候的老妈和莱尔。而且我一直在寻思，麻秆以前总爱提到轮回、时间，还有世事如何循环往复。"

"世事确实如此。"奥古斯特回答。

"是吧，可能确实如此。"我说。

"比如，我们俩就死而复生。"小奥说。

"我可不是那个意思。"

我说完站起身来。

"收手吧，小奥。"我说。

"什么？"

"别再胡扯死而复生那一套，我都听腻了。"

"可你当初明明死而复生啦，伊莱，"小奥回答，"你总是死而复生。"

"我当初才没有死而复生，小奥。"我说，"我才不玩死而复生那一套。我就活在该死的这重维度里。至于你听到的电话另一头的声音，是你脑子里的声音。"

奥古斯特摇了摇头。

"当初你也听到了，"小奥说，"当初你明明听到了。"

"没错，当初我也听到了自己脑子里的声音。"我说，"贝尔兄弟脑子里那疯得没治的声音。没错，小奥，当初我也听到了。"

奥古斯特紧盯着月塘。

"你从中看见她了吗？"小奥问。

"看见谁？"

奥古斯特朝水洼点点头。

"凯特琳·施皮斯。"奥古斯特回答。

"凯特琳怎么啦？"我一边问，一边向月塘望去，紧随着小奥的眼神，可惜什么也没有看见。

"你该告诉凯特琳·施皮斯一声。"

"告诉她什么？"我问。

奥古斯特向月塘望去，用光着的右脚轻敲水面，一圈圈涟漪随之在月塘中荡开，荡成了十个不同的故事。

"把一切都告诉她。"小奥说。

这时，老妈的声音从我家的前窗传了过来。她竟然想要同时用上"咆哮"和"私语"两种口吻。

"见了鬼了，你们两个拿着水管在外面干什么？"老妈训道，"赶紧回床睡觉去。"她又换上凶巴巴的警告口吻，"要是明天累垮了……"

我老妈凶巴巴的警告一向自带开放式结尾，要是明天一觉醒来打不起精神的话，可能的后果只怕数也数不清，真令人心头发毛。

"要是你明天累垮了……"我就把你的屁股揍个红通通，比红鼻子驯鹿鲁道夫还要红；"要是你明天累垮了……"满天繁星都会从布瑞肯力治的夜空消失；"要是你明天累垮了……"月亮会咔嚓碎裂，恰似一颗在你齿间裂开的糖球，月亮内里的各种颜色会闪瞎人类的眼睛。

好好睡吧，伊莱，明天即将来临，一切即将来临，你的整个人生，都是在为明天铺路。

*

第二天，吃早餐的时候，老爸在厨房桌边读着《信使邮报》。他抽着手卷烟，读的是国际新闻版。隔着一碗新康利麦片粥，我的眼神落在了报纸的头版上。是格伦·佩恩入监照的放大图，他长着一张凶巴巴、恶狠狠的面孔，淡蓝色的双眸，一头金发剪成了平头，奇形怪状的牙齿活像一排半开的旧车库门，脸上还有痘印。照片中的他露出了蠢兮兮的笑容，仿佛被捕后拍摄大头照是一个仪式，正好达成了他的梦想清单中的一项，活像历经辛苦终于跟美女打了一炮，或者在胃里和屁眼里塞了十个装满了海洛因的避孕套，历经辛苦终于抵达了土耳其。

大头照所附的文章，由戴夫·库伦与凯特琳·施皮斯共同署名，讲述了格伦·佩恩无人搭理、荒废时光的青春时代，看上去是很常见的桥段：他老爹用电煎锅的电源线抽打他老妈；他老妈朝他老爹的烤火腿、奶酪、西红柿三明治里加了老鼠药；年仅八岁的格伦·佩恩，则一把火烧掉了当地的邮局。戴夫·库伦的署名列在首位，但我心里明白：文章出自凯特琳的笔下。我心里明白，因为报道通篇透出一种悲悯的口吻，而且找不出戴夫·库伦的常用字眼，比如"令人瞠目的爆料"啦、"置人于死地之心"啦、"数字化渗透"啦。凯特琳采访了贝文·佩恩所在小学的几位老师和家长，大家都说，贝文是个好孩子。很乖，安安静静，连只苍蝇也没杀过，阅读面广，总之是个书呆子。凯特琳·施皮斯全方位挖掘了八岁男孩的人生，那八岁小子的脸上打着马赛克，还穿着一件忍者神龟T恤。

"今天晚上你打算穿什么衣服，伊莱？"我老妈在客厅里问道。

老妈正在用老爸那只有毛病的日光牌旧熨斗熨衣服——这只熨斗如果调到"亚麻"挡，就会电击熨斗使用者；如果调到任何高于"人造面料"的温度挡位，就会在我上班穿的衬衣上留下焦痕。

现在是早上八点，距奥古斯特前往布里斯班市政厅参加昆士兰杰出人士颁奖典礼领奖大约还有十个小时，但老妈已经在客厅里忙得脚不沾地了，跟歌中的波强格斯先生一样，他在醉汉拘留所里也是翩翩然脚不沾地[1]呢。

---

1. 典出美国乡村音乐歌手Jerry Jeff Walker的歌曲《波强格斯先生》（Mr. Bojangles）。

“我就穿身上这套。”我一边说，一边朝我的穿搭点了点头：一件白色与深紫相间的格子衬衣，没有掖进裤腰；一条蓝色牛仔裤。

老妈一副受了奇耻大辱的模样。

“你哥哥马上要当昆士兰杰出人士了，你倒好，一露面看上去就像个恋童弊者。”

“是恋童癖者，老妈。”我说。

“嗯？”她说。

“应该叫作恋童癖者，不叫恋童弊者。那你来说说，这套穿搭里到底哪件，让我看上去像个恋童癖者？”

老妈审视了我好一会儿。

“是衬衫。”老妈开口回答，“是牛仔裤，是鞋子。反正一整套都在叫嚣：‘快跑啊，小宝贝们快跑。’”

我目瞪口呆地摇摇头，咽下了最后一勺新康利麦片。

“我们全家进市政厅之前，你有时间回家换套衣服吗？”老妈问我。

“妈咪，下午三点钟，我在贝尔伯里有个至关重要的采访，傍晚六点钟之前，我要回鲍恩山发一篇稿，”我说，“我没有时间回家换套燕尾服，再去出席小奥的荣耀之夜了。”

“你小子怎么敢挖苦这美好的一刻？”老妈说，“你好大的胆，伊莱。”

老妈伸手指着我，胳膊下还夹着一条准备熨烫的长裤。“今天是……最美好的一天……”老妈的眼中盈满了热泪，垂下了头，“今天是……无比美好的……该死的……一天。”她抽噎着说道。

老妈的脸庞展露出了某种深切、原始的情绪，老爸应声把报纸放到了餐桌上。他看上去很困惑，不知道该怎么安抚老妈，毕竟她始料未及地湿了眼眶，女人味十足，让人心惊。我迈步向老妈走去，把她搂进怀中。"老妈，我会穿件像样的外套，好吧。"我说。

"你根本就没有像样的外套。"老妈说。

"我会去取一件报社衣架上的正装，应急专用的正装。"

报社的公用衣架上挂着好些黑外套，应急专用，以供出席议会与地方法院等场合，件件闻上去都有股威士忌与香烟味。

"你会来出席典礼，对不对，伊莱？"老妈问道，"今晚你一定会去的吧？"

"我一定会去，妈咪，而且我不会开口挖苦。"我说。

"你保证？"老妈说。

"好，我保证。"

我搂紧了老妈。

"今天是个好日子，妈咪，我心里有数。"

今天他妈的真是个好日子。

*

朱迪丝·坎普塞，是负责昆士兰杰出人士奖项的公关人员。整整一周，她都在帮我筹备明天即将刊登的跨栏专题报道，报道内容聚焦于十名昆士兰杰出人士，今晚他们均将出席于布里斯班市政厅举办的盛大聚会。

下午两点十五分，朱迪丝拨通了我办公桌上的电话。

"你怎么还守在办公桌前面呢？"朱迪丝问我。

"我正要发布里·道尔的那篇稿子。"我说。布里·道尔正是那位有着六个小孩的母亲，曾在1988年绕艾尔斯岩跑过1788圈，借此庆祝澳大利亚成立两百周年，并为昆士兰女童军筹集资金。布里·道尔这篇长达二十厘米的稿子，恐怕不会是我笔下最出色的文章，它以一句生猛的陈述开头："布里·道尔的人生是一次次轮回。"随后，我又围绕这个切入点，大写特写布里·道尔如何辞掉了她那份毫无前途的工作（在一家房地产公司里当秘书），如何历经人生的一次次轮回，最终在乌鲁鲁发现了自己的人生目标。

"你最好加快点速度。"朱迪丝·坎普塞说，她的声音隐隐透出一股英国皇家腔调，颇有些戴安娜王妃之风，假如戴安娜王妃还打理一家时装店的话。

"多谢你的建议。"我说。

"举手之劳。"她说，"你能不能告诉我，你准备问布洛兹先生哪些问题？"

"我们报社可没有在采访前圈定问题的规矩。"

"圈个范围可以吗？"朱迪丝叹了口气。

唔，依我猜，我会先问一个和气的问题，借以破冰嘛——"当初你对莱尔下了什么毒手，你个变态老杂种？"然后，我会再天衣无缝地接上下一个问题——"我该死的手指到底上哪儿去了，畜生？"

"圈个范围？"我对朱迪丝说，"比如：请做一下自我介绍？您干的是哪一行？在哪里？什么时候？"

"再加上：为什么？"朱迪丝评道。

"你怎么猜到的？"

"唔，问题不赖，"朱迪丝说，"对于他为什么会有种种善举，布洛兹先生确实有很多话要讲，颇有启迪意义。"

"好，朱迪丝，我也十分期待听他聊一下种种行为背后的原因。"

在新闻编辑室的另一头，我可以望见布莱恩·罗伯逊正大步朝我走过来，边走边紧盯着我，一副气势汹汹的模样——真该在他头上装根排气管。

"我得收线啦，朱迪丝。"我说着挂了电话，又埋头对付布里·道尔的稿子。

"贝尔，"布莱恩在三十米开外呵斥道，"提图斯·布洛兹那篇报道呢？"

"我现在就动身去采访。"

"别搞砸了，好吧。"布莱恩说，"广告代理说，布洛兹说不定会给我们报纸投一大笔广告费。你怎么还在办公桌前磨蹭？"

"我正要提交布里·道尔那篇报道。"

"是那个乌鲁鲁疯婆娘吗？"

我点点头。主编越过我的肩膀读着文章，我的心脏一时间停止了跳动。

"哈！"主编笑出了声。我突然发觉：在此之前，我还从未见过主编露齿而笑呢。"布里·道尔的人生是一次次轮回。"主编说着，用厚实沉重的左手拍着我的后背，"化腐朽为神奇啊，贝尔，化腐朽为神奇。"

"布莱恩？"我开口说。

"怎么啦？"主编问。

"我觉得，关于提图斯·布洛兹，我可以给你写篇重磅文章。"

"棒极了，小子！"主编热情满满地说。

"可是，对我来说，这篇文章不好写……"

正在这时，戴夫·库伦从编辑室另一头的犯罪调查报道部高喊了一句，打断了我的话。

"头儿，警察局长刚刚发话……"

布莱恩一溜烟闪人了。"等你回来我们再聊，贝尔。"主编心不在焉地吩咐着，"布洛兹的文章尽快交稿。"

*

我在等待前往贝尔伯里的出租车，目的地位于西部远郊，车程大约四十分钟。至于我，必须在三十分钟内赶到。我睁大眼睛，瞪着报社大楼玻璃门中自己的倒影：镜中人身穿松垮垮的大码黑色外套（我从报社编辑部的备用衣架上拽下的正装），双手深深地揣进外套的衣兜。十八岁的我，比起十三岁的我，模样有没有变很多？头发长了，仅此而已；同样瘦巴巴的胳膊、瘦巴巴的腿，同样紧张兮兮的笑容。提图斯·布洛兹恐怕一眼就会认出我吧，他会发现我缺了的那根手指，他会悄然吹上一声秘密口哨（只有恶犬和伊万·克洛尔才能听懂的口哨），伊万·克洛尔就会把我拖到提图斯·布洛兹那栋贝尔伯里豪宅屋后的工棚，用刀割下我的头。虽然身首分离，我的脑袋却还没有停止工作，于是，当伊万·克洛尔挠挠下巴，开口向我发问的时候，我依然可以回答他。伊万·克洛尔问我："为什么，伊莱·贝尔，究竟是为什么？"那时我将会开口回答他，仿佛我是库尔特·冯内古特："猛虎要捕猎，飞鸟要翱翔嘛，伊万·克洛尔。既然是伊莱·贝尔，就要一屁股坐下来，好奇地追问为什么啊为什么，究竟是为什么？"

一辆红色福特流星小车停在我的前方，发出响亮的吱嘎声。

凯特琳·施皮斯推开副驾驶一侧的车门。

"上车。"凯特琳叫道。

"为什么？"我问。

"乖乖上车吧，伊莱·贝尔！"她下令道。

我钻到汽车的副驾驶座位上，关上车门。凯特琳猛踩一脚油门，汽车飞快地汇入了车流，我不禁仰倒在座位上。

"伊万·克洛尔。"凯特琳嘴里说道，右手掌着方向盘，左手递给我一个马尼拉纸文件夹，文件夹中放着一沓复印件，最上方则是一张伊万·克洛尔的警方入案照。

凯特琳向我转过身，阳光透过驾驶座一侧的车窗照亮了她的秀发和面孔，她那双无可挑剔的碧眸审视着我的双眼。

"把一切都告诉我。"凯特琳说。

*

    福特小车箭一般驶下贝尔伯里的一条小路，小路又在杂乱无序的林区蜿蜒穿行，林间长着颤巍巍的老桉树和让人喘不过气的一丛丛马缨丹，互相交织着漫过长达好几公里的灌木丛。

    前方有个路标。

    "科克巷，就是这儿。"我说。

    科克巷是一条泥路，路上的石块足有网球大小，害得凯特琳那辆小破车把我们两人颠得够呛。

    此前，我用二十七分钟将一切告诉了凯特琳，她把问题留到了最后。

    "这么说，莱尔被人劫走了，从此人间蒸发？"凯特琳一边问，一边用双手紧握着方向盘，好让汽车保持直线行驶。

    我点点头。

    "倒是符合文件里的信息。"凯特琳说着，朝我手中的文件夹点点头，"我听见你跟戴夫说的话了，也记下了你提到的人名——伊万·克洛尔。不管是羊驼农场主，还是养羊驼当宠物的人，昆士兰东南部地区目前注册的只有四个，你提到的伊万·克洛尔就是其中之一。于是，我打了电话给另外三个人，开门见山地询问他们在5月16日当天的下落，没错，警方怀疑，佩恩一家失踪的日期正是5月16日。结果呢，对于当天的下落，他们三人的说法都没有疑点，也很乏味。接下来，我去了毅力谷警局，找我的一个老同学蒂姆·科顿，拜托他查一下警局关于伊万·克洛尔的资料，有什么查什么。蒂姆·科顿目前是毅力谷警局的警员，他给了我一大摞资料，我又复印了文档，一边复印一边读警方的报告：过去二十年里，警方曾经五次去过伊万·克洛尔位于戴波若的农场——见鬼了，整整五次啊，调查五宗与伊万·克洛尔有关的失踪案；警方去了五次，却连个鬼影子也没有查出来。昨天夜里，我把资料还给了蒂姆·科顿，还在毅力谷幸运比萨店买了一块肉丸比萨答谢他，那小子千方百计想跟我上床，不过中间他好歹歇了一会，你知道当时他说了什么吗？"

"什么？"

凯特琳摇了摇头。

"他说，这破事不如就别费力气去管啦，凯特琳。"

凯特琳在方向盘上猛拍了一下。

"伊莱，我的意思是，身为见鬼的警察，他居然能觍着脸说出这种屁话？一个八岁孩子失踪了，这家伙竟然说，这破事不如就别费力气去管啦。"

福特汽车停在一堵壮观的白色钢铁防盗门前，防盗门又嵌在一堵巍峨的黏土色水泥防盗墙内。凯特琳摇下车窗，伸胳膊摁响了一只红色对讲机。

"你好。"一个温柔的声音说道。

"嗨，我是《信使邮报》记者，前来采访布洛兹先生。"凯特琳回答。

"欢迎。"温柔的声音说道。

铁门"哐啷"一声打开了。

跟他的西装、头发和双手一样，提图斯·布洛兹的宅邸显得一片白森森。这是一栋庞大的白色水泥豪宅，有着高耸的柱子、朱丽叶式阳台，再加上一扇白色木头双开门，大得足以让一艘鼓起白帆的白色游艇通行。眼前这座宅邸，与其说像贝尔伯里百万富翁的隐居处，不如说像新奥尔良的种植园大宅。

透过八棵榆树的翠叶，太阳投下了斑驳的光影。这列繁茂的榆树种在一段又长又弯的车道旁，车道则活生生劈开了一片修剪整齐的大草坪，车道的尽头是一段宽阔的白色抛光大理石台阶。

凯特琳把车泊在了大理石台阶的左侧，停在黄色碎石路面的访客停车位上。从车里钻出来后，她打开了汽车的行李厢。

此刻只有榆树上的几声鸟鸣，一阵清风，除此再无其他。

"我怎么跟他们解释你的身份？"我压低声音问凯特琳。

凯特琳伸手从行李厢里取出一架老旧的黑色佳能相机，相机还带有深灰色长镜头——每逢举行赛事，我们报社的体育新闻摄影师在桑科体育场用的，就是同款相机。

"我管拍照啊。"凯特琳一边笑道，一边眯起一只眼，透过镜头张望。

"你又不是摄影师。"

"呸！"凯特琳发出一阵窃笑，"不就是对准目标摁快门嘛。"

"你从哪儿弄来的相机？"

"修理柜里偷出来的。"她说。

她迈步向巍峨的大门走去。

"快点，"她说，"你采访已经迟到了。"

*

我摁下门铃。巨大的宅邸中，有三处同时响起了铃声，互相应和，仿佛奏响一段短短的乐章。我只觉得满心希冀，我只觉得提心吊胆。凯特琳攥紧了她的相机，好像攥紧一把战锤，好像她正率领一帮喝得醉醺醺的苏格兰手下奔赴战场。此刻，除了榆树上传来的几声鸟鸣，别无一丝声响。

这个地方远离一切，远离了人生与世界。现在我才刚刚悟到，这栋大宅竟然跟周围的环境格格不入，巍峨的白色柱子跟我们周遭的景观也格格不入。这个地方大有猫腻，邪得很。

大宅宽阔的双开门"吱呀"开了一半。大门敞开的一刹那，我没有忘记把缺了食指的右手深深地揣进外套右侧的衣兜，让它躲到视线之外。

来应门的女人个子不高，身穿灰色的正装，我猜是女仆服吧，或许她是个菲佣，脸上挂着灿烂的笑容。她把大门又拉开了些：我们面前出现了另一个女子，穿着白色的连衣裙，身材纤瘦，显得弱不禁风。白衣女子的面庞是如此干瘪，看上去她的脸颊活像是用画笔在高耸的颧骨上绘出的油画。她露出笑意；她的脸，我认得出来。

"下午好，"白衣女子微微颔首，动作优雅而敏捷，"你们两位是报社记者？"

她的头发已开始泛白，但依然是一头直发，依然垂在肩头——曾经一度，那是一头淡金色的秀发。

"我叫汉娜·布洛兹。"白衣女子说着，伸出右手捂在前胸。这根本不是一只真手，而是塑料假肢，可我从来没有见过这样的假肢：看上去，它跟我老妈的手相差无几，只不过经历过阳光的沐浴，晒黑了一些。汉娜在长裙外面套了一件开襟羊毛衫，假手就从羊毛衫的白色袖口里探出来。我又望了望汉娜那只垂在身侧的左手：看上去也是一个模样。不过，这只手上有几个斑点，虽然很僵硬，却显得十分逼真，似乎由某种硅胶制成，纯属摆设，并不实用。

"我叫伊莱。"我说——记住，千万不要提起你姓什么，"这位是我的摄影师，凯特琳。"

"要是不介意的话，我想为提图斯先生拍张头像照，用不了多久。"凯特琳开了口。

汉娜点头表示同意。"好。两位请跟我来，家父在宅子后面的阅览室里。"她一边说，一边从门边转过了身。

汉娜·布洛兹，眼下可能有五十岁了吧，不然就是四十上下，但有疲态；也可能在六十上下，但很养眼。从我上次见到她算起，已经差不多六年了，汉娜·布洛兹是如何打发这些日子的？她并没有认出我，但我认得出她：那是当初汉娜父亲八十大寿的生日宴会，达拉区的范妈餐厅；那是另一个时代，另一个伊莱·贝尔。

*

布洛兹大宅活像一间博物馆，收罗着各式古董和俗丽的油画（一幅幅大得直追我家卧室的占地面积）：一副手举长矛的中世纪盔甲，一张钉在墙上的非洲部落面具；这个屋角有一套巴布亚新几内亚部落战矛，那个屋角则有一幅雄狮屠羚图。大宅内铺着广阔的抛光木地板，一间长长的客厅，带有壁炉和电视机，电视机的宽度盖过了我家那张床的长度。

凯特琳伸长脖子端详着一盏青铜吊灯，它看上去好像一只钢铁猎人蛛在编织灯泡状的蛛网。

"房子真不赖。"凯特琳说。

"多谢夸奖。"汉娜说，"我们一家也不是向来都住这等豪宅。初来澳大利亚的时候，我父亲一无所有，他在昆士兰的第一个家，是瓦科尔移民收容营的一间屋，跟其他六个人合住。"

汉娜猛地住了嘴，凝神审视着我的面孔。

"你应该知道，对不对？"汉娜问。

"知道什么？"我答道。

"东瓦科尔流离失所者家属收容营。"

我摇了摇头。

"你是在布里斯班西部远郊长大的吧？"汉娜问我，"我隐隐感觉认识你。"

我微微一笑，摇了摇头。

"不，我是在本市北边长大的，"我说，"布瑞肯力治。"

汉娜点点头，紧盯着我的眼睛不放。汉娜·布洛兹也很拼命。她转过身，又沿着走廊疾步而去。

眼前闪过一尊拿破仑半身像；一尊库克船长半身像，紧挨着其座舰"奋进号"的复制品；一幅雄狮食人图，画中的狮子活生生撕下了一个男人的四肢，狮爪下已经堆起了两条人腿和一条胳膊，雄狮的利牙正咬住余下的一条手臂。

"跟家父打交道，两位或许得耐心一点。"汉娜一边说，一边穿过一间长长的餐室，向大宅深处走去，"他没有……我该怎么讲呢……以前那么……精力充沛了。也许你得把问题多重复几遍，另外不要忘了，说话大声些，简短些。他偶尔会走神到九霄云外，最近他的身体也不太好，但今晚的奖项让他很激动。其实，他已经给今夜的所有嘉宾准备了一份惊喜，还准备让你们两位先睹为快。"

汉娜推开两扇殷红的木门，通向一间宽敞的阅览室，活脱脱一副贵族派头：从地板直达天花板的书架堆成了两堵墙，分别摆在左右两侧；精装书约有数百本，配着旧式装帧和金字。屋里有紫红色地毯、血红色地毯、一张深绿色丝绒沙发、两把深绿色丝绒扶手椅，闻上去有书本和雪茄的味道。阅览室的尽头是一张桃花心木大书桌，提图斯·布洛兹就坐在桌边。他垂着眼睛，正在读一本厚厚的精装书，身后是一堵巨幅玻璃墙，澄澈剔透，你大可以眯起眼睛瞧一瞧，然后一口咬定那里压根没有什么玻璃墙。只有靠着两套光溜溜、银闪闪的合页，人们才会发觉：原来玻璃墙正中还嵌进了一扇门，通向一片仙境般的草坪。草坪看上去漫无边际，似乎足有一公里，越过一座座水泥喷泉，越过棱角分明的树篱和花圃（这些花圃真是备受蜜蜂和艳阳的呵护），一直延伸到一座小葡萄园脚下。只不过，此等美景，必定是光线晃得人眼花了吧，因为布里斯班贝尔伯里长满马缨丹的郊区，又怎么可能会有如此景象呢。

提图斯·布洛兹的书桌上摆着一个长方形的盒子，约高二十五厘米、宽二十厘米，上面罩着一块红色丝绸。

"爹地。"汉娜说。

提图斯·布洛兹并没有从书中抬起头。他西服雪白，头发雪白；与此同时，我那吓得雪白的脊梁在隐隐发麻，告诉我：快逃。拔腿快点跑，伊莱，赶紧撤，前方是个陷阱。

"不好意思，爹地。"汉娜提高了音量。

提图斯应声从书中抬起了头。

"报社记者到了，来采访你。"汉娜说。

"什么人？"提图斯·布洛兹吐出一句。

"这是伊莱和摄影师凯特琳，"汉娜介绍说，"他们是来采访你的，聊聊你今晚即将获得的奖项。"

看上去，提图斯·布洛兹的脑海中突然亮起了记忆的火花。

"没错！"他一边说，一边摘下老花镜，兴奋地拍拍罩着红色丝绸的盒子，"过来，坐吧，请坐。"

凯特琳和我慢吞吞地朝前走，坐到了提图斯书桌旁两把雅致的黑色访客椅上。提图斯·布洛兹老得厉害。与十三岁小屁孩见到的假肢之王相比，眼前的假肢之王似乎并没有那么可怖。时间，麻秆，时间改变面孔，改变故事，改变人的观点。

我大可以扑过这张书桌，掐住提图斯风烛残年的脖子，把我的大拇指抠进他风烛残年的僵尸眼。就用墨水笔好了，书桌座机旁直挺挺插在笔架里的这支墨水笔；我大可以把这支笔戳进他的胸膛，他那冷冰冰、白森森的胸膛，把我的名字刺进他的心脏，他那冷冰冰、白森森的心脏。

"多谢您拨冗接受采访，布洛兹先生。"我说。

提图斯露出笑容，嘴唇颤抖——他的嘴唇湿答答地沾着口水。

"行，好吧，"他不耐烦地说，"你想问些什么？"

我用左手把录音机放上他的书桌，缺了食指的右手则握着一支笔，在书桌下方、我的怀中记着笔记，远远地躲到了他的视线之外。

"您是否介意我给采访录音？"我问。

提图斯·布洛兹摇摇头。

汉娜轻手轻脚地从我们身边后退了几步，像猫头鹰一样从我们身后的深绿色沙发上紧盯着众人。

"今天夜里，到昆士兰杰出人士颁奖典礼的时候，因毕生致力于改善昆士兰残疾人的生活，您将获颁殊荣。"我开口说道，提图斯·布洛兹点点头，配合着我那套拍马屁的暖场话，"请问，最开始是什么原因，让您踏上了这段不平凡的旅程？"我问。

提图斯绽开笑容，伸手朝我身后的汉娜一指——汉娜在沙发上正襟危坐，满脸笑意，颇不自然地把一缕头发拢到了右耳后。

"半个多世纪以前，那位坐在沙发上的俏佳人一生下来就患有横向发育不足，也就是所谓的先天性无肢症。自从降临人世的一刻起，她的双臂就有先天性上肢切断。"

提图斯·布洛兹用不带感情的口吻说道，仿佛在读一份煎饼食谱：胎儿体内形成血凝块，打四个鸡蛋加入搅匀，再放入冰箱静候三十分钟。

"汉娜的出生复杂而又凄凉，我们还失去了她的母亲……"他停顿片刻，又开口道，"不过……"

"请问她的芳名？"我问道。

"你说什么？"话说一半被我打断，提图斯有点着恼。

"抱歉，"我说，"您不介意告诉我一下，您已故的太太叫什么吧？"

"她叫汉娜·布洛兹，跟她的女儿一样。"

"不好意思，请继续讲。"

"唔……我说到哪儿了?"提图斯·布洛兹问。

我瞥了一眼我的笔记本。

"您刚才说,'汉娜的出生复杂而又凄凉,我们还失去了她的母亲……'随后您顿了顿,接着说,'不过……'"我回答道。

"没错……不过……"提图斯接着说了下去,"不过,上天将一个天使赐予了我和这个世界,而我当时就发誓,要让她过上无比丰富多彩的人生,不比当天出生的任何其他澳大利亚宝宝逊色。"

他说着朝汉娜点了点头。

"我也遵守了自己的诺言。"提图斯补了一句。

我好想吐。一个问题涌到了我的嘴边,但我没有问出口。是我内心的另一个人把它问出了口,一个比我更有胆的人,一个没我那么哭包的人。

"您是个好人吗,提图斯·布洛兹?"我开口问道。

凯特琳猛地向我扭过头来。

"你说什么?"提图斯惊诧地问,显得十分不解。

我凝望着他的眼睛,望了好一阵,随后重新切换回了日常的"逊毙"模式。

"我的意思是,您对昆士兰其他民众有什么建议?他们怎样才能像您一样为我们伟大的昆士兰州施行如此善举呢?"我问道。

提图斯在椅子上往后一仰,审视着我的脸。他又转动椅子,侧过身,透过澄澈的巨幅玻璃墙向屋外望去,思索着答案——就在屋外,粉、紫、红、黄的朵朵鲜花之中,一群蜜蜂正忙个不停。

"不要为了改变世界而征求他人的许可,直接动手吧。"提图斯答道。

他双手合十,又若有所思地用手指托住下巴。

"我觉得,老实说,是因为我意识到了:没有谁能帮我改变世界。"他遥望着万里无云的碧空,说道,"没有谁能帮我挑起重担,我必须为所有像汉娜一样的孩子挺身而出。"

他又向书桌转过身。

"所以，现在要向各位介绍一下我准备的惊喜。"提图斯说，"我为今晚的客人们准备了一份小礼。"

他的嘴唇湿答答，声音沙哑而无力。他冲着凯特琳露出了蛇一般的笑容。

"各位想不想先睹为快？"

凯特琳点头表示同意。

"去吧。"提图斯说着，却没有从椅子上起身。

凯特琳警觉地前倾身子，掀开了红色的绸布。

是个长方形玻璃匣，质地清透，看上去跟我们眼前的巨幅玻璃墙一样洁净；形状方方正正，好像整个匣子是由同一块玻璃打造而成。玻璃匣中有一具人工假肢，固定在隐蔽的金属小支架上，是一只人手——手部加上右前臂，用架子支着，仿佛浮在半空。

"这是我给昆士兰的薄礼。"提图斯解释说。

这只匣子里装的，原本可能是我的手，或者凯特琳的手。它看上去是如此逼真，无论肤色、肌肤的纹理、前臂上颇为自然的晒斑与变色，还是指甲上的乳白色"月牙"。指甲上的乳白色"月牙"，让我想起麻秆教我开车的那一天；假肢上的斑点，让我想起我那带有幸运斑的幸运手指。可惜的是，这具工艺完美的假肢，似乎藏有某种猫腻——我的灵魂，再加上断指的残根，都在告诉我这一点。

"触感见人性，运动见人性。"提图斯说，"过去二十五年间，我雇用了世界上最杰出的一批工程师和人体运动科学家，只为了一个愿景：改变像我家汉娜这样有肢体缺陷的孩子的生活。"

瞧他对玻璃匣无比怜爱的神色，好像那是个刚刚降生的婴儿。

"在你的笔记本上，给这个词标注一条下划线吧：肌电信号。"

提图斯提示道。

　　我在笔记本上匆匆记下这个词，却没有加下划线：我正忙着给另外几个字加下划线呢——"*毒品大佬解囊资助科学*"？唔，我可以写出一篇十字报道，不，其实六个字就能概括完——"*毒枭撑腰科学*""*毒枭……*"

　　"堪称一大突破！"提图斯·布洛兹又说，"这具假肢只是个样品，采用的是生理结构上高保真的硅胶外观，几乎与真手无异，具有变革性。高度保真的外观，又天衣无缝地融合了内里的机械：通过肢体不全者残肢内收缩的肌肉产生的肌电信号，该机械体系会操控假肢的运动。附着在患者皮肤表面的电极记录肌电信号，而这些又美又有益的人类信号，会被我们在假肢中安置的几处发动机进行增强和处理。真正的运动，真正的生活——正是我们改变世界的方式。"

　　整间屋沉寂了片刻。

　　"了不起，"我开了口，"依我猜，这项事业前途无量吧？"

　　提图斯·布洛兹哈哈笑出了声，笑容十分灿烂，又向我们身后的汉娜望去。

　　"人生无'肢'境，对吧汉娜？"他说。

　　"人生无止境。"汉娜回答。

　　提图斯洋洋自得地挥拳朝书桌上捶了一下。

　　"人生无止境，太对了！"他叹道。

　　提图斯再次扭过头，面对着一望无垠的绿草之上，那片万里无云的蓝天。

　　"我已经望见了未来。"提图斯说。

　　"是吗？"我问道。

　　"是。"他答道。

　　阅览室的巨幅玻璃墙外，提图斯·布洛兹家精心打理的花园上方，有一只孤零零的小鸟。映着无垠的碧空，小小的鸟儿正在翻飞，忽上忽下，上演了一出癫狂的空中大戏，吸引了提图斯的视线。

"未来，是一个没有止境的世界。"提图斯说，"在这个世界，跟汉娜一样生来就有缺陷的孩子，可以通过大脑直接控制自己的假肢——通过神经反馈控制的假肢，实实在在的假肢，可以伸手跟你握手，可以在公园里拍拍小狗，可以丢飞盘，可以掷板球，或者伸出双臂搂住父母。"他说完深吸了一口气，"那是一个美好的世界。"

正在这时，玻璃墙外那只小鸟冷不丁向下俯冲过来，活像一架喷着火的战斗机；紧接着，它又掉头向上疾飞，像一辆过山车，活生生兜了个圈；没想到的是，鸟儿随后戏剧性地改变了飞行路线，竟然呼啦啦向我们飞来。小鸟径直冲向我们三人，冲向这张书桌旁边的三个人，冲向了我、我的梦中情人和我的梦中恶魔。我知道，那只鸟看不见玻璃墙；我也知道，那只鸟只看见了自己，它以为眼中所见的，是一个朋友。当鸟儿向玻璃幕墙越逼越近的时候，我看清了这只鸟的颜色——它的前额和尾巴上有一抹抹鲜艳的靛蓝色，恰似暴雨之时，我从兰斯洛特街5号前窗望见的闪电中的一抹蓝，恰似我的蓝眸中的一抹蓝。如此之蓝，竟然胜过蓝天，蓝得神奇，蓝得有如魔法。

蓝鸟"砰"地一头撞上了玻璃墙，撞得好凶猛。

"哎哟。"提图斯一边说，一边在椅子上往后挪了挪。

鸟儿还在空中徘徊，因为刚才玻璃墙上的一撞而显得错愕。它疯狂地拍打着双翅，抖动着尾羽，随后卷土重来，箭一般向左拐个弯，向右拐个弯，再向左拐个弯，再向右拐个弯——小鸟在空中左右翻飞，仿佛裂变的原子，完全不知道自己究竟要飞向何方，直到它终于找到了目标，而它的目标正是它自己，是它在玻璃幕墙中见到的另一只鸟。于是，蓝鸟展翼翱翔，飞得又快又猛，想要再度与自己碰头，它向镜中的自己越逼越近，从碧空直扑下来，前额与尾巴闪耀着旷世的蓝光。又一次，鸟儿狠狠地与自己相撞了，撞上了撞不破的玻璃墙面。它再次徘徊起来，再次无比惊愕，再次飞离玻璃，铁了心要再一次寻找自己——它又找到了。蓝鸟第三次逼近，扑棱棱向左转了一个弧形的弯，一个看似永远也转不完的弯，直到在空中戛然而止，因为它已经稳住了身子，翩然汇进了风中。借着风势，它竟然飞得比刚才还要快。

只不过，还用说吗，凯特琳·施皮斯心系鸟儿的安危，毕竟凯特琳的心胸是如此宽广，容得下万里碧空与碧空中的所有飞鸟。

"别撞了，小家伙。"她低声劝道，"赶紧停下。"

可惜，小鸟无法停下，它飞得比任何时候都快——只听见"砰"的一声。这一次撞得太狠了，小鸟再也没有晕头晕脑地盘旋，而是径直栽倒在地，落在了提图斯·布洛兹家阅览室玻璃门外的碎石路面，发出一声闷响。

我从椅子上站起身。提图斯·布洛兹眼睁睁望见我绕过他的书桌，打开通向大草坪的玻璃门，不禁吃了一惊。迎面扑来了草坪的味道与鲜花的芬芳。我轻手轻脚地在坠落的鸟儿身边蹲下，黄色的沙砾和卵石在我的脚底咔嚓作响，硌着邓禄普运动鞋的鞋底。

我小心翼翼用右手的四个手指捧起蓝鸟，让它躺进我双手的掌心。我能感觉到鸟儿完美的蓝羽下娇弱的细骨。小小的鸟儿，温热而又娇柔，收起双翼之后跟老鼠差不多大。凯特琳尾随着我，也到了屋外。

"它死了？"站在我身旁的凯特琳问。

"依我看，是的。"我说。

鸟儿的额头有着一抹蓝，它小小的耳朵和双翅上也有一抹又一抹蓝，好像它飞越了某片神奇的蓝色尘云。我细细审视着掌中的小鸟，审视着这了无生气的飞禽，一时倾倒在它的美丽之下。

"是什么鸟？"凯特琳问。

是一只蓝鸟。"你在听吗，伊莱？"

"唔，这种鸟叫什么呢？"凯特琳沉吟着，"我奶奶家的后院里也有……她老人家最爱这种鸟了，真漂亮。"

凯特琳屈膝蹲下身，俯视着断气的鸟儿，伸出小指抚摸着它裸露的腹部。

"你打算拿它怎么办？"凯特琳轻声问。

"我不知道。"我回答。

提图斯·布洛兹已经站到了玻璃门的门口。

"鸟死了吗？"提图斯问。

"死了。"我回答。

"一只蠢鸟，看上去一心想要自己找死啊。"提图斯说。

这时，凯特琳冷不丁拍了拍手。

"鹩莺！"她说，"我想起来了！它是一只鹩莺。"

话音刚落，那只咽了气的蓝鹩莺突然活转过来，好像它只是在等凯特琳·施皮斯喝破它的身份。因为，恰如世间所有生灵（举个例子，比如我/本人/在下），它的生死存亡，只系于她的一念之间。鸟儿活了过来，先睁开一双豆粒般大小的眼睛，随后，我就感觉到鸟爪轻轻挠着我的手掌。它飞快地晃了一下脑袋，显然还有点头晕眼花，一副受惊的样子。鸟儿的眼神转向我，就在电光石火间，鸟儿与我竟仿佛心意相通，有了某种脉脉之意，超乎我的认知，超乎这个宇宙。只不过，它转瞬即逝，取而代之的是另一幕：鸟儿突然意识到它被某个人类捧在手里，于是在它那完美的身体中，某种"肌电信号"指挥鸟儿无力的双翅，准备展翅飞翔。鸟儿扇动着双翼，飞啊飞，飞远了。我们三个人——伊莱·贝尔、伊莱·贝尔的梦中情人、伊莱·贝尔的梦中恶魔，一齐遥望着那只蓝鸟扑棱棱地左飞右突，渐渐恢复力气，再次盘旋起来，欢庆着重获新生。但是，鸟儿并没有飞远。它只飞到精心打理的大草坪的最右侧（这片草坪还有园丁照料，想必是用贩毒赚来的钱雇来的吧），接着飞过一处绿色的木棚（可能是工具棚，大门敞开着，棚内停有一台绿色的约翰迪尔牌拖拉机）。鸟儿又飞出一段距离，落到一座我之前没有留意的水泥建筑上。刚才，我竟然看漏了眼：这是一座方方正正的水泥掩体，被榆树丛、茉莉藤和草坪最右侧篱笆上的各种野生植物遮住。它只有一扇白色的前门，茉莉藤覆盖了屋顶，又一路延伸至草坪，看上去，整栋建筑活像是从土里长出来的。复活的蓝鸟栖上了掩体大门上方的一段藤蔓，再没有飞走，左右扭着它那靓蓝色的小脑袋，仿佛对于刚才五分钟里它上演的一连串诡异大戏，鸟儿自己也摸不着头脑。

有猫腻，很有猫腻，很有猫腻的水泥建筑。我用怪异的眼神打量着它，提图斯也用怪异的眼神打量着它；接着，提图斯就发觉，我正用怪异的眼神打量着它。

我竟然忘了：刚才我垂下了右手，只有四个手指的右手，显得十分惹眼。提图斯用他昏花的老眼盯紧了这只手。

我赶紧站起身，把双手揣进衣兜里。"好，我觉得采访得差不多了，布洛兹先生。"我说，"现在我该回报社发稿了，以备明天登报。"

提图斯·布洛兹的脸上露出了茫然的神情，思绪看似已飘到九霄云外，也有可能飘到了五年前——正是在五年前，他对手下波兰裔变态马仔伊万·克洛尔下令，让他活生生从我的右手上切下了幸运食指。

提图斯·布洛兹狐疑地端详着我。

"好吧，"他慢吞吞地说，"好，很好。"

这时，凯特琳举起了相机。

"布洛兹先生，您不介意我拍张照吧？"凯特琳问。

"你想让我去哪里拍？"提图斯说。

"请您坐回到屋里书桌前。"

提图斯坐回书桌前。

"给个灿烂的笑容吧。"透过镜头，凯特琳说。

凯特琳"咔嚓"一声拍下一张，相机猛然发出炫目的闪光，晃得我们所有人都睁不开眼睛。实在太亮了，惊呆了屋中所有人。

"老天爷哪，"提图斯一边揉着眼睛，一边哀号，"赶紧关掉闪光灯。"

"对不起，布洛兹先生。"凯特琳说，"这台相机肯定有毛病，早该把它扔进修理柜啦。"

她再次将镜头对准了提图斯。

"再来一次吧。"她说。听凯特琳的口气，仿佛正在哄一个三岁小孩。

提图斯勉强挤出一丝微笑，一丝假笑，假得很，跟硅胶假肢一样假。

*

进了福特汽车，我坐上副驾驶座，凯特琳把相机扔到我的脚边。"唔，刚才还真诡异。"她说。

凯特琳拧动点火开关，匆匆驶离了提图斯·布洛兹家的车道。

我一声不吭，凯特琳开了口。

"好，先说说直觉。"凯特琳既是在自言自语，也是在对新人记者（也就是我）发话，"假如有误还请指正，我的感觉是，昆士兰州还真有些渣滓呢。"凯特琳说着猛踩油门，汽车一溜烟穿过贝尔伯里的灌木丛，驶过黑漆漆的柏油路，一路奔向鲍恩山。"你见过这么可怕的人吗？刚才你看到那一身华服下面，他那把快散架的老骨头了吗？还不停地舔嘴唇，活像在舔信封上的胶水。"凯特琳说道。

凯特琳没头没脑地聊着要点，话音既快又高，还时不时将目光从路上掉开，观察我的面孔。"我是说，他女儿跟他之间到底有什么猫腻？他家里那堆离谱的玩意儿又是怎么回事？好吧，你小子想从哪里讲起？"

我的目光落在车窗外，我想起了达拉旧宅前院里的莱尔，仿佛望见莱尔正伫立当场，身穿工装，沐浴着我用水管浇出的一道彩虹水帘。

"从结局讲起吧，接着往前推，讲到开头。"凯特琳说。

往前推，讲开头——我喜欢。我一直在走的，不正是这条路嘛：追溯开头。

"不知道你是什么感觉，依我看，这事的疯狂指数算是爆表了。整件事很有猫腻，伊莱，非常不对劲。"凯特琳说。

凯特琳紧张地闲聊，填补着车里的静寂。她向我望过来，我扭头面对前方的道路，车轮一次又一次碾过沥青路面上断开的白线。

我深知自己该出什么着儿。

"我得回他家一趟。"我对凯特琳说。我的声音比意料中响亮些，我的声音很动情。

"回去？"凯特琳问，"你为什么要折回他家？"

"我不能说。"我答道，"我一个字也不能说。有些事不能说出口，现在我总算明白了。有些事无法大声说出口，因此还是不讲为妙。"

凯特琳猛踩刹车，汽车急转弯向路边的一个土堆驶去。前轮一时间抓地不稳，凯特琳又猛打方向盘，免得汽车撞上副驾驶一侧的岩石斜坡。汽车打着滑停了下来，凯特琳熄了火。

"你跟我说清楚,我们为什么要回去一趟,伊莱。"

"不行,你会觉得我脑筋不正常。"

"先别担心我会觉得你不正常,因为从我遇见你的那一刻起,我就一直觉得你很疯。"

"是吗?"我答道。

"当然。"凯特琳回答,"你小子疯得没治,但我可是在夸你,你小子属于大卫·鲍伊那款疯,伊基·波普那款疯,梵高那款疯。"

"阿斯特丽德那款疯。"我补了一句。

"谁?"凯特琳问。

"阿斯特丽德是我小时候,我老妈的一个朋友。"我回答,"当时我认为她疯疯癫癫,但疯得妙,疯得招人爱。她告诉我们,她能听见各种声音,我们大家听完都觉得她是个疯子。她说,她听到一个声音告诉她,我哥哥奥古斯特是个与众不同的奇人。"

"你不也跟我讲过奥古斯特的事吗?听上去,他确实是个与众不同的奇人。"凯特琳说。

我深吸一口气。

"我得回他家一趟。"我说。

"为什么?"凯特琳问。

我又深吸一口气:向前推至开头,向后推至结尾。

"因为那只鸟。"我答道。

"那只鸟怎么啦?

"一只断气的蓝鹡鸰。"

"没错,那只鹡鸰怎么啦?"凯特琳问。

"我小时候,曾经有一次……"于是,我刚刚发下的缄口誓言就这么泡汤了,历时四十三秒钟,短暂得令人惊愕,"……我坐在麻秆的车里,麻秆正在教我开手动挡汽车,我跟平时一样心不在焉,朝着车窗外张望，偷瞄小奥。小奥正坐在我家前门的栅栏上，用手指一遍遍凌空写着同一句话，因为，小奥就靠凌空写字跟人交流嘛。而且，我知道小奥在写些什么，因为我读得懂他凌空写下的无形的字。"

我沉默了好一会儿，盯着凯特琳的汽车挡风玻璃上那团半圆形的灰尘。

汽车雨刷在我的副驾驶一侧涂上了一道花里胡哨的泥垢。一道花里胡哨的泥垢，让我想起自己大拇指上的"月牙"；大拇指上的"月牙"，让我想起麻秆教我开车的一天。那一个又一个，让我想起麻秆的小细节。

"奥古斯特当时写了什么？"凯特琳问。

太阳正在徐徐落山。我必须交稿，以便明天见报；布莱恩·罗伯逊恐怕已经气得冒烟了；老爸老妈和小奥可能已经动身前往布里斯班市政厅；今夜是小奥的大喜之夜——一宗接一宗，一件接一件，一个细节再加一个细节。

"当时小奥写的是，'你的结局，是一只断气的蓝鹩莺'。"

"什么意思？"凯特琳问。

"我不知道。"我说，"我甚至觉得，小奥自己也不知道这句话是什么意思，不知道他自己为什么这么写，但他还是写了出来。一年之后，我生平第一次听到小奥开口说话，他说的也正是这句话。那一夜，有人劫走了莱尔。当时，小奥紧盯着提图斯·布洛兹的眼睛，开口说：'你的结局，是一只断气的蓝鹩莺。'由此可见，对提图斯·布洛兹而言，'断气的蓝鹩莺'代表某种结局。"

"但是你捧在手里的那只鸟并没有断气，它明明飞走了，我甚至说不准它是不是一只鹩莺。"凯特琳说。

"刚才我真的感觉它已经断气了，"我说，"只不过，它又复活了。小奥总爱念叨什么'死而复生'，说我们两人是从死亡中活转过来的。我说不清，也许就是古老的灵魂吧，阿斯特丽德曾经提过：每个人身上都有一个古老的灵魂，但只有小奥之类的奇人才摸得透。世上正在发生的一切，其实都已发生过；世上将要发生的一切，其实也都已发生过。总之，刚才我站起身，走到那只蓝鸟旁边，捧起了它，因为我感觉自己别无选择。可是，紧接着鸟儿就飞走了，落在了草坪边的那座水泥掩体上。"

"那座水泥房子确实让我后背生寒。"凯特琳说。

她向前方望去，展望着曲折的回家路。落日的余晖映照着凯特琳深棕色的秀发，她的手指在方向盘上轻敲。

"我从来不信小奥是个与众不同的奇人，"我说，"我也不相信阿斯特丽德能听到幽灵发出的声音。总之，我一点也不买账，只不过……"

我住了嘴，凯特琳的目光落在我身上。

"什么？"

"不过，后来我遇见了你，我就开始对他的疯话照单全收了。"

凯特琳微微一笑。"伊莱，"她说着垂下头，"你对我的情意，真的很暖心。"

我摇了摇头，换个坐姿。

"我发现你瞄我了。"凯特琳说。

"抱歉。"

"不必道歉，我觉得很感动。要我说，还从来没有人用你那种眼神看过我呢。"

"其实你不必说出口。"我说。

"什么？"

"就是你马上要开口讲出的一番话，"我说，"比如时机不对，我又还是个毛头小子，不然也只不过是刚刚成年。你马上就会说，是这个世界犯浑，非把我安排在你的身旁，可惜时机十分不妥。

干得不赖，可惜差了整整十年。其实吧，这些话你都不必说出口。"

凯特琳点了点头，抿起了嘴。

"哇，"她喘了口气，"原来我马上就要出口的，竟然是这么一番话？真见鬼，怎么办啊？我本来还打算跟你交底：我第一次遇见你的时候，有种奇怪的感觉呢。"

凯特琳说着又发动了车子，猛踩一脚油门，车轮飞转起来，汽车一个急转弯掉过头，朝提图斯·布洛兹的豪宅驶去。

"当时你有什么感觉？"我问道。

"不好意思，伊莱·贝尔，"凯特琳回答，"现在没空。我觉得，我刚刚想通了那座掩体里藏着什么。"

"什么？"

"唔，其实很明显啊，对吧？"

"究竟是什么？"

"是结局，伊莱。"凯特琳一边答话，一边拼命朝方向盘俯身，汽车轮胎在沥青路面上发出一阵尖啸，"是结局。"

*

淡然暮色之中，我们把车泊在一棵巨大的蓝花楹树下，泊进大树投下的阴影里。这棵蓝花楹树攀上了提图斯·布洛兹家的围墙顶端，距离大宅防盗门大约五十米。这时，一辆白色的"大发"小轿车正好驶出防盗门，左转驶上了进城的路。

"是提图斯他们的车吗？"我问。

"不是，"凯特琳答道，"这辆车太小，太便宜，应该是他手下人的车。"

她朝汽车的手套箱点点头。

"你能朝手套箱里瞧一眼吗，里面应该有小型手电筒。"凯特琳吩咐。

我把汽车的手套箱打开，在一堆东西里翻找：六七团揉皱的纸巾、两个小记事本、八支左右被啃过的笔、一副黄色边框太阳镜、一盒治疗乐队的《瓦解》磁带，以及一支绿色小手电筒，跟口红差不多大，一头带有黑色按钮，还配着跟人类虹膜差不多大的小灯泡。

我拧开电筒的开关，它发出一束可怜巴巴的人造光，足以照亮一大家子趁着夜色聚众烧烤的绿树蚁。

"这玩意算哪门子手电筒？"我问凯特琳。

"深更半夜，钥匙怎么也插不进家里的锁眼儿时，我就用它。"凯特琳答道。

她一把从我手里夺过电筒，凝神向前望去。

"提图斯他们来了。"凯特琳说。

一辆由专职司机驾驶的银色梅赛德斯－奔驰汽车驶出了车道，提图斯和汉娜·布洛兹坐在汽车的后排。奔驰车从车道朝左转弯，向市区驶去。凯特琳伸手到我的脚边，拎起从修理柜里取出的相机，把黑色的背带挎到左肩上。

"我们走吧。"凯特琳说。

凯特琳钻出汽车，抬起左脚的马丁靴，踏上了蓝花楹树的树杈——蓝花楹树在这里分出三条枝干，分别朝不同的方向探开。凯特琳那条黑色牛仔裤的左膝上本来就有一道裂缝，她爬上树干的时候，破洞刺啦裂得更开了。她像猴子一样沿着其中一条枝丫往上爬，这根粗大的树枝一直延伸到提图斯家黏土色的围墙顶部。果然，凯特琳不多想，凯特琳只实干；凯特琳·施皮斯，一个行动派。有那么片刻，我一心沉迷于遥望凯特琳爬树的英姿：她真是天生一副好胆量，爬到这么高的树上，连眼睛都不眨一下。假如那双备受她信赖的英国靴子没有踩稳，害她从树枝上掉下来，只怕会折断她的脖子呢。

"你还在傻等什么?"凯特琳问我。

于是我抬起左腿,也跨上了蓝花楹树的树杈,大腿后侧的肌肉痛得像被撕裂了。凯特琳已经在树枝上站起来迈开了步子,仿佛体操运动员在平衡木上行走,随后又趴了下去,搂住树枝,雄心勃勃地想要伸腿踩住树枝下方那堵黏土色围墙的墙顶。眨眼间,凯特琳已经踏上了围墙,蹲下身子,从墙顶垂下两条腿,小腹紧紧贴着墙顶。她只花了半秒钟寻找潜在的落脚点,随后松开手,消失了踪影。

我也跟着爬上树枝,可惜仪态不如凯特琳曼妙。夜幕已经降临,我纵身跃上提图斯家的围墙,双腿晃悠悠地垂在墙边。拜托,请赐我一个软着陆吧——接着,我跳下了墙。我的双脚踏上了实地,冲击力害我根本站不稳,踉跄着后退了几步,猛地一屁股坐到了地上。

眼前是一座黑漆漆的庭院。我可以望见前方提图斯家还亮着灯,但在黑漆漆的草坪里,我无法望见凯特琳。"凯特琳?"我低声道,"凯特琳?"

凯特琳的一只手搭上了我的肩。

"下树动作扣十分。"凯特琳说,"快来吧。"

她一溜烟俯身穿过草坪,沿着大宅的左侧朝前进发。数小时前,我们才刚刚跟着汉娜穿过这间大宅。至于现在,凯特琳与我活像特种兵,活像《忍者黑帮》中的查克·诺里斯——脚步放低,但要有力。我们绕过大宅的屋角,来到屋后的草坪,途中经过石头喷泉、树篱迷宫、鲜花朵朵的花坛。我们两人脚步不停,拔腿向掩体的白色前门冲去,冲向那座藏身在藤蔓、灌木和杂草之中的建筑。到了门边,凯特琳停下了脚步。我们双双前倾身子,喘着气,双手撑在大腿上。新闻与冲刺,真是南辕北辙,水火不容哪,正如霍克[1]与基廷[2]。

凯特琳拧了拧掩体大门上的银色把手。

"上了锁。"凯特琳说。

我又喘了几口气。

"你还是回车上去的好。"我说。

"为什么?"

"因为量刑阶梯。"我回答。

"你在瞎扯什么啊?"

"量刑阶梯。"我解释道,"目前,我们可能处于最底层——擅闯私宅罪。不过,我马上就要攀登下一级阶梯啦。"

"哪级阶梯?"凯特琳问。

我走到掩体附近的小工具棚旁边。

"强行侵入罪。"我说。

工具棚里散发出机油和汽油的味道。我放轻脚步,走过那辆停着的约翰迪尔牌拖拉机。棚子深处斜倚着一排园艺工具和护理草坪的工具:一把板锄、一把鹤嘴锄、一把铲子、一把斧刃生锈的斧子,大得足以砍下达斯·维达的脑袋瓜。

我又轻手轻脚走回掩体门口,双手攥住这把刚找到的斧子。

答案,麻秆。男孩发现问题,男孩找到答案。

我把斧子高举到肩上,又沉又锈的斧刃差不多对准了掩体门把手和门边之间的五厘米。

"我感觉,我自己是别无选择。"我告诉凯特琳,"但你不必蹚这摊浑水,凯特琳,你还是回车上的好。"

---

1. 此处指罗伯特·詹姆斯·李·"鲍勃"·霍克(1929-2019),澳大利亚工党籍政治家、前总理(任期为1983-1991)。

2. 此处指保罗·约翰·基廷(Paul John Keating,1944-):澳大利亚政治家,1991年至1996年出任澳大利亚总理。

她深深地望进我的眼睛。我们的头顶，明月当空。她摇了摇头。

我抖抖肩膀，准备扬起斧头；我要挥斧了。

"伊莱，等等。"凯特琳说道。

我住了手。

"怎么啦？"我问。

"我突然冒出一个想法。"

"什么想法？"

"你的结局，是一只断气的蓝鹩莺。"凯特琳说。

"对。"

"要是这句话跟提图斯·布洛兹无关呢？如果，你的结局，其实指的是你本人的结局呢？是你伊莱·贝尔的结局，不是提图斯·布洛兹的结局。"

凯特琳的话，让我不禁后背生寒。就在这座黑漆漆的掩体旁，气温似乎陡降了几摄氏度。凯特琳与我对视许久，我十分感激可以拥有与她共度的一刻，尽管我怕得要命，尽管在内心深处，我也隐隐明白：凯特琳说得不无道理，"你的结局"很可能意味着我的结局，而我的结局，又意味着我们两人的结局，凯特琳与伊莱的结局。

于是，我挥起斧头砍向掩体的大门，斧子既狠且猛地劈进了一扇已经历经沧桑的门。木头刺啦裂开，我拔出斧头，再次奋力砍下——假如我对自己够坦白的话，我脑海里的景象是斧刃狠狠劈进提图斯·布洛兹这老东西的头盖骨。掩体的门应声打开，露出一段陡然向下的水泥台阶，一直通向地底。月色映照着顶端一截楼梯，直至第六级台阶，剩余台阶则是漆黑一片。

凯特琳在我身旁张望，俯视着掩体的台阶。

"这究竟是什么鬼东西，伊莱？"她板着脸说。

我摇了摇头，走下台阶。

"我不知道。"我回答。

我一边往下走，一边数着台阶。六、七、八…十二、十三、十四。我踏上了平地，脚下是水泥地面。

"你闻见了吗？"凯特琳问。

是消毒剂的味道，漂白剂，清洁用品的味道。

"闻上去好像医院。"凯特琳说。

黑暗之中，我伸手抚摸着墙壁：前方是一条大约两米宽的走廊（也可以说是一条通道，或一条隧道），左右两侧则是空心水泥砖墙。

"你的手电筒用起来吧。"我说。

"好。"凯特琳回答。

她伸进衣兜，用拇指摁了一下手电筒，一小团白光随即照亮了我们前方大约一英尺的地方，足以让人看清：水泥过道左侧嵌着一扇白色的门，水泥过道右侧也有一扇白色的门，正对着左侧的门。

"哎哟哟哟哟操蛋，"凯特琳小声说，"操蛋，操蛋，操蛋，操蛋，真他妈的操蛋。"

"你想闪人吗？"我问她。

"暂时还不想。"她说。

我又朝黑暗之中迈进几步，凯特琳拧了拧两扇门的把手。

"上了锁。"她说。

抛光的水泥地面，逼仄的过道，粗糙的水泥墙壁，闭塞的空气和消毒剂气味。凯特琳的手电筒光一路抖动着，沿着墙壁晃动。我们向黑暗之中深入了五米、十米。这时，可怜巴巴的手电筒光照亮了过道墙壁上另外两扇白色的门。凯特琳拧了拧门把手。

"上了锁。"她说。

我们继续往前走，又一次向黑暗之中深入了六米、七米。走廊已经到底，这条地下隧道的尽头，依然是一扇白色的门。

凯特琳再次拧了拧门把手。

"也上了锁。"她说，"现在该怎么办？"

向前推至开端，向后推至结尾。

沿着过道，我一溜烟奔回了经过的第一扇门边。

我挥起斧子朝门闩劈去，一次，两次，三次。随着一团飞溅的碎屑，白色的大门哗啦一下敞开了。

凯特琳用手电筒照了照整间屋。房间跟普通家用车库差不多大。她进了屋，用手电筒乱晃了一圈，我们的眼前飞快闪过一件又一件东西：墙边有一列工作台，台面上摆放着切削工具、电锯和成型刀具，其中还夹杂着一些假肢，完工没完工的都有。比如，一只从肘部垂倒的塑料胳膊，尚未完工；一段金属小腿加上足部，活像来自科幻小说；一只用碳材料制成的脚；几只用硅胶和金属制成的手。我们的眼前，竟然是一间迷你假肢实验室，只不过，它跟专业素养扯不上半点关系，它属于某个疯子；它太繁杂，太偏激，绝不会出自专业素养过关的人之手。

我穿过走廊，来到第二个房间，挥起斧头，狠狠地朝门把手与门框之间砍了五下。某种原始的情绪正驱使着我，凶残且充满兽性。是恐惧，是答案（也许吧），是结局——你的结局，是一只断气的蓝鹣鸰。房间门裂开了，我又补上几脚，狠狠地踩了又踩，踹了又踹。门终于开了，凯特琳的手电筒照亮了另一间工作室，这间屋里有三张工作台，环绕着一张医疗手术台，谁知道，手术台上的东西惊得我和凯特琳踉跄着后退了好几步，因为它看上去活像一具无头的尸体。不过，那具"尸体"不是真的，而是一具由假肢组成的塑料身体，是硅胶躯干马马虎虎地连上了一大堆假胳膊假腿，假胳膊假腿的肤色还不太统一，简直是假肢实验搞出来的杂种怪物，无比惊悚。

我又奔向左侧的下一扇门，奔下这条过道，这条胜过恐怖片的过道，这里妖魔百出，仿佛照搬自游乐场的杂耍摊位。这里恐怕分分钟会冒出一间售票亭吧，又从售票亭的窗口里探出一个缺了两颗门牙的男子，向人兜售爆米花和提图斯·布洛兹家"末日掩体"的门票。借着助跑的威力，我更加用力地挥动斧子，劈向了房间门，砍了又砍，砍了又砍。房间门裂了缝，木屑飞溅着发出咔嚓声，房间门突然敞开了。我飞起一脚把门踢开些，上气不接下气地进了这间屋，一颗心悬到了嗓子眼：真不知道我们又会目睹怎样的一幕啊。凯特琳的手电筒光毫无规律地从房间扫过：水泥墙壁——一道手电筒光；架子——一道手电筒光；还有好些玻璃标本缸，好些长方形玻璃匣（匣子都由一块完美的玻璃制成，工艺也颇为完美）。玻璃匣里摆放着一些东西，不过在漆黑之中，在凯特琳惨兮兮的手电筒光线下，玻璃匣里的东西实在难以让人看清。"可能是科学标本吧。"我的大脑告诉我，它干脆把冷冰冰的事实换成了我可以理解的事物：举个例子，我的高中老师比尔·凯德伯里就在办公桌上摆了一罐防腐保存液，里面有条石鱼；再举个例子，学校远足旅行的时候，我在旧昆士兰博物馆里见过的标本缸，里面就装着有机物，比如海星标本啦，鳗鱼标本啦，鸭嘴兽标本啦。没错，这样就说得通了，我就可以理解了。凯特琳的手电筒光又照亮了房间中央的另一张手术台，上面又是一具用假肢拼凑而成的人造躯体。又是一具用假足、假腿、假臂拼成的身体，这次是四肢加上一具女子硅胶躯干。好吧，我懂，我可以解读，不就是科学，是实验，是工程，是研究嘛。

但是，等一等。等一下，麻秆。眼前这具人造成年女子的身体，一对乳房显得苍白、下垂，又……又……又……

"哎哟，真要命。"凯特琳倒抽了一口凉气。她从左肩卸下那台不太对劲的相机，有点恍惚地对准屋子拍了好几张照。

"是真人。"凯特琳说，"这些不是该死的假肢，伊莱。"

咔嚓一声——于是，相机的闪光灯突然亮了，在这间黑漆漆的屋子里显得过于明亮，晃花了我的眼睛，但也照亮了屋子。凯特琳又拍下一张，这一次，我的眼睛已经适应了，可以看清整间屋子：既不是什么鸭嘴兽，也不是什么鳗鱼，玻璃匣中装满了人的四肢。墙壁的架子上摆放着十个，不，大约十五个玻璃匣：浮在金铜色福尔马林中的一只手，浮在玻璃之中的一只脚，一段缺了手的前臂，一段自脚踝处整齐锯下的小腿，看上去活像肉店剁好的火腿。

咔嚓一声。那台不太对劲且过于明亮的相机再次发出了闪光，照亮了手术台，害得凯特琳忍不住原地作呕。手术台上的那具躯体，竟然是由参差不齐的四肢拼凑而成，每一件都已经凝固在了时光中。是一堆塑化标本，被液态聚合物浸渗，在这间闻上去活像医院的屋子里变硬固化。

"活见鬼了，这到底是怎么回事，伊莱？"凯特琳战栗着说道。

我从凯特琳的手中接过电筒，朝手术台上的尸体扫了扫。它的手脚覆盖着人造树脂，在手电筒光下闪闪发亮，酷似蜡像的四肢。只不过，它的四肢并没有连在一起：双足紧挨着小腿和大腿，却没有完全连缀；两条胳膊就摆在肩关节的旁边，但各自分开。眼前的一幕，恰似凯特琳和我撞上了一个令人毛骨悚然的游戏，游戏任务是让孩子们从一盒塑化标本中自行打造出一具完整的人体。手电筒光沿着这具躯体扫过：双腿，腹部，胸部，再加上一颗女子的头颅——就在今天，《信使邮报》的第三版登载了一张全家福，拍摄于某家购物中心，而在全家福照片中，紧挨着假花笑意盈盈的女子，正长着眼前的这颗头颅。我们眼前，是雷吉娜·佩恩的塑化头颅。

手术台旁边是一个带滚轮的金属托盘，里面摆放着一个白色塑料大桶，桶里满是液体，气味很难闻，估计又是一种透明的防腐保存液。我谨慎地向大桶迈近两步，朝桶里瞥了瞥，一眼望见了雷吉娜丈夫格伦的头颅，正从桶里瞪大眼睛盯着我。

我把手电筒递给了凯特琳，拔腿奔出房门，又挥起斧头，狠狠地朝走廊另一头那扇锁着的白门劈去。

"伊莱，慢点啊。"凯特琳喊道。

但我慢不下来，我做不到，麻秆。我的胳膊很酸很沉，我只觉得精疲力竭，我被倦意裹挟，行动迟缓，同时却又因惊诧、惧意和好奇平添了几分力气。

我抡起斧头，斧刃砸碎了房间门的门锁。我提脚又是踢，又是踩，又是踹，又是踩。门开了。

我喘着粗气，站在房间门口。凯特琳进了屋，紧挨我的右肩擦身而过，又用小手电筒划过一个一百八十度的弧，将这间屋扫了一遍。房间里有一股刺鼻的焦糊塑料味，有一股消毒剂和福尔马林混合的味道。房间正中没有手术台，但摆放着好些工作台，墙上也嵌着好些架子。凯特琳的手电筒光扫到了工作台上，可以看清散落着的一堆工具：切割工具、刮削工具、成型刀具、锤子和锯子——总之，是些见不得光的装备，用来干见不得光的活。还有几件工具从一个黑色的旧皮包里掉了出来，皮包侧躺着，活像赌马庄家装钱的大包。黑色的皮包旁边，则是好些小一点的标本缸，个个都跟维吉麦酱的罐头或花生酱罐头差不多大。我迈步向这些小标本缸走了过去。

"可以把手电筒给我用一下吗？"我问凯特琳。

我把手电筒凑近小标本缸，从大约十来个装满防腐保存液的标本缸里随意举起一个，发现标本缸的黄色盖子上贴着一个标签，是一张撕下来的胶带。我用手电筒照了照标签，上面用粗犷的草书写着：男，24岁，左耳。我把标本缸对准手电筒光，审视着一名二十四岁男子的左耳在液体中沉浮。

我又举起另一只标本缸。

男，41岁，右拇指。

我用手电筒晃了晃标本缸的胶带标签。

男，37岁，右脚拇趾。

我把标本缸举到眼前，一眼望见缸中漂浮着一只截断的大脚趾。

男，34岁，右手无名指。

我又查看了六只标本缸，用手电筒对准了最后一个罐子。

男，13岁，右手食指。

　　我把这只标本缸举了起来。凯特琳的手电筒光映照着防腐保存液，它像一汪金色海洋般熠熠生辉。这片金色的海洋之中，是一只没有血色的右手食指，一时间不禁让我想起了家，因为，这根食指的中间一截指节上有个斑点，让我想起麻秆的情人艾琳，她的左腿根部内侧也长着一块斑；曾经一度，麻秆困守苦牢的时候，恨不得把这块斑当圣物供奉起来。"听上去很离谱吧，麻秆。"当初我对他说，"可我右手食指中间的一截指节上长了一块斑，我内心深处还隐隐觉得，这块斑会给我带来好运呢。"它是我的幸运斑，麻秆，我那愚蠢而神圣的幸运斑。

　　"什么东西？"凯特琳开口问道。

　　"是我的……"我不得不咽回下半句。我没有办法大声说出口，因为我说不清眼前的一幕是否是白日做梦。

　　"这是……我的手指。"

"太扯了，伊莱，"凯特琳说，"我们得赶紧闪人。"

我把手电筒对准了头顶的架子。此刻，我有金刚不坏之身，因为我安然无恙，因为眼前只是一个梦，是我的白日梦。眼前这场噩梦，是我脑子里的海市蜃楼。

还用说吗，我头顶的架子上也摆放着一列人头。一张又一张小混混的脸，一个又一个塑化标本。黑道马仔与黑道大佬的塑化头颅，怪诞而丑陋，或许是战利品，更有可能是研究材料。黑发，褐发，金发；一个留着小胡子的男子，一个太平洋岛上的原住民男子；一个又一个嘴唇浮肿、脸上开花的男人，看上去挨过揍，遭过罪——一张张脸害我眩晕，害我作呕，害我发疯。

"伊莱，我们快走吧。"凯特琳催道。

不过，其中一颗头颅拦住了我的脚步，让我僵在了原地。在我头顶上方的架子尽头，手电筒光照亮了它。我立刻悟到：就在此时，我正在经历"创伤时刻"。创伤就在我的心中；而我即将遭受的创伤，我也早已经遭受过。但是，头颅的这张面孔又让我迈开了脚步，我深爱的这张面孔。

我拿起工作台上的黑色皮包，把它颠了过来，包里的工具在水泥地面上砸出一片哗啦声。

"你到底在干什么？"凯特琳问。

我朝头顶的架子高高地抬起了右臂。

"我们需要这一颗。"我说。

"为什么？"凯特琳一边问，一边从我身上掉开了目光，看起来很是反感。

"为了提图斯·布洛兹的结局。"我答道。

*

斧在手，包在肩——我踩着小心的步伐跟在凯特琳的身后，急匆匆沿着走廊往回奔。我们的心中揣着希冀，一颗心却悬到了嗓子眼。

"等等。"我说着停下脚步，"过道尽头的那扇门呢？"

"那扇就交给警察去打开吧。"凯特琳答道，"我们俩看得还不够吗？"

我摇了摇头。

"贝文。"我说。

我转过身，一溜烟向过道尽头最后一扇锁着的门冲去，肩上扛着斧子。此乃好人所为，麻秆啊：好人正是风风火火，浑身是胆，摸着石头过河。此乃我的选择，麻秆啊：践行正道，而不是挑容易的路走。哗啦。斧子砍进了走廊中的最后一扇门。践行"人"道——奥古斯特就会这样做。哗啦。莱尔就会这么做。哗啦。老爸就会这么做。哗啦。

我生命中那些正邪难分的人，今日助我挥起了这把锈迹斑斑的斧子。门把手掉了下来，碎裂的房间门猛然敞开。

我又把门推开些，站在门边，房间门摆动着开成一个直角。凯特琳惨兮兮的手电筒光在我的身后摇摆，越过我的右肩，赫然落上了一对蓝色的眸子。是一名八岁的男孩，名叫贝文·佩恩，一头脏兮兮的褐色短发，一张灰扑扑的面孔。凯特琳赶紧用手电筒对准小男孩，眼前的一幕变得清楚起来：男孩伫立在一间空荡荡的屋里，这间屋和其他房间一样，有着水泥地和水泥墙壁，不过，屋里既没有工作台，也没有架子，只有一张铺了软垫的凳子。凳子上摆着一台红色的电话机，小男孩正用电话的听筒紧贴着耳朵，露出满脸的不解和惧意，但也夹杂着某种别的神情——是了然。

男孩向我递出电话听筒，示意我接过去。我摇了摇头。

"贝文，我们会把你带出去的。"我对他说。

男孩点点头，又耷拉下脑袋，开始抽噎。他被这鬼地方逼疯了吧。男孩又把听筒举到我的面前，我朝他走近几步，踌躇着握住听筒，贴上右耳。

"喂。"

"喂，伊莱。"电话另一头的声音回答。

跟我上次听到的声音一样，是个男人的嗓音，男子汉类型的男人，嗓音深沉而刺耳，也许还带有几分倦意。

"嗨。"我开口说道。

凯特琳猛地瞪大眼盯着我，露出一脸惊诧的神情。我转过身，背对着她，眼神落到男孩的身上——贝文·佩恩正面无表情地望着我。

"是我，伊莱。"电话另一头的男子开口道，"我是小奥。"

"你是怎么找到我的？"

"我拨打了伊莱·贝尔的号码。"对方说，"我拨打了77……"

"我知道号码。"我打断了对方的话，"7738173。"

"对，伊莱。"

"我心里有数，这段对话不是真的。"

"嘘，别出声，"对方说，"她已经觉得你脑袋不正常了。"

"我明白，你只是我脑子里的声音。"我接着说了下去，"你是我想象出来的角色，我用你来逃离创伤极大的那些时刻。"

"逃离？"对方把我的话重复了一遍，"唔，像是麻秆越过博格路监狱的围墙吗？伊莱，难道你是要逃离你自己，做个逃离自己头脑的胡迪尼大师？"

"7738173，"我说，"那只是我们小时候在计算器上输入的数字，一旦颠倒过来，就是'伊莱·贝尔'。"

"妙极啦！"对方说，"恰似颠倒的乾坤，对吧伊莱？斧子还在你手里吗？"

"没错。"

"很好，"对方说，"他来了，伊莱。"

"谁来了？"

"他已经到了，伊莱。"

紧接着，就在我们的头顶，天花板上的一盏荧光条形灯闪了两下，随后咔嗒亮了起来。我立刻抛下电话听筒，任由它悬在电线上。整间地堡已经变得灯火通明，连接同一个主电源的吸顶灯纷纷嗡嗡响着亮了起来。

"见鬼，"凯特琳小声说道，"是谁？"

"伊万·克洛尔。"我低声回答。

*

最先传到我们耳边的，是人字拖的响声：一个杀气腾腾的昆士兰人，脚蹬一双橡胶人字拖，一步接着一步，迈下水泥台阶，走进了这个人造的地狱掩体。啪嗒。啪嗒。橡胶鞋底踏着水泥地面，正沿着过道走下来。是破门打开的响声——过道左侧的第一扇门，过道右侧的第一扇门。啪嗒。啪嗒。过道左侧的第二扇门开了，被人踢了两脚。一阵久久的沉寂。过道右侧的第二扇门开了，吱呀呀地响了好一会儿——这扇门的合页恐怕是坏了。又是一阵久久的沉寂。啪嗒。啪嗒。橡胶鞋底一声声踏着水泥地面。它越来越近，它实在太近。我那不够硬的骨头僵住了，我那不中用的心结了冰。

伊万·克洛尔，已经逼近了这间屋，这间有着红色电话机的屋子。伊万·克洛尔，就站在房间门口：一双蓝色的人字拖，浅蓝色短袖系扣衬衫，掖进了一条深蓝色的短裤。他现在上了年纪，但依然高大健壮，又晒得浑身黝黑，双臂显得很有劲——若非忙着锯下黑道小混混的胳膊手脚（谁让这群倒霉蛋犯了要命的大错，遇见了提图斯·布洛兹呢），恐怕他就在忙着打理农场吧。曾经一度，他还留着泛白的长发，扎成一条马尾，眼下马尾已经消失得无影无踪；对了，还有他那双眼睛，那双癫狂变态的黑眸透着笑意，似乎在说：他就爱眼前的一幕，三只无辜羔羊被困在地下室里，被逼至绝境。

"出路只有一条哟。"伊万·克洛尔露出笑容，开了口。

我们三人站在水泥房间最远的角落里，凯特琳和我挺身护住贝文·佩恩。我的手里已经没了斧子，因为斧头正拿在贝文的手中。他在我的背后缩成一团，躲开伊万·克洛尔的视线——毕竟，依照我那不太靠谱的计划，我们三人必须奋力逃出这个要命的鬼地方。

"我们是《信使邮报》的记者。"凯特琳开口说道。

我们三人开始往后退，再往后退，向更深处的角落后退，一直退到再没有角落可退。

"我们报纸的主编对我们的下落很清楚。"凯特琳补了一句。

伊万·克洛尔点了点头，看似权衡着可能性，同时也凝神端详凯特琳的双眼。

"你应该说，你们生前曾是《信使邮报》的记者。"伊万·克洛尔开口答道，"假如，你们报纸的主编果真碰巧在城里跟我老板一起出席那个出风头的破会，又果真想到了你们在我老板家的草坪底下，那……"他耸了耸肩膀，从后腰抽出一把又亮又长的布伊刀："那我觉得，我还是快点动手的好。"

他大踏步往前走，既像一名重量级拳手在开场铃响后从蓝角进发，又像猛虎对猎物发起攻击。

我任由伊万·克洛尔向我们走近。更近了，更近了，离我们三米远，两米远。

　　半米远。

　　"动手。"我说。

　　于是，凯特琳用不太对劲的相机对准伊万·克洛尔的面孔，"咔嚓"摁下了快门，闪光灯发出的光顿时让人睁不开眼睛。那头嗜血的猛虎扭过了头，一时还没有回过神，依然忙着调整视力，这时斧子却已经换到了我的手里，对准他划出一道长长的弧线。可惜的是，我瞄准的本来是对方的躯干，谁知相机的闪光灯实在太耀眼，居然也晃花了我的眼睛，害我失了准头。生锈的斧刃根本没有劈中伊万·克洛尔的胸膛、腹部或腰部，但好歹还是见了血，一斧子劈在了他左脚背的正中央。斧刃干脆地劈穿了他的脚，劈穿了脚上蠢兮兮的蓝色人字拖，扎进了水泥地里。伊万·克洛尔垂下头，望了望自己的脚，一时间被所见的景象惊得呆若木鸡。至于我们三个人，其实也被惊得呆若木鸡。诡异的是，伊万·克洛尔并没有发出痛楚的嘶吼，却只是审视着自己的脚，仿佛一头雷龙认真地审视着彗星。他抬了抬腿，脚踝倒是抬了起来，五只脚趾却还牢牢地扎在水泥地上；五只脏兮兮的脚趾，下方是好像切开的蛋糕一样的橡胶人字拖。

　　伊万·克洛尔的眼神与我的眼神同时从他的脚上挪开，在同一条视线上相撞了。他看上去满脸怒容。他是红色死神，是扑食的猛虎，是来取人性命的冥界使节。

　　"快跑啊！"我高喊一声。

　　这时，伊万·克洛尔抽出布伊刀，闪电一般砍向我的脖子，只不过，我也溜得像闪电一般快。我已经摇身变成帕拉玛塔鳗鱼队的前卫彼得·斯特林，闪身弯腰，躲过了坎特伯雷牛头犬队支柱前锋向我挥来的胳膊；夹在我左腋下的那只沉甸甸的黑色工具袋，已经摇身变成了我的旧皮革橄榄球。我俯身向左迈步，凯特琳和贝文·佩恩则向右冲去，我们三人又到这个黑暗魔窟的门口碰了头。

"跑啊！"我再次高喊。

贝文跑在最前方，接着是凯特琳，最后是我。

"别停下。"我边跑边喊。

冲吧，向前冲吧，冲出魔窟中一扇扇敞开的门，冲出一个个弗兰肯斯坦式的房间（房间里装满了真真假假的人体部位），冲出这些精心打造的地下密室，它们通通被癫狂占据，被杂交而成的怪物占据，因为在地表之下，我们离地狱只有一步之遥。冲吧，向前冲吧，冲向通往生命的台阶，那台阶也通往未来，那未来中还有我。第一级台阶，第二级台阶，第三级台阶。终于登上台阶顶的时候，我扭过头，向提图斯·布洛兹的秘密地下游乐场投去最后一瞥，映入眼帘的却是一个波兰裔昆士兰变态，名叫伊万·克洛尔。他正一瘸一拐地走下水泥过道，被斧头砍伤的左脚活生生拖出一道血痕，如勃艮第葡萄酒一般殷红。

*

福特小车的轮胎吱嘎响着，绕过街角，从康缇思街驶上了罗马街。凯特琳伸出左手换了挡，猛打方向盘，又猛踩油门，汽车转过了一个又一个弯。凯特琳的眼中有着某种深意，或许是因为创伤，或许是因为独家猛料，总之顿时让我记起了自己的工作，又顿时让我记起了布莱恩·罗伯逊。

布里斯班市政厅钟楼上的时钟钟面，看似与满月洒下的银辉相差无几。据布里斯班市政厅钟楼上的时钟显示，现在是晚上七点三十五分，也就是说，明天报纸的截稿期限我已经错过。我仿佛望见布莱恩·罗伯逊在主编办公室里，一边气得掰弯钢条，一边骂骂咧咧，毕竟我没有提交那篇拍昆士兰杰出人士提图斯·布洛兹马屁的文章，不就是区区二十厘米稿子嘛。

从汽车后视镜的倒影中，我端详着贝文·佩恩。小男孩坐在后座上，向窗外望去，直勾勾紧盯着空中的一轮圆月。自从我们这辆车的轮胎在碎石路上溅起一团尘灰，喷上贝尔伯里那棵巨大的蓝花楹树以后，他就一句话也没有说过了。也许，以后他也不会再开口说出一个字，毕竟有些事情，无法用言语表达。

"连个停车的地方都没有，"凯特琳骂道，"竟然连个他妈的停车地方都没有。"

我们身处阿德莱德街，中央商务区的路边已经停满了汽车。

"操蛋。"

她又猛打方向盘，福特汽车越过阿德莱德街，蹦上路缘石，进入乔治国王广场。乔治国王广场正是布里斯班的首要集会地，平平整整的广场上有着精心打理的草坪、军事雕像和一座矩形喷泉——每逢一年一度的圣诞树亮灯仪式，孩子们灌下太多柠檬水的时候，就会朝这座喷泉里撒尿。

在布里斯班市政厅入口大门外，凯特琳猛踩一脚刹车。

一个年轻的市政厅男保安立刻一溜烟奔到汽车旁——果然不出凯特琳所料。于是，她摇下了车窗。

"这个地方禁止停车啊。"保安说道，露出一脸惊诧，显然被意料之外的安全隐患害得很烦心。

"我知道。"凯特琳说，"报警吧，拜托也告诉警方，贝文·佩恩在我车里。我哪里也不去，直到警方赶来。"

凯特琳又摇上车窗，保安赶紧摸索腰带上的对讲机。

我朝凯特琳点了点头。

"我去去就回。"我说。

凯特琳微微一笑。

"我替你在保安这里打掩护。"她说，"祝好运啊，伊莱·贝尔。"

保安正冲着他的对讲机吱哇乱叫，我钻出汽车，急匆匆朝市政厅的反方向奔去，经过喷泉，穿过乔治国王广场，随后再折返回来，绕了好大一个弯，悄无声息地溜向市政厅堂皇的大门，溜到刚才那名年轻保安的身后——他正忙着透过凯特琳关好的车窗吼她呢。进了市政厅，眼前出现一个迎宾台，迎宾小姐是一个活泼的印第安女子，看上去满面笑容。

"我是来出席颁奖典礼的。"我说。

"请问您的尊姓大名，先生？"迎宾小姐问。

"伊莱·贝尔。"

她查看着一沓印有姓名的纸张。刚才那只黑包还挎在我的左肩，我躲开迎宾小姐的视线，隔着桌子，把它从肩上卸了下来。

"社区奖项宣布了吗？"我问。

"现在正在颁发的应该就是社区奖项啦。"她说。

这时，迎宾小姐找到了我的名字，用笔在上面打了个勾，又从一沓入场券中撕下一张，递给了我。

"先生，您的座位在M排，七号座。"

我疾步赶到礼堂门口：这是一个为音乐打造的巨型圆形房间，大概有五百张红色椅子，到处是身穿黑西服和各式华服的贵宾，他们被正中央一条过道分成两群。抛光木地板一直通向抛光的木质舞台下，上面安置着五层合唱台，舞台背景则是一片宏伟的音管，银中泛铜。

今晚颁奖礼的司仪，是七号电视网的新闻播报员萨曼莎·布鲁斯。每天下午，她都会出现在电视屏幕上，紧跟在《命运之轮》节目后。老爸曾经给萨曼莎·布鲁斯送过一个绰号——"连赢"[1]，意思是两场胜利，因为萨曼莎不仅貌美，还很聪颖。前不久，我问起老爸是否乐意另娶一位女子，结果老爸亲口承认他对这位新闻主播怀有爱意，又念叨起他自创的"连赢"之说，念叨起他梦想中的约会就是跟萨曼莎·布鲁斯在布瑞肯力治酒馆的酷卡司餐厅共度良宵。而且，晚餐期间，萨曼莎·布鲁斯会隔着餐桌，用渴望的眼神凝望他，一遍又一遍地低语着同一个词："改革"。听完以后，我问老爸，那何等女子才担得起"三重彩"[2]的美名呢。

"那就得是陈爽了。"老爸回答。

"陈爽是谁啊？"我问。

"是我曾经读到过的一个牙科护士。"

"她凭什么担得起此等美名？"我问。

"人家生来就有三个咪咪。"当时老爸答道。

至于此刻，萨曼莎·布鲁斯正朝讲台上的一只麦克风俯下身。

"现在，我们将聚焦社区杰出人士。"这位担任典礼司仪的新闻主播宣布，"昆士兰的这群无名英雄，向来将自己放在最后。好，女士们，先生们，今晚，让我们一起在心中将他们放至首位吧。"

满屋宾客鼓起了掌。我从礼堂正中的过道穿过，查看着座位边缘标注的排数。W排，问（WEN）其缘由的"W"；T排，提（TI）图斯·布洛兹报应已至的"T"；M排，妈（MA）咪爹地的"M"——我的父母，正一起坐在沿M排七个座位处，身旁还有两个空座。老妈穿着一件闪闪发亮的黑裙，裙子发出的光映照着她，使她熠熠生辉。我抬起头，寻找着光源，发现竟然来自礼堂的天花板：整个天花板是一轮穹顶状的银月，正与舞台上流溢的姹紫殷红

1.本为赛马术语，赛马博彩的一个重要投注项目，投注者需选中一场赛事中的第一名及第二名，无关顺序。

2.本为赛马术语，赛马博彩其中一个投注种类，投注者需顺序选中一场赛事中的第一名、第二名及第三名马匹。

交相辉映，堪称剧院中升起了一轮满月。

老爸穿着一条青绿色休闲裤，一件灰色的仿皮夹克，显然是他在桑盖特的慈善二手店里花1.5澳元买来的——不愧是我老爸的时尚品位，毕竟他患有广场恐惧症整整二十年，根本没见过几个人，哪有办法追随时尚潮流呢。话说回来，老爸好歹算是到场了，不仅到场而且现在还坐在这儿没溜号，已经让我感动得湿了眼眶。要命啊，我也太烂俗了吧，尽管历经波折，尽管见识过地下密室的癫狂景象，我的眼中却还是泛出了泪花。

这时，一名引座员拍了拍我的肩。

"请问您是找不到座位吗？"引座员问。

"不，我已经找到了。"我答道。

老妈用眼角的余光瞥见我，朝我露出笑容，又招手催我赶紧过去。

新闻主播萨曼莎·布鲁斯对着讲台上的麦克风念起了人名。

"玛格达莱娜·戈弗雷，来自库珀平原区。"她宣布道。

玛格达莱娜·戈弗雷从左翼踏上舞台，神情无比自豪。当她从台上一名西装革履的男子手中接过一份证书和昆士兰栗色缎带上的一枚金牌时，玛格达莱娜·戈弗雷露出了灿烂的笑容。西服男子伸出双臂拥抱玛格达莱娜，又领着她向舞台前方的一名摄影师走去，让摄影师给玛格达莱娜拍下三张照片，相片中的她还朝证书傻兮兮地笑着。拍到第三张的时候，为博大家一笑，玛格达莱娜干脆咬了一口金牌。

萨曼莎·布鲁斯又开口宣布："索拉夫·戈尔迪，来自斯特雷顿区。"

索拉夫·戈尔迪上台鞠个躬，接过了证书和奖章。

我从M排的六名观众身边挤过去，他们纷纷礼貌地收起膝盖，我那只黑包不时磕上他们的肩膀和脑袋。

"见鬼，你小子究竟去哪儿啦？"老妈压低声音问道。

"我忙着赶一篇文章呢。"

"你那只包里到底装了什么该死的玩意？"

这时，老爸俯身凑了过来。

"嘘，"老爸说，"轮到小奥了。"

"奥古斯特·贝尔，来自布瑞肯力治区。"萨曼莎·布鲁斯宣布。

奥古斯特轻快地走上舞台。他的黑夹克不太合身，领带太松，米色斜纹棉布裤长了十厘米，头发乱得像鸟窝，但他乐滋滋的——我老妈也乐滋滋的，她急匆匆把今晚的节目单朝地上一扔，好腾出两只手，为她那优秀、无私、死不开口的怪儿子鼓掌。

老爸则把食指和拇指伸进嘴里，吹出一声响亮的口哨，显得十分不合时宜，好像他正趁着日落吹口哨，要召唤牧牛犬回家。

在老妈的引领下，一阵热烈的掌声传遍了礼堂，老妈自豪得不得了，不得不站起身，免得自己喜极抓狂。

奥古斯特与西服男子握了手，感激地接过他颁发的奖章和证书。他露出自豪的笑容拍了照片，又朝人群挥了挥手。老妈也拼命朝小奥挥手，尽管奥古斯特只是冲着人海致意，活脱脱一副女王出巡的派头。老妈恐怕正在经历母爱的六个阶段：自豪、欢喜、遗憾、感激、希望，最后再重回自豪；其中每一个阶段，都伴随着泪光。奥古斯特迈开脚步，走下舞台右侧。

我站起身，从右侧的观众身边挤过去，紧挨着人家的膝盖。

"不好意思，"我说，"抱歉，对不起，很抱歉。"

"伊莱，"老妈半是低语半是咆哮，"你又要去哪里？"

我扭过头，挥了挥手——但愿我能尽快返回座位吧。我从礼堂的中央过道直奔礼堂深处，向一扇通向走廊的侧门冲去，不少身穿黑衣黑裤的后台工作人员正在这条走廊里忙碌，有的端咖啡壶，有的端茶杯，有的端来一盘盘司康饼和曲奇。我往前冲了几步，然后退回一条走道，走道里一位高官模样的女子用疑惑的神情瞥了我一眼。我若无其事地笑了笑，仿佛我本来就该在这里出现。要有自信，对吧，麻秆？我正施展魔法采取行动；对方一无所知，因为我正施术前行。我穿过一扇看似通向厕所的门，那个表情不善、官员模样的女子继续沿着大厅旁边的过道往前走。我又掉头退回刚刚穿过的那扇门，看似随意地溜到了舞台一侧的黑色幕布后。

奥古斯特正迈步走向我。奥古斯特正展颜而笑，脚下生风地蹦过舞台侧翼光滑的木地板，金色的奖章在他的胸前跃动。不过，小奥一眼望见我的脸上没有笑意，他的笑容也消失了踪影。

"出了什么事，伊莱？"

"我找到他了，小奥。"

"谁？"

我打开那只黑色皮包，奥古斯特探头朝包里望了望。奥古斯特瞪大了双眼，直勾勾盯着那只黑色皮包，一句话也没有讲。

他朝一侧点了点头，意思是："随我来。"

奥古斯特疾步走到一间演艺人员休息室的门口，休息室通向舞台的一侧。小奥飞快地开了门，休息室里有地毯、桌椅、硬邦邦的黑色乐器箱、扬声器设备，再加上一盘橙子皮和甜瓜皮，还有几片吃到一半的西瓜。奥古斯特向一只带滚轮的铬合金工具盘走去，工具盘上赫然摆着一只用红色绸布盖住的盒子，旁边又摆着一张姓名帖，写的是：**提图斯·布洛兹**。奥古斯特掀起绸布的一角，绸布下露出提图斯·布洛兹预先准备的那只玻璃匣，匣中所装的正是提图斯的毕生心血——硅胶假手样品。这是提图斯·布洛兹的惊艳大作，提图斯·布洛兹献给昆士兰州的一份厚礼。

奥古斯特没有开口说任何话。奥古斯特没有开口说出的那句话是："*把那只包递给我吧，伊莱。*"

我们兄弟俩从黑色幕布边上钻了出来，溜回大厅一侧的通道。贝尔兄弟，正在快步前进。那是打不死的伊莱，打不死的昆士兰杰出人士奥古斯特；那是金质奖章的获得者，再加上对他无比崇拜的小弟。我们兄弟俩迈开有力的步伐，此前狠狠瞪我的女官员又沿着过道折返回来，再次向我抛来了恶狠狠的目光。一刹那间，时光忽然慢下了步伐，因为这名女子正领着一个男人走向后台：一个一身白衣的老头，白色的西服，白发，白鞋，白骨。接下来，白衣老人望见了我的面孔，直到我与他擦肩而过以后，他才记起我。时间，与视角。此时，时间已经荡然无存，但无论从哪个角度去看，眼前这一幕永远都逃不开提图斯·布洛兹，也逃不开提图斯·布洛兹停下脚步，挠了挠头，因为他正在心里嘀咕：刚刚与他擦肩而过的那个小伙，手里拿着的黑包，看上去竟然跟他藏在地堡魔窟里的那只一模一样哪。只不过，无论从哪个角度去看，这一幕中的提图斯·布洛兹，也都只会感到茫然，因为当时间重返常速以后，我们兄弟俩都会消失踪迹，成功脱逃，回到父母的身旁。

*

"女士们，先生们，我们终于迎来了今夜最后的奖项。"新闻主播萨曼莎·布鲁斯宣布道，"这一奖项获得者仅此一人，可谓实至名归，现在有请我们首届昆士兰资深杰出人士奖项的获奖者。"

我又到了M排，挤过六位观众，紧挨着他们备受蹂躏的膝盖。奥古斯特站在礼堂的中央过道里等着我。

我向老妈做个手势，示意我们一家该闪人啦。我竖起拇指朝身后指了指，向奥古斯特指去。与此同时，我才终于挤到了自己的座位旁。

"我们该走啦。"我对老爸老妈说。

"不许这么没礼貌，伊莱。"老妈训道，"我们等颁完最后一个奖项再走。"

我伸出一只手，搁上老妈的肩头，同时板起脸；我还从来没有像这样对老妈板起过脸呢。

"拜托，老妈。"我说，"最后一个颁奖仪式，你一定不会想要看完。"

七号电视网的新闻主播萨曼莎·布鲁斯正喜气洋洋地开口邀请首届昆士兰资深杰出人士的获奖者上台。

"提图斯·布洛兹先生。"

老妈的目光，从我的身上落到舞台上。过了片刻，她才把耳中听到的人名与那穿着白衣、慢吞吞走上舞台领奖的身影对上号。

老妈站起身，一声不吭，迈开了脚步。

*

"我们到底在急个什么鬼咧？"我们一家匆匆赶到布里斯班市政厅的大门时，老爸问。

还没等人回答，老爸的思绪立刻被两辆警车闪耀的灯光打乱——这两辆警车正停在乔治国王广场上，排成一个V字形，拦住了凯特琳那辆福特汽车的去路。

一群身穿天蓝色制服的警察朝我们一家走了过来，大约十个人，另外两名警员则小心翼翼地扶着贝文·佩恩，钻进一辆警车的后座。尽管局面乱成一团，贝文的目光却依然落到了我身上。他朝我点点头，隐隐透出几分感激，几分迷茫，几分劫后余生，几分沉默不语。

"真他妈的见鬼，这究竟是怎么回事？"老爸高声说出了心里话。

凯特琳·施皮斯走在一帮警察中间；实际上，她是在给警察领路，毕竟是拼命郎嘛。她走进市政厅的门厅，向礼堂的大门一指。

"你们要的人已经在台上了，"凯特琳说，"穿白衣的就是。"

那群警察列队进了市政厅礼堂。

"究竟出了什么事，伊莱？"老妈也开口发问。

我们一家的目光紧紧追随着那队警察：他们在市政厅礼堂的各处散开，只等提图斯·布洛兹做完一大段自我膨胀的宣讲，大谈特谈过去四十年间，他是如何为昆士兰的残疾人群体鞠躬尽瘁。

"老妈，这是提图斯·布洛兹的结局。"我说。

这时，凯特琳迈步走向了我。

"你没事吧？"凯特琳问。

"没事，"我说，"你呢？"

"没事。警方已经出动三辆警车，去贝尔伯里提图斯家啦。"

凯特琳的眼神落在我老爸老妈身上；他们两人正紧盯着这一幕，仿佛在围观登月。

"嗨。"凯特琳打了个招呼。

"这是我老妈，弗朗西丝，"我向凯特琳介绍，"还有我老爸，罗伯特。我哥，小奥。"

"我叫凯特琳。"

老妈握了握凯特琳的手，老爸和小奥露出了笑容。

"这么说，你就是他成天挂在嘴上的那一位喽？"老妈说道。

"老妈。"我甩出简洁有力的一句话。

老妈端详着凯特琳，脸上笑意盈盈。

"伊莱说，你是个与众不同的姑娘。"老妈又补上一句。

我不禁翻了个白眼。

"唔，"凯特琳答道，"依我看，我也才刚刚体会到您的两个儿子有多与众不同，贝尔太太。"

贝尔太太——我还难得听见有人这样称呼老妈。老妈显然跟我一样，听得很顺耳。

凯特琳又把目光投向市政厅的礼堂。提图斯·布洛兹还在台上发言，谈的是无私，再加上如何充分利用我们在世的时光造福社会。从这个位置，我们无法望见他的脸，因为礼堂大门前方的门厅里挤了太多人。

"勇往直前吧，"提图斯说道，"永远不要放弃。不管你想要成就什么，前进前进再前进吧，绝不要浪费任何一个把你最疯狂的梦想变成你最珍爱的回忆的机会。"

他咳了几声，又清了清嗓子。

"今夜，我还要给大家一个惊喜，"提图斯·布洛兹庄严宣告道，"它是我毕生心血的精华所在，也是未来的愿景。在这样的未来中，那些未受上帝眷顾的澳大利亚年轻一辈，将蒙受人类巧思的眷顾。"

他说完停顿了一下。

"萨曼莎，有劳了。"提图斯说。

角度啊，麻秆。仅仅只是一刻，却有着万千种角度。或许，这间礼堂中足足有五百名观众，每个人都从各自的角度观望着眼前的一刻。而我，是从脑海中观望着它，因为我的双眼只望见凯特琳，别无他物。从现在所站的位置，我们无法望见市政厅礼堂的舞台，但我们可以听见萨曼莎·布鲁斯掀开红色绸布的一刻：绸布之下，本该是那只装有提图斯·布洛兹毕生心血的玻璃匣。我们可以听见，满堂观众发出了一片惊恐的喘息，从A排一直传到了Z排。一时间，宾客们放声叫嚷，有些女子号啕大哭，有些男子惊呼不止，又愤慨，又骇然。

"到底出了什么事啊，伊莱?"老妈又问。

我朝她扭过头。

"我找到他了，老妈。"我说。

"谁？"

现在，我可以望见一队警察奔过市政厅礼堂的中央通道，其他警察则从礼堂的东侧和西侧向提图斯·布洛兹包抄过去。小奥和我对视了一眼。*你的结局，是一只断气的蓝鹩莺。你的结局，是一只断气的蓝鹩莺。*

在我的脑海里，眼前的一幕，正以依然坐在M排的观众的视角徐徐展开。

"亚哈船长"已经淹没在昆士兰警察汇成的人海中。身穿天蓝色制服的警察强行押走了提图斯·布洛兹，攥住他那身白西服的衣袖，架住他那又老又虚的胳膊，把他的双臂掰到了身后。几名观众伸手掩住了眼睛，身穿礼服裙的女人们忙着干呕、惊呼。提图斯·布洛兹被警察拖下舞台，与此同时，他却始终茫然地望着台上的那只玻璃匣，一直望，一直望，一直望。他怎么也想不通：他的毕生心血，他那无与伦比的硅胶假肢，究竟是撞了什么邪，竟然被偷天换日，摇身变成了一颗骇人的塑化人头——而那颗人头，属于我此生挚爱的第一个男子。

*

时间，麻秆。搞定时间吧，趁它还没有搞定你。此刻，时间已经放慢了脚步。所有人都换上了慢动作，我却说不清楚，这景象是否出自我的手笔。一盏盏警灯，流溢着红与蓝，却没有半点声响；小奥慢条斯理地点点头，示意他为我感到骄傲，示意他早就深知事情会走到这一步，这幕场景会在乱哄哄的市政厅门厅里上演：人们一窝蜂逃离市政厅大楼，手里紧攥着雨伞和钱包，时不时被长长的晚礼服绊上一跤；显贵人士纷纷呵斥着今晚活动的组织者，咆哮着说他们是多么灰心，多么受伤；刚才那个眼神不善的女子，现在眼中噙着泪花，舞台上那颗头颅引爆的混乱让她不堪重负。奥古斯特会意地笑了笑，抬起右手食指，再次凌空写下了给我的留言。

奥古斯特又迈步走远了，拖着脚向老爸老妈走去，优雅而平静，老爸老妈则站在市政厅的大门旁。他们三个人是在给我空间，给我时间呢，好让我有机会与梦中情人相处。而她，此刻正伫立在我的面前，离我一米远的地方，警察、观众和官员在我们两人的身周来回穿梭。

"刚刚究竟出了什么事？"凯特琳问。

"我也不知道，"我耸耸肩膀，"一切发生得实在太快了。"

凯特琳摇了摇头。

"刚才你是真的在用那台电话跟人通话吗？"凯特琳又问。

我思考了好一阵。

"现在我也拿不准了，依你看呢？"

凯特琳凝神紧盯着我的双眸。

"我还没有想通。"她说完，再次对着警察点了点头。

"警方希望我们去罗马街警察局一趟，你要不要跟我一起去？"凯特琳问。

"我爸妈稍后会开车送我过去。"我说。

凯特琳从门厅向外望去，遥望着我老妈、老爸、我哥哥小奥。他们三人正在乔治国王广场边上等我。

"我实在没想到，你父母看上去会是这样。"凯特琳说。

我不禁哈哈大笑。"是吗？"

"他们为人好和气。"凯特琳说，"跟寻常父母没什么区别。"

"为了做个寻常的普通人，他们俩也努力好一阵子了。"

凯特琳点点头，把双手揣进衣兜里，踮了几下脚。我本想要开口再说上几句话，留住这一刻，挽住这一刻，可惜的是，我还只能让时光放慢脚步，却无力让它停住脚步。

　　"到了明天，布莱恩肯定会让我把事情经过全写下来，"凯特琳开口说道，"依你看，我该怎么跟他交代？"

　　"你就跟布莱恩说，你会写出文章，不会漏一点一滴。写出真相，全部真相。"

　　"无所畏惧。"她说。

　　"不带偏私。"我说。

　　"你想跟我一起写吗？"凯特琳问。

　　"可我不是犯罪调查报道部的啊。"

　　"现在还不是。"凯特琳说，"要不要联合署名？"

　　与凯特琳·施皮斯联合署名——堪称美梦成真。此等美事，本身就是一篇三字文章。

　　"琳与莱。"我说。

　　凯特琳微微一笑。

　　"没错，"凯特琳回答，"琳与莱。"

　　凯特琳迈着小碎步，向那帮乱哄哄的警察走去。我走到市政厅礼堂的入口处，这里几乎一个人也没有了。一个警方鉴证人员正在台上认真察看提图斯·布洛兹的玻璃匣，现在玻璃匣又重新盖上了红色绸布。我仰起头，朝状如月亮的白色天花板望去，它恰似四块白色的海滩贝壳，恰似四个四分之一圆，凑到一起，化作了一轮圆月。从这片天花板中，我既望见了开始，又望见了结局，望见了我哥哥奥古斯特，他正坐在达拉莱尔家房前的篱笆上，身后是一轮艳阳，而小奥以指代笔，凌空写着几个贯穿我整整一生的字：

　　你的结局，是一只断气的蓝鹣莺。

*

　　我转身从市政厅礼堂离开，向前厅的出口处走去。冷不丁地，一个人影赫然拦住了我的去路，一个高而瘦、老而壮的人影。最先映入眼帘的，是对方的一双鞋，黑色正装皮鞋，没有擦过，有些破烂；对方身穿一条黑色正装长裤，一件蓝色系扣衬衣，没有系领带，衬衫外面还罩了一件皱巴巴的黑色旧夹克。紧接着，我就望见了伊万·克洛尔的面孔，死神的面孔。只不过，我的脊梁和我那不满二十岁的小腿骨已经早有预料，帮我提前一步采取了行动。我猛然闪身跃开，可惜闪得不够利落，没有避过伊万·克洛尔藏在右手中的刀刃，利器顿时刺进了我的右腹。刹那间，我感觉像是活生生被人撕裂，像是有人徒手撕开了我的肚子，伸进去一根手指，四处搅动，苦苦寻找我本来不该吞下肚的某件东西，某件好久以前我就已经吞下的东西，比如，宇宙。我东倒西歪，一步步后退，瞪大眼睛紧盯着伊万·克洛尔，好像我依然不敢相信他会下此等毒手，好像即使我已经熟知对方的作为，已经见识过对方的恶行，却依然不敢相信，伊万·克洛尔竟然会冷血到这个地步，会在如此良夜朝一个毛头小伙捅出一刀——今晚本来是多么让人惊艳的一夜啊，凯特琳与伊莱在今夜望见了未来，望见了过去，凯特琳与伊莱已然相视而笑。我只觉得头好晕，嘴发干，过了片刻才回过神：伊万·克洛尔正迈开脚步走向我，准备再补上一刀，最后的一刀。我甚至无法看清他刚才用来刺我的利刃，伊万·克洛尔把它藏起来了，或许是藏在他的袖子里，或许是藏在他的衣兜里。快逃吧，伊莱，快逃。可惜的是，我逃不了。肚子上挨的那一刀好痛，害我根本直不起腰。我想要放声呼救，但喊不出声，因为叫嚷会牵动五脏六腑，刚才的那一刀却已经扎进了我的肚腹深处。我只能一路跟跄，东倒西歪地躲开伊万·克洛尔，只盼市政厅门口的那帮警察能够发现我。可惜的是，我根本进不了警察的视线，因为门厅里偏偏聚着一群观众，正在评说刚才见到的头颅是多么惊悚，却丝毫没有察觉身边正在上演的惊悚场景：一个手持屠刀的禽兽，正在追杀一个年轻的小伙。伊万·克洛尔刚刚给我的一刀，堪称完美地照搬了监狱放风场的偷袭招式：既快如闪电，又悄无声息，一点也不惹人注目。

我拼命用右手捂住肚子，发现自己的手上已经染了血。我摇摇晃晃地向左边的楼梯走去，那是一段宏伟的弧形台阶，大理石和木头质地，通向大厅的二楼。每迈一步，我都要挣扎一番，但伊万·克洛尔依然蹒跚着紧追不放，拖着他那只瘸了的左脚，脚上显然已经裹了绷带，忍痛硬塞进黑皮鞋里。于是，两个瘸子玩起了猫鼠游戏，只是其中一方比另外一方更加擅于忍痛。伊莱啊，眼下能救你命的词语，就叫作"救命"。高声把它喊出口吧，快点喊。

"救……"可惜的是，我实在无力喊出声；"救……"可惜的是，剧痛害我把话又咽下了肚。正在这时，三名观众从二楼走下了台阶，是一个西装男子和两个穿着礼服裙的女子，其中一个女人戴着毛茸茸的白围巾，活像把一头白狼缠在肩上。我紧紧地捂着小腹，迎着这一男两女冲了过去，他们三人眼睁睁望见鲜血染红了我的手，染红了我的衬衫，就在我从新闻编辑室的应急衣架上取来的黑色旧夹克下。

"救命啊！"我喊道，声音足以传进三个陌生人的耳朵。

戴着白围巾的女子惊恐地尖叫起来，赶紧从我身边退后几步，仿佛我身上着了火或是染了病。

"他……有刀。"我朝这一男两女中的西服男子吐出了一句话，西服男子显然渐渐悟出了我那渗血的小腹和我身后蹒跚而行、凶神恶煞的男人之间到底有什么瓜葛。

"喂，站住别动。"西服男子一边下令，一边英勇地站到了伊万·克洛尔的身前。只见伊万·克洛尔闪电般朝挺身而出的西服男子捅出一刀，以迅雷不及掩耳之势从男子的右肩朝下刺了进去，西服男子立刻瘫倒在大理石台阶上。

"哈罗德！"白围巾女子惊呼一声。三人组中的另一名女子尖叫着跑下楼梯，穿过门厅，朝那帮警察所在的方向狂奔而去。我又跟跄着往前逃，终于登上了台阶顶，右拐急转弯进入一条走廊，闯过一扇不知名的棕色实木大门，又进了一条绕来绕去的走廊，沿着天蓝色的墙壁走过大约二十米。我扭头回望身后，赫然望见自己留下的一串血渍，一滴又一滴鲜血，它招来了禽兽，禽兽又正发出苍老狂暴的喘息声，让我顿时明白：他比我迟缓，但比我饥渴。我又闯过一扇大门（谁知道四下无人，竟然无人能救男孩一命），这扇门通向的又是一段台阶。台阶蜿蜒而上，直至另一层楼，但是，我熟知这一层楼。我熟知这白色的墙面，熟知这部电梯；我熟知这个地方，麻秆啊，这不就是我年幼时曾经见过的屋子吗？当初，正是在这间屋里，我们三人遇到了电梯工，他向我们展示了布里斯班城市大钟的运行原理，还领我们见识了本城大钟从内侧看上去是什么样子。

我蹒跚着向钟楼钢制的黄色旧升降机走去，想要打开升降机门，可惜，门上了锁。与此同时，我听见伊万·克洛尔正闯过我身后的一扇又一扇门，于是我摇摇晃晃走向维修楼梯的大门。那是你的老伙计克兰西·马列特的秘密楼梯，麻秆。好些年前，克兰西就曾经带我们去过，只要绕过转角，穿过远离升降机房的大门，就可以到达。

秘密楼梯间里，是黑漆漆的一片。我已经越来越撑不下去了，不仅喘不过气，连肚子也不再痛得死去活来，因为我浑身上下都在痛，已经渐渐麻木，但还在往前走，沿着秘密楼梯朝上爬，一直朝上爬。向上的水泥台阶弯弯曲曲，我爬上八九级陡峭的台阶，一头撞上一堵无法看清的墙，接着转个弯，又朝上爬了八九级台阶，随后狠狠地撞上另一堵墙，再次转个弯，又上了八九级台阶。我会坚持下去，直到倒下的一刻，麻秆啊，我会一直往上。只不过，我还是停下了脚步，因为我恨不得朝这些台阶上一躺，然后闭上眼睛；只不过，或许那就是所谓的"死亡"吧，但我又还不想死，麻秆，因为我还有太多问题要问凯特琳·施皮斯，还有太多问题要问老爸老妈——关于他们当初是如何互相倾心，如何生下了我，关于奥古斯特和月塘，关于所有那些他们答应等我长大就会告诉我的事。我还不能死，还得再撑上一些年月。有那么一会儿，我合上了双眸：眼前是黑暗，黑暗，无尽的黑暗。但我又睁开眼睛，因为我听见通向秘密楼梯的门在我的脚下吱呀打开，一束黄光淌进了门里，随后楼梯间的门又被人关上，黄光消失了。快跑啊，伊莱，快点跑，快点站起来。我的耳边传来伊万·克洛尔弄出的响动，就在我的脚下：他在喘息，在呼吸楼梯间阴湿的空气。他的瘸腿和他的恶毒心肠，带着他上了楼，搜寻着我的颈脖，我的眼睛和我的心——这一切，他通通都想刺上一刀。他是弗兰肯斯坦的怪物，提图斯·布洛兹的怪物。我挣扎着又爬上另一段狭窄的台阶，随后是下一段台阶，再一段台阶。那个脖子上围一条白狐的女子，刚才在弧形楼梯上高声尖叫呢，叫得如此之响，警察不可能没听见吧。所以，往前走吧，伊莱，不要停下脚步。十段台阶——我已经准备好去睡了，麻秆；十一段台阶，十二段台阶——我已经准备好去死了，麻秆。十三段台阶。

紧接着是一堵墙壁，再没有蜿蜒向上的台阶。只有一扇薄门，有把手。还有光：夜色之中，这个房间灯火通明，映照着布里斯班市政厅钟楼的四座大钟——北面大钟，南面大钟，东面大钟，西面大钟。从这间屋，灯光映照着布里斯班城。耳边传来发条的响动，眼前则是发条机械装置；一个个轮子和滑轮转个不停，无终无始，永不停歇。这间引擎室配着光滑的水泥地板，正中央有一部笼式升降机。市政厅塔楼四面各有一台巨大的时钟，正在滴答作响，四座时钟底部的引擎都包裹着金属保护罩。

我伸出双手紧捂着肚子，跄跄跄跄地沿着升降机四周的方形水泥小径往前走，经过了东面大钟——鲜血滴上了我的鞋，滴上了水泥地；又经过了南面大钟、西面大钟——我只觉得眼皮越来越沉。我好渴，好累，眼皮好沉。终于来到了北面大钟旁，前方已经无路可走：水泥小径在这里到了头，被一扇高高的铁丝防护门拦住了去路，这扇防护门又通向引擎室正中的升降机。我终于倒下了，又挣扎着爬起来，倚着大钟引擎的金属罩——正是这些引擎，驱动着北面大钟长长的黑色分针和时针。正在这时，分针恰好朝上跳了一格，我捂住伤口，一边竭力止血，一边从大钟内侧观望时间：此刻就是我的死亡时间，离九点还有两分钟。

我听见引擎室的大门敞开，合上，我听见伊万·克洛尔的脚步声。他的一只脚在往前走，另一只脚在地上拖着。透过升降机吊笼的钢梁和铁丝，现在我可以望见他的踪影：他正在引擎室的另一头，我们之间隔着一部升降机。我好想闭上眼睛睡一觉，我只觉得自己生机全无，就连伊万·克洛尔也再不能让我心惊。我不怕他，我怒火中烧，我想报仇。可惜的是，我的万丈怒火只能往心里憋，哪儿也去不了，既无法让我的手撑起自己，也无法让我的腿站起来。

他一瘸一拐地走过东面大钟、南面大钟、西面大钟，又绕过转角，上了我所在的小径。于是，我赤裸裸地暴露在了北面大钟的前方，我那副一无是处、挨了一刀的皮囊，我那把没骨髓、不争气的骨头。

他终于一瘸一拐地凑近了，我只听到他的喘息，听到他左脚的鞋子从水泥地上拖过。近看之下，伊万·克洛尔显得很苍老：我看得清楚他的皱纹，他前额上的道道皱纹，仿佛沙漠里干涸的沟壑。他的脸布满了干农活时留下的晒斑，一半鼻子已经被利落地切掉。伊万·克洛尔垂垂老矣，为什么还有一肚子怨恨？

他又迈步凑近了些。迈出一步，拖着一只脚。迈出两步，拖着一只脚。迈出三步，拖着一只脚。他停下了脚步。

此刻，他正伫立在我身边，俯视着我，像审视一条死狗，一只死鸟，一只断气的蓝鹡鸰。他俯身跪下，把重心放到右脚上，免得受伤的左脚不堪重负。紧接着，他用手捅了捅我，寻找我脖子上的脉搏，接着掀开我那件黑夹克的衣襟，细细端详着我腹部的刀伤，又掀起我的衬衣以便察看伤势。他推了推我的肩，伸出双手紧紧地攥住了我的左臂。他是在捏挤我的左二头肌，他是在摸索我的骨头。

我想开口问他在做什么，但实在精疲力竭，一句话也说不出来。我想开口问他，是否认为自己是个好人，但我的嘴唇一动也不能动。我还想开口问他，究竟是从生命中哪一刻开始，他的心竟变得冰冷如铁，他的头脑变得如此癫狂。这时，伊万·克洛尔的两只手又找回了我的脖子，摸索着里面的骨头，他的食指和拇指捏紧了我的喉结。他把刀在我的长裤上抹了抹，擦拭着刀刃的两侧，又深吸一口气，我能感觉到他的呼吸喷上了我的脸。接下来，他用刚擦干净的利刃，抵住了我的脖子。

与此同时，引擎室的门开了，冲进来三个穿天蓝色制服的警察，高喊着什么。

我渐渐合上双眼，警察在高声下令。

"往后退。"伊万·克洛尔喝道，"赶紧后退。"

"把刀放下。"警察下令道。

冰凉的刀锋抵上了我的脖子。

"砰"。只听一声枪响。两声枪响。一颗颗子弹射上了金属和水泥。

抵在我脖子上的刀锋松开了片刻。现在，我已经站起了身，被伊万·克洛尔拖了起来。我的眼前一片模糊，我明白他就站在我的身后，我明白他的刀刃已经刺上了我的喉结，我明白眼前的这些人穿的是蓝色警服。是一群身穿蓝色制服、举着武器的警察。

"你们心里有数，我会下手的。"伊万·克洛尔开口说道。

可惜的是，我却没有力气说出一句话："那就动手吧，反正我离死也不远了。我的结局，是一只断气的蓝鹀莺。"

伊万·克洛尔推着我往前走，我的腿也跟着往前挪，于是牵动了我的夹克，也牵动了夹克里面的某件东西。我伸出右手的四个手指，探进夹克的衣兜里，攥住了一个玻璃制品。一个圆柱体，一只罐子。

"往后退，"伊万·克洛尔吼道，"你们给我往后退。"

刀锋紧紧地抵着我的咽喉。伊万·克洛尔跟我靠得实在太近，我能感觉到他呼出的气息和唾沫喷进我的耳朵。这时，我们停下了脚步，因为那群警察已经退无可退。

"把刀放下。"一个试图平息局面的警察劝道，"千万不要动手。"

时间停下了脚步，麻秆啊，时间已荡然无存，凝结在了这一秒。

可是，时间竟又再度运转了起来，因为就在这一刻，时间已然沾上了人味，贯通了某种出自我们人类之手、用于提示衰老的象征——就在这一刻，就在我们的头顶，忽然响起了震耳欲聋的钟声。刚才进引擎室的时候，我并没有留意到头顶有一台钟，现在，它敲了九下：当，当，当。巨响充塞着众人的耳膜，扼杀了众人的思维。除此之外，它还让伊万·克洛尔一时间昏了头，因为当我举起那只玻璃标本缸，那只装有我的右手食指的标本缸，向伊万·克洛尔的右太阳穴砸去时，他连挡也没有挡一下。伊万·克洛尔后退了几步，刀锋暂时从我的咽喉上抬了起来，足以让我重重地跌到地上，屁股着地，接着打了个滚，活像一只小狗为博众人一乐，倒地装死。

我并没有见到，子弹究竟是如何从警察的枪口射了出去。我只有一种视角——透过一双死人的眼睛。这才是我此刻的视角，麻秆：我的脸平贴着水泥地，世界倒向了一侧，警察锃亮的黑皮鞋正朝我的身后奔去。一个人影冲进了引擎室的大门，一张脸进入了我的视线。

眼前是我的哥哥，奥古斯特。我渐渐合上了双眼，但又眨眨眼睛——眼前是我的哥哥，奥古斯特。我又眨眨眼睛。

小奥贴着我的右耳低语了几句。

"你不会有事的，伊莱，"小奥说，"你不会有事。你会死而复生，你总爱死而复生嘛。"

我却无法出声，我的嘴巴不让我出声，我已经成了哑巴。于是，我伸出左手食指，龙飞凤舞地凌空写下了一句话，只有我的哥哥趁它尚未湮灭，才能够读懂。

"吞下宇宙的男孩。"

吞下宇宙之子

　　不是天堂，不是地狱。这里是博格路监狱的2区。

　　它空空荡荡，一个人影也没有，除了……除了屈膝而跪的那个男人，他身穿囚服，正用监狱发的铁锹照管着监狱的花园。一个种着红玫瑰与黄玫瑰的花园，有着万里晴空、一轮艳阳下的薰衣草丛和紫鸢花。

　　"嘿，孩子。"囚服男子头也不抬地说。

　　"嘿，麻秆。"我说。

　　囚服男子站起身，拍了拍膝盖和掌上的泥。

　　"花园看上去真漂亮，麻秆。"我说。

　　"谢谢，"他说，"只要没有操蛋的毛毛虫，这花园就没事。"

　　他说着搁下铁锹，朝一侧点了点头。

　　"跟上，"他说，"我们还得把你送出去呢。"

　　他迈开脚步，穿过放风场。草丛茂密而青翠，淹没了我的脚。他领我向博格路监狱2区囚室后方一堵厚实的棕色砖墙走去；在我们的头顶，一根打了结的绳子从高处的一个楔形爪钩上垂下来。

　　麻秆点点头，使劲扯了扯绳子，扯了两次，以免绳子没有固定住。

　　"爬上去吧，孩子。"他说着将绳子递给了我。

　　"这演的是哪一出啊，麻秆？"

　　"是你的脱逃大戏，伊莱。"他回答道。

　　我仰头审视着高高的围墙，这堵墙我很熟。

　　"这段墙壁，是哈利迪之跃！"我说。

　　麻秆点了点头。

"该走了，"他说，"你时间不多啦。"

"搞定时间，对吧，麻秆？"

他再次点点头，说道："趁它还没有搞定你。"

我攀上墙，脚踏住麻秆那根绳上的绳结。

绳子摸上去好真实，一路火辣辣地磨着我的手。我攀上了墙顶，回头俯视麻秆，他正伫立在茂密的绿草中。

"墙那边是什么，麻秆？"我问他。

"是答案。"他答道。

"是什么的答案，麻秆？"

"问题的答案。"他答道。

这是一堵由褐色砖头砌成的监狱围墙，我伫立在厚实的墙顶，望见脚下有一片黄澄澄的沙滩，它通向的并非万里大海，却是宇宙，是一个不断扩张的黑洞，其中充斥着星系、行星、超新星，以及数千个一齐发生的天文事件；充斥着粉色的爆炸、紫色的爆炸；充斥着燃烧的瞬间，呈亮橙色、绿色、黄色；充斥着太空那永恒的黑色背景上，所有亮晶晶的星辰。

沙滩之上，有个女孩，正将脚趾探入宇宙之洋。她扭头回望，发现了墙顶的我，向我微微一笑。

"快来，"她唤道，"跳吧。"她招手让我过去："来吧，伊莱。"

我纵身一跃。

佳人相救

　　福特汽车飞驰着驶下伊普斯维奇路。凯特琳·施皮斯伸出左手拉一下变速杆，又猛打方向盘，汽车一溜烟冲上了前往达拉的岔道。

　　"结果你就咬定，站在沙滩上的人是我吗？"凯特琳问。

　　"唔……是啊。"我回答，"接着我睁开眼睛，我家人就在旁边。"

　　当时，我一睁眼，最先映入眼帘的是小奥。奥古斯特俯视着我，跟他在钟塔引擎室里俯视我一样。我差点认定我又回到了引擎室，直到我看见自己手上扎着点滴，摸到了医院的病床。一见我醒了，老妈赶紧冲过来，还让我说两句话，好让她认准我确实没死。

　　"大……"我舔了舔干巴巴的双唇，试图挤出几个字。

　　"大……"我说。

　　"想说什么呀，伊莱？"老妈揪心地问。

　　"大家一起来抱抱。"我说。

　　老妈一把将我搂进怀中，害得我根本喘不过气，奥古斯特又伸出胳膊搂住我们俩。老妈的眼泪口水糊了我一身，她向坐在病房角落扶手椅上的老爸扭过了头。

　　"孩子的意思是，'大家'也包括你，罗伯特。"老妈说。对老爸而言，这句话几乎算得上一份请柬了，它通向诸多事项，当先一宗就是一个他假装不想要的拥抱。

　　"你就是在那一刻进了病房。"我对凯特琳说。

　　"所以你就咬定，是我让你死而复生？"凯特琳问。

　　"唔，事情很明显啊，对吧？"我答道。

"不好意思扫你的兴，哥们，不过，让你死而复生的，明明是皇家布里斯班医院急诊室。"

汽车在达拉站路上颠簸了一下，我腹部的刀伤跟着火辣辣地痛了起来。现在离市政厅发生的一幕才刚刚过去一个月。我真该窝在床上看《我们的日子》，不该钻进这辆破车，不该忙着工作。

"不好意思。"凯特琳说。

据皇家布里斯班医院的医生声称，我是个活生生的奇迹，一道医学奇观，毕竟刀刃扎进了我的盆骨顶端，刀锋却被那块骨头拦住，没让它再刺下去。

"你的骨头肯定结实得不得了！"医生说。

奥古斯特听了，倒是一笑置之。奥古斯特声称，他早跟我讲过嘛，我会死而复生。毕竟奥古斯特博古通今，因为奥古斯特比我和整个宇宙都恰好大上一岁。

凯特琳驾车驶上埃布林顿街，我们经过迪西街公园——曾经有一次，正是穿过这里的板球场和运动场，我跟踪深夜外出的莱尔，去找"生人勿近嫂"邓碧入手毒品。好多好多年前的事了，属于另一个维度，另一个我。

福特汽车停在山打根街我家旧宅的门前：莱尔的旧居，莱尔爹妈留下的一栋房。

现在，凯特琳和我正在重温整个事件，因为布莱恩·罗伯逊一星半点也不肯漏。过去一个月里，澳大利亚每家报纸都不惜篇幅地在头版登出了提图斯·布洛兹的兴衰史，布莱恩·罗伯逊打算把凯特琳和我的文章打造成一则犯罪调查系列报道，分成五个部分，并特别附上第一人称视角篇章，由某个亲历事件的小子亲口讲述他亲眼所见的故事。该报道由两人联合署名——凯特琳·施皮斯与伊莱·贝尔。凯特琳负责文章的基本要点，我则负责添彩绘色。

"细节，伊莱。"布莱恩·罗伯逊发话道，"一个细节也不许漏，我要你记起一切。"

我沉默不语。

"我们给这篇报道起个什么标题好呢？"布莱恩在编辑会上发问，"我们这篇离谱到家的传奇故事，该起个什么标题？给我三个字。"

我沉默不语。

*

我敲响了房门，我家旧居的房门。一名男子应声到了门口，四十多岁的模样，有着非洲男子的深黑肤色，两个笑眯眯的小女孩环绕在他的膝下。

我向来人解释了登门的原因：我是那个挨了伊万·克洛尔一刀的小子，曾经就住在这栋房。这栋房子，正是莱尔·奥尔利克被人劫走的地方，是故事的开始；除此之外，我必须带同事瞧瞧我家旧宅里的某件东西。

我们一行人走下过道，到了莉娜的房间。这间真爱之屋，这间鲜血之屋，有着天蓝色的纤维板墙，莱尔曾经刮了些腻子堵住墙上的几个破洞，只可惜，刷的油漆看上去颜色不太正。至于现在，这间屋已经成了女孩的卧室，一张单人床上有一条粉色的棉被，摆着椰菜娃娃玩偶，墙上贴着几幅小马宝莉海报。

新任非裔屋主的名字叫作拉纳，眼下正站在莉娜卧室的门口。我问拉纳，是否介意我瞧一瞧房间里的嵌入式衣橱，拉纳同意了。于是，我推开衣橱门，又推了推衣橱的后墙，墙壁立刻弹了出来。眼睁睁见到家里冒出一扇密门，拉纳简直一头雾水，我又问他，是否介意让我和凯特琳钻进他家深处这个不为人知的黑洞，他摇了摇头。

凯特琳和我的脚踏上了冷冰冰、湿乎乎的泥土地面。凯特琳拧亮了她的绿色小手电：一小圈白色的手电筒光，从莱尔那间地下密室的砖墙上掠过，落上了一部红色电话机，一部摆在软垫凳子上的红色电话机。

　　我凝望着凯特琳，她深吸一口气，从电话机旁边后退几步，仿佛这部电话机中了邪，被黑魔法下过咒。我却迈开脚步，走向电话机，因为我感觉自己别无选择。途中，我停下脚步，在沉默中站了好一会儿。正在这时，电话铃赫然响了。我向凯特琳扭过头，只觉得满心不解；但是，凯特琳并没有半点反应。

　　丁零零、丁零零。

　　我迈步走近电话。

　　丁零零，丁零零。

　　我向凯特琳转过身。
　　"你听见电话铃响了吗？"我问道。
　　我又凑近了几步。
　　"别管它啦，伊莱。"凯特琳劝道。
　　更近了几步。
　　"可是，你听见电话铃响了吗？"

　　丁零零，丁零零。

　　我的手伸向了红色电话机，握住了听筒，正要把电话举到耳边，凯特琳的一只手却轻轻覆上了我的手。

"让它响吧，伊莱。"她柔声道，"他会告诉你什么……"她的另一只手托住了我的后脑，她那完美而柔情的手抚上了我的后颈，"……你还不知道的事情呢？"

　　电话铃又响了一声，凯特琳挺身贴近了我；电话铃又响了一声，凯特琳合上了双眸，将她的双唇贴上了我的唇——我将用我在这间密室屋顶见到的万千恒星，用恒星周围旋转的万千行星，来铭记这一刻。我将用她红唇之上的星星点点，来铭记这一刻，那是来自百万星系的星尘。我将用宇宙大爆炸，来铭记这一吻。我将用开端，来铭记结局。

　　于是，电话铃声戛然而止。

[全书完]

《吞下宇宙的男孩》
所获奖项

澳大利亚图书业奖2019年度大奖
2019 ABIA Book of the Year Award, Winner

独立书店之选2019年度大奖
2019 Indie Book Award, Winner

UTS格兰达·亚当斯新晋作品2019年度NSW文学奖
2019 UTS Glenda Adams Award for New Writing, NSW Premier's
Literary Awards, Winner

民众之选2019年度NSW文学奖
2019 People's Choice Award, NSW Premier's Literary Awards, Winner

MUD文学奖2019年度奖
MUD Literary Prize 2019, Winner

澳大利亚图书业马特·里歇尔奖2019年度新人奖
2019 ABIA Matt Richell Award for New Writer of the Year, Winner

澳大利亚图书业文学虚构类2019年度奖
2019 ABIA Literary Fiction Book of the Year, Winner

澳大利亚图书业有声书2019年度奖
2019 ABIA Audiobook of the Year, Winner

迈尔斯·富兰克林2019年度文学奖
2019 Miles Franklin Literary Award, Longlisted

柯林·罗德里克2019年度奖
2019 Colin Roderick Award, shortlist

吞下宇宙的男孩

产品经理｜吴　涛　　　　装帧设计｜星　野　　　　责任印制｜刘　淼

技术编辑｜朱君君　　　　封面插画｜芜　意　　　　出 品 人｜吴　涛

```
┌─────────────────────────────────────────────────┐
│  图书在版编目（ＣＩＰ）数据                        │
│                                                   │
│    吞下宇宙的男孩 / （澳）特伦特·戴顿著 ； 胡绯译    │
│  . -- 上海：上海文艺出版社，2021                   │
│    ISBN 978-7-5321-8001-1                          │
│                                                   │
│    Ⅰ.①吞… Ⅱ.①特… ②胡… Ⅲ.①长篇小说—澳          │
│  大利亚—现代 Ⅳ.①I611.45                           │
│                                                   │
│    中国版本图书馆CIP数据核字(2021)第118127号       │
└─────────────────────────────────────────────────┘
```

Boy Swallows Universe by Trent Dalton
Copyright © Trent Dalton 2018.
First published in English by HarperCollins Publishers Australia Pty Limited in 2018. This Chinese
Simplified Characters language edition is published by arrangement with HarperCollins Publishers
Australia Pty Limited, through The Grayhawk Agency Ltd.
All rights reserved.

著作权合同登记号 图字：09-2021-0549号

出 版 人：毕　胜
责任编辑：崔　莉
特约编辑：吴　涛
封面设计：星　野

书　　名：吞下宇宙的男孩
作　　者：［澳］特伦特·戴顿
译　　者：胡　绯
出　　版：上海世纪出版集团　上海文艺出版社
地　　址：上海市绍兴路7号　200020
发　　行：果麦文化传媒股份有限公司
印　　刷：北京盛通印刷股份有限公司
开　　本：880mm×1230mm　1/32
印　　张：16.25
插　　页：2
字　　数：393千字
印　　次：2021年9月第1版　2021年9月第1次印刷
印　　数：1-8,000
ＩＳＢＮ：978-7-5321-8001-1 / I·6343
定　　价：82.00元

如发现印装质量问题，影响阅读，请联系021-64386496调换。